시월의 말
2

시월의 말

The October Horse

COLLEEN
McCULLOUGH

2

콜린
매컬로
지음

강선재 · 신봉아
이은주 · 홍정인
옮김

교유서가

MASTERS OF ROME

The October Horse
2

CONTENTS

6장

시험의 시기, 보람 없는 과업들

기원전 46년 8월부터
12월 말까지

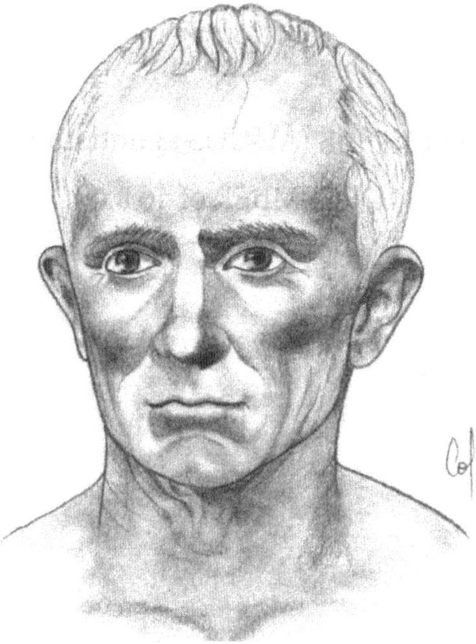

마르쿠스 툴리우스 키케로

1

관저의 외관이 개선되었다. 응회암 블록으로 지은 지층에 옛날식 사각형 창문들이 있었는데, 최고신관 아헤노바르부스가 오푸스 인케르툼으로 2층을 증축하여 겉은 벽돌로 마감하고 아치형 창문들을 만들었다. 최고신관 카이사르는 주 출입구에 박공지붕을 달고 못생긴 건물의 전체 외관에 광낸 대리석을 대어 좀더 통일성 있게 보이도록 했다. 내부는 신성한 아름다움을 유지했다. 17년차 최고신관 카이사르는 관리 소홀을 좌시하지 않았기 때문이다.

마침내 사르디니아에서 돌아온 카이사르는 이제 환영회들을 시작하고 칼푸르니아에게 11월에 보나 데아 축제를 개최하라고 말할 때가 되었다고 생각했다. 독재관 카이사르가 여러 달 로마에 머물러야 한다면 돋보이는 일들을 해야 했다.

카이사르의 처소는 1층에 있었다. 침실 겸 서재. 생전에 어머니가 살던 사무실 두 개는 카이사르의 수석 비서 가이우스 파베리우스가 썼다. 파베리우스는 약간 과장되게 기뻐하며 그를 맞이하면서도 눈을 마주치려 하지 않았다.

"자네를 아프리카에 데려가지 않아서 화가 많이 났나? 여독을 풀게 해주려고 그런 거야, 파베리우스." 카이사르가 말했다.

파베리우스는 펄쩍 뛰며 고개를 저었다. "아닙니다, 카이사르, 화가 나다니요! 안 계시는 동안 일도 많이 처리하고 가족들과도 시간을 보낼 수 있었습니다."

"가족들은 잘 지내나?"

"아벤티누스 언덕으로 이사 가서 아주 기뻐하고 있습니다. 오르비우스 언덕길은 유감스럽게도 내리막길에 접어들었거든요."

"오르비우스 언덕길이 내리막길이라. 재미있는 말장난이군." 카이사르는 그렇게 대답만 하고 말았지만, 가장 오래 자신을 보필한 비서의 걱정거리가 뭔지 알아내야겠다고 기억에 새겨두었다.

카이사르는 위층에 있는 아내의 처소로 들어서자마자 후회했다. 칼푸르니아가 손님들과 함께 있었기 때문이다. 카토의 남은 아내 마르키아와 딸 포르키아였다. 왜 여자들은 특이한 친구들을 사귀는 걸까? 하지만 이미 늦었으니 뻔뻔스럽게 굴 수밖에 없었다. 칼푸르니아는 아름다운 여인이 되어 있었다. 열여덟 살 때의 아내는 수줍고 조용하며 귀여운 소녀였다. 그는 집을 비운 동안 아내의 행실에 흠잡을 데가 없었음을 잘 알고 있었다. 이제 이십대 후반에 들어선 칼푸르니아는 더 예뻐지고 태도도 훨씬 침착했으며 머리카락은 새롭고 보기 좋은 방식으로 손질되어 있었다. 남편의 등장에도, 그 두 친구들과 함께 있는 모습을 남편에게 보인 낭패에도 불구하고 칼푸르니아는 조금도 동요하지 않았다.

"카이사르." 그녀는 이렇게 말하며 일어나서 다가와 그에게 가볍게 입을 맞췄다.

"내가 준 고양이오?" 카이사르는 긴 의자 위의 통통한 붉은 털뭉치를 가리키며 물었다.

“네, 펠릭스예요. 늙었지만 아직 건강해요.”

카이사르는 마르키아에게 가서 그녀의 손을 잡고 포르키아에게 다정한 웃음을 지어 보였다.

“숙녀분들, 슬픈 만남이 되어버렸군요. 더 기분좋은 만남이 되도록 했어야 하는데 말이오.”

“그렇죠.” 마르키아가 눈물이 흐르지 않도록 눈을 깜박이며 말했다. “제 남편은—잘 지냈나요……?”

“아주 잘 지냈소. 우티카 주민들의 사랑을 듬뿍 받으면서 말이오. 우티켄시스라는 새 코그노멘을 선물받을 정도였다오. 그는 아주 용감했소.” 카이사르는 앉으려는 기색 없이 말했다.

“당연히 용감하셨죠! 아버지는 카토니까요!” 포르키아가 부친과 꼭 닮은 크고 걸걸한 목소리로 말했다.

정말 그를 빼닮았군! 아비를 닮은 게 아들 마르쿠스가 아니라 딸 포르키아인 게 안타까워. 포르키아라면 결코 사면을 청하지 않았겠지. 히스파니아로 도망치거나 죽으려고 했을 거야.

“필리푸스와 함께 살고 있소?” 카이사르가 마르키아에게 물었다.

“당분간은요.” 그녀가 대답하고 한숨을 쉬었다. “아버지는 제가 재혼하길 바라시지만 저는 싫어요.”

“본인이 원하지 않는다면 안 하면 되오. 내가 그에게 얘기하겠소.”

“아 네, 부디 그렇게 해주세요!” 포르키아가 냉소적으로 말했다. “로마의 왕이신 당신의 말을 누가 거역하겠어요!”

“난 로마의 왕이 아니고 그리되고 싶은 마음도 없소.” 카이사르가 조용히 말했다. “돕고 싶어서 한 말이었소, 포르키아. 어떻게 지내고 있소?"

"마르쿠스 브루투스가 비불루스의 재산을 모두 사들인 덕분에 비불루스 저택에서 비불루스의 막내아들과 살고 있어요."

"브루투스가 그토록 관대하다니 기쁘군요." 카이사르는 고양이가 여러 마리 더 있는 것을 보고 그것을 핑계 삼아 그곳을 벗어나기로 했다. "당신은 운이 좋구려, 칼푸르니아. 난 고양이들 때문에 눈물이 나고 피부가 가렵소. 실례하오, 숙녀분들."

그리고 그는 달아났다.

파베리우스가 중요한 서신들을 책상에 가져다두었다. 카이사르는 얼굴을 찌푸리며, 두루마리 하나에 5월이라고 표시되어 있음을 발견했다. 바티아 이사우리쿠스의 인장이었다. 그는 열어보기도 전에 나쁜 소식임을 알았다.

시리아에는 총독이 없습니다, 카이사르. 독재관님의 친척인 젊은 섹스투스 율리우스 카이사르는 죽었습니다.

지난해 안티오케이아를 거쳐 가실 때 혹시 퀸투스 카이킬리우스 바수스를 만나신 적이 있습니까? 만나지 않으셨을 수도 있으니 그가 누군지 설명해드리겠습니다. 로마인 상급 기사인 그는 티로스에 정착하여 자주색 염료 사업을 시작했는데 그전에는 폼페이우스 마그누스의 동방 원정에서 그를 보필했습니다. 메디아어와 페르시아어를 유창하게 구사하며, 지금은 파르티아 왕의 궁전에 친구들이 많다는 소문을 퍼뜨리고 있지요. 물론 엄청난 부자고 티로스 자주 염료 외에도 수입원이 많습니다.

독재관께서 안티오케이아와 페니키아 해변 도시들에 공화파를 강력 지지한 일로 엄한 벌을 내리셨을 때 바수스는 큰 타격을 입었습니다. 이후 그는 안티오케이아로 가서 시리아 군단의 참모군관들 중 오랜 벗들을 찾아갔죠. 모두 폼페이우스 마그누스 밑에서 복무했던 자들입니다. 그러고 나서 섹스투스 카이사르 총독은 독재관께서 아프리카 속주에서 사망했으며 시리아 군단이 동요하고 있다는 보고를 받았습니다. 총독은 병사들을 진정시키려고 군대를 집합시켰지만, 군인들은 그를 살해하고 바수스를 새 사령관으로 추대했습니다.

이어 바수스는 스스로를 시리아 총독으로 선언했고, 시리아 북부에 있던 독재관님의 피호민들과 지지자들은 즉시 킬리키아로 달아났습니다. 마침 저는 그때 타르소스의 퀸투스 필리푸스를 방문하고 있었기에 재빨리 행동할 수 있었습니다. 로마의 마르쿠스 레피두스에게 편지를 써서 시리아 총독을 하루빨리 보내달라고 요청했죠. 그는 답장에서 퀸투스 코르니피키우스를 보냈으며 그가 잘 대처할 거라고 했습니다. 코르니피키우스와 바티니우스는 지난해 일리리쿰에서 작전을 훌륭하게 수행했으니까요.

그러나 바수스는 입지를 단단하게 다졌습니다. 그 자주색 염료 상인은 안티오케이아로 진군했지만 그곳 사람들은 성문을 굳게 닫고 그를 들여보내주지 않았죠. 그러자 그는 도로를 따라 아파메이아로 내려가서 여러 무역상의 이점들을 약속하여 자신에 대한 지지 선언을 얻어냈습니다. 그는 아파메이아로 입성하여 그곳을 거처로 삼고 시리아의 수도로 선포했죠.

바수스는 여러 해악을 끼치고 있으며, 파르티아와 작당한 것이 분명합니다. 스케니테스 아라비아인들의 새 왕 알카우도니오스와 손을 잡았습니다. 알고 보니 이자는 아브가로스 왕이 마르쿠스 크라수스를 카라이의 파르티아 쥐덫으로 몰았을 때 함께한 아라비아인들 중 한 명이더군요. 알카우도니오스와 바수스는 새 시리아 군대를 채울 신병들을 모집하느라 무척 바쁩니다. 제 생각엔 파르티아가 침략할 것이고, 바수스의 시리아 군대는 그들과 합세하여 킬리키아와 아시아 속주에서 로마에 대항할 것입니다.

그러므로 퀸투스 필리푸스와 저 역시 모병중이며, 피호국 왕들에게도 경고해놓았습니다.

시리아 남부는 조용합니다. 독재관님의 벗 안티파트로스 왕은 유대인들이 바수스의 계획에 연루되지 않게 했고, 파르티아가 침략할 때를 대비해 이집트의 클레오파트라 여왕에게 병사와 무기, 식량을 청했습니다. 예루살렘 성벽의 재건과 요새화는 독재관님의 예상 이상으로 필수적이었던 것으로 결론 날 듯합니다.

에우프라테스 강 곳곳에서 파르티아의 침략이 있었습니다만 스케니테스 아라비아인들의 영토는 해를 입지 않았습니다. 독재관님은 지중해의 동쪽 끝이 평정되었다고 생각하셨을지도 모르지만, 저는 로마가 로마 세계의 어떤 부분에 관해서도 평정되었다고 말할 수 있을지 의심스럽습니다. 로마의 것을 빼앗아가려는 자가 항상 있기 때문입니다.

가련한 젊은 섹스투스 카이사르. 그는 카이사르의 백부 섹스투스의 손자였다. 율리우스 카이사르 가문의 그 분가, 즉 그의 큰집은 카이사르의 전설적인 행운을 전혀 누리지 못했다. 파트리키 율리우스 카이사르 집안은 섹스투스, 가이우스, 루키우스 세 가지 이름을 썼다. 율리우스 카이사르 집안사람에게 아들이 셋 있다면 장남은 섹스투스, 차남은 가이우스, 막내는 루키우스였다. 카이사르의 아버지는 장남이 아니라 차남이었고, 아버지의 여동생이 엄청난 부자인 신진 세력 가이우스 마리우스와 결혼하고서야 원로원에 입성해 고위 정무관으로 가는 관직의 사다리를 오를 돈을 가질 수 있었다. 아버지의 막내 여동생은 술라와 결혼했다. 그러니 카이사르는 마리우스와 술라 모두 그의 고모부라고 말할 수 있었고, 이는 오랜 세월 동안 무척 편리했다!

카이사르의 백부 섹스투스가 가장 먼저 세상을 떠났다. 이탈리아 내전의 혹독한 겨울 작전 때 생긴 폐 염증 때문이었다. 폐! 카이사르는 갑자기 어린 가이우스 옥타비우스한테서 보았던 증상을 예전에 어디서 보았는지 기억났다. 백부 섹스투스였다! 백부도 그애와 비슷한 모습이었다. 흉곽이 좁고 가슴이 작았다. 그동안 합데파네에게 물어볼 기회가 없었지만, 이젠 그 사제 의사에게 더 많은 정보를 제공할 수 있다. 섹스투스 백부는 숨을 가쁘게 쉬었고 일 년에 한 번씩 푸테올리 뒤의 '불의 평원'에 가서 용암과 불꽃이 이는 땅에서 분출되는 유황 연기를 들이마셨다. 카이사르는 아버지가 가쁜 숨을 타고나는 율리우스 카이사르 집안사람이 때때로 있다고, 집안 내력이라고 말하던 것도 기억해냈다. 가이우스 옥타비우스가 그 집안 내력을 물려받은 건가? 그래서 마르스 평원의 소년들을 위한 정기 군사 훈련에 참석하지 않는 것인가?

카이사르는 합데파네를 불러들였다.

"트로구스가 괜찮은 방을 줬나, 합데파네?" 카이사르가 물었다.

"네, 카이사르. 큰 주랑정원 전망의 아름다운 손님용 방을 받았습니다. 제 약과 장비를 보관할 공간도 있고 트로구스가 조수도 한 명 붙여줬지요. 이 집과 포룸 로마눔이 마음에 듭니다. 오래된 건축물이라서요."

"가쁜 숨에 관해 말해주게."

"아!" 사제 의사의 거무스름한 눈이 커졌다. "숨쉴 때 나는 가쁜 숨소리 말씀입니까?"

"그래."

"들이쉴 때말고 내쉴 때 말이지요."

카이사르가 흉내를 내며 가쁜 숨을 쉬었다. "그렇다네, 내쉴 때야."

"네, 말씀드리겠습니다. 공기가 적당히 건조하고 꽃 피는 계절이나 추울 때가 아니라면 환자는 감정적으로 고통받지 않는 한 괜찮습니다. 그러나 공기가 꽃가루나 지푸라기 가루, 먼지로 가득할 때나 너무 습할 때면 숨쉬기가 힘들어지지요. 그 환경을 벗어나지 못하면 가쁜 숨과 기침이 심해져서 결국에는 구역질이 나고 숨쉴 때마다 애를 써서 얼굴이 파랗게 변합니다. 죽는 경우도 있지요."

"내 백부 섹스투스가 그러다 돌아가셨지만, 극심한 추위에 노출되어 폐에 염증이 생겨서 그런 것 같네. 우리 집안 주치의는 호흡곤란이라고 했던 걸로 기억하네."

"아뇨, 호흡곤란이 아닙니다. 호흡곤란은 간헐적으로 발생하지 않고 항시 숨쉬기가 힘든 걸 말합니다." 합데파네가 단호하게 말했다.

"그 간헐적인, 호흡곤란이 아닌 병이 집안 내력이 될 수도 있나?"

"아, 그럼요. 그리스인들은 그걸 천식이라고 부릅니다."

"최선의 치료법은 뭔가, 합데파네?"

"확실한 건 그리스인들의 방식은 틀렸다는 겁니다, 카이사르! 그들은 사혈과 완하제, 온습포, 우슬초를 넣은 꿀, 풍자향과 테르펜틴 수지로 만든 마름모꼴 사탕을 옹호하지요. 마지막 두 가지는 약간 도움이 될 수도 있습니다. 하지만 우리의 민간전승에서는 천식환자가 감정적으로 매우 예민하고 다른 사람들보다 마음에 담아두는 일이 많다고 합니다. 발병시엔 유황 연기를 들이마시게 하지만 발병을 피하는 것에 더 중점을 두지요. 먼지나 풀과 지푸라기 가루, 동물의 털과 꽃가루, 짙은 바다 안개를 피하라고 조언합니다."

"평생 지속되는 건가?"

"그런 경우도 있습니다, 카이사르. 하지만 다 그런 건 아닙니다. 천식을 앓는 아이들 가운데 자라면서 완치되는 경우가 있습니다. 화목한 가정생활과 전반적으로 조용한 환경이 도움이 됩니다."

"고맙네, 합데파네."

어린 가이우스 옥타비우스에 관한 카이사르의 우려 한 가지가 밝혀지는 순간이었다. 하지만 해법을 찾기는 매우 어려울 터다. 그 아이는 말이나 노새 근처에 가서는 안 된다—그래, 섹스투스 백부도 그랬었지! 군사 훈련은 거의 불가능할 것이다. 하지만 집정관이 되고자 하는 남자에게 군사 훈련은 절대적인 의무다. 브루투스는 운도 좋지! 그의 가문은 너무나 막강하고 유명한 조상들이 많으며 재산도 엄청나서 그의 동료나 동기 가운데 감히 누구도 브루투스의 군사적 재능 부족을 지적하는 무례를 범하지 못했다. 반면 옥타비우스는 부계 쪽에 명망 높은 조상들도 부족한데다 아버지의 이름을 갖고 있어. 파트리키 율리우스가의 피는 모계 쪽이니 이름에 드러나지 않아. 불쌍한 녀석! 그애가 집정관으로 가는 길은 험난할 것이다, 아예 불가능할 수도 있고. 그것도 그애가 그때까지 살아남아야 가능한 얘기지.

카이사르는 일어나서 실망감에 젖어 이리저리 서성였다. 가이우스 옥타비우스가 카이사르의 후계자로 자리를 굳힐 때까지 살아남을 확률은 크지 않아 보였다. 결국엔 마르쿠스 안토니우스인가, 끔찍한 전망이군!

루키우스 마르키우스 필리푸스가 팔라티누스 언덕의 널찍한 자택에서 열리는 정찬 초대장을 보내왔다. 우아한 서신에는 '자네의 로마 귀환을 축하하기 위해'라고 적혀 있었다.

카이사르는 시간 낭비라고 욕하면서도, 가족의 의무상 참석해야 한다는 것을 알았다. 칼푸르니아와 함께 낮의 아홉번째 시각에 필리푸스 저택에 도착한 그는 자기네 두 사람이 유일한 손님임을 깨달았다. 필리푸스는 보통 식당의 긴 의자를 모두 사용하지만 그날은 달랐다. 카이사르의 마음속에서 경고음이 울렸다. 그는 토가를 벗고 빈약한 머리카락이 두피를 다 덮고 있는지—정수리에서 앞으로 길게 길렀다—확인한 뒤 하인이 대야의 물로 발을 씻기게 했다. 물론 그는 필리푸스의 긴 의자에 있는 귀빈석으로 안내되었으며 어린 가이우스 옥타비우스는 카이사르의 반대쪽에, 필리푸스가 가운데 앉았다. 그의 장남은 보이지 않았다—뭔가 잘못되었다는 직감이 그래서일까? 카이사르는 궁금했다. 필리푸스는 자기 아들과 아내가 불륜을 저질러 이혼하겠다고 발표하려는 걸까? 아니, 그럴 리가 없다! 그건 아내를 앉혀놓고 정찬 파티에서 전할 종류의 소식이 아니다. 마르키아도 없었다. 아티아와 그녀의 딸 옥타비아만 칼푸르니아와 함께 유일한 긴 의자의 맞은편에 놓인 의자 세 개에 앉아 있었다.

칼푸르니아는 아름다운 모습이었다. 눈동자 색과 조화를 이루는 하늘색 가운을 솜씨 있게 드리워 입었는데, 어깨에서 갈라져 일정 간격마다 작은 보석 단추로 집힌 신식 소매가 달려 있었다. 아티아의 옷은 라벤더처럼 푸른색으로 피부가 흰 미인인 그녀에게 잘 어울렸고 소녀 옥타비아는 우아한 연분홍색 옷을 입고 있었다. 자기 남동생과 어찌나 닮았는지! 남동생처럼 금발 곱슬머리에 계란형 얼굴, 높은 광대뼈와 끝이 살짝 올라간 콧날을 지녔다. 눈만 달랐는데, 선명한 남청색이었다.

카이사르가 옥타비아를 보며 미소 짓자 소녀도 완벽한 치아와 오른쪽 뺨의 보조개를 보이며 미소를 지어 보였다. 두 사람의 눈이 마주쳤을 때 카이사르는 자기도 모르게 놀라서 숨을 들이쉬었다. 율리아 고모! 율리아 고모의 인자하고 평화로운 영혼이 그를 바라보고 있었다. 그는 뼛속까지 훈훈해지는 것을 느꼈다. 옥타비아는 율리아 고모의 모습 그대로였다. 옥타비아에게 율리아 고모의 향수를 선물해줘야겠군. 저 아인 만나는 모든 사람에게 사랑을 불러일으킬, 값을 매길 수 없는 진주가 될 것이다. 카이사르는 소녀에게서 시선을 돌려 그녀의 남동생을 쳐다보았다. 무조건적인 애정이 담긴 표정. 옥타비우스는 누나를 무척 아끼는군.

식사는 필리푸스의 수준에 부합했고 그가 가장 좋아하는 요리도 포함되어 있었다. 눈과 소금을 섞어서 만든 그릇 안에서 우유와 달걀과 꿀을 휘저어 만든 매끈하고 노르스름한 크림 덩어리. 눈은 이탈리아에서 제일 높은 피스켈루스 산에서 말을 달려 공수해온 것이었다. 어린 남매는 그 차갑고 서서히 녹아드는 덩어리를 반색하며 숟가락으로 떴다. 칼푸르니아와 필리푸스도 마찬가지였다. 카이사르와 아티아는 먹지 않았다.

"달걀과 크림이라니, 가이우스 삼촌, 엄두도 안 나네요." 아티아가 초조한 웃음을 지었다. "자요, 딸기 좀 드세요."

"필리푸스에게 제철이 아니라는 건 전혀 문제가 되지 않지." 카이사르가 말했다. 그는 공기중에 떠도는 불안감에 갈수록 신경이 쓰였다. 그는 긴 베개에 기대누워 조소하듯 필리푸스를 쳐다보며 한쪽 눈썹을 치켜세웠다. "이 자리를 마련한 이유가 있겠지, 루키우스. 말해보게."

"편지에 적었듯 자네의 로마 귀환을 축하하기 위해서야. 아, 하지만 축하할 일이 하나 더 있긴 하지." 필리푸스가 차가운 크림만큼이나 유들유들하게 말했다.

카이사르는 마음의 준비를 했다. "내 생질손이 성년이 된 지는 여덟 달이 지났으니 그애 일은 아닐 테고, 생질손녀의 일이겠군. 옥타비아가 약혼을 했나?"

"그렇다네." 필리푸스가 대답했다.

"그런데 예비 신랑이 안 왔군?"

"에트루리아의 자기 영지에 있네."

"이름을 물어도 될까?"

"작은 가이우스 클라우디우스 마르켈루스라네." 필리푸스가 대수롭지 않다는 듯 말했다.

"작은 마르켈루스라."

"큰 마르켈루스일 수는 없잖나! 그는 아직 외국에 있고 사면받지도 않았으니."

"작은 쪽도 사면받지 않았는데."

"그는 잘못한 것도 없고 이탈리아에 남아 있었는데 사면이 왜 필요한가?" 필리푸스의 말투가 약간 반항적으로 들리기 시작했다.

"내가 루비콘 강을 건널 때 그는 수석 집정관으로서 폼페이우스 마그누스와 보니파가 나와 화해하도록 설득하려고조차 하지 않았어."

"이보게, 카이사르, 그가 아팠다는 걸 알잖나! 렌툴루스 크루스가 모든 일을 처리했어, 1월이라 파스케스가 없는 차석 집정관이었음에도 말이야. 작은 마르켈루스는 취임하자마자 침대에 누워 몇 달 동안 일어나지 않았지. 왜 아픈지 알아낸 의사가 아무도 없었고, 그래서 난 그것이 작은 마르켈루스가 자기보다 훨씬 호전적인 형제와 사촌의 불만을 사지 않으려는 나름의 방식이었다고 항상 생각해왔네."

"자네 말은 그가 비겁자라는 얘기로 들리는데."

"아니, 그렇지 않아! 아, 가끔 자네는 지나치게 변호인처럼 얘기하네, 카이사르! 작은 마르켈루스는 그저 자네가 결코 질 수 없다는 걸 선견지명으로 알았던 신중한 사람이야. 통찰력이 떨어지는 친척들을 교묘하게 처리한다고 해서 비난받아야 할 사람은 없지." 필리푸스가 얼굴을 찡그리며 말했다. "친족은 끔찍한 골칫거리일 수 있어. 나를 보게, 팔라 같은 어머니에, 자기 아버지를 죽이려 한 이부형제까지! 변절을 밥먹듯이 하던 우리 아버지는 말할 것도 없지. 그래서 난 에피쿠로스주의자가 되어 정치 인생 내내 중립을 고수했잖나. 자네도 알 텐데, 마르쿠스 안토니우스가 있으니!"

필리푸스는 찌푸린 얼굴로 두 주먹을 꽉 쥐고 있다가 스스로 평정을 되찾았다. "파르살로스 전투 이후 작은 마르켈루스는 빠르게 회복했고 자네가 아프리카로 떠난 이래 원로원에 출석하고 있네. 안토니우스조차 그의 출석을 막지 않았어. 레피두스도 그를 환영했고."

카이사르는 무표정했지만 눈빛은 여전히 싸늘했다. "이 결혼이 기쁘니, 옥타비아?" 카이사르는 소녀를 보며 물었다. 그는 율리아 고모가 가이우스 마리우스를 사랑하기는 했지만 자기희생적인 마음으로 그에게 시집갔다는 걸 기억했다. 카이사르는 마리우스가 고모에게 준 고통을 결코 잊지 않았다.

옥타비아가 몸을 떨었다. "네, 기뻐요, 가이우스 아저씨."

"네가 이 결혼을 청했니?"

"저는 그런 청을 할 수 있는 입장이 아니잖아요." 옥타비아의 뺨과 입술에서 점점 핏기가 가셨다.

"마흔다섯 살인 그 남자를 만난 적이 있어?"

"네, 가이우스 아저씨."

"그와의 결혼 생활을 기대할 수 있겠어?"

"네, 가이우스 아저씨."

"혹시 결혼하고 싶은 다른 사람이 있니?"

"없어요, 가이우스 아저씨." 그녀가 작게 말했다.

"솔직하게 말하고 있는 거냐?"

겁에 질린 큰 눈이 그를 올려다보았다. 이제 소녀의 피부는 창백할 지경이었다. "네, 가이우스 아저씨."

카이사르는 딸기를 내려놓고 말했다. "그렇다면 축하한다, 옥타비아. 하지만 최고신관으로서 콘파레아티오 결혼은 금하겠다. 일반적인 결혼식으로 하고, 네 지참금은 오롯이 네가 관리해야 할 거다."

딸만큼이나 하얗게 질린 아티아가 그녀답지 않게 어색하게 일어섰다. "칼푸르니아, 가서 옥타비아의 예복을 구경해요."

세 여자들은 고개를 숙인 채 얼른 식당을 나갔다.

카이사르는 스스럼없는 목소리로 필리푸스에게 말했다. "아주 이상한 동맹이군, 친구. 카이사르의 생질손녀를 그의 적들 중 한 명과 결혼시키다니. 무엇이 자네한테 그럴 권리를 줬지?"

"내겐 모든 권리가 있네." 필리푸스가 거무스름한 눈을 부라리며 말했다. "나는 가장이야. 자네는 아니고. 작은 마르켈루스가 내게 와서 혼담을 넣었을 때 나는 최선을 다해 심사숙고했어."

"가장으로서 자네의 지위는 논란의 여지가 있어. 법적으로 옥타비아는 성년이 된 남동생의 관리하에 있지. 옥타비우스와 상의했나?"

"그래." 필리푸스가 잇새로 대답했다. "했어."

"너는 어떤 의견을 냈니, 옥타비우스?"

옥타비우스는 긴 의자에서 내려와 카이사르를 마주볼 수 있는 의자로 가 앉았다. "혼담에 관해 심사숙고했습니다, 가이우스 아저씨. 그리고 제 계부께 혼담을 받아들이라고 말씀드렸어요."

"이유를 설명해다오, 옥타비우스."

소년이 숨쉬는 소리가 확연히 들렸다. 날숨마다 습한 기운이 느껴졌지만 옥타비우스는 굴하지 않았다. 합데파네에 따르면 긴장감은 가쁜 숨을 촉발한다고 했음에도.

"우선, 작은 마르켈루스는 그의 형제 마르쿠스와 사촌 큰 가이우스의 부동산을 손에 넣었습니다. 경매에서 사들였지요. 아저씨께서 그 부동산을 몰수하실 때 작은 마르켈루스의 부동산은 포함되지 않았기에 제 계부와 저는 작은 마르켈루스가 구혼자로서 문제가 없다고 여겼습니다. 따라서 그의 부가 첫번째 이유입니다. 둘째, 클라우디우스 마르켈루스 집안은 명망 높은 평민 귀족 집안으로 수세대에 걸쳐 집정관을 배출했고 렌툴루스 분가의 파트리키 코르넬리우스 집안과 강한 유대관계에 있습니다. 옥타비아와 작은 마르켈루스의 자식들은 대단한 사회적·정치적 영향력을 갖게 될 거예요. 셋째, 저는 그와 그의 형제인 집정관 마르쿠스의 처신이 부정직하거나 비윤리적이었다고 생각하지 않습니다. 마르쿠스가 아저씨의 숙적이었다는 건 인정하지만요. 마르켈루스 형제가 공화파의 대의를 고수한 건 그들이 그것이 옳다고 믿었기 때문이며, 다른 사람은 몰라도 가이우스 아저씨께서는 그런 것으로 절대 사람들을 비난하지 않으셨습니다. 큰 가이우스 마르켈루스가 구혼자였다면 제 결정은 달랐을 겁니다. 그는 원로원과 폼페이우스 마그누스에게 거짓말을 했으니까요. 아저씨와 저, 그리고 모든 점잖은 사람들이 혐오스러워하는 행동이지요. 넷째, 저는 옥타비아가 그를 만날 때 누나를 면밀히 관찰했고 그후 누나와 대화를 했습니다. 아저씨는 그를 좋아하지 않으실지 모르나 옥타비아 누나는 그를 매우 좋아했습니다. 못생기지 않았고 책도 많이 읽었으며 교양 있고 천성이 선한데다 정신 못 차리도록 누나를 사랑하니까요. 다섯째, 향후 로마에서 그의 입지는 대부분 아저씨의 처분에 달렸습니다. 옥타비아 누나와 결혼하면 그의 입장이 유리해집니다. 따라서 여섯째, 그는 누나에게 좋은 남편이 될 것입니다. 외도라든지 제가 보기에 불쾌한 행동을 결코 누나에게 하지 않을 것입니다."

옥타비우스는 좁은 어깨를 곧게 폈다. "이상이 제가 그를 누나의 남편으로 적합하다고 생각한 이유입니다."

카이사르는 웃음보를 터뜨렸다. "멋지구나, 옥타비우스! 카이사르라 해도 너보다 냉철한 판단은 못 내렸겠어. 원로원 회의가 소집되면 작은 가이우스 클라우디우스 마르켈루스에게 찬사를 보내야겠군. 아픈 척 할 정도로 영리하고, 자기 형과 사촌의 자산을 사들일 정도로 약삭빠르며, 정략결혼으로 독재관 카이사르와의 관계를 개선시킬 만큼 진취적인 걸 말이야." 그는 긴 의자에서 몸을 쭉 폈다. "말해보렴, 옥타비우스, 상황이 바뀌어 누나에게 더 괜찮은 혼처가 생기면 이 약혼을 깰 거니?"

"물론이죠, 아저씨. 저는 누나를 무척 사랑하지만, 우리는 집안 여자들에게 정해주는 대로 결혼해서 집안 남자들의 경력 강화를 도와야 함을 이해시키려고 애쓰죠. 옥타비아 누나는 부족함 없이 자랐습니다. 가장 비싼 옷을 입고 키케로만큼이나 교육을 받았죠. 누나는 그런 안락함과 특권의 대가가 순종임을 알고 있습니다."

가쁜 숨이 서서히 진정되고 있었다. 옥타비우스는 비교적 탈없이 자신의 고난을 극복했다.

"요즘 도는 소문이 있나?" 안도하여 축 늘어져 있던 필리푸스에게 카이사르가 물었다.

"키케로가 투스쿨룸의 빌라에서 새 역작을 집필중이라고 들었네." 필리푸스의 목소리가 불편했다. 이날 정찬은 편안하지 못했고, 그는 이미 라세르피키움이 필요하다고 느끼고 있었다.

"뭔가 불길한 기운이 감지되는걸. 주제가 뭔가?"

"카토를 찬양하는 글이네."

"아, 그렇군. 그렇다면 그는 아직도 원로원 등원을 거절하고 있겠군?"

"그래, 아티쿠스가 정신 차리라고 계속 설득하고 있지만 말이야."

"아무도 그를 설득 못 해!" 카이사르가 사납게 내뱉었다. "다른 소문은?"

"불쌍한 바로가 키케로 곁에 있어. 안토니우스가 기병대장일 때 바로의 괜찮은 부동산들을 빼앗아 자기 명의로 돌려놓았거든. 이제 안토니우스는 기병대장이 아니니 수입이 긴요하지. 채권자들은 녀석이 고약한 취향의 기념물인 폼페이우스의 카리나이 저택을 사들일 때 빌린 돈을 갚으라고 독촉하고 있어."

"얘기해줘서 고맙네, 내가 처리하지." 카이사르가 서늘한 말투로 말했다.

"하나 더 있네, 카이사르. 내 생각에 자네가 알아야 할 얘기지만, 충격적일까봐 두렵군."

"말해보게, 필리푸스."

"자네 비서 가이우스 파베리우스 일이야."

"뭔가 이상하다는 건 알고 있었어. 그가 무슨 짓을 했나?"

"외국인들한테 로마 시민권을 팔고 있다네."

아, 파베리우스, 파베리우스! 그 오랜 세월을 기다려놓고! 나말고는 자기 몫의 전리품을 한두 달 더 기다릴 수 있는 사람이 아무도 없는 듯하군. 내 개선식이 임박했는데, 파베리우스가 제 몫을 받으면 기사 계급이 될 수도 있었을 터인데. 이제 그의 몫은 없다.

"수뢰액이 큰가?"

"아벤티누스 언덕의 저택을 살 정도로 크네."

"집을 샀다고 하더군."

"아프라니우스의 옛 거처를 단지 집이라고 하는 건 적절하지 않은 얘기 같은데."

"동의하네." 카이사르는 긴 의자에 뒤로 털썩 기댄 채 하인이 신을 신기고 죔쇠를 채워주기를 기다렸다. "옥타비우스, 나를 집까지 데려다주렴." 그가 말했다. "칼푸르니아는 여자들과 좀더 얘기를 나누다가 와도 돼. 나중에 가마를 보낼 거야. 환영 파티 고맙네, 필리푸스. 소문을 알려준 것도 고마워. 아주 유익했어."

어색한 손님이 떠난 뒤 필리푸스는 슬리퍼를 끌며 아내의 응접실로 갔다. 아내가 지켜보는 가운데 칼푸르니아와 옥타비아가 수북이 쌓인 새 옷들을 살펴보고 있었다.

"카이사르가 마음을 풀었나요?" 아티아가 문간으로 와서 속삭였다.

"옥타비우스가 설명을 끝내자마자 다 풀렸소. 당신은 참 대단한 아들을 뒀소, 여보."

"아, 다행이네요! 옥타비아가 이 결혼을 간절히 원하거든요."

"내 생각에 카이사르는 옥타비우스를 후계자로 삼을 거요."

아티아는 겁에 질린 표정으로 외쳤다. "맙소사, 안 돼요!"

필리푸스의 넓고 쾌적한 저택은 팔라티누스 언덕의 대경기장 쪽에 있어 북쪽보다는 서쪽을 조망하고 있었기에, 카이사르와 그의 동행자는—둘 다 토가 차림이었다—포룸 로마눔 높은 구역까지 걸어간 다음 상점가 모퉁이에서 돌아 사케르 언덕길을 내려가 관저에 도착했다. 카이사르가 멈춰 섰다.

"트로구스한테 칼푸르니아를 위해 가마를 보내라고 전해주겠니? 내 신축 공사 현장을 점검하고 싶구나."

옥타비우스는 잠시 후 돌아왔다. 다시 걷기 시작한 두 사람의 그림자가 길었다. 해가 지면서 타불라리움의 아치형 층들이 청동색이 되고 카피톨리누스 언덕을 뒤덮은 신전들의 색이 미묘하게 바뀌고 있었다. 유피테르 옵티무스 막시무스가 높은 소언덕을, 유노 모네타가 낮은 소언덕 아륵스를 지배했지만, 다른 공간도 거의 대부분 특정한 신이나 신성을 기리는 신전들이 차지하고 있었다. 개중 가장 오래된 것은 작고 충충했고, 가장 새로 지은 것은 색이 다채롭고 금도금이 되어 반짝였다. 두 소언덕 사이의 살짝 팬 곳인 아실룸에만 공터가 있었고 거기에 펜슬파인과 사시나무, 아프리카에서 온 양치류 나무들이 심겨 있었다.

율리우스 회당은 완공되었다. 카이사르는 대단히 흡족해하며 서서 그 규모와 아름다움을 감상했다. 두 개의 고층 건물 중 그의 새 재판소

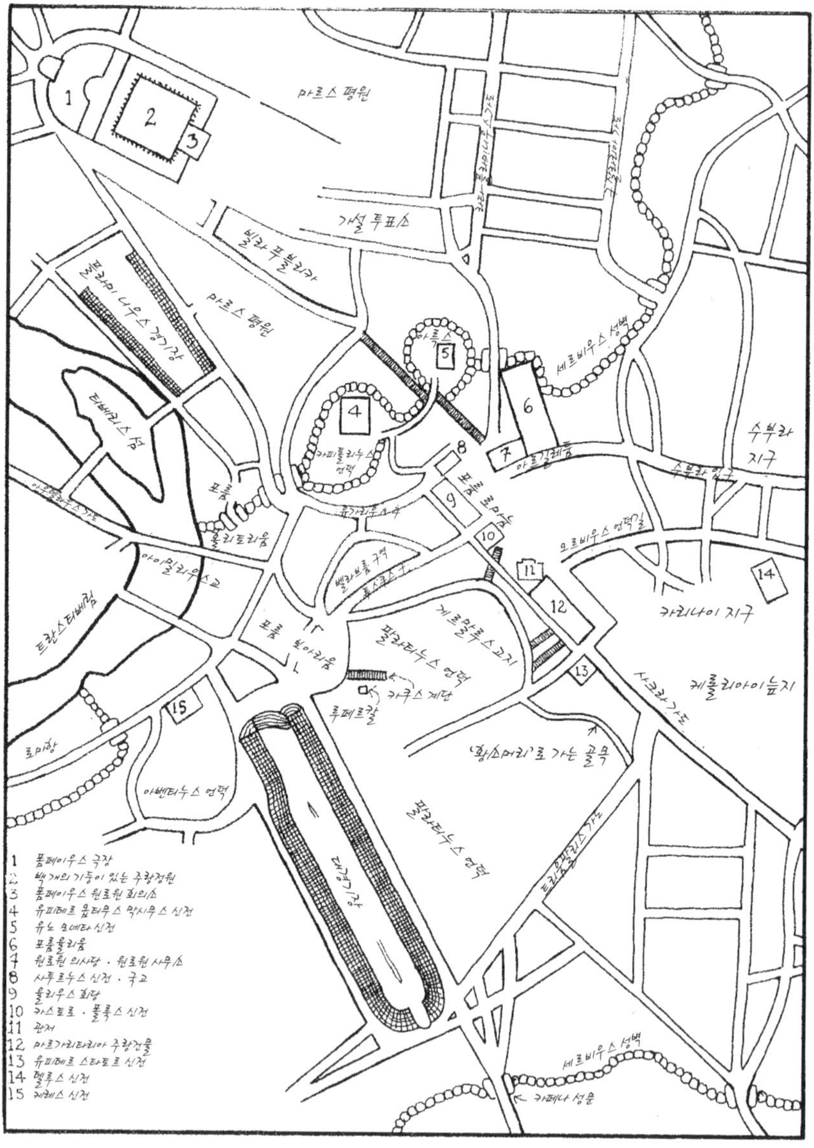

마르스 평원
가설 투표소
빌라 푸블리카
마르스 평원
티베리스 섬
포룸 올리토리움
아이밀리우스 교
트란스티베림
로마항
아벤티누스 언덕
포룸 보아리움
벨라브룸 구역
투스쿠스 가도
카피톨리누스 언덕
아룩스
포룸 로마눔
아르길레툼
세르비우스 성벽
수부라 지구
오르비우스 언덕길
카리나이 지구
게르말루스 고지
팔라티누스 언덕
카쿠스 계단
루페르칼
사크라 가도
케롤리아이 늪지
'황소머리'로 가는 골목
대경기장
팔라티누스 언덕
세르비우스 성벽
카페나 성문
1 폼페이우스 극장
2 백 개의 기둥이 있는 주랑정원
3 폼페이우스 원로원 회의소
4 유피테르 옵티무스 막시무스 신전
5 유노 모네타 신전
6 포룸 율리움
7 원로원 의사당 · 원로원 사무소
8 사투르누스 신전 · 국고
9 율리우스 회당
10 카스토르 · 폴룩스 신전
11 관저
12 마르가리타리아 주랑건물
13 유피테르 스타토르 신전
14 텔루스 신전
15 케레스 신전

는 정면이 유색 대리석이었고 코린토스식 기둥들이 아치로 연결되어 있었다. 아치 위에는 아이네아스부터 로물루스를 거쳐 수도교를 세운 퀸투스 마르키우스 렉스까지 그의 조상들의 조각상이 서 있었다. 가이우스 마리우스와 술라, 카툴루스 카이사르도 있었다. 카이사르의 어머니도 있었고 첫 아내 킨닐라, 율리아 고모와 딸 율리아도 있었다. 세상의 지배자가 되는 것의 가장 좋은 점이었다. 여자들을 포함하여 그가 좋아하는 모든 사람들의 조각상을 세울 수 있다는 것.

"너무 멋진 광경이라 자주 여기 와서 봐요." 옥타비우스가 말했다. "비나 눈 때문에 재판을 연기할 일이 더는 없겠네요."

카이사르는 원로원 건물인 새 의사당으로 이동했다. 민회장이 있던 곳에 지은 건물이었다. 그는 예전보다 훨씬 더 길고 너른 로스트라 연단을 만들었는데, 포룸 로마눔 전체를 마주볼 만큼 널찍했고 조각상과 기둥 들로 장식되어 있었다. 기둥마다 '로스트라'라는 이름의 연원인 사로잡은 배들의 충각이 달려 있었다. 사람들은 카이사르가 너무 많은 변화로 모스 마이오룸을 어지럽힌다고 불평했지만 그는 무시했다. 로마가 알렉산드리아나 아테네보다 더 멋져 보여야 할 때가 왔다. 카토의 새 포르키우스 회당은 은행가 언덕 아래쪽에 그대로 남겨뒀는데, 작아도 최신 건물이고 보존할 가치가 있을 만큼 멋지기 때문이었다.

포르키우스 회당과 원로원 의사당 너머에는 포룸 율리움이 있었다. 은행가 언덕을 마주보는 사업 지구를 수용하여 경사지를 파고 평지로 만들어야 하는 큰 공사였다. 그뿐만 아니라 세르비우스 성벽도 그 뒤쪽을 침해하고 있었기에, 그는 돈을 들여 그 거대한 요새시설을 옮겨 그의 새 포룸을 둘러싸게 했다. 대리석이 깔린 사각형 공터로, 사면을 둘러싼 멋진 코린토스식 자주색 대리석 기둥들은 아칸서스 잎 장식 주두에 금도금이 되어 있었다. 님프 조각상들로 장식된 웅장한 분수가 공터 중앙에 있었고, 후방의 높은 계단식 기단 위에 그곳의 유일한 건물인 베누스 게네트릭스 신전이 서 있었다. 마찬가지로 코린토스식 자주색 대리석 기둥들이 있었고, 신전의 박공벽 꼭대기에는 황금 이두전차—날개 달린 말 두 마리를 모는 승리의 여신 조각상이 있었다. 해가 거의 다 졌고 이제 전차만이 햇빛을 반사하고 있었다.

카이사르는 열쇠를 꺼내 생질손과 함께 신전의 신상 안치실로 들어갔다. 신전의 하나뿐인 방으로, 널찍한 공간에 고상한 벌집 모양 천장은 장미들로 장식되어 있었다. 벽에 걸린 그림들을 본 옥타비우스는 숨을 헐떡였다.

"비잔티온의 티모마코스가 그린 〈메데이아〉란다." 카이사르가 말했다. "80탈렌툼을 냈지만 전혀 아깝지 않아."

정말 그렇군! 옥타비우스는 경탄하며 생각했다. 놀랄 만큼 실물 같은 그 그림은 메데이아가 살해한 그녀 형제들의 피투성이 시신들을 바다로 던지는 장면을 묘사하고 있었다. 그녀의 아버지가 추격을 늦춰 이아손과 함께 도망칠 수 있게 하려는 것이었다.

"바다 거품에서 나타난 아프로디테와 알렉산드로스 대왕 그림은 최고의 화가 아펠레스의 작품이야—천재지." 카이사르가 싱긋 웃었다. "하지만 그림 가격은 나 혼자만 알고 있을 거야. 80탈렌툼은 아펠레스가 그린 조개껍데기 하나 값도 안 돼."

"그래도 이 그림들이 로마에 있잖아요." 옥타비우스가 흥분해서 말했다. "그것만으로도 최고의 그림에 고가를 지불할 가치가 있어요. 이 그림들이 로마에 있다는 건 아테네나 페르가몬에는 없다는 뜻이니까요."

베누스 게네트릭스, 즉 선조 베누스의 신상은 안치실 뒷벽 중앙에 있었다. 채색이 아주 잘되어서 금방이라도 황금 대좌에서 걸어내려올 것 같았다. 폼페이우스 극장 위의 베누스 빅트릭스 신상처럼 이 신상도 율리아의 얼굴을 하고 있었다.

"아르케실라오스의 작품이다." 카이사르가 갑자기 몸을 돌리며 말했다.

"이분은 거의 기억이 안 나요."

"안됐구나. 율리아는," 카이사르의 목소리가 떨렸다. "값을 매길 수 없는 진주였어. 절대로 값을 매길 수 없는 진주."

"아저씨의 조각상은 누가 만들었어요?" 옥타비우스가 물었다.

베누스의 한쪽 옆에 무장한 카이사르가 서 있었다. 다른 쪽 조각상은 토가를 입은 카이사르였다.

"발부스가 찾아낸 어떤 사람이. 내 은행가들은 포룸 로마눔의 분수 옆에 세울 내 기마상도 의뢰해놓았어. 나는 그 반대쪽에 세울 발부리 조각상을 의뢰해놨지. 발부리는 알렉산드로스의 부케팔로스만큼이나 유명하거든."

"저기엔 뭐가 와요?" 옥타비우스가 돌과 법랑이 박힌 독특한 모양의 비어 있는 검은 나무 대좌를 가리키며 물었다.

"클레오파트라와 그녀가 낳은 내 아들의 조각상. 여왕이 기증하고 싶어했어. 황금으로 만들 거라는데, 난 그걸 실외에 세우긴 싫었지. 대담한 누군가가 금을 긁어갈 수도 있으니까." 카이사르가 웃으며 말했다.

"클레오파트라는 언제 로마에 오죠?"

"모르겠어. 모든 항해가 그렇듯 신들이 결정하는 문제니까—심지어 마지막 항해도 그렇지."

"언젠가는 저도 포룸을 만들 거예요."

"포룸 옥타비움이라. 멋진 목표구나."

옥타비우스는 카이사르를 집까지 모셔다드린 후 필리푸스 저택으로 올라가는 힘겨운 여정을 시작했다. 오르막길을 오를 때만큼 만성적인 가쁜 호흡이 신경쓰이는 때는 없었다. 어둠이 내리고 한기가 올라오고 있었다. 낮의 장식들이 물러가고 밤의 장식들이 나타난다. 옥타비우스는 작은 새의 날갯소리를 올빼미의 육중한 펄럭거림이 대신하는 것을 들으며 생각했다. 햇살의 마지막 분홍빛 헐떡임이 스민 거대한 구름이 비미날리스 언덕 위로 몰려들었다.

카이사르의 변화가 느껴진다. 지쳐 보이는데, 신체적 피로 때문은 아니다. 자신의 노력이 감사받지 못하리라는 걸 아는 데서 비롯된 피로랄까. 그의 발치에서 기는 하찮은 자들이 그의 뛰어남을, 그들은 꿈도 못 꿀 일들을 해내는 그의 능력에 분개한다는 사실을 아는 거다. "모든 항해가 그렇듯, 심지어 마지막 항해도 그렇지."—아저씨는 왜 그런 말을 했을까?

무고니아 성문의 오래되고 이끼 낀 기둥들 뒤에서 언덕의 경사가 가팔라졌다. 옥타비우스는 발을 멈추고 기둥 하나에 등을 기댄 채 다른 기둥을 보며 그것이 지하 세계에서 달아난 음침한 사령 같다고 생각했다. 퉁퉁한 몸체에 버섯의 갓 같은 모자를 쓴 사령. 그는 몸을 펴고 좀 더 올라가다 '황소머리'로 가는 골목 반대편에서 멈춰 섰다. 확실히 팔라티누스 언덕 최악의 장소야. 나는 저 골목에 있는 집에서 태어났다. 우리 아버지의 아버지는 악명 높은 수전노로 그때도 살아계셨고 아버지는 상속을 받지 못하셨다. 이사하기 전에 아버지가 돌아가셨고, 어머니는 필리푸스를 택했다. 육체적 쾌락을 가장 중요시하는 시시한 자를.

카이사르는 육체적 쾌락을 경멸한다. 카토처럼 철학적으로 그러는 것이 아니라, 그저 중요치 않은 것으로 보기 때문이다. 카이사르에게 있어 세상은 고쳐야 할 것들로 가득차 있다. 오직 그만이 고칠 방법을 아는 것들로. 그는 끊임없이 질문을 하고, 씹어서 분석하고, 쏠아서 해부하고, 부분들로 해체한 다음 다시 조립해 더 낫고 실용적인 것으로 만든다.

어떻게 카이사르는, 귀족 중에서도 가장 고귀한 그는 태생에 제약받지 않고 그것을 뛰어넘어 무한한 곳까지 볼 수 있는 걸까? 카이사르에게는 계급이 없다. 그는 내가 알거나 문헌에서 본 사람들 중에서 엄청나게 큰 그림을 보면서도 가장 작은 디테일까지 볼 수 있는 유일한 사람이다. 난 정말이지 또 한 명의 카이사르가 되고 싶지만 내게는 그와 같은 사고력이 없다. 난 만능 천재가 아니다. 희곡과 시를 쓰지도, 멋진 즉석연설을 하지도, 다리나 공성대를 설계하지도, 금세 위대한 법을 입안하지도, 악기를 연주하지도, 완벽한 전투를 지휘하지도, 시원시원한 문체로 전기를 쓰지도, 방패와 검을 들고 최전선에서 싸우지도, 바람처럼 빨리 이동하지도, 한 번에 네 명의 비서에게 받아쓰기를 시키지도 못하며 카이사르가 엄청난 사고력으로 해내는 그 밖의 여러 전설적인 일들도 하지 못한다.

내 건강은 위태롭고, 앞으로 더 나빠질지도 모른다. 그 사실이 내 얼굴에서 매일 보인다. 하지만 나는 계획할 줄 알고 본능적으로 옳은 대안을 찾으며 재빨리 생각할 수 있고, 내가 가진 몇 안 되는 재능을 최대로 활용하는 법을 배워가는 중이다. 카이사르와 나의 공통점이 있다면 절대로 포기하거나 굴복하지 않는다는 것이다. 그리고 어쩌면, 장기적으로 볼 때 중요한 건 그 점일지도 모른다.

어떻게든, 어떤 방식으로든 나는 카이사르만큼 위대해질 것이다.

옥타비우스는 팔라티누스 언덕길로 무거운 발걸음을 옮겼다. 자그마한 그의 모습이 어둠 속으로 조금씩 사라져가다 마침내 어둠의 일부가 되었다. 쥐를 사냥하거나 짝짓기를 하는 팔라티누스의 고양이들은 이 그늘에서 저 그늘로 숨어다니고, 한쪽 귀가 반쯤 떨어져나가고 없는 늙은 개는 왼쪽 뒷다리를 들어올려 무고니아 성문에 오줌을 갈겼다. 귀머거리 개가 듣지 못하는 박쥐들의 울음소리가 들렸다.

카이사르와 20년을 함께한 가이우스 파베리우스는 불명예 면직을 당했다. 카이사르는 트리부스회를 소집해 파베리우스의 가짜 시민들 이름이 새겨진 서판들을 그들의 눈앞에서 부숴버렸다.

"이 이름들은 잘 기록될 것이며, 앞으로도 결코 로마 시민권을 얻지 못할 것입니다!" 그는 군중을 향해 외쳤다. "가이우스 파베리우스가 가짜 시민권자들에게 받은 돈은 모든 진정한 로마 시민들의 신인 퀴리누스의 신전에 기부할 것입니다. 또한 가이우스 파베리우스가 제게서 받을 것이었던 전리품은 나머지 다른 군인들이 나눠 가질 것입니다."

카이사르는 그가 새로 지은 더 높은 로스트라 연단을 가로질러 계단을 내려가더니, 자그마한 몸집의 남자 마르쿠스 테렌티우스 바로를 데리고 다시 연단을 올라왔다. "마르쿠스 안토니우스, 이리 오게!" 카이사르가 외쳤다. 그가 어쩌려는 건지 알았던 안토니우스는 찌푸린 얼굴로 연단에 올라와 바로를 마주보며 섰고, 카이사르는 트리부스회 군중에게 바로가 위대한 폼페이우스의 절친한 벗이었으나 결코 공화파의 음모에는 가담하지 않았다고 알렸다. 사비니족 귀족인 이 위대한 학자는 그의 부동산 증서들을 돌려받았을 뿐 아니라, 바로에게 그런 고난을 안긴 안토니우스에게 카이사르가 부과한 벌금 100만 세스테르티우스까지 받게 되었다. 게다가 카이사르는 안토니우스에게 공개적으로 사과할 것을 명령했다.

"별일 아니에요." 풀비아는 트리부스회 회의 직후 그녀의 집으로 숨어들어온 안토니우스에게 말했다. "나랑 결혼해요, 그럼 내 돈을 쓸 수 있어요, 사랑하는 안토니우스. 당신은 이제 이혼했으니 장애물도 없잖아요. 나랑 결혼해요!"

"여자 덕을 보는 건 싫소!" 안토니우스가 내뱉었다.

"말도 안 돼!" 풀비아가 까르륵대며 웃었다. "당신 전처 둘을 떠올려봐요."

"그 둘과는 억지로 결혼한 거지만 당신은 달라. 하지만 카이사르가 마침내 개선식 날짜를 잡았으니 난 한 달 안에 갈리아 전쟁의 전리품을 받게 될 거요. 그러니 당신과 결혼하겠소."

그의 얼굴이 증오로 일그러졌다. "처음에는 갈리아, 그다음엔 이집트의 프톨레마이오스 왕과 아르시노에 공주, 그후엔 소아시아의 파르나케스 왕, 마지막으로 아프리카의 유바 왕. 마치 카이사르는 공화파라는 말을 들어본 적도 없는 것처럼! 광대극이 따로 없군! 죽여버리고 싶어! 내 말은, 그가 나를 기병대장으로 임명했기 때문에 난 이집트, 소아시아, 아프리카의 전리품은 전혀 얻지 못하오. 함께 참전하지 못하고 이탈리아에 죽치고 있어야 했으니까! 그래서 내가 조금이라도 감사 인사를 받았나? 아니! 그는 나한테 똥만 싸질렀지!"

보모가 초조한 얼굴로 갑자기 들어왔다. "마님, 마님, 쿠리오 도련님이 넘어져서 머리를 찧으셨어요!"

풀비아는 기겁하여 허공에 두 손을 펄럭거리고 한달음에 달려나가며 소리쳤다. "아, 쿠리오! 저애 때문에 제 명에 못 살겠어!"

이 그리 낭만적이지 못한 막간극의 관객은 세 남자였다. 포플리콜라, 코틸라, 루키우스 틸리우스 킴베르.

킴베르는 카이사르가 루비콘 강을 건너기 전해에 재무관으로 원로원에 입성했고 의사당에서 그의 대의를 지지했다. 그는 안토니우스와 달리 아시아와 아프리카의 전리품을 기대할 수 있었지만, 그래봤자 안토니우스가 갈리아전 참전으로 받을 것에 비하면 아무것도 아니었다. 그의 악덕들은 돈이 많이 들었다. 포플리콜라와 코틸라와 어울린 지는 몇 년 되었고, 안토니우스와는 그가 파르살로스 전투 후 이탈리아로 돌아왔을 때부터 가깝게 지냈다. 이 계몽적인 장면을 목도할 때까지 그가 깨닫지 못했던 건 친척 카이사르에 대한 안토니우스의 증오의 깊이였다. 안토니우스는 정말로 살인이라도 할 것 같은 모습이었다.

"안토니우스, 당신이 카이사르의 상속자일 거라고 말하지 않았소?" 포플리콜라가 격의 없이 물었다.

"수년 동안 그렇게 말했지요, 그건 왜 묻소?"

"내 생각에 포플리콜라가 그 문제를 우리 대화로 끌어들일 방법을 찾는 것 같습니다." 코틸라가 유들유들하게 말했다. "당신은 카이사르의 상속자예요, 그렇지요?"

"그럴 수밖에 없지." 안토니우스가 단언했다. "달리 누가 있나?"

"당신이 풀비아를 사랑해서 그녀의 돈에 의존하기 싫다면, 다른 돈줄을 찾으면 되지 않습니까? 카이사르에 비하면 풀비아는 극빈자죠." 코틸라가 말했다.

안토니우스는 순간 멈칫하더니 벌건 눈을 빛내며 그를 쳐다보았다. "내가 생각하는 그걸 말하고 있는 건가, 코틸라?"

킴베르는 안토니우스의 주의를 끌지 않으려고 그의 시선을 슬그머니 피했다.

"우리 둘 다 같은 말을 하고 있소." 포플리콜라가 말했다. "당신은 빚에서 영원히 벗어나려면 카이사르를 죽이기만 하면 되오."

"정말 좋은 생각인데요, 동지!" 안토니우스가 들떠서 두 주먹을 들어 올려 꽉 쥐었다. "게다가 식은 죽 먹기죠."

"우리 중 누가 해야 할까요?" 킴베르가 다시 끼어들며 물었다.

"내가 직접 할 거야. 그의 습관을 아니까." 안토니우스가 대답했다. "그는 밤의 여덟번째 시각까지 일한 후 네 시간 동안 죽은 사람처럼 잠을 자지. 그의 개인 주랑정원 벽을 넘어 들어가서 그를 죽이고 내가 그곳에 있었다는 걸 누가 알기 전에 나오면 돼. 밤의 열번째 시각에. 그후 혹여 누가 물어보면 우리 넷은 노바 가도에 있는 무르키우스의 술집에서 술을 마시고 있었던 거야."

"언제 할 겁니까?" 킴베르가 물었다.

"아, 오늘밤에." 안토니우스가 쾌활하게 대답했다. "이 기분이 사라지기 전에 해야지."

"그는 당신의 가까운 친척인데요." 포플리콜라가 말했다.

안토니우스가 요란스럽게 웃음을 터뜨렸다. "당신이 할 말은 아니죠, 루키우스! 당신은 아버지를 죽이려고 했잖소."

네 남자 모두 요란스럽게 웃었다. 풀비아가 돌아와서 보니 안토니우스는 기분이 무척 좋았다.

자정을 훌쩍 넘긴 시간 안토니우스와 포플리콜라, 코틸라, 킴베르는 이미 잔뜩 취한 상태로 비틀거리며 늙은 무르키우스의 술집에 들어와 누가 토하고 싶어질 때 편할 거라는 핑계를 대며 뒤쪽 창가 자리의 탁자를 빼앗았다. 포룸 로마눔 야경꾼의 종소리가 밤의 열번째 시각임을 알리자 안토니우스는 창문으로 슬그머니 빠져나갔고 코틸라와 킴베르, 포플리콜라는 탁자에 모여 앉아 안토니우스가 계속 거기 있는 척하며 떠들썩하게 농담을 계속했다.

그들은 안토니우스가 그리 오래 떠나 있지 않을 거라고 예측했다. 노바 가도는 10미터 정도의 절벽 위에 있었는데, 안토니우스가 조금만 달려가면 반지장이 계단에 도착해 마르가리타리아 주랑건물 뒤쪽의 관저로 갈 것이기 때문이었다.

그는 화가 잔뜩 난 표정으로 금세 돌아왔다. "말도 안 돼!" 그는 숨을 헐떡이며 말했다. "주랑정원 벽 위에 그의 하인들이 횃불을 들고 앉아 있더군!"

"카이사르가 원래 불침번을 세웁니까?" 킴베르가 흥미롭다는 듯 물었다.

"몰라, 내가 어찌 아나?" 안토니우스가 내뱉었다. "밤에 관저로 몰래 들어간 건 처음인데."

이틀 후 카이사르는 로마에 돌아온 후 처음으로 원로원을 소집했다. 장소는 마르스 평원의 폼페이우스 회의소였다. 100개의 기둥이 둘러싼 안뜰과 넓은 극장 뒤에 있는 곳이었다. 꽤 많이 걸어야 한다는 뜻이었지만, 의원들은 안도의 숨을 내쉬었다. 폼페이우스 회의소는 원로원 회의를 위해 특별히 지은 곳이라 모두가 편안하게 적절한 단차로 앉을 수 있었기 때문이다. 포룸 로마눔의 원로원 의사당이 있던 시기 신성경계선 바깥에 세운 회의소라서, 대개 경계선 안에서 논의할 수 없는 주제인 외국의 전쟁을 논의하기 위해서 쓰였다.

카이사르는 이미 단상 위 고관석에 앉아 있었다. 탁자 위에는 그가 읽을 짬이 난 서류들과 밀랍 서판들, 서판에 글을 새기는 철필이 있었다. 그가 하던 일에만 골몰하는 사이 의원들이 들어왔고 노예들은 주인이 앉을 단에 접의자를 펼쳤다. 제일 높은 단에는 투표권이 있으나 발언권은 없는 평의원들이, 중간 단에는 하급 정무관인 전직 조영관과 호민관 들이, 맨 앞이자 가장 낮은 단에는 전직 법무관과 집정관 들이 앉았다.

수석 릭토르인 파비우스가 어깨를 두드리고 나서야 카이사르는 고개를 들어 주위를 둘러보았다. 뒷자리 쪽은 나쁘지 않다고 카이사르는 생각했다. 지금까지 그는 시민관을 받은 백인대장 세 명을 포함해 200명의 신규 의원을 지명했다. 대부분은 상위 18개 백인조를 구성하는 가문의 자손들이었지만 일부는 이탈리아 명문가 사람들이었고 가이우스 헬비우스 킨나처럼 이탈리아 갈리아에서 온 사람도 몇 명 있었다. 그 '부적합한' 지명은 로마의 오랜 귀족 집안사람들에게 호응을 얻지 못했다. 그들은 원로원이 순수하게 자기네만을 위한 기구라고 여겼다. 카이사르가 원로원을 바지 입은 갈리아인들과 보병 사병들로 채우고 있다는 소문이 돌았고, 그가 로마의 왕이 되려 한다는 뜬소문까지 퍼졌다. 그가 아프리카에서 돌아온 후 매일같이 누군가는 카이사르에게 그가 언제 '공화국을 복구'할 거냐고 물었다—그가 무시하는 질문이었다. 키케로는 원로원의 배타성 저해에 관해 목소리를 높이고 있었는데, 그런 태도는 그 자신도 로마인 중의 로마인이 아니라 시골 출신 신진세력이라는 사실 때문에 더욱 부각되었다. 그와 같은 부류가 원로원을 채울수록, 온갖 역경에도 불구하고 그곳에 들어간 그의 승리가 빛이 바랬기 때문이다. 게다가 그는 말도 못하게 속물이었다.

카이사르가 그곳에서 보고 싶어한 몇 명은 앞쪽 벤치에 앉아 있었다. 마니우스 아이밀리우스 레피두스 부자, 큰 루키우스 볼카티우스 툴루스, 칼비누스, 루키우스 피소, 필리푸스, 아피우스 클라우디우스 풀케르 집안사람 두 명. 그다지 보고 싶지 않은 자들도 있었다. 마르쿠스 안토니우스와 옥타비아의 약혼자인 작은 가이우스 클라우디우스 마르켈루스. 하지만 키케로는 보이지 않았다. 카이사르는 입술을 꽉 다물었다. 물론 카토를 칭송하는 글을 쓰느라 나올 시간이 없겠지.

단상도 꽤 붐볐다. 집정관들인 카이사르 본인과 레피두스, 카이사르의 굳건한 지지자 아울루스 히르티우스와 볼카티우스 툴루스의 아들을 포함한 법무관 여섯 명. 야비한 놈 가이우스 안토니우스는 호민관 벤치에 엉덩이를 붙이고 앉아 있었다. 그만큼이나 별 볼 일 없는 다른 호민관 직 보유자들과 나란히.

카이사르는 정족수 이상이 참여했음을 확인했다. 충분하군. 그는 일어서서 토가 자락을 머리에 쓰고 기도문을 낭송한 뒤 루키우스 카이사르가 점을 볼 동안 기다렸다가 일을 시작했다.

"슬픈 소식 몇 개 먼저 전해드리겠습니다, 의원 여러분." 그는 평소의 굵직한 목소리로 말했다. 폼페이우스 회의소는 소리가 잘 울려퍼지는 곳이었다. "리키니우스 크라수스 집안의 마지막 자손이자 위대한 전직 집정관의 아들인 마르쿠스가 죽었다고 들었습니다. 많은 이들이 그를 그리워할 것입니다."

이어서 그는 다음 소식이 마치 아무런 반향도 일으키지 않을 것처럼, 무방비 상태의 의원들에게 타격을 주지 않을 것처럼 곧바로 덧붙였다. "두번째 유감스러운 소식을 전하겠습니다. 마르쿠스 안토니우스가 나를 살해하려 했습니다. 내가 잠을 자고 내부에 경비가 없다고 알려진 시간에 관저로 들어오려는 것이 목격되었습니다. 정식 복장도 아니었고 튜닉 차림에 칼을 들고 있었죠. 정식 출입문도 아닌 내 개인 주랑정원의 벽을 넘어오려고 했습니다."

안토니우스는 충격으로 몸이 굳었다. 대체 어떻게 안 거지? 아무도 날 보지 못했는데, 아무도!

"그 일을 자세히 파고들려는 것은 아닙니다. 그저 여러분께 이 일을 알리면서, 여러분 모두에게 내가 겉보기처럼 무방비 상태가 아님을 알려드리려는 겁니다. 그러니 내 독재관 직에—혹은 내 방식에!—반대하는 분들은 이 폭군 카이사르를 로마에서 제거하겠다고 결정하기 전에 한번 더 생각하는 게 나을 겁니다. 솔직히 말씀드리건대 나는 꽤 오래 살았습니다. 햇수로 보나 명성으로 보나 말이죠. 하지만 나는 아직 인생에 그리 싫증이 나지 않았으며 살해당하는 것으로 삶을 끝낼 생각이 없습니다. 나를 제거해보십시오, 그러면 장담컨대 로마는 독재관 카이사르보다 훨씬 더 나쁜 병폐들을 겪게 될 겁니다. 로마의 현상황은 루키우스 코르넬리우스 술라가 독재관 직을 맡을 때와 다릅니다. 로마는 하나의 강력한 손이 필요하고, 그 손을 내게서 찾았습니다. 내 법들을 확립시키고 로마가 그 어느 때보다 위대하게 살아남을 거라는 확신이 들면 나는 독재관 직을 내려놓을 것입니다. 하지만 내 일이 완전히 끝나기 전에는 그러지 않을 것이며, 그때까지는 수년이 걸릴 수도 있습니다. 그러니 경고하겠습니다. 내게 예전의 영광으로 '공화국을 되돌려놓으라'는 부탁은 이제 그만하십시오.

대체 무슨 영광입니까?" 그가 우뢰처럼 소리치자 놀란 청중이 움찔했다. "다시 묻습니다, 대체 어떤 영광입니까? 그런 영광은 없습니다! 성마르고 완강하고 자만하는, 자기네 특권을 지키는 데 혈안이 된 소수의 사람들만 있을 뿐이죠. 속주 총독으로 파견되어 그곳을 약탈할 특권. 사업 동료들에게 속주로 가서 그곳을 약탈할 기회를 부여하는 특권. 몇몇을 위해 어떤 법을 제정하고 다른 몇몇을 위해 다른 법을 제정하는 특권. 그저 명문가 출신이라는 이유만으로 무능력자를 관직에 앉히는 특권. 절박하게 필요한 법들을 투표로 파기하는 특권. 작은 도시국가에나 적절하고 세계적인 제국에는 부적절한 모스 마이오룸을 보존하는 특권."

의원들은 멍한 얼굴로 등을 꼿꼿이 세우고 앉아 있었다. 카이사르가 가장 최근에 급진적인 생각을 의사당에서 외쳤던 것은 일부 사람들에게도 오래전 일이었고, 나머지 이들에게는 아예 처음 겪는 일이었다.

"여러분이 비롯된 18개 백인조에만 모든 로마의 부와 특권이 머물 거라고 믿는다면, 여러분이 주제를 알도록 해드리겠습니다. 나는 우리 사회를 재구성하여 부를 더 평등하게 분배할 생각입니다. 3계급과 4계급의 성장을 장려하는 법을 만들고, 최하층민들이 더 높은 계급으로 오를 수 있는 곳들로 이주하도록 장려하여 그들의 처지를 개선할 것입니다. 또한 무상 곡물 분배를 위한 수입 조사를 실시하여 곡물을 살 여력이 있는 사람들은 무상 곡물을 받지 못하게 할 것입니다. 현재 무상 곡물 수급자는 30만 명에 달합니다. 그 숫자를 하루아침에 반으로 줄일 것입니다. 또한 무상 곡물로 이익을 보려고 노예들을 해방시키지 못하게 만들 것입니다. 어떻게 그리할 거냐고요? 11월에 새로운 인구조사를 실시할 겁니다. 인구조사 요원들이 온 로마와 이탈리아, 모든 속주들을 집집마다 돌아다닐 겁니다. 주거, 집세, 위생, 수입, 인구, 읽고 쓰기와 산술 능력, 범죄, 화재, 어린이와 노인과 노예 수에 관해 방대한 정보를 수집할 겁니다. 요원들은 또한 최하층민들에게 내가 세울 외국 식민지들로 이주할 의향이 있는지 물어볼 겁니다. 현재 로마에는 군사 수송선들이 매우 많이 있으므로 그것들을 활용할 것입니다."

피소가 큰 소리로 외쳤다. "부자든 가난하든, 카이사르, 모든 로마 시민은 무상 곡물 분배를 받을 권리가 있습니다. 경고하건대 나는 당신이 수입을 조사하려는 모든 시도에 반대할 것입니다!"

"마음껏 반대하세요, 루키우스 피소, 그러든 말든 그 법은 시행될 것입니다. 나는 반대에 굴하지 않겠습니다! 그리고 반대하지 않기를 조언합니다—그러면 당신 경력이 손상될 테니까요. 수단은 공정하고 정당합니다. 어째서 로마가 당신 같은 사람, 곡물을 살 능력이 차고 넘치는 사람들에게 귀중한 돈을 줘야 합니까?" 카이사르가 엄한 목소리로 물었다.

중얼거림과 어두운 표정들이 있었다. 늙고 고압적이고 오만한 카이사르가 복수의 칼을 품고 돌아왔다. 그러나 뒷자리 벤치의 얼굴들은 놀라기는 했지만 화난 표정은 아니었다. 그들은 카이사르에게 지금의 지위를 빚졌으니 그의 법들에 찬성표를 던질 터였다.

"셀 수 없이 많은 곡물법이 나올 것입니다." 카이사르는 연설을 이어갔다. "하지만 분노할 이유가 없으니 분노하지 마십시오. 내가 이탈리아와 이탈리아 갈리아에서 퇴역 보병들을 위해 사는 땅은 모두 선불로 제값을 주고 살 것이지만, 대부분의 농지법은 히스파니아, 갈리아, 그리스, 에페이로스, 일리리쿰, 마케도니아, 비티니아, 폰토스, 아프리카 노바, 푸블리우스 시티우스의 영역, 마우레타니아의 외국 토지를 포함할 것입니다. 최하층민 일부와 군단병 일부가 이들 거류지에 정착하는 동시에 저는 자격 있는 속주민, 의사, 학교 교사, 장인과 상인 들에게 완전한 시민권을 부여할 것입니다. 로마에 거주한다면 네 개의 수도 트리부스에 등록될 것이나, 이탈리아에 거주한다면 그들이 사는 구역에 일반적인 지방 트리부스에 등록될 것입니다."

"법정과 관련한 변화는 없습니까, 카이사르?" 원로원을 진정시키려는 의도에서 법무관 볼카티우스 툴루스가 물었다.

"아, 있습니다. 하급 기사들은 배심원 명단에서 사라질 겁니다." 독재관이 기꺼이 곁길로 새며 선언했다. "원로원 정원은 1천 명으로 늘어날 것이며, 18개 백인조의 상급 기사들을 더하면 이들 중에서 재판 배심원들을 다 제공하고도 남을 것입니다. 법무관 수는 일 년에 14명으로 늘어 바쁜 법정에서 심리가 더 신속히 이뤄지게 할 것입니다. 내 법들이 완성될 즈음이면 부당취득죄 재판은 거의 필요 없어질 것입니다. 속주의 총독과 사업가 들이 부당취득을 할 여력이 없을 것이기 때문입니다. 선거도 더 효과적으로 규제할 것이므로 뇌물 법정 역시 무의미해질 겁니다. 반면 살인, 강도, 폭력, 횡령, 부도 같은 통상적인 범죄에 더 많은 법정과 시간이 필요합니다. 나는 살인죄의 처벌을 강화할 것이나, 모스 마이오룸을 교란시키는 방식은 쓰지 않을 것입니다. 범죄에 따른 처형과 투옥은 로마의 사상과 문화에 생경한 두 가지 개념이므로 도입되지 않을 것입니다. 그러나 추방 기간을 늘리고, 추방당한 자가 돈을 갖고 떠나는 것을 절대로 불가능하게 할 것입니다."

"플라톤의 이상 국가를 목표로 하는 겁니까, 카이사르?" 피소가 조롱했다. 그는 극도로 분개해 있었다.

"천만에요." 카이사르가 상냥하게 대꾸했다. "내 목표는 정의롭고 실용적인 로마 공화국입니다. 폭력을 예로 들어보죠. 거리 폭력단을 조직

하고자 하는 자들은 그러기가 훨씬 더 어려워질 겁니다. 모든 클럽과 조합들을 철폐할 것이기 때문입니다. 단, 목적이 무해한 단체는 예외입니다. 유대교도 집단, 상업 및 전문직 조합, 그리고 장례 조합도 물론 포함됩니다. 말썽꾼들이 정기적으로 만나는 교차로단과 기타 장소는 사라질 겁니다. 본인들이 마실 포도주를 제 돈으로 사야 한다면 술을 덜 마시기 마련이죠."

거대 지주인 필리푸스가 말했다. "독재관께서 라티푼디움을 붕괴시킬 계획이라는 소문을 들었습니다만."

"상기시켜줘서 고맙습니다, 루키우스 필리푸스." 카이사르가 함박웃음을 지으며 말했다. "아니, 라티푼디움은 붕괴되지 않을 것입니다, 국가가 군인용 토지로 구매하는 경우를 제외하면요. 그러나 앞으로는 그 어떤 지주도 노예만으로 라티푼디움을 운영할 수 없을 겁니다. 일꾼의 3분의 1은 반드시 해당 지역의 자유인이어야 합니다. 이는 시골의 무직자 빈민과 지역 상인들에게 도움이 될 것입니다."

"말도 안 됩니다!" 필리푸스가 거무스름한 얼굴에 피가 쏠린 채 소리쳤다. "당신은 지금 온갖 것에 다 간섭하는 법을 도입하려 하고 있습니다! 조금만 더 있으면 방귀도 허락을 받고 뀌어야겠군요? 카이사르, 당신은 의도적으로 로마의 모든 1계급을 제거하려 하고 있습니다! 그런 미치광이 같은 생각들은 대체 어디서 얻은 겁니까? 시골의 빈민을 돕는다고요? 사람에게는 여러 권리가 있습니다. 그중 하나는 자신의 사업을 원하는 방식으로 운영할 권리입니다! 값싼 노예를 사서 급료를 주지 않고 쓸 수 있는데 내가 왜 라티푼디움 일꾼의 3분의 1한테 급료를 줘야 합니까?"

"모든 주인은 노예에게 급료를 지불하고 있습니다, 필리푸스. 모르겠습니까?" 카이사르가 물었다. "당신이 당신 노예들을 사야만 한다는 걸? 그런 다음에는 그들을 수용할 에르가스툴룸을 지어야 하고, 밥도 먹여야 하고, 그 의욕 없는 사람들을 감독할 자들을 두 배 수로 써야만 하지 않습니까? 당신이 조금이라도 덧셈을 할 줄 아는 대행인을 두고 있다면, 자유인을 고용하는 편이 더 싸다는 사실을 금세 깨닫게 될 겁니다. 최초 구매 비용도 없고, 집을 제공할 필요도 없습니다. 자유인들은 매일 밤 자기집으로 돌아가 아내와 자식들이 정원에서 기른 것들을 먹으니까요."

"헛소리!" 필리푸스가 수그러들면서도 꿍얼거렸다.

"사치금지법은 없습니까?" 피소가 물었다.

"잔뜩 쌓여 있습니다." 카이사르가 기다렸다는 듯이 대답했다. "사치품에는 무거운 세금이 부과될 것이고, 호화로운 무덤을 금지하지는 않겠지만 무덤 제작자에게 지불하는 만큼의 돈을 로마 국고에도 내야 할 것입니다."

그는 잠자코 앉아 있는 레피두스를 내려다보더니 한쪽 눈썹을 치켜세웠다. "차석 집정관, 한 가지만 더 얘기하겠습니다. 그후 회의를 해산하세요. 토론은 없을 겁니다."

카이사르는 다시 의원들을 향해 말을 이어갔다. 달력을 영원히 계절과 맞출 생각이며, 따라서 올해는 455일이 될 거라는 내용이었다. 윤달은 끝났지만 67일의 인테르칼라리스라는 기간을 12월 말 뒤에 추가할 거라고 했다. 그러면 내년 첫날은 겨울의 3분의 1 지점이라는 적당한 시기에 맞을 터였다.

"당신을 뭐라고 불러야 할지 모르겠소, 카이사르." 피소는 회의소를 나갈 때 몸을 떨며 말했다. "당신은…… 괴물이야!"

자신을 노려보는 사람들 때문에 상처받은 결백한 자를 연기하며, 안토니우스는 카이사르가 다가오기를 기다렸다. "대체 무슨 말씀이십니까, 카이사르, 암살 음모 공개라니요? 그러더니 제게 해명할 기회조차 주시지 않고 공화국을 영광의 시절로 돌려보내는 얘기로 빠지셨죠!" 그는 카이사르의 얼굴 앞에 공격적으로 자기 얼굴을 들이밀었다. "무엇보다도 공개 석상에서 제게 망신을 주셨습니다, 원로원에서 암살 시도로 저를 비난하시다니요! 사실이 아닙니다. 그날 밤 무르키우스의 술집에서 저와 함께 있던 세 사람한테 물어보십시오!"

카이사르의 시선은 맨 꼭대기 계단식 청중석의 왼쪽에서 접의자를 든 하인을 뒤에 달고 내려오는 루키우스 틸리우스 킴베르를 향했다. 참 흥미로운 자야. 쓸모 있는 정보를 잔뜩 갖고 있지.

"꺼져버려, 안토니우스." 카이사르는 지친다는 듯 말했다. "이미 말했듯 난 그 일을 꼬치꼬치 캐물을 생각이 없어. 하지만 네 암살 광대극을 보니, 내가 쉽게 제거되지 않으리라고 원로원에 알린 건 충분히 타당한 일이군. 경제적으로 지금껏 어느 때보다 곤궁하지 않아?"

"저는 풀비아와 결혼할 거고 곧 갈리아 전리품 중의 제 몫을 받을 겁니다." 안토니우스가 반박했다. "제가 독재관님을 살해할 필요가 있을까요?"

"하나 묻지, 안토니우스. 네가 암살 시도를 하지 않았다면, 그 일이 있던 밤이 언제인지 어떻게 알고 있시? 난 날짜는 언급하지 않았거든. 당연히 넌 암살 시도를 했어! 바로에게 공개 사과한 후 욱해서 말이야. 이제 꺼져."

"정말이지 절망적인 녀석이야." 루키우스 카이사르가 다가오며 말했다.

거의 문가에 도착해 릭토르단이 밖으로 나갔을 때 카이사르는 뒤돌아서 호화스러운 회의소 안의 화려한 대리석과 다소 부적절한 색채 배합을 바라보았다—이곳을 만든 사람과 똑 닮았군! 고관석들이 있는 단상 뒤에 위대한 폼페이우스의 조각상이 서 있었다. 자주색 대리석으로 단 처리를 한 흰 대리석 토가 차림에 얼굴과 두 손, 오른팔과 장딴지는 그의 피부와 완벽하게 흡사한 색이었으며 옅은 주근깨까지 표현되어 있었다. 밝은 금발도 더할 나위 없이 비슷했고 생동감 넘치는 파란 눈동자는 살아서 반짝이는 듯했다.

"실물과 아주 흡사하군." 루키우스가 육촌동생과 같은 곳을 보며 말했다. "마그누스처럼 자네의 새 회의소 고관석 뒤에 자네 조각상을 세우지는 않기를 바라."

"하지만 괜찮은 생각인걸요, 루키우스. 생각해보십시오. 내가 10년 동안 떠나 있게 된대도, 원로원은 그 회의소에서 모일 때마다 내가 언젠간 돌아오리라는 사실을 상기할 테니까요."

두 사람은 밖으로 나가서 주랑을 통과해 시내로 가는 도로로 갔다.

"물어보고 싶었던 것이 있습니다, 루키우스. 가이우스 옥타비우스는 수도 담당관으로 일할 때 어땠습니까?"

"그애한테 직접 묻지 않았나, 가이우스?"

"그애가 그 일은 언급하지 않았고, 나는 잠시 깜박했습니다."

"걱정할 거 없어, 그앤 아주 잘해냈거든. 수도 담당관임에도 불구하고 수도 담당 법무관 사무소에서 겸손하면서도 꽤 자신만만하게 일했네. 베테랑처럼 한두 가지 논쟁적 상황을 처리했지. 아주 차분했고, 꼭 필요한 질문을 빠짐없이 했고, 적절한 평결을 내렸어. 그래, 아주 잘했다네."

"그애가 가쁜 숨을 쉬는 환자란 걸 알고 계십니까?"

루키우스가 발을 멈췄다. "맙소사! 아니, 몰랐네."

"딜레마입니다, 그렇지요?"

"아, 그렇지."

"하지만 난 그애여야 한다고 생각합니다, 루키우스."

"아직 시간이 많아." 루키우스는 한 팔로 카이사르의 두 어깨를 다정하게 감싸안았다. "카이사르의 행운을 잊지 말게, 가이우스. 누구로 결정하든 카이사르의 행운이 함께할 거네."

2

클레오파트라는 9월의 첫 장날 주기 말미에 로마에 도착했다. 오스티아에서 휘장을 친 가마를 타고 앞뒤로 거대한 수행원단을 데리고 왔다. 특유의 장갑보병 차림에 자주색 마구를 착용한 눈처럼 흰 말을 탄 무표정한 왕실 근위대도 함께였다. 몸이 조금 약한 그녀의 아들은 보모들과 함께 다른 가마에 탔고, 세번째 가마에는 그녀의 열세 살짜리 남편 프톨레마이오스 14세가 타고 있었다. 가마 세 대 모두 금으로 짠 커튼을 쳤고 금도금한 목조 부분에 박힌 보석들이 화창한 초여름의 밝은 햇빛에 반짝였다. 유탁 유약을 바른 채색 타일로 만든 가마 지붕의 네 귀퉁이에 금가루를 바른 타조 솜털이 까닥거렸다. 새까만 피부의 건장한 남자 여덟 명이 가마 하나를 짊어졌는데, 그들은 금색 킬트 차림에 넓적한 금목걸이를 걸었으며 커다란 발은 맨발이었다. 아폴로도로스는 차양을 드리운 보교를 타고 행렬의 선두에 있었다. 오른손에 긴 금지팡이를 들고 금으로 짠 네메스 두건을 썼으며, 여러 개의 반지를 끼고 목에는 관직을 나타내는 사슬 목걸이를 했다. 수백 명의 수행원들도 제일 낮은 자들까지 값비싼 옷을 입었다. 이집트의 여왕은 인상적인 모습을 보이기로 결심했던 것이다.

그들은 새벽에 상당수의 오스티아 주민들과 함께 출발했다. 오스티아에서 멀어질수록 다른 이들도 합세했다. 그날 아침 오스티엔시스 가도에 있던 사람들 모두 평소에 하던 일을 하기보다는 그 왕가의 행렬에 끼는 편이 재미있겠다고 생각한 것이다. 길잡이로 파견된 릭토르 코르넬리우스는 세르비우스 성벽으로부터 1.5킬로미터 떨어진 곳에서 그들을 맞이해 경외에 가까운 경탄이 담긴 시선으로 행렬을 바라보았다—아, 릭토르단에 돌아가면 대단한 얘기를 들려줄 수 있겠어! 때는 정오였고, 성벽이 보이자 아폴로도로스는 안도했다. 하지만 그때 코르넬리우스는 행렬을 이끌고 아벤티누스 언덕 외곽을 빙 돌아 로마 항의 선창으로 가서 멈춰 섰다. 대시종장의 표정이 구겨지기 시작했다. 어째서 도시로 들어가지 않는 거지, 왜 여왕 전하를 이 낡아빠지고 지저분한 동네로 데려온 거야?

"여기서 배를 타고 강을 건널 겁니다." 코르넬리우스가 설명했다.

"배? 하지만 로마가 우리 바로 오른쪽에 있잖소!"

"아, 우린 도시로 들어가지 않습니다." 코르넬리우스가 호의적이고 순진한 어조로 말했다. "여왕의 궁은 티베리스 강 건너편, 야니쿨룸 언덕 기슭에 있기 때문에 여기서 건너가는 것이 가장 쉽습니다. 양쪽에 선창이 있거든요."

"여왕 전하의 궁이 어째서 도시 안에 있지 않은 거요?"

"저런, 저런, 그럴 일은 절대로 없을 겁니다." 코르넬리우스가 말했다. "로마 시내는 모든 성별한 군주에게 금지되어 있습니다. 로마 시내에 들어간다는 건 신성경계선을 넘는다는 것이고 모든 왕의 권력을 내려

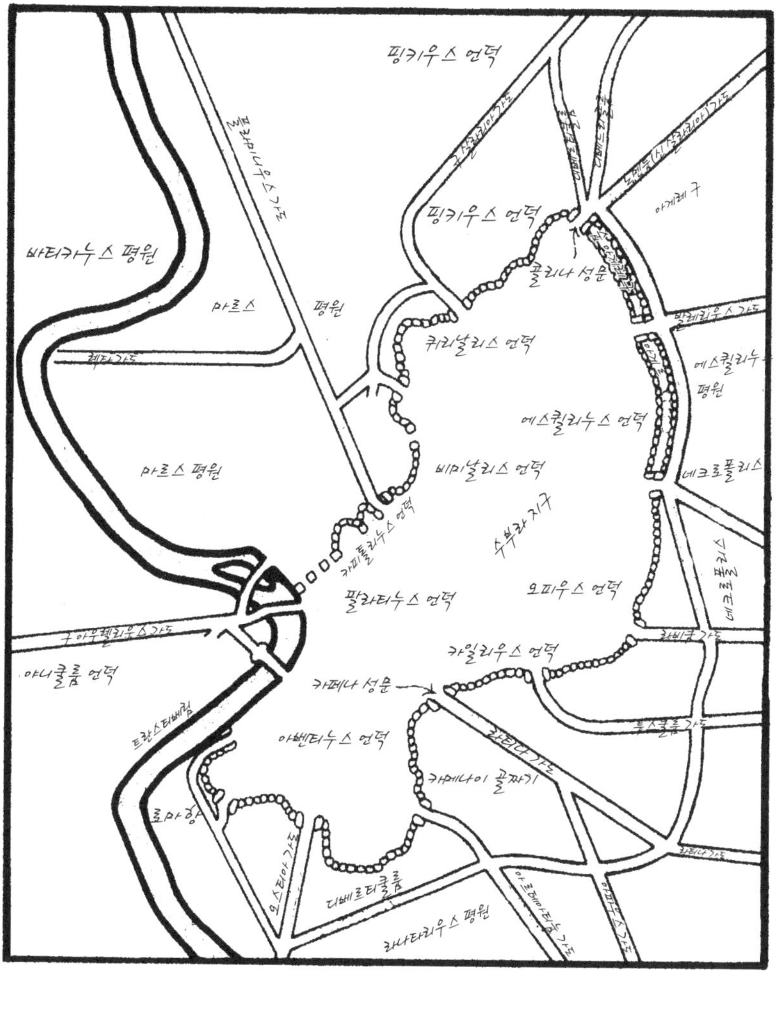
핑키우스 언덕
플라미니우스 가도
바티카누스 평원
핑키우스 언덕
아게레 구
콜리나 성문
마르스
평원
퀴리날리스 언덕
렉타 가도
에스퀼리누스
평원
에스퀼리누스 언덕
비미날리스 언덕
마르스 평원
네크로폴리스
카피톨리누스 언덕
수부라 지구
팔라티누스 언덕
오피우스 언덕
아우렐리우스 가도
카일리우스 언덕
야니쿨룸 언덕
카페나 성문
트란스티베림
아벤티누스 언덕
투스쿨룸 가도
라티나 가도
카페나이 골짜기
로마 항
오스티아 가도
디베르티쿨룸
라나타리우스 평원

놓는다는 뜻이니까요."

"신성경계선?" 아폴로도로스가 물었다.

"로마의 보이지 않는 경계입니다. 그 안에서는 독재관 외에 아무도 임페리움을 보유하지 못합니다."

이때쯤엔 로마 항 사람들의 절반가량에 라나타리우스 평원에서 온 마부, 마구간지기, 도축업자, 양치기 들까지 몰려와서 멍하니 구경을 했다. 코르넬리우스는 군중을 통제할 다른 릭토르들을 데려올걸 하고 생각했다—서커스가 따로 없군! 실제로 로마 하층민들은 그렇게 생각하고 있었다. 평범한 노동일에 예기치 않게 보게 된 서커스라고. 이집트인들로서는 다행스럽게도 바지선들이 차례차례 선창으로 들어왔다. 가마와 보고가 제일 먼저 승선했고 수행원단이 뒤를 이었으며, 왕실 근위대가 말에서 내려 성마른 탈짐승을 달래며 배에 탔다.

아폴로도로스는 배에서 내려 트란스티베림의 더러운 골목으로 들어서며 한층 더 얼굴을 찌푸렸다. 지저분하고 넝마 입은 주민들이 가마 기둥의 보석들을 칼로 파내 가지 못하도록 가마들 주위로 왕실 근위대를 조밀하게 세워야 했다. 여자들조차 칼을 들고 다니는 것 같았다. 행렬이 한참을 또 힘들게 걸어서 도착한 여왕의 처소에 주민들의 접근을 막을 벽이 없는 것을 보고 그는 한층 더 불쾌해졌다.

"저들은 포기하고 집으로 돌아갈 겁니다." 코르넬리우스는 태연하게 말하며 아치를 통과해 안뜰로 안내했다. 아폴로도로스는 왕실 근위대를 아치 근처에 세워놓고 트란스티베림 사람들이 돌아갈 때까지 지키라고 명령했다. 인간 찌꺼기들이 지체 높은 사람들의 처소에 들어오지 못하게 할 벽조차 없는 처소라니 웬 말인가? 게다가 여왕 전하를 위해 파견된 유일한 호위병이 파스케스도 없는 릭토르 한 명이라니? 카이사르는 어디 있는 건가?

여왕의 짐은 한참 전에 도착해 있었다. 여왕이 가마에서 내려 넓은 아트리움으로 들어섰을 때 모든 것이 제대로 놓인 실내를 볼 수 있도록 하기 위해서였다. 벽의 그림과 태피스트리부터 바닥의 양탄자와 의자, 탁자, 긴 의자, 조각상, 모든 프톨레마이오스 왕과 왕후의 흉상들이 놓인 대좌들까지—제집에 온 듯 편안한 분위기를 의도한 것이다.

여왕은 기분이 좋지 않았다. 물론 그녀는 오면서 커튼 틈으로 생경한 언덕과 풍경을 엿보고 거대한 세르비우스 성벽을 보았으며, 성벽 안 언덕들에 점처럼 찍힌 테라코타 지붕들, 키 크고 가느다란 소나무들, 잎이 무성한 나무들, 파라솔처럼 생긴 소나무들도 보았다. 그녀와 아폴로도로스 모두 충격을 받은 건 도시를 우회하여 선창 구역으로 들어섰을 때였다. 망가진 길쭉한 통발과 더러운 쓰레기가 사방에 널려 있었다. 카이사르가 보냈을 의장병은 어디에 있지? 어째서 난 배를 타고 저런 개천을 건너 험한 동네로 와서 어딘지 모를 곳으로 서둘러 옮겨지는 거지? 어째서 카이사르는 내가 오스티아에 도착해서부터 보낸 바지선 몇 척 분량의 편지들에 첫번째 편지만 빼고 답장을 하지 않은 걸까? 내가 편할 때 바로 내 처소로 이동하라고만 적혀 있던 그 무뚝뚝한 답장!

코르넬리우스가 허리를 숙여 절했다. 그는 알렉산드리아에서부터 그녀를 알고 있었지만, 그녀가 그를 알아보지 못하리라는 걸 이해할 만큼 동방 군주들에 익숙했다. 역시나 그녀는 그를 알아보지 못했다. 여왕 전하께서는 화가 잔뜩 나 있었다. "카이사르를 대신하여 경의를 표합니다, 여왕 전하." 그가 말했다. "독재관께서는 시간이 나는 대로 전하를 방문하실 것입니다."

"시간이 나는 대로 나를 방문할 거다." 클레오파트라는 물러가는 코르넬리우스의 등을 보며 곱씹었다. "그가 방문할 거라고! 하, 나를 보러 온 걸 후회하게 해주겠어!"

"진정하시고 체통을 지키세요, 전하." 카르미온이 단호하게 말했다. 어릴 때부터 여왕과 함께 자란 그녀와 이라스는 여왕의 모든 기분을 예측할 줄 알았고 지금도 겁먹은 기색 없이 서 있었다.

"근사한데요." 이라스가 주위를 둘러보며 말을 보탰다. "방 가운데 있는 커다란 수조가 마음에 들어요. 그 안의 돌고래와 트리톤이 참 기발하지 않나요?" 그녀는 하늘을 올려다보고는 덜 흡족해했다. "전하도 지붕이 없을 줄은 모르셨죠?"

클레오파트라는 일단 화를 누르고 물었다. "카이사리온은?"

"곧장 육아실로 갔지만 걱정하지 마세요, 상태가 호전되고 있으니까요."

잠시 동안 여왕은 입술을 깨문 채 확신 없이 서 있다가 이윽고 어깨를 으쓱했다. "우린 높은 산들과 특이한 나무들이 있는 낯선 땅에 있어. 그러니 이곳의 관습도 그에 못지않게 낯설고 이상하리라고 예상해야 해. 카이사르가 나를 환영하러 곧장 달려올 것 같지 않으니 내가 계속 정복을 입고 있을 이유가 없어. 육아실과 내 개인 처소는 어디지?"

수수한 그리스식 가운으로 갈아입고 카이사리온이 정말로 괜찮아지고 있음을 확인한 클레오파트라는 안심하여 카르미온, 이라스와 함께 궁을 구경했다. 작은 편이지만 적당하다는 게 그들의 결론이었다. 카이사르는 여왕에게 그의 해방노예 가이우스 율리우스 니포를 로마인 집사로 주었다. 그는 식료품과 가재도구 구매를 담당할 터였다.

"어째서 창문과 침대 둘레에 얇은 천 커튼이 없지?" 클레오파트라가 물었다.

니포는 당황한 표정으로 대답했다. "죄송하지만 무슨 말씀이신지 모르겠습니다."

"여긴 모기가 없나? 방에 나방이나 벌레가 몰려들지 않느냔 말이네."

"많습니다, 여왕 전하."

"그렇다면 당연히 벌레가 들어오지 못하게 해야지. 카르미온, 얇은 아마천을 가져왔어?"

"네, 넉넉히 챙겨왔어요."

"그럼 그걸로 커튼을 쳐. 카이사리온의 침대부터."

신앙에도 신경써야 했다. 클레오파트라는 직접 고른 신들을 모셔왔다. 순금보다는 채색한 나무로 된 정복 차림의 신들 조각상이었다. 아문-라, 프타, 세크메트, 호루스, 네페르툼, 오시리스, 이시스, 아누비스, 바스트, 타와레트, 소베크, 하토르. 신들과 여왕 자신의 필요를 돌보기 위해서 대사제 푸엠-레와 그를 보조할 평사제 여섯 명도 데려왔다.

대리인 암모니오스는 오스티아에 있으면서 여왕을 여러 차례 만났으며, 건축업자들이 방 하나에는 회반죽을 칠한 벽들을 두도록 조치했다. 평사제들이 기도문과 주문, 클레오파트라와 카이사리온, 필라델포스의 카르투슈를 벽에 그리면 그곳은 신전이 될 터였다.

클레오파트라는 우울할 만큼 기분이 가라앉은 채 아문-라 앞에 엎드렸다. 옛 이집트어로 기도문을 크게 외우고, 낭송이 끝난 뒤에도 일어나지 않고서 차가운 대리석 바닥에 이마를 댄 채 속으로 기도했다.

빛과 생명을 관장하는 태양의 신이시여, 당신의 숭배소를 옮긴 이 험난한 곳에서 저희를 지켜주소서. 저희가 고국과 나일 강에서 멀리 떨어진 곳으로 온 것은 오직 당신과, 하늘과 강의 크고 작은 모든 신들에의 믿음을 지키기 위해서입니다. 저희가 서방으로, 죽은 자들의 영역으로 온 것은 다시 수태하기 위해서입니다. 환생한 오시리스가 저희를 만나러 이집트로 올 수 없기 때문입니다. 나일 강의 범람 수위는 완벽했으나, 그것을 유지하려면 아이를 하나 더 가져야 합니다. 저희를 도우소서, 믿음 없는 자들 속으로 떠나온 저희를 이해해주시옵소서. 저희의 신격을 지켜주시고 저희의 힘을 보전해주시며 저희의 마음을 굳건하게, 저희의 자궁을 결실 있게 해주소서. 저희의 아들 프톨레마이오스 카이사르 호루스가 그의 신성한 아버지를 알게 하시고, 그애가 혼인하여 순수한 혈통을 지킬 수 있는 누이를 내려주소서. 나일 강은 반드시 범람해야 합니다. 파라오는 다시, 여러 차례 회임해야만 합니다.

클레오파트라는 알렉산드리아에서 출항하며 전함 10척과 수송선 60척을 대동했다. 한껏 들뜬 그녀의 기분은 함께 출항한 모든 이들에게 전염되었다. 이집트는 그녀가 없어도 걱정할 필요가 없었다. 푸블리우스 루프리우스가 4개 군단과 함께 지키고 있었으며, 친척 아저씨인 페르가몬의 미트리다테스 왕이 왕궁을 맡아주었기 때문이다.

그러나 파라이토니온을 지날 때쯤 여왕의 들뜬 기분은 사라지고 말았다. 바다말고는 아무것도 보이지 않는 항해의 지루함을 누가 상상이나 했으랴? 파라이토니온에서 선단의 속도가 빨라졌다. 동풍의 신 아펠리오테스가 카이사르 전쟁 이후 고분고분하게 숨죽인 서쪽의 우티카로 배들을 밀어주었기 때문이다. 그런 다음 남풍의 신 아우스테르가 이탈리아의 서쪽 해안을 따라 배들을 곧장 밀어주었다. 선단이 오스티아에 도착한 것은 알렉산드리아를 떠난 지 불과 25일밖에 지나지 않아서였다.

오스티아에서 여왕은 그녀의 물건들이 모두 하선하고 궁전이 준비되었다는 전갈을 받을 때까지 기함에 탄 채로 기다렸다. 카이사르에게 편지를 쓰고 또 쓰고, 자신을 보러 달려올 카이사르를 난간에서 매일같이 기다렸다. 무뚝뚝한 답장에서 그는, 그게 뭔진 몰라도 곡물법을 작성중이라서 그녀를 보러 올 시간을 낼 수 없다고만 했다. 아, 왜 그의 서신은 언제나 그토록 감정이 메마르고 차가운 걸까? 마치 내가 탄원하는 여느 왕인 것처럼, 시간 날 때 신경쓰면 되는 골칫거리인 것처럼. 하지만 난 여느 왕도, 탄원자도 아니야! 나는 파라오이자 그의 아내이고, 그의 아들의 어머니이며 아문-라의 딸이라고!

그들이 섬뜩한 진흙탕 항구에 묶여 있는 동안 카이사리온은 열병에 걸렸다. 카이사르가 신경이나 썼는가? 아니, 전혀. 그는 아이가 아프다는 편지에 답장조차 하지 않았다.

이제 그녀는 이곳에, 릭토르 코르넬리우스의 말이 옳다면 그녀로서는 가능한 한 가까운 곳에 있었지만, 여전히 카이사르는 없었다.

해질 무렵 클레오파트라는 식사를 하라는 카르미온과 이라스의 청을 들었다. 하지만 다른 사람이 먼저 먹어야 했다. 프톨레마이오스 왕족은 음식과 물을 그저 노예에게 조금 맛보게 하는 데 그치지 않고 자식을 극진히 사랑하는 노예의 자식이 맛보게 했다. 훌륭한 대비책이었다. 클레오파트라의 자매 아르시노에는 성별한 군주가 아니어서 로마의 성벽 안에서 지냈다. 카이킬리아라는 귀족 여성의 집에서 지낸다고 암모니오스는 보고했다. 아주 호화롭게 지낸다고.

이집트의 공기와 다른 이곳의 공기가 여왕은 마음에 들지 않았다. 초여름임에도 해가 지자 그녀가 이제껏 겪어본 적 없는 냉기를 뿜어내는 공기. 이 차가운 돌무덤이, 이 높은 로지아에서 보이는 저 강이라는 걸 휘감은 불길한 분위기를 한층 강화하는걸. 너무 습해. 너무 낯설어. 그리고 카이사르도 없어.

한밤중에 물시계가 잘 시간임을 알리고 나서야 그녀는 침대로 가서 몸을 던지고 울다가 수탉이 울고 나서야 잠이 들었다. 육지에서 하루종일을 보냈는데 카이사르를 보지 못했어. 그가 오기는 할까?

그녀를 깨운 건 본능이었다. 소리도, 빛줄기도, 공기의 진동도 카임이 어린 클레오파트라에게 멤피스에서 심어준 능력과는 관계가 없었다. 전하 가까이에 누군가 있으면 잠에서 깨실 겁니다, 하고 말하며 그가 불어넣어준 능력이었다. 그때부터 방안에 누군가 소리 없이 들어오면 그녀는 잠에서 깨어났다. 지금이 그랬다. 클레오파트라는 카임이 가르쳐준 대로 했다. 실눈을 뜨고 움직이지 않는다. 침입자를 파악한 후 그에 맞게 대응한다.

카이사르였다. 침대 발치에 놓인 의자에 앉아서 그녀가 아니라 원할 때마다 그가 불러내는 아득히 먼 곳을 들여다보고 있었다. 방은 밝지는 않았지만 빛이 있어서 그의 몸 전체가 분명히 보였다. 그녀의 심장이 갈비뼈에 부딪힐 듯 뛰었다. 그에 대한 사랑이 물밀듯이 밀려나오며 와락 안도감이 느껴졌다. 그는 변했다. 한층 나이들었고 아주 지쳐 보였다. 워낙 아름다운 골격이라 죽어서도 변치 않을 미모였지만 뭔가가 사라졌다. 언제나 창백한 눈동자였지만 이제는 색이 바래 보일 지경이었고, 홍채를 둘러싼 검은 고리는 한층 더 어두워졌다. 순식간에 그녀의 모든 분노와 짜증은 지속하기엔 너무 사소한 것이 되어버렸다. 그녀는 미소를 지었고 이제 막 잠에서 깨어 그를 본 척하며 반가움의 표시로 두 팔을 들어올렸다. 도움이 필요한 건 내가 아닌 것 같아.

카이사르의 시선은 뭐가 되었든 보고 있던 것에서 돌아와 그녀를 보았다. 그가 특유의 멋진 미소를 지으면서, 그녀가 결코 알아내지 못할 방식으로 몸을 비틀며 토가에서 빠져나왔다. 다음 순간 그는 두 팔로 그녀를 안았다. 물에 빠진 사람이 부목을 잡듯 그녀를 꽉 붙들었다. 두 사람은 키스했다. 부드럽게 입술을 탐하다 깊은 입맞춤이 이어졌다. 난 알아, 칼푸르니아, 당신과 있을 때 그는 이렇지 않아. 그랬다면 그는 날 원하지 않았을 거야, 이토록 절박하게 날 원하지 않았을 거야. 내 온몸으로 그렇게 느껴, 그리고 난 그것에 온몸으로 답할 거야.

"통통해졌군, 말라깽이 아가씨." 카이사르는 클레오파트라의 목에 입을 맞추고 두 손으로 젖가슴을 어루만지며 말했다.

"당신은 더 말랐네요, 영감님." 그녀가 등을 활처럼 휘며 말했다.

그녀는 몸을 열며 마음속으로 자궁에 집중했고, 강하면서도 부드럽게 그에게 매달렸다. "사랑해요."

"나도 사랑하오." 그가 진심을 담아 말했다.

성별한 군주와 관계하는 일에는 늘 신성한 마력이 있었지만, 그는 지금 어느 때보다도 강하게 그것을 느끼고 있었다. 그럼에도 카이사르는 카이사르였다. 그는 절대 정신을 완전히 놓지 않았고 오랫동안 그녀와 열정적으로 사랑을 나누면서도 절정을 유보했다. 카이사리온에게 여동생은 없다, 절대로 있어서는 안 돼. 클레오파트라에게 딸을 주는 건 유피테르 옵티무스 막시무스와 로마인됨과 나에 대한 범죄다.

클레오파트라는 카이사르가 건너뛴 것을 눈치채지 못했다. 너무나 만족스럽고 의식적 사고에서 아득히 멀어졌으며, 약 17개월 만에 그와 함께라는 사실에 압도당했기 때문이다.

"흠뻑 젖었군, 목욕할 시간이오." 그는 속임수를 강화하기 위해 말했다. 그녀가 물이 아주 많은 여자라는 것도 카이사르의 행운이었다. 그녀는 모르는 편이 나았다.

"밥을 먹어요, 카이사르." 그녀는 목욕 후 말했다. "하지만 먼저 육아실에 가볼래요?"

카이사리온은 완쾌해서 예전의 활기차고 시끄러운 아이로 돌아갔다. 아이는 엄마를 향해 두 팔을 활짝 벌렸고 엄마는 아이를 안아올려 자랑스레 아이 아버지에게 보여주었다.

카이사르는 생각했다. 한때 나는 이애처럼 생겼을 거야. 이애가 내 아들이 확실하다는 건 나조차도 알겠지만, 나를 닮아서라기보단 내 어머니와 누나들을 떠올리게 해서야. 이 아이의 집중력은 세상을 침착하게 판단하던 어머니와 닮았어. 표정도 나와는 달라. 아름다운 아이다, 튼튼하고 영양 상태도 좋지만 살이 찌지는 않았군. 그래, 카이사르 집안 내력이지. 이 아인 프톨레마이오스들처럼 뚱보가 되지 않을 거다. 엄마를 닮은 건 눈뿐인데, 눈동자 색은 닮지 않았군. 나보다는 눈이 깊이 들어가지 않았고 눈동자는 나보다 어두운 파란색이야.

카이사르는 웃음을 지으며 라틴어로 말했다. "아빠한테 인사하렴, 카이사리온."

아이는 기뻐서 휘둥그레진 눈으로 고개를 돌려 낯선 사람을 보다가 어머니를 보고 독특한 억양의 라틴어로 물었다. "저분이 아빠예요?"

"그래, 드디어 아빠가 오셨어."

말이 끝나기 무섭게 아이는 카이사르를 향해 자그마한 두 팔을 뻗었다. 카이사르는 아이를 받아 안고 입을 맞추며 아이의 곱고 굵은 금발을 쓰다듬었다. 카이사리온은 그 낯선 사람을 오래전부터 알았다는 듯이 꼭 안겨 있었다. 클레오파트라가 다시 안으려 했지만 아이는 아빠와 떨어지려 하지 않았다. 카이사르는 생각했다. 이 아인 자기 세상에서 남자가 그리웠군, 이애한텐 남자가 필요해.

카이사르는 정찬도 잊은 채 아들을 무릎에 앉혀놓고 앉아서 아이가 라틴어보다 그리스어를 훨씬 잘한다는 걸, 아기처럼 말하기를 좋아하지 않는다는 걸, 어법에 맞고 분석적인 문장으로 말한다는 걸 알게 되었다. 15개월짜리 아기임에도 나이든 사람처럼 말했다.

"커서 뭐가 되고 싶니?" 카이사르가 물었다.

"아빠처럼 훌륭한 장군이 될래요."

"파라오가 아니라?"

"아, 파라오요! 물론 저는 분명 파라오가 되겠지만 그건 다 크기 전에 될 거예요." 왕이 될 운명에 큰 감흥이 없어 보이는 아이가 대답했다. "제가 되고 싶은 건 장군이에요."

"누구랑 전쟁을 할 건데?"

"로마와 이집트의 적들과요."

"이애의 장난감은 다 전쟁과 관련이 있어요." 클레오파트라가 한숨을 쉬며 말했다. "11개월 때 인형을 다 집어던지더니 칼을 달라고 했다니까요."

"그때도 말을 했소?"

"네, 온전한 문장으로요."

그때 보모들이 밥을 먹이기 위해 아이를 데려갔다. 카이사르는 아이가 울면서 떼를 쓸 거라고 생각했지만, 어쩔 수 없는 일을 꽤 선선히 받아들이는 모습을 보게 되자 살짝 놀랐다.

"나의 자존심이나 성질을 물려받진 않았군." 카이사르는 클레오파트라와 식당으로 걸어가며 말했다. 아빠가 다시 보러 가겠다고 카이사리온에게 약속한 후였다. "나보다 착해."

"그 아인 지상의 신인 걸요." 그녀는 간단히 대답했다. "이제 말해봐요." 그녀는 카이사르와 같은 긴 의자에 자리를 잡으며 물었다. "무엇이 당신을 그토록 지치게 만드는 건지."

"그냥 사람들이지." 카이사르가 모호하게 말했다. "로마 사람들은 독재관의 통치를 좋아하지 않으니, 난 끊임없이 반대에 부닥치고 있소."

"하지만 당신은 늘 반대를 원한다고 말했잖아요. 여기 당신이 좋아하는 과일 주스예요."

"반대에는 두 가지 종류가 있소." 카이사르가 말했다. "내가 원한 건 원로원과 민회에서의 지적인 토론 분위기였지, '공화정 복귀'에 관한 끝도 없는 요구가 아니오. 마치 공화국이 플라톤의 유토피아와 비슷한 사라진 무엇인 것처럼 말이오. 유토피아!" 그는 혐오감을 담은 소리를 냈다. "'아무데도 없는 곳'이란 뜻이오! 내 법들의 어디가 문제인지 물어보자 그들은 그것들이 너무 길고 복잡해서 읽을 수가 없으니 읽지 않겠다고 투덜댔소. 내가 꾀하려는 변화들이 대부분 매우 유익하다는 걸 인정해놓고 뒤돌아서서는 내가 변화를 꾀한다고, 변화는 나쁘다고 불평을 하오. 그러니 내가 겪는 반대는 카토의 반대가 그랬던 것처럼 비논리적인 반대요."

"그럼 나한테 와서 얘기해요." 클레오파트라가 얼른 말했다. "당신의 법안을 나한테 가져오면 내가 읽어볼게요. 당신의 계획을 말해주면 내가 건설적인 비판을 할게요. 당신의 이상을 말해주면 내가 심사숙고해서 의견을 말해줄게요. 다른 사람의 생각이 필요한 거라면, 내 사랑, 내 생각은 디아데마를 두른 독재자의 생각이죠. 부디 내가 돕게 해줘요."

카이사르는 손을 뻗어 그녀의 손을 잡고 그의 입술로 가져가 입을 맞췄다. 그의 눈에 가득한 그늘진 미소에 예전의 활력과 광채가 조금 섞여들었다. "그러겠소, 클레오파트라, 꼭 그러겠소." 그의 미소가 점점 깊어지고, 그녀를 응시하는 그의 시선이 한층 관능적으로 변했다. "당신은 아주 특별한 미인으로 싹을 틔웠구려, 내 사랑. 프락시텔레스의 아프로디테 같은 미녀는 아니지만, 모성과 성숙함이 당신을 아주 기분 좋게 매력적인 여인으로 바꿔놓았소. 당신의 사자 같은 눈이 그리웠다오."

키케로는 2주 후 마르쿠스 유니우스 브루투스에게 보낸 편지에 다음과 같이 썼다.

> 자네는 위인의 개선식을 놓치겠군, 친애하는 브루투스, 그곳에서 인수브레스족들과 지내느라 말일세. 운이 좋구먼. 첫번째 개선식인 갈리아전 개선식은 내일이지만 난 참석을 거부했네. 그러니 이 편지를 나중으로 미룰 이유가 없지. 연애와 결혼 소식만으로도 길게 쓸 수 있을 것 같거든.
>
> 이집트 여왕이 도착했다네. 카이사르는 그녀에게 야니쿨룸 언덕 기슭의 최신식 궁전을 제공했지. 충분히 상류 지역이라, 로마 항의 슬럼가가 아니라 카피톨리누스와 팔라티누스 쪽의 티베리스 강이 보이는 곳이야. 우리 중 아무도 여왕의 의기양양한 행진을 구경하지 못했어. 그녀는 오스티아 가도를 따라 지나갔으니까. 하지만 소문에 따르면 가마부터 옷까지 온 데 금칠을 했다더군.
>
> 여왕은 카이사르의 씨로 추정되는 갓난 아들과 열세 살짜리 남편 프톨레마이오스 왕인가 뭔가와 함께 왔다네. 왕은 혼자서는 아무 말

도 할 줄 모르는 시큰둥한 뚱보에 자기 누나이자 부인을 아주 무서워하지. 근친상간이야! 온 가족이 즐길 수 있는 놀이. 내 기억엔 이런 얘기를 푸블리우스 클로디우스와 그의 누이들을 두고도 한 것 같군.

여왕은 노예, 환관, 보모, 가정교사, 고문, 서기, 필경사, 회계사, 의사, 약초 채집자, 노파, 사제, 대사제, 하급 귀족, 200명 남짓한 왕실 근위대, 철학자 네 명도 데려왔지. 철학자들 가운데는 그 위대한 필로스트라토스와 더 위대한 소시게네스도 있어. 끝이 아닐세. 악사, 무용수, 무언극 배우, 마술사, 요리사, 설거지 담당, 빨래 담당, 의상 제작자, 하녀 들도 왔어. 물론 여왕이 좋아하는 가구와 아마포, 다른 천, 옷, 보석, 돈 궤짝, 특이한 종교 숭배 도구와 장치, 새 옷감, 부채와 깃털, 매트리스, 베개, 받침, 카펫과 커튼과 막, 화장품, 전용 향신료, 에센스, 연고, 수지, 향, 향수도 챙겨왔지. 여왕의 책과 거울, 천문학 도구, 칼데아인 점쟁이도 빼놓을 수 없었고.

여왕의 수행원은 1천 명을 훌쩍 넘긴다고 하더군. 물론 그들이 다 그 궁에 들어갈 순 없지. 카이사르는 그들을 위해 트란스티베림 주변에 마을 하나를 세웠고, 트란스티베림 주민들은 잔뜩 열받았지. 토착민과 침입자 간의 목숨을 건 전쟁이 벌어지고 있어. 상황이 어찌나 격한지, 카이사르는 그곳 주민들 중 누구든 그들이 혐오하는 외국인의 코나 귀를 베려고 칼을 드는 자는 좋든 싫든 그의 새 식민지로 이주시키겠다고 칙령을 내렸다네.

나도 그 여자를 만나봤어. 믿을 수 없을 정도로 오만하고 건방지더군. 여왕이 카이사르의 공식 지지하에 우리 로마인 무식꾼들을 위해 연회를 벌였거든. 호화로운 바지선들이 아이밀리우스 다리 근처에서 우리를 태워 가더니 쿠션과 모피 양탄자가 넘쳐나는 가마와 보교로 실어나르더라고. 그녀가 연 건 알현식이었어—정확한 표현일세—거대한 아트리움이었는데, 로지아에도 마음껏 가보라고 하더구먼. 여왕의 용모는 안쓰러울 정도였네, 내 배꼽까지밖에 안 오더라니까, 내 키가 큰 것도 아닌데 말이야. 매부리코에다가, 눈은 더 이상해. 여왕에게 푹 빠진 그 위인은 그녀의 눈을 사자의 눈이라고 하더군. 그녀를 대하는 그의 모습은 내가 다 부끄러울 정도였네—처음으로 매춘부와 놀아난 사내애 같았다니까.

마니우스 레피두스와 난 좀 돌아다니다가 신전을 발견했다네. 친애하는 브루투스, 우린 경악했어! '그것들'—남녀의 몸에 매, 자칼, 악어, 사자, 암소 등 짐승의 머리가 달린—의 조각상이 적어도 열두 개는 되었어. 최악은 어느 여신이었는데, 터질 듯 부른 배와 축 늘어져 대롱거리는 젖가슴에 하마 머리였어. 정말이지 역겹더군! 그때 대사제가 들어와서 완벽한 그리스어로 말하길, 그 기이하고 정 안 가는 만신전의 누가 누군지—뭐가 뭔지가 더 정확한 표현 같지만—우리한테 설명해주겠다고 했다네. 그는 삭발한 머리에 주름잡힌 흰색 아마포 옷을 입고 우리집만큼이나 비쌀 게 분명한 금과 보석 목걸이를 걸고 있었네.

여왕도 머리부터 발끝까지 금으로 쫙 빼어. 그녀의 보석들만으로도 로마를 통째로 사고 남을 거라네. 카이사르는 내실에서 자기 아들을 데리고 나왔지. 그애는 전혀 부끄러워하지도 않더군! 마치 우리가 새로운 신하들인 것처럼 미소 지으며 우리한테 라틴어로 인사를 하더라니까. 카이사르를 많이 닮긴 닮았더군. 아, 그래. 그건 분명 왕실의 행사였어. 난 여왕이 카이사르를 로마의 왕으로 만들려는 수작을 부리고 있는 게 아닌지 의심하기 시작했네. 친애하는 브루투스,

우리가 사랑하는 공화국은 나날이 멀어지고 있고, 산사태처럼 쏟아지는 새 법안은 결국 1계급의 모든 특권을 앗아가고 말 거야.

화제를 바꾸지. 마르쿠스 안토니우스가 풀비아와 결혼했어. 내가 정말 혐오하는 여자지! 아마 자네도 들었을 거야, 카이사르가 안토니우스에게 살해당할 뻔했다고 '의사당에서' 말했다는 걸. 난 카이사르와 그가 상징하는 모든 것을 혐오하지만, 안토니우스가 성공하지 못해서 기쁘다네. 안토니우스가 독재관이면 상황이 훨씬 나쁠 테니까.

더욱 흥미로운 건 카이사르의 생질손녀 옥타비아와 작은 가이우스 클라우디우스 마르켈루스의 결혼 소식이네. 그래, 믿기지가 않지? 그자의 형과 사촌은 추방당하고 재산을 몰수당했지만, 그자는 그간 처신을 아주 잘해왔어—작은 마르켈루스의 방식으로, 라고 덧붙이고 싶군. 그 결혼은 극도로 매력적인 결과를 하나 낳아서, 나도 원칙을 굽히고 원로원에 나가고 싶어질 뻔했다네. 카이사르가 첫번째 토지법 논의를 위해 소집한 원로원 회의중에 일어난 일이야. 의원들이 해산한 후 작은 마르켈루스가 카이사르에게 지금도 레스보스 섬에 있는 형 마르쿠스를 사면해달라고 부탁했다네. 카이사르는 계속 거절했는데, 그러자 작은 마르켈루스가 바닥에 무릎을 꿇고 앉아 빌었다네. 믿을 수 있겠나? 그 혐오스러운 루키우스 피소도 편을 들었지, 물론 무릎은 꿇지 않았지만 말이야. 사람들 말로는 카이사르가 완전히 당황한 표정이었고 살짝 겁에 질리기까지 했다는구먼. 카이사르는 폼페이우스 마그누스의 조각상에 부딪힐 때까지 뒷걸음질을 치다가 작은 마르켈루스에게 자기를 바보로 만들지 말고 당장 일어나라며 고함을 질렀다고 해. 결론은 마르쿠스 마르켈루스가 이제 사면을 받았다는 거야. 작은 마르켈루스는 형의 부동산도 모두 돌려받게 해줄 생각이라며 돌아다니고 있어. 사촌 가이우스 마르켈루스를 위해서는 그리할 수 없을 걸세. 내가 듣기로 그자는 뭔가 천천히 진행되는 병에 걸려 죽었거든. 형 마르쿠스는 아테네에 들른 후 귀국할 거라고 작은 마르켈루스한테 들었다네.

물론 나는 클라우디우스 마르켈루스 집안사람들은 아무도 좋아하지 않아, 자네도 알겠지만. 그들이 파트리키 지위를 포기하고 평민회에 합류한 것이 그 이유가 무엇인지 알 수 없을 정도로 먼 과거의 일이라 해도, 그들이 그랬다는 사실만 보더라도 어떤 작자들인지 알 수 있지 않나?

소식이 더 쌓이면 다시 편지하겠네.

카이사르가 왕이나 여왕에 대한 로마인들의 반감과 신성경계선을 건너는 행위의 종교적 중요성을 설명한 후, 로마로 들어갈 수 없는 것에 대한 이집트 여왕의 분노는 수그러들었다. 세상 어느 곳이든 금기는 있는 법이고, 로마의 금기들은 모두 공화정 개념과 절대 권력에 대한 혐오와 관계가 있었다. 광기로 변하기 직전의 절대 권력. 변할 수 있고 실제로 변하여 마르쿠스 카토 우티켄시스 포르키우스 같은 광인들을 탄생시킨 절대 권력. 그의 기함할 자살은 아직도 로마인들의 입에 오르내리고 있었다.

클레오파트라에게 절대 권력은 피할 수 없는 인생의 진실이었지만, 그들이 로마로 들어갈 수 없다고 한다면 들어갈 수 없는 거였다. 카이사르의 개선식을 보지 못할 거라며 여왕이 울자, 카이사르는 전속 은행가 오피우스의 기사 친구 섹스투스 페르퀴티에누스가 자기 집 로지아를 그녀에게 개방하겠다고 했음을 말해주었다. 그의 집은 마르스 평원이 내려다보이는 카피톨리누스 언덕 뒤쪽의 절벽 위에 있으니 클레오파트라는 거기서 개선식 행렬이 출발하는 것을, 그리고 카피톨리누스 언덕 뒤쪽 절벽의 모퉁이를 돌아서 오직 개선식 때만 열리는 특별한 트리움팔리스 성문을 통과해 도시로 들어가기 직전까지 지켜볼 수 있을 터였다.

갈리아 전쟁에 참전한 군단들의 노련병들이 이 첫 개선식에서 행진하게 되었는데, 이는 사실 행진자들이 5천 명에 불과하다는 뜻이었다. 갈리아 전쟁 때 모병한 군단들 중 지금도 복무중인 군단은 몇 개밖에 없었다. 로마는 여전히 장기 복무 정규군을 유지하지 않았기 때문이었다. 갈리아 전쟁 노련병 중 가장 연장자들은 열일곱 살에 모병되었다면 겨우 서른한 살이었지만, 전쟁의 피폐함으로 인한 마멸과 상처와 은퇴는 그들에게 큰 타격을 입혔다.

그러나 행진 명령이 떨어졌을 때 10군단은 실망감을 느끼며 자기들이 선두에 서지 않는다는 사실을 깨달았다. 그 명예는 6군단에게 주어졌다. 세 번이나 반란을 일으킨 10군단은 카이사르의 눈 밖에 났으며 앞으로도 그럴 터였다.

이 5천 명의 노련병들은 종달새5군단부터 15군단까지 11개 군단의 군인들로, 새 튜닉을 걸치고 투구에 새 말총장식을 달았으며 월계수로 장식한 장대를 들었다. 진짜 무기는 허용되지 않았기 때문이다. 군기를 든 사람들은 은 갑옷을 입었고, 군단의 은 독수리를 드는 기수는 은 갑옷 위에 사자 가죽을 썼다. 그런 보상이 10군단에게는 주어지지 않았고, 기분이 상한 그들은 별난 복수를 하기로 결심했다.

이번 개선식은 현직 집정관들이 참여할 수 있었다. 개선장군이 모두를 능가하는 임페리움을 보유한 독재관이기 때문이었다. 따라서 레피두스는 포룸 로마눔의 카스토르 신전 기단에 다른 고등 정무관들과 함께 앉아 있었다. 나머지 원로원 의원들은 행렬을 이끌었다. 개중 대다수는 카이사르가 새로 임명한 자들이었기에, 약 500명의 의원들이 위풍당당해 보이는 행렬을 이루었다—자주색 단을 댄 토가를 입은 사람이 거의 없다는 게 안타깝긴 했지만.

원로원 의원들 뒤에는 투빌루스트라가 있었다. 과거 아헤노바르부스가 아르베르니족과의 갈리아 전쟁에서 다시 도입한, 금으로 된 말머리 모양 나팔을 부는 100명 남짓한 사람들이었다. 전리품을 실은 수레들이 그 뒤를 이었는데, 간간이 대차(臺車) 역할을 하는 커다랗고 위가 편평한 장치들이 섞여 있었다. 거기에는 실제와 똑같은 의상을 입고 그럴싸한 무대장치에 둘러싸여 갈리아 전쟁의 주요 장면들을 연기하는 배우들이 타고 있었다. 이 대단한 구경거리를 준비하는 막중한 임무를 맡았던 카이사르의 은행가들은, 카이사르와 닮은 배우들을 충분히 섭외하느라 거의 미치기 직전까지 갔다. 카이사르는 대부분의 대차 상연에서 주인공이었으며 모든 로마인들이 그의 얼굴을 알았기 때문이다.

유명한 장면들이 모두 재현되었다. 아바리쿰 공성계단 모형, 가죽 돛과 사슬 돛줄이 있는 베네티족의 떡갈나무 배, 갈리아인들이 침입한 진지의 병사들을 구하러 가는 알레시아의 카이사르, 알레시아의 이중 방벽 두르기 지도, 책상다리를 하고 땅바닥에 앉아 카이사르에게 항복하는 베르킹게토릭스, 알레시아의 대지(臺地) 꼭대기와 요새 모형, 기이한 장발의 갈리아인들을 가득 태운 대차들도 있었다. 그들의 머리카락은 석회질 진흙을 발라 기괴한 모양으로 딱딱하게 굳힌다고 했다. 그들은 밝고 대담한 색의 바둑판무늬 천을 걸치고 (은을 입힌 나무로 만든)

장검을 높이 들고 있었다. 그리고 총출동한 네르비족을 상대로 한 퀸투스 키케로와 7군단의 유명한 포위전, 브리타니아 성채를 묘사한 대차, 운전수와 창기병과 두 마리의 작은 말과 스무 명이 넘는 가장행렬로 이뤄진 브리타니아의 전차. 모든 수레와 대차는 심홍색, 밝은 녹색, 밝은 파란색, 노란색 꽃들로 치장한 소들이 끌었다.

그 모든 멋진 장면들 사이로 불꽃색 토가를 입은 여러 무리의 매춘부들이 섞여 춤을 추었고, 켄퉁쿨루스라는 색색의 조각보로 만든 외투를 입은 난쟁이들이 옆에서 깡충거렸으며, 온갖 악사들과 입에서 불덩이를 내뿜는 남자들과 마술사들과 돌연변이들도 함께했다. 금관을 비롯한 관들은 전시되지 않았는데, 갈리아에서는 카이사르가 관을 받지 않았기 때문이다. 하지만 전리품 수레들은 금과 보물들로 번쩍거렸다. 카이사르는 게르만계 킴브리족과 테우토네스족이 아투아투카에 쌓아둔 보물을 찾아냈고, 카르누툼에서 드루이드들이 보유한 수세기 동안의 귀중한 봉납물들도 약탈했다.

그다음은 희생제물, 개선장군이 카피톨리누스 언덕 위 그의 신전으로 올라가는 계단 밑에 도착하면 유피테르 옵티무스 막시무스에게 바쳐질 새하얀 소 두 마리였다. 그곳까지는 5킬로미터 정도로, 행렬은 벨라브룸과 포룸 보아리움을 지나는 길을 따라가다 대경기장으로 들어가 한 바퀴 돈 다음 카페나 쪽으로 나와 트리움팔리스 가도로 가고 마지막으로는 포룸 로마눔을 가로지른 다음 카피톨리누스 언덕 발치에서 멈춰섰다.

처형당할 운명인 전쟁 포로들은 이곳에서 툴리아눔 감옥으로 이송되어 교살형을 당했다. 이곳에서 대차들과 속인 참가자들이 해산했다. 이곳에서 금이 다시 국고로 들어갔다. 그리고 이곳에서 군단들은 유가리우스 구로 방향을 틀어 벨라브룸을 통과하고 마르스 평원으로 되돌아가서 군단 급여 담당자들이 돈을 나눠줄 때까지 기다리며 잔치를 벌였다. 원로원 의원들과 신관들, 희생제물이 될 짐승들과 개선장군만이 계속 카피톨리누스 언덕길을 올라가 유피테르 옵티무스 막시무스에게로 갔다. 이제 그들을 호위하는 건 적의 정강이뼈로 만든 피리인 티비켄을 부는 특수 음악가들뿐이었다.

흰 소 두 마리는 화환과 밧줄로 엮은 꽃들에 파묻혀 있었고 뿔과 발굽에는 금박을 입혔다. 이미 약에 취한 소들은 실제 도살을 맡은 전문가인 포파와 쿨타리우스, 그리고 조수들에게로 이끌려 갔다.

그들 뒤에는 심홍색과 자주색 줄무늬가 알록달록한 토가를 입은 대신관단과 조점관단이 있었다. 조점관들은 대신관들과 그들을 구별해주는 굽은 지팡이 리투우스를 들고 있었다. 나머지 하급 신관단들은 그들만의 의상을 입고 뒤따랐다. 마르스 대제관은 무겁고 둥근 망토를 입고 나막신을 신고 상아 아펙스 모자를 쓴 기이한 모습이었다. 카이사르의 개선식들에서 퀴리누스 대제관은 없을 터였다. 루키우스 카이사르는 다른 역할 대신 수석 조점관으로서 행진했기 때문이다. 유피테르 대제관도 없을 터였는데, 그 특별한 유피테르 신관은 오래전 임무에서 벗어난 카이사르 본인이었기 때문이다.

행렬의 다음 부분은 언제나 군중에게 매우 인기가 좋았다. 포로들로 구성되었기 때문이다. 모든 포로는 그의 가장 좋은 예복을 입고 금과 보석으로 치장하여 건강과 번영의 표본 같은 모습이었다. 로마 개선식에서 학대나 구타를 당한 포로들을 전시하는 일은 없었다. 따라서 그들은 부유한 로마인의 저택에서 가택연금 상태로, 그들의 포획자가 개선식을 하는 날까지 기다려야 했다. 공화정 로마에 투옥이라는 건 없었기 때문이다.

베르킹게토릭스 왕이 첫번째였다. 사형수는 그와 코투스와 룩테리우스뿐이었다. 베르카시벨라우누스, 에포레도릭스, 비투르고를 비롯한 나머지 덜 중요한 전쟁 포로들은 모두 무사히 각자의 백성들에게로 돌려보내질 터였다. 오래전 베르킹게토릭스는 포로로 잡힌 후 죽기 전까지 6년을 기다릴 거라는 예언을 듣고 의아해했다. 내전과 다른 여러 일들 때문에 카이사르가 장발의 갈리아 전쟁을 기념하는 개선식을 하기까지 6년이나 걸렸던 것이다.

원로원은 카이사르에게 매우 특별한 특권을 주었고, 그는 독재관에게 통상적인 24명이 아닌 72명의 릭토르단을 앞세울 수 있게 되었다. 특별 무용수와 가수 들이 릭토르들 사이를 누비고 지나가며 개선장군 카이사르를 칭송하는 노래를 불렀다.

그리하여 카이사르가 실제로 움직일 때가 왔을 즈음에 행렬은 이미 긴 여름 낮의 두 시간 동안을 걸은 후였다. 카이사르는 개선식용 전차를 타고 있었다. 바퀴가 네 개 달린 아주 옛날식의 전차로, 바퀴 두 개의 병거보다는 아르메니아 왕의 의식용 전차와 유사했다. 카이사르가 고른 말 네 마리가 끌었는데, 모두 조화로운 회색에 갈기와 꼬리는 흰색이었다. 카이사르는 개선장군의 예복, 즉 야자나무 잎이 여럿 수놓인 튜닉과 금실로 화려하게 수를 놓은 자주색 토가를 입었다. 머리에는 월계관을 쓰고, 오른손에는 월계수 가지를 들고, 왼손에는 개선장군 고유의 금 독수리가 얹힌 휘어진 상아홀을 들었다. 그의 운전수는 자주색 튜닉을 입었고, 그 널찍한 병거 뒤쪽에는 자주색 튜닉을 입은 남자가 카이사르의 머리 위의 금박 입힌 떡갈잎관을 붙들고 선 채 그가 모든 개선장군들에게 해주는 경고의 말을 읊조리곤 했다.

"레스피케 포스트 테, 호미넴 테 메멘토(뒤를 돌아보라, 그대가 필멸의 인간임을 기억하라)!"

위대한 폼페이우스는 허영심이 강해 오랜 관습에 따르지 않았지만 카이사르는 달랐다. 카이사르는 선명한 붉은색 미님으로 얼굴과 양손을 칠했다. 유피테르 옵티무스 막시무스 신전 신상의 테라코타 얼굴과 손을 모방하는 것이었다. 개선식은 그 어떤 로마인보다도 신과 비슷하게 모방할 수 있는 기회였다.

개선식 전차 바로 뒤에서 카이사르의 군마, 그 유명한 발부리가 걸었다(사실은 수년에 걸쳐 보유한 여러 마리 중 현재의 말이었다. 카이사르는 술라가 선물한 최초의 발부리를 교배시켰다). 말은 장군의 심홍색 팔루다멘툼을 두르고 있었다. 카이사르에게 그의 전설적 행운의 상징이자 그 자체로 작은 승리인 발부리가 없는 개선식은 상상할 수도 없는 것이었다.

발부리 뒤에는 자신이 카이사르의 갈리아 원정으로 노예 상태에서 벗어났다고 여기는 사람들 무리가 있었다. 다들 해방노예임을 보여주는 원뿔 모양 자유의 모자를 쓰고 있었다.

그다음은 현재 로마에 있는 갈리아 전쟁 보좌관들로, 모두 군장을 하고 공마를 타고 있었다.

그리고 마지막은 군대였다. 11개 군단의 5천 명이 "개선장군 만세!"라고 외치며 행진했다. 그들은 듣고 낄낄거릴 청중이 더 많은 곳에 들어서면 음란한 노래들을 부를 터였다.

카이사르가 개선식 전차에 올라탔을 때 왼쪽 앞바퀴가 떨어져나갔다. 그는 앞쪽 벽면으로 미끄러졌고, 개선장군에게 경고하는 사람은 쓰러졌으며, 말들은 불안하여 힝힝거리며 뒷발로 섰다.

그 광경을 본 모든 사람들이 헉하고 숨을 쉬는 소리가 들렸다.

"왜 그러죠? 사람들이 왜 저렇게 충격을 받는 거예요?" 클레오파트라는 백묵처럼 하얗게 질린 섹스투스 페르퀴티에누스에게 물었다.

"무시무시한 징조예요!" 그는 낮은 목소리로 말한 뒤 '악마의 눈'을 쫓는 손동작을 했다.

클레오파트라도 따라 했다.

지연 사태는 곧 끝났다. 마법처럼 새 바퀴가 나타나더니 순식간에 교체된 것이다. 옆에 선 카이사르의 입술이 움직였다. 클레오파트라는 몰랐지만, 그는 주문을 외우고 있었다.

수석 조점관 루키우스 카이사르가 달려왔다.

"괜찮습니다." 카이사르가 이제 웃음을 지으며 그에게 말했다. "무릎을 꿇은 채 유피테르 옵티무스 막시무스 신전 계단을 올라가서 그 징조를 무효로 만들 겁니다, 루키우스."

"맙소사, 가이우스, 그럴 수는 없어! 계단이 50개나 된다고!"

"할 수 있습니다, 할 거고요." 카이사르는 전차 안쪽 벽에 매달린 큰 병을 가리켰다. "나한테는 마법의 물약이 있거든요."

개선장군의 전차가 출발했고, 곧 행렬 후방의 군대도 행진하기 시작했다. 군대는 원로원 의원들로부터 3킬로미터 떨어져 있었다.

개선장군은 포룸 보아리움에서 멈춰서 헤르쿨레스 조각상에 경례해야 했다. 조각상은 원래 발가벗은 모습이지만 개선식 날에만 개선장군의 팔루다멘툼이 입혀졌다.

15만 명의 사람들이 대경기장의 기다란 지붕 없는 관람석에 꽉 들어차 있었다. 카이사르가 들어오자 클레오파트라 궁전의 하인들한테까지 들릴 정도로 커다란 환호성이 터져나왔다. 그러나 그의 전차가 중앙

분리대인 스피나의 한쪽과 카페나 쪽 끝을 돌고 반대편으로 간 다음 다시 카페나 쪽 출구로 가고 군대가 모두 경기장 안으로 들어왔을 때, 군중은 지쳐서 환호성을 지를 수가 없었다. 그래서 10군단이 그들의 새로운 행진가를 부르기 시작하자 모든 사람들이 숨죽이고 들었다.

"길을 비켜라, 창녀 장사꾼 나가신다
머리카락이 달린 그의 멋진 머리를 보라
그의 다른 머리는 지저분한 문들을 두드린다네
침대와 의자에서 온갖 치들과 그 짓을 하지
비티니아에서는 뒷구멍도 팔았다네
그의 상관이 배가 몇 척 모자랐다나
그래서 카이사르는 뒷구멍으로 최고의 함대를 낳았지
왕의 아마포 이불 밑에서
그는 전투에서 지는 법이 없다네
기록은 50승 정도지만
음매 우는 소를 세듯 반올림을 한다네
말쑥한 로마의 왕께서는 솜씨도 좋아!"

카이사르는 72명의 릭토르들과 그 사이에 있던 파비우스와 코르넬리우스를 불렀다.

"10군단한테 가서 말하게. 저 노래를 당장 멈추지 않으면 전리품도 땅도 없이 해산시킬 거라고!" 그가 뱉듯이 말했다.

그 말이 전해지자 노래는 즉시 멈췄지만, 릭토르단의 많은 사람들은 가사의 어떤 부분이 카이사르를 가장 화나게 했는지 논쟁했다. 파비우스와 코르넬리우스의 결론은 뒷구멍을 팔았다는 부분이 그를 화나게 했다는 거였지만, 몇몇 다른 릭토르들은 '로마의 왕' 부분을 꼽았다. 확실한 건 10군단 노래의 음란함은 문제가 아니었다는 것이다. 그건 관행이었다.

그 기나긴 행사가 끝났을 즈음에는 어둠이 내리고 있었다. 전리품 분배는 다음날까지 기다려야 할 터였다. 마르스 평원은 야영지로 변모했다. 퇴역한 노련병들이 모두 로마로 와서 군중에 섞여 개선식을 지켜보았기 때문이다. 퇴역병 대다수가 이탈리아 갈리아에 사는 경우말고는 자기 몫의 전리품은 직접 와서 수령해야 했는데, 이번 개선식이 바로 그런 경우였다. 그들은 무리를 지어 대표자 한 명을 뽑고 그에게 증명서를 주었다. 이 때문에 군단 지급담당자들의 어려움은 더 커질 수밖에 없었다.

각 사병은 2만 세스테르티우스를 받았다(20년 복무 급여보다도 큰 금액이었다). 하급 백인대장은 4만 세스테르티우스 이상, 상급 백인대장은 12만 세스테르티우스를 받았다. 군대 역사상 최대의 상여금도 있었다. 위대한 폼페이우스가 국고 재산을 두 배로 늘린 동방 정복 후 그의 군대에게 지급한 것보다도 많았다. 이렇게 후한 대접에도 불구하고 카이사르의 군인들은 모두 잔뜩 화가 났다. 어째서? 카이사르가 적은 비율의 금액을 떼서 로마의 자유인 빈민들에게 나눠줬기 때문이다. 빈민들은 일인당 400세스테르티우스와 기름 16킬로그램, 밀 15모디우스를 받았다. 그 가난한 자유인들이 뭘 했길래 그런 걸 받는단 말인가? 빈민들은 기뻐서 날뛰었지만 군인들은 결코 기쁘지 않았다.

군인들이 내린 결론은 카이사르가 뭔가를 꾸미고 있다는 것이었다.

하지만 그게 뭘까? 어차피 자유인 빈민은 자유롭게 군대에 지원할 수 있었다. 왜 카이사르는 군대에 지원하지도 않은 사람들에게 선물을 주는 거지?

이집트, 소아시아, 아프리카 전쟁 개선식들도 연이어 거행되었다. 갈리아 전쟁 개선식만큼 장관은 아니었으나 역대의 모든 개선식 가운데 상위 10퍼센트에 들 수준이었다. 아시아 개선식에는 젤라에서 금관들에 둘러싸인 카이사르를 묘사한 대차가 있었다. 대차 위쪽에는 '왔노라, 보았노라, 이겼노라'고 아름다운 글씨로 적힌 대형 현수막이 있었다. 마지막으로 열린 아프리카 개선식이 로마의 특권층을 가장 화나게 했다. 카이사르의 분노가 그의 상식을 넘어선 나머지 공화파 고위 사령부를 비웃는 대차들을 사용했기 때문이다. 음란물에 탐닉하는 메텔루스 스키피오와 로마 군인들의 사지를 훼손하는 라비에누스, 포도주를 폭음하는 카토가 묘사되었다.

개선식들이 그해의 마지막 구경거리는 아니었다. 카이사르는 딸 율리아를 위해 성대한 장례 경기대회도 열었다. 율리아는 평범한 로마 사람들에게 무척 사랑받았었다. 그녀는 수부라에서 평범한 사람들에 둘러싸여 자랐고 결코 그들보다 자기가 잘났다고 생각하지 않았다. 그래서 그녀는 포룸 로마눔에서 화장되었고, 유골은 마르스 평원의 아름다운 무덤에 안치되었다—전례 없는 일이었다.

폼페이우스의 석조 극장들과 공간이 허락하는 모든 곳에 세워진 가설 목조 극장들에서 연극이 상연되었다. 플라우투스와 엔니우스, 테렌티우스의 희극도 인기였지만 사람들은 단순한 아텔라 무언극을 제일 좋아했다. 웃기는 전형적 인물들이 가면 없이 잔뜩 출연하는 광대극이었다. 그러나 다양한 취향이 존중되었고, 몇 편 안 되지만 지식인층을 위한 소포클레스와 아이스킬로스, 에우리피데스의 희곡도 상연되었다.

카이사르는 후한 상금을 걸고 새로운 희곡들을 모집하는 경연대회도 열었다.

"역사서만 쓰지 말고 희곡도 써봐, 친애하는 살루스티우스." 카이사르는 그가 무척 아끼는 살루스티우스에게 말했다. 살루스티우스로서는 다행스러운 일이었다. 그는 아프리카 속주를 통치하며 후안무치하게 약탈을 한 후 본국에 송환된 터였다. 그 일의 여파는 잠잠해졌는데, 카이사르가 성난 곡물 부호와 사업가 들에게 사비를 수백만 들여 보상을 했기 때문이다. 그럼에도 카이사르는 여전히 살루스티우스를 좋아했다.

"싫습니다, 전 희곡작가가 아니에요." 살루스티우스가 생각만 해도 싫다는 듯 고개를 저었다. "카틸리나 음모에 관해 정확히 쓰느라 너무 바빠요."

카이사르가 눈을 깜박였다. "맙소사, 살루스티우스! 키케로를 극찬하고 있기를 바라네."

"그럴 리가요." 속주를 가책 없이 약탈한 자가 쾌활하게 대답했다. "다 키케로 탓이라고 생각합니다. 그는 자기 집정기가 시시했음을 가리기 위해 위기를 조작한 거라고요."

"그게 출판되면 로마가 우티카만큼이나 들끓겠구먼."

"출판요? 설마요, 절대 그러지 않을 겁니다, 카이사르." 살루스티우스가 낄낄댔다. "적어도 키케로가 죽을 때까지는요. 그날까지 20년씩이나 기다리지는 않았으면 좋겠군요!"

"밀로가 그의 아내 파우스타와 놀아난 일로 자네를 채찍질한 것도 놀랍지 않군." 카이사르는 이렇게 말하고 웃었다. "자넨 구제불능이야."

연극이 율리아 장례 경기대회의 전부는 아니었다. 카이사르는 포룸 로마눔과 포룸 율리움 도처에 막사를 설치하고 검투사 경기, 야생동물 쇼, 사형을 선고받은 전쟁포로들 간의 결투, 그리고 전장에선 쓸모없는 탄성 좋고 낭창낭창한 장검을 쓰는 펜싱 경기를 열었다.

그후 카이사르는 무려 2만 2천 개의 상을 차려 모든 로마인들을 위한 공공연회를 열었다. 6천 마리의 민물장어를 친구 루킬리우스 히루스한테서 빌려왔다. 히루스는 파는 것이 아니라 교환을 원한다고 했다. 포도주가 물처럼 흘렀고 음식 무게로 상다리가 휘어질 듯했으며, 음식도 넉넉하게 준비해서 가난한 사람들이 음식을 잔뜩 싸서 집에 가져가 한동안 먹을 수 있을 정도였다.

키케로는 이탈리아 갈리아에 있는 브루투스에게 계속 편지를 써 보냈다.

아프리카에서 싸운 공화파 영웅들을 조롱한 카이사르의 품위 없는 행동에 관해서는 지난번 편지에 이미 썼지. 하지만 나는 그 일을 생각하면 아직도 분통이 터져. 경기대회나 공연에는 그토록 고상한 취향을 지닌 그가 어찌하여 고매한 로마인 적들을 우스갯거리로 만든단 말인가?

하지만 그 이야기를 하려고 편지를 쓰는 건 아닐세. 입심 사나운 테렌티아와 드디어 이혼했어. 불행했던 지난 30년과 결별했지! 그래서 이제는 예순 살의 어엿한 독신남이 되었네. 아주 이상하고 자유로운 기분이야. 지금까지 과부 둘한테서 혼담이 들어왔어. 하나는 폼페이우스 마그누스의 누이, 다른 하나는 그의 딸일세. 푸블리우스 술라가 급사한 건 자네도 알지? 그 일로 위인이 몹시 상심했어. 푸블리우스 술라를 늘 좋아했잖아. 나는 도통 그 이유를 모르겠지만. 늙은 섹스투스 페르퀴티에누스의 양아들에게서 태어나 그 집안에서 자란 사람이 되어봤자 똥개지 뭐 별다른 게 됐겠나? 아무튼 그와 결혼했던 폼페이아가 과부가 됐어. 하지만 나는 다른 폼페이아가 더 좋아. 일단 서른 살 더 젊어. 그리고 성격이 상당히 명랑한 것 같으이. 파우스투스 술라가 죽고 난 뒤에도 지나치게 우울해하지 않더라고. 아마 그 많은 재산을 지킬 수 있게끔 위인이 허락해주었기 때문이겠지. 난 가난한 여자와는 결혼하지 않을 거야. 하지만 친애하는 브루투스, 나는 이미 테렌티아를 겪어봤으니 자기 재산을 스스로 관리하려는 여자와도 결혼하지 않을 걸세. 그러니 폼페이아 마그나 역시 좋은 신붓감이 아닐 수 있어. 우리 로마인은 여자한테 자율권을 너무 많이 허락한다니까.

사실 우리 툴리우스 키케로 집안에 이혼이 한 차례 더 있었네. 내 딸 툴리아가 드디어 그 미친 수퇘지 돌라벨라와 부부의 연을 완전히 끊었어. 나는 그에게 딸아이 지참금을 돌려달라고 했네. 아내 쪽이 피해자일 때는 내가 그 돈을 돌려받기로 돼 있거든. 놀랍게도 돌라벨라가 순순히 그러겠대! 내 생각엔 요즘 카이사르에게 다시 총애를 받으려고 애쓰는 중이라서 돈을 돌려주겠다고 약속한 것 같아. 카이사르는 여자에게 처우를 제대로 하는 걸 중시하잖아. 그가 안토니아 히브리다에게 신경써주는 걸 보게. 그런데 그다음에 무슨 일이 벌어졌는지 아는가? 툴리아가 돌라벨라 아이를 임신했대! 아, 여자들은 대체 왜 그러나? 게다가 툴리아가 몹시 울적해져서 뱃속의 아기에게는 도통 관심이 없는 듯싶어. 그러면서 염치없게도 나 때문에 자기가 이혼녀가 됐대! 내가 이혼하라고 자길 몰아붙였다는 거야. 나는 할말을 잃었네.

아시아 속주의 가이우스 카시우스가 집으로 돌아간다는 소식은 그에게서 직접 들었겠지. 카시우스와 바티아 이사우리쿠스는 둘 다 자네 매부라는 것말고는 공통점이 하나도 없는 것 같으이. 흠, 바티아는 카이사르 말을 고분고분 잘 따르고 처신에 빈틈이 없어. 카시우스의 편지를 보니 바티아가 아주 엄격한 총독이더군. 아마노스 산맥에서 프로폰티스 해까지 징세청부업자를 비롯한 로마인 사업가들이 단 1세스테르티우스의 이문도 남기지 못하도록 아시아 속주의 세금과 십분의일세(앞으로 몇 년 더 면제된다는군)를 깐깐하게 규제하고 있다던데. 하지만 브루투스, 로마인들이 속주에서 1세스테르티우스도 이득을 못 볼 거라면 대체 로마에 속주가 왜 필요하겠나? 가만 보면 카이사르는 도리어 로마가 속주에 돈을 줘야 한다고 생각하는 것 같아!

가이우스 트레보니우스가 로마에 돌아왔네. 라비에누스와 폼페이우스 형제 때문에 먼 히스파니아에서 쫓겨난 성싶어. 전에 퀸투스 카시우스가 거기서 총독을 지내면서 저지른 무지막지한 패악 때문에—제2의 가이우스 베레스가 따로 없었다지—트레보니우스가 고생이 많았어. 세 공화파 인간들은 기쁨에 들떠서 먼 히스파니아에 상륙했고 지금은 성공적으로 군단을 모집중이라네. 나이우스 폼페이우스는 자기 소유의 수많은 선박을 발레아레스 제도 해안에 정박시켰고, 지금은 신임 로마 총독으로서 코르두바에 머물고 있어. 군사와 관련한 문제는 라비에누스가 총책임을 맡고 있지.

카이사르는 이제 어찌할 셈일까?

"카이사르는 지금 추진하는 입법이 완료되는 대로 히스파니아로 갈 것 같아요." 칼푸르니아가 마르키아와 포르키아에게 말했다.

돌연 포르키아의 눈동자가 이글거리며 얼굴에 희망의 빛이 차올랐다. "이번엔 다를 거예요!" 포르키아가 오른손 주먹으로 왼손바닥을 내리치며 의기양양하게 외쳤다. "카이사르의 군단들 사이에서 하루가 다르게 불만이 높아지고 있어요. 반면 히스파니아는 퀸투스 세르토리우스 시절부터 이탈리아 군단 못지않은 훌륭한 군단을 배출해왔죠. 두고 보세요, 카이사르는 히스파니아에서 끝장날 테니까. 내가 신들께 기도하겠어요!"

"진정해, 포르키아." 마르키아가 미안한 얼굴로 칼푸르니아와 눈을 맞추며 말했다. "같이 있는 사람을 생각해야지."

"아, 정말!" 포르키아가 한 손을 뻗어 칼푸르니아의 손을 꼭 잡으며 딱딱거렸다. "어째서 불쌍한 칼푸르니아가 그런 말에 상처를 받아요? 카이사르는 내내 티베리스 강 너머에서 그 여자랑 붙어 지내는데요!"

그래, 맞는 말이야, 하고 칼푸르니아는 생각했다. 카이사르가 관저의 침대에서 밤을 보내는 것은 다음날 새벽에 원로원 회의가 있는 날뿐이었다. 그렇지 않은 날은 항상 그 여자와 함께였다. 그래, 질투가 나. 이렇게 질투하는 것도 싫고 그 여자도 밉지만, 나는 여전히 카이사르를 사랑하는걸.

칼푸르니아가 평정심을 잃지 않고 말했다. "여왕은 국정 운영 지식이 아주 풍부하더라고요. 사랑을 나누며 보내는 시간은 극히 일부예요. 그이 말로는 주로 그이의 새로운 법에 대해 얘기한대요. 정치 이야기도

하고요."

"감히 아내 앞에서 그 여자 이름을 들먹인단 말이에요?" 포르키아가 믿을 수 없다는 듯이 따져 물었다.

"네, 자주 그래요. 그래서 난 별로 걱정하지 않아요. 카이사르는 나를 전과 조금도 다름없이 대하거든요. 난 그의 아내예요. 그 여자는 아무리 대단해봤자 정부일 뿐이고요. 하지만," 칼푸르니아가 아쉬운 표정으로 말했다. "그 아이를 한번 만나보고 싶긴 해요."

"우리 아버지 말로는 아주 잘생겼대요." 마르키아는 이렇게 말하고 얼굴을 찡그렸다. "재미있는 건 아티아의 아들 옥타비우스가 여왕을 몹시 미워한다는 거예요. 그 아이가 카이사르의 아들이 아니라고까지 한대요. 하지만 우리 아버지는 그애가 의심할 여지 없이 카이사르의 아들이라고 하셨어요. 카이사르와 꼭 닮았대요. 옥타비우스는 그 여자를 '짐승들의 여왕'이라고 불러요. 여왕이 섬기는 신들이 짐승의 머리를 달고 있다죠."

"옥타비우스는 그 여자를 시샘하는 거예요." 포르키아가 말했다.

칼푸르니아의 눈이 휘둥그레졌다. "시샘하다니요? 어째서요?"

"저야 모르죠. 우리 루키우스가 옥타비우스와 마르스 평원 훈련장에서 아는 사이인데, 그애 말로는 옥타비우스가 그런 감정을 전혀 숨기지 않는대요."

"옥타비우스와 루키우스 비불루스가 친구인 건 몰랐구나." 마르키아가 말했다.

"둘 다 열일곱 살로 동갑이에요. 루키우스는 훈련장에서 옥타비우스를 놀리지 않는 몇 안 되는 청년들 중 하나고요."

"어째서 그애를 놀려요?" 칼푸르니아가 어리둥절하여 물었다.

"숨을 쌕쌕거리거든요. 우리 아버지라면," 포르키아는 카토의 이름을 입에 올리는 것만으로 얼굴이 밝아졌다. "신이 내린 시련을 이유로 옥타비우스를 벌주어선 안 된다고 말씀하실 테지만요. 루키우스도 동의하고요."

"가엾어라. 미처 몰랐어요." 칼푸르니아가 말했다.

"나는 한집에 살아서 잘 알고 있어요." 마르키아가 어두운 목소리로 말했다. "아티아는 종종 그 아이의 장래를 걱정한답니다."

"하지만 그애가 클레오파트라 여왕을 질투할 이유가 뭔지는 아직도 모르겠어요."

"카이사르를 훔쳐갔잖아요." 마르키아의 의견이었다. "여왕이 로마에 오기 전까지 카이사르는 옥타비우스와 많은 시간을 보냈거든요. 하지만 이제는 아예 잊힌 존재가 되었죠."

"우리 아버지께선," 포르키아가 예의 듣기 싫은 목소리로 말했다. "질투는 죄악이라고 하셨어요. 내면의 평온을 망가뜨린다고 하셨죠."

"하지만 우리 모두는 질투심이 대단한 것 같지 않은데도 내면의 평온을 누리지 못하고 있구나." 마르키아가 말했다.

칼푸르니아는 바닥을 어슬렁대는 아기고양이 한 마리를 집어올리더니 매끄럽게 윤기 흐르는 작고 둥근 머리에 입맞췄다. "내 느낌으로는," 칼푸르니아가 아기고양이의 통통한 배에 볼을 갖다 대며 말했다. "어쩐지 클레오파트라 여왕도 내면의 평온을 누리지 못하고 있을 것 같은데요."

정확한 추측이었다. 클레오파트라는 카이사르가 히스파니아의 공화파 저항세력을 처치하러 간다는 말을 듣고 크나큰 실의에 빠져 있었다.

"그렇지만 어떻게 내가 당신도 없이 로마에서 지내요?" 그녀가 말했다. "나를 혼자 두고 떠나지 말아요!"

"이집트로 돌아가라고 하고 싶지만, 가을과 겨울에는 알렉산드리아로 가는 바닷길이 위험하오." 카이사르가 차분히 말했다. "기다리고 있어요, 내 사랑. 오래 걸리지 않을 거요."

"듣자하니 공화파는 13개 군단을 거느리고 있다던데요."

"적어도 그 정도는 될 거요."

"당신은 2개 노련병 군단만 남기고 전부 해산시켰잖아요."

"그래요, 종달새5군단과 10군단. 하지만 이번에도 내 공병대장이 되기로 한 라비리우스 포스투무스가 지금 이탈리아 갈리아에서 군단을 모집하고 있소. 지루함을 견디지 못해서 재입대를 희망하는 퇴역병들이 많소. 총 8개 군단을 거느리게 될 거요. 그 정도면 라비에누스를 상대하기엔 충분해요." 카이사르는 이렇게 대답하고 몸을 기울여 클레오파트라에게 천천히 길게 입을 맞췄다. 하지만 그녀는 여전히 뾰로통해 있었다. 화제를 바꿔야 했다. "인구조사 자료는 봤소?" 그가 물었다.

"봤어요. 아주 훌륭하더군요." 새로운 주제에 클레오파트라가 열띤 반응을 보였다. "이집트로 돌아가면 나도 비슷한 형태의 인구조사를 실시해야겠어요. 당신은 어떻게 수천 명의 사람들을 모아서 집집마다 돌아다니게 한 거죠? 그 점이 가장 놀라워요."

"오, 사람들은 원래 남에게 꼬치꼬치 캐묻기를 좋아하잖소. 그보다 훈련의 주안점은 사적인 질문을 불쾌하게 여기는 사람들을 어떻게 다룰지에 있다오."

"매번 놀라지만 당신은 정말 천재예요, 카이사르. 모든 일을 너무나 신속하고 효율적으로 처리하잖아요. 나머지 우리 같은 사람들은 뒤에서 종종걸음 칠 뿐이죠."

"계속 그렇게 찬사를 늘어놔봐요. 내 머리통이 너무 커져서 저 방문도 못 지나가겠군." 가벼운 말투였지만 이어 그의 얼굴에 노기가 어렸다. "당신이 하는 말엔 적어도 진실성이 있지! 하지만 저 멍청이들이 유피테르 옵티무스 막시무스 신전 주랑에 세운 그 불쾌한 황금 사두전차에 뭐라고 써놨는지 아시오?"

클레오파트라는 알고 있었다. 그녀는 그 문구에 동감했지만, 이제는 어째서 그런 말들이 카이사르를 이렇게 화나게 하는지도 충분히 이해했다. 앞서 원로원과 18개 상급 백인조 기사들은 둥근 지구본 위에 사두전차를 탄 카이사르가 올려진 형상의 황금 조각상을 주문 제작했다. 지난번처럼 카이사르의 의사와 상관없이 바쳐진 경의의 표시였다.

"내 입장이 참 곤란하오." 카이사르가 얼마 전 클레오파트라에게 말했다. "내가 그런 것들을 거절하면 무례하고 고마움을 모르는 사람이라 낙인찍고, 마냥 받아들이면 오만하고 자기가 왕인 줄 안다고 비난하지. 그런 끔찍한 조각상을 절대 용인하지 않겠다고 밝혔는데도 자기들끼리 무턱대고 강행했소."

이날 아침에 마침내 그 '끔찍한 조각상'의 베일이 벗겨졌을 때까지 카이사르는 그것을 보지 못한 터였다. 조각가 아르케실라오스의 손길은 탁월했다. 네 마리 말을 표현한 실력은 단연 최고였다. 경이의 눈길로 조각상을 둘러보던 카이사르는 결국 전차 전면에 부착된 명판을 보고 평정심을 잃고 말았다. 명판에는 에페소스의 아고라에 세워진 그의 조각상에 적힌 것과 똑같은 문구—'신의 현현'을 비롯한 그 모든 찬사—가 그리스어로 적혀 있었다.

"저 혐오스러운 것을 어서 떼어내시오!" 카이사르가 딱딱댔다.

하지만 아무도 그의 말을 따르려 하지 않았다.

마침 한 원로원 의원이 허리띠에 단도를 차고 있었다. 카이사르가 그 단도를 홱 낚아채어 황금 명판을 떼어냈다. "다시는, 다시는 나에 대해 이런 말을 하지 마시오!" 그는 이렇게 말하고 뚜벅뚜벅 걸어가버렸다. 어찌나 화가 났는지, 그가 바닥에 내팽개친 명판이 공처럼 구겨져 있었다.

클레오파트라가 카이사르를 달랬다. "네, 알아요. 그 조각상 때문에 당신이 불쾌했다니 안타까운 일이고요."

"나는 로마의 왕이 되길 바라지 않소. 신이 되고 싶지도 않고!" 카이사르가 으르렁댔다.

"하지만 당신은 신이 맞아요." 클레오파트라가 딱 잘라 말했다.

"아니, 그렇지 않소! 나는 필멸의 운명을 지닌 인간이오. 다른 모든 인간에게 주어진 운명을 피할 수 없어요, 클레오파트라! 나도 죽음을 맞는다는 말이오! 알겠소? 나 역시 죽어요! 신들은 죽지 않소. 사후에 신이 되는 건 다른 문제요. 만일 그렇게 된다면 나는 스스로 신이라는 사실을 모른 채 영원한 잠을 잘 테지. 하지만 필멸의 운명을 지닌 인간인 동안에는 신이 될 수 없소. 그리고," 카이사르가 따졌다. "어째서 내가 로마의 왕이 되어야 한단 말이오? 독재관으로서도 무엇이든 할 수 있는데."

"아이들이 울타리 바깥에서 겁없이 황소를 괴롭히는 격이지." 세르빌리아가 아주 만족스러운 표정으로 가이우스 카시우스에게 말했다. "아, 어찌나 재미있는지! 폰티우스 아퀼라도 재미있어 죽겠다는군."

"장모님의 헌신적인 애인은 요즘 어떻게 지냅니까?" 카시우스가 다정하게 물었다.

"나를 위해 카이사르를 방해하는 작업에 열심이라네. 단 아주 교묘하게. 물론 카이사르는 아퀼라를 싫어해. 하지만 카이사르의 약점 중 하나가 공명정대함 아니겠나? 유망해 보이는 인물이라면 설사 사면된 공화파에다 세르빌리아의 연인이라 해도 반드시 등용하지."

"장모님은 나쁜 여자예요."

"나는 늘 나쁜 여자였어. 드루수스 외삼촌 집에서 살아남으려면 그리될 수밖에 없었네. 드루수스 외삼촌이 나를 육아실에 가두고 브루투스의 생부와 결혼하기 전까지 바깥출입을 금지했던 건 알고 있지?"

"아니요, 몰랐습니다. 어째서 리비우스 드루수스 집안사람이 그런 짓을 했습니까?"

"드루수스 외삼촌의 적이었던 우리 아버지를 위해 내가 첩자 짓을 했거든."

"몇 살 때요?"

"아홉 살부터 열한 살 때까지."

"그런데 왜 친아버지가 아닌 외삼촌 집에서 살았죠?" 카시우스가 물었다.

"내 어머니가 카토의 아버지와 간음을 했으니까." 그토록 오래된 기억임에도 세르빌리아의 얼굴이 무섭게 일그러졌다. "아버지는 어머니가 낳은 자식이 전부 다른 남자의 씨라고 여기는 쪽을 택했어."

"그럴 법하군요." 카시우스가 냉담하게 말했다. "그런데 그런 아버지를 위해 첩자 노릇을 하셨다고요?"

"아버지는 파트리키 가문인 세르빌리우스 카이피오셨으니까." 세르빌리아가 대답했다. 이 말이 모든 걸 설명해준다는 어조였다.

세르빌리아를 잘 아는 카시우스는 그러려니 했다.

“바티아는 아프리카 속주에서 뭘 하고 있나?” 세르빌리아가 물었다.

“바티아 덕분에 저도 브루투스도 대출금을 회수하지 못하고 있죠.”

“오, 알 만하군.”

“브루투스는 어떻습니까?”

세르빌리아는 검은 눈썹을 치켜세우며 냉담한 표정을 지었다. “낸들 알겠나? 자네한테 편지를 더 자주 쓸걸. 요즘 그 녀석은 주로 키케로와 편지를 주고받아. 흥, 왜 아니겠나? 둘 다 할망구잖아.”

카시우스가 싱긋 웃었다. “돌아오는 길에 투스쿨룸에서 키케로를 만나 하룻밤 같이 머물렀습니다. 장모님 마음에 들지 않겠지만, 키케로는 카토에 관한 찬가를 쓰느라 바쁘던데요. 네, 당연히 싫어하실 줄 알았습니다. 하지만 키케로는 양 히스파니아에서 벌어질 전쟁을 걱정했어요. 키케로가 카이사르를 싫어한다는 점에 비춰볼 때 좀 의외였죠. 제가 이유를 물어봤더니 그가 하는 말이, 만약 폼페이우스 형제가 카이사르를 이긴다면 카이사르보다도 형편없는 로마의 지배자들이 될 거라고 하더군요.”

“그래서 우리 사위께서는 뭐라고 대꾸하셨나?”

“저 역시 느긋한 늙은 지배자를 더 선호한다고 했습니다. 폼페이우스 형제는 피케눔 출신이잖아요. 피케눔 사람들은 예외 없이 뼛속까지 잔인해요. 피케눔 사람의 가면을 벗겨보십시오. 그 뒤에는 야만인이 숨어 있어요.”

“그래서 피케눔 출신들이 호민관 일을 잘하지. 피케눔 놈들은 뒤에서 주먹을 날리고 말썽을 피우지 못해 늘 안달이거든. 흥! 카이사르는 로마인 중의 로마인이기라도 하지.”

"로마인 중의 로마인이라서 로마의 왕이 될 팔자를 타고났지요."

"술라처럼." 세르빌리아가 동의했다. "하지만 술라처럼 카이사르도 로마의 왕이 되길 원하지 않아."

"그렇게 잘 아시면서 어째서 장모님은, 그리고 또다른 몇몇 사람들은 카이사르가 디아데마를 두르고 싶어 안달하는 것처럼 보이게 하려고 애씁니까?"

"심심풀이지." 세르빌리아가 말했다. "그리고 내 안에도 피케눔의 피가 아주 조금 흐르나봐. 장난치는 게 재미있거든."

"여왕님은 만나보셨습니까?" 카시우스는 자기 역시 로마인다운 로마인임을 실감하며 물었다. 아, 고향에 돌아오니 어쩌나 좋은지! 테르툴라의 혈통 절반은 카이사르에게서 왔는지 모르겠지만 나머지 절반은 순수하게 세르빌리아에게서 온 것이었다. 그리고 이 두 혈통의 조합은 테르툴라를 환상적으로 매혹적인 아내로 만들었다.

"이보게, 사위. 여왕님과 나는 절친한 친구 사이라네." 세르빌리아가 정답게 속삭였다. "로마 여자들은 어쩌면 그리도 맹추 같은지! 우리 여자 친구들 대부분이 이집트 여왕을 '일고의 가치도 없는 존재'라고 부른다면 자네 믿겠는가? 그 사람들은 참 어리석어, 안 그래?"

"장모님이 보기엔 일고의 가치가 있습니까?"

"여왕과 잘 지내면 흥미로운 일이 많다네. 나는 카이사르가 히스파니아로 떠나자마자 여왕을 세간의 화제에 올려놓을 거야."

카시우스가 인상을 찌푸렸다. "순수한 의도로 그러시는 건 아니겠죠, 장모님. 그 의도가 무엇이든 간에 제게는 통하지 않을 겁니다. 장모님은 여왕을 잘 모르세요. 장모님보다 더 교활한 뱀일 수 있어요."

세르빌리아가 두 팔을 머리 위로 쭉 뻗었다. "오, 카시우스, 이번엔 자네가 틀렸어. 나는 클레오파트라에 관해 꽤 많은 걸 알아. 여왕의 동생 아르시노에 공주가 여기 로마에서 근 2년을 머물렀던 것 알지? 카이사르가 이집트 전쟁 개선식에서 그 여자를 포로로 세웠지. 공주는 늙은 카이킬리아의 집에서 지냈는데, 내가 카이킬리아와 친구잖아. 그래서 난 아르시노에 공주와도 가깝게 지냈어. 클레오파트라에 관해 공주와 몇 시간씩 이야기를 나눴지."

"그 개선식이 열린 지 벌써 석 달이 지났습니다. 아르시노에 공주는 지금 어디에 있습니까?" 카시우스가 연극배우처럼 과장되게 여기저기를 기웃거리는 시늉을 했다. "그 여자가 장모님 집에서 살고 있지 않다니 놀랍군요."

"기회가 닿았다면 정말로 그렇게 했을 거야. 안타깝게도 카이사르는 개선식 다음날 공주를 에페소스행 배에 태워 보냈어. 전해 듣기로는 그곳 신전에서 아르테미스 신을 모신대. 만일 공주가 거길 도망쳐나오면 목에 두둑한 현상금이 걸릴 거야. 카이사르가 클레오파트라에게 아르시노에의 날개를 꺾어놓겠다고 약속한 게 분명해. 몹시 아쉬운 일이야! 난 그 두 자매의 재회를 학수고대했거든."

카시우스가 몸을 부르르 떨었다. "가끔은 장모님이 제 편인 게 참으로 다행이다 싶을 때가 있습니다."

대답 대신 세르빌리아는 화제를 바꾸었다. "자네의 지배자로 카이사르가 더 낫다는 말은 진심인가?"

카시우스의 얼굴이 어두워졌다. "지배자가 없는 편을 선호하지요. 지배자의 존재를 인정하는 것은 퀴리누스에 대한 모독입니다." 카시우스가 으르렁댔다.

7장
균열의 시작

기원전 46년 인테르칼라리스부터
기원전 45년 9월까지

데키우스 유니우스 브루투스

가이우스 트레보니우스

1

카이사르의 조카 퀸투스 페디우스와 퀸투스 파비우스 막시무스는 11월 중에 이탈리아 갈리아 서부의 플라켄티아에서 4개 '신규' 군단과 행군을 시작해 한 달 뒤 먼 히스파니아에 도착했다. 계절상으로 늦여름이어서 찌는 듯이 더웠다. 기쁘게도 먼 히스파니아 속주는 세 공화파 장군들의 명령을 그다지 열렬히 따르진 않고 있었으므로 페디우스와 파비우스 막시무스는 바이티스 강 상류에 튼튼한 진지를 세우고 햇곡식을 사들일 수 있었다. 카이사르의 명령은 그가 올 때까지 기다리면서 식량을 충분히 비축하라는 것이었다. 군사 작전이 길어지리라고 예상하는 것은 아니었다. 단, 병참에 관해서라면 뒤늦게 후회하기보다는 안전을 도모하는 편이 낫다는 것이 카이사르의 한결같은 지론이었다.

하지만 12월이 지나 67일의 윤달 즉 인테르칼라리스가 시작되면서 수월하던 상황이 급반전했다. 라비에누스가 잘 훈련된 로마인으로 구성된 2개 군단과 지역 주민들로 구성된 4개 군단을 이끌고 나타나 그들의 진지를 포위한 것이다. 카이사르의 보좌관 페디우스와 파비우스 막시무스는 백병전에 강한 반면 라비에누스는 포위전에서 자기 능력의 최대치를 끌어내는 지휘관이었다. 역시나 뒤늦게 후회하기보다는 안전을 도모하는 편이 나았다. 진지가 포위되었어도 카이사르의 군대는 여전히 그 안에서 먹고 잘 수 있었다. 다만 진지를 가로질러 흐르는 하천이 안전한지 확신할 수 없었으므로, 그들 4개 군단은 우물을 파서 지하수를 길어 마시며 자신들을 구출해줄 카이사르가 나타나기를 기다렸다.

카이사르는 먼 히스파니아의 두 보좌관이 포위됨과 동시에 플라켄티아에서 출발했다. 10군단, 종달새5군단, 그리고 일상의 지루함을 견디지 못하고 다시 입대한 퇴역병이 주를 이루는 2개 신규 군단이 그를 따랐다. 도미티우스 가도 상에서 코르두바까지 거리는 1천500여 킬로미터였다. 그들은 전형적인 카이사르식 행군으로 하루 평균 55킬로미터를 이동해 총 27일 만에 목적지에 도착했다. 밤마다 진지를 세우지 않아도 된다는 점이 큰 도움이 되었다. 도미티우스 가도 주변의 갈리아 지역은 평화가 정착되어 신중한 성격의 카이사르조차도 굳이 벽, 도랑, 목책으로 진지를 구축할 필요를 느끼지 못했던 것이다. 가까운 히스파니아의 라미니움에서 먼 히스파니아의 오레툼까지 구간은 기류가 사뭇 달랐지만, 그때는 남은 거리가 불과 230킬로미터 정도밖에 되지 않았다.

라비에누스는 카이사르가 나타나자마자 종적을 감췄다.

섹스투스 폼페이우스가 공고히 요새화된 수도 코르두바를 지키는 동안 그의 형 나이우스는 완강한 반(反)공화파 도시 울리아를 포위하러 대규모 부대를 이끌고 갔다. 그러나 카이사르가 코르두바를 장악하러 그리로 진군하고 있으며 섹스투스는 아직 지원군을 부르지 못했다는 라비에누스의 전언을 들은 나이우스 폼페이우스는 곧장 포위를 거두고 코르두바로 돌아갔다. 아슬아슬한 타이밍이었다!

"우리 군은 13개, 카이사르군은 8개 군단입니다." 나이우스 폼페이우스가 라비에누스, 아티우스 바루스, 섹스투스 폼페이우스에게 말했다. "지금 곧장 싸워서 카이사르를 완전히 끝장냅시다!"

"옳습니다!" 섹스투스가 외쳤다.

"그러세." 아티우스 바루스도 열의는 덜했지만 동의했다.

"그건 절대 안 되네." 라비에누스가 말했다.

"어째서요?" 나이우스 폼페이우스가 물었다. "이젠 제발 끝장냅시다!"

"지금은 카이사르군의 군량이 충분해. 하지만 곧 겨울이 시작되네. 주민들 말에 따르면 올겨울은 유난히 혹독할 거라고 해." 라비에누스가 조리 있게 말했다. "카이사르가 올겨울을 나게 내버려두세. 자꾸 괴롭히고 식량 징발을 차단하면서, 그들이 남은 군량을 다 먹어치우게 하자고."

"우리는 5개 군단이 더 많습니다." 라비에누스의 말이 납득되지 않았던 나이우스가 말했다. "총 13개 군단 중 4개 군단이 로마인 노련병들로 구성되어 있고, 다른 5개 군단도 그에 못지않게 훌륭하며, 나머지 4개 신병 군단도 나쁘지 않은 수준입니다. 이건 라비에누스 당신이 내게 알려준 사실 아닙니까?"

"자네가 아직 모르는 사실이 있네, 나이우스 폼페이우스. 카이사르에게는 갈리아인 기병 8천 명이 있어. 카이사르보다 며칠 뒤처져 왔지만 어쨌거나 이제는 전부 도착했네. 올해 강우량이 적어서 풀이 잘 자라지 못했으니까 올겨울 바이티스 강 상류 쪽에 눈이 내리면 카이사르는 그들을 계속 데리고 있을 수가 없을 거야. 자네도 알겠지만 갈리아 기병은," 라비에누스가 말을 끊더니 끙하고 신음하며 짜증 섞인 표정을 지었다. "아니, 자네는 모르겠지. 하지만 갈리아인들과 8년을 함께 지낸 나는 잘 알아. 자네는 어째서 카이사르가 게르만족을 더 선호한다고 생각하나? 갈리아인들은 자기네 귀하디귀한 말들이 고생한다 싶으면 바로 고향으로 도망가버리기 때문일세. 그러니 이듬해 봄이 올 때까지 카이사르를 방치해두세. 말들이 굶주리기 시작하면 카이사르의 기병대도 안녕이야."

폼페이우스 형제에게 쓰디쓴 실망감을 안긴 소식이었다. 하지만 그들은 폼페이우스 마그누스의 아들들이었다. 그들의 아버지는 아군이 적군보다 수적으로 크게 우세하지 않다면 결코 전투에 나서지 않았다. 8천 명의 기병이 있다면 단연 카이사르군이 우세했다.

낙담한 나이우스 폼페이우스가 한숨을 푹 내쉬고 주먹으로 탁자를 세게 내리쳤다. "좋습니다. 무슨 뜻인지 알겠어요, 라비에누스. 일단 카이사르가 눈이 덮이지 않은 풀밭을 찾아 바이티스 강 하류로 내려오지 못하게 막으면서 겨울을 보내봅시다."

"라비에누스가 한 수 늘었어." 카이사르가 보좌관들에게 말했다. 이제는 그 수가 늘어나 돌라벨라, 칼비누스, 메살라 루푸스, 폴리오, 그리고 제독 가이우스 디디우스도 함께 있었다. 물론 티베리우스 클라우디우스 네로도 있었다. 그에게 가치 있는 것이라고는 오로지 이름뿐이었지만, 카이사르는 자신의 대의를 부각시키기 위해 유구한 역사를 지닌 파트리키 가문 사람들을 있는 대로 그러모아야 했다. "말 사료를 충분히 구하기가 힘들 걸세. 기병대를 유지하기란 어느 작전에서나 여간 성가신 일이 아니지만, 라비에누스를 적으로 두었다면 반드시 기병대가 있어야 해. 라비에누스의 히스파니아 기병대는 실력이 아주 뛰어나고 머릿수도 최소 수천은 될 걸세. 마음만 먹으면 더 모을 수도 있고."

"이제 어떻게 하실 작정입니까, 카이사르?" 퀸투스 페디우스가 물었다.

"당분간은 잠자코 바이티스 강 상류에 있기로 하지. 겨울이 본격적으로 시작되면 내가 생각해둔 몇 가지 계획을 실행에 옮길 거야. 우선은 라비에누스가 자기 전술이 잘 먹혀들고 있다고 착각하게끔 만들어야 해." 카이사르가 퀸투스 파비우스 막시무스를 쳐다봤다. "퀸투스, 자네 수하의 하급 보좌관들에게 한가할 때 백인대장들 중에 믿을 만한 자들을 뽑아 군단 내 동향을 감시하는 임무를 맡기라고 지시하게. 아직까지는 항명의 기류가 감지되지 않지만, 내가 군단병들을 무조건 신뢰하던 시기는 끝났네. 벤티디우스가 플라켄티아에서 모집한 병사들은 대부분 노련병이고, 그가 사전에 불평분자들을 철저히 추려냈다는 사실은 잘 알고 있어. 그렇다 하더라도 다들 군대 내 동향 파악을 게을리하지 말게."

불편한 침묵이 내려앉았다. 군인들의 사랑을 받던 장군 카이사르가 이제는 이런 식으로 생각한다니 얼마나 안타까운 일인가! 하지만 그가 옳았다. 항명은 늘 은밀히 이루어졌다. 사병들 사이에서 여론을 조작하는 자들이 항명 가능성을 감지하면 그것은 장군을 통제하는 수단이 되었다. 가이우스 마리우스가 무산자 최하층민들을 군단에 받아들인 이래로 군대는 끊임없이 변화를 거듭해왔다. 항명은 군대가 끊임없이 변화함을 보여주는 새로운 징후일 뿐이었다. 카이사르는 해결책을 찾을 것이다.

1월 초, 달력상 날짜와 계절이 정확히 일치하기 시작할 무렵 카이사르는 생각해왔던 몇 가지 계획 중 하나를 실행에 옮겼다. 그는 살숨 강 연안 코르두바에서 남진해 하루 만에 아테구아에 도착했고 그곳을 포위했다. 사자의 아가리 바로 안쪽이었다. 아테구아에는 엄청난 양의 식량이 저장되어 있었다. 하지만 더 중요한 것은 라비에누스가 겨우내 말을 먹이려던 사료 역시 이곳에 보관되어 있다는 사실이었다.

매서운 겨울, 카이사르의 진군은 은밀하고도 뜻밖이었다. 허를 찔린 나이우스 폼페이우스가 뒤늦게 사태를 파악하고 아테구아를 지키기 위해 코르두바에서 군대를 이끌어 달려왔을 때는 이미 카이사르가 아테구아를 알레시아 공성전 때처럼 방벽으로 두른 후였다. 아테구아는 두 겹의 방어선으로 둘러싸여 있었다. 안쪽 방어선은 도시를 에워쌌고 바깥쪽 방어선은 나이우스 폼페이우스가 이끄는 구원군의 접근을 저지했다. 카이사르의 8개 군단은 방어선 고리 안쪽에 터를 잡았고 8천 갈리아 기병대는 나이우스 폼페이우스를 쉴새없이 공격했다. 그동안 다른 일로 자리를 비웠던 라비에누스가 뒤늦게 현장에 도착해 카이사르의 방벽을 찌무룩한 표정으로 바라보았다.

"아테구아 지원도 방어선 돌파도 불가능해, 나이우스." 라비에누스가 말했다. "카이사르의 기병대에 병사들을 잃는 것밖에 안 돼. 코르두바로 철수하게. 아테구아는 승산이 없어."

아테구아는 용맹하게 저항했지만 결국 함락되었고, 이 일은 여러 가지로 공화파에게 심각한 타격을 입혔다. 카이사르는 말 사료를 확보한 반면 라비에누스는 말들에게 풀을 먹이기 위해 군대를 연안 근처로 이동시켜야 했다. 히스파니아 주민들은 공화파에 대한 신뢰를 접기 시작했다. 히스파니아 탈영병의 수가 급격히 늘었다.

카이사르에게 몹시 만족스러운 결과였지만, 그 기쁨은 세르빌리아가 보내온 편지와 책으로 인해 퇴색되었다.

동봉한 책을 읽으면 카이사르 당신도 나처럼 크게 한 방 먹을 거예요. 내가 아는 한, 카토에 대한 혐오감이 아라라트 산처럼 지대한 사람은 나 이외엔 당신밖에 없으니까요. 이 보석 같은 작품을 쓴 작가는 저 무지렁이 촌뜨기 키케로고, 출판인은 당연히 아티쿠스예요. 용케도 당신과 당신의 정적들 양쪽 모두와 좋은 관계를 유지하는 그 위선적인 금권가 말이에요. 나는 얼마 전에 그자와 우연히 마주쳤는데, 그 자리에서 그자가 쉽사리 잊지 못할 독설을 한 바가지 쏟아부어줬어요.

"아티쿠스, 이 위선자! 기생충! 자기 재능은 요만큼도 없이 남의 재능으로 이익을 보는 전형적인 중개인. 하, 카이사르가 로마 최하층민을 위해 만들 대규모 거류지 하나를 에페이로스에 있는 당신의 라티푼디움에 조성한다더군요. 아, 고소해! 이제는 공유지에서 사업하는 법을 배우게 되겠군요! 당신이 산 채로 썩어문드러지는 꼴을 봤으면 좋겠어요! 카이사르의 가난뱅이들아, 이자의 라티푼디움을 엉망진창으로 만들어버려라!"

아티쿠스가 정신 바짝 차리게 하기엔 더없이 좋은 방법이었죠. 그동안 아티쿠스와 키케로는 당신의 거류지가 아티쿠스의 가축과 제혁 공장이 있는 부트로톤보다 먼 다른 어딘가에 배치될 거라고 생각하고 있었나봐요. 하지만 이젠 그 두 사람도 거류지가 부트로톤에 세워진다는 걸 알아요. 카이사르, 아티쿠스가 거류지를 다른 곳에 배치해달라고 아무리 간청해도 절대 들어주지 말아요! 아티쿠스는 그 토지의 소유주도 아니고 임차료를 내지도 않아요! 그는 당신과 최하층민들로 고통받아 마땅하다고요! 역대 원로원 의원들 중 단연 최악인 인간에게 바쳐진 이 역겨운 찬가를 책으로 펴내다니! 정말 분해요! 키케로의 『카토』를 읽어보면 당신도 분할 거예요. 물론 어리석은 내 아들놈은 대단한 작품이라고 극찬하더군요. 그놈 역시 카토 외삼촌을 찬양하는 짧은 소논문을 썼지만, 키케로의 송덕문을 읽고 그 글은 찢어버린 모양이에요.

브루투스는 이탈리아 갈리아 총독 후임으로 비비우스 판사가 도착하는 대로 로마에 돌아올 거래요. 솔직히 말해서, 카이사르 당신은 그런 어중이떠중이들을 어디서 다 모아오는 거죠? 그래도 판사는 푸피우스 칼레누스의 딸과 결혼할 정도로 돈이 많으니 꽤 높이 올라가겠죠. 법무관 데키무스 브루투스부터 전 총독 가이우스 트레보니우스까지 갈리아 원정 때 당신 밑에서 보좌관을 지낸 자들이 지금 로마에 많아요.

클레오파트라가 당신에게 하루에 네 번씩 편지를 쓰는 걸 알아요. 하지만 당신이라면 다른 누군가가 좀더 냉정한 문체로 쓴 편지 또한 반기겠죠. 클레오파트라는 그럭저럭 지내고 있지만 역시 당신이 없으니 너무 우울한가봐요. 당신은 클레오파트라에게 이번 작전이 짧을 거라고 했다면서요? 내가 보기에 당신은 적어도 일 년 동안은 로마에 돌아오지 못해요. 게다가 무슨 생각으로 그녀를 그 차가운 대리석 무덤에 데려다놓은 거죠? 가엾게도 저러다 그대로 얼음이 되겠어요! 이번 겨울은 유난히 빨리 찾아온데다 몹시 추워요. 벌써 티베리스 강에 얼음이 끼고 로마에 눈이 내렸다고요. 알렉산드리아의 겨울은 로마의 늦봄 날씨라더군요. 하지만 어린 아들은 어미보다 잘 지내요. 눈속에서 노는 게 세상에서 가장 재미있는 일인 양 잘 놀죠.

이제 세간의 소문으로 넘어가죠. 풀비아가 안토니우스의 아이를 임신했어요. 늘 그래왔듯 아주 열정적인 모습이에요. 상상해봐요! 세 번째 깡패 남편한테서 얻은 자식은—아마도 아들이겠죠—어떨지! 클로디우스, 쿠리오에 이어 안토니우스라니.

키케로는—오, 도무지 이자 얘기에서 벗어날 수가 없군요!—며칠 전 열일곱 살 난 자기 피후견인 푸블릴리아와 결혼했어요. 어떻게 생각해요? 정말 역겨워 죽겠어요.

『카토』를 읽어봐요. 키케로는 이 책을 브루투스에게 헌사하고 싶어했지만 브루투스는 그 귀하디귀한 영예를 거절했어요. 왜? 만일 수락했다간 내 손에 죽으리란 걸 알기 때문이겠죠.

카이사르는 『카토』를 읽으며 세르빌리아 못지않은 노여움과 격분을 느꼈다. 마지막 문장까지 읽고 나자 분노가 최고조에 달했다. 키케로에 따르면 카토는 로마 역사상 가장 고귀한 로마인이자 이젠 껍데기만 남은 공화국의 가장 충직하고 지조 있는 종복이었고, 카이사르를 비롯한 이 세상 모든 폭군의 적이요 모스 마이오룸의 흔들림 없는 수호자였으며, 죽어서도 영웅이고 완벽한 남편이자 아버지이며 뛰어난 웅변가에 육신의 욕망을 다스릴 줄 알았고 마지막까지 진정한 스토아주의자였으며, 이러했고 저러했고 또 이러저러했다. 키케로가 일정한 선을 넘지 않았다면 카이사르는 『카토』를 참고 봐줬을지도 모른다. 하지만 키케로는 선을 넘어도 한참 넘었다. 이 책은 모든 면에서 마르쿠스 포르키우스 카토의 지고한 미덕과 독재관 카이사르의 이루 형언할 수 없는 악덕을 선명하게 대조하는 데 방점이 찍혀 있었다.

카이사르는 주체할 수 없는 분노로 떨며 의자에 뻣뻣하게 앉아 입술을 피가 나도록 세게 깨물었다. 키케로 당신의 생각이 이런 거였나? 하, 키케로, 당신은 끝났어. 앞으로 카이사르는 당신에게 그 무엇도 요청하지 않을 테니까. 당신이 아무리 내게 무릎을 꿇고 애원한대도 카이사르의 원로원에 엉덩이를 붙이고 앉을 일은 없을 거야. 그리고 아티쿠스, 이 악의로 가득찬 부당한 작품을 출판한 당신에게 카이사르는 세르빌리아가 말한 그대로 해주지. 가난한 이민자들이 부트로톤에 떼거리로 몰려가리라!

먼 히스파니아까지 행군해오는 동안 카이사르는 시를 쓰며 여가를 보낸 터였다. 「여정」이라고 제목을 붙인 이 시를 다시 읽어보니 애초 생각했던 것보다 훨씬 좋았다. 최근 몇 년간 쓴 것들 중 단연 최고였다. 이 정도면 출판을 장담할 수 있을 듯했다. 카이사르는 물론 이 시를 아티쿠스에게 보내려 생각하고 있었다. 아티쿠스가 거느리는 작은 필경사 집단은 아름다운 작품을 만들어냈으니까. 하지만 이제 「여정」은 소시우스 형제에게 보내질 터였다. 그리고 아티쿠스는 앞으로 독재관이 내리는 그 어떤 혜택도 누리지 못하리라. 보복을 가하기 위해 굳이 로마의 왕이 될 필요는 없었다. 로마의 독재관인 것만으로 충분했다.

분노는 식진 않았으나 냉정한 결심으로 형태를 바꾸었다. 카이사르는 키케로의 『카토』에 대한 반박문을 쓰기 시작했다. 키케로의 주장을 조목조목 짚어가며 논리를 완전히 뒤엎을 참이었다. 키케로가 이 산문을 읽으면 자신의 부족한 재능이 부끄러워지리라. 『카토』는 그냥 무시해선 안 될 작품이었다. 이 책을 읽은 사람들은 카이사르를 그 어떤 그리스 폭군보다도 더한 악한으로 여기게 될 터였다. 하지만 이것은 왜곡

되고 편협한 시각으로 쓴 쓰레기 글에 지나지 않았다. 그가 반드시 응답해야 했다!

총력전을 일으켜 전쟁을 빨리 마무리지으려는 쪽은 언제나 카이사르였지만, 히스파니아에서는 공화파가 그랬다. 카이사르는 『카토에 대한 반박』 집필에 몰두해 전쟁 생각을 할 겨를이 없었다.

섹스투스 폼페이우스는 키케로의 『카토』를 매우 감명 깊게 읽었지만 카토의 행군이 언급되지 않은 점은 퍽 실망스러웠다. 그때는 섹스투스가 진심으로 행복했던 마지막 시기였으니까. 아프리카 속주도 싫었지만 히스파니아는 더 했다. 티투스 라비에누스는 아무리 노력해도 도무지 좋아지지 않았고 아티우스 바루스는 썩어빠진 한심한 인간이었다. 함께 싸울 가치가 있는 사람은 오로지 나이우스뿐이었다. 하지만 나이우스는 이제 공화파의 투쟁에 대한 과거의 열의를 상실한 듯했다.

"나는 지상전에 재능이 없어, 섹스투스. 이건 엄연한 사실이야." 나이우스가 우울한 목소리로 말했다. 섹스투스와 나이우스는 라비에누스, 아티우스 바루스와의 회의에 참석하러 가는 길이었다. 3월의 첫날이었다. 코르두바의 눈이 녹고 히스파니아의 태양에서 다시 온기가 느껴지기 시작했다. "나는 제독이야."

"나도 바다가 더 편해." 섹스투스가 말했다. "앞으로 어떻게 될까?"

"아, 카이사르와 가능한 한 빨리 전투를 치러야지." 나이우스가 문득 걸음을 멈추고 아우의 손을 세게 잡았다. "섹스투스, 나하고 약속 하나 해줄래?"

"뭐든지. 알잖아, 형."

"내가 전쟁터에서 쓰러지거나 뭔가 다른 난관에 처하면 네가 스크리보니아와 결혼해줘."

섹스투스는 얼굴이 굳어지고 온몸이 오싹해졌다. 그는 형의 손아귀에서 그의 손을 빼내어 형의 손을 꼭 잡았다. "형아!" 그는 다시 어린애가 되어 소리쳤다. "이상한 소리 하지 마! 형한테는 아무 일도 없을 거야!"

"난 전조를 보았어."

"형뿐만 아니라 다른 사람도 다 전투에 나가잖아!"

"그래, 내 예감이 틀릴 수도 있겠지. 하지만 만일 틀리지 않는다면? 사랑하는 스크리보니아가 카이사르의 포로가 되는 건 바라지 않아. 스크리보니아는 돈도 없고 카이사르의 친척도 아니잖아." 나이우스의 푸른 눈에서 절박감과 확신에 찬 진정성이 느껴졌다. 섹스투스는 예전에도 그런 눈빛을 본 적이 있었다. 그가 아버지에게 저멀리 세리카로 도망치자고 했을 때 아버지도 그런 눈빛을 띠고 있었다. "이유는 모르겠지만, 섹스투스, 난 너에 대한 전조는 여태껏 보지 못했어. 우리가 카이사르와 싸워서 이기든 지든 너만은 살아서 빠져나갈 수 있을 거야. 그러니 제발 이렇게 애원할게. 스크리보니아를 같이 데려가줘! 그녀가 우리 아버지의 손주들을 낳게 해줘! 그러겠다고 약속해! 어서!"

섹스투스는 나이우스에게 눈물을 보이기 싫어서 그를 끌어안았다. 애정과 슬픔이 동시에 밀려왔다. "약속할게, 형아."

"좋아. 그러면 이제 가서 라비에누스의 말을 들어보자."

작전회의에서 그들은 카이사르를 군 기지 및 군수품으로부터 멀리 떨어뜨려놓기 위해 공화파 군대를 코르두바 근교에서 철수하고 남쪽으로 이동하기로 합의했다. 이날 나이우스 폼페이우스는 라비에누스 때문에 큰 충격을 받았다. 라비에누스가 앞으로 전투 지휘를 맡지 않겠다고 선언한 것이다.

"내게는 카이사르의 운이 없네." 라비에누스는 간단히 설명했다. "두 번의 전투를 치르고 확실히 깨달았어. 내가 전략을 짤 때마다 우린 늘 패배했지. 그러니 이제 자네 차례일세, 나이우스 폼페이우스. 나는 기병대를 맡아서 무조건 자네의 명령을 따르겠네."

위대한 폼페이우스의 장남은 머리가 희끗희끗 세어가는 라비에누스를 공포에 질린 눈으로 쳐다보았다. 닳고 닳은 전장의 독수리까지 저런 말을 하는데 이젠 정말 어떻게 될까? 솔직히 어떻게 될지는 빤히 알고 있었다. 라비에누스는 이 모든 게 카이사르의 운 때문이라고 말하겠지. 하지만 나이우스 폼페이우스가 보기에 이것은 운이 아닌 능력의 문제였다.

3월이 되고 닷새가 지났을 즈음 그러한 심증은 더욱 강해졌다. 이날은 소리카리아라는 도시 부근에서 전투가 벌어졌다. 나이우스 폼페이우스는 적어도 지상전에서는 자기에게 아버지만큼의 기량이나 소질이 없다는 사실을 다시 한번 확인했다. 그의 보병대는 속수무책으로 당했다. 하지만 공화파의 큰 손실에도 불구하고 교전 결과는 아직 확정 지을 수 없었다. 나이우스 폼페이우스는 일단 군사를 철수하고 사태를 추슬렀다. 그러나 한 노예가 나이우스를 찾아와 히스파니아인 군관과 병사 들이 자꾸 탈영하고 있다고 보고하자 그의 자신감은 또 한번 추락했다. 올바른 조치인지 확신할 순 없었지만, 그는 일단 탈영을 시도했던 자들을 하룻밤 동안 잡아두었다. 하지만 이튿날 아침 어깨를 으쓱하며 그들을 그냥 보내주었다. 싸울 의지가 없다면 굳이 잡아두어 무엇을 하겠는가?

"우리의 대의에 헌신하는 자들이 너무 적어." 나이우스가 섹스투스에게 말했다. 두 눈이 물기로 반짝였다. "지구상에 카이사르를 물리칠 천재는 없어. 그리고 난 지쳤어." 나이우스는 손을 뻗어 섹스투스에게 작은 종잇조각을 내밀었다. "새벽에 카이사르가 보내왔어. 라비에누스와 아티우스 바루스에게는 아직 보여주지 않았지만 결국 그들에게도 보여줘야겠지."

나이우스 폼페이우스, 티투스 라비에누스, 보좌관 일동, 그리고 공화파 군대 병사들에게. 더이상 카이사르의 관용은 없다. 이 편지는 여러분에게 그 사실을 통보하기 위한 것이다. 사면은 더이상 없으며, 내게 한 번도 사면을 받은 적이 없는 자들 역시 마찬가지다. 히스파니아 병사들 역시 같은 죄를 지었으니 잘못에 상응하는 벌을 받을 것이다. 공화파의 대의에 동조한 도시들도 마찬가지다. 이들 도시에서 싸울 수 있는 연령의 남자들은 모두 발견 즉시 처형될 것이다.

"카이사르가 엄청 화가 났나봐!" 섹스투스가 낮은 목소리로 말했다. "아, 나이우스 형, 장난삼아 벌집을 걷어찬 것 같은 기분이야! 카이사르가 어째서 이렇게 화가 났지? 응?"

"모르겠어." 나이우스는 이렇게 말하고 라비에누스와 아티우스 바루스에게도 편지를 보여주러 갔다.

라비에누스는 그 이유를 알았다. 그가 돌처럼 차가운 검은 눈으로 폼페이우스 형제를 바라봤다. 눈썹 주위에 맺힌 땀이 번들거렸다. "카이사르가 마침내 인내심의 한계에 도달한 걸세. 마지막으로 그랬을 때는 욱셀로두눔에서였어. 그는 갈리아인 4천 명의 손목을 자르고 그들이 갈리아의 이 끝에서 저 끝까지 돌며 구걸하게 했지."

"세상에, 어째서요?" 섹스투스가 경악하며 물었다.

"갈리아인들이 저항을 멈추지 않는다면 더이상 자비는 없음을 보여주기 위해서지. 8년이면 자비를 충분히 보여주었다고 생각한 거야. 나이우스 자네는 카이사르가 화가 나면 어떻게 되는지 기억할 나이지 않은가? 화가 끝까지 치밀면 그는 결국 터지고 말아. 그러면 아무도 막을 수 없지."

"이제 어떻게 하죠?" 나이우스가 물었다.

"싸우기 직전에 병사들에게 이 편지를 읽어주게." 라비에누스가 어깨를 폈다. "내일 전투를 개시하기 좋은 터를 찾아보세. 결사 항전하는 거야. 이번 싸움을 카이사르가 치러본 가장 힘든 전투로 만들어주겠어."

그들은 문다 시 부근에서 적당한 터를 찾았다. 아스티기에서 시작해 헤라클레스의 기둥 중 히스파니아 쪽 바위산인 칼페 부근 해안으로 이어지는 도로 위였다. 낮은 산에 자리한 도시 문다는 공화파에 매우 유리한 내리막길 지형이었다. 반면에 전투 깃발을 휘날리며 기분좋게 달려온 카이사르에게는 오르막길이었다. 카이사르의 계획은 자신이 보병대와 대오를 유지하는 동안 좌익에 배치된 막강한 전력의 기병대가 공화파 군대의 우측을 에워싼 다음 적군의 뒤로 돌아 나와 공화파 군대 전체를 덮치는 것이었다. 오르막길 지형에서는 쉽지 않은 작전이었다. 더군다나 적군은 카이사르로부터 전투에서 자비를 기대할 수 없을 것이며 전투가 끝난 뒤에도 관용은 없으리라는 공식 통보를 받은 터였다.

양측은 동이 트고 곧바로 교전을 시작했다. 그들이 마주한 것은 가장 단순한 형태의 냉혹하고 끝없이 길게 이어지는 혈투였다. 문다에서는 영리하고 획기적인 전술 따위가 들어설 여지가 없었다. 그것은 아마도 카이사르가 지금까지 겪어본 가장 직접적인 전투였다. 거의 질 뻔한 전투이기도 했다. 공화파는 물러서길 거부했고 카이사르가 기병대를 배치할 틈을 내주지 않았다. 치열한 정면대결이었다. 카이사르의 입장에서는 보병 군단 4개가 더 적은 병력으로 오르막길을 오르며 싸워야 하는 대단히 불리한 싸움이기도 했다. 나이우스 폼페이우스의 군대는 카이사르의 편지를 마음에 새기고 끈질기게 필사적으로 싸웠다.

여덟 시간이 지났지만 전투는 여전히 계속되고 있었다. 발부리에 올라타 둔덕에서 전투를 지켜보던 카이사르는 최전방이 흔들리며 무너질 위기에 처한 것을 보았다. 그는 곧바로 발부리에서 내렸다. 방패와 검을 들고 사병들 사이를 헤치며 최전방으로 다가갔다. 10군단의 전열이 흐트러져 있었다.

"틈만 나면 항명을 일삼던 이 개새끼들아, 적들은 고작 어린애들이다!" 카이사르는 주변의 병사들을 마구 때리며 악을 썼다. "너희들이 계속 이렇게밖에 못하면 너희나 나나 오늘이 인생 끝장나는 날이다! 나도 너희와 함께 죽을 테니까!" 10군단은 그에게 화답했다. 그들은 대열 간격을 좁히고 자기들 한가운데 서 있는 카이사르와 함께 계속 싸웠다.

해 질 무렵에도 전투는 끝이 보이지 않았다. 이제는 퀸투스 페디우스가 둔덕에서 전투를 지켜보고 있었다. 줄곧 카이사르 밑에서 훈련받은 그는 기병대를 움직일 기회를 포착하고 기병대에게 나이우스 폼페이우스의 우측을 공격하라고 명령했다. 젊은 군관 살비디에누스 루푸스가 그들을 이끌었다. 게르만족 천 명이 증원된 갈리아인 기병들이 살비디에누스를 따라 라비에누스의 기병대에게 달려들고 측면을 에워싼 뒤 나이우스 폼페이우스 군대의 후방을 쳤다.

어스름이 내려앉을 무렵, 공화파 군대와 히스파니아 동맹군의 시신 3만 구가 바닥에 널브러져 있었다. 카이사르의 10군단은 대부분 살아남지 못했다. 지난 항명의 죄를 속죄한 것이다. 티투스 라비에누스와 푸블리우스 아티우스 바루스는 전사했고—사실상 자살에 가까웠다—폼페이우스 형제는 달아났다.

나이우스는 히스팔리스로 피해 은신처를 찾던 중 그를 뒤쫓아온 카이센니우스 렌토의 손에 죽었다. 카이사르의 하급 보좌관 카이센니우스 렌토는 나이우스의 목을 베어 시장 한복판에 전시했다. 남은 적군을 소탕하던 가이우스 디디우스가 나이우스의 머리통을 발견하고 카이사르에게 보냈다. 디디우스는 카이사르가 이러한 야만적 행위를 좋아하지 않는다는 사실을 잘 알고 있었다. 카이센니우스 렌토는 이 사건으로 인해 곧장 카이사르의 눈 밖에 날 터였다.

섹스투스는 극심한 피로로 눈앞이 잘 보이지 않았다. 그는 허둥지둥 빈 말에 올라타 본능적으로 코르두바로 향했다. 나이우스가 스크리보니아를 두고 온 곳이었다. 히스파니아인들은 공화파를 택한 것을 뼈저리게 후회하고 있었으므로 섹스투스는 사람들 눈을 피해 다녀야 했다. 우회로를 택해 150여 킬로미터를 달린 끝에야 저멀리 코르두바가 보였다. 문다를 떠나고 두번째로 맞은 밤이었다.

한 무리의 사람들이 걸어오며 웅성대는 소리에 섹스투스는 재빨리 가까운 나무들 사이로 몸을 숨겼다. 그는 사람들이 완전히 지나갈 때까지 달빛 아래로 펼쳐진 풍경을 내다보았다. 거기, 높이 세워진 창끝에

형의 머리통이 꽂혀 있었다. 부옇게 흐려진 눈동자는 하늘을 향했고 입매는 고통으로 일그러져 있었다. 형아, 형아!

나이우스의 예감은 현실이 되었다. 아버지 그리고 형. 둘 다 참수되었다. 나도 같은 운명을 타고났을까? 만일 그렇다면 나는 솔 인디게스, 텔루스, 리베르 파테르께 맹세하리라. 반드시 카이사르보다 오래 살아서 그의 후계자들에게 무자비한 적이 되겠다고. 공화정은 다시 세워지지 않을 것이다. 나는 뼛속 깊이 확신해. 세리카로 가려고 했던 아버지의 판단은 옳았어. 하지만 이제 와서 세리카로 가기엔 너무 늦었다. 나는 우리의 바다, 지중해 세계에 남겠어. 그리고 이 여정을 이어가겠어. 나이우스 형의 함대가 아직 발레아레스 제도에 있다. 우리 피케눔의 신 피쿠스여, 나를 위해 나이우스의 함대를 지켜주소서!

섹스투스는 코르두바 성문 밖에서 나이우스 폼페이우스 필리포스를 발견했다. 펠루시온 해변에서 아버지의 시신을 화장했던 해방노예였다. 그는 코르넬리아 메텔라를 떠나보내고 두 아들과 함께 히스파니아에 남아 있던 터였다. 바로 그 필리포스가 등잔을 들고 이리저리 거닐고 있었다. 너무 늙은이라서 행인 중에 그를 눈여겨보는 사람은 없었다.

"필리포스!" 섹스투스가 그를 숨죽여 불렀다.

필리포스는 섹스투스의 어깨에 기대어 눈물을 흘렸다. "주인어른, 저들이 주인어른의 형님을 살해했어요!"

"그래, 알고 있네. 내 눈으로 봤어. 필리포스, 나는 스크리보니아를 지켜주기로 나이우스 형에게 약속했네. 아직 사람들이 안 데려갔지?"

"네, 주인어른. 제가 마님을 미리 숨겼습니다."

"나한테 몰래 데려다줄 수 있겠는가? 먹을 것도 좀 구해주게. 나는 말 한 필을 더 구해보겠네."

"성벽을 통과해 흐르는 도랑이 있습니다. 한 시간 안에 그리로 마님을 모셔가겠습니다." 필리포스가 몸을 돌려 사라졌다.

섹스투스는 기다리는 동안 말을 찾아 주변을 돌았다. 다른 대부분 도시처럼 코르두바 역시 성벽 안에는 마구간이 흔하지 않았다. 섹스투스는 코르두바의 말들이 정확히 어디에 있을지 알았다. 필리포스가 스크리보니아와 그녀의 몸종을 데리고 돌아왔을 때 섹스투스는 이미 준비가 되어 있었다.

가련하고 어여쁜 소녀는 슬픔에 빠져 섹스투스에게 어린애처럼 매달렸다.

"안 돼요, 스크리보니아. 지금 이러고 있을 시간이 없소! 몸종도 데려갈 수 없어요. 당신과 나 둘뿐이어야 하오. 이제 눈물을 닦아요. 나이든 순한 말을 구해왔으니 당신은 다리를 벌리고 앉아서 가기만 하면 돼요. 자, 나이우스를 생각해서라도 씩씩하게 행동해요."

필리포스가 섹스투스에게 히스파니아인의 평상복을 건네주었다. 스크리보니아도 눈에 띄지 않게 옷을 입힌 터였다. 섹스투스와 필리포스가 스크리보니아를 말에 앉히려고 애써보았지만 스크리보니아는 완강히 거부했다. 싫어요! 천박하게 다리를 벌리고 앉으라뇨! 난 여자라고요! 따라서 섹스투스는 스크리보니아를 위해 당나귀를 구해 왔고, 그만큼 시간이 지체되었다. 그는 마침내 필리포스에게 작별의 입맞춤을 하고 스크리보니아가 탄 당나귀의 고삐를 쥔 채 새벽녘의 어둠 속으로 달려갔다. 나이우스의 아내는 어여뻤다. 하지만 지능은 콩 한 알만큼도 되지 않았다.

그들은 낮에는 숨고 밤에는 마을길을 달렸다. 새 카르타고 너머 해안가를 지나 폼페이우스 마그누스의 오래된 영지인 가까운 히스파니아로 향했다. 필리포스에게 받은 돈주머니가 있어서, 식량이 바닥난 뒤에는 외딴 농가에서 먹을거리를 샀다. 그들은 카이사르의 점령군을 피해 북쪽으로 수백 킬로미터를 달렸다. 마침내 이베루스 강을 건넌 섹스투스는 안도의 한숨을 내쉬었다. 그는 다음 행선지를 정확히 알고 있었다. 아버지가 수년간 말을 맡겨두었던 라케타니족에게 가야 했다. 섹스투스와 스크리보니아는 당분간 거기서 안전하게 지낼 수 있을 것이었다. 카이사르와 그의 심복들이 히스파니아를 떠난 후에는 발레아레스 제도에서 가장 큰 섬 마요르로 가리라. 그곳에서 나이우스의 함대들을 찾아 제독이 되고 스크리보니아와 결혼할 터였다.

"문다 전투를 공화파의 마지막 저항으로 봐도 무방하겠군." 카이사르가 칼비누스에게 말했다. 그들은 말을 타고 코르두바로 가고 있었다. "라비에누스는 결국 죽었소. 그래도 좋은 전투였지. 앞으로 그보다 좋은 전투는 결코 겪을 수 없을 거요. 나는 내 병사들과 전장에서 함께 싸웠소. 기억에 오래 남는 건 바로 그런 전투요." 카이사르는 몸을 쭉 펴다가 통증을 느끼고 움찔했다. "솔직히 쉰넷이 되니 나도 나이가 느껴지는군." 카이사르의 목소리가 돌연 차갑게 식었다. "문다 전투로 10군단 문제도 해결됐소. 얼마 남지 않은 몇 명은 내가 그들을 어디에 정착시키든 따지지 못할 거요."

"그들을 어디에 정착시킬 생각입니까?" 칼비누스가 물었다.

"나르보 근처에."

"3월 말쯤 로마에도 문다 소식이 전해지겠군요." 칼비누스가 유쾌하게 말했다. "장군이 로마에 도착할 즈음이면 사람들은 불가피한 현실을 받아들일 겁니다. 원로원이 종신 독재관 추대를 시도할 수도 있겠어요."

"원로원이 나를 뭐로 만들건 관심 없소." 카이사르가 무심히 말했다. "나는 내년 이맘때 시리아로 갈 생각이오."

"시리아요?"

"지금 바수스가 아파메이아를 점령중이고 코르니피키우스는 안티오케이아를 점령했소. 안티스티우스 베투스가 그 난장판을 정리하기 위해 뭘 할 수 있을지 보려고 차기 총독으로 부임해 가는 중인데, 생각해보면 답은 빤하오. 파르티아인들은 2년 내에 침략을 강행할 거요. 그러니 내가 먼저 파르티아 왕국을 쳐야 하오. 나는 알렉산드로스 대왕과 같은 위업을 달성하고 싶은 열망이 있소. 아르메니아에서 박트리아, 소그디아네, 게드로시아, 카르마니아를 거쳐 메소포타미아까지 정복하고, 추가로 인도까지 손에 넣을 거요." 카이사르가 차분하게 말했다. "파르티아인들이 에우프라테스 강 서쪽 영토를 탐내기 시작했는데, 우리도 에우프라테스 강 동쪽 영토를 탐내야 마땅하지 않겠소."

"맙소사! 그러면 장군은 최소한 5년은 나라를 떠나 있어야 합니다!" 칼비누스는 숨이 턱 막혔다. "로마를 그렇게 오래 방치해도 되겠습니까, 카이사르? 독재관께서 이집트에 잠적해 있었던 시기를 떠올려보십시오. 그때는 몇 년이 아니라 겨우 몇 달이었습니다. 장군께서 정복 사업을 하느라 밖으로 나도는데 어찌 로마가 번성할 수 있겠습니까?"

카이사르가 앙다문 잇새로 말했다. "나는 밖으로 나돌려는 게 아니오! 칼비누스 당신은 내전에 막대한 돈이 든다는 사실을 어떻게 아직도 깨닫지 못했소? 지금 로마에는 돈이 없소! 파르티아 왕국에서 내가 구해오지 않으면 영원히 돈이 없단 말이오!"

그들은 코르두바에 무혈 입성했다. 코르두바 시는 성문을 열어젖히며 자비를 구했다. 그들은 유명한 카이사르의 관용을 자신들에게도 베풀어주기를 바랐다. 하지만 관용은 없었다. 카이사르는 입영 가능 연령대의 남자를 전부 불러모아 즉결 처형했고 코르두바 시에는 우티카 못지않게 무거운 벌금을 물렸다.

2

카이사르의 개인 수습군관으로 복무하기 위해 히스파니아로 떠날 예정이었던 가이우스 옥타비우스는 출발 전날 심한 폐렴에 걸렸다. 2월 중순에 마침내 건강이 회복되었지만 이번에는 어머니의 완강한 반대에 부딪혔다. 100년 만에 처음으로 달력상 날짜가 계절과 정확히 일치하고 있었으므로, 2월에 출발한다는 것은 눈 쌓인 산길과 매서운 바람을 이겨내야 한다는 뜻이었다.

"살아서 도착하지 못할 거야!" 아티아가 절망적으로 외쳤다.

"아뇨, 엄마, 갈 수 있어요. 노새가 끄는 좋은 마차를 타고 가는데 뭐가 위험하겠어요? 마차에 뜨거운 벽돌과 담요도 실었고요."

그리하여 청년은 어머니의 반대를 무릅쓰고 여행길에 올랐다. 막상 떠나고 보니 오히려 이 계절에는 (몸을 따뜻하게만 유지한다면) 여행을 해도 천식이 재발하지 않는 것 같았다. 그는 이제 자신의 병이 천식임을 알고 있었다. 앞서 카이사르가 합데파네에게 옥타비우스의 진료를 맡겼고, 합데파네는 옥타비우스가 지켜야 할 합리적인 조언을 수없이 많이 해준 터였다. 눈 쌓인 도로에는 먼지나 꽃가루가 없었고 노새털도 날리지 않았으며, 차가운 공기는 습하지 않고 청량했다. 도미티우스 가도의 몬스 게나바 고개에서 마차가 눈에 파묻혀 옴짝달싹 못했을 때 그는 기쁜 마음으로 함께 삽을 들고 눈을 치웠고, 몸을 움직인 덕분에 기분까지 상쾌해졌다. 로다누스 강 하구의 습지를 관통하는 둑길을 지날 때 딱 한 차례 호흡이 불편했지만 그 구간은 150여 킬로미터에 지나지 않았다. 피레네 산맥에서 해안선이 보이는 고개 꼭대기에 다다른 그는 잠시 멈춰 풍화작용으로 심하게 손상된 폼페이우스 마그누스의 전승기념물들을 감상한 뒤 라케타니족이 사는 가까운 히스파니아로 내려왔다. 계절은 이윽고 초봄이었다. 그런데도 옥타비우스는 천식이 재발하지 않았다. 봄이되 비가 잦고 바람이 없는 봄이었다.

카스툴로에 당도한 그는 문다에서 결정적인 전투가 있었고 이제 카이사르는 코르두바에 있다는 소식을 접하고서 그리로 갔다.

옥타비우스가 코르두바에 도착한 날은 3월의 스물세번째 날이었다. 역겨운 피비린내가 진동했고 화장터 장작더미 수십 군데에서 연기가 피어올랐다. 총독의 저택은 다행히 대규모 처형이 이루어진 장소보다 고지대인 성채 내부에 자리해 있었다. 옥타비우스는 눈앞에 펼쳐진 참혹한 광경을 보고도 태연함을 잃지 않는 스스로에게 자못 놀랐다. 적어도 이러한 측면에서만큼은 자기도 다른 사내들에게 뒤지지 않는 것 같았다. 옥타비우스는 매우 기뻤다. 외모 때문에 사람들이 자기를 얼굴만 예쁘장한 약골로 본다는 사실을 잘 알고 있었고, 자신이 행여 살육의 광경이나 냄새에 남자답게 대처하지 못할까봐 몹시 걱정해온 터였으니까.

커다란 저택의 현관에 들어서니 군복 차림의 한 젊은이가 앉아 있었다. 방문자를 적절히 걸러내는 임무를 맡은 듯했다. 건물 바깥의 보초병들은 옥타비우스가 작은 수행단을 거느리고 부티가 흐르는데다 개인 마차까지 소유한 것을 보고 별다른 의심 없이 통과시킨 터였다. 하지만 이 젊은이는 그리 호락호락할 것 같지 않았다.

"뭔가?" 젊은이가 숱 많은 눈썹 아래로 치켜보며 버럭 소리쳤다.

옥타비우스는 상대를 잠자코 바라보았다. 군인의 길을 걷는 자. 그토록 열망하지만 자신은 결코 걸을 수 없는 그 길. 젊은이가 자리에서 일어섰다. 키는 카이사르와 비슷해 보였고 양어깨가 쌍둥이 언덕 같았으며 황소같이 굵은 목에 힘줄이 서 있었다. 하지만 무엇보다도 눈에 띄는 것은 빼어나게 잘생기고 남자다운 이목구비였다. 금발에 가깝고 숱 많은 머리카락과 역시 숱 많고 짙은 눈썹, 단호하지만 그윽한 적갈색 눈동자, 잘생긴 코, 강인하고 단단한 입매와 턱. 맨살이 드러난 근육질 팔. 힘든 일이든 섬세한 일이든 두루 잘할 것 같은 모양이 잘 잡힌 큼직한 손.

"뭔가?" 젊은이가 다시 물었다. 목소리가 아까보다는 온화했고 눈동자에 살짝 흥미로워하는 기색이 감돌았다. 낯선 방문객을 보고 젊은이는 이렇게 생각했다. 알렉산드로스를 닮았으면서도 무척 섬세하고 귀티 나는 인상이로군('아름다움'은 그가 남자를 묘사할 때 쓰는 어휘가 아니었다).

"실례하겠네." 방문객이 정중하지만 살짝 왕가의 위엄을 풍기는 어조로 말했다. "가이우스 율리우스 카이사르에게 보고드리러 왔네. 나는 그분의 수습군관일세."

"어느 대단한 귀족의 추천을 받으셨나?" 젊은이가 물었다. "일단 그분의 눈에 띄면 자넨 앞으로 꽤 힘든 시간을 보내게 될 텐데."

옥타비우스가 미소를 지었다. 얼굴에서 왕가의 위엄이 지워졌다. "아, 그분은 내가 어떻게 생겼는지 잘 알고 있다네. 나를 직접 부르셨으니까."

"오, 같은 가문인가보군! 누구지?"

"내 이름은 가이우스 옥타비우스일세."

"처음 듣는 이름인데."

"자네 이름은 뭔가?" 옥타비우스가 몸을 바짝 붙이며 물었다.

"마르쿠스 빕사니우스 아그리파. 퀸투스 페디우스의 수습군관일세."

"빕사니우스?" 옥타비우스가 눈썹을 모으며 물었다. "특이한 씨족명이군. 어느 지역 출신인가?"

"삼니움 아풀리아. 하지만 내 이름은 메사피족에서 유래했네. 사람들은 보통 나를 내 코그노멘인 아그리파로 부르지."

"'역아(逆兒)로 태어난 자'라. 다리를 저는 것 같진 않은데?"

"내 다리는 멀쩡하다네. 자네는 코그노멘이 뭔가?"

"없네. 그냥 옥타비우스일세."

"위층으로 올라가서 복도를 따라 왼쪽으로 가다가 세번째 문으로 들어가게."

"갔다 올 때까지 내 짐 좀 봐주겠나?"

짐이 들어오기 시작했다. 아그리파는 이 신규 수습군관을 아니꼬운 눈으로 쳐다보았다. 짐의 규모만 보면 가히 선임 보좌관급이었다. 카이사르 가문의 누구일까? 촌수가 한참 먼 인척일 게 분명해. 인성은 좋아 보였다. 거만하지 않으면서도 어딘지 모르게 자긍심이 느껴졌다. 군인 자질은 전혀 보이지 않았다! 아그리파는 가이우스 마리우스의 일화에 등장하는 한 청년을 떠올렸다. 마리우스의 인척으로 동성애 성향이 있던 그는 다른 사병에게 사심을 품고 접근하다가 그에게 살해당했다. 그런데 마리우스는 살인을 저지른 사병을 처형하기는커녕 되레 상을 내렸지! 그렇다고 아까 그 청년이 동성애자 같은 분위기를 풍긴다는 뜻은 아니었다.

가이우스 옥타비우스……. 분명히 라티움 출신일 것이다. 원로원에는 옥타비우스 가문 출신이 흔했다. 심지어 집정관들 중에도 있었다. 아그리파는 어깨를 으쓱하며 다시 처형자 명단을 확인하는 일로 돌아갔다.

"들어오게." 옥타비우스가 문을 두드리자 카이사르의 목소리가 들려왔다.

문 쪽을 내다보는 카이사르의 얼굴은 돌처럼 딱딱했다. 하지만 문간에 서 있는 사람을 알아보자 이내 굳어 있던 표정이 풀렸다. 카이사르가 펜을 내려놓고 자리에서 일어섰다. "친애하는 우리 조카가 먼길을 무사히 왔구나. 아주 기쁘다."

"저도 기쁩니다, 카이사르. 전투를 놓쳐서 유감이지만요."

"유감일 것 없어. 전술적으로 훌륭한 전투도 아니었고 병사들이 너무 많이 희생됐지. 그래서 이번이 내 마지막 전투가 아니었길 바라고 있단다. 좋아 보이는구나. 하지만 꼭 합데파네를 만나서 검진을 받아라. 길에 눈이 잔뜩 쌓여 있었지?"

"몬스 게나바 언덕은 그랬지만 피레네 산맥 길은 괜찮았습니다." 옥타비우스가 의자에 앉았다. "제가 들어올 때 표정이 안 좋으시던데요, 아저씨."

"키케로가 쓴 『카토』를 읽어봤니?"

"그 악의적인 쓰레기 말씀이세요? 네, 덕분에 로마에서 병상이 심심하진 않았습니다. 반박문을 쓰실 거죠?"

"네가 문을 두드릴 때 하고 있던 일이 바로 그거란다." 카이사르가 한숨을 쉬었다. "하지만 칼비누스나 메살라 루푸스 같은 사람들은 내가 반박문을 쓰는 것이 품위를 떨어뜨리는 짓이라는구나. 뭐라고 쓰든 무조건 옹졸해 보일 거래."

"그 말도 일리가 있지만 그래도 쓰셔야 합니다. 그냥 넘어가면 키케로의 글이 옳다고 인정하는 격이 되니까요. 반박문이 옹졸하다고 할 사람들은 어차피 독재관님 입장을 받아들이지 않을 겁니다. 키케로는 독재관님이 민주적 절차를, 모든 로마인이 어떠한 방해도 받지 않고 삶을 영위할 자유를 완전히 파괴했다고 썼죠. 카토가 죽은 것도 독재관님 탓이라고 비방했고요. 훗날 제게 충분한 돈이 생기면 『카토』를 모조리 사들여 불태워버릴 거예요." 옥타비우스가 말했다.

"대단히 흥미로운 계획이로구나! 내가 직접 해도 되겠는데."

"아니요, 그러면 사람들이 배후를 캐내려고 하겠지요. 앞으로 언젠가 사람들의 관심이 충분히 잦아들었을 즈음에 제가 하겠습니다. 반박문은 어떤 식으로 접근할 생각이세요?"

"일단 키케로에게 날카로운 독설을 날려야지. 그리고 가이우스 카시우스가 마르쿠스 크라수스에게 했던 것보다도 더 가차없이 카토의 인격을 살해할 거야. 카토가 포도주를 살 때 얼마나 인색했는지부터 시작해 주변의 고루한 철학자들, 그가 자기 아내들을 얼마나 수치스럽게 대했는지 등 모든 이야기가 담길 거야." 카이사르가 유쾌한 목소리로 나지막이 말했다. "세간에 잘 알려지지 않은 카토의 여러 일화를 세르빌리아가 신이 나서 알려줄 게다."

가이우스 옥타비우스의 수습군관 생활은 이렇듯 전혀 평범하지 않게 시작되었다. 그는 첫날 마주친 멋진 청년 마르쿠스 빕사니우스 아그리파와 가까워질 기회를 갖고 싶었지만, 카이사르는 자신의 새 수습군관을 위해 동료들과 친분을 쌓는 것이 아닌 다른 일을 염두에 두고 있었다.

포르투나 여신이 카이사르를 어딘가로 이끌면 그는 그 지역을 제대로 정비하기 전까지 결코 떠나지 않았다. 오랫동안 로마의 속주였던 먼 히스파니아의 경우 카이사르가 주로 손댄 작업은 로마 거류지를 세우는 일이었다. 종달새5군단과 10군단을 제외하고 그가 히스파니아에 데려온 군단 모두를 먼 히스파니아에 정착시킬 계획이었다. 공화파의 편을 들었던 히스파니아 지주들에게서 압류한 옥토를 퇴역병들에게 넉넉히 분배해주어야 했다. 로마 시내의 빈민들을 위한 거류지가 '율리우스 시민 거류지'라는 자랑스러운 이름으로 우르사오에 하나 세워질 것이었지만 나머지는 모두 퇴역병을 위한 거류지였다. 히스팔리스 부근에 하나, 피덴티아 부근에 하나, 우쿠비 부근에 둘, 새 카르타고 부근에 세 개, 그리고 서부의 루시타니족 영토에 네 개가 조성될 계획이었다. 이들 거류지의 주민들은 전부 완전한 로마 시민권을 부여받고, 해방노예들에게도 통치위원회에 참여할 자격이 주어질 것이었다. 이 두번째 항목은 사실 매우 이례적인 것이었다.

옥타비우스는 전속력으로 달리는 마차를 타고 이곳저곳 이동하는 카이사르를 수행했다. 카이사르는 토지 분배를 감독하고, 그 일을 계속할 사람들이 방법을 제대로 이해했는지 확인하고, 거류지의 법과 부칙과 조례의 전문(前文)을 공표하고, 각 지역의 첫번째 통치위원회를 구성할 시민들을 직접 선정했다. 옥타비우스는 자신이 시험대에 올라 있음을 잘 알고 있었다. 카이사르가 시험하는 것은 단순히 그의 능력만이 아니었다. 그의 건강 역시 시험 대상이었다.

"제가 조금이라도 도움이 되고 있는 거면 좋겠어요, 아저씨." 히스팔리스에서 돌아오는 길에 옥타비우스가 카이사르에게 말했다.

"아주 많은 도움이 되고 있지." 카이사르가 약간 놀란 목소리로 말했다. "너는 세부적인 것을 보는 눈이 밝더구나, 옥타비우스. 사람들이 보통 지루하다고 느낄 일들을 진심으로 즐기기도 하고. 만일 네가 활기 없는 청년이었다면 널 이상적인 관료형 인간으로 분류했겠지만, 네게는 굼뜬 기색이 요만큼도 보이지 않아. 10년 정도 지나면 네가 나를 대신해 로마를 운영할 수 있을 게다. 나는 로마를 운영하는 것보다 다른 일이 적성에 맞아. 로마가 더 잘 작동하게 해줄 법을 만드는 건 괜찮지만, 안타깝게도 한 장소에 몇 년씩 머물러 있는 건 내게 맞지 않는 것 같구나. 비록 그곳이 로마라고 해도 말이야."

이즈음 두 사람은 그들 사이에 서른 살의 나이 차가 있다는 사실조차 잊을 정도로 서로 아주 편안해진 터였다. 옥타비우스가 회색 눈을 반짝이며 웃음을 터트렸다. "저도 압니다, 카이사르. 독재관님의 두 발은 행군을 해야 하지요. 하지만 제가 실질적인 도움을 드릴 수 있게 될 때까지 파르티아 원정을 뒤로 미루실 순 없을까요? 로마가 한낱 젊은이를 인정할 리 만무하잖아요. 독재관께서 로마를 떠나 계신 동안 통치를 위임해야 할 자들은 더더욱 그러할 테고요."

"마르쿠스 안토니우스 말이로구나." 카이사르가 말했다.

"네, 돌라벨라도요. 칼비누스도 그럴 수 있겠지만, 그는 그런 역할을 원할 정도로 야심 찬 인물은 아닙니다. 히르티우스, 판사, 폴리오를 비롯한 나머지 인물들은 안토니우스나 돌라벨라를 제압할 만큼 좋은 가문 출신이 못 되고요. 에우프라테스 강을 꼭 그렇게 일찍 건너셔야 할까요?"

"지금의 위태로운 재정 상태로부터 로마를 구해낼 부가 있는 곳은 두 군데뿐이야. 이집트와 파르티아 왕국. 이집트는 손댈 수 없으니 반드시 파르티아 왕국일 수밖에."

옥타비우스는 뒤통수를 마차 좌석에 기대고 고개를 돌려 빠르게 지나쳐가는 시골 풍경을 향했다. 카이사르에게 속마음을 내비치고 싶지 않았다. "왜 파르티아 왕국이어야 하는지 압니다. 이집트의 부는 파르티아에 비할 바가 못 되니까요."

이 말에 카이사르는 배꼽을 잡고 눈물이 고이도록 웃어댔다. "너도 그걸 봤으면 그런 말 못할걸."

"뭘 말씀이세요?" 옥타비우스가 아이처럼 순진하게 물었다.

"이집트의 보물 보관소." 카이사르가 여전히 킬킬 웃으며 말했다.

당분간은 이 정도로 될 것이다. 급할수록 돌아가라 했으니.

"뭐 그런 희한한 일을 맡았나?" 그날 오후 마르쿠스 아그리파가 옥타비우스에게 말했다. "그런 건 수습군관이 아니라 비서가 할 일 아닌가?"

"사람마다 어울리는 임무가 따로 있으니까." 옥타비우스가 불쾌해하는 기색 없이 말했다. "나는 군사적 재능은 없지만 행정에는 재능이 좀 있는 것 같아. 그런 점을 생각하면 카이사르의 지근에서 일해보는 건 내겐 큰 배움의 기회일세. 카이사르는 자신이 하는 일을 낱낱이 설명해주고 나는 열심히 귀기울여 듣지."

"카이사르의 진짜 조카라고 왜 지금껏 말을 안 했나?"

"정확히 말하면 조카가 아니야. 생질손이지."

"퀸투스 페디우스는 자네가 카이사르의 총아 중에서도 총아라던데."

"그런 말을 하다니 퀸투스 페디우스는 경솔한 사람이군!"

"그는 자네의 사촌쯤 되겠군. 그냥 가끔 혼자 불평하는 소릴 들었네." 아그리파가 자신의 경솔한 말을 수습하려는 듯 대꾸했다. "여기에서 좀 머무를 예정인가?"

"응. 이틀 묵고 갈 계획이야."

"그러면 오늘은 우리와 같이 어울리세. 돈 없는 사람들이라 음식은 변변치 않겠지만, 우린 자네가 온다면 환영이야."

'우리'라 함은 아그리파와 퀸투스 살비디에누스 루푸스를 말했다. 그는 20대 중후반 정도에 피케눔 출신인 빨간 머리 군관이었다.

살비디에누스가 옥타비우스를 호기심 어린 눈길로 바라보았다. "다들 자네 얘길 하더군." 그는 벤치 위에 놓인 자질구레한 군인 용품들을 바닥으로 밀쳐내 손님이 앉을 자리를 마련했다.

"내 얘기를? 어째서?" 옥타비우스가 벤치 끄트머리에 걸터앉으며 물었다. 지금까지 사용할 기회가 별로 없었던 생소한 가구였다.

"무엇보다 카이사르의 총애를 받고 있으니까. 그리고 우리 상관 페디우스는 자네더러 예민하다고 그랬어. 그래서 말도 못 타고 군 임무를 제대로 수행할 수 없다고." 살비디에누스가 설명했다.

비전투원이 음식을 날라왔다. 질긴 새고기 수육, 으깬 병아리콩과 베이컨, 꽤 신선한 빵과 기름, 최상급 히스파니아산 올리브였다.

"자네 먹는 양이 적군." 살비디에누스가 음식을 게걸스레 먹어치우며 말했다.

"내가 좀 '예민'해서 말일세." 옥타비우스가 살짝 비꼬듯이 말했다.

아그리파가 싱긋 웃더니 옥타비우스의 잔에 포도주를 따랐다. 손님이 맛을 보고 곧장 잔을 내려놓자 아그리파는 더욱 싱글거렸다. "우리

포도주 맛이 별로인가?"

"원래 포도주를 좋아하지 않아. 카이사르도 그렇지."

"자네는 소름이 끼치도록 카이사르와 닮았군."

옥타비우스의 얼굴이 밝아졌다. "내가? 내가 정말 그런가?"

"그래. 자네 얼굴에서 그와 닮은 뭔가가 보여. 퀸투스 페디우스에게서는 볼 수 없는 뭔가 말이지. 살짝 왕족 분위기를 풍기기도 하고."

"페디우스와 나는 자라온 환경이 달라." 옥타비우스가 설명했다. "페디우스의 조부는 캄파니아 기사였지. 페디우스도 캄파니아에서 자랐고. 반면 나는 로마에서 자랐네. 선친께선 몇 년 전에 돌아가셨어. 루키우스 마르키우스 필리푸스가 내 의붓아버지일세."

굉장히 유명한 이름이었다. 다른 두 사람은 살짝 놀란 듯했다.

"에피쿠로스주의자로군." 젊은 아그리파보다 아는 것이 많은 살비디에누스가 말했다. "전직 집정관이기도 하고. 그래서 자네 짐이 선임 보좌관급으로 많았군."

옥타비우스가 당황한 표정을 지었다. "아, 그건 모친 때문일세." 그가 말했다. "어머니는 내가 당신 곁을 떠나 있으면 당장 죽을 줄 아시거든. 솔직히 내겐 필요 없고 쓸모도 없는 물건들이네. 필리푸스는 에피쿠로스주의자 중의 에피쿠로스주의자지만 난 아니야." 옥타비우스는 너저분하고 빈한한 방을 둘러보며 말했다. "자네들이 부럽군." 옥타비우스는 이렇게 말하고 한숨지었다. "예민하게 사는 건 피곤한 일이야."

"즐거운 시간 보냈니?" 자신의 수습군관이 돌아오자 카이사르가 물었다. 그동안 자신이 이 청년에게 동료들과 어울릴 시간을 좀처럼 주지 않았음을 그는 잘 알고 있었다.

"네, 즐거웠습니다. 동시에 제가 많은 특권을 누리고 있다는 사실을 깨닫는 시간이기도 했고요."

"어떤 면에서 말이냐, 옥타비우스?"

"두둑한 돈주머니가 있고 필요한 건 뭐든지 얻을 수 있는데다 독재관님의 총애를 받고 있잖아요." 옥타비우스가 솔직하게 말했다. "아그리파와 살비디에누스는 돈도 없고 총애도 받지 못하지만, 둘 다 훌륭한 친구들입니다."

"그게 사실이라면 카이사르 밑에서 승승장구할 테니 걱정 말거라. 내가 파르티아 원정에 반드시 데려가야 할 인재들이냐?"

"그럼요. 하지만 꼭 직속 부하로 쓰셔야 합니다. 그리고 저도요. 독재관님이 안 계신 동안 저는 로마를 운영할 정도의 나이는 아닐 테니까요."

"정말 같이 가고 싶으냐? 먼지바람이 끔찍할 텐데."

"저는 아직 독재관님께 배울 게 많아요. 그러니 노력해보고 싶습니다."

"살비디에누스라면 나도 안다. 문다 전투에서 기병대 공격을 이끌고 금 팔레라이 아홉 개를 받았지. 전형적인 피케눔 사람이야. 용감무쌍하고 군사적 판단력이 우수한데다 작전 수립 능력도 갖췄지. 하지만 아그리파는 잘 모르겠구나. 내일 아침 우리가 떠나는 자리에 나와 있으라고 해라, 옥타비우스." 카이사르가 말했다. 그는 옥타비우스가 어떤 부류의 동료를 친구로 골랐을지 호기심을 느꼈다.

아그리파와의 만남은 예상외의 발견이었다. 그때까지 만나본 가장 인상적인 청년들 중 하나로 손꼽을 만하다고 카이사르는 생각했다. 얼굴이 못생겼다면 퀸투스 세르토리우스와 같은 유형으로 분류했겠지만, 아그리파는 준수한 외모 때문에 완전히 새로운 유형의 인물로 보였다. 기사계층 자제들이 주로 다니는 큰 로마 학교를 나왔더라면 반드시 수석 지휘관이 되었으리라. 맡은 일에 항상 최선을 다하리란 믿음이 드는 듬직한 청년이었다. 두려움을 모르고 강건한 체력에 굉장히 똑똑한 젊은이, 충직한 일꾼. 교육을 충분히 받지 못했다는 사실이 안타까웠다. 혈통도 변변치 않았다. 두 가지 모두 그가 로마 공직 세계에 족적을 남기는 데 방해요인이 될 터였다. 카이사르는 이 열일곱 살의 아그리파처럼 장래성이 분명한 청년들이 사회적으로 성공할 수 있도록 로마의 사회구조를 바꾸어놓겠다고 다시 한번 결심했다. 아그리파는 성공한 신진 세력 키케로처럼 천재성을 타고나지도 않았고 가이우스 마리우스처럼 냉혹해 보이지도 않았다. 그러니 아그리파에게는 보호자가 필요했다. 카이사르가 그의 보호자가 되어주리라. 과연 카이사르의 생질 손은 사람 보는 눈이 있구나. 안심이야.

카이사르가 유쾌하면서도 주도면밀한 질문들을 던지자 아그리파는 뻣뻣한 부동자세로 답했다. 그동안 카이사르는 곁눈질로 옥타비우스를 쳐다보았다. 옥타비우스가 아그리파를 경애하는 눈길로 바라보고 있었다. 그가 카이사르에게 보내는 경애의 눈길과는 완전히 다른 느낌의 것이었다. 흠.

두 사람은 때로 비서와 같은 마차로 이동하기도 했지만, 그날 아침 카이사르는 옥타비우스와 단둘이 마차를 타기로 했다. 그 이야기를 해야 할 시점이 왔다. 도무지 내키지 않아서 줄곧 미루고 미뤄왔던 대화였다.

"넌 마르쿠스 아그리파를 무척 좋아하지." 카이사르가 말문을 열었다.

“지금까지 만난 그 누구보다도 좋습니다.” 옥타비우스가 단박에 대답했다.

종기의 고름을 짜내는 칼질은 깊고 가차없어야 했다. “넌 아주 예쁘장하게 생겼어, 옥타비우스.”

옥타비우스는 깜짝 놀랐고 이 말을 칭찬으로 받아들이지 않았다. “빨리 나이가 들어서 이런 외모를 벗어나고 싶습니다, 카이사르.” 그가 작은 목소리로 말했다.

“나이가 들어도 전혀 바뀌지 않을 거다. 아그리파나 나 같은 체형을 만들 정도로 오랜 시간 강도 높게 운동할 수 없잖니. 그러니 너는 앞으로도 죽 지금 같은 외모를 유지할 거야. 아주 예쁘장하고 다소 가냘픈.”

옥타비우스의 얼굴이 붉게 달아올랐다. “그러니까 제가 여자 같은 남자로 보인다는 뜻인가요? 그 말씀이신 거죠?”

“그래.” 카이사르가 단호하게 대답했다.

“루키우스 카이사르나 나이우스 칼비누스 같은 사람들이 저를 그런 시선으로 바라보는 것도 같은 이유에서겠죠.”

“그럴 거야. 혹시 조금이라도 동성에게 연정을 품고 있니, 옥타비우스?”

얼굴의 붉은 기가 사라지더니 오히려 창백할 정도가 되었다. “한 번도 그런 적 없습니다, 카이사르. 제가 마르쿠스 아그리파를 넋 놓고 바라볼 때가 있다는 건 인정해요. 하지만 저는—저는—저는 그를 그만큼 인간적으로 좋아합니다.”

“연정을 품은 게 아니라면 그렇게 넋 놓고 바라보는 행동은 그만둬라. 그리고 결코 그런 마음이 싹트지 않도록 스스로를 잘 단속해. 한 사람의 공직 경력을 그만큼 파괴적으로 무너뜨리는 문제는 없으니까.

이 문제를 잘 아는 사람의 충고니까 잘 새겨들어야 해." 카이사르가 말했다.

"비티니아의 니코메데스 왕과 관련한 비방 말씀인가요?"

"바로 그거야. 부당한 비방이었지만, 나는 불행히도 내 사령관이었던 루쿨루스나 동료 집정관이었던 마르쿠스 비불루스에게 미움을 받았어. 그들은 아주 기꺼이 그 소문을 악용해 나를 정치적으로 중상 모략했지. 그리고 그 문제는 최근의 내 개선식에까지 등장했어."

"10군단의 노래 말씀이로군요."

"그래." 카이사르가 입술을 굳게 다물었다. "그리고 그들은 대가를 치렀지."

"독재관님은 그 비방에 어떻게 대처하셨습니까?" 옥타비우스가 궁금해하며 물었다.

"내 모친께서—참으로 비범한 여장부셨지!—정적들의 아내와 바람을 피우라고 조언해주셨단다. 공개적일수록 좋다고 하셨지. 그리고 그런 소문을 입에 담는 정치인들과 결코 친구로 지내지 말라고도 하셨어. 그 비방이 그저 앙심에서 비롯된 것만은 아니라는 의심을 살 법한 일은 티끌만큼도 하지 말라고도 하셨고." 카이사르가 옥타비우스를 똑바로 바라보며 덧붙였다. "그리고 절대 아테네에 가지 말라고도 하셨지."

"그분에 관한 기억이 생생해요." 옥타비우스가 빙긋 웃었다. "저는 그분이 무서워서 죽을 지경이었어요."

"가끔은 나도 그랬지!" 카이사르가 손을 뻗어 옥타비우스의 손을 세게 잡았다. "어머니가 내게 해주었던 조언을 네게도 해주고 싶구나. 하지만 그 내용은 달라야겠지. 우리 둘은 아주, 아주 많이 다르니까. 너와 달리 나는 젊었을 때 여자들을 잘 유혹했어. 여자들이 내 마음을 얻고 싫어 안달하게 만들면서도 나는 절대 그들에게 길들지 않을 것이고 내 마음을 주지도 않으리란 태도를 분명히 했지. 하지만 너에겐 그런 요령이 없어. 네게는 그 정도의 오만함이나 자기 확신이 없거든. 어쨌거나 너는 네 의도와 상관없이 살짝 여성적인 분위기를 풍겨. 아마 네 병 때문이겠지. 네 병 때문에 걱정이 많았던 어머니가 널 애지중지 키웠고, 다른 애들은 정기적으로 훈련을 받으러 다닐 때 집에만 있느라 친구들을 사귈 기회가 없었으니까. 네 친척 마르쿠스 안토니우스 같은 사람들은 어느 세대에나 있기 마련이야. 모루를 번쩍 들어올리고, 장날 주기마다 사생아를 하나씩 만들지 않는 남자는 다 여자 같다고 생각하는 놈들 말이다. 안토니우스는 가이우스 쿠리오와 공개적인 장소에서 입을 맞춰도 소문에 시달릴 걱정이 없단다. 누가 안토니우스와 쿠리오를 진짜 연인으로 생각하겠니."

"두 사람이 진짜 연인이었어요?" 카이사르의 이야기에 빠져든 옥타비우스가 물었다.

"아니. 그들은 그저 사고방식이 고루한 사람들을 자극하고 싶었던 거야. 하지만 네가 그런 짓을 한다면 사람들 반응이 아주 다를걸. 누구보다도 안토니우스가 제일 먼저 널 비방할 거다."

카이사르가 숨을 들이마셨다. "바람둥이로 명성을 떨칠 만한 정력이나 외모를 가진 것 같지는 않으니, 네게는 다른 방법을 권하마. 젊은 나이에 결혼해서 성실한 남편이 되거라. 혹자는 너더러 따분한 개라고 할지 모르겠지만 이 방법은 분명히 통한단다, 옥타비우스. 네가 듣게 될 최악의 비난은 모험심 없는 공처가라는 소리 정도일 테니까. 그러니 함께 행복한 가정생활을 꾸릴 만한 여자를 골라. 동시에 주변 사람들로 하여금 아내가 집안의 수탉을 잘 단속한다는 평판을 끌어낼 여자여야 해." 카이사르가 웃었다. "아주 어려운 주문이지. 실현 불가능할지도 몰라. 하지만 내 말을 명심해둬라. 너는 어리석은 사람이 아니야. 내가 보아온 것에 따르면 너는 늘 너만의 방식을 찾아냈어. 내 말 이해하니? 내가 무슨 말을 하는지 이해했어?"

"아, 그럼요." 옥타비우스가 말했다. "그럼요."

카이사르는 옥타비우스의 손을 놓아주었다. "그러니까 마르쿠스 아그리파를 그렇게 대놓고 경애하는 눈빛으로 쳐다보는 것은 그만두렴. 네가 그러는 이유를 나는 알지만 남들은 그렇게 관찰력이 뛰어나지 않으니까. 아그리파와 우정을 키워가거라. 아무렴, 그래야지. 하지만 늘 약간의 거리를 둬야 해. 그와 우정을 키워가라는 이유는 아그리파가 너와 동갑이고 언젠가 그 같은 추종자들이 필요할 때가 올 것이기 때문이야. 그는 장래성이 아주 밝아 보여. 네가 아그리파의 경력에 도움을 준다면 그는 네게 온전히 충성할 거야. 아그리파는 그런 종류의 사내니까. 내가 그와 약간의 거리를 두라는 이유는, 그가 너와 동등한 지위의 친구라는 인식을 결코 그에게 심어주면 안 되기 때문이야. 그를 아이네아스의 충직한 친구 아카테스로 만들어라. 너는 베누스와 마르스의 피를 타고난 반면, 아그리파는 오스카의 메사피족인데다 혈통 없는 가문 출신이 아니냐. 남자라면 누구나 위대한 인물이 되어 위대한 과업을 성취하는 꿈을 꿀 수 있어야 해. 그리고 나는 그런 자들이 자신의 운명을 실현시킬 수 있는 로마를 만들 거야. 하지만 나나 너 같은 사람들은 고귀한 태생을 덤으로 선물받았고 그만큼 더 무거운 짐을 지고 있어. 우리는 새로운 가문을 개척하기보다 우리 조상들의 가치를 증명해 보여야 한단다."

시골 풍경이 그들 곁을 스쳐지나갔다. 타구스 강으로 가는 긴 여정이었고, 곧 바이티스 강을 건널 것이었다. 옥타비우스는 창밖을 응시했지만 아무것도 보고 있지 않았다. 문득 입술을 적시더니 마른침을 삼키고 고개를 돌려 카이사르의 눈을 정면으로 쳐다보았다. 카이사르의 눈빛은 온화하고 호의적이고 다정했다.

"무슨 말씀인지 알겠습니다, 카이사르. 제가 얼마나 감사함을 느끼는지 독재관님은 절대 모르실 거예요. 더할 나위 없이 합당한 조언이에요. 말씀하신 그대로 따르겠습니다."

"그러면 너는 분명히 살아남을 거야." 카이사르의 눈빛이 반짝였다. "그러고 보니 올봄 내내 먼 히스파니아에서 지냈는데도 천식을 앓지 않았구나."

"합데파네가 요령을 가르쳐줬습니다." 옥타비우스가 말했다. 그는 더 가벼워지고 자신 있고 후련한 기분이 들었다. "저는 독재관님과 같이 있으면 안전한 기분이 들어요. 저를 인정하고 보호해주시는 마음에 푹신한 담요처럼 감싸여서 아무런 걱정도 들지 않습니다."

"내가 불쾌한 주제를 꺼낼 때도 말이냐?"

"독재관님에 관해 더 많이 알게 될수록 독재관님이 아버지처럼 느껴져요. 제 친아버지는 남자가 나이들면서 자연스레 갖게 되는 관심사나 어려움에 대해 대화를 나눠주기엔 너무 일찍 돌아가셨고, 루키우스 필리푸스는—루키우스 필리푸스는……."

"루키우스 필리푸스는 네가 태어날 즈음부터 이미 아버지 역할 같은 건 포기한 터였지." 카이사르가 말했나. 줄곧 두려워했던 이 대화가 의외의 결과를 낳은 것이 몹시 기뻤다. "나 역시 아버지의 존재를 별로 느끼지 못하고 자랐어. 하지만 내겐 특별한 어머니가 있었단다. 아티아는 전형적인 어머니야. 반면에 내 모친은 아버지 같은 분이셨지. 내가 너에게 아버지로서 도움을 줄 수 있는 일이 있다면 기꺼이 도움이 되어 주마."

이렇게 늦게야 카이사르와 친해지다니 너무해, 하고 옥타비우스는 생각하고 있었다. 내가 어릴 때부터 이처럼 이분과 가깝게 지냈다면 천식을 아예 앓지 않았을지도 몰라. 카이사르를 향한 나의 사랑은 무한해. 나는 이분을 위해서라면 무슨 일이든 할 거야. 카이사르는 히스파니아에서의 일이 끝나는 대로 로마로 돌아가겠지. 티베리스 강 너머 그 끔찍한 여자에게 돌아갈 거야. 짐승 신을 모시는 못생긴 여자한테로. 카이사르는 그 여자와 꼬마 때문에 이집트의 부에 손대지 않으려는 거야. 여자들은 얼마나 영악한가. 그 여자는 세상의 지배자를 자기 것으로 만들어서 자기 왕국의 생존을 확보했어. 그 여자는 아들을 위해 왕국의 재산을 지키겠지. 하지만 그 아들은 로마인이 아니야.

"보물 보관소 이야기 좀 해주세요, 카이사르." 옥타비우스가 순진무구해 보이는 커다란 회색 눈을 우상에게 향하며 말했다.

새로운 화제의 등장에 안도한 카이사르는 순순히 옥타비우스의 청에 따랐다. 그리고 자신을 아버지로 생각하는, 한낱 젊은이에 지나지 않는 옥타비우스 말고는 어느 로마인에게도 꺼낼 수 없을 이야기를 풀어놓기 시작했다.

3

날짜와 계절이 처음으로 정확히 일치한 그해는 키케로에게 하나의 슬픔과 불행으로 시작해 또다른 슬픔과 불행으로 막을 내린 해였다.

1월 초에 툴리아는 병약한 미숙아를 낳았다. 아기 푸블리우스 코르넬리우스는 아버지가 속한 돌라벨라 분가가 아니라 조모가 속한 렌툴루스 분가의 코그노멘을 물려받았다. 아이 이름을 그렇게 하자고 제안한 사람은 키케로였다. 돌라벨라는 카이사르와 합류하러 먼 히스파니아로 떠난 터라 아들에게 자신의 코그노멘을 물려줘야 한다고 고집할 수 없었다. 말하자면 이것은 툴리아의 지참금을 토해내지 않고 가버린 돌라벨라에 대한 키케로의 앙갚음이었다.

툴리아는 아팠고 아기에게 통 관심이 없었으며 먹는 것도 움직이는 것도 거부하더니 2월 중순 조용히 숨을 거두었다. 그녀를 아는 사람들은 이 일이 돌라벨라를 향한 일방적인 사랑 때문이었으리라고 짐작했다. 깊이 상심한 키케로를 더욱 괴롭게 하는 것이 있었으니, 툴리아의 친모가 보인 무관심과 새 아내 푸블릴리아의 심술궂은 언행이었다. 푸블릴리아는 키케로가 왜 그리 애통하게 울며 자기를 무시하는지 이해하지 못했고, 자기 어머니와 아직 성인이 되지 않은 남동생이 놀러오는 족족 이 유명인과의 결혼생활에서 느낀 환멸감을 토로했다. 헤어날 길 없이 깊은 슬픔에 빠진 키케로는 처가 식구들의 방문을 차츰 꺼리게 되었고 그들이 집에 들어설 때마다 외출할 구실을 찾았다.

조의를 표하는 편지가 쏟아져 들어왔다. 브루투스 역시 로마에 복귀하기 위해 이탈리아 갈리아에서 출발하기 직전 키케로에게 편지를 보냈다. 키케로는 간절한 마음으로 브루투스의 편지를 펼쳤다. 추구하는 철학이나 정치 성향이 자신과 매우 비슷한 브루투스의 편지에 자신의 상처받은 영혼을 달래줄 말들이 담겨 있으리라 기대했던 것이다. 하지만 그가 편지에서 발견한 것은 차갑고 냉정하고 상투적인 동정의 문구들뿐이었다. 솔직히 브루투스는 키케로의 슬픔이 과장되고 요란스러우며 무절제하다고 적어 보낸 터였다. 나중에 카이사르의 편지를 읽었을 때 키케로가 느낀 괴로움은 더욱 컸다. 카이사르의 편지에는 키케로가 브루투스에게서 그토록 간절히 구했던 따뜻한 위로의 말들이 담겨 있었던 것이다. 아, 어찌하여 틀린 인간이 옳은 편지를 보낸단 말인가?

틀린 인간이야, 틀린 인간이야, 틀린 인간이라고! 키케로의 이러한 관점은 고위급 파트리키로서 현재 최고참 원로원 의원을 맡고 있는 레피두스가 보내온 무뚝뚝한 통지서를 받았을 때 더욱 확고해졌다. 레피두스는 통지서에서 키케로가 그간 원로원 회의에 불참한 사유를 밝히라고 요구하면서, 앞으로도 원로원 회의에 불참한다면 카이사르가 제정한 새로운 법에 의거해 의원 직을 박탈당할 수 있다고 했다. 원로원 집권층은 공화정이 수립된 이래 원로원 회의장 의석을 채우지 않거나 배심원으로 서지 않아도 원로원 의원이라는 직위를 누리는 데 아무런 문제가 없었다. 하지만 이제는 달랐다. 원로원 의원은 회의장 의석을 채우고 배심원 출석 요구에 응해야 했다. 질병으로 인한 결석인 경우에는 동료 원로원 의원 세 명으로부터 그 사실을 증명하는 진술서를 받아 제출해야 했다.

원로원 의원이 이탈리아 내에 있다면 정당한 결석 사유는 오로지 질병뿐이었다. 게다가 원로원 의원이 이탈리아를 벗어나려면 청원서를 제출해야 했다! 로마의 가장 존엄한 통치 기구의 구성원으로서 원로원 의원이 누려온 온갖 권리들을 모독하는 규칙과 규제가 도처에 난무했다. 아, 도저히 참을 수 없어! 키케로는 반은 슬픔에 반은 펄펄 끓는 분노에 차서 동료 의원 세 명을 찾아가, 마르쿠스 툴리우스 키케로는 장기간 지속된 심각한 질환으로 원로원 회의 참석이 불가능하다고 레피두스 앞에서 선서해달라는 부탁을 해야 했다.

그런데 여기에 한술 더 떠서, 툴리아를 기리는 훌륭한 기념물을 공공정원에 세우려고 알아보던 중 키케로는 건축가 클루아티우스가 설계한 10탈렌툼짜리 무덤을 지으려면 20탈렌툼의 비용이 든다는 사실을 알게 되었다. 카이사르의 사치금지법은 무덤을 짓는 데 드는 비용과 동일한 금액을 국고에 납부해야 한다고 정했던 것이다. 하지만 키케로는 법률가답게 이 문제를 피해 갈 구실을 찾아냈다. 성소 건립에는 세금이 붙지 않았으므로 툴리아의 무덤을 성소로 부르면 될 일이었다. 그리하여 툴리아는 무덤이 아닌 성소에 묻혔다. 가끔은 테렌티아와의 결혼생활 30년이 금전적으로 도움이 될 때가 있었다. 테렌티아는 카이사르조차 미처 예상하지 못한 별의별 탈세 방법을 알고 있었던 것이다.

물론 키케로의 아픔을 일시적으로나마 달래주는 반가운 일도 있었으니, 『카토』가 받은 매우 호의적인 평가였다. 카이사르 쪽 사람으로 나르보 갈리아 총독을 지내고 있는 아울루스 히르티우스가 보내온 편지에 따르면 카이사르는 『카토에 대한 반박』을 집필할 계획이라고 했다. 오, 카이사르, 부디 그렇게 하시게! 그것으로 인해 당신의 존엄은 헤아릴 수 없이 손상될 테니!

먼 히스파니아로부터 조금씩 소식이 흘러들었다. 하지만 그 속도가 너무도 느렸던 탓에 히르티우스가 4월 18일 나르보에서 쓴 편지에는 나이우스 폼페이우스가 붙잡혀 참수된 이야기가 없었다. 하지만 문다 전투에 관해서는 온 로마가 알았다. 이것은 아무도 부인할 수 없는 사실이었다. 공화파의 저항은 완전히 끝났고, 카이사르가 1계급을 겨냥해 만든 불명예스러운 법들이 발효되는 것을 막을 자는 이제 아무도 없었다. 아티쿠스는 오랜 세월 카이사르에 대해 공정한 시각을 견지해 왔지만 그런 그조차도 지금의 상황을 우려하고 있었다. 그는 최하층민들이 부트로톤으로 이주할 가능성을 차단하려고 무던히 애를 썼지만 이들이 다른 데로 간다는 확답을 여전히 받아내지 못한 터였다. 카이사르의 참모진은 분명한 의사를 밝히길 거부했다.

"카이사르가 로마에 돌아올 때까지 기다려야 할 거야." 키케로가 말했다. "확실한 것은 카이사르가 로마에 오기 전에는 그 일을 처리할 사람이 없고, 최하층민을 해외로 내보내는 건 단시일에 할 수 있는 일이 아니라는 걸세." 그는 잠시 말을 끊었다. "티투스 자네도 조만간 알게 될 테니 지금 말하는 게 낫겠군. 푸블릴리아와 이혼하려고 해. 그 여자도, 그 여자 가족도 한순간도 더 못 참겠어."

티투스 폼포니우스 아티쿠스는 삐딱한 동정심을 담은 눈길로 친구를 바라보았다. 대단한 카이킬리우스 가문에서 태어난 아티쿠스는 스스로 원하기만 했다면 집정관까지 이어지는 화려한 공직 경력을 쌓을 수 있었다. 하지만 아티쿠스가 열정을 쏟은 것은 상업이었고, 원로원 의원들에겐 토지 보유 이외의 돈벌이가 허용되지 않았다. 어린 소년들에 대한 애정을 조심스럽게 간직해왔던 그는 이런 종류의 성적 취향을 문제삼지 않는 아테네에 자주 머물렀고 그 덕분에 '아티쿠스'라는 코그노멘을 얻었다. 그러면서 아테네를 제2의 고향으로 삼아 그곳에 머무르는 동안에만 성생활을 즐겼다. 키케로보다 네 살 많았던 그는 느지막한 나이에 친척 카이킬리아 필리아와 결혼해 자기 재산을 상속받게 될 사랑하는 딸 카이킬리아 아티카를 얻었다. 아티쿠스와 키케로의 관계가 단순히 우정으로 맺어진 것만은 아닌 것이, 아티쿠스의 누이 폼포니아는 퀸투스 키케로와 결혼한 사이였다. 역시나 결혼 생활이 순탄하지 않고 늘 이혼 위기에 놓여 있는 부부였다. 결론적으로 키케로 형제는 둘 다 행복한 결혼생활을 경험해보지 못했다. 두 사람 모두 재산을 노리고 부유한 상속녀와 결혼해야 했기 때문이다. 그러나 형제가 계산에 넣지 못한 변수가 있었으니 로마의 상속녀들은 자기 재산을 스스로 관리하려는 경향이 있으며, 로마법 역시 상속녀가 재산을 남편과 공유하도록 요구하지 않는다는 점이었다. 이 상황에서 안타까운 사실은 두 여자 모두 남편을 사랑했다는 점이다. 그저 둘 다 자기 마음을 어떻게 보여줘야 할지 그 방법을 모를 뿐이었다. 게다가 둘 다 돈 쓰기 좋아하는 키케로 형제의 성향을 몹시 개탄하는 알뜰한 성격이었다.

"내 생각에도 자네는 푸블릴리아와 헤어지는 게 현명하겠어." 아티쿠스가 따뜻하게 말했다.

"툴리아가 아플 때 푸블릴리아가 너무 매정하게 굴었어."

아티쿠스가 한숨을 지었다. "이보게, 마르쿠스, 푸블릴리아 입장에서는 자기보다 열 살 많은 의붓딸과 살기가 어디 보통 어려웠겠나. 하물며 자기 할아버지보다도 늙은 전설적인 인물과 사는 게 얼마나 힘들지는 굳이 말할 필요도 없지."

아기 푸블리우스 코르넬리우스 렌툴루스는 미약한 삶을 겨우 6개월 이어간 끝에 6월 초 숨을 거두었다. 자궁에서 일고여덟 달 살다 나온 이 아기는 아버지 돌라벨라의 왕성한 기운을 물려받고 태어나 삶의 의지로 충만했지만, 이 뼈만 앙상하며 빨갛고 작은 아기를 징그럽게 여긴 어리석은 유모들은 생모가 살아 있었다면 해주었을 것처럼 아기를 사랑해주지 않았다. 하지만 그것은 생모가 자기 남편말고는 아무것에도 애정을 쏟지 못하는 상태를 벗어났을 때야 가능한 이야기였으리라. 아기는 결국 생과의 사투를 포기하고, 앞서 어머니 툴리아가 그랬듯 조용히 악몽에서 벗어나 영원한 잠에 빠졌다. 키케로는 아기의 재를 그 어머니의 재와 섞어서 성소에 같이 묻기로 했다. 일단은 성소를 세울 적당한 땅을 찾아야 했다.

이상한 일이지만 아기의 죽음과 함께 툴리아로 인한 상처도 서서히 걷혀갔다. 키케로는 기력을 되찾기 시작했다. 카이사르의 『카토에 대한 반박』 원고 사본을 마침내 손에 넣었을 때는 회복이 더욱 빨라졌다. 이 원고는 아직 출판되지 않았지만 조만간 소시우스 형제가 세상에 낼 것이었다. 키케로가 보기에 『카토에 대한 반박』은 악의와 앙심으로 가득하고 저열하기 그지없었다. 대체 카이사르는 이런 정보를 다 어디서 얻었을까? 메텔루스 스키피오의 아내 아이밀리아 레피다를 향한 카토의 짝사랑, 아이밀리아 레피다에게서 청혼을 거절당하고 카토가 쓴 형편없는 시들, 그녀를 상대로 쓴 (하지만 결국엔 제기하지 않은) 약속 불이행죄 소송장 초록, 카토가 어린 자식들에게 다시는 생모를 만나선 안 된다고 선언한 날의 생생한 회고 등 세간에 큰 화제를 불러일으킬 일화가 잔뜩 실려 있었다. 심지어 카토의 가장 사적인 비밀까지 공개되었다! 카토의 첫번째 아내와 간통한 카이사르가 카토의 성적 기교를 자세히 공개한 것은 이루 말할 수 없이 부적절한 짓이었다. 카토는 고인이 아니냔 말이다!

아, 하지만 카이사르의 문장은 유려했다! 키케로는 괴로이 자문했다. 어째서 나는 이 반만큼의 문장도 쓰지 못할까? 카이사르의 시 「여정」은 빼어난 문학평론가로 손꼽히는 루키우스 피소에서 바로에 이르기까지 모든 이들로부터 걸작으로 칭송받고 있었다. 한 사람이 이토록 많은 재능을 지녔다니 너무나 부당해. 카이사르가 나보다 카토를 더 미워하는 것이 어찌나 다행인지.

그런데 이즈음 키케로가 카이사르의 편에 서야 하는 묘한 상황이 벌어졌다. 입장이 난처했지만, 정의를 외면할 수는 없었다.

작은 가이우스 마르켈루스가 무릎 꿇고 사정한 탓에 카이사르가 마지못해 사면해준 마르쿠스 클라우디우스 마르켈루스는 레스보스를 떠나 아테네로 갔다가 피레아스 항구에서 돌연 살해당했다. 그러자 카이사르를 싫어하는 것으로 알려진 몇몇 인사들이 카이사르가 이 살인을 교사했다는 거짓 소문을 유포했다. 키케로도 카이사르를 미워했지만 이런 식의 중상모략은 묵과할 수 없었다. 그는 이런 일에 직접 나서야 하는 상황이 몹시 싫었지만, 카이사르는 이 살인 사건과 전혀 관련이 없다고 모두의 앞에서 공개적으로 자신의 생각을 밝혔다. 카이사르는 타인의 인격 살해를 서슴지 않는 인간이지만—그가 쓴 『카토에 대한 반박』을 보라—그렇다고 비열한 수단으로 살인을 저지를 사람은 아니다. 이러한 키케로의 입장 표명은 소문을 가라앉히는 데 중요한 역할을 했다.

이때쯤 나이우스 폼페이우스의 잘린 목 이야기가 그 뒷이야기와 함께 온 로마에 퍼졌다. 나이우스를 직접 참수한 카이센니우스 렌토는 카이사르의 사람들 중에서도 특히 전도유망하던 자였다. 하지만 가이우스 디디우스가 역겨움을 참으며 내민 나이우스의 머리통을 카이사르가 받아든 뒤, 카이센니우스 렌토는 즉각 자기 몫의 전리품을 빼앗기고 로마로 돌려보내졌다—카이사르가 그에게 내뱉은 신랄한 질책의 말들이 귀에 쟁쟁한 채로. 그런 짓을 저지를 정도의 야만인은 관직의 사다리를 오를 자격이 없다는 것이었다. 카이사르가 감찰관 역할을 수행하게 되면 카이센니우스 렌토는 원로원에서 제명될 게 분명했다.

그러니까 카이사르는 이런 작자란 말이지, 하고 키케로는 생각했다. 한편으로는 철저한 문명인처럼 행동하면서 다른 한편으로는 고의적으로 도덕을 침해하는 인간. 그렇다고 그가 살인을 교사할까? 아니, 절대 그럴 리 없지. 이는 키케로가 카이사르라는 사람에 관해 어느 정도의 이해를 갖추고 있음을 뜻했다. 하지만 그 이해가 충분하진 않았다. 키케로가 끝까지 깨닫지 못한 한 가지 사실은, 카이사르가 그를 적대시하게 된 것은 그 자신이 저지른 충동적이고 몰지각한 행동 때문이라는 점이었다. 만에 하나 그가 『카토』로 카이사르를 깎아내리지 않았더라면, 카이사르 역시 『카토에 대한 반박』으로 카토를 깎아내리지 않았을 터였다. 원인 없는 결과는 없었다.

4

돈이 다 어디로 사라진 걸까? 마르쿠스 안토니우스는 갈리아 원정이 끝나고 은으로 총 1천 탈렌툼에 달하는 전리품을 받았지만, 막상 채권자들에게 돈을 갚으려니 그 두 배의 금액을 빚지고 있었다. 안토니우스의 빚은 총 7천만 세스테르티우스에 달했고, 결혼 전에 이미 3천만 세스테르티우스를 지출한 풀비아는 수중에 그만큼의 현금을 갖고 있지 못했다. 문제는 카이사르가 압류한 부동산들의 경매가 이루어지고 있어서 당분간 알짜배기 토지 가격이 하락세를 유지할 텐데, 풀비아에게 다른 수입이 들어오기 전에 현금을 마련할 방법은 오로지 토지 매각밖에 없다는 것이었다. 세번째 남편은 돈이 아주 많이 드는 사내였다.

풀비아가 가진 막대한 재산은 그녀에게 외증조모가 되는 옛 로마 시절의 여인, 그라쿠스 형제의 어머니 코르넬리아가 일군 것이었다. 코르넬리아의 외손녀, 그러니까 풀비아의 어머니는 외할머니가 정한 재산 관리 방식을 굳이 바꿀 이유를 찾지 못했다. 그리하여 풀비아의 막대한 부동산과 사업체는 언제나처럼 익명의 동업관계에 의해 또는 차명으로 운영되고 있었다. 자연히 매각은 쉽지 않았고 진행이 더뎠다. 풀비아의 은행가 가이우스 오피우스도 매각을 반대했다. 그는 그 현금이 어디로 흘러들어가는지 누구보다도 잘 알고 있었다.

"문제는 그때 내가 갈리아에 너무 늦게 갔다는 겁니다." 안토니우스가 데키무스 브루투스와 가이우스 트레보니우스에게 침울하게 말했다.

베스타 계단에서 우연히 마주친 세 사람은 노바 가도에 자리한 무르키우스의 선술집에 들른 참이었다.

"그래, 자네는 베르킹게토릭스가 봉기를 일으킨 후에야 도착했지." 트레보니우스가 말했다. 그는 카이사르와 5년을 보내고 1만 탈렌툼을 받았다. "내가 기억하기론," 그가 미소를 지으며 덧붙였다. "심지어 예정된 날짜보다도 늦게 왔지, 아마."

"아, 두 사람이 나 대신 뭐라고 말 좀 해줘요!" 안토니우스가 으르렁댔다. "둘 다 카이사르의 지휘관이었잖아요. 나는 겨우 재무관이었어요. 제대로 돈을 만져보기엔 늘 내 나이가 좀 모자라다니까요."

"이건 나이 문제가 아닐세." 데키무스 브루투스가 금발 눈썹을 한쪽만 치켜세우며 느릿하게 말했다.

안토니우스가 인상을 찌푸렸다. "무슨 뜻인가?" 그가 물었다.

"나이가 차기만 하면 집정관에 출마할 기회를 갖던 시대가 지났단 말일세. 내가 올해 법무관으로 선출된 건 3년 전 트레보니우스의 경우와 똑같은 광대극일 뿐이었지! 우리는 독재관께서 집정관이 되어도 좋다는 허락을 내려주길 기다려야 하는 처지일세. 유권자의 선택이 아닌 카이사르의 선택을 기다려야 하지. 나야 2년 이내에 집정관 자리에 오르기로 약속받았지만, 트레보니우스를 보게. 작년에 집정관이 되었어야 했는데 올해도 미끄러졌어. 바티아 이사우리쿠스나 레피두스 같은 자들이 실세니까 카이사르는 그자들 비위부터 맞춰주어야 해." 데키무스 브루투스가 조금씩 열을 내면서 평상시 느릿하던 말투가 살짝 빨라졌다.

"자네가 불만이 그렇게 큰 줄은 몰랐군." 안토니우스가 느릿하게 말했다.

"진짜 사내들이라면 다 그렇게 느껴, 안토니우스. 카이사르가 유능하고 탁월하며 왕성하고 정력적으로 일한다는 건 우리도 다 알아. 그래, 그래, 흠잡을 데 없는 천재지! 하지만 우리도 타고난 출생에 따라 응당 누려야 하는 것들이 있는데 줄곧 누군가의 그늘에 가려져 있어야 하는 게 어떤 기분인지 자네도 분명히 알 거야. 자네는 반은 안토니우스, 반은 율리우스 가문의 혈통을 타고 태어났잖아. 나는 반은 유니우스 브루투스, 반은 셈프로니우스 투디타누스의 혈통을 이어받았지. 우리 둘 다 타고난 혈통이 있으니 당연히 정상에 오를 기회를 누려야 해. 우리는 지금 백악처럼 새하얀 토가를 입고 나가 유권자의 비위를 맞추고 공약을 내걸고 싱글벙글 웃으며 거짓말을 줄줄 읊어야 할 시기란 말일세. 하지만 우리는 그 대신 로마의 왕 카이사르 렉스의 처분만 기다리고 있지. 우리가 받는 것들은 우리에게 원래부터 주어진 특권 때문이 아니라 그분의 은혜와 호의 덕분에 주어진 것들이라고. 나는 이 상황이 아주, 아주 못마땅해!"

"그래, 무슨 말인지 알겠네." 안토니우스가 무미건조하게 대꾸했다.

트레보니우스는 안토니우스와 데키무스 브루투스의 대화를 들으며 그들이 과연 자기네가 하는 말의 뜻을 제대로 알고 있는지 궁금했다. 트레보니우스에 관해 말하자면, 그는 조상들 덕분에 선거 출마 기회를 보장받네 마네 하는 문제는 하등 중요하지 않았다. 그에겐 애초에 대단한 조상이 없었으니까. 트레보니우스는 철저히 카이사르의 사람이었다. 카이사르의 든든한 지원이 없었다면 지금의 10분의 1만큼도 이룰 수 없었을 터였다. 트레보니우스에게 호민관 자리를 매수해주고 자기를 위해 일하는 대가로 돈을 준 사람은 카이사르였다. 트레보니우스의 군사적 재능을 알아본 사람은 카이사르였다. 갈리아 전쟁에서 트레보니우스에게 자율적인 지휘권을 맡긴 사람은 카이사르였다. 법무관 자리를 준 사람도 카이사르였다. 먼 히스파니아 총독 자리를 준 사람도 카이사르였다. 나 가이우스 트레보니우스는 카이사르에게 수천 번 매수된 카이사르의 사람이다. 내가 이만큼 재산을 일군 것도 카이사르 덕이요 탁월한 능력을 인정받은 것도 카이사르 덕이다. 카이사르가 나를 알아보지 않았다면 나는 아무것도 아닌 자로 남았으리라. 바로 그 때문에 카이사르에 대한 나의 적의는 갈수록 커져만 간다. 새로운 일에 발을 내디딜 때마다, 만일 내가 조금이라도 일을 그르친다면 그 즉시 카이사르가 나를 아무것도 아닌 존재로 만들어버릴 수 있음을 의식한다. 이 두 사람처럼 고명한 귀족 가문 출신들은 간혹 실수를 저질러도 얼마든지 용서받을 수 있지만, 나같이 아무것도 아닌 자들은 실수를 바로잡을 기회를 얻지 못한다. 나는 먼 히스파니아에서 카이사르의 기대에 부응하지 못했다. 카이사르는 내가 라비에누스와 폼페이우스 형제를 제거하기 위해 충분한 노력을 기울이지 않았다고 생각한다. 그래서 나는 로마에서 카이사르를 만나 엎드려 자비를 구하고 용서를 청했다. 마치 내가 그의 여자들 중 하나인 것처럼. 카이사르는 자애로운 태도를 보이며 자기에게 용서를 구걸한 나를 책망했다. 그것은 용서를 하고 말고 할 일이 아니라고 했다. 하지만 나는 안다. 나는 분명히 말할 수 있다. 카이사르는 나를 더이상 쓰지 않을 것이다. 나는 기껏해야 보결 집정관이나 될 뿐, 제대로 된 집정관 자리는 결코 내 것이 되지 못하리라.

"안토니우스, 자네 정말로 카이사르를 살해하려고 했나?" 트레보니우스가 물었다.

안토니우스가 눈을 끔뻑거리더니 트레보니우스 쪽으로 고개를 돌렸다. "음, 네. 그랬죠." 그가 어깨를 으쓱하며 말했다.

"무슨 동기로?" 트레보니우스가 흥미를 보이며 물었다.

안토니우스가 빙그레 웃었다. "돈 때문이죠, 뭐 다른 이유가 있었겠어요? 포플리콜라, 코틸라, 킴베르와 함께 계획한 일이었어요. 누구였는지는 기억이 안 나지만 그 셋 중 한 명이 내가 카이사르의 상속자라는 사실을 상기시켰고, 나는 문득 카이사르의 돈을 즉시 손에 넣으면 좋겠다고 생각했죠. 제대로 실행에 옮기지도 못했어요. 영감이 관저 부근에 보초를 쫙 깔아놔서 들어가지도 못했으니까요." 그가 무섭게 으르렁댔다. "궁금한 건 그 계획을 카이사르에게 발설한 놈이 누구일까 하는 거예요. 분명히 누가 미리 찔렀을 거예요. 카이사르는 원로원 회의에서 자기가 나를 직접 봤다고 했지만, 그건 거짓말이에요. 아무래도 포플리콜라 같아요."

"카이사르는 자네의 가까운 친척이야, 안토니우스." 데키무스 브루투스가 말했다.

"알아! 그때는 그러든 말든 상관하지 않았지만, 나중에 카이사르가 원로원 회의에서 그 일을 언급하고 난 뒤 풀비아가 날 살살 꼬여서 그 일을 실토하게 만들더니 다시는 그에게 손대지 않겠다는 약속을 받아냈어." 안토니우스가 인상을 찡그렸다. "풀비아가 하도 고집을 부려서 내 선조 헤르쿨레스를 걸고 맹세까지 했네."

"카이사르는 내 친척이기도 해." 데키무스 브루투스가 생각에 잠기며 말했다. "나는 선서 같은 건 하지 않았지만."

가이우스 트레보니우스는 태어날 때부터 어딘가 슬퍼 보이는 얼굴을 하고 있었다. 비교적 평범한 이목구비에 구슬픈 회색빛 눈동자. 그가 고개를 들어 안토니우스의 얼굴을 바라보았다. "내가 궁금한 건," 트레보니우스가 말했다. "만일 카이사르 암살 계획을 들으면 자네도 포플리콜라처럼 고자질할까 하는 것일세."

침묵이 내려앉았다. 안토니우스가 놀라서 트레보니우스를 쳐다보았다. 데키무스 브루투스도 마찬가지였다.

"나는 고자질하지 않아요, 트레보니우스. 그게 심지어 암살 계획이라도요."

"그럴 거라 생각했네. 그저 확인해두고 싶었어." 트레보니우스가 말했다.

데키무스가 손바닥으로 세차게 탁자를 내리쳤다. "이래선 이야기가 진전이 없어요. 우리 주제를 한번 바꿔봅시다." 그가 말했다.

"뭐로 말인가?" 트레보니우스가 물었다.

"지금 우리는 각자 다른 이유로 카이사르에게 호의적인 평가를 받지 못하고 있잖아요. 카이사르가 올해 나를 법무관으로 만들긴 했지만 아직 이렇다 할 임무는 맡기질 않았어요. 그는 어째서 먼 히스파니아에 날 데려가지 않은 겁니까? 퀸투스 페디우스 같은 먹통보단 내가 훨씬 잘 지휘할 수 있어요! 하지만 나는 카이사르를 기쁘게 하지 못합니다. 그는 벨로바키족의 봉기를 저지한 나의 어깨를 두드려주기는커녕 내가 그들에게 지나치게 가혹했다고 힐난하더군요." 너무 하얘서 이상하리만치 특색이 없는 그의 얼굴이 일그러졌다. "좋든 싫든 우리는 위인의 총애에 기댈 수밖에 없는 사람들이고, 난 실점을 만회해야 해요. 카이사르의 은혜든 총애든 상관없습니다. 나는 집정관이 되고 싶어요. 트레보니우스 당신도 집정관이 되어야 해요. 안토니우스 자네도 더 올라가고 싶으면 더 기고 알랑대야 해."

"무슨 이야기가 하고 싶은 건가?" 안토니우스가 조바심 내며 물었다.

"이렇게 로마에 남아서 굽실대는 암캐 세 마리가 되진 말자는 거지." 데키무스가 평소의 느릿한 말투를 되찾았다. "카이사르가 로마에 오기 전에 우리가 직접 찾아가서 만납시다. 이르면 이를수록 좋아요. 카이사르가 일단 로마에 도착하면 우리 목소리는 이런저런 소음에 묻혀 전혀 들리지 않을 겁니다. 우리는 카이사르와 수년간 함께 일했고, 그는 우리가 군대를 제대로 지휘한다는 걸 압니다. 그가 파르티아 왕국을 침략하려 한다는 건 모두가 아는 사실이에요. 자, 카이사르에게 잽싸게 접근해서 파르티아 원정의 선임 보좌관 자리를 얻읍시다. 카이사르는 아시아, 아프리카, 히스파니아에서 전투를 치렀고 이제 칼비누스에서 파비우스 막시무스까지 지휘관을 수십 명이나 거느리고 있어요. 이제 우린 어느 정도는 한물간 친구들이죠. 갈리아 원정은 오래전 일이 되었다고요. 그러니까 우리가 직접 그를 찾아가서 칼비누스나 파비우스 막시무스보다 우리가 낫다는 것을 상기시켜야 해요."

나머지 두 사람은 열의를 보이며 귀를 기울였다.

"나는 갈리아에서 큰 이득을 봤어요." 데키무스 브루투스가 이어서 말했다. "하지만 파르티아 원정은 나를 과거의 폼페이우스 마그누스만큼 부유하게 만들어줄 겁니다. 이봐, 안토니우스, 나도 자네 못지않게 고급스러운 취향을 가졌다네. 하지만 친척을 죽이는 건 나쁜 짓 중에서도 가장 나쁜 짓이니까 돈 나올 구멍을 카이사르의 유산이 아닌 다른 데서 찾아보세. 여기 두 사람은 무슨 계획을 세우고 있는지 모르겠지만, 나는 카이사르를 만나러 내일 당장 떠나겠어요."

"나도 같이 가세." 안토니우스가 재깍 말했다.

"나도 동참하지." 트레보니우스가 흡족한 얼굴로 상체를 젖히며 말했다.

트레보니우스는 그 주제를 입 밖에 꺼냈고, 카이사르의 두 친척은 상당히 만족스러운 반응을 보였다. 카이사르를 죽여야겠다고 결심했던 순간에 그는 스스로 확신이 없었다. 그 결심은 사고의 통제를 받지 않는 저 아래 어딘가에서 마음속 틈을 살짝 비집고 들어온 것이었다. 그것은 숭고한 목적과는 아무런 관련이 없었다. 다른 것은 전혀 섞이지 않은 순수한 증오, 아무것도 갖지 못한 자가 모든 것을 가진 자에게 느끼는 증오에 기반을 둔 것이었다.

5

브루투스는 이탈리아 갈리아에서 돌아온 뒤로 분위기가 아주 이상했다. 어쨌든 어머니가 보기엔 그랬다. 그간 카이사르가 맡긴 임무에 아주 즐겁게 임했음이 분명했다. 하지만 그는 전보다 유달리 멍해 보였다. 세르빌리아가 잔소리하고 트집 잡아도 마치 그 소리가 들리지 않는 듯했고 가시 돋친 말에도 상처받지 않았다.

브루투스에게 일어난 가장 놀라운 변화는 피부였다. 수염을 바싹 깎을 수 있을 정도로 얼굴이 몰라보게 깨끗해졌다. 근 25년간 고된 수난을 겪었음을 증명하는 곰보 자국만 남아 있을 뿐이었다. 브루투스와 가이우스 카시우스는 내년이면 마흔이 될 터이니 올해 법무관 선거에 나가야 했다. 하지만 그것은 이제 카이사르의 은총에 달려 있었다.

카이사르! 그는 지금 누구도 이의를 달지 않는 이 세상의 지배자였다. 루키우스 폰티우스 아퀼라는 연인 세르빌리아를 만날 때마다 적어도 한 번은 그렇게 말했다. 아퀼라는 호민관이 되고도 아무것도 할 수 없는 현실에 울분을 터트렸다. 호민관은 독재관이 제정한 법안에 거부권을 행사할 수 없었다. 아퀼라는 카이사르와 카이사르가 대표하는 모든 것을 향한 자신의 혐오를 드러내 보일 수 있는 일이라면 뭐든지 하고 싶었다.

한편 할 일도 많지 않고 법무관이 될 가망도 크지 않은 가이우스 카시우스는 불평을 일삼으며 로마를 배회하거나 키케로나 필리푸스 같은 이들과 어울리며 시간을 흘려보냈다. 그가 돌연 스토아주의를 내팽개치고 에피쿠로스주의 신봉자가 되자 온 로마가 깜짝 놀랐다. 세르빌리아도 그 이유를 알 수 없었다. 브루투스는 큰 충격을 받아 카시우스와 만나길 꺼리는 눈치였다. 하지만 쉽지는 않았다. 두 사람 다 허구한 날 키케로의 집을 드나들었으니까!

그리하여 세르빌리아는 시간이 날 때마다 대리석 저택에서 외롭고 쓸쓸히 지내는 클레오파트라 여왕과 교분을 나누었다. 여왕은 세르빌리아가 수년간 카이사르의 연인이었음을 당연히 알고 있었지만 그 사실이 둘의 우정에 아무런 영향을 끼치지 않는다는 점을 분명히 했다. 오히려 그것이 두 사람을 이어주는 끈이라고 생각하는 듯했다. 세르빌리아도 여왕의 그런 마음을 이해했다.

"그가 돌아오긴 할까요?" 5월이 끝나갈 무렵 여왕이 세르빌리아에게 물었다.

"그 점에 있어선 난 키케로와 생각이 같아요. 카이사르는 반드시 올 수밖에 없어요." 세르빌리아가 단언했다. "정말로 파르티아인들과 싸우러 떠날 계획이라면 그전에 로마에서 해결해놓아야 할 일이 산적해 있거든요."

"오, 키케로!" 클레오파트라가 불쾌감을 내비치며 얼굴을 찡그렸다. "그런 허세꾼은 난생처음 봤어요."

"그쪽도 당신을 좋아하진 않아요." 세르빌리아가 말했다.

"엄마!" 카이사리온이 다리 사이에 목마를 끼운 채 달려왔다. "필로메나가 밖에 나가지 말래요!"

"필로메나가 안 된다고 했으면 안 되는 거지." 클레오파트라가 말했다.

"어쩌면 저렇게 카이사르와 꼭 닮았을까요." 세르빌리아는 이렇게 말하고 단단한 무언가가 목구멍에 걸린 듯한 기분을 느꼈다. 아, 어째서 내가 그에게 아들을 낳아주지 못했을까? 내 아들은 로마인에다 자자손손 대대로 파트리키였을 텐데.

어린 소년은 언제나처럼 순순히 엄마의 권위를 인정하고 유쾌하게 물러갔다.

"외모만 보면 그렇죠." 클레오파트라가 다정히 미소 지으며 말했다. "하지만 저렇게 고분고분한 카이사르가 상상이 가요? 더군다나 저 나이에?"

"아뇨, 상상하기 불가능하죠. 그런데 어째서 애를 밖에 내보내지 않아요? 햇볕을 쬐며 놀기에 딱 좋은 날이잖아요. 애들은 해를 많이 보는 게 좋아요."

클레오파트라의 얼굴에 그늘이 드리웠다. "저애 아버지가 빨리 돌아왔으면 하는 또다른 이유가 바로 그거예요. 트란스티베림 사람들이 내 경호원들 눈을 피해 이 주변을 어슬렁거리며 못된 장난을 쳐요. 칼을 들고 다니다 사람들의 코와 귀를 베어버리죠. 카이사리온 또래의 이집트 아이들이 벌써 몇 번이나 당했어요. 여자 하인들도요."

"저런, 클레오파트라, 경호원은 뒀다 뭐해요? 애한테 경호를 붙여 보내면 되잖아요. 애를 닭장 안에서만 키우지 말아요!"

"그러면 아이가 경호원들과 놀려고 할 테죠."

"그게 어때서요?" 세르빌리아가 놀라서 물었다.

"자기와 신분이 동등한 사람들과 어울려야죠."

세르빌리아는 입술을 꽉 다물었다가 말했다. "클레오파트라, 당신보다 훨씬 뛰어난 조상들을 둔 내가 보기에도 그건 말이 안 돼요. 그애도 자기와 어울리는 신분의 사람들을 구분할 수 있을 때가 올 거예요. 하지만 그 전에도 햇볕도 쬐고 신선한 공기도 마시고 운동도 해야죠."

"내겐 다른 해결책이 있어요." 클레오파트라가 고집스럽게 말했다.

"뭔지 정말 궁금하군요."

"내 저택을 빙 둘러서 높은 담장을 세울 거예요."

"그런다고 트란스티베림 사람들이 없어지겠어요?"

"네, 그럼요. 담장 주변에 촘촘하게 보초를 세울 테니까요."

세르빌리아는 눈알을 굴리며 대화를 포기했다. 클레오파트라와 몇 달간 이야기해보니 동방 여자들은 로마 여자들과 사고방식이 크게 달랐다. 이집트 여왕은 수백만 백성을 다스릴지언정 상식은 요만큼도 없었다. 여왕을 처음 만난 날 세르빌리아는 한 가지를 깨닫고 위안을 얻었다. 카이사르가 클레오파트라에게 느끼는 감정이 뭔지는 몰라도 그는 분명 그녀를 깊이 사랑하진 않았다. 카이사르를 잘 아는 세르빌리아가 보기에 그는 어쩌면 왕의 아버지 노릇을 하는 데 흥미가 동한 듯했다. 카이사르는 여러 왕비와 잠자리를 해봤지만 그들은 모두 누군가의 아내였다. 반면 이 여왕은 그의 것, 온전히 그만의 것이었다. 오, 물론 여왕에게도 매력은 있었다. 상식은 없을지 몰라도 법과 정치에 관한 이해도는 높았다. 하지만 세르빌리아는 클레오파트라를 알면 알수록 그녀에 대한 걱정이 줄어갔다.

브루투스는 클레오파트라와는 아주 다른 여자의 집을 드나들고 있었다. 그가 로마에 돌아와 가장 먼저 들른 곳은 포르키아의 집이었다. 포르키아는 브루투스를 뜨겁게 환영했지만 입맞춤을 청하지는 않았다. 전에 그랬듯이 곰처럼 브루투스를 번쩍 안아올리지도 않았다. 애정이 부족해서도, 망설임 때문도 아니었다. 그 이유에는 이름이 있었다. 바로 스타틸로스였다.

원래 스타틸로스는 플라켄티아에 있는 브루투스에게로 가려다 결국 로마에 주저앉은 터였다. 그는 비불루스의 집으로 가서 젊은 루키우스 비불루스에게 같이 살게 해달라고 간청했다. 루키우스가 의붓엄마의 의견을 물어볼 엄두를 내지 못했던 탓에, 포르키아는 어린 시절 카토의 집에서 살던 때와 같은 상황에 처하게 되었다. 시종일관 술잔을 기울이는 철학자에게 집안의 주도권을 뺏긴 채, 루키우스 역시 술에 빠져들도록 스타틸로스가 은밀히 꼬이는 모습을 속수무책으로 바라봐야만 했던 것이다. 아, 이렇게 돼선 안 돼! 어째서 젊은 루키우스더러 히스파니아에 있는 나이우스 폼페이우스에게 가라고 더 열심히 설득하지 않았을까? 젊은 루키우스는 이제 수습군관이 되고도 남을 나이였지만, 그때는 카토의 죽음으로 크나큰 절망에 빠져 있던 젊은 루키우스를 모질게 떠밀어낼 수 없었다. 하지만 스타틸로스와 한집에 살게 되자 포르키아는 지난 일이 몹시 후회되었다.

그리하여 포르키아는 두 눈으로 브루투스를 빨아들이면서도 뒤에서 얼쩡거리는 스타틸로스를 의식하느라 브루투스와 어느 정도 거리를 두었다.

"브루투스, 피부가 깨끗해졌네요." 포르키아가 말했다. 깨끗하게 면도된 부드러운 턱을 만지고 싶어서 죽을 것만 같았다.

"너 때문인 것 같아." 브루투스가 눈을 빛내며 미소 지었다.

"어머니가 기뻐하시겠어요."

브루투스가 코웃음 쳤다. "어머니? 어머닌 티베리스 강 너머의 그 역겨운 외국인과 노느라고 바쁘신걸."

"클레오파트라요? 지금 클레오파트라를 말하는 거예요?"

"맞아, 그 여자 얘기야. 어머니가 거기서 아주 살다시피 해."

"다른 사람은 몰라도 세르빌리아만큼은 그 여자와 잘 지내고 싶지 않을 것 같은데요." 포르키아가 아연한 표정으로 말했다.

"나도 그렇게 생각했지만 우리가 틀렸나봐. 아, 뭔지는 모르겠지만 분명히 무슨 꿍꿍이속이 있을 거야. 지금은 그냥 클레오파트라가 재미있다고만 하셔."

따라서 그날의 첫 만남에서는 서로 수줍은 눈빛을 주고받는 것 이상은 할 수 없었다. 그뒤로 이어진 만남들에서도 서로를 눈으로 쓰다듬는 것 외에는 이렇다 할 만한 진척이 없었다. 어떤 날은 스타틸로스 혼자서 그들을 지켜보았고, 어떤 날은 스타틸로스와 루키우스 두 사람이 지켜보았다.

6월의 어느 날 브루투스는 다른 사람들이 엿들을 수 없는 곳으로 포르키아를 데리고 가서 단도직입적으로 말했다. "포르키아, 나와 결혼해 줄래?" 그가 물었다.

포르키아는 불꽃 기둥이 되어 머리부터 발끝까지 활활 타올랐다.

"네, 네, 네!" 그녀가 외쳤다.

브루투스는 집으로 가서 클라우디아에게 당장 짐을 싸라고 했다. 한시바삐 이혼하려는 마음에 불임 따위의 합당한 이혼 사유를 대야 한다는 생각조차 하지 못했다. 그저 아내를 불러 이혼장을 건네고 가마에 태워 오라버니 집으로 보내버렸다. 클라우디아의 오빠가 로마의 저 끝까지 들릴 만큼 쩌렁쩌렁한 목소리로 고함치며 이 매정한 남편을 만나러 왔다.

"당신 이러면 안 되지!" 아피우스 클라우디우스가 아트리움으로 저벅저벅 걸어들어오며 외쳤다. 어찌나 화가 많이 났던지, 그는 브루투스가 좀더 사적인 공간으로 자리를 옮길 새도 없이 곧바로 불만을 쏟아냈다.

누가 이렇게 소란을 피우는지 궁금한 마음에 세르빌리아가 재깍 방에서 나왔다. 브루투스는 이제 격분한 처남과 그보다 더 격분한 어머니를 동시에 상대해야 했다.

"넌 이러면 안 돼!" 세르빌리아가 똑같은 말을 되풀이했다.

갑자기 깨끗해진 얼굴 때문에 자신감이 생긴 것인지, 아니면 포르키아를 향한 사랑 때문인지 브루투스 스스로도 알 수 없었다. 이유가 무엇이든 간에 그는 두 사람에 맞서 턱을 쳐들고 두 눈에 바짝 힘을 주었다.

"이미 그렇게 했습니다." 브루투스가 말했다. "다 끝난 일입니다. 나는 클라우디아를 아내로 두지 않겠습니다. 한 번도 그 여자를 좋아한 적이 없어요."

"그렇다면 그애 지참금을 돌려주시오!" 아피우스 클라우디우스 풀케르가 고함쳤다.

브루투스가 눈썹을 치켜세웠다. "무슨 지참금 말이오?" 그가 물었다. "돌아가신 당신 선친께선 지참금을 한푼도 주지 않았소. 그러니 어서 가시오!" 브루투스는 돌아서서 성큼성큼 서재로 걸어가더니 틀어박혀 나오지 않았다.

"결혼해서 장장 9년을 살았습니다!" 아피우스 클라우디우스가 세르빌리아에게 하는 소리가 들렸다. "9년이요! 내 저자를 반드시 법정에 세우겠습니다!"

한 시간 뒤에 세르빌리아가 서재 문을 쾅쾅 두드렸다. 문을 열어주지 않으면 죽을 때까지 두드릴 기세였다. 이 상황을 반드시 이겨내야 해. 흠, 뭐 이만큼이면 어느 정도는 극복한 셈이겠지. 포르키아와의 미래에 관한 이야기는 더 있다 해도 돼. 브루투스는 결의에 찬 몸짓으로 문을 열고 한 발짝 뒤로 물러섰다.

"바보 같은 녀석!" 세르빌리아가 검은 눈동자를 빛내며 딱딱거렸다. "왜 그런 거냐? 클라우디아처럼 평판 좋고 착한 여자와 아무 까닭 없이 이혼할 순 없어!"

"로마 사람들이 다 그 여자를 좋아한대도 상관없어요. 저는 싫으니까요."

"이 일로 너는 친구들을 전부 잃게 될 거야."

"그런 친구는 만들 생각이 없고 만들고 싶지도 않아요."

"온 로마가 이 일로 수군댈 거다! 브루투스, 그앤 유서 깊은 클라우디우스 가문의 여자야! 게다가 지참금도 주지 않고 이혼을 하다니! 경제적으로 자립할 수 있게 최소한 얼마라도 주거라." 세르빌리아가 화를 약간 누그러뜨리며 말했다. 별안간 그녀의 미간이 좁아졌다. "대체 무슨 꿍꿍이를 꾸미고 있는 거니?"

"집안의 기강을 바로잡으려는 거예요." 브루투스가 말했다.

"그애한테 위자료를 좀 줘."

"1세스테르티우스도 못 줘요."

세르빌리아가 이를 바드득 갈았다. 예전 같았으면 브루투스는 겁에 질려 벌벌 떨었을 터였다. 이제 그는 표정 하나 변하지 않고 그 소리를 견뎌냈다.

"200탈렌툼." 세르빌리아가 말했다.

"1세스테르티우스도 안 돼요, 엄마."

"지독한 수전노 같으니라고! 온 로마인에게 욕을 먹고 싶니?"

"가세요." 버러지가 말했다. 그는 마침내 뒤로 돌아섰다.

이것은 결국, 이 일로 혀를 찰 사람들을 조용하게 만들려면 세르빌리아가 직접 클라우디아에게 200탈렌툼을 보내야 한다는 뜻이었다. 렌툴루스 스핀테르 역시 최근 세간에 큰 화제를 불러일으키며 아내와 이혼했지만, 평소 남에게 싫은 소리 한 번 않던 브루투스가 가난하지만 나무랄 데 없이 사랑스럽고 젊은 아내를 이리도 매정하게 내친 사건에 비하면 그건 이야깃거리도 못 됐다. 더구나 브루투스는 누구에게나 비난받을 짓을 저지르면서도 너무나 태연스럽게 굴었다.

세르빌리아는 아들을 더이상 통제할 수 없게 되었음을 깨닫고 눈에 띄지 않게 조용히 아들을 주시했다. 아들은 분명히 무언가 일을 꾸미고 있었다. 시간이 지나면 자연스레 드러날 터였다. 피부뿐만 아니라 내면의 영혼까지 깨끗하게 치유된 듯했다. 하지만 어머니가 쓸 수 있는 묘책이 벌써 바닥났다고 생각한다면 아주 큰 착각이란 걸 곧 알게 되겠지.

아, 그녀의 인생은 대체 무엇이 잘못된 것일까? 세르빌리아가 기억하는 한 그녀는 항상 실망에 실망만을 거듭하며 살아온 것만 같았다.

세르빌리아는 이튿날 아들이 로마를 떠나 투스쿨룸 빌라로 간 것은 자기를 피하고 싶어서라고 생각했겠지만, 그것은 사실이 아니었다. 아들의 머릿속에 어머니는 없었다. 빌려온 안락한 유개마차로 20여 킬로미터를 이동하는 동안 브루투스는 기분좋은 일만을 떠올렸고, 그의 옆자리에는 새 아내 포르키아가 앉아 있었다.

두 사람은 루키우스 카이사르의 집을 찾아가 해방노예들을 증인으로 세우고 수석 조점관이자 퀴리누스 대제관의 주례로 혼인식을 올렸다. 주례 부탁을 선선히 받아들인 것으로 보아 루키우스에게는 뜻밖의 혼인식을 치르는 일이 일상적인 듯했다. 그는 붉은 가죽끈으로 두 사람의 손을 한데 묶고 그들을 남편과 아내로 선언한 뒤 현관문 앞에서 행운을 빌어주었다. 이 놀라운 소식을 함께 나눌 사람이 로마에는 없었던 탓에, 루키우스는 행복한 한 쌍이 떠나자마자 책상으로 가서 히스파니아에서 로마로 돌아오고 있던 육촌동생 가이우스에게 편지를 썼다.

투스쿨룸은 로마 시와 너무 가까웠기 때문에, 로마의 세력가나 부호들이 미세눔이나 바이아이나 헤르쿨라네움 같은 지역에 보유한 대저택은 그곳에서 찾기 힘들었다. 투스쿨룸의 빌라는 대체로 아담하고 오래되었으며 이웃집과 가까이 붙어 있었다. 브루투스의 빌라 한쪽 면은 리비우스 드루수스 네로의 빌라와, 두번째 면은 카토의 빌라(이제는 훈장을 받은 백인대장 출신 원로원 의원의 소유였다)와 맞닿아 있었으며, 세번째 면은 투스쿨룸 가도를 바라보았고, 네번째 면은 키케로의 저택과 맞닿아 있었다. 이 마지막 집이 가장 성가셨는데, 브루투스가 이 빌라에서 지낼 때면 키케로가 시도 때도 없이 찾아오기 때문이었다. 하지만 이날 오후 느지막이 브루투스와 포르키아가 빌라에 도착했을 때는, 설사 브루투스가 빌라에 온 것을 키케로가 알게 되더라도 일정상 그날 저녁만큼은 대문을 두드리며 나타날 수 없으리라는 것을 브루투스는 잘 알고 있었다.

하인들이 저녁상을 차려두었지만 두 사람 다 식욕이 없었다. 혼인 축하연은 거르기로 하고, 브루투스는 포르키아에게 빌라 안을 구경시켜준 다음 두려움을 억누르며 아내를 침실로 안내했다. 그는 포르키아가 비불루스의 아내였을 때 나눈 대화를 통해 그녀가 부부관계를 좋아하지 않는다는 걸 알았다. 그리고 자신의 성적 능력이 보잘것없다는 것도 잘 알았다.

브루투스는 여느 남자들처럼 사춘기와 청년기에 성욕으로 괴로워하지 않았다. 생리적 욕구는 전부 지적인 탐구로 풀었다. 브루투스가 이렇게 된 데는 아내와 마찬가지로 남편도 혼전 순결을 지켜야 한다고 믿었던 카토의 탓이 컸다. 카토에 따르면 로마의 전통이 그러했고 그가 해석한 스토아주의의 가르침이 그러했다. 하지만 일부는 세르빌리아의 탓도 있었다. 어머니로부터 남자답지 못하다고 멸시받으며 자란 탓에 세상만사에 자신감을 잃었던 것이다. 율리아는 또 어땠는가. 브루투스는 율리아를 아주 오랫동안 열렬히 사랑했다. 하지만 자기보다 아홉 살이나 어렸던 율리아에게 그는 결코 정숙한 입맞춤 이상의 것을 할 수 없었다. 그리고 율리아가 열일곱 살이 되어 드디어 기다림이 끝나는가 싶더니만 카이사르가 그녀를 위대한 폼페이우스와 결혼시켰다. 참으로 끔찍한 일이었다. 더욱이 세르빌리아는 이 일이 있은 후 재미있어 죽겠다는 표정으로 율리아가 늙은 남편과 열렬한 사랑에 빠졌으며 브루투스더러 지루하고 못생긴 남자라고 했다고 아들에게 전했다.

비불루스와 결혼생활을 해봤지만 포르키아도 브루투스만큼이나 첫날밤을 맞을 준비가 되어 있지 않았다. 비불루스는 포르키아를 아내로 맞아들이기에 앞서 아헤노바르부스 가문의 두 도미티아 자매와 차례로 결혼했지만 두 여자 모두 사냥꾼 카이사르의 유혹에 넘어갔다. 포르키아는 아버지의 독단적인 결정으로 열여덟 살에 비불루스의 새신부가 되었다. 적개심으로 가득찬 40대 후반의 남자 비불루스는 첫번째 도미티아에게서 두 아들을, 두번째 도미티아에게서 루키우스를 얻은 터였다. 그는 카토의 외동딸을 선물받은 것을 엄청난 찬사로 여기긴 했지만, 솔직히 포르키아는 비불루스의 취향에 맞지 않았다. 일단 비불루스는 165센티미터 정도의 단신인데 그녀는 180센티미터 남짓이었고 남자들이 생각하는 미인의 기준에 그리 부합하지 않았다.

비불루스는 남편으로서의 의무를 늘 대충 해치웠다. 포르키아를 즐겁게 해주려는 노력은 없었다. 일을 마치면 느긋하게 기대앉아 자신의 세번째 아내가 카토의 딸이라는 사실에 무한한 만족을 느꼈다. 이번 아내만큼은 카이사르가 절대 훔칠 수 없는 여자였던 것이다. 만일 비불루스가 시리아 총독 직에서 물러나고 로마로 돌아왔다면 무슨 일이 있었을지는 오로지 신들만이 알 것이었다. 첫번째 아내에게서 얻은 두 아들은 알렉산드리아에서 살해되었기에 비불루스에게 남은 자식은 이제 루키우스뿐이었다. 만일 그가 로마에 곧바로 돌아왔다면 아마도 포르키아에게서 자식을 더 보려고 했으리라. 하지만 물론 비불루스는 로마로 오지 않았다. 비불루스가 에페소스에서 머뭇거리는 사이 카이사르가 루비콘 강을 건너면서 비불루스는 다시는 로마 땅을 밟지 못하게 되었다. 포르키아는 아내 노릇을 제대로 해보지도 못한 채 과부가 되었다.

그리하여 두 사람은 겁먹은 채 입을 다물고 침대 끄트머리에 나란히 걸터앉아 있었다. 서로를 몹시 사랑했지만, 이날의 잠자리가 그들의 감정을 어디로 끌고 갈지 짐작할 수 없었다. 때는 한여름이어서 바깥은 여전히 환했다. 마침내 브루투스가 고개를 돌려 포르키아의 풍성한 붉은 머리칼을 지긋이 바라보았다. 브루투스는 불쑥 어떤 욕망이 솟아오르는 것을 느꼈다. 적어도 이것만큼은 포르키아가 불쾌하게 느끼지 않을 듯했다.

"네 머리칼을 내가 풀어도 될까?" 브루투스가 물었다.

두려움이 어린 것만 제외하면 카토의 눈과 꼭 닮은 포르키아의 회색 눈이 둥그레졌다. "원한다면요." 포르키아가 말했다. "핀을 잃어버리진 말아요. 여분을 챙겨오는 걸 깜빡 잊었거든요."

핀을 잘 챙기는 것은 천성적으로 조심성 많은 브루투스에겐 자연스러운 일이었다. 핀을 하나씩 뽑아 침대 맡 탁자 위에 쌓는 그의 마음속에 기쁨이 피어올랐다. 진정으로 살아 있다는 기분이 물밀듯이 밀려들었다. 브루투스가 손가락으로 포르키아의 머리칼을 휘젓자 머리채가 불붙은 폭포처럼 침대 위로 쏟아져내렸다.

"아, 너무 아름다워!" 브루투스가 나지막이 탄성을 뱉었다.

이제껏 그녀에게 그 무엇에 대해서건 아름답다고 말한 사람은 아무도 없었다. 포르키아는 기쁨으로 몸을 떨었다. 브루투스는 집에서 지어 입은 그녀의 우중충한 옷을 잡아당겨 허리띠를 풀어헤쳤다. 등에 달린 단추를 하나하나 푼 뒤 어깨가 드러나게 옷을 끌어내리고 팔을 옷소매에서 꺼내려고 했다. 포르키아는 브루투스에게 협조했지만, 문득 자신의 맨가슴이 드러난 것을 깨닫고 옷을 꽉 끌어당겨 앞을 가렸다.

“제발 보여줘,” 브루투스가 애원했다. “제발!”

포르키아에게는 너무나 새로운 경험이었다. 어째서 이런 게 보고 싶단 말인가? 하지만 브루투스가 포르키아의 두 손을 잡고 부드럽게 끌어내리자 그녀는 이를 악문 채 앞을 바라보며 그가 하는 대로 내버려두었다.

브루투스가 황홀한 눈길로 그녀를 바라보았다. 저 천막같이 끔찍한 옷 안에 이처럼 어여쁘고 자그맣고 단단한 젖가슴이, 이처럼 앙증맞고 예쁜 분홍빛 젖꼭지가 있으리라고 그 누가 짐작했을까?

“아, 아름다워!” 브루투스가 숨을 들이쉬고 한쪽 젖가슴에 입맞췄다.

포르키아의 살갗이 부풀어오르며 따뜻한 기운이 온몸으로 퍼져나갔다.

“일어서. 전신을 보여줘.” 브루투스가 명령하듯 말했다. 그가 그런 목소리를 낼 수 있다는 것을 그 자신도 처음 알았다. 강하고 그윽하며 묵직한 목소리였다.

브루투스의 목소리에, 그리고 그녀 자신에게도 놀란 포르키아는 그 말에 순순히 따랐다. 옷이 바닥으로 흘러내렸다. 이제 그녀는 거친 아마천 속옷만을 걸치고 있었다. 브루투스는 그것마저도 벗겨냈다. 하지만 그 태도가 너무도 경건했으므로 포르키아는 자신의 은밀한 부분을 가리고 싶은 충동을 느끼지 않았다. 비불루스는 굳이 들여다보지 않던 곳이었다. 어차피 전처들인 두 도미티아도 체모가 붉었으니까.

“온몸에 불이 붙은 것 같아!” 브루투스가 탄성을 질렀다.

브루투스는 양팔을 뻗어 포르키아를 껴안고 여전히 서 있는 그녀의 배에 얼굴을 갖다 댔다. 그녀의 살갗에 얼굴을 부비며 입을 맞추고 등으로 두 손을 가져가 엷구리를 쓸어내렸다. 포르키아가 침대로 엎어지듯 쓰러지자 브루투스가 정신없이 튜닉을 벗었다. 이제는 포르키아가 그를 도울 차례였다. 두 사람은 엄청난 충격 속에 살과 살이 맞닿는 진실한 경이로움을 만끽했고, 서로를 끝없이 갈구하며 양팔로 끌어안고 굶주린 사람들처럼 열정적으로 키스했다. 이윽고 브루투스가 포르키아 안으로 부드럽게 미끄러져 들어가자 포르키아는 환희로 가득찼다. 지금까지 알지 못했던 실로 이상한 느낌이었다. 그 느낌이 쌓이고, 쌓이고, 또 쌓여서 마침내 그들은 동시에 비명을 질렀다.

"사랑해." 브루투스가 여전히 발기한 채로 말했다.

"난 당신을 언제나 사랑해왔어요, 언제나요!"

"또 할까?"

"네, 네! 영원히 계속해요!"

트집 잡을 브루투스도 집에 없어서 세르빌리아는 클레오파트라를 찾아갔다. 루키우스 카이사르가 먼저 와 있었다. 로마에서 최고의 교양인으로 꼽히는 그를 만나다니 실로 반가운 일이었다. 세 사람은 『카토』와 『카토에 대한 반박』를 주제로 활발한 토론을 벌였다. 당연히 세 사람 모두 카이사르에게 우호적인 평가를 내렸다. 하지만 『카토에 대한 반박』을 발표한 것이 과연 현명한 처사였는지에 관해선 세르빌리아와 루키우스 카이사르는 회의적인 태도를 보였다.

"특히 문학적 가치가 뛰어나요. 분명히 폭넓은 호응을 끌어낼 거예요." 세르빌리아가 말했다.

"루키우스 피소는 내용이 뭐든 상관없대요. 문장이 유려하다면서 말이지요. 카이사르의 최고작이라나요." 클레오파트라가 말했다.

"그렇죠, 하지만 피소야 원래 문장이 좋다면 딱정벌레에 관한 책도 읽을 사람이잖소." 루키우스 카이사르가 이견을 냈다. 그는 세르빌리아를 향해 한쪽 눈썹을 치켰다. "아무도 몰랐던 카토의 일화들을 카이사르에게 제공해준 건 바로 당신이겠지요?" 루키우스가 물었다.

"당연하죠." 세르빌리아가 만족스럽게 가르랑거렸다. "나는 카이사르처럼 옥석을 가려내는 안목은 지니지 못했지만요. 카토의 시만 하더라도 그래요. 나는 그저 뭉텅이로 가져다줬을 뿐이에요. 서랍마다 가득 들어차 있었거든요."

"고인을 욕되게 하는 것은 신들을 시험하는 짓이오." 루키우스가 말했다.

두 여자는 놀라서 루키우스를 쳐다보았다.

"난 그렇게 생각하지 않아요." 클레오파트라가 말했다. "살았을 때 지독하게 못된 사람이었다면, 어째서 신들이 단지 고인을 배려해야 한다는 이유만으로 그들을 나쁘게 말하지 못하게 한다는 거죠? 나는 아버지가 죽었을 때 신들께 감사의 제물을 바쳤고, 지금도 그 사실을 당신 앞에서 당당히 말할 수 있어요. 아버지에 관한 내 생각은 지금까지도 변함없어요. 내 남동생에 관해서도 마찬가지고요. 아르시노에가 죽은 뒤에도 나는 결코 그애에게 좋은 말을 해줄 생각이 없어요."

"나도 같은 생각이에요." 세르빌리아가 말했다. "위선은 가증스러워요."

루키우스 카이사르는 한 발 빼며 항복의 뜻으로 두 손을 쳐들었다. "숙녀분들, 숙녀분들! 나는 대부분의 로마인들 생각을 대변했을 뿐입니다!"

"어리석은 내 아들도 그렇게 생각하는 쪽이죠." 세르빌리아가 으르렁댔다. "무모하게도 『카토에 대한 반박을 반박하여』를 썼더군요. 이른

바 반박문에 대한 반박문이죠."

"브루투스의 심정은 이해해요." 루키우스가 말했다. "어쨌든 카토와 유대가 아주 도타웠지 않소."

"그래봤자 다 지난 얘기예요." 세르빌리아가 단호히 말했다. "카토는 죽었어요."

"브루투스가 포르키아와 결혼한 것이 그와 카토의 유대관계가 지속되고 있음을 의미한다고 생각하지 않소?" 아무것도 모르는 루키우스가 순진하게 말했다.

바깥의 태양이 일식으로 완전히 가려지기라도 한 걸까? 크고 넓고 환하던 방이 어찌 그리 갑자기 어두워질 수 있을까? 방이 어두워지면서 세르빌리아로부터 뿜어져나오는 보이지 않는 번개로 불꽃이 일었다. 세르빌리아의 얼굴이 딱딱하게 굳어 있었다.

클레오파트라와 루키우스 카이사르는 깜짝 놀라 입을 떡 벌렸다. 클레오파트라가 친구 곁으로 자리를 옮겼다.

"세르빌리아! 세르빌리아! 왜 그래요?" 클레오파트라가 세르빌리아의 손을 쓰다듬으며 물었다.

세르빌리아가 손을 뿌리쳤다. "포르키아와 결혼하다뇨?"

"당신도 알잖소." 루키우스가 당황해서 말했다.

이제는 방안이 암흑으로 뒤덮였다. "모르는 일이에요! 당신은 어떻게 알죠?"

"오늘 아침에 내가 두 사람의 결혼식을 주례했소."

세르빌리아가 벌떡 일어나 방을 나가며 자기 하인들에게 가마를 대령하라고 소리쳤다.

"당연히 세르빌리아도 아는 줄 알았소!" 루키우스가 클레오파트라에게 말했다.

클레오파트라가 숨을 들이쉬었다. "내가 평소에 동정심이 많은 사람은 아니지만, 루키우스, 지금은 브루투스와 포르키아가 정말 불쌍해요."

세르빌리아가 집에 도착했을 때는 투스쿨룸으로 출발하기엔 이미 너무 늦은 시각이었다. 그녀의 얼굴을 본 하인들이 겁에 질려 덜덜 떨었다. 시커먼 먹구름이 그녀를 단단히 에워싸고 있었다.

"도끼 가져와, 에파프로디토스." 세르빌리아가 집사에게 말했다. 그녀가 집사의 이름을 짧게 줄여 부르지 않았다는 것은 어마어마한 일이 벌어졌다는 뜻이었다. 에파프로디토스는 아기 브루투스를 떨어뜨린 유모를 십자가에 직접 매달았던 자였다. 그는 냉큼 도끼를 가져왔다.

세르빌리아는 브루투스의 서재로 뚜벅뚜벅 걸어가 방안의 물건을 부수기 시작했다. 책상과 의자를 내리찍고, 포도주병과 물병을 한 방에 날리고, 알렉산드리아산 술잔을 산산조각 냈다. 문서함에 꽂힌 두루마리를 전부 찢어발기고 책 들통을 모두 뒤집어 바닥에 한 무더기로 쌓더니 불이 여럿 달린 등을 가져와 그 안의 기름을 쏟아붓고 불을 붙였다. 무언가 타는 냄새를 맡은 에파프로디토스는 겁에 질린 하인들더러 부엌에 가서 양동이에 모래를 담고 주랑정원 분수와 아트리움 사각수조에서 물을 퍼오게 한 뒤, 부디 걷잡을 수 없을 정도로 불이 커지기 전에 주인마님이 방에서 나오기만을 기도했다. 에파프로디토스는 세르빌리아가 서재에서 나오자마자 불을 끄러 그리로 들어갔다. 하지만 불보다 더 무서운 것은 도끼를 질질 끌며 걸어나오는 클리타임네스트라였다.

세르빌리아는 브루투스의 침실에 있는 물건과 그가 아끼는 조각상들을 전부 부순 뒤에야 멈춰 섰다. 하지만 여전히 분노에 사로잡혀 있었고 무엇이라도 더 부술 게 있길 간절히 바랐다. 그래! 스트롱길리온이 만든 청동 소년 흉상! 세르빌리아의 분노는 청동상의 무게마저 이겨냈다. 그녀는 소년상을 자기 거실로 끌고 와 탁자에 올려놓고 빤히 노려보았다. 이 단단한 청동상을 용광로 없이 망가뜨릴 방법이 없을까?

"디토스!" 세르빌리아가 고함을 질렀다.

에파프로디토스가 재깍 나타났다. "네, 주인마님?"

"이게 보이지?"

"네, 주인마님."

"가져가서 강물에 빠뜨려."

"하지만 이건 스트롱길리온의 작품인걸요!" 에파프로디토스가 우는 소리를 했다.

"페이디아스가 만들었든 프락시텔레스가 만들었든 상관없어! 시키는 대로 해!" 흑요석처럼 검은 두 눈의 기세에 눌린 그가 벌레처럼 움츠러들었다. "시킨 대로 해, 에파프로디토스. 헤르미오네!" 세르빌리아가 소리쳤다.

세르빌리아의 몸종이 눈 깜짝할 새 나타났다.

"에파프로디토스를 따라가서 강에 던지는 걸 확인하고 와. 안 그러면 네년을 십자가에 매달 테니까."

세르빌리아를 오래 모셔온 두 하인은 흉상을 맞잡고 그 자리를 뒤뚱뒤뚱 빠져나갔다.

"무슨 일이에요?" 헤르미오네가 속삭였다. "카이사르가 결혼을 안 해준다고 한 뒤로 이런 모습은 처음 봐요!"

"나도 무슨 일인지 몰라. 내가 아는 건 시킨 대로 안 하면 우리 둘 다 십자가형이라는 거야." 에파프로디토스가 흉상을 챙고 힘센 노예에게 넘기며 말했다. "티베리스 강으로 가자, 포르미온. 빨리!"

동이 텄을 때는 대여한 마차가 대문 앞에 준비되어 있었다. 세르빌리아는 옷도 갈아입지 않고 하인도 없이 마차에 탔다.

"목적지까지 쭉 달리게." 그녀가 마부에게 쌀쌀맞게 말했다.

"마님, 안 됩니다! 그러면 마차가 요동쳐서 마님이 다칩니다!"

"잘 들어, 이 모자란 놈아," 세르빌리아가 이를 앙다물고 말했다. "내가 달리라고 하면 달리는 거야. 노새를 얼마나 자주 바꿔야 하는지는 내 알 바 아니야. 내가 달리라고 했으면 달려!"

브루투스와 포르키아가 늦잠을 자고 느지막이 아침을 들고 있는데 세르빌리아가 문간에 들이닥쳤다.

"이 잡년! 역겹고 교활한 독사 같은 년!" 세르빌리아가 낮게 으르렁댔다. 걸음을 늦추지 않고 곧장 포르키아에게 덤벼들더니 새 며느리의 한 팔을 뒤로 젖히고 주먹으로 관자놀이를 갈겼다. 깜짝 놀란 포르키아가 바닥으로 쓰러지자 세르빌리아는 고의적으로 머리에서 발끝까지, 특히 사타구니와 가슴에 집중하여 마구 걷어차기 시작했다.

브루투스와 남자 하인 두 명이 붙어서 가까스로 세르빌리아를 떼어냈다.

"이 배은망덕한 녀석, 네가 어떻게 이런 짓을 해!" 세르빌리아가 저항하며 발로 걷어차고 자기를 붙든 팔들을 물어뜯으려 발악하며 아들에게 악을 썼다.

포르키아는 크게 다치지 않았는지 혼자 힘으로 자리에서 일어났고, 세르빌리아에게 달려들어 한 손으로 머리칼을 움켜쥐더니 다른 한 손으로 얼굴에 연타를 날렸다.

"지금 누구한테 그딴 더러운 욕설을 퍼붓는 거예요? 이 오만한 파트리키 괴물 같으니!" 포르키아가 소리쳤다. "감히 내게 손댈 생각 하지 마요! 브루투스한테도요! 나는 카토의 딸이에요! 절대로 당신에게 지지 않아요! 한 번만 더 나한테 손찌검을 했다간 태어난 걸 후회하게 해주겠어요! 우린 여기 내버려두고 외국 여왕한테나 가서 알랑대라고요!"

이 말이 끝났을 즈음 다른 하인 세 명이 간신히 포르키아를 멀찍이 떨어뜨렸다. 두 여자는 얼굴이 긁히고 산발한 채 이를 드러내며 서로를 노려보았다.

"이 잡년!" 세르빌리아가 으르렁댔다.

브루투스가 둘 사이를 가로막고 섰다.

"엄마, 그리고 포르키아. 제가 우리 집안의 가장이니 제 말을 따르세요! 제가 아내를 고르는 것은 엄마가 간섭할 일이 아니에요. 보다시피 저는 이미 직접 아내를 골랐고요. 엄마는 이제부터 제 아내에게 예의를 갖추고 제집에 들어온 아내를 반갑게 맞아주세요. 안 그러면 엄마를 집에서 내보내겠어요. 이건 진심이에요! 어머니를 자기 집에 모시는 것이 남자의 의무이지만, 엄마가 제 아내에게 예의를 갖추지 않는다면 계속 모실 수 없어요. 포르키아, 어머니의 행동을 내가 대신 사과할게. 그러니 당신도 부디 어머니를 용서해줬으면 해." 브루투스가 한 걸음 비켜섰다. "이제 아셨지요? 제 말을 충분히 이해하셨다면 놓아드리겠습니다."

세르빌리아는 자신을 잡은 손길을 떨쳐내고 두 손을 머리칼로 가져갔다. "담이 커졌구나, 브루투스?" 세르빌리아가 조롱하듯 물었다.

"보다시피, 그렇습니다." 브루투스가 뻣뻣하게 말했다.

"얘를 어떻게 구워삶은 거냐, 하르피이아?" 세르빌리아가 포르키아에게 물었다.

"하르피이아는 세르빌리아 당신이죠. 브루투스와 나는," 포르키아가 브루투스에게 가까이 다가서며 말했다. "서로를 위해 태어났어요."

두 사람은 손을 꽉 맞잡고 세르빌리아를 도전적으로 쳐다보았다.

"너는 지금 네가 상황을 장악했다고 생각하겠지, 브루투스? 절대 아니야." 세르빌리아가 말했다. "내가 켈트이베리아 노예와 더러운 투스쿨룸 농부의 후손에게 예의를 차리리라고 생각했다면 엄청난 오산이야! 어디 날 내쫓아봐, 내가 너를 진흙탕에 빠뜨리고 네 앞날을 완전히 망쳐줄 테니까. 어릴 적엔 군사 훈련을 피했고 파르살로스 전투에서 검을 놓친 겁쟁이 브루투스! 불쌍한 노인들을 굶겨 죽이는 악덕 대부업자 브루투스! 9년을 같이 산 나무랄 데 없이 착한 아내와 이혼하면서 위자료 한푼 내놓지 않은 브루투스! 카이사르는 여전히 내 의견을 경청하고, 원로원에서의 내 영향력은 아직 건재해! 그리고 너, 이 덩치 큰 괴물! 너는 내 아들의 신발을 닦을 자격도 없어!"

"당신은 카토의 똥을 핥을 자격도 없어요, 이 막돼먹은 간통녀 같으니!" 포르키아가 소리질렀다.

"안녕하시오, 안녕하시오, 안녕하시오!" 열린 문간에서 명랑한 인사가 들려왔다. 키케로가 쾌활하게 걸어들어오며 이 흥미진진한 연극 무대의 배우들에게 차례차례 눈길을 주었다.

브루투스는 상황에 잘 대처했다. 밝게 웃으며 아내와 어머니를 지나쳐 키케로에게 다가가더니 그와 따뜻한 악수를 나누었다. "친애하는 키케로, 반갑습니다." 브루투스가 말했다. "잘 오셨습니다. 안 그래도 한두 가지 의논드릴 게 있었거든요. 판니우스가 쓴 다소 이상한 로마사의 요약본 작업을 시작했는데, 에페이로스의 스트라톤은 그게 쓸데없는 짓이라고 하는군요……." 브루투스가 서재 문을 닫자 두 사람의 목소리는 들리지 않았다.

"넌 제명에 못 죽어, 포르키아!" 세르빌리아가 악을 썼다.

"난 당신이 하나도 안 무서워요!" 포르키아가 똑같이 소리를 지르며 말했다. "당신은 늘 허세뿐이니까요!"

"허세가 아니야! 나는 리비우스 드루수스 가문에서 살아남았어. 날 감싸주는 사람도, 내 손을 잡아주는 사람도 없었지. 하지만 네년의 아비는 그리 말 못할 게다. 그놈은 우리 카이피오에게 찰싹 들러붙어 자랐으니까. 포르키아, 네년 할아비는 내 어머니와 간통을 저질렀어. 그러니까 앞으로 나한테 도덕을 들먹일 생각은 하지 마! 최소한 내가 간통한 남자는 로마의 왕이 될 피를 타고난 사내였어. 하지만 카토라는 개똥같은 이름에 그런 수식어를 붙일 사람은 아무도 없겠지. 너는 자식 낳을 생각 따윈 하지도 마. 브루투스와 네년이 만들 그 쥐새끼들은 젖을 떼기도 전에 뒈져버릴 테니까!"

"협박, 순 말뿐인 협박! 당신은 갈대처럼 속이 빈 여자예요, 세르빌리아!"

"솔직히 판니우스 얘기를 하려는 건 아닙니다." 브루투스가 말했다. 여자들 목소리가 나무문을 통과해 들려왔다.

"그럴 줄 알았네." 키케로가 귀를 막으며 말했다. "아, 그나저나 결혼 축하하네."

"소문이 빠르군요."

"그런 소문은 빛보다도 빠르게 움직인다네, 브루투스. 오늘 아침 돌라벨라한테 들었어."

"돌라벨라요? 그는 지금 카이사르와 같이 있지 않습니까?"

"얼마 전까진 그랬지. 자기가 원한 것을 얻고 난 뒤 자기 채무자들을 달래러 돌아왔어."

"그가 원하던 게 뭔데요?" 브루투스가 물었다.

"집정관 자리와 좋은 속주지. 카이사르가 내년에 집정관을 시켜주고 그다음에는 시리아로 보내준다고 약속했대." 키케로가 한숨을 쉬었다. "돌라벨라는 어째 미워하려고 해도 미워할 수가 없는 사람일세. 더군다나 요즘엔 툴리아의 지참금을 돌려주길 거절하고 있는데도 말이야. 툴리아가 죽었으니 모든 계약이 무효래. 괘씸하긴 하지만 그 말이 맞는 것 같아."

"어느 로마인도 집정관 자리를 약속할 권한은 없습니다." 브루투스가 미간을 찌푸리며 말했다.

"내 말이 그 말일세. 나와 의논하고 싶은 건 뭔가?"

"전에도 한번 말씀드린 이야기입니다. 아무래도 카이사르가 로마에 도착하기 전에 그를 만나봐야 할 것 같습니다."

"오, 브루투스, 제발 그러지 말게!" 키케로가 소리쳤다. "너도나도 위인을 알현하겠다고 로마에서 뛰쳐나오는 통에 먼지구름이 하늘 높이 치솟고 있어. 자네까지 그 무리에 합류해서 스스로의 품위를 손상시키겠다는 말인가?"

"그래야 할 것 같습니다. 카시우스도 그러기로 했어요. 카이사르에게 뭐라고 말을 해야 할까요, 키케로? 카이사르의 의중을 파악하려면 어떻게 해야 할까요?"

키케로가 멍한 표정을 지었다. "나는 그 무리에 끼지 않을 텐데 그런 걸 나한테 물어본들 무슨 소용이 있겠나, 친애하는 브루투스? 나는 여기 머무를 걸세."

"제 생각은 이렇습니다." 브루투스가 말했다. "저뿐만 아니라 키케로 당신에 대해서도 이야기하려고 해요. 제가 당신과 미리 상의를 했고 당신도 저와 같은 의견이라고 밝힐 생각입니다."

"아니지, 안 돼, 안 돼!" 키케로가 아연실색하여 소리쳤다. "절대 안 될 말일세! 내 이름을 들먹이는 건 자네에게 아무 도움이 되지 않아. 내가 쓴 『카토』를 생각해보게. 카이사르가 그렇게 경솔한 반박문을 쓸 정도로 화가 났다면 나는 카이사르 렉스에게 환영받지 못할 자일 게 분명해." 키케로의 얼굴이 밝아졌다. "나는 요즘 그를 '렉스'라고 부른다네. 뭐, 그가 왕처럼 굴고 있으니까, 안 그런가? 가이우스 율리우스 카이사르 렉스, 말의 울림이 그럴듯하단 말이지."

"그렇게 생각하신다니 유감이군요, 키케로. 그래도 제 결심은 바뀌지 않았어요. 플라켄티아에서 카이사르를 만나보겠습니다." 브루투스가 말했다.

"흠, 자네야 자네가 옳다고 생각하는 대로 해야지." 키케로가 일어났다. "이제 나는 천천히 걸어서 집에 돌아가야겠어. 요즘 집으로 손님들이 몰려들어서 말일세. 누구나 나를 만나겠다고 찾아와." 문밖이 잠잠해진 것에 안도하며 키케로가 부산하게 문으로 향했다. "내가 얼마 전에 아주 이상한 편지를 받았다는 얘기 했나? 자신이 가이우스 마리우스의 손자라고 주장하는 한 남자가 보낸 거였어. 내게 도움을 달라더군. 나는 답장을 써서 내 생각에 당신에겐 친척 카이사르가 있으니 내 미약한 도움 따윈 필요하지 않을 것 같다고 전했지." 키케로는 현관문 앞에 서서 계속 말했다. "요즘 내 아들은 아테네에 있네. 그래, 자네도 당연히 알겠지. 그런데 그애가 마차를 사고 싶대. 그래, 마차! 그 나이에 직접 걸어다니지 않을 거면 대체 다리는 뭐에 쓰라고 있는 건가, 브루투스?" 키케로가 낄낄 웃었다. "그래서 내가 어머니한테서 돈을 타내라고 답장을 썼어. 어림없는 소리지!"

키케로가 사라지자 세르빌리아가 나타났다.

"로마로 돌아가야겠다." 세르빌리아가 퉁명스레 말했다.

"아주 좋은 생각이에요, 엄마. 제가 포르키아를 데리고 로마 집으로 갈 즈음엔 좀더 누그러진 모습이시길 기대할게요." 브루투스는 세르빌리아를 유개마차로 안내했다. "진심으로 드리는 말씀이에요. 계속 무례하게 행동하시면 집에서 나가셔야 해요."

"나는 당연히 하던 대로 할 거야. 하지만 넌 날 내쫓을 수 없어. 감히 그랬다가는 네 재산을 아직도 내가 상당히 많이 장악하고 있다는 사실을 깨닫게 될 게다. 지금까지 날 이긴 사람은 카이사르밖에 없었어. 그리고 아들아, 넌 카이사르의 새끼손가락만큼도 안 돼."

브루투스는 속이 뒤집어질 듯한 기분으로 포르키아에게 갔다. 어쨌거나 하루에 만날 수 있는 최악의 두 손님이 이미 집을 떠났다는 사실에 후련한 기분이 들었다. 엄마가 내 재산을? 하지만 어떻게? 누굴 통해서? 내 은행가 플라비우스 헤미킬루스? 아니, 그건 불가능해. 관리인 마티니우스? 아니. 다른 관리인 스캅티우스일 거야. 그는 늘 어머니의 심복이었어.

아내는 나뭇가지에 달려 익어가는 복숭아를 바라보며 정원에 앉아 있었다. 그가 다가오는 소리에 그녀가 고개를 돌렸다. 그녀의 얼굴은 기쁨으로 타오르고 있었다. 그녀가 그에게 두 손을 뻗었다. 아, 포르키아, 너를 너무나 사랑해. 나의 불꽃 기둥.

"자네는 이 일을 어떻게 생각하나?" 세르빌리아가 카시우스에게 따지듯 물었다.

"장모님이 반대하시는 이유는 충분히 이해합니다만, 브루투스와 포르키아는 여러모로 잘 어울리는 한 쌍이에요." 카시우스가 말했다. "네, 두 사람이 닮았다는 점을 인정하기 싫으시겠지만 사실인걸요. 두 사람 다 재미가 없고 지나치게 진지한데다 고루할 정도로 생각이 편협하죠. 제가 스토아주의를 버린 진짜 이유도 그겁니다. 저는 편협함을 참을 수 없어요."

세르빌리아는 자신이 가장 아끼는 사위의 얼굴을 애정이 가득한 눈길로 바라보았다. 씩씩하고 남자답고 명쾌하고 결단력 있는 사내였다. 카시우스가 가족의 일원인 게 어찌나 기쁜지! 큰딸 유니아와 결혼한 바티아 이사우리쿠스나 작은딸 유니아와 결혼한 레피두스는 뻣뻣하고 좀스러운 귀족으로 장모가 카이사르와 내통한 여자라는 사실을 늘 거북해했다. 반면 카시우스는 테르툴라 때문에 그 사실에 더 직접적으로 연관되어 있음에도 그런 기색을 전혀 내비치지 않았다.

"테르툴라한테 듣자 하니 자네도 카이사르를 만나러 갈 거라던데." 세르빌리아가 말했다.

"네, 맞습니다. 바라건대 브루투스도 같이요. 포르키아가 브루투스의 마음을 바꿔놓지만 않는다면요."

"아, 그애한테 말 안 하고 그냥 가겠지." 세르빌리아가 말했다. "그런데 꼭 그럴 필요가 있겠나?"

"문다 전투 때문이에요." 카시우스가 짧게 말했다. "카이사르가 이겼다는 소식을 듣고 무척 안심이 되었거든요. 왕관만 없을 뿐인 로마의 왕을 저는 항상 못마땅하게 생각해왔지만, 적어도 그는 이 상황의 종결을 이끌어냈습니다. 공화파의 대의는 이제 회생 불가능해요. 저는 카이사르에게서 공개적으로 사면받은 이후—영리하게도 카이사르는 사면이라는 표현을 직접적으로 사용한 적이 없지만요—한 번도 실수를 저지르지 않았으니 앞으로 제 몫의 특권을 챙길 생각입니다. 물론 카이사르 앞에서 공손하게 굴어야 한다는 사실은 영 받아들이기 힘들지만요. 저는 내년에 법무관이 되고 싶고, 브루투스도 그렇습니다. 하지만 위인이 로마에 당도할 때까지 마냥 기다리고만 있다가는 중요한 자리가 몽땅 채워지고 말 거예요." 카시우스는 세르빌리아에게 묘한 눈빛을 보냈다. 그들 사이에는 비밀이 없었다. "흠, 특히 저는 카이사르의 비공식 사위이니 좋은 자리를 받을 자격이 있다고 생각합니다. 사실 돌라벨라보다야 제가 더 시리아를 맡을 자격이 있다고 생각해요. 안 그렇습니까, 장모님?"

"지당한 말일세." 세르빌리아가 말했다. "일이 잘되길 바라겠네."

6

카이사르와 옥타비우스는 끊임없이 대화를 나누며 피레네 산맥을 향해 가까운 히스파니아 연안을 끼고 북쪽으로 이동했다. 나르보 항구는 오랜만에 활기로 가득찼다. 카이사르가 장발의 갈리아에서 싸우고 루키우스 카이사르가 총독으로 이곳에 머무르던 때 이래 처음 있는 일이었다. 아탁스 강 하구에 위치한 매력적인 도시

나르보는 해산물로 유명했다. 특히 세상에서 제일 맛있다고 이름난 생선이 바로 여기서 났다. 강과 바다가 만나는 지점의 바닥 가까이 사는 이 납작한 물고기는 땅을 파내야만 잡을 수 있어 이름이 땅꾼 숭어였다.

하지만 나르보 사람들은 6월 말 예순 명 남짓의 로마 원로원 의원들이 순전히 땅꾼 숭어를 맛보려고 그리로 내려왔다고는 생각하지 않았다. 조만간 카이사르가 나르보에 올 것이며 이 유력인사들은 그를 만나기 위해 이곳을 찾았음을 나르보 사람들은 잘 알고 있었다. 그들이 나르보를 선택한 이유는 이렇게 많은 사람들이 한꺼번에 편한 숙소를 구할 만한 곳이 여기밖에 없기 때문이었다. 데키무스 브루투스, 가이우스 트레보니우스, 마르쿠스 안토니우스, 루키우스 미누키우스 바실루스는 갈리아 전쟁 때부터 나르보에서 잘 알려진 인물들이었다. 이 네 명의 원로원 의원은 가장 먼저 나르보에 도착해 지체 없이 루키우스 카이사르의 저택으로 향했다. 루키우스 카이사르는 그가 몹시 사랑했던 이 지역에 언젠가 돌아오리라는 희망을 품고 이 저택을 여전히 보유하고 있었던 것이다. 나머지 의원들은 시설 좋은 여관에 묵거나 부유한 로마 상인들에게 숙소를 부탁했다. 나르보는 부유한 내륙지역의 항구 역할을 했으므로 로마 상인이 많았다. 저멀리 가룸나 강의 상류수가 흘러드는 멋진 내륙도시 톨로사도 나르보 항구를 이용했다.

최근 나르보의 지위는 더욱 격상되었다. 카이사르가 나르보 갈리아라는 새로운 로마 속주를 탄생시킨 덕분이었다. 나르보 갈리아 속주의 경계는 로다누스 강 서부에서 피레네 산맥까지, 그리고 지중해에서부터 두라니우스 강과 가룸나 강이 만나는 갈리아 요새 부르디갈라를 지나 대서양까지 가로질렀다. 당연히 볼카이 텍토사게스족과 아퀴타니족의 영토도 포함됐다. 나르보 갈리아 속주의 수도 나르보에는 카이사르와 그의 참모진이 도착해 머무를 으리으리한 총독 관저가 있었다. 이 관저에 이미 거주하고 있는 현직 총독은 카이사르의 용맹하고 학식 높은 보좌관 아울루스 히르티우스였다.

마르쿠스 안토니우스가 루키우스 카이사르의 저택에서 하룻밤을 보낸 바로 다음날 히르티우스가 안토니우스를 총독 관저로 초대했다. 이로써 루키우스 카이사르의 저택에는 가이우스 트레보니우스, 데키무스 브루투스, 바실루스 세 사람만 남았다. 트레보니우스에게는 좋은 기회였다. 그는 카이사르의 죽음을 앞당기는 문제를 몇몇 사람들이 어떻게 느낄지 의견을 타진할 때라고 판단한 터였다.

일단 데키무스 유니우스 브루투스 알비누스로 시작했다. 트레보니우스는 무르키우스의 선술집에서 나누었던 짧은 대화를 다시 끄집어냈다.

"데키무스, 그날 자네가 말한 기회를 우리가 정말로 누리려면 더이상 카이사르가 로마를 지배해선 안 돼." 트레보니우스가 말했다. 두 사람은 분주한 부둣가를 함께 거닐고 있었다.

"나도 압니다, 트레보니우스."

"그렇다면 자네는 어떻게 우리가 카이사르의 지배를 끝낼 수 있다고 생각하나?"

"방법은 하나죠. 그를 죽여야 합니다."

"전에 이런 일이 있었어," 트레보니우스가 도로가에 정박된 배를 바라보며 특유의 구슬픈 목소리로 말했다. "카이사르가 안토니우스의 삼촌 히브리다를 그리스에서 잔혹한 범죄를 저지른 혐의로 기소했어. 카이사르는 안토니우스 가문과 친족관계여서 당시에 말이 많았지. 하지만 위인은—그땐 아직 위인까진 아니었지만 아무튼—그 가문과 혼인으로만 맺어진 인척관계라서 자신의 기소행위가 가문에 관한 불문법에 저촉되지 않는다고 했어."

"기억납니다. 히브리다가 호민관의 평민 구제권을 이용해 재판 진행을 중단시켰지만, 카이사르가 히브리다의 잔악함을 이미 적나라하게 까발린 탓에 히브리다는 결국 망명길에 올라야 했죠." 데키무스가 말했다. "나는 율리우스 가문과 혈연관계입니다. 하지만 아주 먼 친척이지요. 카툴루스 카이사르의 부친을 낳은 포필리아를 통해 맺어진 관계니까요."

"카이사르를 죽일 목적으로 결성된 단체에 합류를 고려할 정도로 먼 친척인가?"

"아, 그럼요." 데키무스 브루투스가 주저 없이 대답했다. 그는 계속 걷다가 생선과 해초와 배에서 풍기는 냄새에 문득 콧잔등을 찡그렸다. "그런데 단체까지 결성할 필요가 있겠습니까?"

"나는 이 대의에 내 목숨과 미래를 희생시킬 생각이 없거든." 트레보니우스가 솔직하게 말했다. "중요한 인물을 여럿 모아서 이것이 애국적 행위로 비치게끔 만들고 싶네. 원로원이 이 일로 우릴 처벌할 엄두를 내지 못하도록 말일세."

"그러니까 여기 나르보에서 바로 감행할 생각은 아니로군요?"

"나르보에서는 사람들 의사를 타진하는 것까지만 할 거야. 그것도 일단 많이 듣고 관찰한 다음에. 이렇게 자네한테 물어봤으니 이제는 듣고 관찰할 사람이 둘이 되었군."

"바실루스한테도 물어보세요. 셋이 될 겁니다."

“안 그래도 바실루스도 고려하고 있었네. 자네 생각엔 그가 동참할 것 같은가?”

“곧장요.” 데키무스가 말했다. 그의 입술이 말려올라갔지만 이번엔 냄새 때문이 아니었다. “하지만 바실루스는 제2의 히브리다예요. 노예들을 고문하죠. 바실루스의 그런 악취미가 카이사르의 귀에까지 들어가 출셋길이 막혔다고 들었습니다. 그 대신 카이사르가 죄는 묻지 않기로 했답니다.”

트레보니우스가 인상을 찌푸렸다. “그런 사람을 회원으로 받아들이면 우리 단체의 명예가 깎일 걸세.”

“그 일을 아는 사람은 극히 적습니다. 원로원의 양떼에게 바실루스는 중요 인물이에요.”

사실이었다. 루키우스 미누키우스 바실루스는 자기 가문의 선조가 킹킨나투스 시대까지 거슬러올라간다고 주장하는 피케눔 출신 지주였다. 이 단호한 주장을 뒷받침할 증거는 없었다. 하지만 그는 1계급 동료 의원들이 단호한 주장 이상의 증거를 요구하지 않는다는 사실을 깨달았고 결국 높은 자리까지 올라갔다. 카이사르에게 올해 법무관으로 지명된 그는 이제 집정관에 오를 날을 고대하고 있었다. 그런데 그동안 남몰래 저질러온 악행이 카이사르에게 보고되었다는 말을 전해 들은 것이다. 고문을 당한 노예의 증언과 함께. 앞으로 공직 생활은 끝났다고 알리는 카이사르의 무뚝뚝한 편지를 받아든 바실루스는 카이사르의 숭배자에서 반대자로 변신했다. 갈리아에서 카이사르의 보좌관으로 4년간 복무했던 바실루스에게 난데없이 핵심세력에서 밀려났다는 것은 엄청난 충격이었다. 자기 입장을 항변하려고 나르보에 오긴 했지만 그다지 큰 기대는 없었다.

트레보니우스와 데키무스 브루투스가 바실루스에게 의사를 묻자 그는 선뜻, 심지어 기쁨에 들떠서 데키무스가 작명한 '카이사르 살해 모임'에 합류하겠다고 했다.

세 명. 또 누가 있을까?

자신이 카이사르에게 총애받고 있다는 걸 잘 아는 루키우스 스타이우스 무르쿠스는 자못 의기양양하게 나르보로 왔다. 무르쿠스는 해상전에 강했고 제독으로서 카이사르의 함대를 능숙하게 지휘했다. 하지만 그가 카이사르의 편에 선 것은 가장 원초적인 이유에서였다. 무르쿠스는 카이사르가 승자가 될 것임을 알았고 승자 편에서 싸우고 싶었다. 문제는 무르쿠스가 카이사르를 무척 싫어한다는 점이었고, 그는 상대편에서도 똑같은 감정을 갖고 있음을 느꼈다. 그러니 지금은 카이사르의 총애를 받는다 해도 그 사실은 언제 바뀔지 몰랐다. 더구나 이제는 싸워야 할 전투가 남은 것 같지도 않았다. 무르쿠스는 이미 법무관을 지냈고 앞으로 집정관 자리에도 오르고 싶었다. 하지만 집정관은 매년 두 명뿐인데 카이사르의 총애를 받는 자들은 많고도 많으니 그가 집정관 자리를 차지할 가능성은 매우 낮았다.

바실루스가 무르쿠스를 제안했지만, 그들은 나르보에서는 무르쿠스에게 접근하지 않기로 했다. 지금은 접근 단계가 아닌 고려 단계였다.

나르보를 찾은 몇몇 인사들이 '카이사르 살해 모임'의 잠재적인 회원 명단에 올랐다. 하나같이 영향력이 미미한 평의원들뿐이었다. 거론된 인물은 데키무스 투룰리우스, 카이킬리우스 메텔루스 및 카이킬리우스 부키올라누스 형제, 푸블리우스 및 가이우스 세르빌리우스 카스카 형제였다. 나이우스 폼페이우스를 참수한, 그리고 지금 잔뜩 화가 나 있는 카이센니우스 렌토 역시 고려 대상이었다.

7월의 셋째 날 마침내 카이사르 일행이 나르보에 도착했다. 10군단의 잔존 병사들과 이전보다 수가 늘어난 종달새5군단도 함께였다.

마르쿠스 안토니우스의 눈에 비친 카이사르는 혈색이 좋아 보였다.

"친애하는 안토니우스," 카이사르가 안토니우스의 볼에 입을 맞추며 진심 어린 목소리로 말했다. "이렇게 만나서 반갑네. 아울루스 히르티우스 자네도 반가워."

안토니우스는 카이사르가 이어서 하는 말을 듣지 못했다. 카이사르의 이륜마차에서 내리는 호리호리한 청년에게 시선을 빼앗긴 탓이었다. 젊은 가이우스 옥타비우스인가? 그래, 맞아! 그간 아주 큰 변화가 있었던 듯했다. 안토니우스는 자신의 친척인 이 청년을 이제까지 단 한 번도 진지하게 눈여겨본 적이 없었다. 그저 훗날 가문에 불명예를 안길 동성애자 청년으로만 생각해왔던 것이다. 물론 변함없이 여자처럼 예쁘장하긴 했다. 하지만 지금은 카이사르에게 촉망받는 수습군관이라는 자신감을 조용히 발산하고 있었다.

카이사르는 미소 띤 얼굴로 옥타비우스를 돌아보더니 앞으로 끌어당겼다. "보다시피 나는 우리 가문 전체를 함께 데리고 다닌 셈이지. 마르쿠스 안토니우스 자네까지 있게 되니 완벽하군." 카이사르가 옥타비우스의 어깨에 팔을 두르며 그를 가볍게 감싸안았다. "들어가라, 가이우스, 먼저 가서 내가 묵을 거처를 확인해주렴."

옥타비우스는 자신을 향한 시선을 별로 의식하지 않는 듯 안토니우스에게 미소를 짓고 카이사르가 시킨 대로 했다. 퀸투스 페디우스가 이쪽으로 다가오고 있었다. 서둘러야겠다고 판단한 안토니우스는 곧바로 준비한 말을 뱉었다. "사죄드리러 왔습니다, 카이사르. 부디 용서를 내려주십시오."
"사죄를 받아들이고 용서를 내리겠네, 안토니우스."
어느 틈에 사람들이 모두 모였다. 퀸투스 페디우스부터 카이사르의 또다른 생질손이자 페디우스의 수습군관인 젊은 루키우스 피나리우스까지. 퀸투스 파비우스 막시무스, 칼비누스, 메살라 루푸스, 폴리오도 있었다.
"내가 숙소를 옮기는 게 낫겠어요." 안토니우스가 카이사르 일행의 수를 헤아리며 히르티우스에게 말했다. "나는 루키우스 외삼촌 댁에서 묵으면 되니까요."
"그러지 않아도 돼." 카이사르가 다정하게 말했다. "아그리파와 피나리우스와 옥타비우스는 벽장 하나에 전부 몰아넣을 거니까."
"아그리파가 누굽니까?" 안토니우스가 되물었다.
"저기," 카이사르가 손가락으로 가리키며 말했다. "자네 저렇게 장래성이 눈에 띄는 군인을 본 적이 있나, 안토니우스?"
"잘생긴 퀸투스 세르토리우스로군요." 안토니우스가 재깍 대꾸했다.
"나도 똑같은 생각을 했네. 페디우스의 수습군관이야. 그리고 그 옆은 페디우스 수하의 군관인 살비디에누스 루푸스일세. 문다에서 기병대 공격을 아주 훌륭하게 이끌었지."
"로마가 여전히 좋은 군인들을 배출하고 있다니 기쁘군요."
"단순히 로마가 아닌 이탈리아일세, 안토니우스! 부디 시야를 넓히게!"
"제가 죽 세어봤는데 독재관께 허리를 굽히고 아부를 떨러 온 원로원 의원이 총 예순두 명입니다." 안토니우스가 말했다. 그와 카이사르는 실내로 이동한 터였다. "대부분은 독재관께서 직접 지명한 시시한 평의원들이지만, 트레보니우스와 데키무스 브루투스도 왔습니다. 바실루스와 스타이우스 무르쿠스도 있고요." 안토니우스는 말을 끊고 궁금한 눈길로 카이사르를 쳐다보았다. "아까 보니 그 여장남자 같은 옥타비우스 녀석을 몹시 아끼시는 것 같습니다." 그가 불쑥 말했다.

"사람을 외모로만 판단하는 우를 범하지 말게, 안토니우스. 옥타비우스를 머리 짧은 무희쯤으로 봐선 곤란해. 옥타비우스의 새끼손가락 하나에 든 정치 감각이 자네의 그 거대한 몸 전체에 든 것보다 많아. 문다 전투 후 줄곧 같이 다녔는데, 젊은이와 같이 있는 게 그렇게 즐거웠던 적이 없었네. 몸이 병약하니 무관은 못 되겠지만 두뇌 회전이 빠르고 슬기로워. 가문명이 옥타비우스인 게 안타깝지."

안토니우스는 깜짝 놀랐다. 가슴에 비수가 꽂힌 기분이었다. 그의 몸이 딱딱하게 굳었다. "혹시 녀석을 입양해서 율리우스 카이사르라는 이름을 주실 생각이십니까?" 안토니우스가 물었다.

"애석하지만 그렇지 않아. 아까 말했지 않나. 그앤 병약해. 오래 살지 못할 걸세." 카이사르가 대수롭지 않게 대꾸했다.

옥타비우스가 나타났다. "위층 복도 끝 특실입니다, 카이사르. 제가 더 필요하지 않으시면 아그리파와 피나리우스가 짐을 정리하는 데 가 봐도 되겠습니까? 그 친구들과 함께 있어도 괜찮겠지요?"

"나도 그러라고 할 참이었다. 나르보를 한껏 즐기면서 푹 쉬어라. 너는 이제 휴가야."

청년은 크고 아름다운 회색 눈으로 카이사르에게 흠모 가득한 눈길을 보내더니 고개를 끄덕이고 자리에서 물러났다.

"독재관님 엉덩이에서 해가 빛나는 줄 아나봅니다." 안토니우스가 말했다.

"누군가가 나를 그렇게 생각해준다는 건 기분좋은 일이지, 안토니우스. 특히 그가 우리 가문의 일원이라면 더더욱."

"아무려나요! 페디우스도 독재관님 명령 없이는 방귀도 뀌지 않죠."

"자네 방귀는 어떤가?"

"저한테 잘해주십시오, 카이사르, 그럼 저도 잘해드릴 수밖에 없을 테니까요."

"내가 자네 사죄를 받아들이긴 했지만 아직 자넨 근신 기간이야. 그 사실을 잘 기억해두게. 빚은 다 해결했나?"

"아뇨." 안토니우스가 퉁명스레 대답했다. "하지만 일단 빚쟁이들 입은 막았습니다. 풀비아의 돈이 다시 융통되면 한차례 더 갚고, 파르티아 원정에서 전리품을 받으면 마저 갚을 생각이에요."

두 사람은 카이사르의 특실에 도착했다. 합데파네가 과일을 깎고 있었다. 안토니우스는 이집트인 의사를 혐오스러운 눈길로 바라보았다.

"나는 자네를 위해 다른 계획을 세워두었는데." 카이사르가 복숭아를 삼키며 말했다.

안토니우스는 순간 멈칫하더니 카이사르를 무섭게 노려보았다. "아뇨, 이번만큼은 안 돼요!" 그가 딱딱댔다. "독재관님을 위해 또 5년간 로마에 눌러앉아 있으리란 기대는 접으세요! 절대 안 그럴 거니까요! 제대로 전리품을 타낼 제대로 된 전쟁에 나가야 한단 말이에요!"

"그런 전쟁에 나갈 거야, 안토니우스. 다만 나와 다른 곳에 갈 뿐이지." 카이사르는 목소리를 차분하게 유지했다. "내년에 집정관을 지낸 다음 믿을 만한 6개 군단을 이끌고 마케도니아로 가게. 바티니우스가 일리리쿰에 줄곧 머물러 있을 거야. 그와 함께 북진해서 다누비우스 강 유역과 다키아 영토를 정벌해. 내가 없는 동안 비레비스타스 왕이 로마의 변경지대를 위협하는 꼴을 보고 싶지 않아. 그러니까 자네가 바티니우스와 함께 사부스 강과 드라부스 강에서 시작해 흑해에 이르는 땅을 정복하게. 그러면 자네는 보좌관이 아닌 장군 자격으로 전리품을 차지하게 될 걸세."

"하지만 파르티아의 전리품이 아니잖습니까." 안토니우스가 으르렁댔다.

"전임 마케도니아 총독들이 가져온 전리품이 변변치 않았다는 사실로 판단하건대," 카이사르가 감정을 억누르며 말했다. "자네는 크로이소스가 부럽지 않은 부자가 되어 돌아올 거야. 다누비우스 강 유역의 부족은 황금이 많으니까."

"하지만 바티니우스와 나눠 가져야 하잖아요." 안토니우스가 말했다.

"파르티아의 전리품은 동료 보좌관 20여 명과 나눠 가져야 할걸. 그리고 장군이 되면 노예를 팔아서 나오는 수익금을 전부 차지한다는 사실을 잊었나? 내가 갈리아 노예들을 팔아서 얼마나 벌었는지 알기나 해? 3만 탈렌툼일세!" 카이사르가 안토니우스를 조롱하듯 쳐다봤다. "안토니우스 자네는 숙제 안 하고 놀다가 산수도 못 깨친 로마 소년의 전형이로군. 욕심은 또 어찌나 많은지."

카이사르는 나르보에 두 주간 머무르며 신규 속주 나르보 갈리아를 정돈하고 얼마 되지 않는 10군단 잔존 병사들에게 비옥한 토지를 넉넉히 분배해주었다. 종달새5군단은 카이사르를 따라 동진해 로다누스 강 유역으로 가기로 했다. 그곳에서 종달새5군단 병사들도 똑같이 좋은 땅에 정착시키려는 것이 카이사르의 생각이었다. 이 비길 데 없는 무적의 군단병들은 갈리아에 있어 값을 매길 수 없는 귀한 선물이었다. 이들은 장차 갈리아 여자들과 결혼함으로써 뛰어난 두 전사 민족의 피를 결합할 터였다.

"전에도 항상 왕처럼 보였지." 아첨하는 원로원 의원들 사이로 거니는 카이사르를 바라보며 가이우스 트레보니우스가 데키무스 브루투스에게 말했다. "하지만 요즘은 그런 경향이 더욱 짙어지고 있어. 카이사르 렉스! 카이사르가 로마의 왕이 되려 한다는 확신을 로마의 주요 인사들에게 심어준다면 우리는 분명 무사할 걸세, 데키무스. 로마는 참주를 시해한 자를 처벌하지 않아."

"로마의 주요 인사들에게 카이사르가 로마의 왕이 되려 한다는 확신을 심어줄 사람을 구해야 해요. 카이사르와 가까운 자들 중에서 말입니다." 데키무스가 곰곰이 생각하며 말했다. "가령 안토니우스 같은 사람이요. 듣기로 그는 내년에 집정관이 된다더군요. 안토니우스는 절대로 직접 가담하진 않겠지만 어쩐지 이 행위를 비난하지 않을 것 같은 느낌이에요. 어쩌면 이 행위가 명예로운 결단으로 보이게 만드는 역할까지 해줄 수 있을지 몰라요."

"어쩌면 그럴지도." 트레보니우스가 이렇게 말하고 미소를 지었다. "의중을 떠볼까?"

이즈음 안토니우스는 술을 자제하면서 카이사르에게 쓸모 있는 사람이 되려고 엄청난 노력을 쏟아붓고 있었으므로 그를 따로 만나기는 쉽지 않았다. 하지만 나르보에서 보낸 마지막날 저녁, 트레보니우스는 굉장히 아름다운 말을 보여주겠다며 안토니우스를 불러내는 데 성공했다.

"몸집이 커서 자네 몸무게도 거뜬히 감당할 거야. 말 주인이 요구하는 값을 치르기에 모자람이 없어. 자네가 수백만 세스테르티우스의 빚으로 곤란을 겪는 건 알지만 무릇 집정관이라면 좋은 공마가 있어야지. 자네가 요즘 타는 늙은 말은 수명이 얼마 남지 않았잖아. 국고에서 공마 구입비를 지원한다는 사실을 잊지 말게."

안토니우스는 덥석 미끼를 물었다. 말은 그의 마음에 쏙 들었다. 키가 크고 힘이 세면서도 움직임이 날렵했고 흰색과 진회색 얼룩의 대비가 강렬했다. 현장에서 즉시 거래가 이루어졌고, 안토니우스와 트레보니우스는 다시 마을로 발걸음을 옮겼다.

"오늘 자네에게 하고 싶은 이야기가 있어." 트레보니우스가 말했다. "즉답을 원하지는 않네. 오늘은 그냥 듣기만 해. 또한 내가 자네에게 이 이야기를 털어놨다고 해서 내가 자네한테 목숨을 내놓았다고 생각할 것도 없네. 하지만 자네가 내 생각에 동의하든 안 하든 오늘 일을 카이사르에게 고자질하리라고는 믿지 않겠네. 이제는 나말고도 많은 사람들이 로마가 자유를 되찾으려면 누군가 반드시 이 일을 해야 한다고 믿고 있어. 하지만 우린 결코 서두르지 않을 거야. 왜냐하면 1계급 사람들에게 우리는 자유의 수호자, 로마를 위해 큰일을 한 진정한 애국자로 비쳐야 하니까."

원로원 의원 두 명이 그들 곁을 지나가자 트레보니우스는 잠시 말을 멈추었다. "자네가 풀비아에게 한 맹세를 깰 수는 없으니, 자네더러 '카이사르 살해 모임'에 들어오라고 하진 않겠어. 데키무스가 생각해낸 이름일세. 한편으로는 진짜 공모 같으면서도 다른 한편으론 장난처럼 들리지 않나? 무릇 벽에도 귀가 있는 법이니까. 내가 자네에게 하고 싶은 말은 자네가 한 맹세를 어기지 않는 방법으로 우리를 도와달라는 것일세. 말하자면 카이사르가 당장에라도 머리에 디아데마를 두를 것처럼 보이도록 분위기를 조성해달라는 거지. 그런 말이야 전부터 늘 있어왔지만 사람들은 흔히 카이사르의 정적들이 꾸며낸 거짓 비방으로만 여겨왔어. 그래서 플라비우스 헤미킬루스나 아티쿠스 같은 진짜 금권 정치인들도 관심을 보이지 않았고. 데키무스의 말대로 카이사르와 가까운 누군가가 나서서 그가 왕이 되려는 게 기정사실인 양 분위기를 이끌어줘야 해."

또다른 원로원 의원 두 명이 지나갔다. 트레보니우스는 안토니우스에게 새 공마에 대해 열심히 설명하는 척했다.

"소문을 듣자 하니 내년 집정관은 자네라더군." 트레보니우스가 대화를 재개했다. "그리고 카이사르가 파르티아 전쟁으로 나가 있는 동안 자네는 로마에 남아 통치를 맡은 뒤 연말에 바티니우스와 다키아 원정을 떠날 거라고. 어떻게 알았는지는 묻지 말게. 어쨌거나 나는 다 알고 있어. 카이사르의 짐작과 달리 나는 자네가 그 계획을 달가워하지 않으리라고 생각해. 그리고 그 이유도 충분히 이해하네. 그렇게 해서는 전리품을 손에 넣기가 힘들 테니까. 아투아투카에서 발견된 게르만족의 보물이나 황금 봉납물이 가득한 드루이드교 성소 같은 게 다키아에 있을 리가 없잖아? 그렇다고 자네가 라비에누스도 아닌데 그곳 야만인들에게 무덤을 파헤치라고 할 텐가? 노예 판매도 그래. 누가 그들을 사겠나? 가장 큰 노예시장이 파르티아 왕국인데, 카이사르가 당장 자기네 숨통을 조이고 있는 통에 그들이 한가롭게 노예나 사고 있진 않겠지. 하지만 카이사르가 죽으면 이 모든 게 달라져, 안 그런가?"

안토니우스가 멈춰 서더니 허리를 숙여 장화 끈을 맸다. 트레보니우스는 안토니우스의 손가락이 떨리는 것을 보았다. 그래, 내 말이 먹히고 있어.

"어쨌든 올해 남은 기간과 내년에 집정관을 맡기로 한 자네야말로 카이사르가 카이사르 렉스가 되려고 하는 것처럼 보이게 만들 작은 계획들을 실행할 적임자일세. 퀴리누스 신전에 카이사르의 조각상을 세우자는 얘기도 나왔는데, 그보다 퀴리날리스 언덕의 퀴리누스 신전 옆에 카이사르의 저택을 세우자고 원로원 결의안을 통과시킨 뒤 그 저택에 신전 박공벽을 다는 건 어떨까? 카이사르의 관용을 숭배하는 제례의식이 생긴다면? 마치 신을 숭배하는 제례의식과 유사한 느낌으로 말일세. 게다가 자네가 제관이기까지 하면 사람들은 이 문제를 더욱 심각하게 받아들일 거야, 안 그래?"

트레보니우스는 잠시 멈추고 숨을 들이마신 뒤 말을 이었다. "이런 유의 구상은 차고 넘쳐. 자네 스스로도 다양한 방법을 떠올릴 수 있을 걸세. 우리가 할 일은 카이사르가 절대 그 자리에서 내려오지 않고 권력을 내놓지 않을 것처럼, 그리고 지상에 내려온 신이 되려는 것처럼 보이게 만드는 거야. 신이 되려면 일단 왕부터 되어야 하니까, 그 두 가지를 결합해서 추진할 수 있어. 보게, 카이사르 살해 모임의 회원 중 그 누구도 이 일로 대반역죄 재판을 받고 싶어하지 않아. 아니, 우리는 책망조차 듣지 않을 걸세. 우린 영웅이 될 거야. 그런데 그게 가능하려면 우리에게 유일하게 중요한 계급인 1계급 사이에서 어떤 공감대를 불러일으켜야 해. 그 아래 계급에서는 이미 카이사르를 신이자 왕으로 여기고 있어. 그들은 카이사르가 신이자 왕이라는 사실에 기뻐하고 카이사르를 사랑해. 카이사르는 그들에게 일자리와 기회와 부를 가져다주었어. 그러니 자기들을 누가 어떻게 통치하건 그들에게 무슨 상관이 있겠나? 아니, 그들은 개의치 않아. 심지어 2계급도. 우리가 해야 할 일은 1계급 사이에서 카이사르 렉스에 대한 반감을 불러일으키는 것일세."

그들은 어느새 루키우스 카이사르의 저택 가까이 도착했다. "아무

말 말게, 안토니우스. 나는 자네의 행동에서 필요한 대답을 전부 얻었으니까."

트레보니우스는 마치 방금 전까지 의미 없는 수다를 나누고 있었던 듯 고개를 끄덕이며 미소 짓고 저택 안으로 슥 걸어들어갔다. 마르쿠스 안토니우스는 총독 관저로 발걸음을 옮겼다. 그 역시 입가에 미소를 머금고 있었다.

다음날 새벽 거대한 마차 행렬이 나르보를 출발했다. 카이사르는 안토니우스를 자신의 이륜마차로 불렀다. 가이우스 옥타비우스는 아무 불만 없이 다른 이륜마차를 탄 데키무스 브루투스와 동승했다.

"우리는 먼 친척지간이라네, 옥타비우스." 데키무스 브루투스가 말했다. 그는 자리에 앉으며 피곤한 듯 한숨을 내쉬었다. 나르보에서 보낸 며칠간 줄곧 긴장해 있던 참이었다. 지금도 안토니우스가 카이사르에게 고자질할까봐 걱정이 되었고 사실을 확인할 때까지 긴장의 끈을 놓을 수 없었다.

"네, 맞습니다." 옥타비우스가 밝은 목소리로 답했다.

두 사람은 별 의미 없는 대화를 주고받으며 사흘을 보낸 뒤 이윽고 아렐라테에 도착했다. 카이사르는 거기서 일주일간 머무르며 종달새5군단의 정착 업무를 살폈다. 이륜마차들이 다시 달려 도미티우스 가도를 타고 몬스 게나바 고개를 넘을 즈음 옥타비우스는 카이사르의 마차로 돌아갔고 마르쿠스 안토니우스는 데키무스 브루투스의 마차로 돌아왔다. 아니, 그는 고자질하지 않았다. 안심이다!

"그새 위인의 눈 밖에 났나?" 데키무스가 물었다. "정말이지, 안토니우스, 자네한테 재갈이라도 물려놔야겠어."

안토니우스가 빙그레 웃었다. "아니, 위인과는 여전히 사이가 좋아. 그보단 내 몸집이 너무 커서 비서를 같이 태울 수 없어서 말이야. 그 예쁘장한 팬지꽃 녀석은 자리를 많이 차지하지 않잖아. 고놈 참 물건이야, 안 그래?"

"오, 그렇더군." 데키무스가 즉각 대꾸했다. "하지만 자네가 생각하는 것과는 다른 방식으로. 가이우스 옥타비우스는 아주 위험한 인물이야."

"농담이겠지! 내가 고자질할까봐 애태우다가 머리가 어떻게 됐나보군, 데키무스."

"천만에, 안토니우스. 아우렐리아가 술라에게 카이사르의 목숨을 살려달라고 간청했을 때 그가 한 말을 기억하나? 그때 카이사르 나이가 지금의 옥타비우스보다 그리 많지 않았지. 술라가 그랬어. '그래, 좋소, 그대들 마음대로 하시오! 그를 살려주겠소! 하지만 명심하시오! 나는 그 젊은이 안에서 수없이 많은 마리우스를 보았다는 것을!' 흠, 나는 그 청년 안에서 수없이 많은 마리우스를 보았네."

"정말이지 머리가 어떻게 된 모양이군." 안토니우스가 무례한 소리를 내며 이렇게 말하고는 다른 주제를 꺼냈다. "쿨라로에서 마차가 한 번 설 거야."

"거기서 무슨 일로?"

"보콘티족이 모인대. 위인이 늙은 나이우스 폼페이우스 트로구스에게 경의를 표하는 뜻으로 보콘티족의 영토를 돌려주기로 했대."

"그런 일에서만큼은 카이사르를 인정하지 않을 수 없어." 데키무스 브루투스가 말했다. "카이사르는 자기가 받은 호의를 절대 잊지 않아. 우리가 갈리아에서 보낸 수년간 트로구스가 아주 큰 도움이 됐지. 그래서 보콘티족은 우호동맹 지위를 얻었고, 트로구스가 참모진에 합류한 뒤로 보콘티족은 우리를 습격하지 않았어. 베르킹게토릭스에게도 협조하지 않았고."

"나는 타우라시아에서 먼저 앞질러갈 거야." 안토니우스가 선언했다.

"왜?"

"풀비아의 출산 예정일이 다 돼가니까 집에 가봐야겠어."

데키무스 브루투스가 웃음을 터트렸다. "안토니우스 자네도 공처가가 다 됐군! 이미 낳은 자식만 해도 벌써 몇인데 그러나?"

"결혼해서 낳은 건 딸자식 하나뿐이고 게다가 멍청해. 파디아가 낳은 자식들은 역병이 돌 때 다 죽었고. 뭐, 상관없어. 그 여자가 낳은 자식들이니 서운할 것도 없지. 하지만 풀비아는 달라. 이 아이는 가이우스 그라쿠스의 고손자가 될 테니까."

"만약에 딸이면?"

"풀비아가 아들이래. 자기가 안댔어."

"클로디우스와 아들 둘 딸 둘을 낳고 쿠리오와 아들 하나를 낳았으니. 그래, 자네 말이 맞아. 풀비아라면 알 거야."

도미티우스 가도는 플라켄티아 지역 파두스 강변의 드넓은 평야로 이어졌다. 플라켄티아에는 이탈리아 갈리아 속주의 수도와 이 속주 총독이자 카이사르의 충성스러운 피호민인 가이우스 비비우스 판사의 관저가 자리해 있었다. 브루투스의 후임으로 온 판사는 플라켄티아에 당도한 브루투스와 카시우스를 매우 반갑게 맞았다.

"친애하는 브루투스, 일을 훌륭하게 했더군요." 판사가 온화한 얼굴로 말했다. "후임인 나는 당신이 세워둔 칙령을 따르는 것말곤 실질적으로 아무 할 일이 없었소. 이곳에는 카이사르를 만나러 왔소?"

"그렇소, 조만간 댁이 손님들로 북적일 겁니다." 예상치 못한 찬사에 브루투스가 살짝 놀라며 말했다. "가이우스 카시우스와 나는 티겔리우스의 여관에 머무를 생각이오."

"그런 말씀 마시오! 안 돼요, 안 돼. 그 말은 못 들은 걸로 하겠소. 카이사르에게서 미리 전갈을 받았는데 동행인들이 퀸투스 페디우스, 칼비누스, 그리고 수습군관 셋이라고 하더이다. 데키무스 브루투스와 가이우스 트레보니우스는 곧장 로마로 간댔어요. 카이사르와 줄곧 동행해온 다른 사람들도 마찬가지일 거요." 판사가 말했다.

"그렇다면 고맙소, 판사." 카시우스가 선뜻 말했다. "바라건대," 방 네 개짜리 특실에 자리를 잡은 뒤 카시우스가 브루투스에게 말했다. "카이사르가 빨리 도착했으면 좋겠군. 판사는 정말 지루한 인간이야."

"그래." 브루투스가 멍하게 대꾸했다. 그의 마음은 온통 그리운 포르키아에게로 가 있었다. 그녀에게 행선지를 차마 밝히지 못한 죄책감 역시 그를 괴롭게 했다.

기다림은 짧았다. 카이사르는 다음날 저녁식사 시간에 맞춰 도착했다. 두 사람이 미리 와 있다는 것을 알고서 카이사르가 보인 반응은 카시우스의 눈에는 다소 지나치게 오만해 보였는지도 몰랐다. 하지만 두 사람을 향한 그의 반가움만큼은 진심이었다.

저녁식사에 참석한 사람은 총 일곱 명이었다. 카이사르, 칼비누스, 퀸투스 페디우스, 판사, 브루투스, 카시우스, 가이우스 옥타비우스가 긴 의자에 기대어 누웠다. 관습에 따라 판사의 아내 푸피아 칼레나는 속주에 오지 않았기에, 소소한 잡담으로 대화를 늘어뜨릴 여자들은 자리에 없었다.

"퀸투스 파비우스 막시무스는 어디 있습니까?" 판사가 카이사르에게 물었다.

"안토니우스와 같이 갔네. 히스파니아에서 공을 세웠으니 개선식을 치를 걸세. 퀸투스 페디우스도 마찬가지고."

카시우스는 입술을 굳게 다물 뿐 아무런 말도 하지 않았다. 순전히 로마인 적을 상대로 거둔 승리를 축하하는 개선식을 열리라고는 생각하지 못했다. 카이사르는 설마 그 사건을 히스파니아 폭동이라고 부르진 않겠지! 먼 히스파니아 전체가 참여한 것도 아니고 가까운 히스파니아는 아예 개입도 하지 않았단 말이다.

"독재관께서도 개선식을 치르십니까?" 판사가 물었다.

"물론일세." 카이사르가 살짝 악의 어린 미소를 지으며 대답했다.

상대가 로마인이었다는 사실을 눈가림할 생각조차 없군, 하고 카시우스는 생각했다. 이 한심한 승리를 거둔 기쁨을 만끽하겠다 이거지! 혹시 개선식 때 전시하려고 나이우스 폼페이우스의 머리통을 방부제에 담가둔 거 아냐?

모두가 먹는 데 열중하는 동안 침묵이 내려앉았다. 적이 로마인이었다는 사실에 불편함을 느낀 사람이 단지 카시우스만은 아니었던 것이다.

"브루투스 자네는 요즘에도 글을 쓰나?" 카이사르가 물었다.

브루투스의 슬픈 갈색 눈이 카이사르를 향했다. 그는 포르키아 생각에 잠겨 있다가 깜짝 놀란 터였다. "아, 네." 브루투스가 말했다. "실은 최근에 논문 세 편을 썼습니다."

"세 편을."

"네, 평소 여러 작업을 한꺼번에 진행하는 편이라서요. 운이 따라준다면 말입니다." 브루투스가 무심코 덧붙였다. "다행히 그 원고는 투스쿨룸에 있었기에 화재를 피했습니다."

"화재라니?"

브루투스는 얼굴을 붉히며 입술을 깨물었다. "아, 네. 로마 집 서재에 불이 났었습니다. 제 책과 서류가 다 탔지요."

"저런! 집도 소실되었나?"

"아니요, 집은 괜찮습니다. 집사가 신속히 대처했습니다."

"에파프로디토스. 그래, 기억나. 보석 같은 사람이지. 자네 책과 서류가 모조리 불탔다고? 평소에 탁자나 책상말고도 사방에 흩어놓잖아." 카이사르가 견과류를 씹으며 말했다.

"그렇지요." 브루투스가 말했다. 표정이 눈에 띄게 더 우울해졌다.

카이사르의 옅은 색 눈동자 뒤에 자리한 영리한 두뇌는 이 사건에 뭔가 비밀이 숨겨져 있음을 알아차렸다. 아마도 실제로 무슨 사건이 벌어졌는지까지 이미 간파했으리라고 카시우스는 단정지었다. 하지만 저 맹수에게 브루투스는 별 볼 일 없는 먹잇감이었으므로, 이야기의 주제는 다른 데로 옮겨갔다.

"투스쿨룸에 있다는 원고 얘길 듣고 싶군."

"네, 하나는 덕에 관한 것이고 다른 하나는 순종적 인내심에 관한 것이며 나머지 하나는 의무에 관한 것입니다." 브루투스가 기운을 되찾으며 말했다.

"덕에 관한 자네의 견해는 무엇인가, 브루투스?"

"아, 덕은 그 자체로 행복한 삶을 보장합니다. 덕이 있는 사람은 가난이나 질병이나 추방을 겪어도 결코 불행해지지 않지요, 카이사르."

"그럴 리가! 그간 자네가 겪은 숱한 경험을 돌아보건대 실로 놀라운 발언이로군. 과연 스토아주의자의 주장다워. 포르키아가 들으면 아주 좋아하겠는데. 그나저나 자네 결혼을 진심으로 축하하네." 카이사르가 진지하게 말했다.

"감사합니다. 예, 감사합니다."

"순종적 인내심, 그것은 미덕인가?" 카이사르는 이렇게 묻더니 스스로 답을 내놓았다. "절대 아니지!"

칼비누스가 웃었다. "응당 카이사르다운 대답이군요."

"응당 남자다운 대답이지요." 멀리 놓인 긴 의자 끝에서 한 목소리가 말했다. "인내심은 참된 미덕이지만, 순종은 오로지 여자에게만 바람직한 덕목입니다." 옥타비우스가 단언했다.

카시우스의 눈길이 당황하여 쩔쩔매는 브루투스를 떠나 옥타비우스에게 가닿았다. 카시우스의 갈색 눈에 놀란 빛이 떠올랐다. 계집애같이 생긴 건방진 애송이가 어디 감히 남자들 대화에 끼어드느냐고 한마디 하고 싶어 입안이 근질거렸지만, 카시우스는 다시 한번 충동을 억눌렀다. 그를 자제시킨 것은 카이사르의 표정이었다. 세상에, 우리 지배자께서는 저 멍청한 팬지꽃을 자랑스레 여기시는군! 게다가 저놈 의견을 존중하기까지!

마지막 요리가 치워지고 식탁에는 포도주와 물만 남았다. 이 얼마나 기이한 만찬인가. 눈에 보이지 않는 이 팽팽한 긴장감. 카시우스는 이러한 긴장감이 정확히 어디서 기인한 것인지 잘 판단되지 않았다. 처음에는 당연히 카이사르 때문이라고 생각했시만, 식사가 계속될수록 진짜 원인은 젊은 가이우스 옥타비우스라는 생각이 짙어졌다. 옥타비우스가 외종조부와 끔찍이 관계가 좋다는 사실은 너무도 명백했다. 카이사르는 옥타비우스가 하는 말이라면 무슨 내용이든 진지하게 경청했다. 마치 옥타비우스가 일개 수습군관이 아니라 보좌관인 것처럼. 비단 카이사르만 그런 게 아니었다. 칼비누스와 페디우스조차도 옥타비우스의 입만 바라보았다. 하지만 이 젊은이는 버릇없거나 무례하거나 지나치게 스스럼없거나 심지어 우쭐대는 것처럼도 보이지 않았다. 대개는 구석진 자리에 조용히 앉아 연장자들의 대화를 지켜보았다. 그러다 간혹 저렇듯 갑작스럽고 무서울 정도로 선견지명이 돋보이며 때로는 날카로운 가시가 박힌 발언들을 툭툭 던지는 것이었다. 가이우스 옥타비우스, 너는 만만한 녀석이 아니로구나, 하고 카시우스는 생각했다.

"이제 일 얘기를 해보세." 카이사르가 말했다. 예상치 못했던 말이 나오자 카시우스는 가이우스 옥타비우스에 관한 상념에서 곧장 빠져나왔다.

"일이라뇨?" 판사가 놀라서 물었다.

"그래, 일. 그렇지만 속주 얘기는 아니니 판사 자네는 긴장 풀게. 마르쿠스 브루투스, 가이우스 카시우스, 나는 내년에 법무관을 지낼 사람들을 정해야 해." 카이사르가 말했다. "브루투스, 자네에게 수도 담당 법무관 자리를 제안하겠네. 카시우스, 자네에게는 외인 담당 법무관 자리를 제안하지. 내 제안을 받아들이겠나?"

"네, 물론입니다!" 브루투스가 밝은 얼굴로 소리쳤다.

"네, 좋습니다." 브루투스보다는 덜 기쁜 목소리로 카시우스가 말했다.

"브루투스, 수도 담당 법무관은 자네 재능에 가장 어울리는 자리일세. 외인 담당 법무관 자리는 카시우스에게 더 잘 맞을 테고. 일 처리가 꼼꼼한 브루투스는 올바른 칙령을 공포하고 철저히 준수할 거야." 카이사르가 카시우스에게 고개를 돌렸다. "카시우스 자네는 비시민권자들과 함께한 경험이 많고 움직임이 신속한데다 판단이 빨라. 외인 담당 법무관에 적격일세."

아! 카시우스는 느릿하게 뒤로 기대어 누우며 생각했다. 여기까지 온 보람이 있었어. 그러니까 돌라벨라가 시리아를 갖는군, 그렇겠지?

브루투스는 날아갈 듯한 행복감에 젖었다. 수도 담당 법무관! 가장 높은 자리! 아, 포르키아도 이해해줄 거야, 당연히 그렇고말고!

크림이 가득한 호수 속의 두 마리 고양이들 같군, 하고 옥타비우스는 생각했다.

7

플라켄티아를 떠날 때는 카이사르 혼자 이동했다. 가이우스 옥타비우스에게조차도 로마까지 알아서 가라고 했다. 따라서 아이밀리우스 스카우루스 가도를 타고 해안을 지나 에트루리아의 아우렐리우스 가도를 질주하는 작은 이륜마차에는 카이사르의 비서들과 하인들, 그리고 합데파네만이 타고 있었다.

8월이 되고도 한참이 지났다. 거리낌없이 떳떳한 전쟁을 치르러 시리아로 출발하기까지 남은 기간이 채 일곱 달도 되지 않았다는 뜻이었다. 해야 할 작업은 크게 두 가지가 있었다. 로마와 이탈리아를 정비하는 일, 그리고 15개 보병 군단과 게르만족과 갈리아인과 갈라티아인으로 구성된 기병 1만 명이 동원될 5년짜리 원정을 위한 준비. 가이우스 라비리우스 포스투무스가 공병대장을 맡았고, 믿음직한 늙은 '노새몰이꾼' 푸블리우스 벤티디우스가 병사 모집과 훈련에 열중하고 있었다. 이번 원정에 신병은 데려가지 않을 생각이었다. 다행히 제대하고서 일년만 평화롭고 조용한 시간을 보내면 곧바로 좀이 쑤셔하는 나이든 군단병들의 재입대 비율이 높았다. 재입대한 노련병들은 벤티디우스의 감독하에 신중하게 선별되었다. 그중 가장 우수한 병사들은 6개 최정예 군단에 배치되고 나머지는 경력이 엇비슷한 병사들로 구성된 다른 9개 군단에 할당되었다. 대포. 일단 작은 것들은 별도로 치고 군단별로 100대씩 배치하는 게 좋겠어. 공병들과 숙련된 비전투원들도 필요해…….

도로를 달리는 사이 시간이 훌쩍 지나갔다. 카이사르는 비서들에게 동시에 여러 내용을 구술했다. 이번에는 군사 문제, 이번에는 로마, 이번에는 이탈리아, 이번에는 코린토스 지협에서 오스티아의 새 항구까지 잇는 운하를 비롯한 여러 시급한 공공사업. 포메티아 늪지의 물을 빼고, 로마에 수도교를 더 건설하고, 티베리스 강을 기준으로 마르스 평원과 바티카누스 평원 둘 다 로마 쪽에 위치하도록 강의 물길을 바꿔야 해. 이탈리아에 율리우스 카이사르 가도가 없으니 로마와 피르뭄 피케눔 사이, 아펜니누스 산맥의 가장 험준한 부분에 새 가도를 닦아야지…….

괘씸한 토지 판무관들의 엉덩이를 걷어차서, 카이사르의 퇴역병들이 이탈리아에 정착할 날을 하염없이 기다리지 않게 해야 했다. 카이사르는 퇴역병들을 탐욕스러운 부인네와 뻔뻔한 사기꾼과 탐욕스러운 지주 들로부터 보호하기 위해 법안을 제정한 터였다. 이 법에 따라 퇴역병들은 향후 20년간 땅을 매각할 수 없었다. 플라켄티아에서 브루투스가 한 말 중에는 카이사르의 신경을 몹시 거스르는 것이 있었다. 인간의 본성에 관해 이해가 부족한 브루투스는('순종적 인내심'이라니!) 카이사르가 20년 토지 매각 금지법을 만든 이유가 퇴역병들이 술과 매춘부에 돈을 탕진할까봐 우려하기 때문이라고 믿었다. 브루투스는 하층 계급 사람들의 행동을 그런 식으로 이해했던 것이다. 가난이나 질병이나 추방이 뭔지도 모르면서 그런 게 행복을 망칠 수 없다고 단정하다니! 팔라티누스 사람들은 전부 카이사르가 그랬던 것처럼 가난을 보면서 자라야 한다. 카이사르는 술라처럼 극빈자의 삶을 살진 않았지만, 가난이 불러오는 고통과 그로 인해 퇴색된 삶들을 직접 목격한 사람이었다…….

이탈리아 갈리아 속주를 통치하며 보낸 일 년 덕분에 브루투스의 농포가 나은 것은 실로 놀라운 일이었다. 권한을 갖게 되자 그는 그간의 고통으로부터 자유로워진 것이다. 또한 마침내 세르빌리아로부터 자유로워졌다. 그래서 브루투스는 로마에 돌아가자마자 클라우디아와 이혼하고 카토의 딸과 결혼했다. 카이사르는 그날 어떻게 해서 브루투스의 서재에 불이 났는지 마치 그 자리에 같이 있었던 양 훤히 알고 있었다…….

이탈리아 갈리아를 일개 속주가 아닌 이탈리아의 일부로 통합시킬 시기가 왔다. 이탈리아 갈리아의 모든 주민은 이제 완전한 로마 시민권자인데 어째서 이탈리아 갈리아와 이탈리아 사이에 인위적인 장벽이 필요하겠는가? 어째서 로마는 이탈리아 갈리아를 직접 통치하지 않고 총독을 파견하는가? 시칠리아인들도 완전한 로마 시민권을 부여받아야 했지만 그 조치는 완강한 반대에 부딪힐 터였다. 심지어 카이사르의 사람들조차도 반대하고 나설 터다. 그곳에는 그리스인 후손이 너무 많다고. 하지만 이탈리아 남부도 마찬가지 아닌가? 다만 시칠리아인들이 더 몸집이 작고 피부색이 어두울 뿐…….

알렉산드리아에는 책 100만 권을 소장한 도서관이 있는데 로마에는 공공 도서관이 하나도 없는 현실도 바로잡아야 해. 그래, 바로! 마르쿠스 테렌티우스 바로가 적임자야! 현존하는 모든 서책의 필사본을 여러

부 만들어 한 건물에 모아야 해…….

그가 비서들에게 구술하지 않은 주제가 하나 있었으니, 카이사르의 부재중에 로마의 운명을 누구에게 맡길 것인가 하는 문제였다. 시리아의 상황을 주시해온 그는 지중해 세계가 동방의 손아귀에 넘어가지 않으려면 반드시 파르티아 왕국을 제거해야 한다고 판단했다. 카이사르는 파르티아 왕국을 침략해 멸망시킬 수 있는 사람은 오로지 그 자신뿐임을 잘 알았다. 그가 이렇게 생각하는 것은 자만심 때문이 아니었다. 그저 자기 자신을, 자신의 의지와 기량과 능력을 잘 알기 때문이었다. 그는 자만하는 사람이 아니었다.

카이사르가 파르티아인들을 정복하지 않으면 그들은 줄곧 서방 세계를 위협하는 요소로 남을 터였다. 예지력을 지닌 정치인은 극히 드물었지만, 카이사르는 엄청난 예지력을 지닌 자였다. 카이사르의 머릿속에는 앞으로 다가올 수백 년이 그림처럼 펼쳐졌다. 카이사르는 역사책에 기록된 지난 수백 년보다도 앞으로 올 수백 년이 더 중요하리라고 판단했다. 파르티아인은 호전적이며, 서로 연관성 없는 민족들을 왕과 중앙정부가 하나로 묶어놓은 이질적인 집단이었다. 어쩌면 로마와도 유사했다. 다만 로마에는 왕이 없다는 점만 제외하면. 하지만 누군가가 그 광활한 제국의 민족들을 하나의 사상으로 통합해 동일한 사고방식을 공유하는 안정된 국가로 바꿔놓는다면 다른 모든 문명권은 그들에게 추월당하고 말 것이었다. 미래를 보는 능력을 가진 사람이 달리 없었으므로, 오로지 카이사르만이 그러한 사태를 미리 막을 수 있었다.

중요한 사실은 로마 역시 안정된 국가가 아니라는 것이었다. 따라서 카이사르가 로마를 비워야 한다는 사실은 상당히 심각한 문제였다. 카이사르가 지금까지 기울여온 노력들이 붕괴되는 것을 막을 방법은 한 가지뿐이었다. 세계의 심장이라 할 로마에 견제와 균형의 원칙이 뿌리 내리게 하는 것. 그리하여 그가 한 행동을 또다른 사람이 반복하지 않는 것. 술라의 해결책은 새 헌법을 수립하는 것이었다. 하지만 술라의 헌법은 15년 만에 무너졌다. 그것은 새롭지 않으며 과거로 회귀하려는 시도였기 때문이다.

카이사르의 해결책은 그보다 더 복잡했다. 지금 공화국은 카이사르가 처음 독재관이 되었을 때보다도 훨씬 안정된 상태였다. 새 법들이 자리를 잡아가고 있었다. 일부 1계급 사람들의 의견과 상관없이 훌륭한 법들이었다. 상업 부문도 많이 회복되어 사람들은 더이상 전면적인 부채 탕감 같은 미끼에 크게 동요하지 않았다. 로마의 재정 문제를 해소하기 위해 카이사르가 시행한 조치들은 채무자와 채권자 모두에게 혜택을 주었고 양쪽 모두에게 탁월한 조치로 환영받았다. 법정들이 몇십 년 만에 제대로 기능했으며 배심원 제도가 원활히 운영되었고 특권이 남용되지 않았다. 마침내 세 민회 모두가 로마 정치체제에서의 원래 역할을 적절히 수행했고, 원로원은 보니 같은 소수 단체에 쉽사리 휩쓸리지 않았다.

문제의 핵심은 어느 특정 단체에 있지 않았다. 카이사르가 실패한 지점은 바로 그가 이 모든 일을 사실상 혼자 했다는 사실이었다. 독재관으로서. 그런데 로마에는 자기도 카이사르와 똑같이 할 수 있다고 믿는 사람들이 있었다. 카이사르가 독재관을 지내는 기간이 장기화되면서 뭔가 분위기가 달라졌다는 사실을 그는 똑똑히 알고 있었다. 뾰족한 해결책은 없었다. 그는 여생 동안 독재관 직을 유지해야 할 터였고, 그가 죽은 후 로마가 부디 충분한 교훈을 깨달아 후퇴가 아닌 전진하기를 바랄 수밖에 없었다. 하지만 무엇을 위한 전진이란 말인가? 그것은 그도 몰랐다. 카이사르가 할 수 있는 일은 오로지 그가 도입한 변화들이 훌륭하다는 것을 보여주고, 그를 따르는 자들이 그 훌륭함에 충분히 감화되어 이 변화들을 지속해나가리라고 믿는 것뿐이었다.

그렇다 해도 그가 없는 5년 동안의 문제는 해결되지 않았다. 처음에 카이사르는 가장 좋은 방법은 파르티아 원정에 마르쿠스 안토니우스를 같이 데려가는 거라고 생각했다. 안토니우스는 본능적으로 권력을 악용하려는 욕구를 지닌 자였다. 하지만 안토니우스는 군단들을 데리고 말썽을 일으킨 전력이 있었다. 안토니우스는 군대를 이용해 로마의 일인자 혹은 독재관이 되려고 했다. 따라서 안토니우스를 파르티아에 데리고 간다면 상황이 힘들어졌을 때 군대에서 대대적인 항명 사태가 벌어질 위험을 감수해야 했다. 아나톨리아 동부에서 루쿨루스와 클로디우스의 관계가 이번 파르티아 원정에서 재현될 수도 있었다. 안 돼, 안토니우스는 떼어놓고 가야 해. 이는 안토니우스에게 집정관 직을 주어야 한다는 뜻이었다. 이듬해에는 집정관급 지휘권을 쥐여줘서 스스로 군대의 장군이 되고 이탈리아가 전혀 생각나지 않도록 아주 멀리 내보내야 했다.

한데 집정관이 된 안토니우스를 어떻게 통제한다? 첫째, 카이사르가 독재관 직을 유지해야 했다. 그래야 이탈리아에 남은 군대가 모조리 기병대장의 관할하에 놓일 터였다. 마르쿠스 안토니우스에게 다시 기병대장 직을 맡기는 일은 결코 없으리라. 레피두스가 잘해낼 것이다. 하지만 그는 속주 총독을 맡고 싶다고 고집할 텐데. 나중에 칼비누스로 교체해야겠어. 둘째, 안토니우스는 차석 집정관이어야 했다. 동방으로 가기 전까지는 카이사르가 직접 수석 집정관을 지낼 것이다. 나중에 수석 집정관 자리를 이어받을 사람은 안토니우스를 싫어하는 사람이 좋겠군. 안토니우스가 집정관급 지휘권을 부여받아 마케도니아로 떠날 때까지 그를 자기 아랫사람으로 두는 것을 몹시 즐거워할 인물로. 이 일에 적합한 후보는 딱 한 명, 푸블리우스 코르넬리우스 돌라벨라였다.

이탈리아나 이탈리아 갈리아에는 숙련된 군단을 아예 두지 않을 것이다. 카이사르는 같이 데려가지 않은 전문 군단들은 속주에 주둔시키고, 알프스 산맥의 반원 안쪽에서 일어나는 군사 활동은 징병과 훈련에 국한시킬 계획이었다. 섹스투스 폼페이우스가 아직 히스파니아에 있었다. 카리나스가 그와 대적하고 있지만, 섹스투스가 순순히 항복하지는 않을 것이다. 그 혼자뿐이니 그리 위협적인 존재는 아니지만, 그래도 양 히스파니아와 갈리아 속주에 강력한 총독들을 배치할 필요가 있었다. 카이사르가 신뢰할 수 있는 동시에 마르쿠스 안토니우스를 싫어하는 자들로.

시간이 너무나 빨리 흐른 탓에, 카이사르가 고민을 마치고 결론을 내렸을 때는 이미 라누비움 외곽에 자리한 그의 빌라에 도착해 있었다. 하지만 한 가지 일이 남아 있었다. 이것 역시 더 미룰 수 없는 일이었다. 유언장을 작성해야 했다. 로마를 겨우 30여 킬로미터 앞에 두고 이곳에 들른 것도 바로 그 때문이었다. 이 문제와 씨름하려면 혼자만의 시간이 필요했다.

카이사르 집안은 늘 라티움에 사유지를 두긴 했지만, 이 빌라는 카이사르가 직접 사들인 것이었다. 안토니우스의 빚을 갚기 위해 풀비아가 내놓은 부동산 중 하나였다. 풀비아는 이 저택을 푸블리우스 클로디우스에게서 상속받았다. 클로디우스가 이 빌라의 건축 현장을 방문하고 돌아가는 길에 살해된 후, 가히 건축학적 기적이라고 할 만한 이 저택은 줄곧 미완성인 채로 남아 있었다. 남편이 죽은 후 이 건물이 몹시 싫어진 풀비아가 작업을 진척시키기를 거부했던 것이다. 이 빌라를 완공한 것은 새 주인이 된 카이사르였다. 라누비움 외곽, 아피우스 가도에서 한참 떨어진 알바누스 구릉에 지어진 이 저택은 30미터짜리 기둥들을 받침대로 써서 절벽 끄트머리에 이어 지은 건물이었다. 로지아에서 보는 조망은 기가 막혔다. 바위투성이 땅을 지나 라티움 평원과 티레니아 해안선이 근사하게 펼쳐졌고, 종종 아이트나 산이나 불카니 군도에서 화산이 폭발해 연기를 뿜어낼 때면 멋진 일몰을 볼 수 있었다. 자연 현상에 일가견이 있는 바로가 말하길, 푸테올리와 네아폴리스 뒤편 불의 평원이 갈수록 불안정해지는 것으로 미루어볼 때 이탈리아 화산 밑에서 뭔가 어마어마한 지각 변동이 일어나고 있음이 분명하다고 했다.

누가, 누가, 누가? 누가 카이사르의 상속자가 될 것인가?

이상한 일이지만, 카이사르는 나르보 총독 관저의 정원에서 자신을 기다리고 있던 안토니우스의 낯익은 얼굴을 본 순간 안토니우스에 관한 모든 고려를 접었다. 예전부터 안토니우스는 아무리 함부로 몸을 굴려도 결코 육체가 손상되지 않는 듯했다. 불룩한 가슴, 거대한 양어깨와 두 팔, 탄탄한 배, 울룩불룩한 허벅지와 장딴지까지 모든 게 여전했다. 하지만 석양에 비친 안토니우스를 본 순간 카이사르는 그의 내면이 썩어 있음을, 도덕성이 무너지고 감정이 메말랐음을 보여주는 끔찍한 징후들을 목격했다. 사치스러운 생활에 너무 탐닉하며 지낸 탓이리라.

줄곧 빚에 시달려왔기 때문이기도 했고, 모자란 상식과 야수적인 야망이 결합된 결과이기도 했다.

퀸투스 페디우스는 훌륭한 인물이지만 언제까지나 캄파니아인 기사로만 남을 터였다. 캄파니아 혈통은 항상 선조와 비슷한 후손을 세상에 내놓았다. 페디우스의 아들들도 제 아비와 비슷했다. 페디우스는 파트리키 귀족인 발레리아 메살라를 어머니로 두었음에도 생김새나 몸가짐에서 율리우스 가문 사람들과 조금도 닮은 구석이 없었다. 젊은 루키우스 피나리우스 역시 장래성이 보이지 않았다. 한때 유력한 파트리키 귀족이었던 피나리우스 가문은 이제는 몰락한 지 오래였다. 카이사르의 큰누나인 큰 율리아는 피나리우스의 조부와 결혼했지만, 게으르고 낭비벽이 심했던 그는 금방 세상을 떴다. 자꾸만 가난한 남편을 선택하는 누이의 어리석음에 지친 카이사르는 누이를 마침내 퀸투스 페디우스의 아버지와 결혼시켰다. 처음에 누이는 싫어했지만, 이내 부유한 늙은이에게 사랑받으며 사는 것이 얼마나 행복한 일인지 깨닫게 되었다. 카이사르의 작은누나인 작은 율리아는 아예 남편을 직접 고를 기회를 갖지 못했다. 어린 나이에 누나의 후견인 역할을 해야 했던 카이사르는 아리키아의 돈 많은 라티움인 기사 마르쿠스 아티우스 발부스를 누나의 남편감으로 데려왔다. 작은 율리아는 발부스와 결혼해 아들 하나 딸 하나를 낳았다. 카이사르의 조카딸 아티아는 라티움의 심장부인 벨리트라이 출신의 가이우스 옥타비우스와 첫번째 결혼을, 그리고 이후 저 유명한 필리푸스와 두번째 결혼을 했다. 아티아의 남자형제는 자식을 보지 못하고 죽었다.

최종 후보는 데키무스 유니우스 브루투스 알비누스와 가이우스 옥타비우스, 이 두 사람으로 압축되었다.

데키무스 브루투스는 인생의 절정기를 맞았고 여태껏 단 한 번도 잘못된 행보를 보이지 않았다. 장발의 갈리아에서 육상전이든 해상전이든 항상 눈부시게 지휘했고, 살인 법정에서도 법무관으로서 뛰어난 활약을 보였다. 카이사르는 딱 한 차례 그를 나무란 적이 있었는데, 자신이 장발의 갈리아를 통치하던 시절 벨로바키족의 봉기에서 데키무스가 보인 잔혹한 태도 때문이었다. 하지만 나중에 데키무스가 카이사르에게 설명하길, 벨로바키족은 카이사르가 떠난 뒤에도 군사를 유지한 유일한 부족이었을뿐더러 차기 총독이 누구일지 모르지만 카이사르만큼 결단력이 있지는 않으리라고 판단해서 내린 결정이었다고 했으며, 그는 이 설명을 받아들였다.

조만간 데키무스에게 집정관 직을 맡겨야 할 것이다. 하지만 데키무스를 동방에 같이 데려갈 생각은 없었다. 안토니우스와는 다른 이유에서였다. 카이사르는 데키무스를 절대적으로 신뢰했다. 데키무스는 카이사르 대신 로마와 이탈리아를 지켜봐야 했다. 데키무스는 집정관을 지낸 뒤 이탈리아 갈리아 속주의 총독을 맡아야 한다. 로마와 이탈리아를 예의 주시하기에 전략적으로 가장 좋은 속주였다.

가이우스 옥타비우스는 9월 말경 열여덟 살이 될 것이다. 카이사르는 이 청년을 몹시 사랑했다. 하지만 옥타비우스는 너무 어리고 병약했다. 카이사르는 합데파네와 충분히 대화를 나누고 나면 옥타비우스의 천식에 관한 걱정을 덜게 되리라 기대했지만 허사였다. 히스파니아에서 그리고 로마로 돌아오면서 보낸 몇 달간 옥타비우스는 천식 증세를 전혀 보이지 않았다. 합데파네는 옥타비우스가 카이사르와 함께 있으면 안정감을 느끼기 때문이라고 했다. 카이사르가 옥타비우스 세계의 일부로 남아 있는 한 옥타비우스는 건강할 것이다. 동방에 원정을 나갈 때도 마찬가지일 터였다.

하지만 카이사르의 상속자는 그의 사후에 유산을 상속받는다. 카이사르의 상속자 곁에는 카이사르가 없을 것이다. 그리고 최고 드루이드 카트바드의 말이 사실이라면 카이사르는 죽을 날이 그리 멀지 않았다. 카트바드는 카이사르가 괴팍한 노인이 될 정도로 오래 살지 못한다고, 인생의 절정기에 죽으리라고 예언했다. 카이사르는 이제 쉰다섯 살이 되었으니 절정기는 이제 10년 남짓 남았다…….

카이사르는 눈을 감고 두 사람의 얼굴을 떠올렸다.

데키무스 브루투스. 금발에 새하얀 피부로 담백한 인상이다. 하지만 자세히 들여다보면 눈빛에 굳은 의지와 지력이 엿보이고 입매가 굳고 강인하며 얼굴에서 무시할 수 없는 존재감이 느껴진다. 감점 요인은 모친에게서 이어받은 성적 방종 기질이다. 그래, 셈프로니우스 투디타누스 가문은 성적으로 문란하다. 카이사르는 데키무스 브루투스와 관련해서도 그런 이야기를 들은 적이 있었다.

가이우스 옥타비우스. 알렉산드로스 대왕을 닮은 얼굴. 살짝 여성스럽고 다소 지나치게 우아하며, 삐죽 튀어나온 귀를 가려주기엔 역부족인 긴 머리칼. 하지만 눈을 잘 들여다보면 비범하고 영민한 인물임을 알 수 있다. 입매와 턱선은 강인하고 단단하다. 감점 요인은 천식이다.

카이사르, 카이사르, 결정을 내려!

루키우스가 뭐라고 했었지? 카이사르의 행운은 카이사르의 이름과 함께 간다고, 그러니 카이사르가 믿어야 할 것은 오로지 카이사르의 행운뿐이라고 했다.

"주사위를 높이 던져라!" 카이사르가 그리스어로 외쳤다. 그가 이 말을 한 것은 살면서 두번째였다. 첫번째로 그렇게 말한 것은 루비콘 강을 건너기 직전이었다.

카이사르는 종이 한 장을 끌어당겨 갈대 펜에 잉크를 적시고 유언장을 쓰기 시작했다.

8장
거인의 몰락

기원전 45년 10월부터
기원전 44년 3월 말까지

마르쿠스 유니우스 브루투스

1 관저에 편안히 자리잡은 카이사르는 먼 히스파니아 전쟁 개선식 준비가 원활하게 진행되고 있음을 확인하고 로마 시를 벗어나 클레오파트라를 만나러 갔다. 클레오파트라는 열렬히 기뻐하며 카이사르를 맞았다.

"고생이 많았소. 그동안 내가 잘해주지 못했군." 카이사르는 클레오파트라와 밤을 함께 보낸 이튿날 안타까운 얼굴로 말했다. 물론 카이사리온의 동생이 생길 가능성을 완벽히 차단한 정사였다.

클레오파트라는 당황한 기색이 역력했다. "내가 편지에서 그렇게 많이 불평했어요?" 그녀가 미안한 얼굴로 물었다. "당신을 걱정시키지 않으려고 노력했는데요."

"당신은 한 번도 날 걱정시키지 않았소." 카이사르가 클레오파트라의 손에 입을 맞추며 말했다. "당신 편지말고도 소식을 접할 또다른 통로가 있지 않소. 당신의 열렬한 옹호자 말이오."

"세르빌리아 말이군요." 클레오파트라가 재깍 대꾸했다.

"그래요, 세르빌리아." 카이사르가 답했다.

"내가 세르빌리아와 친구로 지내는 게 싫진 않아요?"

"어째서?" 카이사르의 얼굴이 아름다운 미소로 환해졌다. "사실 당신이 세르빌리아를 친구로 삼은 건 아주 영리한 수였소."

"그보단 세르빌리아가 나를 친구로 삼았다고 봐야죠."

"어쨌든. 그 여자는 여왕에게조차도 위험한 적이 될 수 있어요. 하지만 지금으로서는 그녀도 진심으로 당신을 좋아하고 있더군. 내가 로마 귀부인이 아닌 외국 여왕과 함께하는 것이 차라리 낫다고 생각하는 듯싶소."

"예를 들면 마우레타니아의 에우노에 왕비요?" 클레오파트라가 태연히 물었다.

카이사르가 웃음을 터트렸다. "소문 한번 기발하군! 세상에 내가 어떻게 그 여자와 같이 잤겠소? 히스파니아에 있는 동안 해협을 건너가 보구드를 만나보기는 고사하고 가데스에도 못 가봤는데."

"그냥 내가 지어낸 얘기에요." 클레오파트라는 얼굴을 찡그리더니 카이사르의 팔에 손을 얹었다. "카이사르, 난 사실 다른 문제도 혼자 고민해왔어요."

"뭘 말이오?"

"당신은 비밀이 많은 사람이에요. 모든 면에서요. 가령 나는 당신이 언제 절정에 이르는지 도무지 모르겠어요." 클레오파트라는 곤란한 표정이었지만 무언가 결심한 듯했다. "내가 카이사리온을 낳았으니 당신이 사정을 하는 건 분명한데, 언제 그러는 건지 알고 싶어요."

"그렇게 되면," 카이사르가 말꼬리를 늘어뜨렸다. "우리 사이의 무게중심이 너무 당신에게 기울 텐데."

"아, 당신의 그 의심병!" 클레오파트라가 소리쳤다.

대화가 자칫 말싸움으로 번질 위기에 처했을 때 카이사리온이 두 팔을 벌리고 아장아장 걸어들어와 영웅처럼 카이사르를 구해주었다.

"아빠!"

카이사르가 아이를 안아올려 공중으로 띄우자 기쁨의 비명소리가 울려퍼졌다. 카이사르는 뽀뽀를 퍼부으며 아이를 꽉 껴안았다.

"아이가 갈대처럼 쑥쑥 자라는군."

"그렇죠? 나와는 닮은 데가 없어요. 이시스 여신께 감사할 일이죠."

"나는 당신의 지금 모습을 아주 좋아하오, 파라오. 당신을 무척 사랑하고. 비록 비밀이 많은 남자긴 하지만." 카이사르가 짓궂은 눈빛으로 클레오파트라를 쳐다보며 말했다.

클레오파트라는 한숨을 쉬고 그 논쟁적인 주제는 넘어가기로 했다. "언제 파르티아 원정을 떠날 계획이죠?"

"아빠, 저도 수습군관으로 따라가도 돼요?"

"이번엔 안 돼, 아들아. 네 임무는 엄마를 지켜드리는 거야." 카이사르가 아이의 등을 쓰다듬으며 클레오파트라를 바라보았다. "내년 3월 이두스로부터 사흘 뒤에 떠날 생각이오. 어차피 당신도 그때쯤은 알렉산드리아로 돌아가려고 생각했잖소."

"당신을 만나려면 알렉산드리아에 있는 쪽이 낫겠군요." 클레오파트라가 말했다.

"그렇지."

"그럼 당신이 떠나면 갈래요. 당신이 로마에서 6개월간 지내게 된 것을 축하하는 잔치를 열어야겠어요, 카이사르. 나도 이제 여기서 지낸지 좀 되었고, 친애하는 세르빌리아말고도 친구들을 좀 사귀었거든요. 생각해둔 게 많아요!" 클레오파트라가 꾸밈없이 말했다. "필로스트라토스가 강의를 했으면 좋겠고, 당신이 좋아하는 시인 마르쿠스 티겔리우스 헤르모게네스도 불러야겠어요. 잔치를 열어도 좋다고 말해줘요!"

"기꺼이." 카이사르는 카이사리온을 품에 안은 채 방을 가로질러 바깥 주랑정원으로 나가 가이우스 마티우스가 직접 조경한 정원을 바라보았다. "당신이 벽을 세우지 않아서 정말 기쁘오, 내 사랑. 벽을 세웠으면 마티우스가 무척 가슴 아파했을 거요."

"이상한 일이에요." 클레오파트라가 의아한 얼굴로 말했다. "정말 오랫동안 트란스티베림 사람들이 큰 골칫거리였거든요. 그래서 벽을 세울 생각까지 하게 됐는데 어느 날 별안간 그들이 사라졌어요. 우리 애가 너무 걱정됐거든요! 세르빌리아가 전해준 건가요? 난 맹세코 당신에게 그 이야기를 한 적이 없는데."

"그래요, 세르빌리아가 전해주었소. 이제는 걱정할 필요 없어요. 트란스티베림 사람들은 사라졌으니까." 카이사르의 입가에 불쾌한 미소가 떠올랐다. "그들이 부트로톤의 아티쿠스에게로 몰려가는 게 내 바람이었소. 거기서 아티쿠스의 말과 소의 코와 귀를 도려내며 놀면 될 테니까."

클레오파트라는 아티쿠스에게 호감을 갖고 있었으므로 카이사르를 실망스런 눈빛으로 바라보았다. "그건 공정한 처사가 아닌 것 같아요." 클레오파트라가 말했다.

"더할 나위 없이 공정한 처사요." 카이사르가 말했다. "아티쿠스와 키케로는 최하층민 거류지 문제로 나를 만나러 왔었소. 하지만 나는 몇 달 전에 트란스티베림 사람들을 배에 태워 보냈고, 지금쯤이면 이미 행선지에 도착했을 거요."

"아티쿠스에게 뭐라고 했죠?"

"내 이민자들은 부트로톤에 남는 것으로 생각하고 있지만 나중에 옮겨질 거라고 했소." 카이사르가 카이사리온의 머리카락을 헝클어뜨리며 말했다.

"하지만 실제로는요?"

"그들은 계속 부트로톤에 남을 거요. 다음달에 2천 명을 더 보낼 거고. 아티쿠스는 꽤나 괴로울 거요."

"키케로의 『카토』를 출판한 일이 당신한테 그렇게 불쾌했어요?"

"불쾌한 정도가 아니었소." 카이사르가 단호히 말했다.

히스파니아 전쟁 개선식이 10월 5일에 열렸다. 1계급은 이 개선식이 몹시 못마땅했지만 나머지 로마인들은 아주 즐거워했다. 카이사르는 나이우스 폼페이우스의 머리통을 전시하는 무례를 범하지는 않았지만 패배한 적이 로마인이라는 사실을 굳이 감추진 않았다. 카이사르가 포룸 로마눔 낮은 구역에 세운 새 로스트라 연단을 지나자 연단에 앉아 있던 정무관들이 기립하여 개선장군에게 존경을 나타냈다. 그런데 단 한 사람만이 기립을 거부했으니 바로 루키우스 폰티우스 아퀼라였다. 아퀼라가 마침내 자신의 호민관 직을 부각시킬 방법을 찾은 것이다. 아퀼라가 보인 경멸스러운 태도는 카이사르를 몹시 화나게 했다. 개선식이 끝나고 유피테르 옵티무스 막시무스 신전에서 열린 연회에서도 아퀼라의 태도는 마찬가지였다. 그는 연회가 인색하고 격이 떨어진다고 비난했다. 카이사르는 종교적으로 적절한 다음 날짜를 기다려 자비로 다시 연회를 베풀었지만, 이번에 아퀼라는 입장을 거부당했다. 카이사르는 세르빌리아의 연인이 공직에서 출세를 기대할 수 없으리란 걸 분명히 했다.

가이우스 트레보니우스는 득달같이 아퀼라의 집을 찾아가 카이사르 살해 모임의 회원을 추가했다. 하지만 이 일과 관련해 세르빌리아에게 한마디도 발설하지 않겠다는 맹세를 받아냈다.

"나를 바보로 아십니까, 트레보니우스?" 아퀼라가 적갈색 눈썹을 한껏 치키며 말했다. "세르빌리아가 침대에서 화끈하긴 해도, 그 여자가 아직도 카이사르에게 빠져 있는 걸 내가 모르겠어요?"

이 일에 앞서 몇몇 인물이 더 합류한 터였다. 카이사르가 몹시 싫어하는 데키무스 투룰리우스, 카이킬리우스 메텔루스 및 카이킬리우스 부키올라누스 형제, 세르빌리우스 씨족의 평민 분가에 속하는 푸블리우스 및 가이우스 세르빌리우스 카스카 형제, 나이우스 폼페이우스를 살해한 카이센니우스 렌토, 그리고 가장 흥미로운 인물 루키우스 틸리우스 킴베르를 비롯한 올해의 법무관 몇 명—루키우스 미누키우스 바실루스, 데키무스 브루투스, 루키우스 스타이우스 무르쿠스—도 이 모임의 회원이었다.

10월에는 또다른 사내가 카이사르 살해 모임에 입회했으니 바로 퀸투스 리가리우스였다. 카이사르는 리가리우스를 너무도 싫어해서 제발 사면해달라는 그의 울부짖음을 외면하고 그가 아프리카에서 돌아오는 것을 금지시켰을 정도였다. 그러나 결국 영향력 있는 친구들 다수의 압력에 못 이겨 화를 누그러뜨리고 리가리우스를 로마로 불러들였다. 반역죄 혐의로 법정에 선 리가리우스를 키케로가 성공적으로 변호하긴 했지만, 리가리우스는 자신이 공직에서 출셋길이 막힌 처지임을 잘 알았다.

암살범 지망자들이 점점 늘어나고 있었다. 하지만 정말 영향력 있는 인물은 여전히 턱없이 부족했다. 1계급의 모든 사람들이 진심으로 존경할 만한 중요한 이름이 없었다. 트레보니우스로서는 때를 기다리는 수밖에 별 도리가 없었다. 마르쿠스 안토니우스 역시 카이사르가 왕이나 신이 되려는 것처럼 보이게 만들 작전을 개시하지 않았다. 그저 풀비아가 낳은 마르쿠스 안토니우스 2세의 탄생에 기뻐하고 있을 뿐이었다. 이 부부는 새로 태어난 아들에게 푹 빠져 안틸루스라는 이름을 지어주었다.

개선식 이튿날 카이사르는 집정관 자리에서 물러났고—하지만 독재관 직은 그대로 유지했다—3개월여의 남은 임기 동안 로마를 통치할 보결 집정관으로 퀸투스 파비우스 막시무스와 가이우스 트레보니우스를 지목했다. '보결'로 칭했으니 선거를 열 필요는 없었다. 원로원 결의를 통과시키는 것으로 충분했다.

카이사르는 이듬해 총독 명단을 발표했다. 트레보니우스는 바티아 이사우리쿠스의 아시아 속주를 배정받았고, 데키무스 브루투스는 이탈리아 갈리아로 보내질 터였다. 카이사르 살해 모임의 또다른 회원 스타이우스 무르쿠스는 안티스티우스 베투스의 시리아 속주를 배정받았고, 또다른 회원 틸리우스 킴베르에게는 비티니아 · 폰토스 속주가 돌아갔다. 서방 지역 속주는 먼 히스파니아의 폴리오부터 가까운 히스파니아와 나르보 갈리아의 레피두스, 장발의 갈리아 및 로다누스 강 주변 갈리아의 루키우스 무나티우스 플랑쿠스, 그리고 마지막으로 이탈리아 갈리아의 데키무스 브루투스까지 전부 강력한 총독이 배치되었다.

"하지만," 카이사르가 원로원에 말했다. "나는 아직 독재관 자리에서 내려올 수 없습니다. 현 기병대장 마르쿠스 아이밀리우스 레피두스는 내년에 총독으로 부임할 테니 그 자리는 다른 사람으로 채워야겠지요. 나이우스 도미티우스 칼비누스에게 후임을 맡기겠습니다."

자기 이름이 나올 줄 알고 내심 우쭐해 있던 안토니우스는—최근 들어 그의 행동거지는 그야말로 완벽하지 않았던가—얼음물에 풍덩 빠진 기분이었다. 칼비누스라고! 레피두스와 달리 협박이나 속임수가 전혀 먹히지 않는 냉정한 인간이었다. 게다가 평소에 마르쿠스 안토니우스를 싫어하는 감정을 굳이 감추지도 않았다. 망할 카이사르! 쉽게 되는 일이 하나도 없나?

아무래도 그런 것 같았다. 이어서 카이사르는 이듬해 집정관을 발표했다. 동방으로 출발하기 전까지는 그 자신이 수석 집정관이었고, 한 해 내내 차석 집정관을 맡을 사람은 마르쿠스 안토니우스였다. 카이사르가 떠난 뒤 수석 집정관 자리를 이어받을 사람은 푸블리우스 코르넬리우스 돌라벨라였다.

"안 돼요, 그럴 순 없습니다!" 안토니우스가 벌떡 일어서더니 우렁차게 소리쳤다. "저더러 돌라벨라의 차석이 되라고요? 죽어도 그렇게는 못합니다!"

"앞으로 있을 선거 결과를 지켜보세, 안토니우스." 카이사르가 태연히 대꾸했다. "유권자들이 자네를 돌라벨라 앞에 놓자고 한다면 좋아, 뭐 어쩔 수 없겠지. 하지만 반대 결과가 나온다면 묵묵히 받아들이게."

장신에 미남이고 안토니우스 못지않게 육중한 체구의 돌라벨라는 접의자에 앉은 채 깍지 낀 두 손으로 머리를 받치고 뒤로 기대앉으며 느긋하게 웃었다. 안토니우스는 포룸 로마눔에 무장 군대를 동원해 로마 민간인 800여 명을 학살한 바 있었다. 이 일에 비해 돌라벨라가 로마에서 저지른 일은 훨씬 증명하기 어렵다는 것을 그도 안토니우스도 잘 알고 있었다.

"당신이 저지른 죄가 부메랑처럼 돌아오겠군요, 안토니우스." 돌라벨라는 이렇게 말하고 휘파람을 불기 시작했다.

"그리되지는 않을 거야!" 안토니우스가 이를 앙다문 채 말했다.

카시우스는 줄곧 대화에 귀를 쫑긋 세우고 있었다. 저 짐승 같은 안토니우스만 제외하면 누구 편에든 설 수 있었다. 그래도 카이사르가 어느 정도 지각이 있군! 돌라벨라는 부패한 인간이고 종종 어리석은 짓을 했지만 지난 한 해 동안 좀더 사람다워진 듯했다. 그리고 무엇보다도 그가 안토니우스에게 회유될 인간이 아니라는 점만은 확실했다. 어쩌면 로마는 무사할지도 모른다. 게다가 카시우스는 여전히 유쾌한 기분이었다. 조만간 조점관단에 입회된다는 통보를 받은 것이다. 이는 그야말로 엄청난 명예였다.

브루투스는 희망이 자라나는 것을 느꼈다. 그가 이날 회의에 불참한 키케로에게 써 보냈듯이, 이번 인사 조치로 판단하건대 카이사르는 마침내 공화정을 다시 완전히 일으켜세우기로 마음먹은 듯했다.

"브루투스, 자네는 가끔," 키케로가 딱딱댔다. "도무지 말이 안 되는 헛소리를 지껄여! 카이사르가 자넬 수도 담당 법무관 자리에 꽂아주니까 별안간 그가 경이로운 존재로 보이나? 아니, 그렇지 않아. 카이사르는 로마에 궤양 같은 존재야!"

이 회의를 기점으로 카이사르에게 바치는 경의의 표시가 눈에 띄게 늘어났다. 사실 카이사르에게 경의를 표해야 한다는 의견은 전에도 많았다. 심지어 원로원 결의를 거쳐 법으로 통과된 것도 있었다. 하지만 그때까지 실제로 시행된 것은 아무것도 없었다. 이제는 달랐다. 퀴리누스 신전에 세우기 위해 제작중인 카이사르 조각상에는 '불패의 신'이라는 명판이 부착될 터였다. 안토니우스는 카이사르가 참석하지 않은 원로원 회의에서 이 칭호는 카이사르가 아닌 퀴리누스 신에게 바치는 것이라고 설명했다. 황금 마차를 탄 카이사르의 상아 조각상을 만들기 위한 모금도 이 회의에서 승인되었다. 이 조각상은 국가 차원의 모든 가두 행진에 전시될 예정이었다. 덧붙여 또다른 카이사르의 조각상이 로마의 역대 왕들과 공화정의 건국자 루키우스 유니우스 브루투스의 조각상과 나란히 세워질 터였다. 퀴리날리스 언덕에 신전식 박공벽이 달린 대저택을 카이사르를 위해 세울 자금을 조성하자는 안건 역시 통과되었다.

사실 카이사르는 파르티아 원정이 가까워지면서 원로원에서 열리는 이런저런 회의에 참석할 짬을 내지 못하고 있었다. 더구나 12월 초에는 퇴역병 토지 분배 문제로 캄파니아에 한동안 머물러야 할 일이 생겼다. 안토니우스와 트레보니우스는 이 기회를 놓치지 않고 얼른 결의안을 통과시켰지만 영리하게도 결의안 제출은 크게 중요하지 않은 다른 인물들에게 시켰다. 앞으로 퀸틸리스 달(7월)을 율리우스 달로 바꿔 부른다. 로마 시민의 서른여섯번째 트리부스를 창설하고 그 이름을 율리우스 트리부스로 정한다. 세번째 루페르쿠스 신관단을 만들고 그 이름을 루페르쿠스 율리우스로 정하며, 현 루페르쿠스 신관 마르쿠스 안토니우스를 신관단장으로 임명한다. 카이사르의 관용을 기리는 신전을 세우고 카이사르의 관용을 숭배하는 새로운 제례의식의 신관으로 마르쿠스 안토니우스를 임명한다. 카이사르는 경기대회에서 보석이 박힌 황금 관을 쓰고 황금 고관 의자에 앉는다. 카이사르의 상아 조각상은 신들의 행렬에서 함께 행진하며 신들과 동일한 긴 의자에 놓인다. 이 모든 결의문 내용은 카이사르가 국고를 가득 채워준 데 감사하는 의미에서 순은 판에 황금 문자로 새겨질 터였다.

"이의 있습니다!" 카시우스가 외쳤다. 이달에 파스케스를 쥔 집정관 트레보니우스가 안건 표결을 위해 의원들이 양쪽으로 나누어 설 것을 선언했을 때였다. "다시 말합니다. 이의 있습니다! 당신들은 마치 카이사르가 신인 것처럼 굴고 있습니다. 하지만 카이사르는 신이 아닙니다. 카이사르가 이것 때문에 캄파니아에 간 겁니까? 수줍은 얼굴로 형식적인 반대를 외치기 민망해서? 제게는 분명 그렇게 보입니다! 당장 이 안건들을 기각하십시오! 모조리 신성모독입니다!"

"이의가 있으면 고관석 단상 왼편에 서시지요, 가이우스 카시우스." 라는 것이 트레보니우스의 반응이었다.

카시우스는 씩씩대며 왼편으로 갔다. 관습상 표결에서 질 때가 많은 불운한 방향이었다. 이날도 그랬다. 소수의 의원들만이 왼편에 섰다. 카시우스, 브루투스, 루키우스 카이사르, 루키우스 피소, 칼비누스, 필리푸스가 다였다. 안토니우스를 필두로 거의 모든 의원이 오른편에 섰다.

"신에게 바칠 법한 경의를 카이사르에게 바치는 이 현실을 보고도 내가 법무관을 지내야 하나?" 카시우스가 만찬중에 브루투스, 포르키아, 테르툴라에게 말했다.

"아뇨, 그래선 안 되죠!" 포르키아가 쩌렁쩌렁한 목소리로 선언했다.

"카시우스, 제발 카이사르에게 시간을 줘!" 브루투스가 간청했다. "지금 논의되는 모든 이야기 중에 카이사르가 부추겨서 나온 건 하나도 없을 거야. 카이사르가 알면 경악할 거라고."

"그들은 카이사르를 욕보이고 있어요." 테르툴라가 말했다. 카이사르의 친딸이라는 기쁨과 카이사르가 사적인 자리에서조차 자신을 친딸로 인정한 적이 한 번도 없다는 가슴 아픈 현실 사이에서 번민하는 그녀였다.

"당연히 카이사르가 시킨 일이에요!" 포르키아가 브루투스를 분노에 찬 눈길로 쏘아보며 소리쳤다.

"아니야, 내 사랑, 당신이 잘못 생각하는 거야." 브루투스가 고집했다. "카이사르에게 아첨하는 사람들이 안건을 내놓으니까 원로원이 카이사르가 원하는 것으로 지레짐작해 통과시킨 거야. 우린 두 가지 사실을 눈여겨봐야 해. 첫째, 이 일과 관련해 가장 분주하게 움직이는 인물이 마르쿠스 안토니우스라는 것. 둘째, 그들이 카이사르가 회의에 참석하지 못할 때까지 기다렸다가 안건을 냈다는 거야."

하지만 카이사르는 이렇듯 자신에게 경의의 표시가 쏟아지고 있다는 것을 한참 지나서야 알게 되었다. 이유는 간단했다. 해야 할 일이 너무 많아 그의 부재중에 열린 원로원 회의 의사록을 읽지 못하고 한쪽에 밀어두었던 것이다. 상황이 이러했기에 클레오파트라가 카이사르를 위해 화려한 연회를 여는 와중에도 바쁘다며 음식도 먹지 않고 늘 무언가 읽기만 해서 그녀의 속을 썩였다.

"당신은 너무 많은 일을 혼자서 다 하려고 해요!" 클레오파트라가 딱딱댔다. "합데파네 말을 들으니 요즘 과일즙 외엔 단 음료도 잘 안 마시려고 한다면서요. 카이사르, 아무리 싫어도 그것만큼은 무조건 마셔야 해요! 또다시 사람들 앞에서 발작으로 쓰러지고 싶어요?"

"난 괜찮소." 카이사르는 서류에서 눈을 떼지 않고 무심히 말했다.

클레오파트라가 서류를 채 가더니 음료가 담긴 잔을 그의 코앞에 들이댔다. "마셔요!" 그녀가 무섭게 말했다.

세상의 지배자는 얌전히 명령을 따랐지만, 서류 작업은 계속하겠다고 고집했다. 오로지 마르쿠스 티겔리우스 헤르모게네스가 리라를 연주하며 사포의 시를 토대로 직접 작곡한 아리아를 부를 때만 그는 고개를 들었다.

"오직 음악만이 카이사르를 일에서 벗어나게 할 수 있군요." 클레오파트라가 루키우스 카이사르에게 속삭였다.

루키우스가 클레오파트라의 손을 꽉 잡았다. "그나마 그런 게 있어서 다행이오."

경의의 표시는 계속되었다. 12월 10일 호민관에 취임한 마르쿠스 안토니우스의 막냇동생 루키우스는 자신의 이름을 세상에 확실히 부각시킬 법안을 평민회에 제출했다. 법안 내용은 카이사르에게 집정관 선거를 제외한 모든 선거의 후보자 절반을 추천할 권리, 그리고 그가 동방에 있는 동안 집정관을 포함한 모든 정무관을 지명할 권리를 주자는 내용이었다. 이 법안은 첫번째 집회에서 곧바로 통과되었다. 절차상 위헌이었지만, 집정관 트레보니우스는 합헌이라고 승인했다.

"카이사르를 위한 일이라면 그 무엇도 위헌이 될 수 없습니다." 트레보니우스가 말했다. 그토록 확고한 카이사르의 사람이 한 발언치고 뭔가 이상하다는 사실을 감지한 것은 이 말을 나중에 전해 들은 키케로 같은 사람들뿐이었다.

12월 중순, 카이사르는 다다음해 집정관들—아울루스 히르티우스와 가이우스 비비우스 판사—과 또 그 다음해 집정관들—데키무스 유니우스 브루투스와 루키우스 무나티우스 플랑쿠스—을 지명했다. 이 중에 안토니우스를 지지할 만한 인물은 하나도 없었다.

얼마 뒤 원로원은 카이사르의 세번째 독재관 임기가 채 끝나지도 않은 시점에 독재관 임기 연장을 또다시 승인했다.

호민관 루키우스 카시우스는 법에 무지한 게 분명했다. 새로 파트리키를 지명할 권리를 카이사르에게 부여하는 평민회 결의안을 제출한 것이다. 명백히 불법이었다. 파트리키 귀족은 평민과 아무 관련이 없으니까. 카이사르는 새로운 파트리키를 딱 한 명 지명했다. 카이사르의 해외 원정에 수습군관 자격으로 동행할 준비에 여념이 없는 생질손 가이우스 옥타비우스였다. 하지만 필리푸스가 다소 통명스럽게 전해주었듯이, 이제 신분상 파트리키가 됐다고 해도 군 계급에는 변동이 없었다. 옥타비우스는 카이사르의 이러한 결정을 차분히 받아들이고 어머니가 자기 짐에 넣은 위문품이나 사치품을 빼내는 데 집중했다. 지난 여행에서 이런 물건들 때문에 자신이 경박한 사람으로 낙인찍혔다는 사실을 그는 잘 알고 있었다.

1월 첫날 신임 집정관과 법무관이 취임했다. 모든 진행이 순조로웠다. 밤사이 시행된 조점은 특별할 게 없었고, 희생제물로 봉헌된 흰 소는 약에 취해 얌전히 칼을 맞고 쓰러졌으며, 카피톨리누스 언덕의 유피테르 옵티무스 막시무스 신전에서 치러진 연회도 훌륭했다. 차석 집정관이 된 마르쿠스 안토니우스는 거드럭거리고 돌아다니며 애써 돌라벨라를 무시했다. 하지만 돌라벨라는 일단 카이사르가 동방으로 떠나면 자신이 수석 집정관이 된다는 만족감에 뒤에서 혼자 히죽히죽 웃었다.

수석 집정관이 새해 첫날 수행해야 하는 업무 중 하나는 유피테르 라티아리스 신을 기려 알바누스 산에서 열리는 라티움 축제 날짜를 정하는 것이었다. 일반적으로는 카이사르가 파르티아 원정을 떠나기 직전인 3월에 열렸지만, 이 축제를 직접 주관하고 싶었던 카이사르는 올해 라티움 축제 날짜를 1월의 노나이로 앞당겼다.

로마 건국 훨씬 이전부터 존재했던 도시 알바롱가의 신관은 대대로 율리우스 가문에서 맡아왔다. 올해처럼 율리우스 가문 사람이 수석 집정관인 해에는 라티움 축제를 경축하는 의미로 수석 집정관이 알바롱가 왕의 예복을 입을 수 있었다. 물론 신생 도시 로마가 알바롱가 시를 폐허로 만들어버린 이래 더이상 알바롱가 왕이란 것은 존재하지 않았다. 알바롱가 시는 그후로 재건되지 않았으니까. 다만 아이네아스의 아들 율루스가 알바롱가 시의 건국자였으므로, 율루스의 직계자손인 율리우스 가문 후손들이 대대로 알바롱가의 왕이자 대신관을 지냈다.

카이사르는 알바롱가 왕의 예복 상자를 받아들고 상태를 확인하기 위해 향기로운 삼나무 상자의 뚜껑을 열었다. 예복은 거의 완벽한 상태로 보관되어 있었다. 이 예복이 마지막으로 착용된 것은 15년 전 카이사르가 처음 집정관을 지냈던 해였다. 당시 카이사르는 자신의 큰 키에 맞춰 새로 제작한 밝은 심홍색 긴 장화를 신었다. 그사이 장화가 약간 뒤틀린 것처럼 보였다. 일단 한번 신어보자, 그는 이렇게 생각하고 실행에 옮겼다. 장화를 신고 걸어보니 신기하게도 얼마 전부터 종아리에 느껴지던 통증이 말끔히 사라졌다. 카이사르는 즉시 합데파네를 만나러 갔다.

"어째서 진작 그 생각을 못했을까요?" 사제이자 의사인 합데파네가 안타까운 목소리로 말했다.

"무슨 생각을 못했단 말인가?"

"어르신께서는 하지정맥류를 앓고 계십니다. 보통의 로마식 장화는 짧아서 팽창된 혈관을 단단하게 잡아주지 못하죠. 하지만 이 장화는 무릎 밑까지 올라오는데다 끈으로 세게 조여 신는군요. 그래서 다리 통증이 완화된 겁니다. 앞으로 항상 목이 긴 장화를 신으십시오."

"맙소사!" 카이사르가 감탄사를 내뱉고 웃었다. "당장 장화를 새로 맞춰야겠군. 하지만 평범한 갈색 장화가 완성되기 전까진 이걸 신고 있어야겠어. 나는 알바롱가의 신관 가문 출신이니 그러지 못할 이유가 없지. 고맙네, 합데파네!"

카이사르는 그길로 로스트라 연단으로 가서 재정 관련 고충사항을 처리했다.

그때 차석 집정관 마르쿠스 안토니우스, 전 차석 집정관 트레보니우스, 전 법무관 루키우스 틸리우스 킴베르, 전 법무관 데키무스 브루투스, 그 밖에 신중하게 선정된 평의원 스무 명이 카이사르를 만나러 엄숙하게 행렬을 지어 걸어왔다. 하급 정무관 여섯 명이 일반 종이 크기의 번쩍번쩍 빛나는 은판을 하나씩 손에 들고 있었다. 업무를 방해받아 짜증을 느낀 카이사르가 그들을 돌려보내려고 고개를 들어 입을 여는데 안토니우스가 먼저 경건하게 한쪽 무릎을 꿇었다.

"카이사르," 안토니우스가 큰 목소리로 외쳤다. "원로원 결의에 따라 은판에 금문자로 새긴 여섯 가지 경의를 당신께 바칩니다!"

모여든 군중 사이에서 와 하고 탄성이 터져나왔다.

신임 재무관 데키무스 투룰리우스가 앞으로 나와 손에 든 서판을 한쪽 무릎에 얹어 보여주었다. 율리우스 달에 관한 법이었다.

카이킬리우스 메텔루스가 율리우스 트리부스에 관한 법을 보여주었다.

카이킬리우스 부키올라누스가 루페르쿠스 율리우스 신관단에 관한 법을 보여주었다.

마르쿠스 루브리우스 루가가 카이사르의 관용에 관한 법을 보여주었다.

카시우스 파르멘시스가 황금 고관의자와 황금 관에 관한 법을 보여주었다.

페트로니우스가 신들의 행렬에서 상아 조각상을 전시하기로 한 법을 보여주었다.

이 모든 일은 구름처럼 몰려든 군중이 보는 앞에서 이루어졌다. 순간 어리둥절해진 카이사르는 석상처럼 입을 벌린 채 말하지도 움직이지도 못했다. 사절단은 여섯 개의 서판을 모두 보여준 뒤 기대에 찬 환한 얼굴로 카이사르 주변에 둘러섰다. 모두들 자기네의 영리함에 우쭐해 있었다. 카이사르는 비로소 입을 다물었다. 애를 써봐도 자리에서 일어날 수조차 없었다. 고통으로 몸이 허약해진 기분이 들었고 머리가 어지러웠다.

"나는 이것들을 받아들일 수 없소." 카이사르가 말했다. "이러한 것들은 인간에게 바칠 수 있는 경의가 아니오. 서판을 전부 녹여 국고에 돌려다놓으시오."

사절단이 분개하며 자리에서 물러났다.

"지금 저희를 모욕하시는 겁니까?" 투룰리우스가 외쳤다.

카이사르는 이 말을 무시하고 안토니우스를 쳐다보았다. 안토니우스 역시 다른 사람들처럼 불만에 찬 얼굴이었다. "마르쿠스 안토니우스, 자네 생각이 짧았어. 나는 이달에 파스케스를 소유한 집정관으로서 당장 원로원 회의를 소집하겠네. 한 시간 내로 원로원 의사당에 전원 소집하게." 카이사르는 단 음료를 담당하는 노예에게 손짓해 잔을 받아들고 단숨에 내용물을 비웠다. 아주 위험할 뻔했다.

새 원로원 의사당은 마르스 평원의 폼페이우스 회의소에 비해 실내

장식이 훨씬 덜 과시적이면서도 무척 아름답게 꾸며져 있었다. 키케로가 내부를 슬쩍 엿보고 그 장소에 앉아 있을 수 없음을 애석해했을 정도였다. 깨끗한 흰색 대리석 계단과 고관석 단상, 소용돌이 장식이 그려진 흰색 석고 벽, 흑백 모자이크 장식 대리석 바닥, 옛 원로원 의사당과 똑같은 삼나무 서까래 사이로 언뜻언뜻 보이는 우묵한 테라코타 기왓장. 새 건물이라는 것말고는 모든 게 예전 원로원 의사당과 똑같았다. 따라서 사람들은 이 새 건물에 원로원 의사당이라는 이름을 붙이는 데 이의를 달지 않았다.

급히 호출했음에도 거의 원로원 의원 전원이 참석해 있었다. 카이사르는 릭토르 스물네 명을 앞세우고 입장하며 정족수가 충분히 채워졌는지 헤아렸다. 법정이 서는 날이어서 법무관 전원이 참석해 있었다. 호민관도 대부분 참석했다. 벌레 같은 투룰리우스는 없었지만 재무관도 몇 명 참석해 있었다. 평의원은 200명 정도 모인 듯했다. 돌라벨라, 칼비누스, 레피두스, 루키우스 카이사르, 토르콰투스, 피소도 왔다. 카이사르가 은판을 받아들이길 거부했다는 소문이 쫙 퍼졌는지 그가 장내에 들어서자 웅성거림이 더 커졌다. 나도 이제 늙는 모양이군, 하고 카이사르는 생각했다. 이런 일을 겪고도 화조차 나지 않다니. 난 그냥 아주 피로해. 저들로 인해 지쳐가고 있어.

카이사르는 신임 대신관 브루투스에게 기도문을 낭송하는 영광을, 신임 조점관 카시우스에게 점을 치는 영광을 내렸다. 그런 다음 고관석 앞으로 가서 시민관 소유자로서 원로원의 박수갈채를 받았다. 백인대장 출신의 다른 원로원 의원 세 명이 차례로 박수갈채를 받는 것을 기다린 뒤 그는 발언을 시작했다.

"존경하는 차석 집정관, 전직 집정관, 법무관, 조영관, 호민관, 그리고 그 밖의 모든 원로원 의원 여러분, 내가 여러분을 이 자리에 모은 것은 여러분이 내게 바치고 싶다고 주장하는 모든 경의의 표시를 즉각 금지시키기 위해서입니다. 로마 독재관이 명예를 누리는 것은 적절한 일입니다. 하지만 그것은 어디까지나 한 명의 인간으로서 누리기에 합당한 것이어야 합니다. 인간! 왕이나 신이 아닌 우리 인류의 평범한 구성원으로서 말입니다. 오늘 여러분 중 일부는 내게 우리의 모스 마이오룸에 위배되는 경의를 표하려고 했고, 또 그 내용을 아주 불쾌하기 이를 데 없는 방식으로 공개했습니다. 우리의 법은 은판이 아닌 동판에 새겨집니다. 모든 법이 그러합니다. 그 법들은 은판에 금문자로 새겨져 있었습니다. 두 금속 모두 법 서판이 아닌 다른 용도로 더욱 유익하게 쓰일 귀한 금속입니다. 나는 그 금속을 녹여서 국고로 돌려보내라고 명령했습니다."

카이사르는 말을 끊었다. 루키우스 카이사르와 눈이 마주쳤다. 루키우스가 카이사르 뒤편 고관석에 앉아 있는 안토니우스를 향해 아주 미세하게 고개를 기울였다. 카이사르가 고개를 끄덕였다. 네, 무슨 말씀인지 압니다.

"원로원 의원 여러분, 나는 이 우스꽝스러운 아첨을 당장에 그만두라고 말하겠습니다. 나는 그런 것들을 요구한 적도 바란 적도 없습니다. 앞으로도 결코 받지 않을 겁니다. 이것이 나의 지시이며, 이 지시는 반드시 준수되어야 합니다. 원로원에서 나를 로마의 왕으로 만들려는 시도로 해석될 수 있는 결의안이 통과되는 것을 묵과하지 않겠습니다! 우리 로마에서 왕정은 폐지되었고 그 대신 공화정이 탄생했습니다. 나는 왕정을 혐오합니다. 나는 결단코 로마의 왕이 될 필요를 느끼지 않습니다! 나는 합법적으로 임명된 로마의 독재관이며 이 독재관 직만이 내게 필요한 전부입니다."

장내가 웅성거리는 가운데 퀸투스 리가리우스가 자리에서 일어섰다. "로마의 왕이 되려는 바람이 없다면," 리가리우스는 카이사르의 오른쪽 다리를 가리키며 소리쳤다. "어째서 왕위를 상징하는 심홍색 장화를 신고 있습니까?"

카이사르가 입술을 앙다물었다. 양볼이 상기되었다. 이들 앞에서 내가 하지정맥류를 앓고 있단 걸 밝히라고? 천만에! "나는 유피테르 라티아리스의 신관으로서 신관용 장화를 신을 권리가 있소. 그런 유의 억측은 삼가시오, 리가리우스! 할말이 끝났으면 착석하시오."

리가리우스는 카이사르를 쏘아보며 자리에 앉았다.

"경의의 표시와 관련해 내가 여러분에게 할말은 이것이 전부입니다." 카이사르가 말했다. "하지만 내 주장을 입증하기 위해 이 자리에서 선언하겠습니다. 나는 평범한 로마인이며 내가 타고난 계급이 허용하는 이상의 것을 소망하는 마음이 추호도 없습니다. 따라서 오늘부로 내 수하의 릭토르 스물네 명을 해산시키겠습니다. 왕에게는 근위대가 있습니다. 고등 정무관의 릭토르들은 공화정에서 근위대와 같은 역할을 수행합니다. 그러니 나는 로마 시 경계 1마일 내에서는 공식 업무에 릭토르들을 대동하지 않겠습니다." 카이사르가 파비우스를 돌아보았다. 파비우스는 동료 릭토르들과 함께 고관석 단상 오른쪽 계단에 앉아 있었다. "동료들과 함께 릭토르단에 복귀하게, 파비우스. 자네들이 필요할 때 통지하겠네."

파비우스는 겁에 질린 얼굴로 그러면 안 된다는 듯 한 손을 앞으로 뻗었지만, 이내 손을 떨구었다. 카이사르의 릭토르들은 자리에서 일어나 적막한 침묵 속에 회의소를 빠져나갔다.

"수하 릭토르들을 해산시키는 것은 합법입니다." 카이사르가 말했다. "고등 정무관에게 권력을 부여하는 주체는 파스케스나 파스케스를 든 사람들이 아니니까요. 고등 정무관의 권력은 쿠리아법에서 나옵니다. 오늘은 바쁜 날이니 이제 돌아가 각자의 일을 보십시오. 다만 오늘 내가 한 말을 꼭 기억하십시오. 나는 어떠한 조건하에서도 왕이 되어 로마를 지배할 생각이 없습니다. '렉스'는 실체 없는 단어에 지나지 않습니다. 카이사르는 렉스가 될 필요가 없습니다. 카이사르인 것으로 충분합니다."

호민관 모두가 카이사르에게 아첨하는 데 열중하는 것은 아니었다. 일단 가이우스 세르빌리우스 카스카는 이미 카이사르 살해 모임의 회원이었고, 다른 두 명 루키우스 카이세티우스 플라부스와 가이우스 에피디우스 마룰루스는 모임 설립자들이 예전부터 영입을 검토하고 있었다. 하지만 트레보니우스와 데키무스 브루투스는 플라부스와 마룰루스를 가입시키지 않기로 결정했다. 플라부스와 마룰루스가 카이사르를 몹시 싫어하는 것은 사실이었지만, 두 사람 다 입이 가볍기로 악명이 높고 1계급 사이에서 실질적인 영향력이 거의 없었다.

카이사르가 로마의 왕이 되는 문제에 관해 본인의 입장을 원로원에 천명한 이튿날, 플라부스와 마룰루스는 우연히 새 로스트라 연단 근처에 갈 일이 있었다. 그곳에는 헤르메스의 두상으로 장식된 높다란 받침대 위에 위인이 자비를 들여 만든 그의 흉상이 놓여 있었다. 구름이 잔뜩 끼어 칙칙하고 추운 날이었지만 포룸 로마눔에는 언제나처럼 사람들이 많았다. 율리우스 회당에서 흥미로운 재판이 열리는지 보러 나온 사람들이었다. (그렇다면 지붕 아래에서 편안히 구경할 수 있을 터였다!) 그들은 길모퉁이 노점이나 가게에서 간식을 사 먹으며 어느 새로운 웅변가가 나타나 빈 계단이나 재판소에서 연설을 해주길 기다리고 있었다. 달리 말해 그날은 아주 평범하기 짝이 없는 1월 초순의 어느 날이었다.

난데없이 플라부스와 마룰루스가 소리지르며 소란을 피우자 군중이 삽시간에 그들 주변으로 몰려들었다.

"저기 봐! 저걸 보라고!" 마룰루스가 손으로 가리키며 비명을 질렀다.

"수치스러워! 죄악이야!" 플라부스가 손으로 가리키며 비명을 질렀다.

그들의 손끝이 가리키는 것은 실물과 비슷하게 정교히 채색된 카이사르의 흉상이었다. 옅은 색 눈썹과 숱 적은 금발 위로 누군가가 넓은 흰색 띠를 매어놓은 것이 보였다. 흰 띠는 흉상의 목덜미에서 매듭지어져 양끝이 어깨에 늘어뜨려져 있었다.

"카이사르는 로마의 왕이 되고 싶어해!" 마룰루스가 소리질렀다.

"디아데마! 디아데마!" 플라부스가 소리질렀다.

그렇게 한참 비명을 지르던 두 호민관은 흉상에서 띠를 벗겨내 보란 듯이 두 발로 짓밟고 갈기갈기 찢어발겼다.

다음날인 1월 노나이에 알바누스 산에서 카이사르의 주관하에 라티움 축제가 열렸다. 카이사르는 율리우스 가문 출신 수석 집정관으로서 알바롱가 신관 겸 왕의 고대 예복을 입고 있었다.

라티움 축제는 비교적 짧은 행사였기 때문에 축제 참가자들은 새벽에 로마를 떠났다가 행사를 마치고 해 질 무렵 로마로 돌아올 수 있었다. 발부리를 탄 카이사르가 정무관 행렬에 앞장서서 로마 시로 돌아왔다. 집정관과 법무관 들이 자리를 비운 로마에서는 새로운 파트리키 귀족 청년 가이우스 옥타비우스가 수도 담당관으로서 벌써 두번째로 맡은 임무를 성실히 수행하고 있었다. 이 행렬은 평범한 사람들에게 아주 좋은 구경거리였다. 알바누스 산 인근에 사는 사람들은 축제에 갔다가 그뒤로 이어지는 공공 연회에 참석했고, 로마에 사는 사람들은 아피우스 가도 주변에 늘어서서 정무관들이 돌아오는 모습을 구경했다.

"안녕하십니까, 렉스!" 길가에 서 있던 누군가가 카이사르가 지나갈 때 이렇게 소리쳤다. "안녕하십니까, 렉스! 안녕하십니까, 렉스!"

카이사르가 고개를 돌려 바라보고 웃었다. "아니, 당신은 내 코그노멘을 잘못 알고 있소! 나는 렉스가 아닌 카이사르라오!"

마룰루스와 플라부스가 호민관들 사이에서 말을 박차며 달려내려와 카이사르에게로 왔다. 그들이 탄 말이 요동치며 앞다리를 쳐들었다. 두 사람이 군중을 향해 손가락질하며 큰 소리로 외쳤다.

"릭토르, 카이사르를 왕으로 부른 자를 쫓아내게!" 마룰루스가 연거푸 소리쳤다.

안토니우스의 릭토르들이 움직이기 시작하자 카이사르가 한 손을 들어 그들을 제지했다. "가만있게." 카이사르가 무뚝뚝하게 명령했다. "그리고 마룰루스와 플라부스는 제자리로 돌아가게."

"저자는 독재관께 왕이라고 했습니다! 이대로 아무 조치를 취하지 않으면 독재관께서 정말로 왕이 되길 바란다는 뜻이 됩니다!" 마룰루스가 소리질렀다.

이제 전 행렬이 멈춰섰다. 말들이 동요했다. 릭토르와 정무관 들이 놀라서 쳐다보았다.

"저자를 쫓아내고 기소하라!" 플라부스가 외쳤다.

"카이사르는 왕이 되고 싶어한다!" 마룰루스가 외쳤다.

"안토니우스, 자네 릭토르들을 시켜 플라부스와 마룰루스를 제자리로 돌려보내게!" 카이사르가 딱딱댔다. 그의 양볼이 붉게 상기되고 있었다.

안토니우스는 생각에 잠긴 표정으로 잠자코 말에 앉아 있었다.

"어서 해, 안토니우스! 당장 내일 일개 시민으로 전락하고 싶지 않다면!"

"들었소? 모두 들었소? 카이사르는 진정 왕이오. 집정관을 마치 제집 하인처럼 부리려 하다니!" 마룰루스가 외쳤다. 안토니우스의 릭토르들이 마룰루스의 말안장을 붙잡고 원래 자리로 끌고 갔다.

"렉스! 렉스! 렉스! 카이사르 렉스!" 플라부스가 아우성쳤다.

"내일 새벽에 원로원 회의를 열겠네." 관저에 도착한 카이사르가 안토니우스와 헤어지며 말했다.

이번에는 드디어 카이사르의 성질이 폭발했다.

기도와 조점이 순식간에 끝났고, 시민관을 보유한 의원들에 대한 박수갈채도 중간에 싹둑 끊겼다.

"루키우스 카이세티우스 플라부스, 가이우스 에피디우스 마룰루스, 앞으로 나오게!" 카이사르가 빠르게 말했다. "앞쪽 한가운데로, 어서!"

두 호민관은 고관석 단상 앞에 놓인 호민관 벤치에서 엉덩이를 떼고 앞으로 나와 턱을 쳐들고 눈에 힘을 준 채 카이사르와 마주섰다.

"계속 오해를 받는 상황이 정말이지 지겹군! 내 말 들리나? 내 말 알아들었어?" 카이사르가 우레와 같은 소리로 외쳤다. "지겨워! 이제 더는 그런 소리를 듣지 않겠어! 플라부스, 마룰루스, 자네들은 호민관 직에 수치스러운 존재야!"

"렉스! 렉스! 렉스! 렉스!" 그들이 외쳤다.

"닥쳐, 이 머저리들아!" 카이사르가 포효했다.

그가 어떻게 그리했는지 사람들은 나중에 생각해봐도 도무지 알 수 없었다. 다만 카이사르가 특정한 표정을 띠고 특정한 목소리로 포효하면 온 세상이 두려움에 떨었다. 카이사르는 왕이 아니었다. 그는 네메시스, 복수의 화신이었다. 문득 사람들은 독재관이 왕이 되지 않아도 할 수 있는 것들을 머릿속에 떠올렸다. 가령 채찍질이나 참수 같은 것들을.

"소위 호민관이라는 자들이 지질한 학생들보다도 못한 행동을 보이니 호민관 직이 과연 어디까지 전락하겠는가?" 카이사르가 따져 물었다. "누가 내 조각상에 흰 띠를 묶어놨으면 그냥 풀면 될 일이야! 그런 행동이라면 내가 기꺼이 찬성하겠지! 그런데 그걸 갖고 요란법석을 떨고 수천 명 앞에서 소리지르고 아우성을 쳐? 아무리 자네들이 스스로를 호민관이라고 부르는 가장 뻔뻔한 선동 정치가래도 그건 로마 정무관에게 용인되는 행동이 아니야! 군중에 섞여 있던 누군가가 그럴싸한 말을 한다면 그냥 내버려둬! 가볍게 농담으로 치부해 도리어 그를 웃음거리로 만들면 될 일이야! 오늘 아피우스 가도에서 자네들이 보인 반응은 도가 지나쳤어. 익살꾼 한 명을 요란한 서커스단으로 바꿔놨잖아! 대체 그들을 무슨 죄목으로 기소하란 건가? 대반역죄? 경반역죄? 불경죄? 살인죄? 절도죄? 횡령죄? 뇌물죄? 부당취득죄? 폭행죄? 폭력선동죄? 파산죄? 주술죄? 신성모독죄? 내가 아는 한 로마법에서 죄로 정한 행동은 이것이 전부야! 사람들 앞에 나서서 자극적인 발언을 하는 것은 범죄행위가 아니야! 다른 사람들을 비방하는 것도 범죄행위가 아니라고! 만일 그게 범죄행위라면 마르쿠스 키케로는 루키우스 피소를 탐욕의 도가니라고 부른 죄로 영원히 추방되어야 하겠지! 원로원 사람들도 분뇨를 먹는다는 둥 자기 자식을 범했다는 둥 타인에게 온갖 비방을 일삼지 않는가? 아무것도 아닌 일을 부풀려 나를 중상모략하려 해? 그런 시도를 끝장내겠어! 들었나? 내 말 똑똑히 들었나? 원로원의 그 누구든 내가 로마의 왕이 되고 싶어한다고 발언하거나 그런 암시를 내비칠 생각이 있다면, 이 자리에서 똑똑히 알아두시오! '렉스'는 단어일 뿐이오! 이 단어에 함축된 의미가 있더라도 우리 로마 세계에서는 실체가 없소! 렉스? 렉스? 설사 내가 영원히 절대 군주가 되고자 한대도 어째서 내가 나 자신을 렉스라고 불러야 한단 말이오? 어째서 그냥 카이사르라 하지 않겠소? 카이사르 역시 단어요! 카이사르 역시 렉스처럼 왕을 의미할 수 있소! 그러니 알아두시오! 독재관으로서 나는 여러분의 시민권과 재산을 박탈할 수 있소! 채찍질하고 참수할 수 있소! 나는 굳이 렉스가 될 필요가 없소! 이 말을 분명히 기억하시오. 나를 시험하지 마시오! 나를 시험하려 들지 말란 말이오! 할말은 다 끝났소. 해산해도 좋소. 가시오!"

서까래에 부딪혀 나와 벽으로 메아리치는 그 커다란 목소리보다도 더 위협적인 침묵이 장내에 내려앉았다.

가이우스 헬비우스 킨나가 호민관 벤치에서 일어나 카이사르와 두 악당이 모두 보이는 위치로 갔다. 원로원 의원 신발을 신은 두 사람은 몸을 부들부들 떨고 있었다.

"원로원 의원 여러분, 저는 호민관단 대표로서," 킨나가 말했다. "루키우스 카이세티우스 플라부스와 가이우스 에피디우스 마룰루스의 호민관 자격을 당장 박탈할 것을 건의합니다. 또한 이 두 사람은 원로원에서 즉각 퇴출돼야 합니다."

장내에 큰 소란이 일었다. 의원들이 주먹을 휘둘렀다. "퇴출! 퇴출!"

"이럴 수는 없소!" 아버지 루키우스 카이세티우스 플라부스가 자리에서 일어서며 소리쳤다. "내 아들은 그런 부당한 대접을 받을 이유가 없습니다!"

"카이세티우스, 당신에게 지각이 있다면 저리도 어리석은 아들의 상속권을 박탈해야 할 거요!" 카이사르가 딱딱댔다. "이제 모두 돌아가시오! 어서! 어서! 책임 있는 로마인답게 행동하지 않는 한 당신들의 얼굴을 다시는 보고 싶지 않으니까!"

헬비우스 킨나는 즉각 회의장에서 나가 평민회를 소집하고 플라부스와 마룰루스를 호민관단과 원로원에서 퇴출하는 안건을 발의했다. 이어 그는 신속하게 보궐선거까지 열었다. 루키우스 데키디우스 삭사와 푸블리우스 호스틸리우스 사세르나가 새 호민관이 되었다.

"자네에게 일깨워주고 싶은 사실이 있네, 킨나." 회의가 파한 뒤 카이사르가 헬비우스 킨나에게 온화한 목소리로 말했다. "오늘은 종교적 휴일일세. 그러니 자네는 내일 민회가 열리면 오늘 한 일을 처음부터 끝까지 전부 다시 해야 해. 하지만 나는 자네가 취한 조치들을 고맙게 생각한다네. 내 집에 가서 포도주 한잔 들고 새로운 시에 관해 담소를 나누세."

'로마의 왕' 삭전은 언제 그랬냐는 듯이 별안간 종적을 감췄다. '렉스'와 '카이사르'가 같은 것을 의미하지 못할 이유가 없다는 카이사르의 선언을 나중에 전해 들은 사람들은 초조해져 마른침을 삼켰다. 키케로가 아티쿠스에게 말했듯—그 둘은 부트로톤 이민자들 문제로 여전히 쩔쩔매고 있었다—문제는 카이사르의 성질이 폭발하기 전에는 사람들이 그가 어떤 자인지 까맣게 잊어버리곤 한다는 데 있었다.

어쩌면 그날의 잊을 수 없는 회의의 여파인지, 원로원은 2월 칼렌다이에 마르쿠스 안토니우스의 주재로 가이우스 율리우스 카이사르를 '딕타토르 페르페투우스' 즉 종신 독재관으로 임명하기로 표결했다. 브루투스와 카시우스부터 데키무스 브루투스와 트레보니우스까지 아무도 고관석 왼편에 설 엄두를 내지 못했다. 이 결의안은 만장일치로 통과되었다.

2

카이사르 살해 모임에 속한 회원 수는 이제 스물한 명이었다. 가이우스 트레보니우스, 데키무스 브루투스, 스타이우스 무르쿠스, 틸리우스 킴베르, 미누키우스 바실루스, 데키무스 투룰리우스, 퀸투스 리가리우스, 안티스티우스 라베오, 세르빌리우스 카스카 형제, 카이킬리우스 형제, 포필리우스 리구리엔시스, 페트로니우스, 폰티우스 아퀼라, 루브리우스 루가, 오타킬리우스 나소, 카이센니우스 렌토, 카시우스 파르멘시스, 스푸리우스 마일리우스, 마지막으로 세르비우스 술피키우스 갈바. 스푸리우스 마일리우스는 카이사르를 싫어하는 감정과 별개로, 어찌 보면 논리적이랄 수도 있겠으나 실은 자못 괴이한 이유로 모임에 가입했다. 400여 년 전 역시 이름이 스푸리우스 마일리우스였던 그의 선조는 로마의 왕이 되려 했고, 이후 마일리우스 가문은 줄곧 쇠락의 길을 걸었다. 마일리우스는 카이사르를 죽이는 것이 이 기나긴 오명을 떨쳐낼 방법이라고 했다. 갈바를 얻은 것은 모임 설립자들에게 무척 기쁜 일이었는데, 갈바는 파트리키 출신 전직 법무관인데다 막대한 영향력을 지닌 인물이기 때문이었다. 갈바는 카이사르의 갈리아 원정 초기에 알프스 고산지대에서 군사작전을 이끌었지만 그 결과가 너무나 참담했던 탓에 카이사르에게 재빨리 면직당한 바 있었다. 게다가 갈바의 아내는 카이사르와 바람을 피웠다.

회원들 중 눈에 띄는 인물은 여섯 정도뿐, 나머지는 트레보니우스가 데키무스 브루투스에게 낙심한 투로 말했듯 이제 한물갔거나 아직까지 빛을 보지 못한 그저 그런 인물들의 군상에 지나지 않았다.

"그나마 위안이 되는 건 다들 입이 무겁다는 점일세. 카이사르 살해 모임의 존재에 관해 작게 소곤대는 소리조차 듣지 못했어."

"나도 한 번도 못 들었어요." 데키무스 브루투스가 말했다. "갈바 정도의 영향력을 지닌 인물을 두 명만 더 영입하면 이제 규모는 충분하다고 할 수 있겠어요. 회원 수가 스물셋이 넘어가면 시월의 말의 머리통을 차지하려는 난투극으로 변질될 가능성이 커요."

"그래, 자네 말대로 이 일은 시월의 말 의식과 일말의 유사성이 있군." 트레보니우스가 사색에 잠기며 말했다. "가만히 생각해보면 우리가 목표하는 바도 그것이지 않나? 로마 최고의 군마를 죽이는 것."

"일리가 있군요. 카이사르는 자신만의 영역을 구축했어요. 아무도 카이사르의 빛을 가릴 수 없죠. 그럴 희망이 조금이라도 있다면 그를 죽일 필요가 없을 텐데. 하지만 안토니우스는 대단한 망상에 빠져 있어요, 하! 안토니우스도 죽여야 해요, 트레보니우스."

"난 그렇게 생각하지 않아." 트레보니우스가 말했다. "이 일을 치른 뒤에 살아남아 영화를 누리길 바란다면 우린 반드시 애국자로 비쳐야 해! 카이사르의 심복을 한 명이라도 죽였다간 우린 반역자에 범법자로 낙인찍혀."

"돌라벨라가 있으니 그를 구워삶으면 되잖습니까." 데키무스 브루투스가 말했다. "안토니우스는 늑대 같은 놈이에요."

데키무스 브루투스의 집사가 서재 문을 두드렸다.

"주인어른, 가이우스 카시우스가 만나뵙기를 청하십니다."

두 사람은 불편한 시선을 교환했다.

"들여보내게, 보쿠스."

카시우스가 다소 머뭇머뭇하며 방으로 들어섰다. 이상한 일이었다. 그는 평소 머무적거리는 것과는 거리가 먼 사람이었다.

"내가 두 분의 대화를 방해한 것은 아닌지요?" 카시우스가 방에서 무슨 냄새가 난다는 듯 코를 킁킁거리며 물었다.

"아니요, 그렇지 않소." 데키무스 브루투스가 의자 하나를 끌어당기며 말했다. "포도주 들겠소? 다과를 내올까요?"

카시우스가 쿵 소리를 내며 주저앉더니 두 손을 맞잡고 비틀었다. "감사합니다만, 사양하겠습니다."

이상하리만치 깨기 힘든 정적이 내려앉았다. 마침내 카시우스가 먼저 말문을 열었다.

"두 분은 우리의 종신 독재관을 어떻게 생각하십니까?" 카시우스가 물었다.

"우리가 도끼로 제 발등을 찍었지." 트레보니우스가 말했다.

"우린 자유를 되찾지 못할 거요." 데키무스 브루투스가 말했다.

"나도 같은 감정을 느끼고 있습니다. 마르쿠스 브루투스도 마찬가지고요. 하지만 그는 우리가 할 수 있는 일이 아무것도 없다고 믿지요."

"자네 생각은 다른가보군, 카시우스?" 트레보니우스가 물었다.

"내 방식대로 할 수만 있다면 그를 죽여버릴 겁니다!" 카시우스가 말했다. 그는 황갈색 눈을 들어 트레보니우스의 얼굴을 응시하다 그 우울한 얼굴에 떠오른 무언가를 감지하고 흠칫 숨을 죽였다. "그렇습니다,

나는 우리 목에 매달린 이 무거운 돌덩어리를 기필코 깨부수겠어요."

"어떻게 그를 죽인단 말이오?" 데키무스 브루투스가 어리둥절한 표정을 지으며 물었다.

"그건 나도…… 나도…… 나도 잘 모르겠소." 카시우스가 말을 더듬댔다. "이해하겠지만 이건 나로서도 새로운 생각이오. 우리가 만장일치로 그를 종신 독재관으로 만들기 전까지는 앞으로 몇 년 정도면 참고 살 수 있으리라고 생각했소. 하지만 그는 절대 무너지지 않아요! 아흔 살에도 여전히 원로원 회의에 참석하고 있을 거요. 육체적으로 아주 건강한데다 정신도 죽을 때까지 아주 말짱할 테니까!" 카시우스의 언성이 점점 높아졌다. 맞은편의 두 사람이 그를 골똘히 바라보았다. 카시우스는 분을 못 이겨 쏟아낸 모든 말이 그들의 옅은 색 눈동자에 반향을 일으키고 있음을 느꼈다. 자신이 동지들 사이에 있다고 느낀 카시우스는 이제 눈에 띄게 편안한 표정이었다. "나만 이렇게 느끼는 겁니까?" 카시우스가 물었다.

"아니, 전혀 그렇지 않네." 트레보니우스가 말했다. "우리 모임에 들게."

"모임이라뇨?"

"카이사르 살해 모임. 이름을 그렇게 지은 이유는 혹시 이 모임의 존재가 외부에 알려지더라도 카이사르를 싫어하는 사람들이 모여 장난으로 붙인 이름이라고 둘러대기 위해서지. 그저 그를 정치적으로 살해하려는 것일 뿐이라고." 트레보니우스가 말했다. "지금까지 스물한 명이 모였네. 가입할 의향이 있나?"

카시우스는 빌레카스 강변에서 열린 회의에서 마르쿠스 크라쿠스가 제 운명을 따르도록 내버려두고 시리아로 도망치기로 결심했을 때처럼 재빨리 마음을 굳혔다. "나도 끼워주십시오." 카시우스는 이렇게 말하고 뒤로 기대어 앉았다. "이제는 포도주를 마시고 싶군요."

두 설립자는 기꺼이 카시우스에게 모임에 관해 자세히 설명해주었다. 얼마나 오래되었는지, 목표가 무엇인지, 시월의 말을 죽이기로 결심한 이유가 무엇인지. 카시우스는 열중해서 들었지만 회원들의 이름을 듣자 태도가 바뀌었다.

"시시한 무리들이군요." 카시우스가 단정적으로 말했다.

"당신 말이 맞소." 데키무스가 말했다. "하지만 그들은 우리 모임에 한 가지 중요한 의미를 부여해요. 바로 수가 많다는 것. 이건 일종의 정치 연합이오. 예를 들면 보니파는 수적으로 아주 많진 않았소. 어쨌든 이 모임은 전부 원로원 의원이고, 단순히 모사꾼들로 치부하기엔 그 수가 너무 많지요. '모사'라는 말은 절대 우리 모임과 연관시키고 싶지 않은 단어요."

트레보니우스가 말을 이어받았다. "자네의 가입은 우리가 거의 단념하고 있던 뜻밖의 선물이나 다름없네, 카시우스. 자네는 아주 영향력 있는 인물이니까. 하지만 심지어 카시우스 가문 사람과 술피키우스 갈바 같은 파트리키 귀족이 있다고 해도 우리의 행위에 영웅적인 의미를 부여하기엔 부족해. 이건 아주 중요한 문제일세. 우리는 압제에 항거하는 사람들이지 살인자가 아니야! 이 일이 종결되고 모든 게 끝났을 때 사람들의 눈에 그렇게 비쳐야 하네. 우리는 로스트라 연단으로 당당히 걸어가서 우리가 사랑하는 조국을 압제의 저주로부터 구했다고, 우리는 잘못이 없으며 어떠한 보복도 받을 이유가 없다고 온 로마에 천명해야 해. 압제자로부터 조국을 구한 사람들은 칭송을 받아야 하네. 전에도 로마는 압제자들을 제거한 적이 있었고 그 당사자들은 대대로 가장 위대한 로마인으로 추앙되었어. 마지막 왕을 축출하고 그후 왕정복고를 시도한 친아들들을 사형에 처한 브루투스! 로마의 왕이 되기를 기도한 스푸리우스 마일리우스를 죽인 세르빌리우스 아할라!"

"브루투스!" 카시우스가 중간에 끼어들며 외쳤다. "브루투스예요! 카토도 죽었으니 브루투스를 우리 모임에 가입시켜야 합니다! 로마 최초의 브루투스의 직계 자손이고 모계 쪽으로 세르빌리우스 아할라의 후손이기도 하지요! 브루투스를 설득해서 가입시킬 수만 있다면 아무 문제없습니다. 그 누구도 감히 우리를 기소하지 못할 거예요."

데키무스 브루투스의 표정이 뻣뻣해졌다. 그의 눈이 냉랭한 불길을 내뿜었다. "나 역시 로마 최초의 브루투스의 직계 자손이오. 우리가 그 생각을 벌써 안 했을 것 같소?" 그가 따졌다.

"그래, 하지만 자넨 세르빌리우스 아할라와는 관련이 없지 않나." 트레보니우스가 말했다. "마르쿠스 브루투스의 혈통이 자네보다도 한 수 위야, 데키무스. 그런 건 화를 낸들 소용없는 일일세. 그는 로마 최고의 갑부이고 영향력이 지대한데다 브루투스 가문과 파트리키인 세르빌리우스 가문의 혈통을 동시에 이어받았어. 카시우스, 우린 그를 데려와야 해! 그러면 우리에겐 두 명의 브루투스가 있으니까, 절대 실패할 리 없어!"

"좋아요. 알겠습니다." 데키무스가 말했다. 그의 화가 가라앉았다. "그런데 정말 마르쿠스 브루투스를 데려올 수 있겠소? 솔직히 그를 잘 알지는 못하지만, 내가 아는 한 브루투스는 참주 시해에 가담할 사람이 아니오. 너무 유순하고 고분고분하고 무기력한 자잖소."

"맞소. 그보다 더했음 더했지 덜하지 않지요." 카시우스가 의기소침하게 말했다. "자기 어머니 말밖에 듣지 않아요." 그는 잠시 말을 끊더니 돌연 밝은 얼굴로 외쳤다. "하지만 최근에 포르키아와 결혼하면서 달라졌소. 오, 대단한 싸움이었지요! 브루투스가 포르키아와 결혼한 이후 담이 커졌다는 것은 아무도 부인할 수 없는 사실이오. 종신 독재관 결의안이 통과된 것을 아주 끔찍해했고요. 내가 한번 시도해보겠소. 로마의 압제자를 물리치는 것은 유니우스 브루투스와 세르빌리우스 아할라의 후손인 그가 마땅히 해야 할 도덕적이고 윤리적인 의무라고 그를 설득해보겠소."

"정말 그에게 접근해도 괜찮을까요?" 데키무스 브루투스가 걱정스러운 듯 물었다. "곧바로 카이사르에게 달려갈 수도 있을 텐데요."

카시우스가 깜짝 놀란 표정을 지었다. "브루투스가요? 아뇨, 천만에요! 그가 우리 모임에 동참하지 않기로 결정한다고 해도 침묵을 지킬 거라는 데 내 목숨을 걸 수 있소."

"이건 실제로 당신 목숨이 걸린 일이오." 데키무스 브루투스가 말했다. "실제로 그렇소."

종신 독재관은 마르스 평원에서 백인조회를 소집했다. 푸블리우스 코르넬리우스 돌라벨라를 카이사르의 부재중 수석 집정관으로 '선출'하기 위해서였다. 투표는 신속 원활하게 진행되었다. 후보가 한 명뿐이니 어찌 보면 당연한 일이었다. 하지만 각 백인조의 표를 모두 세어야 했고, 과반수를 획득하려면 1계급을 지나 최소 2계급까지 가야 했다. 그렇다 해도 백인조회 선거는 1계급에게 유리하도록 그들의 표에 가중치가 부여되었고, 이는 이날 '선거'에서도 마찬가지였으므로 3, 4, 5계급 사람들은 아무도 투표소에 모습을 드러내지 않았다.

카이사르와 마르쿠스 안토니우스 둘 다 이 자리에 참석해 있었다.

카이사르는 선거 감독관으로서, 안토니우스는 조점관으로서였다. 차석 집정관은 조점에 지나칠 정도로 긴 시간을 들였다. 첫번째 양은 깨끗하지 않다고 퇴짜를 놓았고, 두번째 양은 치아 개수가 부족하다고 했다. 세번째 양에 이르러서야 마침내 목적에 맞는 양이 왔다고 결정했는데, 그가 말하는 목적이란 3차원 입체 제작된 동판에 새겨져 공표된 엄격한 세부규정에 따라 희생양의 간을 주도면밀하게 살피는 것이었다. 로마의 조점 관습에는 신비주의 요소가 없었으므로 꼭 신비한 능력을 지닌 자가 조점관이 되어야 할 필요는 없었다.

안토니우스가 요란을 떨며 검사에 들어가자 카이사르는 언제나처럼 성급하게 굴며 곧장 투표를 진행시키라고 명령했다.

"뭐가 문제인가?" 카이사르가 안토니우스의 곁으로 와서 물었다.

"간이요. 생김새가 불길합니다."

카이사르는 간을 들여다보며 철필로 뒤집어 간엽 수를 헤아리고 생김새를 확인했다. "완벽해, 안토니우스. 최고신관이자 동료 조점관으로서 전조가 상서로움을 천명하겠네."

안토니우스는 어깨를 으쓱하더니 조점관 조수들이 자리를 치우는 동안 다른 데로 걸어가 먼 곳에 눈길을 주었다. 카이사르는 입가에 슬며시 미소를 떠올리며 감독 임무로 돌아갔다.

"골내지 말게, 안토니우스." 카이사르가 말했다. "제법 그럴싸한 시도였으니까."

그런데 필요한 아흔일곱 개 백인조들 중 절반가량이 선거인 명부 등록을 마쳤을 즈음, 안토니우스가 난데없이 제자리에서 펄쩍 뛰며 소리를 지르더니 감독 탑의 가설투표소 쪽 옆으로 성큼성큼 걸어갔다. 하얀 옷차림의 사내들이 길게 줄지어 서서 바구니에 투표용 서판을 집어넣는 모습이 보였다.

"유성이오! 불길한 징조입니다!" 안토니우스가 우렁차게 외쳤다. "이번 행사의 공식 조점관으로서 백인조회 해산을 명령합니다!"

아주 영리한 수였다. 허를 찔린 카이사르가 덧없이 사라진 그 유성을 목격한 사람이 또 있는지 확인해볼 새도 없이, 다른 일들로 바쁜 백인조 사람들은 서둘러 투표소를 떠났다.

투표하려고 줄을 선 유권자들에게 인사를 건네느라 여념이 없던 돌라벨라가 성이 나 붉으락푸르락한 얼굴로 뛰어왔다. "이런 개새끼!" 돌라벨라는 히죽대는 안토니우스에게 침을 뱉었다.

"정도가 지나쳤어, 안토니우스." 카이사르가 이렇게 말하곤 입술을 꽉 다물었다.

"정말로 유성을 봤습니다." 안토니우스가 고집스럽게 주장했다. "제 왼쪽으로 지평선 부근에 낮게요."

"이것은 혹시 선거를 또 열어봐야 소용없을 거라고 말하는 자네만의 방식인가? 그 선거 역시 수포가 될 거라고?"

"카이사르, 저는 본 대로 말씀드렸을 뿐입니다."

"정말이지 자네는 절제란 것을 모르는 머저리로군, 안토니우스. 이런 것말고 다른 방법도 있었어." 카이사르는 이렇게 말하고 돌아서서 탑의 계단을 걸어내려갔다.

"덤벼, 이 멍청한 인간!" 돌라벨라가 싸울 태세로 소리쳤다.

"릭토르, 저자를 제지하게." 안토니우스는 빽 소리를 지르고 카이사르를 따라갔다.

키케로가 눈빛을 반짝대며 점잔 빼는 걸음걸이로 허둥지둥 다가왔다. "어리석은 짓이었어, 마르쿠스 안토니우스." 키케로가 선언했다. "자네가 한 짓은 법에 어긋나. 하늘을 보려거든 조점관으로서가 아니라 집정관으로서 봐야지. 조점관은 하늘을 관찰하기 전에 정식으로 권한을 위임받아야 하지만 집정관은 그렇지 않거든."

"안토니우스에게 다음 선거를 망칠 정확한 방법을 알려주어 고맙소, 키케로!" 카이사르가 딱딱댔다. "다만 푸블리우스 클로디우스가 집정관이 위임받지 않고 하늘을 관찰하는 것 역시 불법으로 만들었다는 사실을 상기시켜주고 싶군요. 그렇게 거들먹거리고 싶거들랑 당신이 추방생활을 할 때 통과된 법부터 다시 공부하시오."

굴욕을 당한 키케로는 코를 벌름대며 뒤돌아 가버렸다.

"궁금하군." 카이사르가 안토니우스에게 말했다. "자네에게 과연 돌라벨라를 보결 집정관으로 임명하는 걸 끝까지 막을 뚝심이 있을까."

"아니요, 저는 그런 짓을 할 생각이 없어요." 안토니우스가 기분좋게 말했다. "어차피 보결 집정관 따위가 저보다 서열이 앞설 수 없으니까요."

"안토니우스, 안토니우스, 자네는 산수 실력만큼이나 법 지식도 형편없군! 돌라벨라가 채우는 자리가 수석 집정관 자리라면 당연히 돌라벨라가 자네보다 서열이 앞서는 거야. 수석 집정관이었던 파비우스 막시무스가 지난 12월 말에 세상을 떴을 때 내가 어째서 겨우 몇 시간에 불과한 기간을 임기로 보결 집정관을 지명하는 수고를 감수했겠나? 법은 서판에 쓰인 게 전부가 아니야. 논란의 여지가 없는 선례 역시 법으로서 효력을 지니지. 그리고 나는 한 달여 전 작은 선례를 하나 세웠어. 자네도, 다른 그 누구도 이의를 달지 않았지. 자네는 오늘 나한테 한 방 먹였다고 생각했겠지만, 이젠 자네도 알았지? 나는 항상 자네보다 한 발 앞서 있어." 카이사르는 달콤한 미소를 지으며 루키우스 카이사르에게로 갔다. 루키우스는 안토니우스를 무섭게 쏘아보며 서 있었다.

"내 조카를 대체 어쩌면 좋겠나?" 루키우스가 체념한 얼굴로 말했다.

"내가 없는 동안 말씀입니까? 루키우스 형님이 잘 누르고 있어주세요. 사실 견제는 충분합니다. 오늘 일이 있은 뒤로 돌라벨라의 증오심이 커졌으면 커졌지 절대 줄지는 않았을 테니까요. 칼비누스가 기병대장인데다 큰 발부스와 오피우스가 국고를 꽉 잡고 있습니다. 네, 안토니우스에 대한 견제는 충분해요."

안토니우스는 자기 입에 단단히 재갈이 물려졌음을 깨닫고 활활 타오르는 분노 속에 성큼성큼 걸어 집으로 돌아갔다. 이건 부당해, 옳지 않아! 그 교활한 늙은 여우는 정치와 법을 이용한 모든 속임수에 통달해 있을 뿐만 아니라 본인 스스로 개발한 수까지 부족함이 없었다. 조만간 모든 원로원 의원은 카이사르가 없는 동안 그의 법과 지시를 지키겠다고 목숨을 건 선서를 강요당할 게 분명했다. 선서는 세모 상쿠스 디우스 피디우스 신전의 노천 공간에서 이루어질 것이며, 최고신관을 겸하고 있는 그 영감은 손에 돌멩이를 쥐는 따위의 선서를 무효화하기 위한 꾀를 익히 알고 있을 터였다. 닳아빠진 카이사르의 눈을 속이기란 사실상 불가능에 가까웠다.

트레보니우스. 가이우스 트레보니우스와 얘기해봐야겠어. 데키무스 브루투스 없이 트레보니우스하고 둘이서만. 사적인 공간이 확보될 만한 곳에서.

안토니우스가 트레보니우스와 접촉한 것은 카이사르가 집정관 자리에서 물러난 이후의 보결 집정관으로 돌라벨라를 임명하는 원로원 회의가 끝나고였다. 보결이지만 수석 집정관이었다.

"내 공마가 히스파니아에서 도착했습니다. 말도 볼 겸 언제 라나타리우스 평원에 같이 갈까요?" 안토니우스가 명랑하게 물었다.

"좋지." 트레보니우스가 말했다.

"언제가 좋을까요?"

"쇠뿔도 단김에 빼라지 않던가, 안토니우스."

"데키무스 브루투스는 어디 있습니까?"

"가이우스 카시우스와 함께 있네."

"거참 묘한 조합이로군요."

"요즘엔 전혀 그렇지 않다네."

두 사람은 말없이 걸어 카페나 성문을 지나고 로마의 마구간과 가축 방목장과 도살장이 모여 있는 곳으로 향했다.

날은 추웠고 매운바람이 불었다. 세르비우스 성벽 안에서는 그다지 추위가 느껴지지 않았지만, 일단 도시 경계를 지나니 이가 마구 맞부딪히기 시작했다.

"근처에 작고 괜찮은 선술집이 있습니다." 안토니우스가 말했다. "관용은 여기 두고 가지요. 포도주를 마시며 따뜻한 불 좀 쬐야겠어요."

"관용?"

"새 공마 이름이에요. 이래봬도 내가 카이사르의 관용을 기리는 제례의식을 주관하는 신관 아닙니까, 트레보니우스."

"오, 그날 은판을 바쳤을 때 그가 어찌나 불같이 화를 내던지!"

"그 얘긴 다시 꺼내지 마세요. 나중에 카이사르와 만나서 엉덩이를 어찌나 세게 걷어차였는지 일주일간 어디에 앉지도 못했어요."

문을 열고 들어서는 두 손님을 보고 선술집에 있던 사람들이 입을 떡 벌렸다. 이 선술집 역사상 자주색 단을 댄 토가를 입은 사내가 두 명이나 한꺼번에 입장한 것은 처음 있는 일이었으니까! 선술집 주인이 부리나케 달려나와 가장 좋은 탁자에 앉아 있던 상인 셋을 쫓아내고 그 자리에 새 손님들을 앉혔다. 자리를 빼앗긴 세 사람도 너무 놀라서 저항할 생각조차 못했다. 주인은 이어 가장 좋은 포도주가 담긴 암포라와 소금에 절인 양파와 통통한 올리브를 안주로 들고 왔다.

"여기라면 안전하겠어. 퀴리누스만큼이나 라티움의 향취가 강한 곳이군." 트레보니우스가 그리스어로 말했다. 그는 잔에 든 포도주를 시험 삼아 한 모금 마시고 깜짝 놀란 표정을 짓더니 그들 쪽을 향해 활짝 웃고 있는 주인장을 향해 칭찬의 의미로 손을 흔들었다. "안토니우스 자네 무슨 생각을 하고 있나?"

"일전에 당신이 말한 그 작은 계획에 관해서요. 시간이 얼마 남지 않았어요. 일은 어떻게 진척돼가고 있습니까?"

"어떤 의미에서는 잘되고 있고 어떤 의미에서는 그렇지 못하네. 총 스물두 명이 모였지만 간판으로 내세울 인물이 없어 걱정이야. 우리가 고결한 사람들로 인정받고 살아남을 수 없다면 이 일을 실행하는 건 아무 의미가 없어. 우리는 압제에 항거하는 사람들이지 살인자가 아니니까." 트레보니우스는 평소 즐겨 말하는 문구를 읊었다. "그래도 가이우스 카시우스가 새로 합류했네. 그는 요즘 마르쿠스 브루투스에게 이 일의 주동자가 돼달라고 설득하는 중일세."

"세상에!" 안토니우스는 감탄사를 내뱉었다. "마르쿠스 브루투스라면 간판이 되고도 남지요."

"하지만 나는 카시우스가 설득에 성공할 가능성을 그리 크게 보지 않아."

"이건 어떨까요," 안토니우스가 양파를 몇 겹 벗겨내며 말했다. "쓸

만한 간판을 구하지 못했을 경우를 대비해 몇 가지 보장을 받아두면요?"

"보장이라니?" 트레보니우스가 눈을 초롱초롱 빛내며 물었다.

"지금 집정관은 나라는 사실을 명심하십시오. 그리고 단 한 순간이라도 돌라벨라가 방해물이 될 거라곤 생각하지 마세요. 왜냐면 그리되도록 내가 내버려두지 않을 테니까요. 우리가 말하는 그 사람이 죽으면 돌라벨라는 드러누운 채 데굴데굴 굴러와 내게 떡하니 배를 내놓을 겁니다." 안토니우스가 말했다. "내 말은, 원로원과 인민이 보일 반응에 대비해두라는 말입니다. 내 아우들을 보세요. 가이우스는 법무관이고 루키우스는 호민관입니다. 이 일에 가담한 자들은 단 한 명도 재판을 받지 않을 것을 내가 기꺼이 보장하겠습니다. 또 직위, 속주 관할권, 토지 소유권 등 여타 권리를 박탈당하지 않게 지켜주겠습니다. 나는 카이사르의 상속자라는 사실을 명심하세요. 군대를 장악할 사람은 바로 나입니다. 군단병들은 레피두스, 칼비누스, 돌라벨라보다 나를 훨씬 더 잘 따라요. 원로원과 민회에서 감히 내 뜻을 거스를 사람은 아무도 없을 겁니다."

추하지만 매력적인 얼굴에 흉악한 인상이 떠올랐다. "카이사르는 나를 덩치만 큰 바보로 아는데 그건 사실이 아니에요, 트레보니우스. 카이사르가 살해되면 당신들이 나나 루키우스 외삼촌이나 칼비누스나 페디우스를 살려두겠어요? 네, 내 목숨도 위태로워요. 그러니 나는 당신과 협상하겠어요. 오로지 당신과! 이것은 당신이 설계한 계획이고, 나머지 사람들을 하나로 묶고 있는 사람도 당신이니까요. 내가 지금부터 하는 말은 당신과 나만 알아야 합니다. 절대 다른 사람들에게 발설해선 안 돼요. 내가 당신들의 표적이 되지 않을 거라고 보장한다면, 나는 이 일로 당신들 중 아무도 고통받지 않을 것을 보장하겠습니다."

트레보니우스는 촉촉한 회색 눈동자에 사색하는 빛을 띤 채 자리에 앉아 생각했다. 도저히 뿌리칠 수 없는 너무나 좋은 제안이었다. 안토니우스는 일중독자 카이사르와 달리 행정에 무관심한 게으름뱅이였다. 스스로 로마의 일인자라고 일컬으며 우쭐한 얼굴로 길거리를 활보할 수만 있다면—그리고 카이사르의 어마어마한 재산을 탕진할 수만 있다면—그는 로마가 옛날 방식으로 퇴보하든 말든 상관하지 않을 것이다.

"제안을 받아들이겠네." 가이우스 트레보니우스가 말했다. "이건 우리 사이의 비밀일세, 안토니우스. 다른 사람들이 모른다고 해서 그들에게 해될 건 없겠지."

"데키무스한테도 비밀로 하는 거죠? 클로디우스 클럽 시절을 돌아보면 데키무스는 사람들이 생각하는 것만큼 믿음직한 사람이 아니에요."

"데키무스에게도 비밀로 하겠네. 맹세해."

2월 초 카이사르는 전쟁의 명분을 찾았다. 시리아에서 들어온 소식에 따르면 코르니피키우스의 후임 총독으로 파견된 안티스티우스 베투스가 바수스를 아파메이아에 가두고 봉쇄작전을 폈다. 포위전을 속전속결로 처리할 수 있으리라고 판단한 터였다. 하지만 바수스가 사전에 시리아의 '수도'를 튼튼하게 보강해두었던 탓에 포위전은 장기화되었다. 설상가상으로 바수스는 사람을 보내 파르티아의 오로데스 왕에게 도움을 청했고 그 부름은 응답을 받았다. 파코로스 왕자가 이끄는 파르티아 군대가 시리아를 침략한 것이다. 결국 시리아 속주 북단의 전지역이 파르티아군에게 짓밟혔고, 안티스티우스 베투스는 안티오케이아에 갇힌 몸이 되었다.

군이 시리아 속주를 방어하거나 파르티아와 싸울 필요가 없다고 주장할 사람은 이제 아무도 없을 터였다. 카이사르는 당초 계획보다 훨씬 많은 돈을 국고에서 빼내 군자금을 조성하고 브룬디시움으로 보냈다. 군자금은 보안상 카이사르의 은행가 가이우스 오피우스의 금고에 보관되었다. 카이사르는 명령장을 발부해 마케도니아에서 군단병을 모집하고 수송선이 준비되는 즉시 브룬디시움으로 보내도록 했다. 기병대는 라벤나에서 야영하다가 가장 가까운 항구 앙코나에서 배로 이동했다. 보좌관들과 참모진은 그 전날 마케도니아로 집결하라는 명령을 받았고, 카이사르는 3월 이두스에 집정관 직에서 물러나겠다고 원로원에 통보했다.

가이우스 옥타비우스는 갑작스럽게 푸블리우스 벤티디우스로부터 브룬디시움으로 가라는 짤막한 통지서를 받았다. 2월 말에 브룬디시움에서 아그리파와 살비디에누스 루푸스와 같이 승선해야 했다. 반가운 명령이었다. 옥타비우스의 어머니는 사랑하는 외아들을 다시는 못 볼 거라며 매일같이 통곡했고, 필리푸스는 아내의 감상적인 반응이 지겨워 툭하면 짜증을 냈다. 어머니가 준비한 짐의 3분의 2를 덜어낸 옥타비우스는 라티나 가도를 타고 곧장 내려갈 요량으로 이륜마차 세 대와 수레 두 대를 빌렸다. 자유! 모험! 그리고 카이사르!

옥타비우스가 떠나기 전날 저녁 카이사르는 잠시 짬을 내어 작별인사를 하러 들렀다.

"학업을 계속 이어가길 바란다, 옥타비우스. 네 운명은 군인의 삶이 아니야." 위인이 말했다. 그는 그날따라 유난히 피로하고 지쳐 보였다.

"네, 카이사르, 그러려고 합니다. 마르쿠스 에피디우스와 알렉산드리아의 아레이오스를 데려가 웅변술을 다듬고 법 지식을 늘리고, 페르가몬의 아폴로도로스의 도움으로 부족한 그리스어 실력을 향상시키려고 해요." 옥타비우스가 얼굴을 찡그렸다. "조금씩 나아지고는 있지만 아무리 노력해도 아직 그리스어로 생각하는 것까진 안 돼요."

"아폴로도로스는 너무 늙었는데." 카이사르가 양미간을 찌푸리며 말했다.

"네, 하지만 장기간 여행을 해도 문제없을 만큼 건강하다고 다짐했습니다."

"그렇다면 데려가거라. 그리고 마르쿠스 아그리파도 교육을 받게 해. 군대에서뿐만 아니라 공직에서도 두각을 드러낼 것으로 기대되는 친구니까. 브룬디시움에서 머물 집은 필리푸스가 알아봐주었니? 여관마다 손님이 넘쳐날 텐데."

"네, 그분 친구인 아울루스 플라우티우스 댁에 묵기로 했습니다."

카이사르가 웃음을 터트리더니 별안간 소년 같은 표정을 띠었다. "일이 편하게 됐구나! 네가 군자금을 지켜주면 되겠다, 옥타비우스."

"군자금이요?"

"군대를 먹이고 행군시키고 싸우게 하려면 수백만 세스테르티우스가 든단다." 카이사르가 진지하게 말했다. "신중한 장군은 원정을 출발할 때 직접 군자금을 들고 가지. 나중에 돈이 더 필요해서 로마에 사람을 보내면 그때는 원로원이 몹시 까다롭게 굴 수 있거든. 따라서 수백만 세스테르티우스의 군자금은 아울루스 플라우티우스의 바로 옆집에 사는 오피우스의 금고에 보관돼 있어."

"제가 잘 지키겠습니다, 카이사르. 약속해요."

카이사르는 짧게 악수를 나누고 청년의 볼에 가볍게 입을 맞춘 뒤

자리를 떴다. 텅 빈 출입구를 바라보며 서 있던 옥타비우스는 가슴에 뭔지 모를 아릿함을 느꼈다.

'로마의 왕' 작전을 소박하게 하나 더 시도해볼까, 루페르쿠스 축제 전날 마르쿠스 안토니우스는 생각했다. 그해 축제에는 안토니우스가 수장인 루페르쿠스 율리우스 신관단을 포함해 총 세 개 신관단이 참가할 예정이었다.

루페르쿠스 축제는 로마에서 가장 오래된 동시에 가장 사랑받는 축제로 손꼽혔다. 하지만 이 축제의 예스러운 의식들은 대개 노골적으로 관능적인 색채를 띠어서 내숭 떠는 로마의 상류층 사람들은 차라리 관람하지 않는 편을 택했다.

팔라티누스 언덕에서 대경기장 끝과 포룸 보아리움이 바라다 보이는 가장자리 절벽에 루페르칼이라는 작은 동굴과 샘이 있었다. 게니우스 로키의 제단에 가까운 이곳의 오래된 떡갈나무(그 시절에는 무화과나무였다) 아래에서, 버림받은 쌍둥이 로물루스와 레무스에게 암늑대가 젖을 물렸다. 훗날 로물루스는 팔라티누스 언덕에 도시를 세운 뒤 '담을 뛰어넘었다'라고 표현된 뭔가 이상한 반역죄를 저질렀다는 명목으로 자신의 쌍둥이 형제를 죽였다. 당시 로물루스가 살았다는 타원형 초가집들 중 하나가 아직 팔라티누스 언덕에 보존되어 있었고, 로마인들은 지금도 루페르칼 동굴을 신성시하며 로마의 정령 게니우스 로키에게 기도를 바쳤다. 자그마치 600여 년 전에 일어난 일이지만 이 모든 것은 여전히 로마인들의 마음속에 생생하게 다가왔고, 루페르쿠스 축제일에는 더더욱 그러했다.

이날 루페르쿠스의 세 신관단은 루페르칼 동굴 앞에 모여서 실오라기 하나 걸치지 않은 맨몸으로 숫염소 여러 마리와 수캐 한 마리를 죽였다. 루페르쿠스 율리우스 신관단, 파비우스 신관단, 퀸틸리우스 신관단의 수장들은 각기 소속된 신관단이 희생제물의 목을 베는 모습을 감독한 뒤, 그들의 이마에 피가 뚝뚝 떨어지는 칼을 문질러 닦는 동안 전통에 따라 실성한 사람처럼 크게 웃어야 했다. 마르쿠스 안토니우스는 눈 속으로 파고드는 피 때문에 연신 눈을 깜빡거리면서 다른 두 신관보다 더 크고 미친듯이 웃어젖혔다. 옆에서 신관단 사람들이 젖에 축인 양모 타래로 눈가의 피를 닦아주었다. 염소와 개에게서 벗겨낸, 피로 범벅이 된 생가죽은 긴 끈 모양으로 잘라서 루페르쿠스 신관들의 음경을 감쌌다. 가죽끈이 음경 아래로 섬뜩하게 늘어져 전체적으로 도리깨를 닮은 형상이 되었다.

루페르쿠스 축제를 찾은 수천 명 중에 이 과정을 지켜볼 수 있는 사람은 극히 드물었다. 그도 그럴 것이 팔라티누스 언덕은 온갖 건물이 꽉 들어차 있어서 위쪽으로는 저택의 기둥들이, 아래쪽으로는 신전의 지붕과 제단이 시야를 가리기 때문이었다. 루페르쿠스 신관들은 '옷'을 입은 후 로마의 인민을 수호하는 얼굴 없는 정령들에게 '몰라 살사'라고 부르는 자그마한 소금 빵을 바쳤다. 베스타 신녀들이 라티움에서 가장 나중에 추수된 곡식의 첫 이삭만 모아 만든 이 소금 빵이 이날 의식의 진짜 희생제물이었고, 염소와 개는 '옷'을 제공하기 위해 죽였을 뿐이었다. 이 과정이 끝나면 서른 명 남짓의 건장한 신관단 사람들은 바닥에 앉아서 물 탄 포도주를 곁들인 '연회 음식'을 들었다. 이 식사는 사실 몹시 간소했는데, 식사를 마치는 대로 루페르쿠스 신관들은 3킬로미터가 넘는 거리를 달려야 했기 때문이다.

그들은 안토니우스를 필두로 루페르칼에서 출발해 카쿠스 계단을 내려가고 그 아래 줄지어 서 있는 어마어마한 인파를 헤치며 달렸다. 큰 소리로 웃으며, 길게 늘어진 가죽끈을 손에 쥐고 주변 사람들을 때리며 달렸다. 그들이 다가오면 사람들은 길을 내주었다. 그들은 팔라티누스 언덕의 대경기장 쪽으로 달려 모퉁이를 돌고 널따란 트리움팔리스 가도를 따라 케롤리아이 늪지로 내려갔다. 포룸 로마눔 꼭대기에 자리한 벨리아 고지로 올라갔다가 다시 사크라 가도의 로스트라 연단으로 내려갔고 로마 최초의 신전인 작고 오래된 레기아까지 짧은 길을 되돌아가는 것으로 달리기를 마무리했다. 사람들이 한 명만 겨우 지나갈 정도밖에 길을 터주지 않는데다가 채찍질을 받으려고 끊임없이 몰려들어서 앞으로 나아가기가 쉽지 않았다.

사실 이 매타작에는 신성한 목적이 있었다. 누구든 이 매를 맞으면 종족 번식을 보장받았으므로, 아이를 갖기를 열망하는 사람들은—여자뿐만 아니라 남자도—군중 사이를 뚫고 나가 루페르쿠스 신관이 피 묻은 채찍으로 자기를 후려쳐주기를 간절히 바랐던 것이다. 안토니우스에게 이는 그저 당연한 자연의 이치였다. 그의 아내 풀비아의 어머니이자 가이우스 그라쿠스의 딸인 셈프로니아는 서른아홉 살이 되도록 아이가 생기지 않았다. 별다른 방법을 찾지 못한 그녀는 루페르쿠스 축제에 가서 채찍에 맞았고, 그로부터 아홉 달 후 유일한 자식인 풀비아를 낳았다. 따라서 안토니우스는 친절한 누군가가 물을 권할 때만 잠시 쉴 뿐 아낌없이 채찍을 휘둘렀고, 그러는 내내 웃음을 잃지 않았다.

안토니우스가 군중에게 제공한 것은 그뿐만이 아니었다. 그의 모습이 시야에 나타나면 군중은 비명을 지르며 황홀해 어쩔 줄 몰라 했는데, 루페르쿠스 신관들 중에 유일하게 안토니우스만이 천으로 성기를 가리지 않았기 때문이다. 로마에서 가장 커다란 음경과 고환이 눈앞에

훤히 드러나 있는 것은 그 자체로 굉장한 볼거리였다. 모두가 너나없이 이 광경에 즐거워했다. 아, 아, 아, 저를 때려주세요! 때려주세요!

신관들의 달리기는 어느덧 그 끝을 향해 갔고, 루페르쿠스 신관들은 여전히 안토니우스를 필두로 줄지어 팔라티누스 언덕을 내려가 포룸 로마눔의 낮은 구역으로 갔다. 저 앞에 자리한 로스트라 연단에 독재관 카이사르가 고관 의자를 놓고 앉아 있었다. 카이사르도 이날만큼은 서류 작업에 빠져 있지 않았다. 그 역시 웃으며 농담을 던졌고 포룸 로마눔을 가득 메운 사람들과 인사말을 나누었다. 카이사르가 안토니우스를 보고 어떤 발언을 하자—안토니우스의 노출된 성기에 관한 것임이 분명했다—주변의 모든 사람들이 남녀 구분 없이 배꼽을 잡고 웃어댔다. 카이사르가 재기발랄한 재담꾼이라는 사실은 누구도 부인할 수 없었다. 좋습니다, 카이사르, 당신도 이 매를 한번 받아보시죠!

로스트라 연단 아래에 다다른 안토니우스가 왼손을 뻗어 군중 속 누군가가 내민 무언가를 받아들었다. 그는 돌연 계단을 뛰어올라 카이사르 뒤로 가서 떡갈잎관이 씌워진 그의 머리에 하얀 띠를 묶으려고 했다. 순간 카이사르가 번개처럼 움직였다. 하얀 띠는 떡갈잎관에 닿을 새도 없이 카이사르의 발밑으로 떨어져내렸다. 카이사르는 디아데마를 오른손으로 집어서 높이 쳐들고 우렁차게 외쳤다.

"로마에서는 유피테르 옵티무스 막시무스만이 유일한 왕이다!"

군중이 귀가 얼얼해지도록 큰 소리로 환호하자 카이사르가 양손을 들어 사람들을 조용히 시켰다.

"시민이여." 연단 아래 서 있는 토가 차림의 젊은이에게 카이사르가 말했다. "이것을 유피테르 옵티무스 막시무스에게 가져가 위대한 신의 조각상 받침대에 카이사르의 선물로서 올려놓아주시오."

영예의 주인공이 된 젊은이가 벅찬 기분을 느끼며 로스트라 연단으로 올라가 디아데마를 받아들자 사람들이 다시 한번 큰 소리로 환호했다. 카이사르는 젊은이를 향해 미소 짓고 그에게만 들리게 조용히 몇 마디를 건넸다. 젊은이는 얼떨떨하고 들뜬 마음으로 계단을 내려와 카피톨리누스 언덕길을 걸어 신전으로 향했다.

"자네는 아직 끝까지 달리지 않았네, 안토니우스." 카이사르가 안토니우스에게 말했다. 안토니우스의 부푼 가슴과 살짝 발기된 성기를 보고 여자들이 앓는 소리를 냈다. "레기아에 꼴찌로 도착하고 싶은가? 자네는 오늘 목욕을 하고 몸을 가린 뒤에 할 일이 하나 더 있어. 내일 새벽 원로원 의사당에서 회의를 소집하게."

의사당에 모인 원로원 의원들은 겁에 질려 부들부들 떨었지만, 카이사르의 기분은 의외로 평상시와 다를 바 없어 보였다.

"동판에 이렇게 새기십시오." 카이사르가 침착하게 말했다. "가이우스 율리우스 카이사르와 마르쿠스 안토니우스가 집정관을 지낸 해 열린 루페르쿠스 축제일에 집정관 마르쿠스 안토니우스가 카이사르에게 디아데마를 매어주려 했으나 카이사르는 이를 공개적으로 거부하고 군중으로부터 박수갈채를 받았다."

"아주 잘하셨습니다, 카이사르!" 원로원 의원들이 각자 일을 보러 흩어지는 동안 안토니우스가 진심 어린 목소리로 말했다. "독재관께서 디아데마를 거절하는 모습을 이제 온 로마가 봤습니다. 제가 독재관님을 위해 아주 대단한 일을 했단 걸 인정하십시오."

"자선행위는 그 정도로 해두게, 안토니우스. 안 그랬다간 자네의 수많은 머리통 중 하나가 자네 몸과 영원히 결별하게 될 테니까. 그런데 자네의 그 여러 머리통 중에 사고기관은 대체 어디에 들어 있나?"

스물둘은 그리 큰 수가 아니었지만, 카이사르 살해 모임의 총회를 열기 위해 스물두 명을 한 지붕 아래에 모으기란 기운이 몽땅 빠지도록 힘든 일이었다. 회원들—그들은 스스로를 '공모자'로 생각하지 않았다—중 그 누구도 이렇게 많은 사람들을 수용할 만큼 넓은 식당이 있는 집을 갖진 못했고, 주랑정원이나 공공정원에서 대화를 나누기엔 날씨가 너무 추웠다. 더구나 그들은 죄책감과 불안 때문에 남들 앞에서 한데 모여 있기 꺼렸으므로 원로원 회의가 열리기 전에도 함께 있지 않았다.

가이우스 트레보니우스가 호민관 재임 시절 빛나는 경력을 쌓은 덕분에 평민 역사에서 보통 이상으로 주목받는 인물이 아니었다면, 이 모임은 안전한 회의 장소가 없다는 이유로 해체되어버렸을지도 모를 일이다. 운좋게도 트레보니우스는 평민의 기록물을 정리했고 이들 자료는 아벤티누스 언덕에 위치한 케레스 신전 지하에 보관되어 있었다. 카이사르 살해 모임의 회원들은 로마에서 가장 아름다운 신전으로 일컬어지는 바로 이곳에서 사람들의 눈을 피해 해 진 뒤에 모임을 열었다. 그리고 참견 많은 여자들이 그들의 남편이, 아들이, 사위가 어디로 가는지 의심하지 않을 정도로만 모임의 빈도를 유지했다.

다른 대부분의 신전처럼 케레스 신전은 사면이 아름다운 기둥으로 에워싸였고 그 안에 서 있는 신전 건물은 창문 없이 육중한 이중 청동문만 달려 있었다. 문이 닫히면 빛이 전혀 들지 않아서 안에 누가 있는지 식별할 수 없었다. 아주 큰 방안에서는 6미터 높이의 여신상이 실내 분위기를 장악했다. 케레스 여신은 에머밀 다발을 양팔 가득 안고 장미, 팬지, 제비꽃을 비롯해 아름다운 여름꽃들이 그려진 현란한 색채의 로브를 입고 있었다. 금발 머리에는 화관을 썼고 발치에는 과일이 풍성하게 놓여 있었다. 하지만 이 신전에서 가장 눈길을 잡아끄는 것은 거대한 벽화였다. 남성미를 물씬 풍기는 플루토가 프로세르피나를 겁탈하려고 지하로 납치해 가는 동안 케레스는 흐트러진 모습으로 눈물을 흘리며 사랑하는 딸을 찾아 황폐하고 쓸쓸한 겨울 풍경 속을 헛되이 걷고 있었다.

카이사르가 자신이 디아데마를 받기를 거부한 사실을 동판에 기록하라고 지시한 이틀 뒤 야음을 틈타 전 회원이 모였다. 그들은 초조하고 불안했다. 개중 몇몇은 경미한 공황증세까지 보였다. 그들의 얼굴을 본 트레보니우스는 과연 자신이 그들을 하나로 모을 수 있긴 할지 회의가 들었다.

카시우스가 발언을 시작했다. "한 달 안에 카이사르는 제거될 겁니다. 하지만 나는 지금까지 여러분 중 한 사람이라도 이 일을 진지하게 여기고 있단 걸 보여주는 증거를 단 한 가지도 찾지 못했습니다. 말은 쉽지요! 중요한 건 행동입니다!"

"그러는 당신이야말로 마르쿠스 브루투스를 데려오는 일에 진척이 있소?" 스타이우스 무르쿠스가 아니꼽게 말했다. "행동을 취하는 것만이 능사가 아니오, 카시우스! 나는 진작 시리아로 떠났어야 할 사람인데 여전히 로마에 머무르고 있으니 우리 지배자께서 나를 자꾸만 의아한 눈빛으로 쳐다본단 말이오. 내 친구 킴베르도 마찬가지 상황이오."

사실 카시우스가 이토록 강팍하게 구는 원인은 바로 브루투스에 관한 일이 잘 풀리지 않았기 때문이었다. 브루투스는 포르키아를 향한 유별난 열정과 포르키아와 세르빌리아가 지치지 않고 벌이는 전쟁 사이에서 다른 일에 마음 쓸 엄두를 내지 못하고 있었다. 심지어 브루투스가 평소 그토록 공을 들이는—그러나 불법인—상업 활동조차 난조를 겪고 있었다.

"일주일만 더 주시오." 카시우스가 짧게 말했다. "그 안에 안 되면 브루투스는 뺍시다. 하지만 내가 걱정하는 건 그게 아니오. 카이사르를 죽이는 것만으론 충분치 않습니다. 안토니우스와 돌라벨라도 죽여야 해요. 칼비누스도요."

"어디 그래보게," 트레보니우스가 차분히 말했다. "우리는 신성모독을 저지른 죄인이 되어 돈 한푼 없이 로마에서 영원히 추방될 테니까. 행여 목숨을 보전한다면 말일세. 내전은 불가능해. 이탈리아 갈리아에는 데키무스가 쓸 수 있는 군단이 없고, 카푸아와 브룬디시움 사이에 주둔한 군단은 전부 마케도니아로 이동하고 있네. 이건 로마 정부의 전복을 기도하는 음모가 아닐세. 우리 모임의 목적은 로마에서 압제자를 제거하는 거야. 우리는 이 일의 대상을 카이사르로 한정해야 해. 그래야만 우리의 행동이 정의롭고 법의 테두리를 벗어나지 않는다고, 모스 마이오룸에 부합한다고 주장할 수 있네. 집정관들을 죽이면 신성모독을 범하는 거야. 이 점을 분명히 알게."

마르쿠스 루브리우스 루가는 젊은 카토를 견뎌내야 했던 불운의 속주 마케도니아의 총독을 배출한 가문의 별 볼 일 없는 자제였다. 도덕도 윤리도 원칙도 없는 자였다. 루브리우스 루가가 물었다. "그러게 어째서 이 모든 수고가 필요합니까? 그냥 몰래 카이사르를 불러세워 죽이고 비밀로 하면 되지 않겠습니까?"

장내에 정적이 무거운 휘장처럼 내려앉았다. 마침내 트레보니우스가 입을 열었다. "우리는 명예로운 사람들일세, 마르쿠스 루브리우스.

그게 이유야. 단순한 살인 행위에 명예가 있겠는가? 살인을 저지르고 그 행위를 인정하지 않는다? 천만에! 우린 절대 그럴 수 없어!"

방안의 모든 사람들의 목구멍에서 으르렁대는 소리가 터져나오자 루브리우스 루가는 어두운 구석으로 가서 몸을 움츠렸다.

"카시우스의 말에도 일리가 있습니다." 데키무스 브루투스가 루브리우스 루가에게 경멸하는 시선을 보낸 뒤 말했다. "안토니우스와 돌라벨라는 우리를 가만두지 않을 거예요. 카이사르와 굉장히 밀착된 사람들이니까요."

"이보게, 데키무스, 자네는 어떻게 안토니우스에 관해 그리 말하나? 그가 카이사르를 얼마나 괴롭히고 있는지 잘 알잖아." 트레보니우스가 반대 의사를 나타냈다.

"그건 어디까지나 그 자신의 목적을 위해서지 우리의 목적을 위해서가 아닙니다. 그가 카이사르를 해치지 않겠다고 풀비아가 보는 데서 자기 조상 헤르쿨레스에게 맹세했다는 사실을 잊으셨어요?" 데키무스가 반박했다. "그래서 오히려 더 위험해요. 카이사르를 죽이고 안토니우스는 살려둔다면 그는 언제 자기 차례가 올지 걱정하게 될 테니까요."

"데키무스 말이 맞습니다." 카시우스가 강한 어조로 말했다.

트레보니우스가 한숨을 내쉬었다. "모두 귀가하시오. 여기서 일주일 뒤에 다시 만납시다. 카시우스가 그날 마르쿠스 브루투스를 데려오길 기대해봅시다. 다들 그 문제에 집중하세요. 고관석에 앉을 사람을 아무도 남기지 않음으로써 로마를 극도의 혼란에 빠뜨리게 될 유혈사태를 생각하지 말고요."

신전의 열쇠를 갖고 있는 트레보니우스는 다른 사람들이 모두 나갈 때까지 기다렸다. 몇몇은 무리지어, 몇몇은 혼자 떠나는 것을 끝까지 지켜본 그는 손에 들고 있던 마지막 등불을 껐다. 불운이 우리를 기다리고 있어, 하고 트레보니우스는 생각했다. 불운이. 그들은 가만히 앉아서 남의 말만 들으며 아주 조그마한 소리에도 놀라서 펄쩍 뛰었다. 서로를 격려하는 말은 한마디도 건네지 않았고 귀기울여 들을 만한 의견도 전혀 내놓지 않았다. 양떼. 매애, 매애, 매애. 킴베르, 아퀼라, 갈바, 바실루스 같은 자들조차도 마찬가지였다. 양떼. 어떻게 스물두 마리 양이 카이사르라는 사자를 죽일 수 있을까?

다음날 아침 카시우스는 길모퉁이를 돌아 브루투스의 집으로 들어섰다. 그는 서재로 힘차게 걸어들어가 문에 빗장을 건 뒤 놀라서 멍한 표정을 지은 브루투스를 노려보았다.

"처남, 앉게." 카시우스가 말했다.

브루투스가 앉았다. "무슨 일인가, 가이우스? 오늘 좀 이상해 보이는군."

"나라꼴이 이 모양인데 당연한 일 아닌가! 브루투스, 자네는 카이사르가 이미 로마의 왕이라는 사실을 언제쯤 깨달을 텐가?"

둥그스름한 어깨가 축 처졌다. 브루투스는 자신의 손을 내려다보며 한숨을 쉬었다. "나도 이미 알지. 어째 나라고 모르겠나. 그가 '렉스'는 그저 단어에 불과하다고 한 건 맞는 말이야."

"그래서 자네는 어쩔 셈인가?"

"어쩌다니, 뭘 말인가?"

"뭔가 행동을 해야지! 브루투스, 자네의 그 영광스러운 선조들을 위해 제발 깨어나게!" 카시우스가 소리쳤다. "최초의 브루투스와 최초의 세르빌리아 아할라의 피를 동시에 이어받은 사내가 바로 이 시대 로마에 있다는 사실에는 어떤 이유가 있지 않겠나! 자네에게 내려진 의무에 어찌 그리도 무지한가?"

검은 두 눈이 휘둥그레졌다. "의무라니?"

"의무, 의무, 의무! 카이사르를 죽이는 것은 자네의 의무일세!"

브루투스가 입을 떡 벌리고 공포에 질린 얼굴로 말했다. "카이사르를 죽이는 게 내 의무라고? 카이사르를?"

"자네는 내 말을 앵무새처럼 따라 할 줄밖에 모르나? 카이사르가 죽지 않으면 로마는 공화정으로 되돌아갈 수 없네! 카이사르는 이미 로마의 왕이야, 이미 왕정을 수립했다고! 카이사르를 계속 살려둔다면 죽기 전에 상속자를 정할 테고 그 상속자가 지금의 독재관 자리를 물려받을 걸세. 그래서 몇몇 사람들이 카이사르 렉스를 죽이기로 결심했어. 나도 그들 중 한 명이고."

"카시우스, 안 돼!"

"아니, 난 그러기로 했어! 또다른 브루투스인 데키무스도. 가이우스 트레보니우스, 킴베르, 스타이우스 무르쿠스, 갈바, 폰티우스 아퀼라도. 모두 스물두 명일세, 브루투스! 그리고 우리는 스물세번째 회원으로 자네가 필요해."

"유피테르시여, 유피테르시여! 난 못해, 카시우스! 난 못해!"

"아뇨, 당신은 할 수 있어요!" 우렁찬 목소리가 들렸다. 포르키아가 주랑으로 난 문을 통해 성큼성큼 걸어들어왔다. 그녀의 얼굴과 눈빛이 활활 불타오르고 있었다. "맞아요, 카시우스, 그것만이 유일한 해결방법이에요! 그리고 브루투스는 반드시 스물세번째 회원이 될 거예요!"

두 사내는 말똥말똥 포르키아를 쳐다보았다. 브루투스는 한 대 맞은 듯 멍한 얼굴이었고 카시우스는 불안에 휩싸였다. 아, 어째서 주랑 쪽

문을 잊었을까?

"포르키아, 이 일을 아무에게도 발설하지 않겠다고 작고하신 선친에 대고 맹세하시오!" 카시우스가 소리쳤다.

"기꺼이 맹세하겠어요! 나는 바보가 아니에요, 카시우스. 이게 얼마나 위험한 일인지 나도 잘 알아요. 아, 하지만 이건 올바른 행동이에요! 왕을 죽이고, 아버지가 사랑했던 공화정을 되찾아야 해요! 이 일에 브루투스보다 적합한 사람이 있겠어요?" 포르키아가 기쁨에 떨며 방안을 활보했다. "네, 올바른 행동이에요! 아, 아버지의 원수를 갚고 아버지의 공화정을 되살리는 일에 내가 도움이 될 수 있다니!"

브루투스는 겨우 할말을 찾았다. "포르키아, 이건 카토 외삼촌이 찬성할 일이 아님을 당신도 알잖아! 외삼촌은 절대 찬성하지 않을 거야! 살인이라니? 카토 외삼촌이 살인을 용납해? 이건 올바른 행위가 아니야! 카이사르를 반대했던 그 오랜 세월 동안 카토 외삼촌은 단 한 번도 살인을 고려하지 않았어! 이건 외삼촌의 명예를 실추시키고, 자유의 수호자로서 기억되는 외삼촌의 명예를 망가뜨리는 짓이야!"

"아뇨, 틀려요, 틀렸어요, 틀린 말이라고요!" 포르키아가 사납게 소리쳤다. 그녀는 눈빛을 이글거리며 전사처럼 브루투스에게 다가섰다. "당신 겁나요, 브루투스? 아버지는 당연히 찬성하실 거예요! 아버지가 살아 계셨을 때 카이사르는 공화정에 위협이 되는 정도였지, 공화정을 끝장내지는 않았어요! 카시우스와 다른 모든 선한 사람들이 그렇듯, 아버지도 나와 생각이 같을 거라고요!"

브루투스는 양손으로 귀를 틀어막고 방에서 나가버렸다.

"걱정 말아요, 내가 계속 몰아붙일 테니까요." 포르키아가 카시우스에게 말했다. "내가 수를 쓰면 그이는 자기 의무를 이행할 거예요." 포르키아가 입술을 꽉 다물더니 얼굴을 찡그렸다. "어떻게 하면 될지 난 정확히 알고 있어요. 브루투스는 사색가예요. 그가 한순간도 사색에 잠기지 못하게 어서 행동하라고 자꾸 닦달하면 돼요. 내가 할 일은 브루투스로 하여금 하지 않는 것이 하는 것보다 더 두렵게끔 만드는 거예요. 하!" 포르키아가 자랑스레 선언하고 방에서 나갔다. 카시우스는 감탄하며 그 자리에 혼자 서 있었다.

"마치 카토를 보는 듯하군." 카시우스가 나직이 내뱉었다.

"이게 대체 무슨 일이냐?" 세르빌리아가 다음날 소리쳤다. "이 망측한 것 좀 봐!"

옛날식 턱수염이 달린 경직된 표정의 브루투스 가문 시조 흉상이 낙서로 뒤덮여 있었다. '브루투스, 너는 어째서 나를 잊었느냐? 나는 로마의 마지막 왕을 축출했다!'

브루투스가 손에 펜을 쥔 채, 아내와 어머니를 화해시키려는 100번째 시도를 위한 만반의 준비를 하고 서재에서 걸어나왔다. 하지만 어머니는 아내 때문에 화가 난 게 아니었다. 오, 유피테르 신이시여!

"물감, 온통 물감칠이야!" 세르빌리아가 노기등등해 말했다. "지우려면 테레빈유 한 양동이를 다 써야겠구나. 작품의 원래 채색까지 망칠 테고! 누가 이런 짓을 했느냐? 그리고 이게 대체 무슨 뜻이야? '브루투스, 너는 어째서 나를 잊었느냐? 나는 로마의 마지막 왕을 축출했다'라니! 디토스! 디토스!" 세르빌리아가 소리치며 성큼성큼 걸어갔다.

하지만 이것은 시작에 불과했다. 브루투스가 피호민 무리와 함께 포룸 로마눔의 수도 담당 법무관 재판소로 가니 그곳에도 사방에 낙서가 쓰여 있었다. '브루투스, 당신은 어째서 잠들어 있는가? 브루투스, 어째서 로마를 망치고 있는가? 브루투스, 당신의 첫번째 칙령이 무엇이겠는가? 브루투스, 당신의 명예는 어디에 있는가? 브루투스, 깨어나라!'

역대 로마 왕들의 조각상 옆에 나란히 서 있는 브루투스 가문 시조의 조각상에는 이렇게 쓰여 있었다. '브루투스, 너는 어째서 나를 잊었느냐? 나는 로마의 마지막 왕을 축출했다!' 가까이 있는 세르빌리우스 아할라의 조각상도 예외가 아니었다. '브루투스, 너는 나를 잊었느냐? 나는 왕이 되려 한 마일리우스를 죽였다!'

테레빈유를 파는 대시장 상점에 물건이 동이 났다. 브루투스는 로마 곳곳에 하인들을 보내 테레빈유를 사들였고, 그 덕분에 테레빈유 가격이 급등했다.

브루투스는 두려웠다. 언제나 무엇이든 알고 있는 카이사르가 이 낙서와 질문의 의미를 알아챌 게 분명했다. 당황한 브루투스의 눈에 그 의미는 너무도 자명했다. 누군가가 그에게 종신 독재관의 암살을 촉구하고 있었다.

이튿날 새벽 에파프로디토스가 브루투스의 피호민들을 집에 들였을 때 브루투스 가문 시조의 빛바래고 망가진 흉상에 다시 낙서가 남아 있었을 뿐만 아니라 브루투스 그 자신의 흉상에도 글귀가 빼곡히 적혀 있었다. '그를 쓰러뜨려, 브루투스!' 세르빌리우스 아할라의 흉상에는 '나는 마일리우스를 죽였다! 이 집안에 애국자는 나 하나뿐이냐?'라고 쓰여 있었다. 그리고 아트리움 벽의 모자이크 장식판에는 단정한 글씨로 이렇게 적혀 있었다. '감히 너 스스로를 브루투스로 부를 자격이 있느냐? 너는 그를 쓰러뜨리기 전까지 그 영광스러운 불멸의 이름으로 불릴 자격이 없다!'

세르빌리아는 소리를 꽥꽥 지르며 발을 굴렀고, 포르키아는 미친 사람처럼 웃어댔으며, 피호민들은 어리둥절한 채 아트리움에 모여 있었다. 가련한 브루투스로서는 지하세계에서 도망쳐나온 무시무시한 여우원숭이 한 마리가 그를 미치게 만들려고 작정한 것만 같았다.

물론 포르키아는 그를 쉴새없이 들볶아댔다. 브루투스는 밤이면 그녀와 살을 맞대고 달콤한 행복을 누리는 대신, 잠시도 가만히 있지 않는 시끄럽고 입심 사나운 여인네 옆에 누워 있어야만 했다.

"아니, 안 해!" 브루투스는 외치고 외치고 또 외쳤다. "나는 살인을 저지르지 않아!"

마침내 포르키아는 브루투스를 말 그대로 질질 끌고 자기 거실로 데려가 의자에 강제로 앉힌 뒤 작은 칼을 꺼내들었다. 브루투스는 자기에게 칼을 휘두르려는 줄 알고 잔뜩 움츠러들었다. 하지만 포르키아는 치마를 홱 걷어올리더니 칼날을 자신의 하얗고 통통한 허벅지에 내리꽂았다.

"봤어요? 봤어요? 브루투스 당신은 그를 죽이는 게 두려운지 모르겠지만, 난 아니에요!" 포르키아가 악을 썼다. 상처에서 피가 솟구쳤다.

"알았어, 알았어, 알았어!" 브루투스가 사색이 되어 말했다. "알았어, 포르키아, 당신이 이겼어! 할게. 그를 죽일게."

포르키아는 혼절했다.

이렇게 해서 카이사르 살해 모임은 소중한 회원 마르쿠스 유니우스 브루투스 카이피오를 얻었다. 그는 너무나도 겁이 나서 더이상 거부할 수 없었다. 포르키아의 들볶음과 낙서가 계속될수록 자신이 더더욱 화젯거리가 되리라는 끔찍한 사실을 그도 잘 알았다.

"나는 장님도 귀머거리도 아니야, 브루투스." 의사가 포르키아를 진료하고 간 뒤 세르빌리아가 브루투스에게 말했다. "바보도 아니고. 이 모든 건 카이사르 살해 음모야, 그렇지? 암살을 계획한 자가 누군지 모르겠지만 그는 네 이름이 필요했던 거야. 내가 여기까지 말했으니 자세한 내막은 네가 직접 밝혀. 말해, 브루투스, 안 그러면 넌 죽은목숨이야."

"음모 따위는 몰라요, 엄마." 브루투스는 용기를 내어 말했다. 심지어 이 말을 하면서 어머니의 눈을 똑바로 쳐다보기까지 했다. "누군가가 제 명성을 망치고 카이사르가 절 불신하게 만들려고 작정한 거예요. 저한테 앙심을 품은 어느 미친놈이요. 저는 마티니우스를 의심하고 있어요."

"마티니우스?" 세르빌리아가 멍하게 되물었다. "네 사업 관리인 말이냐?"

"그동안 회사 돈을 횡령하고 있었어요. 며칠 전 해고했는데, 앞으로 마티니우스를 집에 들이지 말라고 에파프로디토스에게 일러두는 걸 깜빡했어요." 브루투스가 멋쩍은 미소를 지었다. "제가 요즘에 정신이 없었잖아요."

"알겠다. 계속 말해봐."

"이제 에파프로디토스에게도 말해두었으니 낙서 따윈 없을 거예요, 엄마." 브루투스가 말을 이었다. 갈수록 대화에 자신감이 붙었다. 마티니우스가 회사 돈을 횡령해서 해고한 것은 다행히도 사실이었다. "덧붙여 말씀드리자면 오늘 아침 카이사르를 만나서 직접 해명하려고 해요. 검투사 출신 경비들을 고용해서 제 재판소와 공공 조각상에 밤낮으로 보초를 세웠으니 마티니우스가 더는 저와 카이사르 사이를 이간질하지 못할 거예요."

"그럴듯하구나." 세르빌리아가 느릿하게 말했다.

"그렇게밖에 설명이 안 되죠, 엄마." 브루투스는 소심하게 킥킥 웃었다. "그러니까 제 말은, 엄마는 솔직히 제가 카이사르를 죽일 수 있다고 생각하세요?"

세르빌리아가 고개를 젖히고 웃음을 터트렸다. "솔직히? 너 같은 쥐새끼가? 너같이 겁 많은 토끼가? 버러지가? 끔찍한 괴물 같은 마누라에게 눌려 사는 너같이 줏대 없는 놈이? 네 마누라가 죽였음 죽였지, 네가? 차라리 돼지가 하늘을 난다는 말을 믿겠구나."

"그러니까 말이에요, 엄마."

"거기 그렇게 머저리같이 서 있지 말고 어서 카이사르를 만나러 가! 암살 음모를 꾸미고 있다고 카이사르에게 기소당하기 전에."

브루투스는 시킨 대로 했다. 그는 늘 그러지 않았던가? 어쨌든 지금은 그것이 최선의 대처였다.

"이것이 이번 일의 전모입니다, 카이사르." 브루투스가 관저의 서재에서 종신 독재관에게 말했다. "심려를 끼쳐서 죄송합니다."

"호기심이 생기긴 했지만, 브루투스, 걱정은 하지 않았네. 사람이 어째서 죽음을 걱정한단 말인가? 내가 이제껏 하지 못하거나 이루지 못한 건 별로 없어. 그래도 최소한 파르티아 왕국을 정복할 때까지는 살겠지." 옅은 색 눈동자는 요즘 들어 회복할 수 없을 정도로 더욱 옅어진 듯했다. 아무리 카이사르라고 해도 일의 중압감이 지나치게 컸던 것이다. "파르티아를 지금 정복하지 않으면 우리 서방 세계는 두고두고 후회하게 될 걸세. 나는 솔직히 로마를 떠나는 게 섭섭하지 않아." 미소가 피어오르며 그의 얼굴이 밝아졌다. "그래, 왕이 되겠다는 사내가 할말은 아니지? 아, 브루투스, 정신이 제대로 박힌 사람이라면 이 시끄럽고 까다롭고 골치 아픈 로마인들을 상대로 누가 왕 노릇을 하려 들겠나?

적어도 나는 아닐세!"

별안간 눈시울이 붉어진 브루투스가 눈을 깜빡이며 시선을 떨궜다. "좋은 질문입니다, 카이사르. 저 역시 그들을 상대로 왕 노릇을 하고 싶지 않으니까요. 문제는 그 낙서들이 시작된 후로 독재관을 암살하려는 음모가 있다는 소문이 나돈다는 겁니다. 부디 릭토르들을 다시 부르십시오."

"난 그럴 생각 없네." 카이사르가 손님을 문으로 안내하며 유쾌하게 말했다. "만약 그런다면 사람들은 내가 겁먹었다고 수군댈 텐데, 내가 그 꼴을 볼 것 같은가? 사실 그보다 끔찍한 일은 칼푸르니아가 소문을 들은 뒤로 안절부절못하고 있단 걸세. 클레오파트라도 그렇고." 카이사르가 웃음을 터트렸다. "여자들이란! 자칫하면 남자를 제비꽃처럼 움츠러들게 만든다니까."

"더없이 옳은 말씀입니다." 브루투스는 이렇게 대꾸하고 집으로 돌아가 아내와 대면했다.

"세르빌리아 말이 사실이에요?" 포르키아가 사납게 따졌다.

"어머니가 뭐라고 했는지 말을 해야 알지."

"당신이 카이사르한테 다녀왔다는 말이요."

"그토록 많은 공공장소가 낙서로 도배되었는데 내가 달리 어쩔 수 있겠어, 포르키아." 브루투스가 뻣뻣하게 말했다. "화낼 것 없어. 포르투나는 당신의 대의를 향해 미소 짓고 있으니까. 마티니우스 탓으로 둘러댔어. 어머니에게 통한 속임수가 우리 지배자에게 통하지 않을 리 없지." 브루투스는 포르키아의 두 손을 힘주어 잡았다. "내 사랑, 당신은 신중함을 배워야 해! 그러지 않으면 우린 이 일에 성공할 수 없어. 히스테리나 자해는 이제 그만둬, 알았지? 당신이 날 진정으로 사랑한다면 부디 나를 지켜줘. 날 죄인으로 만들지 마. 카이사르를 만났으니 이젠 카시우스를 보러 가야겠어. 카시우스도 나 못지않게 걱정을 많이 했을 테니까. 이번 일에 연관된 다른 사람들 전부 그렇겠지. 원래 비밀이었던 것이 당신 탓에 이제 도처에서 떠드는 이야기가 돼버렸으니."

"난 당신이 이 일을 하게 만들어야 했어요." 포르키아가 말했다.

"알아, 그리고 당신은 해냈어. 당신 기분이 너무 불안정해. 어머니와 같이 산다는 사실을 잊은 거야? 어머니는 수년간 카이사르의 정부였고 지금도 그를 지독히 사랑해." 브루투스의 얼굴이 일그러졌다. "카이사르에게 전혀 애정이 없다는 내 말을 제발 믿어줘, 내 사랑. 지금까지 내가 겪은 모든 고통은 카이사르로 인한 거였어. 만일 내가 카시우스였다면 그를 죽이기란 식은 죽 먹기였겠지. 하지만 당신이 앞으로도 이해하지 못할 사실은, 나는 카시우스가 아니라는 거야. 살인을 말하는 것과 살인을 저지르는 것은 완전히 다른 일이야. 나는 평생 거미보다 큰 생물은 죽여본 적이 없어. 그런 내가 카이사르를 죽인다고?" 브루투스가 몸서리쳤다. "그건 맨정신으로 불의 평원에 걸어들어가는 것이나 마찬가지야. 그래, 어떤 의미에선 그게 올바른 행위라는 걸 알겠어. 하지만 오, 포르키아, 다른 의미에선 그를 죽이는 것이 로마에 이익이 되거나 공화정을 되찾는 일이 되리란 확신이 들지 않아. 내 본능은 카이사르를 죽이면 상황이 더욱 악화될 뿐이라고 말하고 있어. 그를 죽이는 건 신들의 뜻에 참견하는 짓이잖아. 모든 살인이 그래."

포르키아는 그의 말을 듣긴 들었지만, 제멋대로 날뛰는 그녀의 심장이 허락하는 부분만 들었다. 포르키아의 표정이 어두워지고 몸이 축 늘어졌다. "사랑하는 브루투스, 당신이 내게 한 비판은 정당해요. 난 너무 불안정해서 기분을 다스릴 수가 없어요. 이제부터는 얌전히 굴게요, 약속해요. 하지만 그를 죽이는 것은 분명히 로마 역사상 가장 올바른 행위예요!"

2월이 지나고 3월 칼렌다이에 카이사르가 원로원 회의를 열었다. 그가 집정관 자리에서 물러나기로 한 이두스 전에 열리는 마지막 회의였다. 로마 군대를 아드리아 해 건너로 실어나르는 작업이 무시무시한 속도로 진행되고 있었다. 바다 건너편 마케도니아에 도착한 로마 군단은 디라키온과 아폴로니아 사이에 진지를 쳤고, 카이사르의 개인 참모들은 아폴로니아에서 대기했다. 디라키온과 아폴로니아는 각각 에그나티우스 가도의 북쪽 끝과 남쪽 끝이었고 에그나티우스 가도의 동쪽에는 트라키아와 헬레스폰트 해협이 있었다. 로마 군단은 앞으로 1천200킬로미터를 한 달 안에 행군해야 했다.

칼렌다이에 열린 회의에서 카이사르는 푸블리우스 바티니우스와 마르쿠스 안토니우스가 다키아의 비레비스타스 왕을 상대로 펼칠 군사작전의 개요를 밝혔다. 흑해 주변의 모든 영토에 로마 최하층민 거류지를 세울 계획이므로 이 작전은 꼭 필요하다고 카이사르는 역설했다. 이어 그는 올해가 끝나는 대로 푸블리우스 돌라벨라가 시리아 총독으로 파견되어 카이사르가 작전을 지휘하는 동안 시리아에서 군수품을 조달해줄 것이라고 말했다. 회의에 참석한 의원은 그리 많지 않았고, 그들은 새로울 것 없는 이 소식에 공손히 귀를 기울였다.

"이두스에 열릴 다음 회의는 내가 이끌 전쟁을 주제로 하기 때문에 신성경계선 바깥에서 열립니다. 협소한 벨로나 신전 대신에 폼페이우스 회의소에서 열겠습니다. 올해 법무관들을 속주에 배정하는 문제도 그날 함께 다루겠습니다."

그날 밤 카이사르 살해 모임 회원들은 케레스 신전에 집결했다. 카시우스가 마르쿠스 브루투스와 함께 들어서자 나머지 회원들이, 심지어 가이우스 트레보니우스조차도 믿을 수 없다는 표정으로 쳐다보았다.

"놀라 자빠질 일이군요!" 푸블리우스 카스카가 외쳤다. 카이사르 암살 음모에 관한 소문이 나날이 퍼져나가서 그 역시 다른 사람들처럼 초조해하고 있었다. "카이사르한테 우리 얘기를 했소, 브루투스?"

"그랬소?" 동생 가이우스 카스카도 따져 물었다.

"카이사르와는 내 사업 동료의 횡령 행위에 관한 이야기를 나눴소." 카시우스와 함께 플루토 아래쪽에 놓인 벤치로 이동하며 브루투스가 쌀쌀맞게 대답했다. 이제 두려움은 넘어섰고 앞으로 다가올 상황을 받아들인 터였지만, 막상 그 자리에 모인 인물들의 면면을 들여다보니 불쾌하기 짝이 없었다. 루키우스 미누키우스 바실루스! 저런 쓰레기가 도대체 어떤 고귀한 목적에 불쏘시개 노릇을 한단 말인가? 킹킨나투스와 동시대인인 미누키우스를 조상으로 두었다고 주장하면서 자기집에서는 노예들을 고문하는 저급한 벼락출세자 아닌가! 그리고 탄광과 채석장의 노예 중개인이었던 아버지를 둔 페트로니우스! 이미 로마의 위인을 살해한 전적이 있는 카이센니우스 렌토! 그리고 나보다도 젊은 우리 어머니의 애인 아퀼라까지! 참으로 대단한 소모임이로군!

"정숙, 정숙!" 트레보니우스가 날카롭게 말했다. 그 역시 긴장해 있었다. "환영하네, 마르쿠스 브루투스." 트레보니우스는 방 한가운데 놓인 케레스 신상 받침대 아래로 걸어가 스물두 명의 얼굴을 바라보았다. 등불 빛을 받아 불그스레해지고 기괴한 형상의 그림자가 드리워져 어딘가 불길하고 낯설어 보이는 얼굴들이었다. "오늘밤 우리는 몇 가지 결정을 내려야 합니다. 3월 이두스까지는 이제 열나흘밖에 남지 않았습니다. 카이사르는 그뒤로 사흘 더 로마에 머물러 있을 거라고 하지만 그 말은 신뢰할 수 없습니다. 만일 브룬디시움에서 자기가 필요하다는 소식이 들어오면 득달같이 떠날 테니까요. 하지만 그는 이두스까지는 무슨 일이 있어도 반드시 로마에 있어야 합니다."

트레보니우스가 방안을 한 바퀴 빙 돌았다. 마른 몸매, 보통 키, 생기 없는 빛깔의 머리칼과 눈동자와 표정까지 이렇다 할 특색이 없는 평범한 사내였다. 하지만 그곳에 자리한 이들은 모두 알았다. 트레보니우스는 능력이 탁월했다. 트레보니우스의 짧은 집정기는 단조롭게 지나갔지만 그것은 그가 중요한 일을 할 여지를 카이사르가 주지 않은 탓이었다. 트레보니우스는 아시아 속주 총독 내정자였다. 군사 지휘권이 생기는 자리는 아니지만 솔직히 아시아 속주의 열악한 재정 상태를 감안하면 어려운 자리였다. 트레보니우스가 지닌 가장 큰 자산은 로마인다운 지성이었다. 실용주의, 행동이 필요한 때를 알아보는 본능적 직감, 숨은 위험을 감지하는 예리한 후각, 뛰어난 병참 능력. 그렇기에 그들은 트레보니우스의 말에 귀를 기울이며 불안과 초조가 서서히 누그러드는 것을 느꼈다.

"이미 논의를 마친 내용이지만 마르쿠스 브루투스를 위해 거사가 치러질 장소를 다시 설명하겠습니다. 카이사르에게 릭토르가 없다는 사실이 굉장히 중요하긴 하지만, 그는 여전히 어디서나 피호민 수백 명에 에워싸여 있습니다. 따라서 우리의 선택지는 하나로 좁혀졌습니다. 바로 클레오파트라의 저택과 아우렐리우스 가도 사이의 긴 도로입니다. 카이사르는 클레오파트라를 방문할 때 비서 두어 명을 제외하고 아무도 대동하지 않습니다. 카이사르의 이주 정책 때문에 트란스티베림 사람들이 많이 줄어들어서 요즘 그 부근은 인적이 매우 드뭅니다. 따라서 우리는 그를 거기에서 매복 공격합니다. 날짜는 아직 정해지지 않았습니다."

"매복 공격이요?" 브루투스가 놀란 목소리로 물었다. "설마 카이사르를 진짜로 '매복 공격'하자는 말은 아니겠지요? 그러면 누가 그랬는지 사람들이 어떻게 압니까?"

"매복 공격만이 유일한 방법이네." 트레보니우스가 단호히 말했다. "행위자가 우리임을 증명하기 위해 우리는 그의 머리통을 들고 포룸 로마눔으로 갈 걸세. 거기서 훌륭한 연설을 펼쳐서 사람들의 마음을 진정시킨 뒤 원로원 회의를 열고 로마에서 압제자를 제거한 우리를 칭송할 것을 요구하겠네. 만일 필요하다면 키케로를 데려와 회의에 참석시킬 수도 있네. 키케로는 우리를 지지할 거야. 그것만큼은 아주 확실해."

"정말이지 끔찍하군요!" 브루투스가 소리쳤다. "역겹습니다! 구역질 나요! 카이사르의 머리통이라뇨? 그리고 어째서 키케로는 이 일에 가담하지 않았습니까?"

"그야 키케로는 새가슴인데다가 쉴새없이 주둥이를 놀려대니까!" 데키무스 브루투스가 날을 세우며 딱딱댔다. "우리가 키케로를 이용하는 것은 거사를 치른 후가 될 거요. 그전이나 도중은 안 돼요! 당신은 우리가 카이사르를 어떤 식으로 죽이리라고 생각했소, 브루투스? 공개적으로?"

"그렇소. 공개적으로." 브루투스가 망설임 없이 대답했다.

모두가 놀라 숨을 삼키는 소리가 들렸다.

"우리는 그 자리에서 린치를 당할 거요." 갈바가 마른침을 꿀꺽 삼키며 말했다.

"우리는 압제에 항거하는 사람들이지 살인자가 아닙니다!" 브루투스가 강한 어조로 말했다. 카시우스는 브루투스가 이미 돌이킬 수 없을 정도로 마음을 굳혔음을 알 수 있었다. "열린 장소에서의 공개적인 행위여야 합니다. 아주 조금이라도 숨기는 부분이 있으면 우리는 암살자로 낙인찍힙니다. 나는 우리가 로마의 해방자였으며 지금도 해방자로 추앙받는 최초의 브루투스와 아할라의 정신을 계승하는 사람들이라고 믿습니다. 우리의 동기는 순수하며 우리의 목적은 숭고합니다. 우리는 로마의 압제적인 왕을 제거하려고 합니다. 그리고 그 행위는 강한 신념에 기초한 용기를 요구합니다. 이 분명한 사실을 여러분은 모르겠습니까?" 브루투스가 동의를 구하듯 양손을 내밀었다. "이 행위가 은밀히, 남모르게 행해진다면 우리는 갈채를 받을 수 없습니다!"

"아, 그래요, 알겠소." 바실루스가 비웃었다. "그러니까 당신 말은 우리가, 말하자면 사크라 가도 같은 데서 수천 명의 피호민에 에워싸인 카이사르를 찾아가 인파를 헤치며 그에게 자연스럽게 다가간 다음 '안녕하십니까, 카이사르. 우리는 당신을 죽이러 온 명예로운 사람들입니다. 그러니 거기 잠깐 서서 왼쪽 어깨의 토가를 좀 내리고 우리가 칼을 꽂을 수 있게 가슴팍을 보여주십시오'라고 말하자는 것이군요. 이 무슨 헛소리입니까! 당신은 대체 어디서 살다 왔소, 브루투스? 올림포스의 구름 속? 플라톤의 이상 국가?"

"아니, 그렇지 않소. 하지만 적어도 나는 자신의 쾌락을 위해 남을 뜨거운 인두와 펜치로 괴롭히진 않소, 바실루스!" 브루투스가 으르렁댔다. 그렇게 격렬하게 화를 내는 자신의 모습에 그 스스로도 놀랐다. 포르키아에게 떠밀려 가담하긴 했지만, 카토가 1천 명 온대도 미누키우스 바실루스 같은 자들의 비위를 맞춰줄 생각은 없었다! 이 일에 돌이킬 수 없을 만큼 깊숙이 가담하게 된 그는 이제 이 일이 자신에게 매우 중요해졌다는 사실을 깨달았다.

브루투스의 완고한 태도는 카시우스에게 뜻밖의 영향을 미쳤다. 카시우스는 본능적인 자기 보존 욕구를 탈피해 브루투스가 만든 제단에 기꺼이 목숨을 바치고 싶은 거대한 욕망이 솟구치는 것을 느꼈다. 브루투스가 옳다! 카이사르를 공개적인 장소에서 죽이는 것보다 더 좋은 방법은 없다! 그들 모두 그 자리에서 죽음을 맞겠지만, 로마는 그들을 기리는 조각상을 신들 사이에 세워주리라. 어차피 이것보다 나쁜 운명도 있다.

"다들 그 입 다무시오!" 카시우스가 말싸움에 끼어들며 소리쳤다. "이런 바보들 같으니, 브루투스의 말이 옳소! 공개적으로 거행해야 합니다! 지난 경험으로 볼 때 은밀히 진행하는 일은 그르치기가 십상입니다. 우회로가 아닌 직진을 택해야 합니다. 카이사르에게 대책 없이 걸어가 우리의 목적을 선언하자는 말이 아니오, 바실루스. 칼을 사용하면 공개적인 장소에서도 확실히 죽일 수 있습니다. 공개적으로 감행해서 더 좋은 점은 세 사람 모두를 한꺼번에 죽일 수 있다는 점입니다. 카이사르는 한쪽에는 차석 집정관을, 다른 쪽에는 보결 집정관을 세워두는 버릇이 있지 않습니까." 카시우스가 주먹으로 손바닥을 세게 내리쳤다. "카이사르와 더불어 안토니우스와 돌라벨라까지 한꺼번에 제거합시다."

"안 돼!" 브루투스가 소리쳤다. "안 돼! 안 돼! 우리는 압제에 항거하는 사람들이지, 살인자가 아니야! 안토니우스와 돌라벨라를 죽인다는 말은 꺼내지도 말게! 설사 그들이 카이사르의 옆에 서 있더라도 그대로 둬야 합니다. 우리는 왕을, 오로지 왕만을 죽입니다! 우리가 거사를 치를 때 외치는 말도 '우리가 로마를 압제에서 해방시켰다'여야 합니다! 그러고 나서 우리는 단검을 버리고 로스트라 연단으로 올라가 모두에게 자랑스럽고 당당하고 기쁘게 선언해야 합니다! 우리의 명연설가들이 산을 옮기고 고르곤들을 울릴 웅변을 해주어야겠지요. 우리들 중에는 그 정도 능력의 연설가들이 있습니다. 우리는 스스로를 로마의 해방자라고 부를 것이며, 우리의 행위를 강조하는 자유의 모자를 쓰고 서 있을 겁니다."

아, 어찌하여 나는 한순간이라도 마르쿠스 브루투스가 우리 모임의 귀한 자산이 되리라고 생각했을까? 트레보니우스는 브루투스가 지껄이는 헛소리를 들으며 납덩어리처럼 무거운 마음으로 자문했다. 그의 시선이 데키무스 브루투스의 시선과 마주쳤다. 데키무스가 자포자기한 듯 눈알을 위로 굴렸다. 큰 소리를 쳐서 브루투스를 조용히 시킨다고 해도, 이미 계획은 너덜너덜한 넝마가 되었고 그들의 진실성은 훼손되었다. 안토니우스에게 미리 말해둔 것처럼 비밀리에 거사를 치르고 미리 정한 시점에 사람들 앞에 나가 선언하는 것만이 유일한 방법이었다. 브루투스가 말하는 것은 순전히 자살행위였다. 안토니우스는 보복 차원에서라도 그들을 죽일 수밖에 없을 것이다! 심장이 방망이질 치는 것을 느끼며 트레보니우스는 그 계획을 되살리기 위해 지푸라기라도 잡으려 했다.

"잠깐, 잠깐! 방법이 있습니다!" 트레보니우스가 고함쳤다. 목소리가 어찌나 컸던지 일순간에 언쟁이 멈췄다. 사람들의 얼굴이 전부 그를 향했다. "공개적이면서도 안전한 방법이 있습니다." 트레보니우스가 말했다. "3월 이두스에 폼페이우스 회의소. 이만하면 충분히 공개적인 장소겠지, 브루투스?"

"원로원이 모이는 회의소야말로 아주 공개적인 장소지요." 브루투스가 놀라서 숨을 들이쉬며 말했다. 그의 눈이 둥그레지고 눈썹에서 땀방울이 굴러내렸다. "공개적이라고 해서 반드시 포룸 로마눔의 수많은 군중이 보는 앞에서 해야 한다고 한 적은 없습니다. 명망 높은 인물들이 주변에 증인으로 있어야 한다는 것뿐이지요. 우리의 진정성, 우리의 명예로운 목적을 알아보고 신성한 맹세를 바칠 수 있는 사람들 말입니다. 원로원 회의 장소라면 내가 바라는 모든 기준을 충족시킵니다, 트레보니우스."

"그렇다면 장소와 시기가 한꺼번에 해결되었습니다." 트레보니우스가 감사한 마음으로 말했다. "카이사르는 밖에 멈춰 서서 잡담을 나누지 않고 늘 회의소 안으로 직행합니다. 회의소에 입장한 뒤 다른 원로원 의원들이 착석을 마칠 때까지 남는 시간은 끝없는 서류 작업에 쓰지요. 그는 비서를 데리고 들어가면 안 된다는 원로원 규정을 한 번도 어긴 적이 없고 릭토르들을 대동하지도 않습니다. 그러니 그가 일단 회의소에 들어가면 카이사르를 보호할 사람은 없습니다. 나는 카이사르를, 카이사르만을 죽여야 한다는 브루투스의 의견에 전적으로 동의합니다. 그러려면 우리는 그 행위가 이루어지기까지 릭토르들을 대동하는 다른 고등 정무관들이 줄곧 밖에 머물러 있게 해야 합니다. 릭토르들은 깊게 생각하지 않습니다. 오로지 행동할 뿐이죠. 누구에게 소속된 릭토르든 우리가 카이사르를 때리려고 손만 들어도 당장 덤벼들 겁니다. 그러면 우리는 성공할 수 없습니다. 그러니 고등 정무관들이 회의장에 들어오지 못하게 하는 것은 필수적입니다."

청중의 얼굴이 밝아지기 시작했다. 트레보니우스가 새로 생각해낸 계획은 즉시성이라는 장점이 있었다. 일단 그 행위를 하고 난 뒤에 유리한 시점을 틈타서 사실을 밝히고 그 증거로 카이사르의 머리통같이 소름 끼치는 전승기념물을 내놓는 일련의 과정이 탐탁했던 사람은 회원들 중에 한 명도 없었다. 일부 회원들은 과연 스물세 명 모두가 이 행위에 기여하고 공개적으로 자백할 용기를 낼 수 있을까 의구심을 갖고 있던 터였다.

"공격은 신속해야 합니다." 트레보니우스가 말을 이었다. "틀림없이 평의원들이 회의소 안에 있겠지만, 우리가 카이사르를 에워쌀 것이기 때문에 대부분은 무슨 일이 벌어졌는지 뒤늦게야 알아차릴 겁니다. 그리고 그들이 알 즈음이면 우리는 웅변과 자유의 모자 등으로 우리가 원하는 상황을 조성할 수 있는 장소에 가 있겠지요. 사람들의 첫번째 반응은 놀라움일 겁니다. 모두가 충격으로 마비되어 있겠죠. 안토니우스는 그때쯤 호흡을 가다듬을 테고, 데키무스—그가 우리 중 가장 뛰어난 웅변가임은 다들 동의하겠지요—는 연설을 쏟아내고 있을 겁니다. 안토니우스는 다른 건 몰라도 무척 실용주의적인 사람입니다. 자기가 카이사르의 친척이라는 사실과는 별개로 이미 저질러진 일은 어쩔 수 없다고 생각할 겁니다. 원로원은 돌라벨라가 아닌 안토니우스가 보이는 태도에 경도될 테고요. 카이사르와 안토니우스 사이에 불화가 있다는 것은 누구나 아는 사실입니다. 회원 여러분, 나는 안토니우스가 우리의 말에 귀를 기울일 것이며 우리에게 절대 보복을 가하지 않으리라고 확신합니다."

오, 트레보니우스, 트레보니우스! 우리가 모르고 당신만 아는 사실이 무엇이죠? 데키무스는 트레보니우스의 숨가쁘지만 더없이 설득력 있는 연설 말미에 속으로 자문했다. 당신은 안토니우스와 우리가 모르는 계약을 맺었군요, 그렇죠? 참으로 똑똑하십니다! 그리고 안토니우스 역시 얼마나 똑똑한지! 가이우스 당숙에게 원했던 것을 손가락 하나 까딱하지 않고 쉽게 얻겠군.

"그래도 나는 안토니우스를 죽여야 한다고 생각합니다." 카시우스가 고집스럽게 말했다.

데키무스가 대답했다. "아니요, 나는 그렇게 생각하지 않습니다. 트레보니우스의 말이 옳습니다. 우리가 로마를 해방시킨 행위에 당당한 태도를 취하기만 한다면—해방, 참으로 훌륭한 표현이오, 브루투스, 이제 우리는 스스로를 해방자라고 부릅시다!—안토니우스가 우리의 편의를 봐줄 이유는 많습니다. 일단 그는 파르티아 원정을 직접 이끌게 됩니다."

"그렇다면 안토니우스가 카이사르의 자리를 대신 차지하는 것이 아닙니까?" 카시우스가 못마땅하게 말했다.

"파르티아 원정은 전쟁이잖소. 안토니우스는 전쟁을 좋아하지요. 하지만 카이사르의 자리를 차지한다? 그런 건 절대 원하지 않을 거요. 안토니우스는 아주 게으르니까. 모르긴 몰라도 누가 수석 집정관인가 하는 문제를 가지고 돌라벨라와 다투고 있겠지." 스타이우스 무르쿠스가 말했다. "하지만 나는 우리 중 한 명이 달려가서 키케로를 데려올 것을 제안합니다. 카이사르가 회의소에 있는 동안 키케로는 현장에 없을 거예요. 하지만 카이사르의 시체라면 빨리 보고 싶어 안달할 걸요."

"그보다 더 중요한 문제가 있습니다." 데키무스가 말했다. "우리가 거사를 치르는 동안 안토니우스, 돌라벨라를 비롯한 다른 고등 정무관들을 회의소 밖에 머물러 있게 하는 문제입니다. 우리 중 한 명이 폼페이우스 회의소 정원에 남아 있어야 합니다. 안토니우스와 사이가 아주 좋아서 그가 기꺼이 대화를 나눌 만한 사람이어야 하겠죠. 일단 안토니우스가 회의소에 들어가지 않고 있으면 돌라벨라를 비롯한 다른 사람들도 들어가지 않을 겁니다." 데키무스가 길게 숨을 들이쉬었다. "나는 정원에 남아 있을 사람으로 가이우스 트레보니우스를 지목합니다."

트레보니우스가 놀라서 자리에서 펄쩍 뛰자, 데키무스는 그에게 다가가 힘주어 손을 잡았다. "갈리아 전쟁에서 함께했던 사람들은 당신이 검을 쓰는 것을 두려워하지 않는다는 사실을 잘 압니다. 당신을 겁쟁이라고 할 사람은 우리 중 아무도 없어요. 당신은 해방을 위한 일격의 기회를 가질 수 없겠지만, 나는 밖에 머무르는 사람이 당신이어야 한다고 생각합니다."

트레보니우스 역시 잡은 손에 힘을 주었다. "회원들이 투표를 해서 만장일치로 결정한다면 기꺼이 그리하겠네. 그리고 데키무스 자네는 나를 위해 한번 더 찔러주게. 스물세 명이니까 스물세 번 찌르는 거야. 그렇게 해서 카이사르를 실제로 죽음에 이르게 한 자가 누구인지는 아무도 알지 못하게 하세."

"기꺼이 그러겠습니다." 데키무스가 눈빛을 반짝이며 대답했다.

투표가 실시되었다. 만장일치였다. 그들은 마르쿠스 안토니우스를 밖에 잡아두기 위해 정원에 남을 사람으로 가이우스 트레보니우스를 선택했다.

"이두스 전에 다시 모일 필요가 있을까요?" 카이킬리우스 부키올라누스가 물었다.

"없습니다." 트레보니우스가 밝게 웃으며 대답했다. "단, 그날 동이 트고 한 시간 뒤에 다 같이 회의소 정원에 모여야 합니다. 우리가 한데 모여 있다거나 너무 열중해서 대화한다고 문제될 것은 없습니다. 거사를 치르자마자 사람들은 우리가 무슨 이야기를 하고 있었는지 알게 될 테니까요. 우리는 그때 훨씬 더 자세한 설명을 하게 될 겁니다. 카이사르는 제시간에 나타나지 않을 겁니다. 그날이 이두스란 걸 잊지 마십시오. 카이사르는 로마에 없는 유피테르 대제관을 대신해 사크라 가도에서 양을 이끈 뒤 계단을 올라 아륵스에서 희생양을 바칠 겁니다. 그러고도 처리해야 할 일들이 아주 많겠죠. 회의가 끝난 뒤 로마를 떠나야 하니까요. 물론 그때까지 살아 있다면 말입니다."

이 농담에 회원들이 웃었다. 하지만 브루투스와 카시우스는 웃지 않았다.

"그러니까 카이사르가 나타나기 전에 우리끼리 몇 시간 정도 의논할 시간이 있을 겁니다." 트레보니우스가 말을 이었다. "데키무스, 자네는 동틀 녘에 관저를 찾아가 유피테르 의식이든 어디든 카이사르를 따라다니는 게 어떻겠나. 카이사르가 마르스 평원으로 출발하면 우리한테 미리 알려주게. 굳이 몰래 할 필요는 없어. 카이사르한테는 늦었으니 원로원 의원들에게 출발 시간을 미리 알려놓는 게 좋겠다고 설명하게."

"예의 그 붉은 장화를 신고 나타나겠지요." 퀸투스 리가리우스가 피식 웃었다.

케레스 신전 문 앞에서 그들은 모두 엄숙히 악수를 나누고 서로의 눈을 들여다본 뒤 어둠 속으로 녹아들었다.

"가이우스, 제발 릭토르들을 다시 부르게." 루키우스 카이사르가 국고위원회에서 나오다 마주친 육촌동생에게 말했다. "자네 내 말 듣고 있나? 편지 구술하느라 나는 안 보이나? 자네 지나칠 정도로 일에 빠져 있어."

"나 역시 한 시간만이라도 쉬고 싶습니다만, 그럴 수가 없어요." 카이사르가 비서를 뒤로 보내며 말했다. "공유지도 부족하고, 내가 설립한 위원회가 라티푼디움 주인들한테서 토지를 사들여야 하는데 지주들이 불평을 늘어놓는 바람에 지금 농지법안만 백쉰세 개가 밀려 있어요. 또 해외에도 그만큼의 거류지들이 있고요. 그것들도 모두 개별적으로 법안을 작성해야 하지요. 감찰관 역할까지 맡고 있으니, 국가 차원에서 맺는 계약서도 검토해야 하는데—매일 이 도시 저 도시의 시민들이 청원서를 서른 내지 마흔 건 보내와요. 하나같이 심각한 내용이고요. 이건 빙산의 일각이에요. 원로원 의원들과 정무관들에게 일을 맡기자니 다들 너무 게으르고 오만하고 정부 돌아가는 일에 무관심합니다. 내가 독재관 자리에서 물러나기 전까지 행정 부서도 제대로 세워놔야 할 텐데, 그런 건 지금 엄두도 못 내요."

"자네를 기꺼이 도우려는 내가 있는데도 도움을 청하지 않잖아." 루키우스가 약간 뻣뻣하게 말했다.

카이사르가 미소를 지으며 루키우스의 팔을 꽉 잡았다. "형님은 덕망 있는 전직 집정관이긴 하지만, 이제 나이가 있으시잖아요. 갈리아에서 날 도와주신 것만으로 충분한데 서류를 들여다보는 노고까지 부탁할 순 없어요. 아니요, 이제는 평의원들이 일을 더 해야죠. 자주 열리지도 않는 원로원 회의에 참석해서 가만히 앉아 있다가 로마가 아닌 자기네한테만 득이 되는 짭짤한 형사소송 사건이나 받아가며 시간을 허비하게 둘 수 없습니다."

루키우스는 마음이 누그러진 듯했다. 그들은 함께 유투르나 샘과 작고 둥근 베스타 신전 사이를 지나갔다. 카이사르의 뒤로 피호민들이 구름처럼 따라왔다. 이 또한 위인에게는 짐이었다. 하지만 루키우스는 육촌동생이 릭토르들의 호위를 받지 않으니 그들이라도 있어서 다행이다 싶었다.

포룸 로마눔 단골들을 상대로 간식을 파는 이동식 행상 수레를 제외하고 가게나 점포는 거의 다 포룸 로마눔에서 쫓겨났지만, 이곳에서 주술 관련 행위를 하는 것을 금지하는 규정은 로마 성문법 어디에도 없었다. 로마인들은 미신을 믿었고 점성술사나 점쟁이나 동방 출신의 마법사들을 좋아했다. 따라서 포룸 로마눔 언저리에서는 이런 사람들을 흔하게 볼 수 있었다. 그곳의 여남은 명 중 하나의 손바닥에 은화 하나를 쥐여주면 내일 무슨 일이 있을지, 어째서 사업이 실패했는지, 새로 태어난 아이가 미래에 어떤 삶을 살지 알 수 있었다.

늙은 스푸린나는 이러한 예언가들 중에서 가장 높은 명성을 누리고 있었다. 스푸린나가 늘 앉아 있는 자리는 관저의 베스타 신녀 쪽 공공 출입문에서 가까운 곳이었다. 로마인들이 베스타 신녀에게 유언장을 맡길 때 이용하는 문이었다. 예언으로 돈을 버는 사람들에게는 아주 목이 좋은 자리였다. 앞으로 다가올 죽음을 생각하며 손에 유언장을 들고 가는 사람들은 늘 잠시 멈춰 서서 늙은 스푸린나에게 데나리우스 은화를 주고 앞으로 그들이 얼마나 더 살 수 있는지 물었기 때문이다. 늙은 스푸린나의 여위고 지저분하고 단정치 못한 외모는 그가 신비로운 능력을 지녔다는 믿음을 더욱 강하게 심어주었다.

두 카이사르가 스푸린나를 보지 못하고 지나치는데—스푸린나는 수십 년간 언제나 한자리에 있었다—그자가 자리에서 벌떡 일어섰다.

"카이사르!" 스푸린나가 외쳤다.

두 카이사르는 걸음을 멈추고 스푸린나를 쳐다봤다.

"어느 카이사르 말이오?" 루키우스가 싱긋 웃으며 물었다.

"수석 조점관님, 이 세상에 카이사르는 오직 하나입니다! 그의 이름은 훗날 로마의 지배자를 의미하게 되지요." 스푸린나가 새된 소리를 질렀다. 검은 홍채에 죽음이 다가오고 있음을 예고하는 하얀색 광륜이 떠올랐다. "'카이사르'는 '왕'을 의미합니다!"

"또 시작이로군." 카이사르가 한숨을 내쉬었다. "누구한테 돈을 받았소? 마르쿠스 안토니우스?"

"제가 하고 싶은 말은 그런 게 아닙니다, 카이사르, 그리고 아무도 제게 돈을 주지 않았습니다."

"당신이 하고 싶은 말은 무엇이오?"

"3월 이두스를 조심하십시오!"

카이사르가 허리띠에 매달린 돈주머니에서 금화 하나를 꺼내 튕기자 스푸린나가 능숙한 솜씨로 낚아챘다. "3월 이두스에 무슨 일이 있소, 영감?"

"당신의 목숨이 위태롭습니다!"

"경고 고맙소." 카이사르는 이렇게 말하고 가던 길을 갔다.

"저자의 예언은 늘 섬뜩하리만치 정확했어." 루키우스가 몸을 부르르 떨며 말했다. "카이사르, 제발 릭토르들을 다시 부르게!"

"그래서 내가 소문이나 늙은 예언가 말에 신경쓰는 걸 온 로마가 알게 하란 말입니까? 내가 겁을 먹었다고 인정하라고요? 절대 그럴 수 없어요." 카이사르가 말했다.

키케로는 제 덫에 제가 치인 셈이었고, 입법과 정책 수립과 원로원결의 표결이 진행되는 동안 장외 구경꾼 처지를 면하지 못하고 있었다. 그저 회의소로 들어가 노예를 시켜 접의자를 놓고 맨 앞줄의 전직 집정관들과 더불어 의자에 엉덩이를 붙이고 앉으면 될 일이었다. 하지만 자존심과 고집과 '카이사르 렉스'에 대한 미움이 그를 막았다. 설상가상으로 『카토』 출간 이후 키케로는 카이사르의 적의를 온몸으로 느끼고 있었다. 카이사르에게 미움받기는 아티쿠스도 매한가지였다. 그들이 기를 쓰고 손을 써보아도, 로마의 가장 지저분한 골목의 가난한 이민자들이 부트로톤 외곽 거류지로 홍수처럼 밀려드는 것을 막을 순 없었다.

그런 키케로에게 카이사르가 암살될 거라는 소문을 처음 전해준 사람은 돌라벨라였다.

"누가? 언제?" 키케로가 열을 올리며 물었다.

"그냥 그게 다예요. 자세한 건 아무도 모릅니다. 전형적인 뜬소문이죠. '사람들 말로', '내가 들은 말로는', '그런 분위기가 있다', 그런 말들요. 실체를 찾아내려고 했지만 헛수고였어요. 카이사르를 몹시 싫어하시는 걸 압니다. 하지만 저는 지금까지 줄곧 카이사르의 사람이었어요." 돌라벨라가 단언했다. "그러니 더 열심히 보고 듣는 중입니다. 카이사르에게 무슨 일이 생기면 저도 끝장이니까요. 안토니우스도 제멋대로 굴 테고요."

"암살자 이름이 전혀 거론되지 않나? 단 한 사람도?"

"전혀요."

"당장 브루투스를 만나봐야겠어." 키케로는 이렇게 말하고 전 사위를 집에서 내쫓았다.

"자네 혹시 누군가가 카이사르 암살을 계획하고 있다는 얘기 들었나?" 키케로가 물 탄 포도주가 담긴 잔을 받아들며 브루투스에게 다짜고짜 물었다.

"아, 그 일요!" 브루투스가 살짝 화난 목소리로 말했다.

"그래, 뭔가가 있긴 있군?" 키케로가 열을 올리며 물었다.

"아니요, 정말 아무것도 없습니다. 그래서 짜증나는 거예요. 제가 아는 한 그건 마티니우스 그 미친놈이 온 로마에 남긴, 저더러 카이사르를 죽이라고 한 낙서에서 비롯되었어요."

"아, 그 낙서! 직접 보진 못하고 얘기만 들었네. 그게 다인가? 그것참 실망스럽군."

"네, 그렇지요?" 브루투스가 대꾸했다.

"종신 독재관이라니. 우리한테서 그 카이사르를 제거해줄 만큼 진취적인 인물들이 분명 로마에 있을 텐데."

예전보다 단호해진 검은 눈동자 깊은 곳에서 조소의 빛이 떠올랐다. "그 카이사르를 당신이 직접 제거해주시지 않고요?"

"내가?" 키케로가 헉 하고 숨을 들이켜더니 연극배우처럼 과장되게 가슴팍을 움켜쥐었다. "친애하는 브루투스, 그건 내 방식이 아니야. 나는 펜과 혀로 암살을 행하네. 사람에겐 각자의 방식이 있는 거지."

"문제는 당신이 원로원 밖에 계셔서 펜과 혀도 침묵하고 있다는 것이지요, 키케로. 이제 원로원에서 카이사르에게 언어라는 무기를 휘두를 자가 없습니다. 당신이 우리의 유일한 희망이었다고요."

"그래서 나더러 그 인간이 독재관 의자에 앉아 있는 원로원에 들어가라고? 그럴 바에야 차라리 죽어버리겠어!" 키케로가 우렁우렁 울리는 목소리로 말했다.

잠시 불편한 정적이 내려앉았다. 브루투스가 마침내 말문을 열었다.

"이두스까지 로마에 계십니까?" 브루투스가 물었다.

"물론이지." 키케로가 점잖게 헛기침을 했다. "포르키아는 잘 있나?"

"아뇨, 별로 그렇지 못합니다."

"그러면 어머니는 아주 잘 지내시겠군?"

"오, 그분을 무너뜨릴 수 있는 건 아무것도 없지요. 하지만 지금은 로마에 없습니다. 테르툴라에게 아기가 생겼는데 시골 공기를 좀 쐬면 그 애 건강에 좋을 것 같다고 데리고 가셨어요. 그래서 지금은 투스쿨룸에 계십니다." 브루투스가 말했다.

키케로는 집에서 나왔다. 무언가 단단히 속은 기분이었지만, 어째서 그런 기분이 드는지 좀체 짐작이 가지 않았다.

포룸 로마눔에서 키케로는 마르쿠스 안토니우스와 마주쳤다. 안토니우스는 가이우스 트레보니우스와 대화에 열중하고 있었다. 순간 키케로는 어쩐지 그 두 사람이 자기를 못 본 척할 것 같은 느낌이 들었지만 트레보니우스가 재빨리 키케로를 발견하고 미소를 지었다.

"키케로, 이렇게 뵈어서 기쁩니다! 당분간 로마에 계실 예정이시죠?"

안토니우스는 평소와 다를 바 없이 뭐라고 못마땅한 소리를 뱉더니 트레보니우스를 한 손으로 가볍게 치고 카리나이 지구 쪽으로 가버렸다.

"정말 꼴 보기 싫은 놈이야!" 키케로가 외쳤다.

"요란하게 짖기만 하지 물지는 않아요." 트레보니우스가 스스럼없이 말했다. "문제가 있다면 크기겠지요. 그렇게 대단한 물건을 지닌 사람이 스스로를 평범하게 여기기란 쉽지 않은 일일 테니까요."

내숭쟁이로 유명한 키케로의 얼굴이 새빨갛게 달아올랐다. "부끄러운 짓이었어!" 키케로가 소리쳤다. "그야말로 수치스러운 행동이었지!"

"루페르쿠스 축제 말씀입니까?"

"당연하지! 그렇게 몸을 다 드러내다니!"

트레보니우스가 어깨를 으쓱했다. “딱 안토니우스다운 짓이었죠.”

“카이사르에게 디아데마를 바친 것도 말인가?”

“그건 두 사람이 미리 짰던 것 같습니다. 그 덕분에 카이사르는 자신이 공개적으로 디아데마를 거부한 사실을 동판에 새길 수 있었잖습니까. 믿을 수 있는 정보통에 의하면 새 로스트라 연단에 그 동판이 부착될 거라더군요. 라틴어판과 그리스어판 둘 다요.”

키케로는 아르길레툼 구역에서 걸어오는 아티쿠스를 발견하고 트레보니우스에게 작별인사를 건네며 서둘러 가버렸다.

됐어, 하고 트레보니우스는 생각했다. 참견 많은 수다쟁이 키케로가 가버려서 다행이군. 이제는 안토니우스도 시간과 장소를 안다.

3월의 열세번째 날 카이사르는 마침내 클레오파트라를 찾아갈 짬을 냈다. 클레오파트라는 두 팔 벌려 입맞춤과 열광적인 애정 표현으로 카이사르를 맞았다. 그렇게 피곤한데도 카이사르의 사타구니에 달린 가증스런 배신자는 즉각적인 만족을 요구했고, 두 사람은 클레오파트라의 침대로 자리를 옮겨 오후 늦게까지 사랑을 나눴다. 그러고 나니 카이사리온이 아빠와 놀고 싶다며 나타났다. 카이사르는 소년과 함께하는 시간이 나날이 더 즐겁게 느껴졌다. 지금은 흔적도 없이 사라져버린 리안논의 갈리아인 아들도 외모 면에서는 아버지를 쏙 빼닮았었지만, 카이사르가 기억하기에 그 아이는 머리가 그리 좋지 않아 트로이아 목마 장난감에 담긴 쉰 명의 이름도 암기하지 못했다. 카이사르는 카이사리온을 위해서도 트로이아 목마 장난감을 주문 제작했다. 기쁘게도 이 아이는 쉰 명의 이름을 단박에 외웠다. 아이의 미래에 좋은 징조였다. 멍청하지 않다는 뜻이니까.

"딱 한 가지 마음에 걸리는 게 있어요." 클레오파트라가 늦은 저녁을 들며 말했다.

"무엇이오, 내 사랑?"

"아이가 아직도 생기지 않았어요."

"흠, 내가 티베리스 강을 그리 자주 건너오지 못했잖소." 카이사르가 침착하게 말했다. "그리고 나는 토가만 벗으면 여자를 임신시키는 그런 남자가 아닌가보지."

"카이사리온은 금방 생겼잖아요."

"우연은 늘 발생하니까."

"타카가 곁에 없어서 그럴 거예요. 타카는 꽃잎 점을 칠 수 있어서 합방 날짜를 알려줄 수 있거든요."

"유노 소스피타에게 제물을 바쳐요. 유노 소스피타 신전은 신성경계선 바깥에 있다오." 카이사르가 대수롭지 않게 가벼이 말했다.

"이시스와 하토르에게 제물을 바쳤어요. 그런데 내가 나일 강에서 너무 떨어져 있는 걸 싫어하는 것 같아요."

"마음 쓰지 말아요. 어차피 곧 돌아갈 테니."

긴 의자에 누워 있던 클레오파트라가 카이사르 쪽으로 몸을 굴려와 커다란 황금빛 눈동자로 그를 올려다보았다. 그랬다, 카이사르는 아주 많이 지쳐 있었다. 그리고 가끔씩 단 음료를 마시는 것을 잊어버리곤 했다. 남들 앞에서 쓰러져서 한차례 발작을 일으킨 적이 있지만 다행히 합데파네가 와서 그에게 빨대로 단 음료를 먹였다. 발작에서 벗어난 카이사르는 이를 근육 경련 탓으로 돌렸고 사람들은 그 말을 믿는 듯했다. 오히려 그 일이 있어서 다행이었다. 그때부터 카이사르는 두려움을 느끼고 조심하기 시작했으며 합데파네도 더 주의를 기울이게 되었으니까.

“당신은 나이가 들수록 더욱 아름다워지는군.” 카이사르가 클레오파트라의 배를 손바닥으로 쓰다듬으며 말했다. 가련하기도 하지. 근친상간을 용납할 수 없는 로마의 최고신관을 사랑한 탓에 아이를 더 갖지 못하다니. 클레오파트라가 애교 섞인 소리를 내며 몸을 쭉 뻗더니 기다란 검은 속눈썹을 내리깔며 그를 어루만졌다.

“커다란 매부리코에 빼빼 마른 내가요?” 클레오파트라가 물었다. “차라리 예순 살인 세르빌리아가 나보다 미인이죠.”

“세르빌리아는 악한 여자요. 그 점을 잊지 말아요. 한때는 나도 그녀가 아름답다고 생각한 적이 있었소. 하지만 내가 그 여자에게 사로잡혔던 이유는 결코 미인이기 때문이 아니었소. 똑똑하고 흥미롭고 비뚤어진 성격 때문이었지.”

“내게는 아주 좋은 친구예요.”

“자기 나름의 목적이 있을 거요, 분명히.”

클레오파트라가 어깨를 으쓱했다. “그렇다 한들 나와 무슨 상관이에요? 나는 세르빌리아가 망가뜨릴 수 있는 로마 여자가 아니고, 당신 말대로 그 여자는 똑똑하고 흥미로워요. 당신이 히스파니아에 갔을 때 지루해죽을 것 같은 일상에서 날 건져준 건 세르빌리아였어요. 그녀를 통해 다른 로마 여성들도 만났고요. 특히 클로디아!” 클레오파트라가 깔깔 웃었다. “바람둥이 여자. 같이 있으면 재미있어요. 클로디아가 호르텐시아도 데려왔어요. 아마도 이 로마에서 가장 똑똑한 여성일 거예요.”

“알 수 없는 일이군. 카이피오가 죽자—벌써 20년도 더 된 일이오—호르텐시아는 상복을 입었고 자신에게 구애하던 남자들을 전부 마다 했는데. 그런 호르텐시아가 클로디아와 어울리다니 놀랍소."

"어쩌면," 클레오파트라가 새침하게 말했다. "연애를 더 좋아하는 건지도 모르죠. 클로디아와 함께 트리가리움에 앉아 벌거벗고 수영하는 젊은 남자 중 한 명을 고르고 있을지도 몰라요."

"클라우디우스 가문 사람들의 공통점 하나는 세간의 평판을 전혀 개의치 않는다는 거지. 클로디아와 호르텐시아가 요즘에도 여기 들르오?"

"종종요. 솔직히 당신보다야 자주 오죠."

"날 힐난하는 거요?"

"아니요, 당신을 충분히 이해하지만, 그렇다고 당신이 없는 시간이 견디기 쉬운 건 아니니까요. 하지만 당신이 돌아온 뒤로는 로마 남자들을 더 자주 보고 있어요. 루키우스 피소와 필리푸스 같은 사람들요."

"키케로는?"

"그 사람과는 잘 지내지 못해요." 클레오파트라가 인상을 찌푸리며 말했다. "내가 궁금한 건 당신이 언제쯤 유명인들을 내 집에 데려올 거냐는 거예요. 가령 마르쿠스 안토니우스 같은 사람이요. 그 사람을 꼭 만나보고 싶은데 내 초청을 매번 무시해요."

"풀비아를 아내로 둔 남자가 감히 그런 초청에 응할 수 있겠소." 카이사르가 빙긋 웃으며 말했다. "풀비아는 소유욕이 아주 강한 여자라오."

"뭐, 몰래 오면 되잖아요." 클레오파트라는 잠시 말을 끊더니 아쉬운 얼굴로 물었다. "이두스 전에 한번 더 만날 수 있어요? 내일도 보고 싶어요."

"오늘밤에 여기서 잘 수는 있지만, 내 사랑, 새벽에는 로마 시로 다시 들어가야 해요. 할 일이 너무 많소."

"그러면 내일밤은요?" 클레오파트라가 간청했다.

"안 돼요. 레피두스가 남자들만 참석하는 만찬을 여는데 도저히 내가 빠질 수 없는 자리라오. 만찬중에도 나는 계속 일해야 할 테지만, 그 자리에 참석하면 다른 방법으로는 만날 수 없는 몇 명과 악수라도 나눌 수 있을 거요. 브루투스와 카시우스의 담당 속주를 원로원 회의에서 곧바로 발표해버리는 것도 그들에게 무례한 처사가 될 테고 말이오."

"내가 아직 만나보지 못한 또다른 두 유명인이군요."

"이봐요, 파라오, 이제 스물다섯 살이나 되었으니 로마의 저명인 상당수가 어째서 당신과 친분을 쌓길 꺼리는지 이해할 때가 되지 않았소?" 카이사르가 차분히 말했다. "그들은 당신을 '짐승들의 여왕'이라고 부르는데다 내가 당신 때문에 로마의 왕이 되고 싶어한다고 생각해요. 당신이 나쁜 영향을 끼친다고 여긴단 말이오."

"정말 어리석군요!" 클레오파트라가 분해서 발딱 일어나 앉으며 외쳤다. "당신의 생각에 영향을 끼칠 수 있는 사람은 이 세상에 존재하지 않아요."

마르쿠스 아이밀리우스 레피두스는 카이사르가 독재관으로 선포되고부터 아주 부유하게 살아왔다. 술라의 통치기에 브루투스의 아버지와 공모해 반란을 일으킨 레피두스의 세 아들 중 막내였던 그는 태어날 때 얼굴에 대망막(태아를 둘러싼 반투명의 얇은 양막 일부—옮긴이)이 붙어 있었는데 이것은 평생 행운이 따를 징조였다. 선친의 반란행위에 휘말리기에 그가 너무 어렸다는 것도 분명 행운이었다. 장남은 그 일로 목숨을 잃었고 차남 파울루스는 수년 동안 추방 생활을 했으니까. 아이밀리우스 가문은 대단히 명망 높은 파트리키 귀족 가문이었지만, 아버지 레피두스가 뜻을 이루지 못하고 죽음을 맞은 이후 이 가문이 로마의 제일가는 명문가로서 지위를 회복하기는 힘들 성싶었다. 그런데 그때 카이사르가 추방지에서 돌아온 파울루스를 뇌물로 집정관 자리에 앉혔다. 카이사르가 후보 등록을 위해 신성경계선을 넘지 않고도 집정관으로 선출되게끔 파울루스가 수완을 발휘해주리라고 기대해서였다. 불행히도 파울루스는 느려터진 민달팽이 같은 인간이었고 카이사르가 그에게 치른 어마어마한 돈값을 하지 못했다. 싼값에 매수한 쿠리오가 오히려 더 쓸모 있었다.

카이사르가 부당한 기소를 피하기 위해 시도한 계획은 모조리 수포로 돌아갔다. 늘 최후의 수단으로만 여겼던 루비콘 강 도하라는 반역 행위는 결국 유일한 대안이 되었다. 그리고 삼 형제 중의 막내 마르쿠스 레피두스는 재빨리 기회를 포착하고 카이사르의 편에 섰으며 그후로 한 번도 뒤를 돌아보지 않았다. 사실 레피두스는 천성적으로 느긋하고 부주의한 성격이었고 일을 할 때도 가장 쉬운 방법을 택했으며 정치계에서 경량급 인사로 통했다. 하지만 카이사르에게 있어 레피두스는 두 가지 뛰어난 미덕을 갖추고 있었다. 처음부터 끝까지 변함없이 카이사르의 편에 서 있었고, 그의 훌륭한 문벌은 카이사르의 당파에 몹시 필요한 품격을 부여해주었다.

레피두스의 첫번째 아내는 코르넬리우스 돌라벨라 가문의 여자였다. 지참금을 가져오지 않았던 이 아내는 결혼한 지 얼마 되지 않아 자식을 낳다가 죽었다. 그다음 신부는 500탈렌툼을 들고 왔다. 세르빌리아가 두번째 남편 실라누스와의 사이에서 얻은 둘째딸이었다. 레피두스와 유닐라가 결혼한 시기는 카이사르가 루비콘 강을 건너기 몇 년 전으로, 그동안 레피두스는 유닐라가 가져온 지참금으로 겨우 빚을 지지 않고 근근이 살아갔다. 그러다 내전이 터지자 레피두스의 장모 세르빌리아는 레피두스와 또다른 사위 바티아 이사우리쿠스가 카이사르 진영에 속해 있다는 것을 무척 기뻐했다. 반대로 브루투스와 테르툴라는 폼페이우스 진영에 있었다. 따라서 세르빌리아는 전쟁에서 어느 편이 이기든 상관없었다. 그녀는 어차피 이기는 편이었을 테니까.

레피두스는 세르빌리아가 가장 덜 예뻐하는 사위였다. 출생 신분이 너무도 고귀했기에 세르빌리아에게 굳이 잘 보이려고 애쓰지 않았다는 점이 가장 주된 이유였다. 율리우스 카이사르 집안과 혈연관계임을 한눈에 알아볼 수 있을 정도로 키가 크고 잘생긴 레피두스는 세르빌리아에게 좋은 평가를 얻는 데 관심이 없었다. 남편 레피두스에게 푹 빠져 있는 유닐라 역시 마찬가지였다. 부부는 슬하에 아직 어린 아들 둘과 딸 하나가 있었다.

카이사르와의 연합으로 막대한 부를 거머쥔 레피두스는 팔라티누스 언덕 게르말루스 고지의 위풍당당한 대저택을 구입했다. 포룸 로마눔이 내려다보이는 이 저택은 식당이 커서 긴 의자를 여섯 개나 놓을 수 있을 정도였다. 레피두스의 요리사들은 클레오파트라의 전속 요리사들만큼이나 실력이 뛰어났고, 그가 포도주 저장고에서 꺼내온 술을 맛본 영광을 누린 사람들은 예외 없이 극찬을 쏟아냈다.

이두스에 열리는 원로원 회의가 끝나면 카이사르가 곧장 로마를 떠날 가능성이 높다는 사실을 잘 알았던 레피두스는 일찌감치 카이사르를 이두스 전날 저녁 만찬에 초대했다. 카이사르 외에도 안토니우스, 돌라벨라, 브루투스, 카시우스, 데키무스 브루투스, 트레보니우스, 루키우스 피소, 루키우스 카이사르, 칼비누스, 필리푸스가 초대되었다. 레피두스는 키케로도 몹시 부르고 싶어했지만, 키케로는 자신의 '통탄스러운 건강 상태'를 이유로 초대를 거절했다.

놀랍게도 카이사르가 제일 먼저 도착했다.

"친애하는 카이사르, 아무래도 오늘 제일 늦게 와서 제일 먼저 일어나실 줄로 생각했습니다만." 레피두스가 으리으리한 아트리움에서 카이사르를 맞으며 말했다.

"내가 일중독자이긴 해도 나름의 체계가 있다네, 기병대장." 카이사르는 이렇게 말하고 이집트인 의사를 비롯해 자기 뒤에 서 있는 사람들을 가리켰다. "미안하지만 만찬중에 옆에서 일을 하는 큰 결례를 범해야겠네. 가장 안 좋은 긴 의자 하나를 나에게 온전히 할당해달라 부탁하려고 일찍 왔어. 귀빈석에는 자네가 선호하는 다른 사람을 앉히고, 나는 글을 읽고 쓰고 구술해도 다른 손님들에게 방해가 되지 않도록 맨 끝자리를 주게."

레피두스가 침착함을 잃지 않고 재치 있게 답했다. "바라는 대로 하십시오, 카이사르." 그는 이 곤란한 귀빈을 식당으로 안내했다. "다섯번째 긴 의자를 가져올 테니 마음에 드는 자리를 고르세요."

"오늘 참석자가 모두 몇 명인가?"

"독재관님과 저를 포함해 열두 명입니다."

"저런! 그러면 한 의자에는 두 명만 앉아야겠군." 카이사르가 말했다.

"괘념치 마십시오, 카이사르. 귀빈석에는 제 옆에 안토니우스만 앉히겠습니다." 레피두스가 빙그레 웃으며 말했다. "안토니우스는 몸집이 커서 그를 포함해 세 명이 앉으면 너무 비좁을 테니까요."

"나는 자네와 동등한 좌석에 앉겠네." 카이사르가 말했다. 하인들이 다섯번째 긴 의자를 들여와 주인이 앉는 가운데 의자—전체적으로 U자를 이루는 배열에서 가운데에 해당하는 자리—왼쪽에 놓인 의자 뒤에 놓았다. "이 자리에 앉지. 서류를 펼쳐놓을 공간이 많아서 일하기 좋겠어. 괜찮다면 저 뒤에 내 비서가 앉을 의자를 놓아주게. 한 번에 한 명씩만 들이고 나머지는 밖에서 기다리게 하겠네."

"밖에서 비서들이 편하게 앉아 음식을 들 수 있도록 충분히 신경을 쓰겠습니다." 레피두스는 이렇게 말하고 서둘러 나가서 집사를 불렀다.

손님들이 속속 도착했다. 그들은 가장 안 좋아 보이는 긴 의자에 벌써 자리잡고 앉은 카이사르를 발견했다. 그 뒤에 비서가 앉아 있었고, 카이사르 옆으로 온갖 서류와 두루마리가 어지러이 놓여 있었다.

"불쌍한 레피두스!" 루키우스 카이사르가 눈알을 굴리며 말했다. "칼비누스와 필리푸스와 나를 이 예의 없는 무뢰한의 맞은편에 앉히려고 자네가 무진장 애를 쓰겠구먼! 우리들은 겁이 없어서 도통 그를 혼자 내버려두지 않을 테니 말일세. 그래도 누가 알겠나? 혹시 조금이라도 대화에 동참해줄지."

첫번째 코스가 차려졌을 때 가운데 의자에 기대어 누운 사람은 마르쿠스 안토니우스와 레피두스뿐이었다. 돌라벨라와 루키우스 피소와 트레보니우스는 그 오른쪽 자리에, 필리푸스와 루키우스 카이사르와 칼비누스는 그들 뒤쪽에 기대어 누웠다. 왼쪽 자리에는 브루투스와 카시우스와 데키무스 브루투스가, 그들 뒤로 카이사르가 있었다.

물론 카이사르의 근면함을 놀랍게 여긴 사람은 한 명도 없었으므로 식사와 대화는 유쾌하게 흘러갔다. 첫번째 코스의 가벼운 생선요리에는 훌륭한 팔레르눔 백포도주가, 주 코스의 묵직한 육류요리에는 최상의 키오스산 적포도주가, 마지막 세번째 코스의 후식과 치즈에는 달콤하고 거품이 살짝 이는 알바 푸켄티아산 백포도주가 곁들여졌다.

필리푸스는 레피두스의 요리사들이 창작한 새로운 후식을 맛보고 황홀경에 빠져들었다. 크림, 꿀, 철 이른 딸기를 으깬 것, 계란 노른자와 흰자를 마구 뒤섞어 만든 젤리 같은 혼합물을 공작새 모양의 차가운 틀에 넣어 굳힌 뒤 나뭇잎과 꽃잎에서 추출한 염료로 분홍색, 초록색, 파란색, 연보라색, 노란색을 입힌 우유 크림 장식을 얹은 요리였다.

"이걸 맛보니," 필리푸스가 중얼댔다. "내가 즐겨 먹는 피스켈루스 산의 암브로시아(고대 그리스 · 로마 신화에서 신들이 먹는 음식—옮긴이)는 그냥 지나치게 달콤한 음식이라고 해야겠구먼. 완벽해! 이거야말로 진정한 암브로시아야! 카이사르, 자네도 어서 먹어보게!"

카이사르가 고개를 들고 미소 짓더니 한 숟가락을 떠먹고 깜짝 놀란 표정을 지었다. "자네 말이 맞아, 필리푸스. 진정 암브로시아로군. 제10조. 무상 곡물 전표를 팔거나 교환하거나 선물하거나 여타 다른 방식으로 처분하는 행위는 법에 저촉되며, 그러한 죄를 저지른 자는 50주일간 빈자들의 공동묘지 구덩이에 석회를 퍼넣는 벌에 처한다." 카이사르가 한 숟가락 더 떠먹었다. "아주 좋아! 내 의사도 권할 만한 맛이군. 제11조. 무상 곡물 전표 소유자의 사망시 해당 전표는 소유자의 사망을 증명하는 자료와 함께 평민 조영관 사무소에 반환되어야 한다."

"무상 곡물 법안은 이미 완성된 걸로 알고 있었는데요." 데키무스 브루투스가 말했다.

"그랬지. 하지만 다시 읽어보니 모호한 표현이 많더군. 훌륭한 법에는 허점이 있어선 안 돼, 데키무스."

"벌칙이 마음에 드는군요." 돌라벨라가 말했다. "역겨운 냄새를 풍기는 공동묘지에 석회를 퍼넣을 생각을 하면 아무도 나쁜 생각을 품지 않겠습니다."

"흠, 나는 억제책이 필요했어. 압수당할 재물이나 땅이 없는 사람들을 상대로 억제책을 생각해내기란 쉽지 않아. 무상 곡물 전표를 가진 자라면 아주 가난하기 마련이니까." 카이사르가 말했다.

"서류에서 눈을 떼신 김에 제 질문에 답변을 부탁드립니다." 돌라벨라가 말했다. "파르티아 원정에서 군단당 포를 100대씩 지급하길 원하신다고 알고 있습니다. 평소에 포의 유용성을 강조하시는 것은 알지만 그래도 너무 지나치지 않습니까?"

"철갑 기병 때문일세." 카이사르가 말했다.

"철갑 기병이요?" 돌라벨라가 얼굴을 찌푸리며 물었다.

"파르티아의 기병대 말씀입니다." 카시우스가 말했다. 빌레카스 강변에서 철갑 기병 수천 명을 목격했던 그였다. "머리에서 발끝까지 쇠사슬 갑옷을 입지요. 역시 쇠사슬 갑옷을 입힌 커다란 말을 몰고요."

"그래, 자네의 원로원 보고서를 기억하고 있네, 카시우스. 그들은 빠른 속도로 달리지 못한다고 쓴 자네의 글을 읽고, 전투 초기에 포 공격을 집중시키면 적을 빠르게 무너뜨릴 수 있으리라고 판단했어." 카이사르가 생각에 잠긴 표정으로 말했다. "그리고 파르티아 궁기병들에게 여분의 화살을 실어다주는 낙타떼를 포로 공격하는 것도 가능해. 내 생각이 틀렸다면 포가 아무리 많아도 창고에서 꺼내지 않겠지만, 내가 보기엔 틀리지 않은 것 같아."

"제 생각도 그렇습니다." 카시우스는 깊은 인상을 받은 듯했다.

고루한 남자 동료들만 가득한 만찬을 몹시 싫어하는 안토니우스는 이 대화를 들으며 왼쪽 의자에 앉은 세 사람—브루투스, 카시우스, 데키무스 브루투스—의 얼굴을 찬찬히 뜯어보다가 카이사르에게로 눈길을 옮겼다. 내일입니다, 친척 어르신, 내일이요! 당신은 내일 저 세 사람과, 그들 맞은편에 앉은 당신에게 인정받지 못한 천재 트레보니우스의 손에 죽는다 이 말씀입니다. 트레보니우스는 그 계획을 끝까지 포기하지 않았고 이제 실행만 남았지요. 당신은 저 브루투스보다 불행한 얼굴을 한 사내를 본 적이 있습니까? 그런데 저치는 저토록 두렵다면 어째서 이 일에 가담한 거야? 저자는 내일 검을 쓰지 못할 게 분명해!

"석회구덩이와 공동묘지와 죽음에 관한 이야기로 돌아가볼까요." 안토니우스가 불쑥 큰 목소리로 말했다. "죽음을 맞는 가장 좋은 방법은 무엇일까요?"

브루투스가 놀라서 펄쩍 뛰더니 하얗게 질린 얼굴로 숟가락을 내려놓았다.

"전투중에 죽는 것이지요." 카시우스가 즉각 답했다.

"자다가 맞는 죽음이지요." 사랑하는 아내와 어쩔 수 없이 이혼하고 아내를 향한 그리움 속에 서서히 죽어간 선친을 떠올리며 레피두스가 말했다.

"그냥 늙어죽는 거죠." 돌라벨라가 싱긋 웃으며 말했다.

"혀끝으로 이런 맛을 느끼며 죽는 것이 아니겠나." 필리푸스가 숟가락을 핥으며 말했다.

"자식들을 옆에 앉혀두고 맞는 죽음이겠지." 하나뿐인 아들에게서 실망만을 맛보았던 루키우스 카이사르가 말했다. 자식을 먼저 보내는 것보다 더 가혹한 운명은 없으리라.

"결백을 증명하며 맞는 죽음입니다." 트레보니우스가 안토니우스에게 경멸의 눈빛을 쏘아보내며 말했다. 저 무식한 놈이 우리를 배신할 작정인가?

"카툴루스의 시보다 더 훌륭한 시를 음미하며 맞는 죽음." 루키우스 피소가 말했다. "언젠가 헬비우스 킨나가 그런 시를 써내리라고 보네."

카이사르가 고개를 들더니 눈썹을 치켰다. "죽음의 방법은 중요치 않네." 그가 말했다. "그것이 갑작스럽기만 하다면."

그 순간 아까부터 몸을 들썩이며 앓는 소리를 내던 칼비누스가 신음을 내뱉으며 가슴팍을 쥐어뜯었다. "아무래도," 칼비누스가 하얗게 질려 말했다. "내 죽음이 다가오고 있는 것 같소. 통증! 통증이!"

잠시 일을 멈추고 브루투스와 카시우스에게 내년도 속주를 알려주려던 카이사르는 아트리움에서 대기중이던 합데파네를 호출했다. 카이사르 뒤로 손님들이 모여 서서 걱정스러운 눈길로 칼비누스를 지켜보는 와중에 그 문제는 카이사르의 머릿속에서 잊혔다.

"심근경색입니다." 합데파네가 말했다. "하지만 사망에 이르지는 않을 겁니다. 당장 집으로 가서 치료를 받아야 합니다."

카이사르가 지켜보는 가운데 칼비누스는 가마에 옮겨졌다.

"불길한 주제였어!" 카이사르가 안토니우스에게 딱딱댔다.

당신이 짐작하는 것보다 훨씬 더 불길하지요, 하고 안토니우스가 속으로 말했다.

브루투스와 카시우스는 집으로 가는 대부분의 길을 함께 걸었지만 카시우스의 집 대문 앞에 도착할 때까지 서로 한마디도 나누지 않았다.

"내일 아침 동트고 반시간 후에 카쿠스 계단 밑에서 다 같이 모이기로 했네." 카시우스가 말했다. "그러면 마르스 평원으로 가기까지 시간이 충분할 거야. 내일 거기서 보세."

"아니." 브루투스가 말했다. "기다리지 말게. 나는 혼자 가고 싶어. 내 릭토르들과 동행하는 것으로 충분해."

카시우스가 인상을 찡그리더니 브루투스의 창백한 얼굴을 흘끗 바라봤다. "이제 와서 빠지려는 생각은 아니겠지?" 그가 날카롭게 물었다.

"당연히 아니야." 브루투스는 숨을 들이마셨다. "불쌍한 포르키아가 너무 흥분한 상태라서 그래, 그 사람은 아니까—"

카시우스가 이를 부득부득 가는 소리가 들렸다. "정말 성가신 여자로군!" 카시우스는 자기집 대문을 쾅 닫으며 소리쳤다. "약속 어기지 말게, 알겠지?"

브루투스는 터덜터덜 모퉁이를 돌아 자기집으로 가서 문을 두드렸다. 문지기가 문을 열자 안으로 들어서서 기도문을 외며 복도를 따라갔다. 까치발로 살금살금 걸어서 포르키아가 자고 있을 침실로 향했다.

포르키아는 깨어 있었다. 브루투스의 손에 들린 약한 등잔불이 문간을 밝힌 순간 포르키아가 침대에서 발딱 일어났다. 그리고 브루투스를 향해 달려들더니 부들부들 떨며 그를 움켜잡았다.

"왜요, 왜요?" 포르키아는 온 집안에 들릴 만큼 큰 목소리로 물었다. "왜 이렇게 일찍 왔어요? 다 들통났어요?"

"쉿, 쉿!" 브루투스가 문을 닫았다. "아니, 그게 아냐. 칼비누스가 갑자기 쓰러져서 자리가 일찍 파했어." 그는 토가와 튜닉을 바닥에 벗어두고 침대 끝에 앉아 신발의 죔쇠를 풀었다. "포르키아, 어서 자."

"잠이 안 와요." 포르키아가 옆에 털썩 주저앉으며 말했다.

"그러면 양귀비 물을 좀 마셔."

"그걸 먹으면 변비에 걸려요."

"아, 당신 때문에 돌아버릴 지경이야. 제발, 아, 제발, 그냥 당신 자리에 누워서 자는 척이라도 해! 내겐 조용한 시간이 필요해."

포르키아는 한숨을 내쉬고 투덜거리더니 이내 브루투스가 시킨 대로 했다. 그는 문득 변의를 느끼고 자리에서 일어나 튜닉을 입고 슬리퍼를 신었다.

"왜요, 왜요?"

"아무것도 아냐. 배가 좀 아파서." 브루투스는 이렇게 대답하고서 등불을 들고 변소로 갔다. 더 배출할 게 없을 때까지 거기 머무른 뒤 한기에 몸을 부르르 떨며 주랑에 서 있다가 추위를 견디기 힘들어지자 포르키아와 자신의 침실로 향했다. 그는 에페이로스의 스트라톤의 방을 지나쳤다. 방문은 닫혀 있고 불빛도 보이지 않았다. 볼룸니우스의 방도 마찬가지였다. 스타틸로스의 방은 문이 살짝 열려 있어 빛이 조금 새어 나왔다. 브루투스가 방문에 손을 댄 순간 스타틸로스가 문을 열며 그를 맞아들였다.

브루투스와 결혼할 때 포르키아는 스타틸로스가 그들 집에서 함께 살아도 되느냐고 물었고 브루투스는 이를 조금도 이상하게 여기지 않았다. 포르키아가 그런 부탁을 한 것은 루키우스 비불루스를 스타틸로스와 술로부터 떼어놓기 위해서였지만 그녀는 굳이 그 이유를 브루투스에게 말하지 않았다. 브루투스로서는 그저 카토의 철학자 친구와 한 집에 살게 된다는 사실이 기뻤다. 그리고 지금은 특히 더 그랬다.

"여기 긴 의자에 누워도 될까요?" 브루투스가 이를 덜덜 떨며 물었다.

"물론일세." 스타틸로스가 말했다.

"포르키아를 볼 자신이 없어요."

"저런."

"요즘 히스테리가 심해서요."

"저런. 어서 눕게. 담요를 가져오지."

세 철학자 중 카이사르 살해 계획을 아는 사람은 없었지만 그들도 무언가 잘못되어가고 있다는 것은 알았다. 세 철학자가 내린 결론은 포르키아가 미쳐가고 있다는 것이었다. 하지만 누가 카토의 딸을 탓할 수 있을까? 브루투스가 외출만 하면 세르빌리아가 혀로 난도질하는 통에 극도로 예민하고 신경질적이 된 그녀를? 스타틸로스는 다른 두 철학자와 달리 포르키아가 성장하는 모습을 줄곧 옆에서 지켜봐왔다. 그는 포르키아가 브루투스를 사랑하는 것을 알아챘을 때 그 마음이 결실을 맺지 못하게 막으려 애썼다. 일부분은 질투 때문이기도 했지만 그보다는 포르키아가 브루투스를 지치게 만들리라는 두려움 때문이었다. 스타틸로스는 세르빌리아의 적대감까지 미처 헤아리진 못했다. 어째서 그 생각을 못했을까? 세르빌리아가 카토를 얼마나 증오했던가! 그리고 지금 여기 있는 브루투스는 불쌍하게도 자기 아내가 두려워 그녀를 마주볼 엄두조차 못 낸다. 스타틸로스는 혀를 차며 브루투스를 달래어 눕히고는 등불을 들고 옆을 지켰다.

브루투스는 선잠이 들어 신음하며 뒤척이다 갑자기 깨어났다. 카이사르를 칼로 찌르는 선혈 낭자한 꿈이 무시무시한 절정에 이르렀을 때였다. 의자에 앉아 꾸벅꾸벅 졸던 스타틸로스는 브루투스가 의자에서 다리를 내리자 번뜩 잠에서 깨어났다.

"다시 눕게." 왜소한 철학자가 말했다.

"아니요, 원로원 회의가 있어요. 닭이 울었으니 동이 트려면 한 시간 정도밖에 남지 않았어요." 브루투스가 자리에서 일어섰다. "고맙습니다, 스타틸로스. 쉴 곳이 필요했어요." 그는 한숨을 쉬고 등불을 들었다. "포르키아 상태가 어떤지 가봐야겠어요." 브루투스는 문간에서 잠시 멈춰 서더니 이상한 웃음소리를 냈다. "어머니가 오늘 오후까지 투스쿨룸에서 돌아오지 않는 걸 세상의 모든 신들께 감사드려야겠네요."

포르키아 역시 잠에서 안식을 얻은 터였다. 그녀는 침대에 똑바로 누워 두 팔을 머리 위로 뻗은 채 자고 있었다. 얼굴에 눈물을 펑펑 쏟은 흔적이 남아 있었다. 브루투스의 목욕물이 준비되었다. 그는 욕조로 가서 따뜻한 물에 몸을 담갔다. 욕조에서 나오자 옆에 얌전히 서서 기다리던 남자 하인이 부드러운 아마천 수건을 걸쳐주었다. 브루투스는 한결 나아진 기분으로 깨끗한 튜닉을 입고 고등 정무관 신발을 신은 뒤 서재로 가 플라톤을 읽었다.

"브루투스, 브루투스!" 포르키아가 비명을 지르며 방으로 뛰어들었다. 머리채가 헝클어져 내려와 있었고 두 눈은 튀어나올 듯했으며 옷은 어깨 아래로 흘러내린 채였다. "브루투스, 오늘이에요!"

"사랑하는 포르키아, 당신 상태가 좋지 않아." 브루투스는 이렇게만 말할 뿐 자리에서 일어나지 않았다. "침대로 돌아가. 아틸리우스 스틸로를 불러줄게."

"의사는 필요 없어요! 난 아무렇지 않아요!" 자신의 몸가짐이나 표정은 절대 그렇게 보이지 않는다는 사실은 의식하지 못한 채, 포르키아는 서재 안을 돌아다니며 슬프게도 텅 빈 서류함을 뒤적이더니 책상 위 펜꽂이에서 펜을 꺼내 허공을 찌르기 시작했다. "괴물아, 이 칼을 받아라! 공화정의 파괴자, 이 칼을 받아!"

"디토스!" 브루투스가 소리쳤다. "디토스!"

집사가 즉각 달려왔다.

"디토스, 포르키아의 하녀들을 찾아! 포르키아를 하녀들한테 보내게. 상태가 좋지 않으니 아틸리우스 스틸로를 부르고."

"난 괜찮아요! 이 칼을 받아! 죽어라, 카이사르! 죽어!"

에파프로디토스가 포르키아를 보고 겁에 질린 표정을 지으며 도망치듯 밖으로 나가더니 수상쩍으리만치 신속하게 하녀 넷을 데리고 들어왔다.

"이리 오세요, 마님." 실비아가 말했다. 포르키아가 어릴 적부터 함께 했던 하녀였다. "아틸리우스가 올 때까지 누워 계세요."

포르키아는 나갔지만 순순하게는 아니었다. 버티는 힘이 어찌나 센지 남자 노예 두 명이 도와야 했다.

"방문을 잠가두게, 디토스." 브루투스가 말했다. "가위나 종이 자르는 칼을 모두 치워. 아내가 제정신이 아닌 것 같아 걱정일세. 정말 걱정돼."

"너무도 슬픈 일입니다." 에파프로디토스가 브루투스를 더 걱정하며 말했다. 브루투스의 얼굴이 겁에 질려 있었다. "음식을 좀 가져다드리겠습니다."

"아직 동이 안 텄나?"

"네, 주인어른. 이제 막 트려는 참입니다. 해는 아직 뜨지 않았지만요."

"그러면 빵과 꿀, 그리고 요리사가 만든 약초차를 한 잔 들겠네. 복통이 있어." 브루투스가 말했다.

브루투스가 대문을 나설 때 로마에서 명의로 이름난 아틸리우스 스틸로가 도착했다. 자주색 단을 댄 토가를 걸친 브루투스의 오른손에는 암살 후 낭독할 연설문이 들려 있었다.

"스틸로, 포르키아에게 안정제부터 주시오." 브루투스는 이렇게 말하고 길을 나섰다. 릭토르 여섯 명이 어깨에 파스케스를 걸치고 그를 기다리고 있었다.

햇빛이 마그나 마테르 신전 위 금박 신상들을 비출 무렵 브루투스는 카쿠스 계단을 서둘러 내려가 포룸 보아리움에 들어섰다. 세르빌리우스 성문 중 하나인 플루멘타나 성문 쪽으로 방향을 틀었다. 성문을 통과해 포룸 홀리토리움에 도착하니 아침 일찍 장을 보러 나온 손님들에게 채소와 과일을 팔려는 행상들로 북적이고 있었다. 브루투스가 걸어온 길은 팔라티누스 언덕에 사는 사람이 마르스 평원의 폼페이우스 복합건물로 가는 가장 빠른 길이었다. 걸어서 15분이 넘지 않는 거리였다.

머릿속에 여러 생각이 뒤엉킨 가운데 브루투스는 내딛는 걸음마다 허리띠에 채워진 단검의 존재를 의식했다. 칼집 끝이 허벅지에 닿아 있었다. 그는 살면서 단 한 번도 토가 안에 단도를 차본 적이 없었다. 브루투스는 곧 그 일이 벌어지리라는 것을 알고 있었다. 하지만 이 단도 외에는 그 어느 것도 현실로 느껴지지 않았다. 양배추, 케일, 설탕당근, 순무, 셀러리, 양파 등 이 계절에 마르스 평원과 바티카누스 평원의 외곽에 자리한 밭에서 자라는 각종 채소가 담긴 수레를 이리저리 피하며 걷던 브루투스는 문득 바닥 여기저기 물웅덩이가 고여 있는 것에 놀랐다. 밤중에 비가 왔나? 릭토르들은 어찌나 무신경한지! 그들은 그저 걸을 뿐이었다.

"참 지독한 폭풍우였어!" 수레 뒤에서 한 여자에게 무 다발을 던져주던 농부가 말했다.

"세상이 끝나는 줄 알았다니까." 여자가 능숙하게 무 다발을 받으며 말했다.

폭풍우? 폭풍우가 쏟아졌다고? 그는 빗소리를 듣지 못했다. 천둥소리도 못 들었고 번개가 치는 것도 못 봤다. 가슴속에서 이미 일어나고 있던 심한 폭풍우가 바깥의 진짜 폭풍우 소리마저 집어삼켰던 것일까?

플라미니우스 경기장을 지나니 마르스 평원의 푸른 잔디밭을 장악한 폼페이우스 마그누스의 거대한 대리석 극장이 시야에 들어왔다. 저 멀리 서쪽까지 우뚝 솟은 반원형 극장 뒤편 동쪽으로 멋들어진 직사각형 주랑정원이 펼쳐졌고, 주랑정원의 바깥쪽 사면은 코린토스식 주두가 있고 세로로 홈이 파인 기둥들로 에워싸여 있었다. 정확히 100개인 이 기둥들은 금박장식이 화려했고 다양한 색조의 푸른빛으로 칠해져 있었다. 그 뒤의 심홍색 벽에는 중간중간 벽화가 그려져 있었다. 정원의 짧은 면 한쪽은 가장자리가 직선인 무대와 인접해 있었고, 반대쪽 면의 얕은 계단은 폼페이우스가 축성한 원로원 회의장인 폼페이우스 회의소로 이어졌다.

브루투스는 남쪽 문을 통해 100개의 기둥으로 이루어진 주랑에 들어가서 잠시 멈춰섰다. 갑작스레 쏟아지는 햇볕에 눈을 깜빡이며 해방자들이 모인 곳을 찾았다. '해방자'라는 말에 매달리는 것만이 브루투스가 마음을 굳게 먹기 위해 할 수 있는 전부였다. 그들은 살인자가 아닌 해방자였다. 해방자. 저기다! 정원 안쪽, 바람이 불지 않고 햇살이 따뜻한 곳, 겨울이든 여름이든 온수가 공급되는 화려한 장식의 분수대 가까이. 카시우스가 손을 흔들더니 일행으로부터 떨어져나와 브루투스를 맞으러 걸어왔다.

"포르키아는 어떤가?" 카시우스가 물었다.

"무척 안 좋아. 아틸리우스 스틸로를 불렀네."

"잘했군. 이리 와서 트레보니우스가 하는 말을 듣게. 모두들 아까부터 자네를 기다리고 있었어."

3

카이사르는 폭풍우 소리를 들었다. 매년 춘분과 추분 무렵 강풍과 궂은 날씨를 동반한 폭풍우가 여러 차례 치는데,

올해 들어 처음으로 찾아온 폭풍우였다. 그는 중앙 주랑정원으로 나가 번개가 구름 속에 그리는 환상적인 무늬와 천둥이 하늘에 내는 거대한 균열을 바라보았다. 로마에 폭풍우가 정통으로 몰아치고 있었다. 비가 억수같이 쏟아지자 카이사르는 침실에 들어가 귀한 네 시간 동안 꿈조차 꾸지 않고 깊은 잠을 잤다. 동트기 두 시간 전에 폭풍우는 몰려갔고 그는 잠에서 깨어났다. 아침 조에 속한 비서와 필경사 들이 관저로 출근했다. 동이 트자 트로구스가 카이사르에게 갓 구운 바삭한 빵과 올리브기름과 카이사르가 즐겨 마시는 뜨거운 음료를 가져다주었다. 그는 해마다 이맘때면 레몬즙을 마셨다. 겨울에 마시는 식촛물보다 맛이 훨씬 나았고, 특히 합데파네가 꿀로 당도를 높여야 한다고 해서 요즘에는 더욱 맛이 좋아졌다.

카이사르는 기분이 가볍고 상쾌했다. 로마에서의 시간이 드디어 끝나간다는 사실에 온몸이 기쁨으로 충만했다.

그가 아침식사를 거의 마쳤을 즈음 칼푸르니아가 방으로 들어왔다. 피로로 눈이 무거워 보이고 눈가가 검었다. 카이사르는 벌떡 일어나 칼푸르니아에게 입맞추며 인사한 뒤, 한 손으로 아내의 턱을 받치고 걱정 어린 표정으로 가만히 아내의 얼굴을 들여다보았다.

"여보, 무슨 일이오? 간밤의 폭풍우가 무서웠소?"

"아니요, 카이사르. 꿈 때문이에요." 칼푸르니아는 이렇게 대답하고 불안해하며 카이사르의 손을 꽉 잡았다.

"나쁜 꿈을 꿨소?"

칼푸르니아가 부르르 몸을 떨었다. "악몽이었어요! 남자들이 당신을 에워싸고 칼로 찔러 죽였어요."

"맙소사!" 이렇게 외친 그는 문득 곤혹스러운 기분이 들었다. 근심에

싸인 아내를 안심시키려면 어떻게 해야 하는 걸까? "그냥 꿈일 뿐이오, 칼푸르니아."

"하지만 너무도 생생했는걸요!" 칼푸르니아가 소리쳤다. "원로원 회의소였어요. 하지만 의사당은 아니었고요. 폼페이우스 회의소예요. 가까이에 폼페이우스의 조각상이 있었어요. 제발, 카이사르, 오늘 회의에 가지 마세요!"

카이사르는 칼푸르니아의 손을 풀어 자신의 손으로 감싼 뒤 부드럽게 쓰다듬었다. "꼭 가야 하오, 여보. 오늘 나는 집정관 자리에서 물러나요. 로마에서의 마지막 공식 일정이오."

"안 돼요! 제발 가지 마세요! 꿈이 너무 생생했어요!"

"경고해주어 고맙소. 폼페이우스 회의소에서 칼에 찔리지 않게 꼭 조심하리다." 카이사르가 다정하면서도 단호한 어조로 말했다.

트로구스가 토가 트라베아를 들고 왔다. 카이사르는 이미 진홍색과 자주색 줄무늬가 교차된 튜닉을 입고 긴 붉은색 장화를 신고 있었다. 트로구스는 카이사르의 몸에 거대한 토가 천을 두르고 왼팔을 움직여도 토가 자락이 흘러내리지 않게끔 어깨의 주름을 정리했다.

어쩌면 저리도 자태가 멋질까, 하고 칼푸르니아는 생각했다. 카이사르에게는 흰색보다 자주색과 붉은색이 잘 어울렸다. "오늘 최고신관으로서 할 일은 없으세요?" 칼푸르니아가 물었다. "그 일을 핑계로 가지 않을 순 없는 거예요?"

"아니, 그럴 수 없소." 카이사르의 목소리에 살짝 짜증이 묻어났다. "오늘은 이두스이니 약식 희생의식을 치러야 해요."

카이사르는 그대로 관저 밖으로 나가 사크라 가도에서 대기하고 있던 행렬과 합류했다. 희생제물이 될 양을 빠르게 점검한 뒤 포룸 로마눔 낮은 구역과 카피톨리누스 언덕의 아륵스를 향해 언덕을 내려갔다.

한 시간 뒤 옷을 갈아입으러 돌아온 카이사르는 피호민들이 꽉꽉 들어찬 접객실을 보고 한숨을 쉬었다. 그중 일부와는 반드시 외출하기 전에 면담을 해야 했다. 데키무스 브루투스가 서재에서 칼푸르니아와 담소를 나누고 있었다.

"아무쪼록," 카이사르가 자주색 단을 댄 토가를 입고 들어오며 말했다. "오늘 내가 암살자들에게 칼을 맞을 일은 없을 거라고 아내에게 잘 설명해줬길 바라네."

"애는 썼지만 성공했는지는 잘 모르겠습니다." 데키무스가 카이사르의 공작석 책상 가장자리에 엉덩이와 양 손바닥을 붙인 채 말했다. 다리는 편안하게 꼬고 있었다.

"피호민 쉰 명과 면담을 해야 하는데, 시간이 오래 걸릴 만한 건 없고 사적인 내용도 아니니 자네만 괜찮다면 같이 있어도 좋네. 그런데 무슨 일로 이렇게 아침 일찍 찾아왔나?"

"오늘 회의에 참석하기 전 칼비누스를 방문하실 것 같아서요." 데키무스가 스스럼없이 말했다. "저 혼자 가면 방문을 거절당할 수 있지만, 독재관님과 같이 가면 그럴 일 없겠죠."

"영리해." 카이사르가 웃음을 터트렸다. 그는 칼푸르니아를 보고 눈썹을 치켰다. "고맙소, 내 사랑. 나는 이제 일을 해야 해요."

"데키무스, 그이를 부탁해요!" 칼푸르니아가 문간에 서서 간청했다.

데키무스가 환한 미소를 지었다. 사람의 마음을 푹 안심시키는 미소였다! "걱정 마세요, 칼푸르니아. 약속해요. 제가 잘 지켜드리겠습니다."

두 시간 뒤 그들은 관저에서 나와 베스타 계단을 올라 팔라티누스 언덕으로 갔다. 그들 뒤로 피호민 무리가 따라왔다. 관저 모퉁이를 돌아 베스타 신전 쪽으로 가려는데, 신녀들에게 유언장을 제출할 때 들어가는 문 옆에 언제나처럼 늙은 스푸린나가 쭈그려 앉아 있었다.

"카이사르! 3월 이두스를 조심하십시오!" 스푸린나가 소리쳤다.

"이미 3월 이두스라오, 스푸린나. 하지만 당신도 보고 있듯이 나는 아주 멀쩡하오." 카이사르가 웃었다.

"3월의 이두스가 오긴 했지만, 아직 다 지나진 않았습니다."

"어리석고 멍청한 노인네." 데키무스가 중얼거렸다.

"저자를 묘사할 수 있는 말이 여러 가지 있겠지만, 데키무스, 그 말만큼은 틀리다네." 카이사르가 말했다.

베스타 계단을 내려오자 군중이 밀려들었다. 누군가가 손을 뻗어 카이사르에게 쪽지를 내밀었다. 데키무스가 그 쪽지를 낚아채 자기 토가 주름 안에 넣었다. "일단 가시죠." 데키무스가 말했다. "나중에 드리겠습니다."

두 사람은 나이우스 도미티우스 칼비누스의 집 대문 앞에서 방문 허락을 받고, 칼비누스가 긴 의자를 놓고 누워 있는 서재로 직행했다.

"독재관님의 이집트인 의사의 실력에 깜짝 놀랐습니다, 카이사르." 방으로 들어서는 그들을 향해 칼비누스가 말했다. "데키무스, 와줘서 고맙네!"

"밤새 많이 좋아진 것 같소." 카이사르가 말했다.

"많이 좋아졌습니다."

"가는 길에 잠깐 들렀소. 당신을 내 눈으로 직접 보고 싶었소. 루키우스와 피소가 오늘 회의를 빠지고 자네와 함께 있겠다던데, 혹시 두 사람이 귀찮게 굴면 당장 집에서 내쫓아버리시오. 그런데 문제가 뭐였소?"

"심장 발작이었답니다. 합데파네가 준 디기탈리스(심장병 약재로 쓰이는 여러해살이풀—옮긴이) 추출물을 먹고 바로 가라앉았어요. 합데파네의 말로는 제 심장이 작은 자극에도 쉽게 반응한다는군요! 그가 사용한 표현은 '팔딱거린다'였습니다. 아무래도 심장 주변에 체액이 고여 있나봅니다."

"기병대장을 맡으려면 어서 빨리 회복해야지. 레피두스는 오늘 나르보 갈리아로 떠나야 하니 오늘 회의에 불참할 거요. 필리푸스도 못 온다고 하고. 어제 후식에 지나치게 탐닉하더니 안 그러면 이상하겠지! 오늘은 내가 원로원 회의에 마지막으로 참석하는 날인데 앞쪽 벤치가 너무 비어 있겠소." 카이사르는 이렇게 말하더니 사뭇 놀랍게도 몸을 숙여 칼비누스의 뺨에 입을 맞췄다. "건강을 잘 돌보시오."

그런 뒤 그는 데키무스 브루투스를 뒤에 달고서 떠났다.

칼비누스는 누운 상태로 얼굴을 찡그리더니 눈꺼풀이 감기며 이내 잠에 빠져들었다.

두 사람이 발밑의 물웅덩이를 피해 가며 플라미니우스 경기장 옆을 지나는데 데키무스가 말했다.

"카이사르, 우리가 가는 중이라고 미리 알릴까요?"

"그러게."

데키무스의 하인 하나가 재빨리 앞으로 뛰어갔다.

폼페이우스 복합건물 주랑에 들어서니 원로원 의원 400여 명이 정원에 흩어져 있었다. 몇몇은 독서를 하고 몇몇은 필경사에게 구술했으며, 몇몇은 풀밭에 길게 누워 잠을 잤고 일부는 삼삼오오 모여서 웃으며 담소를 나누었다.

마르쿠스 안토니우스가 두 사람을 향해 성큼성큼 다가오더니 카이사르와 악수했다. "안녕하십니까, 카이사르. 오늘은 안 나오시나보다 했는데 마침 데키무스가 보낸 심부름꾼이 달려오더군요."

카이사르는 독재관이 얼마나 늦든 아무도 상관할 바 아니라는 듯 안토니우스를 차가운 눈빛으로 쏘아보며 그의 손을 놓았다. 폼페이우스 회의소 계단을 빠르게 올라가는 카이사르를 하인 둘이 따라갔다. 한 명은 상아 대좌와 접는 탁자, 다른 한 명은 밀랍 서판 여러 개와 두루마리가 들어찬 자루를 들고 있었다. 하인들은 의자와 탁자를 고관석 단상에 놓은 뒤 카이사르가 고개를 끄덕이자 회의소에서 나갔다. 카이사르는 가구가 올바르게 배치된 것에 만족해하며 자루에서 두루마리를 꺼내 탁자 뒤쪽에 차곡차곡 쌓아올리고 의자에 앉았다. 이어서 필기가 필요할 경우를 대비해 왼쪽에 밀랍 서판을 쌓아두고 철필을 옆에 놓았다.

"벌써 일을 하고 있습니다." 데키무스가 계단 밑에 모여 있는 스물두 명과 합류하며 말했다. "회의소 안에 평의원들이 마흔 명 정도 있지만 고관석 단상 주변에는 아무도 없어요. 트레보니우스, 지금이 기회입니다."

트레보니우스는 즉시 안토니우스에게로 갔다. 안토니우스는 돌라벨라를 회의소 밖에 묶어두려면 되도록 예의바르게 굴면서 같이 있는 게 최선이라고 판단한 터였다. 두 집정관에게 속한 각각 열두 명의 릭토르들은 그들로부터 약간 떨어진 자리에 서 있었다. 파스케스(3월이므로 수석 집정관 돌라벨라의 소유였다)는 바닥에 놓아둔 채였다. 회의 장소가 신성경계선 바깥이긴 하지만 위치상 로마 시에서 1마일 내에 속했으므로, 릭토르들은 토가 차림이었고 나뭇가지 다발에도 도끼머리가 꽂혀 있지 않았다.

간밤에 트레보니우스는 새로운 생각이 떠오른 터였다. 브루투스가 수하 릭토르 여섯 명을 대동하고 나타나자 그는 이 생각을 곧장 실행에 옮겼다. 새로운 생각이란 카이사르에 대한 존경의 의미로 이날부터 몇 주간 모든 법무관들과 두 고등 조영관이 릭토르들을 즉시 해산시키고 그들 없이 회의에 참석하자고 설득하는 것이었다. 카시우스가 고등 정무관들을 찾아다니며 이 제안을 내놓았다. 아무도 반대하지 않았다. 뜻밖의 휴가를 얻은 법무관과 조영관 수하 릭토르들은 서둘러 릭토르단 본부로 돌아갔다. 술을 좋아하는 릭토르들에게 편리한 위치인 오르비우스 언덕길의 여관 뒤편이었다.

"자네 나랑 밖에서 잠깐 얘기 좀 하세." 트레보니우스가 안토니우스에게 쾌활하게 말을 건넸다. "상의할 일이 있어서 말이야."

돌라벨라는 일행 둘과 주사위 놀이를 하고 있던 친구를 골똘히 지켜보다가, 릭토르들에게 고개를 끄덕여 아직 더 쉬어도 된다고 알려주고서 자기도 주사위 놀이에 합류했다. 그는 오늘은 운수가 좋을 것 같다고 느꼈다.

안토니우스와 트레보니우스가 계단 밑에 서서 대화에 열중하는 동안 데키무스가 해방자들을 안으로 이끌었다. 정원에 남아 있던 원로원 의원들 중 한 사람이라도 이들의 얼굴을 살펴볼 생각을 했다면 이들이 무의식적으로 취한 뭔가 비밀스러운 행동거지와 심각한 표정을 의아하게 여겼을지 모른다. 하지만 그들을 보는 사람은 아무도 없었다.

무리에서 약간 뒤처져 걷던 브루투스는 누군가 자신의 토가 자락을 잡아당기는 것을 느끼고 뒤를 돌아보았다. 자기집 하인 하나가 새빨개진 얼굴로 숨을 헐떡이며 서 있었다.

"무슨 일이냐?" 브루투스가 물었다. 압제자 제거를 조금이나마 미룰 핑계가 생긴 것이 이루 말할 수 없이 기뻤다.

"주인어른, 포르키아 마님께서!" 하인이 숨을 헐떡였다.

"마님이 왜?"

"돌아가셨습니다!"

세상은 뒤흔들리지 않았고 솟아오르지 않았으며 뱅글뱅글 돌지도 않았다. 브루투스는 믿을 수 없다는 듯 노예를 빤히 쳐다봤다. "허튼 소리."

"주인어른, 마님이 돌아가셨습니다, 맹세코 돌아가셨어요!"

"무슨 일이 있었는지 말해봐라." 브루투스가 차분히 말했다.

"그러니까, 마님이 상태가 무척 안 좋으셨어요. 정신 나간 사람처럼 이리저리 뛰어다니고, 카이사르가 죽었다고 소리를 지르시고요."

"아틸리우스 스틸로가 진료를 안 했느냐?"

"했습니다, 주인어른. 그런데 스틸로가 만들어준 약을 마님이 마시려 하질 않자 그만 화가 나서 가버렸어요."

"그래서 어찌됐느냐?"

"마님이 쓰러지더니 그냥 그렇게 돌아가셨어요. 에파프로디토스가 살펴봤지만 살아 있다는 낌새를 전혀 찾지 못했어요. 단 하나도요! 마님은 돌아가셨어요! 돌아가셨다고요! 집에 가보세요, 제발 집에 가보세요, 주인어른!"

"갈 수 있을 때 바로 가겠다고 에파프로디토스에게 전해라." 브루투스가 한 발로 아랫단을 디디며 말했다. "마님은 죽지 않았어, 내가 장담하마. 난 그 사람을 안다. 그냥 잠깐 기절한 거야." 브루투스는 다시 계단을 올랐다. 노예가 멍하니 입을 벌리고 브루투스의 뒷모습을 바라보왔다.

꽉꽉 채우면 600명을 수용할 수 있을 정도로 넓은 방이었지만 이날은 어쩐지 휑뎅그렁했다. 독서할 기회를 놓치지 않는 학구적인 평의원 몇 명만 미리 와서 자리에 앉아 있을 뿐이었다. 고관석 단상 끝에 의자를 두고 앉아 있는 사람은 아무도 없었다. 채광창의 창살 사이로 햇살이 가장 많이 비쳐드는 곳은 바깥쪽 문 주변이기 때문이었다. 독서에 골몰한 평의원들은 회의소 좌우 양측의 가장 높은 단에 거의 반반으로 나뉘어 앉아 있었다. 아주 좋아, 하고 데키무스는 생각했다. 그는 뒤따라오던 무리를 앞으로 모은 뒤 브루투스가 아직도 밖에 있는지 확인하려고 슬쩍 뒤를 봤다. 용기를 잃은 건가?

카이사르는 자기만의 세계에 빠진 채 펼쳐진 두루마리 위로 고개를 숙이고 앉아 있었다. 갑자기 그가 움직였다. 하지만 회의소 바닥 한가운데를 걸어 내려오는 무리를 보기 위해서가 아니었다. 그는 왼손으로 가장 위에 놓인 서판 하나를 집어들어 펼치고 오른손으로 철필을 집더니 밀랍 서판에 빠르고 능숙하게 글씨를 써나가기 시작했다.

고관석 단상으로부터 3미터 가까이까지 접근했을 때 그들은 혼란스러운 기분을 느끼며 문득 걸음을 멈췄다. 카이사르가 암살자 무리를 보지 못하는 게 이상했다. 데키무스는 높이 1미터가 넘는 받침대 위에 놓인 키 큰 폼페이우스 조각상에 시선을 주었다. 열여섯 내지 스무 개의 고관 의자를 놓을 수 있는 넓은 단상 뒤의 움푹 들어간 공간에 세워져 있었다. 데키무스는 손가락 감각이 무뎌지는 것을 느끼며 옷을 더듬어 단도를 잡아 뽑고 옆으로 숨겼다. 다른 사람들도 똑같이 하는 것을 느낄 수 있었다. 그때 시야 끝으로 브루투스가 허둥지둥 방으로 들어오는 모습이 보였다. 마침내 용기를 낸 모양이었다.

루키우스 틸리우스 킴베르가 단도를 높이 쳐들고 릭토르들이 앉는 고관석 단상 옆 계단을 걸어올랐다.

"멈춰, 이 참을성 없는 머저리, 멈춰!" 카이사르가 여전히 고개를 숙인 채 신경질적으로 버럭 소리를 질렀다. 그의 손은 여전히 철필을 쥐고 글씨를 새기고 있었다.

킴베르는 분에 차서 입술을 꽉 다물며 해방자 동료들에게 사나운 눈길을 보냈다. 우리의 독재관이 얼마나 무례한 인간인지 다들 보았는가? 그는 앞으로 성큼성큼 걸어가 카이사르의 목덜미 왼쪽 토가 주름을 확 잡아당겼다. 그때 킴베르의 왼쪽에 서 있던 카스카가 먼저 카이사르의 목을 향해 뒤에서 단도를 내리쳤다. 단도는 쇄골을 맞고 비껴가 가슴팍에 얕은 상처만을 남겼다. 눈에 보이지도 않을 정도로 재빨리 자리에서 일어난 카이사르가 본능적으로 철필을 휘둘렀다. 카스카의 팔에 철필이 꽂히자 대담해진 해방자들은 단도를 높이 들고 앞으로 달려들었다.

카이사르는 격렬하게 싸우면서도 비명을 지르거나 목소리를 내지 않았다. 탁자가 쓰러지고 두루마리가 사방에 쏟아졌으며 상아 대좌가 구르고 핏방울이 튀었다. 이제야 그들을 발견한 꼭대기 단의 원로원 의원들이 겁내며 비명을 질렀지만 카이사르를 구하러 오는 사람은 아무도 없었다. 뒷걸음질 치던 카이사르의 등이 폼페이우스 조각상 받침대에 부딪히자 카시우스가 앞으로 나왔다. 그는 카이사르의 얼굴에 칼을 꽂고 손목을 비틀어 눈알을 뽑아내 그 아름다움이 더는 존재하지 않게 했다. 흥분이 일며 해방자들이 몰려들었다. 단도가 솟아올랐다 내리꽂히며 피가 뿜어져나왔다. 카이사르는 저항을 멈추고 피할 수 없는 운명을 받아들였다. 이 세상에 단 하나뿐인 카이사르의 특별한 정신은 자신의 존엄을 손상시키지 않고 죽음을 맞는 데 남은 미력을 쏟아부었다. 카이사르는 왼손으로 토가의 주름진 부분을 잡아 얼굴을 가리고 오른손으로는 허벅지가 밖으로 드러나지 않게 토가 자락을 꽉 움켜쥐었다. 이 썩어빠진 고깃덩어리들 중 그 누구도 카이사르가 죽음의 순간에 어떤 생각을 했는지 보아선 안 되었다. 품위 없이 드러난 카이사르의 다리를 기억하며 조롱해서도 안 되었다.

카이킬리우스 부키올라누스가 등을 찌르고 카이센니우스 렌토가 어깨를 찔렀다. 피가 무참히 흘렀다. 카이사르는 연이어 밀려드는 칼을 맞으면서도 여전히 서 있었다. 끝에서 두번째 순서를 맡은 냉정한 전사 데키무스 브루투스가 카이사르의 왼쪽 가슴팍에 온 힘을 실어 칼날을 꽂았다. 칼끝이 심장을 뚫으며 카이사르가 힘없이 무너졌다. 데키무스는 이어 트레보니우스를 위해 다시 한번 칼을 찔렀다. 마지막은 브루투스였다. 땀으로 눈앞이 보이지 않았고 두려움으로 감각이 마비된 채였다. 그는 무릎을 꿇고 자기 어머니가 그토록 찬미해 마지않던 카이사르의 음경을 찔렀다. 칼끝이 겹겹이 싸인 토가 주름을 뚫고 들어갔다. 순전히 그가 자기도 모르게 칼을 직각으로 내리꽂았기 때문이었다. 뼈에 금속이 닿아 으스러지는 소리에 브루투스는 구역질을 하며 바닥에 쓰러졌고 그 순간 손등에 타는 듯한 통증을 느꼈다. 다른 누군가의 칼에 벤 것이었다.

거사가 끝났다. 스물두 명 전원이, 데키무스는 두 차례에 걸쳐 카이사르에게 상처를 입혔다. 카이사르는 얼굴과 다리를 가린 채 폼페이우스 조각상 아래 누워 있었다. 가슴과 등 부분이 갈기갈기 찢어진 새하얀 크림빛 토가가 찬란한 붉은 피를 빨아들였다. 흰색 대리석 단상에 퍼져나온 피는 더이상 흘러나올 수 없을 것처럼 많았다. 너무나 많은 피가 쏟아져나와 바닥 구석구석 사방으로 번져나갔다. 사방으로. 어떤 사람들은 피를 밟지 않으려고 발을 껑충대며 뛰었지만, 데키무스는 피가 그의 신발 주위로 모여들어 안으로 스며들 때까지도 모르고 있었다. 그는 문득 피에 발이 데기라도 한 듯 신음 소리를 냈다.

해방자들이 광기 어린 눈빛으로 가쁜 숨을 몰아쉬며 흐느끼기 시작했다. 그들은 서로를 바라보았다. 브루투스는 손등에 흐르는 피를 멎게 하는 데만 정신이 팔려 있었다. 그들은 순간적으로, 하지만 무언의 동의라도 한 듯 일제히 돌아서서 문을 향해 달렸다. 데키무스 역시 넋이 나가 있었다. 평의원들은 현장을 목격하자마자 이미 비명을 지르며 밖으로 달아난 터였다. 그가 죽었다, 카이사르가 죽었다! 해방자들마저 정원으로 뛰쳐나오자 밖에 있던 사람들도 모두 공황상태에 빠졌다. 해방자들의 토가에는 선혈이 낭자했고 끈적끈적한 주먹에는 칼이 들려 있었다.

사람들이 사방으로 달아났다. 아무도 폼페이우스 회의소로는 가지 않았다. 원로원 의원들도 릭토르들도 노예들도 모두가 달아나며 외쳤다. 카이사르가 죽었다, 카이사르가 죽었다, 카이사르가 죽었다!

해방자들 역시 무턱대고 도망쳤다. 화려한 연설과 뇌성같이 울리는 강렬한 웅변을 하려던 거창한 계획은 깡그리 잊은 터였다. 현실과 꿈이 이토록 다르리라는 걸, 죽은 카이사르를 보는 것만으로 그 모든 이상과 철학과 포부가 연기처럼 사라지리라는 걸 과연 그들 중 누가 알았을까? 그들은, 심지어 데키무스 브루투스마저도 행위가 저질러진 다음에야 비로소 그 의미를 이해했다. 거인이 쓰러졌다. 세상은 완전히 바뀌었고, 어떠한 공화국도 완전히 무장한 채로 제우스의 이마에서 튀어나올 수 없으리라. 카이사르의 죽음이 해방을 가져왔음은 분명했다. 그러나 그것은 혼돈의 해방이었다.

해방자들은 순전히 본능적으로 유피테르 옵티무스 막시무스 신전으로 피신했다. 그들의 다리는 방앗간의 물레방아가 돌듯 자동으로 움직여 마르스 평원의 풀밭을 가로지르고 카피톨리누스 언덕 뒤쪽 계단을 올라 그 옛날 로물루스가 몸을 피했던 아실룸에서 마지막 언덕을 올라 유피테르 신전으로 이르는 계단을 올라갔다. 신전에 들어선 스물두 명은 고통스럽게 숨을 헐떡이며 털썩 무릎을 꿇고 바닥으로 쓰러졌다. 그들 위로 황금과 상아로 화려하게 빛나는 15미터 높이의 위대한 신이 서 있었다. 밝은 붉은색 테라코타 얼굴이 입을 굳게 다문 채 바보처럼 밝은 미소를 짓고 있었다.

폼페이우스 회의소에서 가장 먼저 뛰쳐나온 평의원이 카이사르가 암살되었다고 비명을 지르자마자 마르쿠스 안토니우스는 꽥 소리를 지르더니 그대로 정원을 빠져나가 로마 시내로 달아났다! 안토니우스가 보인 뜻밖의 반응에 당황한 트레보니우스가 그를 따라 달리며 멈추라고, 어서 돌아와 원로원 회의를 소집하라고 외쳤다. 하지만 너무 늦었다. 돌라벨라와 그의 릭토르들도 달아났고 원로원 의원들과 의자를 든 노예들도, 해방자들도 달아났다. 트레보니우스가 할 수 있는 일이라곤 그저 안토니우스를 붙잡으려고 애쓰는 것뿐이었다.

회의소 안에는 완전한 정적이 감돌았다. 발밑을 내려다볼 수 없는 폼페이우스 조각상은 회의소의 열린 문을 응시하고 있어 눈부신 햇빛을 받은 눈동자가 화려하게 빛났다. 조각가는 보는 이를 압도하는 푸른 빛을 원했던 것이다. 카이사르는 토가 주름에 얼굴이 가려진 채 오른쪽으로 약간 몸을 웅그리고 있었다. 출혈은 마침내 멎었고 흘러내린 피가 단상 한쪽에 작은 폭포를 이루었다. 이따금씩 작은 새가 날아들어와 천장의 벌집 모양 격자 속의 장미꽃 무늬 주변을 헛되이 날다가 바깥의 빛을 따라 다시 자유를 향해 나갔다. 몇 시간이 흘렀지만 안에 들어와 보는 사람은 없었다. 카이사르와 폼페이우스는 움직이지 않고 그대로 있었다.

오후가 된 지도 한참 지나서 칼비누스의 집사가 주인어른의 서재에 들어왔다. 환자는 한층 상태가 좋아져서 루키우스 카이사르와 루키우스 피소와 이야기를 나누고 있었다. 이집트인 의사 합데파네도 집사를 따라 들어왔다.

"더이상의 검진은 사절일세!" 칼비누스가 외쳤다. 기운을 많이 되찾아 더이상의 의료 조치가 거북스럽게 느껴졌다.

"진료 때문이 아닙니다, 주인어른. 합데파네는 만약의 경우에 대비해 데려왔습니다."

"만약의 경우라니 그게 무슨 뜻인가, 헥토르?"

"온 도시가 끔찍한 소문으로 들끓고 있습니다." 헥토르가 망설이다가 불쑥 내뱉었다. "카이사르가 살해되었다는 소문이 거리에 파다합니다."

"유피테르시여!" 피소가 외쳤다. 칼비누스가 긴 의자에서 벌떡 일어났다.

"어디서? 어떻게? 말해라, 어서!" 루키우스 카이사르가 다그쳤다.

"누우십시오, 칼비누스 어르신. 부디 누우십시오." 합데파네가 칼비누스에게 간청하는 한편 헥토르가 루키우스 카이사르에게 대답했다.

"자세히 아는 사람이 없습니다, 어르신. 카이사르가 죽었다는 말만 돌고 있어요."

"다시 눕게, 칼비누스. 자네는 가만히 있게. 피소와 내가 확인해보겠네." 루키우스 카이사르가 문으로 향하며 말했다.

"제게도 곧장 알려주십시오!" 칼비누스가 소리쳤다.

"그럴 리 없어, 그럴 리 없어." 루키우스 카이사르는 베스타 계단을 한 걸음에 다섯 칸씩 뛰어내려가며 중얼댔다. 피소도 그와 함께 뛰었다.

두 사람은 최고신관의 응접실로 들이닥쳤다. 퀸틸리아와 코르넬리아 메룰라가 초조하게 서성거리고 칼푸르니아는 벤치에 힘없이 앉아 유니아에게 몸을 기대고 있었다. 남자들이 방안에 들어서자 여자들이 그들에게 달려왔다.

"카이사르는 어디 있소?" 루키우스 카이사르가 황급히 물었다.

"아무도 몰라요, 수석 조점관님." 이제 수석 베스타 신녀가 된 뚱뚱하고 명랑한 성격의 퀸틸리아가 말했다. "포룸 로마눔에 그분이 살해되었다는 소문이 퍼져 있을 뿐이에요."

"폼페이우스 회의소에서 회의가 끝나고 집으로 돌아왔는가?"

"아뇨, 오지 않으셨어요."

"누구라도 중요한 사람이 여기 왔었나?"

"아뇨, 아무도 안 왔어요."

"피소, 자네는 이곳을 지키게." 루키우스 카이사르가 지시를 내렸다. "내가 폼페이우스 회의소에 가서 누가 남아 있는지 확인해보겠네."

"릭토르들을 데려가세요!" 피소가 소리쳤다.

"아닐세, 트로구스와 그의 아들 몇 명이면 충분해."

루키우스는 벨라브룸 구역을 빠르게 가로질러갔다. 트로구스와 그의 아들 셋과 함께 뛰다가 가볍게 달리다가 걷기를 반복했다. 가는 곳 어디나 사람들이 무리지어 모여 있었다. 어떤 이들은 양손을 비틀었고 어떤 이들은 흐느껴 울었지만, 루키우스가 큰 소리로 물어보아도 다들 카이사르가 죽었다, 카이사르가 살해되었다는 말밖에 하지 않았다. 플라미니우스 경기장을 지나고 극장으로 가서 100개의 기둥으로 이루어진 주랑을 통과한 그는 잠시 멈춰 아픈 옆구리를 손으로 잡고 호흡을 가다듬었다. 정원에는 아무도 없었다. 하지만 곳곳에서 많은 사내들이 서둘러 떠난 흔적을 볼 수 있었다.

"너는 여기 있어라." 루키우스가 트로구스에게 짧게 말하고 계단을 올라 폼페이우스 회의소에 들어갔다.

루키우스는 눈으로 보기 전에 코로 알아차렸다. 군인이라면 절대 착각할 수 없는, 오래되어 엉긴 피냄새였다. 자주색과 흰색이 교차된 대리석 바닥에 부서진 상아 대좌 조각들이 널려 있고 오른쪽 맨 아랫단에 접는 탁자가 쓰러져 있었다. 왼쪽에서 공격한 게 분명했다. 두루마리들이 길게 펼쳐져 여기저기 널려 있고, 고관석 단상 맨바닥에 누군가가 누워 있었다. 움직임이 없었다. 루키우스가 몸을 숙였다. 죽은 지 수 시간이 지났다는 것을 알 수 있었다. 루키우스는 머리 쪽부터 조심스럽게 토가 천을 젖히다 헉 소리를 냈다. 숨이 멎는 듯했다. 얼굴 왼쪽은 엉망으로 짓이겨져 피와 살점이 뒤범벅되었고 새하얀 뼈가 드러나 보였으며 한쪽 눈은 함부로 난도질되어 있었다. 오, 카이사르!

"트로구스!" 루키우스가 소리쳤다.

트로구스가 어린애처럼 울부짖으며 달려들어왔다.

"그럴 시간이 없다! 아들 둘을 포룸 홀리토리움으로 보내 손수레를 구해오게 해. 어서, 당장 가거라! 우는 건 그다음에 해."

루키우스는 청년 둘이 달려가는 소리를 들었다. 트로구스와 남은 아들 하나가 방으로 들어오려 하자 루키우스는 손을 내저어 그들을 밖으로 내보냈다.

"밖에서 기다려라." 루키우스는 이렇게 말하고 고관석 단상 가장자리에 주저앉아 이제 더이상 움직이지 않는, 흥건한 피에 젖어 누워 있는 사랑하는 육촌동생을 바라보았다. 저토록 많은 피를 흘렸다면 필시 치명상은 나중에 입은 것이리라.

"오, 가이우스! 이렇게 될 수밖에 없었던 걸까! 이제 우리는 어찌한단 말인가? 이 세상이 자네 없이 어찌 돌아간단 말인가? 차라리 우리의 신들을 잃는 편이 쉬웠을 텐데." 루키우스의 얼굴에 눈물이 흘러내렸다. 지나간 세월과 추억과 기쁨과 자랑스러웠던 마음, 그리고 이 역사상 유례 없이 뛰어난 로마인이 헛되이 사라져버렸다는 사실에 흘리는 눈물이었다. 카이사르는 다른 모든 이들을 하찮은 존재로 만들어버렸다. 그래서 그들은 그를 죽인 것이다.

하지만 트로구스가 와서 수레가 도착했다고 알렸을 때 자리에서 일어서는 루키우스 카이사르의 눈가는 어느새 말라 있었다.

"수레를 안으로 들여라." 루키우스가 말했다.

수레가 들어왔다. 색칠이 되지 않았고 낡은 바퀴 두 개짜리 나무 수레였다. 가로가 매우 좁았지만 세로는 시신을 실을 만큼 길었고 한쪽 끝에 수레를 미는 손잡이 두 개가 달려 있었다. 루키우스는 멍한 얼굴로 수레 위에 뒹구는 이파리 조각을 걷어내고 양손으로 흙먼지를 쓸어낸 뒤 카이사르의 난도질된 얼굴을 토가 천으로 잘 덮었다.

"조심해서 들어올려 수레에 눕혀라."

사후경직은 아직 시작되지 않은 터였다. 이제 카이사르는 등을 바닥에 대고 누워 있었다. 한쪽 팔이 옆구리에 붙어 있지 않고 자꾸만 수레 바깥쪽으로 떨어져내렸다. 루키우스는 어깨를 움직여 자주색 단을 댄 토가를 벗어서 카이사르에게 덮어주고 토가 가장자리를 전부 시신 밑으로 끼워넣었다. 팔은 그냥 달랑거리게 놓아두자. 세상은 이것을 보고 이 낡은 손수레가 옮기는 것이 무엇인지 알게 되겠지.

"이제 집으로 데려가자."

트레보니우스는 온 힘을 다해 안토니우스를 뒤따라 달리며 진정하라고, 현재 상황에 대처할 수 있게 도와달라고, 빨리 원로원을 소집해 회의를 열라고 소리쳤다. 하지만 육중한 몸으로도 바람처럼 움직이는 안토니우스는 릭토르들과 포룸 로마눔을 가로지르며 계속 달릴 뿐이었다.

화가 나고 지친 트레보니우스는 안토니우스를 붙잡으려는 시도를 포기했다. 트레보니우스는 호흡을 가다듬으려고 애쓰며, 접의자를 드는 노예에게 폼페이우스 회의소로 돌아가 그곳 상황이 어떤지 확인하고 자신은 키케로의 집에 갈 테니 그리로 와서 보고하라고 일렀다. 노예가 떠나자 트레보니우스는 팔라티누스 언덕을 올라가 키케로와의 면담을 청했다.

키케로는 집에 없었지만 곧 돌아올 것이라고 했다. 트레보니우스는 아트리움에 앉아 집사가 포도주와 물을 내오는 것을 지켜본 뒤 키케로를 기다렸다. 아까 보낸 노예가 먼저 도착했다. 노예는 폼페이우스 회의소엔 아무도 없고 해방자들은 일제히 유피테르 옵티무스 막시무스 신전으로 도피했다고 알렸다.

트레보니우스는 망연자실하여 두 손으로 머리를 감싸쥔 채 사태를 이해하려고 안간힘을 썼다. 어째서 그들은 로스트라 연단에 올라가 자신들의 행위를 알리지 않고 피난처를 구했단 말인가?

"친애하는 트레보니우스, 무슨 일인가?" 잠시 후 키케로의 황금 같은 목소리가 우렁우렁 울렸다. 두 손으로 머리를 감싸쥔 가이우스 트레보니우스의 모습을 보고 그는 깜짝 놀랐다. 방금 전까지 퀸투스의 아내 폼포니아에게 결혼 상담가 노릇을 하고 있었으므로 항간에 떠도는 소문을 전혀 듣지 못한 터였다.

"조용한 데로 가시지요." 트레보니우스가 일어서며 말했다.

"그래, 무슨 일인가?" 키케로가 재빨리 문을 닫으며 물었다.

"네 시간 전에 원로원 의원 무리가 폼페이우스 회의소에서 카이사르를 죽였습니다." 트레보니우스가 차분히 말했다. "현장에는 없었지만, 내가 뒤에서 그들을 지휘했습니다."

늙고 주름진 얼굴이 알렉산드리아 파로스 섬의 등대같이 밝아졌다. 키케로는 환호를 올리며 힘차게 박수를 치더니 황홀한 표정으로 트레보니우스의 손을 움켜잡았다. "트레보니우스! 오, 정말이지 기쁘고 또 기쁜 소식일세! 그들은 어디 있나? 로스트라 연단에 있나? 아직 폼페이우스 회의소에서 이야기하고 있나?"

트레보니우스가 손을 뺐다. "하! 응당 그래야 할 것 아닙니까!" 그가 사나운 표정으로 으르렁댔다. "아니요, 그들은 폼페이우스 회의소에 있지 않습니다! 로스트라 연단에도 있지 않아요! 제일 먼저 그 멍청한 안토니우스가 넋이 나가서 카리나이 지구 쪽으로 달아나더군요. 당연히 포룸 로마눔에서도 멈추지 않았겠죠! 카이사르가 제거된 것을 앞장서서 환호해야 할 자가 복수의 여신들에게 쫓기듯 허둥지둥 집으로 달아났다 이 말입니다!"

"안토니우스도 개입됐어?" 키케로가 못 믿겠다는 듯 나지막하게 물었다.

순간 트레보니우스는 상대가 누구인지를 의식하고 말을 바꿨다. "아뇨, 아뇨, 당연히 아니지요! 하지만 안토니우스는 카이사르를 좋아하지 않았거든요. 그래서 일단 일이 저질러지면 이왕지사 좋은 쪽으로 원만히 해결하자고 그를 설득할 수 있으리라 생각했습니다. 하지만 안토니우스가 난데없이 도망을 치니까 일단 키케로 당신부터 찾아왔어요. 어쨌든 당신은 무조건 찾아오려고 했습니다. 당신이라면 우리를 지지해줄 테니까요."

"기꺼이, 아주 기꺼이 지지하겠네!"

"늦었습니다!" 트레보니우스가 절망스럽게 소리쳤다. "그들이 어쨌는지 아십니까? 공황상태에 빠졌어요! 넋이 나갔다고요! 데키무스 브루투스나 틸리우스 킴베르 같은 자들까지 넋이 나갔단 말입니다! 믿었던 그들이 압제자를 죽이고는 폼페이우스 회의소를 뛰쳐나와 유피테르 옵티무스 막시무스 신전으로 달아났어요! 매 맞은 똥개처럼 웅크리고 있다고요! 원로원 평의원 400여 명이 카이사르가 죽었다, 살해되었다고 악을 쓰며 집으로 달려가 문을 걸어 잠갔어요. 평범한 시민들이 포룸 로마눔에 쏟아져나와 거리를 배회하는데, 그들에게 상황을 설명해주는 책임 있는 자가 아무도 없단 말입니다."

"데키무스 브루투스까지? 설마, 그는 절대 당황하는 사람이 아닌데!" 키케로가 나직이 중얼댔다.

"데키무스까지 공황상태에 빠졌어요. 전부 다요! 카시우스, 갈바, 스타이우스 무르쿠스, 바실루스, 퀸투스 리가리우스, 스물두 명 전부 카피톨리누스 언덕으로 몰려가 유피테르 신상에 기도를 바치며 무서워서 똥을 지리고 있다고요! 모든 게 허사가 됐어요, 키케로." 트레보니우스가 음울한 어조로 말했다. "나는 그들이 이 일을 하게 만들기까지가 어려울 거라고 생각했어요. 사후에 어떻게 될지는 조금도 고민하지 않았다고요! 공황발작이라니! 계획은 물거품이 됐고, 이제는 아무도 우리를 당당하게 만들어줄 수 없어요. 그래요, 그들은 그 일을 해냈지만, 당당함을 지키지 못했어요. 바보들, 바보들!" 트레보니우스가 신음했다.

키케로가 어깨를 펴며 트레보니우스의 어깨를 두드렸다. "아직은 늦지 않았을 거야." 키케로가 힘주어 말했다. "내가 당장 카피톨리누스 언덕에 가보겠네. 자네는 데키무스 브루투스의 검투사들을 불러모으게. 내가 며칠 전에 들은 바로는 어느 장례 경기대회 때문에 로마에 모여 있어. 아무래도 데키무스가 이 일을 염두에 두고 경호원 대신 불러둔 것 같군." 키케로는 트레보니우스에게 손을 내밀었다. "자, 기운 차리게! 가서 그들을 보호해줄 사람들을 찾아와. 나는 그들을 로스트라 연단으로 데려가겠네." 키케로는 다시 한번 환성을 올리며 기쁨에 들떠 껄껄 웃었다. "카이사르가 죽다니! 오, 해방을 위한 더없이 훌륭한 선물이야! 그들은 분명 칭송받을 걸세. 그들에게 바치는 찬가가 하늘 높이 울려퍼질 거야!"

키케로는 늦은 오후에 유피테르 옵티무스 막시무스 신전으로 찾아갔다. 그가 아끼는 해방노예 티로가 뒤를 따랐다.

"축하합니다!" 키케로가 우렁차게 외쳤다. "동료 의원 여러분께서 실로 대단한 위업을 이루었습니다! 이것은 공화정의 승리요!"

그들은 우렁찬 목소리에 놀라 펄쩍 뛰더니 꽥 소리를 내며 황급히 구석으로 도망쳤다. 키케로의 두 눈이 비로소 어둠에 적응했다. 그는 눈앞의 광경에 깜짝 놀랐다. 마르쿠스 브루투스? 맙소사! 어떻게 저자를 이런 일에 끌어들였을까? 게다가 다들 어찌나 겁에 질려 있는지! 카이사르를 죽이면서 남자다움이 남김없이 증발해버린 모양이었다. 심지어 카시우스, 데키무스 브루투스, 저 늑대 같은 미누키우스 바실루스까지.

키케로는 그들이 정신을 차리도록 도와주려고 애썼지만, 무슨 말로도 그들을 신전 밖으로 나가거나 로스트라 연단에 올라 연설하도록 설득할 수 없었다. 결국 키케로는 티로를 보내 포도주를 사오게 했고 포도주 판매상이 준 조잡한 토기 잔에 술을 따라 건넸다. 그들 모두 목이 몹시 말랐는지 순식간에 포도주가 동이 났다.

트레보니우스가 신전에 들어섰을 때도 키케로는 여전히 그들을 치켜세우고 있었다. "밖에 검투사들이 와 있습니다." 트레보니우스가 툭 던지듯 말하고 이내 넌더리를 내며 그들을 비웃었다. "우려했던 대로 안토니우스는 집으로 달려가 문을 잠갔네. 돌라벨라와 다른 원로원 의원들도 마찬가지고." 트레보니우스는 분통을 터트리며 해방자들을 다그쳤다. "어째서 그렇게들 당황했나? 어째서 로스트라 연단으로 가지 않았어? 죽은 짐승에 파리가 꼬이듯 사람들이 우르르 몰려나왔는데 이게 무슨 일인지 그들에게 설명해주는 사람이 아무도 없잖나."

"죽은 모습이 너무 끔찍했어요!" 브루투스가 몸을 앞뒤로 흔들며 신음하듯 내뱉었다. "시체가 어쩌면 그렇게 살아 있는 것 같을까? 끔찍해, 끔찍해!"

"자," 키케로가 불쑥 이렇게 말하고 브루투스를 일으켜세우더니 방을 가로질러 카시우스에게 걸어갔다. 카시우스는 무릎 사이에 머리를 파묻고 쪼그려 앉아 있었다. 키케로는 카시우스 역시 일으켜세웠다. "우리 셋이 로스트라 연단으로 가세. 무조건 가는 거야. 사람들에게 설명해야 해. 안토니우스와 돌라벨라는 여기 없으니 자네들 두 사람이 가장 잘 알려진 얼굴일세. 자, 어서 가세, 어서!"

한 손으로는 카시우스의 손을, 다른 한 손으로는 브루투스의 손을 잡고 키케로는 두 사람을 끌다시피 신전 밖으로 데리고 나왔다. 그는 카피톨리누스 언덕길을 내려가 로스트라 연단에서 그들을 억지로 밀어올렸다. 군중이 모여들었지만, 수가 그리 많지는 않았다. 전반적으로 온순해 보였고 당황하여 방향감각을 잃은 듯했다. 브루투스는 군중을 내려다보고 평정심을 되찾았다. 키케로의 말이 옳았다. 무슨 말이든 해야 했다. 토가는 한참 전에 잃어버린 터였다. 브루투스는 검은 곱슬머리에 자유의 모자를 눌러쓰고 로스트라 연단 앞쪽으로 나아갔다.

"로마 시민 여러분," 브루투스가 작은 목소리로 말했다. "카이사르가 죽었다는 말은 사실입니다. 카이사르가 살아 있는 것은 자유를 사랑하는 사람들에게 참을 수 없는 일이 되었습니다. 그래서 우리들은 독재관 카이사르의 압제로부터 로마를 해방시키기로 결심했습니다." 브루투스는 피 묻은 손으로 단도를 높이 들어올렸다. 임시로 감은 붕대 때문에 붉은색이 한층 더 도드라졌다. 신음 소리가 퍼졌다. 로스트라 연단에서 누가 연설을 한다는 말이 퍼지면서 군중의 규모는 점점 더 커져갔다. 그들은 움직이지도, 분노를 드러내지도 않았다.

"카이사르는 이탈리아에 자신의 퇴역병들을 정착시킨다는 이유로 지주들에게서 토지를 강탈해서는 안 되었습니다. 그 토지는 수백 년간 그들의 것이었습니다." 브루투스는 여전히 작은 목소리로 말했다. "로마의 왕, 독재관 카이사르를 죽인 우리 해방자들은 로마 군인들이 제대해 살아갈 토지가 필요하다는 것을 알고 있습니다. 우리도 카이사르 못지않게 로마 군인을 사랑합니다. 하지만 우리는 로마의 지주들 역시 사랑합니다. 그러면 여러분에게 묻겠습니다. 우리는 어떻게 해야 했을까요? 카이사르는 지나치게 한 가지 방식에만 경도되어 있었습니다. 따라서 그는 물러나야만 했습니다. 로마에는 퇴역병만 있는 게 아닙니다. 물론 우리는, 로마를 카이사르로부터 해방시킨 우리는, 로마의 퇴역병들을 사랑하지만—"

브루투스는 초점을 잃고 두서없는 말을 이어갔다. 도시의 군중과 별 상관없는 퇴역병과 토지 이야기만 되풀이했다. 카이사르가 왜, 어떻게 죽었는지에 관해서는 사실상 아무 말도 하지 않았다. 브루투스의 말을 이해하려고 애쓴 사람들 중에 이 해방자들이 누구인지, 누가 누구를 무엇으로부터 해방시켰다는 것인지 이해한 사람은 아무도 없었다. 연설을 들으며 서 있는 키케로의 마음은 납덩이처럼 무거웠다. 그는 브루투스가 말을 마치기 전까지 아무 말도 할 수 없었다. 하지만 브루투스가 횡설수설하는 시간이 길어질수록 그는 연설하고 싶은 마음이 점점 더 사라져갔다. '언어적 자살행위'라는 문구가 머릿속에 뱅뱅 맴돌았다. 문제는 로스트라 연단이 키케로에게 잘 맞는 무대가 아니라는 데 있었다. 그에게는 목소리가 우렁차게 울려퍼지는 시설 좋은 회관이 필요했다. 그리고 그에게 맞는 청중은 일반 대중이 아니라 지적인 사람들이었다.

지칠 대로 지친 브루투스가 별안간 연설을 끝냈다. 군중은 여전히 침묵을 지킨 채 가만히 있었다.

그때 벨라브룸 구역 쪽에서 날아든 날카로운 비명이 정적을 깨뜨렸다. 이어서 좀더 가까이 율리우스 회당이 거대한 그림자를 드리우는 유가리우스 구에서 또다시 비명이 들려왔다. 다시 한번 비명이 터지고, 또 터졌다. 로스트라 연단에 서 있던 브루투스는 인파가 갈라진 틈으로 무언가가 다가오는 것을 보았다. 갈리아인으로 보이는 키 크고 힘센 청년 두 명이 미는 야채 수레였다. 수레에는 자주색 단을 댄 토가로 덮은 무언가가 실려 있었다. 그리고 수레 한쪽 옆에 백악처럼 새하얀 팔 하나가 힘없이 축 늘어진 채 흔들리는 게 보였다. 수레를 미는 두 갈리아인들 뒤로 다른 두 명이 함께 걷고 있었고, 그들 뒤로 튜닉 차림의 루키우스 카이사르가 보였다.

브루투스가 공포와 고통에 찬 날카롭고 끔찍한 비명을 질렀다. 키케로가 제지할 새도 없이 브루투스는 냅다 뛰기 시작했다. 카시우스도 마찬가지였다. 그들은 로스트라 연단에서 내려가 다시 카피톨리누스 언덕을 올라서 신전으로 달아났다. 키케로는 어찌할 바를 모르고 그들을 쫓아갔다.

"그가 포룸 로마눔에 있어! 그가 죽었어, 그가 죽었어, 그가 죽었어, 그가 죽었어! 내가 직접 봤어!" 브루투스가 신전에 들어서며 소리지르더니 그대로 바닥에 쓰러져 정신 나간 사람처럼 울부짖기 시작했다. 카시우스의 상태도 전혀 나을 게 없었다. 그는 구석으로 기어가 흐느꼈다. 이내 방안의 모든 사람들이 신음을 토하며 울었다.

"난 포기했네." 키케로가 지친 표정의 트레보니우스에게 말했다. "이 사람들에게 음식과 좋은 포도주를 가져다줘야겠어. 자네는 여기 있게. 다들 조만간 정신이 들겠지. 적어도 아침까진 기다려야 하겠지만. 담요도 보내겠네. 신전 안이 꽤 춥군." 키케로는 문간에서 고개를 기우뚱 기울이더니 트레보니우스를 서글픈 표정으로 바라보았다. "들리나? 환호가 아닌 애도의 소리가. 포룸 로마눔에 모인 저 사람들은 해방보다 카이사르를 더 원하는 것 같군."

그들은 일단 카이사르를 최고신관 관저의 욕실로 데려갔다. 칼비누스의 집에서 돌아온 합데파네가 의사로서 평정심을 지키며 찢어진 토가를 천천히 벗겨낸 뒤 그 아래 튜닉을 벗겼다. 토가를 입을 때는 샅가리개를 착용하지 않는 것이 일반적이었다. 트로구스가 알바누스 왕의 붉은 장화를 벗기고 합데파네가 피를 씻어내는 모습을 루키우스 카이사르는 지켜보았다. 카이사르는 쉰다섯 살의 나이에도 여전히 아름다웠다. 햇빛이 닿지 않는 부분은 원래도 희었지만, 이제는 몸에서 피가 몽땅 빠져나가 그야말로 새하얬다.

"상처가 총 스물세 개입니다." 합데파네가 말했다. "하지만 이것들 모두 즉각 조치를 취했다면 죽음에까지 이르게 할 상처는 아니었습니다. 단 한 군데, 저기를 제외하고요." 합데파네가 가장 기술적으로 가해진 상처를 가리켰다. 크지는 않았지만 위치상 심장 바로 위였다. "저 부분에 공격이 가해진 순간 즉사하셨습니다. 칼날이 심장의 어디로 들어갔는지 보기 위해 가슴을 갈라볼 필요도 없습니다. 암살자 두 명은 아주 개인적인 감정을 갖고 있었습니다. 저기," 합데파네가 카이사르의 얼굴을 가리켰다. "그리고 저기를 찌른 자입니다." 이번에는 성기였다. "다른 자들보다 카이사르를 잘 아는 사람들이었습니다. 카이사르의 아름다움과 남자다움을 증오한 것이지요."

"사람들 앞에 내보일 수 있게 시신을 매만질 수 있겠나?" 루키우스가 물었다. 카이사르를 그토록 개인적으로 증오한 두 명이 누구일지 궁금했지만, 지금으로서는 암살자들이 누구인지조차 몰랐다.

"저는 미라를 만드는 기술을 훈련받았습니다. 화장(火葬)을 할 때는 불필요한 시술이긴 합니다만, 카이사르의 얼굴도 온전하게 복원할 수 있습니다." 합데파네가 말했다. 눈꼬리가 살짝 올라간 새까만 눈으로 루키우스를 고통스럽게 바라보던 그가 잠시 망설이다가 물었다. "파라오께서도 이 일을 아십니까?"

"아, 유피테르시여! 아마도 모를 걸세." 루키우스가 이렇게 말하고 한숨을 쉬었다. "그래, 합데파네, 지금 가서 만나보겠네. 카이사르도 그러길 원할 거야."

"이분의 여인들이 얼마나 슬퍼할까요." 합데파네는 이렇게 말하고 하던 일을 계속했다.

그리하여 루키우스 카이사르는 육촌동생의 토가를 두르고 클레오파트라를 만나러 갔다. 비통해하는 트로구스의 두 아들이 뒤를 따랐다. 굳이 배를 타고 강을 건너지는 않았다. 아이밀리우스 교를 건너서 아우렐리우스 가도를 걸었다. 긴 여정이 주는 고독감은 개의치 않았다. 가이우스, 가이우스, 가이우스……. 자네는 지쳐 있었어, 너무 지쳐 있었어. 그들이 자네로 하여금 루비콘 강을 건널 수밖에 없게 한 그 순간부터 피로가 마치 짙은 안개처럼 자네에게 조금씩 내려앉는 것을 보았어. 자네는 그러길 원치 않았어. 자네가 원한 건 그저 자네의 정당한 몫이었지. 그것을 내어주길 거절한 자들은 상식이 완전히 결여된 비열한 영혼의 소인배들이었어. 그들을 그렇게 내몬 건 그들의 지성이 아닌 감정이었어. 그래서 그들은 절대 자네를 이해할 수 없었지. 자네처럼 냉철한 지성을 지닌 사람은 그 존재만으로도 비이성적인 어리석음에 대한 공격이니까. 아, 하지만 나는 자네가 몹시 그리울 거야!

클레오파트라는 이미 알고 있었다. 그녀는 검은색 옷을 차려입고 루키우스를 맞았다.

"카이사르가 죽었군요." 클레오파트라가 턱을 치켜든 채 침착하게 말했다. 그녀의 아름다운 두 눈에는 눈물이 어려 있지 않았다.

"소문이 벌써 여기까지 퍼졌소?"

"아니요, 푸엠-레가 모래를 체로 걸러 점을 치니 그렇게 나왔어요. 아문-라가 받침대의 서쪽을 향해 몸을 돌렸을 때도, 오시리스가 바닥에 떨어져 산산조각 났을 때도 푸엠-레가 모래 점을 쳐서 알았죠."

"강의 이편에 지진이 있었소. 내가 아는 한 지금까지 로마에는 지진이 단 한 차례도 없었는데."

"신들은 죽을 때 땅을 뒤흔든답니다, 루키우스. 내 육신은 카이사르를 애도하지만, 내 영혼은 그렇지 않아요. 왜냐하면 카이사르는 죽지 않았으니까요. 카이사르는 그가 왔던 서방으로 되돌아갔어요. 그는 이곳 로마에서조차도 신이 될 거예요. 푸엠-레가 모래 점을 칠 때 포룸 로마눔에 카이사르의 신전이 있는 것을 봤어요. 디부스 율리우스, 율리우스 신. 카이사르는 살해되었어요, 그렇죠?" 클레오파트라가 물었다.

"그래요, 그의 그림자에 가려지는 것을 견딜 수 없었던 소인배들에 의해."

"카이사르가 왕이 되려 한다고 생각했기 때문이겠죠. 하지만 그들은 카이사르를 몰랐어요. 그들은 너무도 끔찍한 짓을 저지른 거예요, 루키우스. 그들이 그를 죽임으로써 이제 전 세계는 이전과 다른 길을 걷게 되었어요. 인간을 죽이는 것과 지상의 신을 죽이는 것은 완전히 다른 차원의 일이니까요. 그들은 죄의 대가를 치를 거예요. 하지만 이 세상의 모든 사람들 역시 큰 대가를 치를 겁니다. 그들은 아문-라의 뜻에 간섭했어요. 아문-라는 유피테르 옵티무스 막시무스이자 제우스이지요. 그들은 신들에게 장난을 쳤어요."

"아들에게 뭐라고 설명할 생각이오?"

"솔직하게 말해야죠. 그애는 파라오예요. 이집트에 돌아가는 대로 적의 허수아비 노릇이나 하는 내 동생을 왕좌에서 끌어내리고 그 자리에 카이사리온을 앉힐 거예요. 언젠가 그 아이는 카이사르의 세상을 물려받을 겁니다."

"하지만 그애는 카이사르의 상속자가 될 수 없어요." 루키우스가 부드럽게 말했다.

노란색 눈이 둥그레지더니 조소의 빛을 띠었다. "오, 카이사르의 상속자가 로마인이어야 한다는 건 나도 알아요. 하지만 카이사리온은 카이사르의 친아들이죠. 결국은 그애가 그이의 모든 걸 물려받을 거예요."

"이제 일어나야겠소." 루키우스가 말했다. "가능한 한 빨리 이집트로 떠나라고 조언하고 싶소. 카이사르를 죽인 자들이 또다른 피를 원할지 모르니까요."

"그럼요, 가야죠. 내가 여기 남아 있을 이유가 뭐 있겠어요?" 클레오파트라의 눈이 희미하게 반짝였지만 눈물이 떨어지진 않았다. "그이와 작별인사조차 나누지 못했군요."

"우리 모두 그랬소. 무엇이든 필요한 것이 있으면 나를 찾아와요."

클레오파트라는 루키우스를 차가운 밤거리로 내보내며 횃불을 든 하인들을 딸려 보냈다. 하인들은 여분의 횃불을 넉넉히 준비해 갔다. 클레오파트라의 하인들이 쓰는 홰는 유다이아의 사해에서 나는 좋은 역청을 발랐지만, 아무리 좋은 횃불도 영원히 탈 수는 없었다. 영원히 지속되는 인생이 없는 것처럼. 오로지 신들만이 영생했고, 심지어 그들조차도 잊힐 수 있었다.

클레오파트라는 어쩌나 침착한지! 하고 루키우스는 생각했다. 어쩌면 군주들은 태어날 때부터 다른 건지도 몰랐다. 카이사르도 그랬다. 그는 타고난 군주였다. 디아데마는 중요하지 않았다. 그것은 영혼의 문제였다.

아이밀리우스 교에서 루키우스는 카이사르의 오랜 친구인 기사 가이우스 마티우스와 마주쳤다. 카이사르가 아우렐리아의 수부라 인술라에 살던 시절 카이사르와 마티우스의 가족은 각각 1층의 맞은편 아파트에 살았다.

루키우스와 마티우스는 서로의 어깨에 기대어 눈물을 흘렸다.

"누구의 소행인지 아직도 밝혀지지 않았나, 마티우스?" 루키우스가 물었다. 그는 눈물을 닦고 마티우스의 어깨에 팔을 걸친 채 함께 걸었다.

"몇몇 이름을 들었습니다. 그래서 피소가 저더러 가서 당신을 만나보라고 부탁했어요. 마르쿠스 브루투스, 가이우스 카시우스, 그리고 갈리아 원정 때 카이사르의 보좌관을 지낸 데키무스 브루투스와 가이우스 트레보니우스입니다. 퉤!" 마티우스가 침을 뱉었다. "카이사르에게 모든 것을 빚진 자들이 은혜를 원수로 갚았어요."

"질투는 가장 큰 악덕이지, 마티우스."

"트레보니우스의 생각이었답니다." 마티우스가 이어서 말했다. "하지만 트레보니우스는 칼을 들지 않았습니다. 그의 역할은 놈들이 그 짓을 벌이는 동안 안토니우스를 회의소 바깥에 잡아두는 것이었답니다. 회의소 안에 릭토르들이 들어가지 못하게요. 아주 영리한 계획이었지만, 나중에 다 엉망이 되었습니다. 놈들은 모조리 넋이 나가서 유피테르 옵티무스 막시무스 신전으로 도망갔어요."

루키우스는 뱃속에 오싹한 한기를 느꼈다. "안토니우스도 한패였나?"

"어떤 사람들은 그렇다고 하고, 어떤 사람들은 아니라고 합니다. 피소는 아닐 거라고 생각해요. 필리푸스도 같은 생각이고요. 트레보니우스가 바깥에 머무르며 안토니우스를 붙잡고 있어야 했다면 안토니우스가 연루되어 있었으리라고 보긴 힘들지요, 루키우스." 마티우스가 몇 차례 울먹이다가 다시 울음을 터트렸다. "오, 루키우스, 이제 우린 어찌합니까? 카이사르 같은 천재도 찾지 못한 길을 그 누가 찾겠습니까? 우리는 길을 잃었어요!"

세르빌리아는 몹시 짜증스러운 하루를 보냈다. 테르툴라는 여전히 몸이 안 좋았고, 투스쿨룸 현지의 조산원은 테르툴라를 덜컹이는 마차에 태워 건강에 해롭고 지저분한 도시로 다시 데려가선 안 된다고 극구 말렸다. 테르툴라 부인이 아기를 잃고 말 거예요! 그리하여 세르빌리아는 혼자 돌아왔고 어스름이 깔린 후에야 로마에 도착했다.

문지기 옆을 빠르게 스쳐지나간 탓에 세르빌리아는 그가 무언가 전하려고 입을 떼는 것을 보지 못했다. 땅땅하게 야무진 다리로 여자들 거처를 지나치던 그녀는 하등 쓰잘머리 없는 기생충 같은 철학자들이 기거하는 반대편 특실에서 새어나오는 환호 소리에 부아가 치밀었다. 보나마나 또 술판을 벌였겠지. 내 마음대로 할 수만 있다면 저놈들을 몽땅 아게르 석회구덩이 부근의 쓰레기장에 던져버릴 텐데. 아니, 그보다는 주랑정원 장미꽃밭에 십자가 세 개를 세워 매달아주리라.

세르빌리아는 하녀가 종종거리며 따라오는 가운데 거처로 들어가 커다란 망토를 벗어 바닥에 내던졌다. 방광이 터질 것만 같아서 다시 나가 변소에 들를까 고민하다가 이내 어깨를 으쓱하곤 브루투스를 찾아 식당과 아들의 서재 사이 복도를 걸어갔다. 가는 곳마다 등불이 환하게 켜져 있었다. 에파프로디토스가 양손을 비틀며 세르빌리아를 맞으러 나왔다.

"아무 소리도 하지 마!" 세르빌리아가 불편한 심기를 드러내며 꽥 소리쳤다. "그 망할 년은 여태껏 뭘 하고 있는 거야?"

"아침에 포르키아 마님이 돌아가신 줄 알고 폼페이우스 회의소에 사람을 보내 주인어른께 그리 알렸는데, 주인어른 말씀이 맞았습니다. 그냥 기절한 거라고 하셨는데 정말로 그랬습니다."

"그래서 원로원 회의장에 있어야 할 녀석이 온종일 그년 곁을 지켰단 말이냐?"

"아뇨, 그게 다였습니다, 마님! 하인을 통해 그냥 기절한 거라고 알려주시기만 했을 뿐 집에 오진 않으셨어요!" 에파프로디토스가 요란스럽게 울음을 터트렸다. "오, 오, 오, 하지만 이제는 집에 오고 싶어도 올 수가 없으십니다!"

"무슨 뜻이냐, 집에 올 수 없다니?"

"그 말뜻은," 포르키아가 달려들어오며 크게 외쳤다. "카이사르가 죽었고, 카이사르를 죽인 사람이 나의 브루투스라는 거죠! 바로 '나의' 브루투스요!"

세르빌리아의 온몸이 충격으로 마비되었다. 그녀의 몸이 뜨거워지며 다리 사이로 오줌이 쏟아졌다. 뼛속까지 굳은 듯 사지에 감각이 느껴지지 않았고 호흡이 멈추었으며 입이 벌어지고 눈이 튀어나왔다.

"카이사르는 죽었어요. 우리 아버지의 원수를 갚았어요! 당신 정부는 숨통이 끊어졌다고요. 왜냐하면 당신 아들이 그를 죽였거든요! 내가 브루투스한테 그렇게 시켰어요. 내가 그러라고 시켰다고요!"

팔다리에 힘이 돌아온 세르빌리아가 앞으로 덤벼들어 부르쥔 주먹으로 포르키아를 후려갈겼다. 포르키아가 큰 대자로 뻗었다. 세르빌리아는 두 손으로 포르키아의 머리채를 움켜잡고 자기 오줌이 고인 데로 끌고 가더니 거기에 포르키아의 얼굴을 마구 비벼댔다. 포르키아가 숨이 막혀 캑캑댔다. "사내새끼같이 생긴 더러운 매춘부년! 고추 달린 계집년! 추잡하고 상스러운 미친 잡년!"

포르키아가 몸을 일으켜세워 세르빌리아에게 달려들더니 이로 물어뜯고 손톱으로 할퀴었다. 두 여자는 몸뚱이를 들썩이며 말없이 맹렬한 싸움을 이어갔다. 에파프로디토스가 도와달라고 소리쳤다. 장정 여섯이 달려들어서야 겨우 둘을 갈라놓을 수 있었다.

"저년을 제 방에 가둬!" 세르빌리아가 몸싸움에서 자신이 훨씬 우세했던 것에 만족한 얼굴로 숨을 헐떡이며 소리쳤다. 할퀸 상처에서 피가 줄줄 흐르는 사람도 포르키아요, 이빨에 물리고 찢긴 사람도 포르키아였다. "당장 가둬!" 세르빌리아가 포효했다. "당장! 안 그러면 네놈들을 십자가에 매달아줄 테다!"

얌전한 세 철학자가 방에서 뛰쳐나와 입을 벌리고 서 있었다. 아무도 가까이 올 엄두를 내지 못했다. 포르키아가 괴성을 지르며 방으로 질질 끌려가 감금될 때까지 그 누구도 항의하지 않았다.

"무슨 구경거리라도 생겼어?" 이 집안의 마님께서 세 철학자들을 향해 소리쳤다. "술에 전 거머리새끼들이 십자가에 매달리고 싶어서 안달이 난 게야?"

철학자들은 자기네 거처로 냅다 달아났지만, 에파프로디토스는 자리를 지켰다. 세르빌리아가 이런 상태일 때는 끝까지 자리를 지키는 것이 최선이었다.

"저년 말이 사실이냐, 디토스?"

"송구하오나 그렇습니다, 마님. 브루투스 어르신을 비롯해 다른 몇몇 사람들이 유피테르 옵티무스 막시무스 신전으로 몸을 피했습니다."

"다른 사람들?"

"여러 명입니다, 마님. 가이우스 카시우스도 암살에 가담했습니다."

순간 세르빌리아의 다리가 휘청했다. 그녀가 집사를 붙잡았다. "날 내 방으로 데려다주고 하인을 시켜서 여길 치워. 무슨 일이 생기면 곧장 보고해, 디토스."

"네, 마님. 포르키아 마님은 어찌할까요?"

"거기 그대로 둬. 음식도 물도 주지 마. 썩어버리게 놔둬!"

하녀가 나가자 세르빌리아는 문을 쾅 닫고 긴 의자에 주저앉아 가눌 수 없는 슬픔에 몸을 앞뒤로 흔들었다. 카이사르가 죽어? 아니, 그럴 순 없어! 하지만 이건 사실이야. 카토, 카토, 카토, 네놈은 이 일로 타르타로스에서 영원히 돌덩이를 굴리게 될 거야! 다른 놈 짓일 리 없어, 이건 바로 네놈 짓이야. 그 잡년을 키운 것도 네놈이고, 브루투스의 머릿속에 그년이랑 결혼할 생각을 집어넣은 것도 네놈이야! 네놈과 네놈이 낳은 그 잡년이 내 인생을 망쳤어! 카이사르, 카이사르! 내가 당신을 얼마나 사랑했는지. 나는 언제까지나 당신을 사랑할 거예요. 당신을 내 마음속에서 결코 지워낼 수 없어요.

세르빌리아는 뒤로 기대어 앉았다. 창백한 뺨 위로 속눈썹이 드리워졌다. 처음에는 포르키아를 어떻게 죽일지 머릿속에 그려보았다. 아, 얼마나 즐거운 하루가 될까! 세르빌리아가 눈을 뜨자 검고 사나운 눈빛이 드러났다. 그녀는 이제 그보다 훨씬 더 중요한 문제를 생각하기 시작했다. 이 어이없는 재앙으로부터 브루투스를 구해낼 방법, 부와 명예를 지키면서 세르빌리우스 카이피오 가문과 유니우스 브루투스 가문을 다시 일으켜세울 방법. 카이사르가 죽은 건 죽은 것이다. 가문이 망한다고 죽은 카이사르가 살아 돌아오는 것도 아니니까.

"밖이 캄캄해지고 두 시간이 지났소." 안토니우스가 풀비아에게 말했다. "지금쯤이면 안전할 거요."

"뭐가 안전하다는 거예요?" 풀비아가 물었다. 평소에 보랏빛을 띠는 풀비아의 눈동자가 어둠 속에서 흐릿해 보였다. "마르쿠스, 뭘 하려는 거죠?"

"관저에 가보려고."

"뭣하게요?"

"카이사르가 진짜로 죽었는지 직접 확인해봐야겠소."

"당연히 죽었죠! 안 그랬다면 누군가가 와서 알렸을 거예요. 제발 집에 있어요! 나를 혼자 두고 가지 말아요!"

"당신한텐 아무 일도 없을 거요."

안토니우스는 겨울 망토를 어깨에 두르고 사라졌다.

카리나이 지구는 대저택들이 늘어선 상류층 거주지였다. 포룸 로마눔으로 이어지는 에스퀼리누스 언덕은 이곳을 분기점으로 갈라져 한쪽은 카리나이 지구 뒤쪽의 지저분한 빈민가로, 다른 한쪽은 여러 신전 성역과 떡갈나무 숲으로 이어졌다. 그러니 안토니우스가 걸어야 할 길은 멀지 않았다. 포룸 로마눔 쪽 사크라 가도가 불빛으로 반짝였다. 밖으로 몰려나온 수많은 사람들이 전부 카이사르의 소식을 기다리며 로마의 심장부를 향해 걷고 있었다. 안토니우스는 얼굴을 가리고 사람들 사이로 슬며시 끼어들었다. 더러는 포룸 로마눔 낮은 구역 쪽으로 계속 걸어가는 사람들도 있었지만, 군중은 주로 관저 주변에 벌떼처럼 모여 있었다. 안토니우스는 사람들 눈에 띄고 싶지 않았지만 어쩔 수 없이 인파를 헤집고 들어가 최고신관 저택의 대문을 쾅쾅 두드렸다. 하지만 그를 제지하는 사람은 아무도 없었다. 대부분 비통하게 울고 있었고, 모두가 평범한 로마인들이었다. 카이사르의 집 바깥에 서 있는 사람들 중에 원로원 의원은 한 명도 없었다.

안토니우스의 얼굴을 확인한 트로구스가 문을 겨우 비집고 들어갈 만큼만 열어주고는 서둘러 닫았다. 트로구스 뒤에는 루키우스 피소가 서 있었다. 거무스름한 얼굴에 우울한 빛이 역력했다.

"여기에 모셔져 있습니까?" 안토니우스가 망토를 벗어 트로구스에게 던지며 물었다.

"그래, 신전에 있네. 가세." 피소가 말했다.

"칼푸르니아는요?"

"딸애는 자고 있네. 그 특이한 이집트인이 수면제를 만들어줬어."

관저 건물의 두 측면 사이에 놓인 거대한 방이 신전이었다. 로마의 누멘, 즉 얼굴이나 인간의 형상을 갖지 않은 신들을 모시는 곳이므로 신상은 없었다. 그리스 신들보다도 몇백 년 전부터 존재해온 로마의 누멘은 지금도 여전히 로마 종교사상의 핵심을 이루고 있었다. 누멘은 인간의 작용과 활동 그리고 식품창고, 곳간, 우물, 교차로 등 실재하는 사물을 관장하는 힘이었다. 신전 실내는 장식등으로 환하게 밝혀졌고 거대한 이중 청동문이 양쪽 다 열려 있었다. 한쪽 문은 중앙 정원을 둘러싼 주랑으로, 다른 한쪽 문은 그 용도가 비밀에 싸인 왕들의 대기실로 이어졌다. 대기실에서 아몬드형 계단통 두 개와 모자이크 타일이 깔린 내리막 경사로 세 개를 지나면 또다른 청동문이 있었다. 방의 양쪽 가장자리를 따라 놓인 값비싼 받침대에는 신전 모형이 줄지어 진열되어 있었고, 그 안의 수납함에는 최초의 수석 베스타 신녀 아이밀리아를 비롯해 역대 수석 신녀의 실물을 본뜬 밀랍 이마고가 보관되어 있었다.

카이사르는 정확히 방 한가운데 놓인 검은색 상여에 반듯하게 앉아 있었다. 마치 잠든 것 같은 표정이었다. 얼굴의 왼쪽 윗부분은 두툼한 무명베에 색을 입힌 밀랍을 조심스럽게 발라서 복구했다는 것은 오로지 합데파네만이 아는 진실이었다. 눈은 감겨 있었고 입도 다문 채였다. 안토니우스는 예상했던 것보다 더 큰 공포와 두려움을 느끼며 머뭇머뭇 상여 가까이 다가가 꿈꾸는 듯한 얼굴을 가만히 들여다보았다. 토가와 튜닉은 진홍색과 자주색이 섞인 최고신관 예복이었고 머리에는 떡갈잎관이 씌워져 있었다. 그가 평소 끼던 인장 반지는 보이지 않았다. 길고 가느다란 손가락들은 무릎 위에 깍지 낀 채 얹혀 있었고, 손톱은 깨끗하게 깎이고 손질되어 있었다.

문득 눈앞에 보이는 광경을 견딜 수 없어진 안토니우스는 갑작스레 돌아섰고, 신전을 나가 카이사르의 서재로 갔다. 피소가 뒤를 따랐다.

"여기 돈이 있습니까?" 안토니우스가 불쑥 물었다.

피소가 멍한 표정을 지었다. "내가 그런 걸 어찌 알겠나?" 그가 되물었다.

"칼푸르니아는 알겠죠. 가서 깨우십시오."

"미안하지만 자네 방금 뭐라고 했나?"

"칼푸르니아를 깨우라고요! 칼푸르니아는 카이사르가 평소 돈을 어디에 보관했는지 알 거 아닙니까." 안토니우스는 이렇게 말하며 책상

서랍을 열고 안을 뒤적이기 시작했다.

"안토니우스, 당장 멈추게!"

"나는 카이사르의 상속자이니 어차피 다 내 것이 됩니다. 지금 미리 좀 가져가나 나중에 가져가나 무슨 차이가 있습니까? 요즘 한창 빚 독촉을 받고 있으니까, 내일 채권자들이 입 닥치게 할 만큼만 미리 찾아서 가져가야겠어요."

피소의 화난 얼굴은 아주 험악했다. 불쾌한 표정은 악랄한 분위기를 띠었고, 으르렁댈 때 드러나는 썩고 부러진 치아는 마치 송곳니처럼 보였다. 피소는 화를 내며 안토니우스의 손을 비틀어 꺼내고 서랍을 쾅 닫았다. "멈추라고 하지 않았나! 그리고 나는 잠든 불쌍한 내 딸을 깨우지 않겠네!"

"분명히 말하지만, 나는 카이사르의 상속자입니다!"

"나는 카이사르의 유언 집행자야! 내가 카이사르의 유언장을 보기 전까지 자네는 아무것도 할 수도, 가질 수도 없어!" 피소가 단호히 말했다.

"좋습니다. 그렇게 하죠."

안토니우스가 신전으로 저벅저벅 걸어갔다. 그곳에서는 수석 신녀 퀸틸리아가 카이사르 옆에 의자를 두고 앉아 그를 지키고 있었다.

"너!" 안토니우스는 버럭 소리치며 거칠게 의자를 잡아 흔들어 퀸틸리아를 밀쳐냈다. "가서 카이사르의 유언장을 가져와!"

"하지만—"

"내가 말했지, 카이사르의 유언장을 가져와, 당장!"

"로마의 행운을 괴롭히지 말게!" 피소가 호통쳤다.

"찾으려면 시간이 좀 걸려요." 퀸틸리아가 겁에 질려 웅얼거렸다.

"그러면 여기서 시간 낭비하지 말고 어서 가! 찾아서 카이사르의 서재로 가져와! 빨리 가, 이 멍청한 암돼지야!"

"안토니우스!" 피소가 포효했다.

"이미 죽은 사람인데 무슨 상관입니까?" 안토니우스는 이렇게 말하며 카이사르의 몸을 손으로 찰싹 때렸다. "인장 반지는 어디 있습니까?"

"나한테 있네." 피소가 나직이 말했다. 이제는 너무 화가 나서 큰 소리조차 나지 않았다.

"이리 주세요! 내가 상속자니까요!"

"내가 직접 유언장을 보기 전까진 아니야."

"수표나 문서 같은 게 분명히 있을 텐데." 안토니우스가 서재의 서류함을 뒤적이며 말했다.

"그래, 있겠지. 하지만 여기에는 없어, 이 불경스럽고 욕심 사나운 바보녀석! 카이사르는 모든 걸 은행가에게 맡겼어. 브루투스처럼 집에 금고를 두지 않으니까!" 피소는 안토니우스가 책상을 뒤지려는 것을 막았다. "나는 부디," 피소가 차갑게 말했다. "자네가 아주 끔찍한 방법으로 서서히 죽길 기도하겠어."

퀸틸리아가 밀랍으로 두껍게 봉인된 두루마리를 들고 나타났다. 안토니우스가 두루마리를 잡아채려고 다가서자 퀸틸리아는 놀라울 정도로 민첩하게 그를 지나쳐 피소에게 두루마리를 건넸다. 피소는 두루마리를 건네받아 등잔불에 인장을 자세히 살펴보았다.

"고맙네, 퀸틸리아." 피소가 말했다. "코르넬리아와 유니아에게 이리 와서 증인을 서달라고 해주게. 이 오만불손한 놈이 카이사르의 유언장을 당장 열어보라고 고집해서 말일세."

머리부터 발끝까지 흰색으로 차려입고 드리운 베일 안에 일곱 겹의 양모 관을 쓴 베스타 신녀 세 명이 책상 한쪽에 모여 서자 피소는 인장을 뜯어 작고 단출한 서류를 펼쳤다.

피소는 글을 독해하는 능력이 뛰어났고 카이사르는 늘 그랬듯 단어의 첫 글자 위에 점을 찍어두었기 때문에, 피소는 안토니우스가 훔쳐보지 못하게 한 팔로 서류를 가린 채 유언장 내용을 빠르게 파악했다. 별안간 피소가 고개를 뒤로 젖히며 크게 웃음을 터트렸다.

"뭡니까? 왜 그래요?"

"자네는 카이사르의 상속자가 아니야, 안토니우스! 솔직히 말하면 자네 이름은 언급조차 되지 않았어!" 피소가 반은 슬픔 때문에, 반은 웃음 때문에 흘러나온 눈물을 훔치려고 손수건을 찾아 더듬대며 겨우 말했다. "잘했소, 카이사르! 오, 거참 잘했소!"

"믿을 수 없어요! 이리 내요!"

"지금 베스타 신녀 세 명이 증인으로 와 있네, 안토니우스." 피소가 유언장을 건네며 경고했다. "유언장을 없앨 생각은 하지 말게."

안토니우스는 손가락을 덜덜 떨며 예상 밖의 불쾌한 이름이 등장하는 곳까지 겨우겨우 읽었다. 입양 항목은 읽지도 않았다. "가이우스 옥타비우스? 그 헤죽거리며 얌전 떠는 여자 같은 새끼 말이에요? 지금 장난하십니까? 카이사르가 제정신으로 이렇게 썼을 리 없어요. 유언장에 이의를 제기하겠어요!"

"마음대로 하게." 피소는 이렇게 말하며 유언장을 다시 채갔다. 이렇듯 훌륭하게 복수가 이루어진 것이 몹시 기뻤던 그는 미소 띤 얼굴로 세 명의 베스타 신녀를 바라보았다. "자네도 잘 알겠지만 유언장은 빈틈없이 작성되었어, 안토니우스. 8분의 7은 가이우스 옥타비우스에게,

8분의 1은 퀸투스 페디우스, 루키우스 피나리우스, 데키무스 브루투스, 내 딸 칼푸르니아에게 나뉘어 상속되는군. 암살범 중 한 명인 데키무스 브루투스는 여기서 제외되어야겠지만."

안토니우스가 방에서 뛰쳐나갔다. 피소는 의자에 기대앉아 눈을 감았다. 못해도 총 5만 탈렌툼은 될 거야. 피소는 여전히 미소를 머금은 채 혼자 생각했다. 8분의 1이면 6천 250탈렌툼……. 죄 때문에 유산을 상속받을 수 없는 데키무스 브루투스를 빼고 계산하면 우리 칼푸르니아한테 최소 2천 탈렌툼 이상이 돌아가겠군. 좋아, 좋아, 좋아! 카이사르는 이 돈을 칼푸르니아가 좋은 혼처를 구하는 데만 쓸 수 있게 묶어두었어. 어차피 딸애의 동의 없이는 내가 손댈 수 없는 돈이지만.

눈을 떠보니 그는 혼자였다. 베스타 신녀들은 카이사르를 지키려고 다시 신전으로 간 모양이었다. 피소는 토가 주름 사이로 유언장을 밀어넣고 자리에서 일어섰다. 2천 탈렌툼! 이제 칼푸르니아는 중요한 상속녀가 되었다. 10개월간의 공식 애도 기간이 끝나면 내 젖먹이 아들에게 큰 도움을 줄 유력인사와 결혼할 수 있으리라. 루틸리아가 얼마나 기뻐할까?

하지만 카이사르가 칼푸르니아에게서 얻을 자식에 관한 항목을 넣지 않은 것은 흥미로운 대목이었다. 칼푸르니아가 자식을 낳지 않으리라는 것을 카이사르가 미리 알고 있었거나, 낳는다 하더라도 자기 핏줄이 아니라고 생각했다는 뜻이다. 클레오파트라와 강 건너에서 아주 바빴던 게야. 가이우스 옥타비우스는 로마 제일의 부자가 되겠군.

로마에서 북쪽으로 멀지 않은 베이를 지나오는 길에 카이사르의 암살 소식을 접한 레피두스는 새벽에 안토니우스의 집에 도착했다. 충격과 피로 때문에 잿빛이 된 얼굴로 포도주잔을 받아든 그는 안토니우스의 얼굴을 빤히 바라보았다.

"나보다 더 안색이 나쁜 것 같소." 레피두스가 말했다.

"기분은 안색보다 더 안 좋소."

"이상하군. 카이사르가 죽었다고 당신이 그리 큰 충격을 받았을 줄은 몰랐소, 안토니우스. 당신이 상속받을 그 많은 돈을 생각해보시오."

이 말에 안토니우스는 앞뒤로 걸으며 미친 사람처럼 웃기 시작했다. 허벅지를 손으로 내리치며 거대한 두 발로 바닥을 굴렀다. "나는 카이사르의 상속자가 아니오!" 안토니우스가 큰 목소리로 외쳤다.

레피두스의 입이 떡 벌어졌다. "농담이겠지!"

"농담이 아니오!"

"하지만 상속자가 될 사람이 당신말고 또 누가 있단 말이오?"

"가능성이 가장 낮은 후보를 떠올려보시오."

레피두스가 숨을 크게 들이마셨다. "설마 가이우스 옥타비우스?" 그가 나직이 내뱉었다.

"가이우스 쿤누스(여자의 성기를 뜻하는 심한 라틴어 욕설—옮긴이) 옥타비우스." 안토니우스가 말했다. "남자의 토가를 입은 그 계집아이가 모든 걸 상속받았소."

"유피테르시여!"

안토니우스가 의자에 털썩 주저앉았다. "난 당연히 내가 될 줄 알았소."

"가이우스 옥타비우스? 말도 안 되는 소리요, 안토니우스! 그의 나이가 올해 몇이오? 열여덟? 열아홉?"

"열여덟이오. 지금은 아드리아 해 건너 아폴로니아에 가 있소. 카이사르가 그 녀석에게 미리 귀띔해줬을까요? 두 사람은 히스파니아에서 아주 가깝게 지냈소. 솔직히 이 정도까지는 생각지 못했지만, 카이사르가 그 녀석을 양아들로 입양할 것은 분명해 보였소."

"그보다 중요한 건," 레피두스가 얼굴을 찡그리며 말했다. "이제 앞으로 어떻게 될까 하는 것이오. 당신이 돌라벨라와 이야기해봐야 하지 않겠소? 그가 수석 집정관이니 말이오."

"같이 고민해봅시다." 안토니우스가 엄중한 얼굴로 말했다. "군대를 데려왔소?"

"그렇소, 2천 명이오. 지금 마르스 평원에 있소."

"그러면 일단 포룸 로마눔에 군대를 배치해야겠소."

"같은 생각이오." 레피두스가 이렇게 대답하는데 때마침 돌라벨라가 걸어들어왔다.

"잠깐, 잠깐!" 돌라벨라가 활짝 편 두 손을 들어올리며 외쳤다. "카이사르가 죽었으니 이제 수석 집정관은 당신이 돼야 한다고 말하러 왔습니다, 안토니우스. 이 충격적인 사건은 모든 걸 바꿔놓았어요. 우리가 단결된 모습을 보이지 않으면 앞으로 무슨 일이 벌어질지는 오로지 신들만이 아십니다."

"오늘 들은 말 중에 가장 반가운 소리군!"

"응당 그래야죠, 당신은 카이사르의 상속자니까요!"

"시끄러워!" 안토니우스가 분을 못 이기고 으르렁댔다.

"안토니우스는 카이사르의 상속자가 아닐세." 레피두스가 설명했다. "가이우스 옥타비우스가 상속자라는군. 자네도 알지? 카이사르의 생질손 말일세. 그 예쁘장한 청년."

"유피테르 신이시여!" 돌라벨라가 말했다. "그러면 이제 어쩔 셈입니까?"

"일단 흡혈귀들부터 피할 수 있게 원로원에서 돈을 좀 뽑아내야지. 카이사르가 죽었으니 국고의 돈을 관리하는 권한은 이제 돌라벨라 자네한테 가야 하지 않겠나? 바라건대 자네도 동의하겠지?"

"물론이죠." 돌라벨라가 활기차게 말했다. "나도 빚이 있으니까요."

"그러면 나는?" 레피두스가 험악한 얼굴로 말했다.

"당신은 일단 최고신관 자리를 맡으시오." 안토니우스가 말했다.

"아, 유닐라가 좋아하겠소! 빨리 집을 내놓아야겠군."

"암살범들을 어떻게 할까요? 아직 몇 명인지 파악이 안 됐습니까?" 돌라벨라가 물었다.

"트레보니우스까지 포함해 스물세 명일세." 안토니우스가 말했다.

"트레보니우스요? 하지만 그는—"

"나와 자네가 회의소에 들어가지 못하게 막으면서 밖에 있었지. 릭토르들이 없어야 했으니까. 놈들이 영감을 아주 잘게 다져놨어. 자넨 어떻게 아무것도 모르나? 그 정도는 베이에서 이제 막 도착한 레피두스도 아는데."

"나야 문을 걸어 잠그고 집에만 있었으니까요!"

"나도 그랬어, 하지만 나는 알잖아!"

"말싸움은 그만두시오!" 레피두스가 말했다. "키케로도 다 알고서 당신을 만나러 가지 않았소?"

"그랬소. 아주 행복해하더군! 키케로는 암살자들을 전부 사면하자고 할 거요." 안토니우스가 말했다.

"안 돼요, 천 번을 물어도 안 될 말입니다!" 돌라벨라가 소리쳤다. "카이사르를 죽인 죗값을 톡톡히 치르게 해야 해요!"

"진정하게, 푸블리우스." 레피두스가 말했다. "이봐, 생각해봐! 이 일을 최대한 평화로운 방식으로 해결하지 않으면 우린 또다시 내전을 겪게 돼. 그건 아무도 원치 않는 상황이야. 카이사르의 장례식을 무사히 치르는 게 최우선일세. 그러려면 일단 원로원 회의를 열어야 해. 장례식은 국장으로 해야겠지. 포룸 로마눔에 모인 군중을 봤나? 화가 나 있지는 않지만 갈수록 규모가 커지고 있어." 레피두스가 일어났다. "우선 나는 마르스 평원에 가서 군대를 배치해야겠소. 원로원 회의는 언제 여는 게 좋겠소? 장소는?"

"내일 새벽, 우리집 바로 옆 텔루스 신전에서. 거기라면 안전할 거요." 안토니우스가 말했다.

"최고신관이라니!" 레피두스가 신이 나서 말했다. "이것참 묘하지 않소?" 레피두스가 문간에서 물었다. "우리집에서 연 만찬에서 죽음을 맞는 방법에 관해 이야기할 때 카이사르는 '그것이 갑작스럽기만 하다면'이라고 했잖소. 카이사르의 바람이 실현되어서 그래도 다행이군. 카이사르가 서서히 죽어가는 모습이 상상되오?"

"그러기 전에 검으로 자결했겠죠." 돌라벨라가 쉰 목소리로 말하며 눈을 깜빡여 눈물을 떨쳐냈다. "아, 그가 그리울 겁니다!"

"믿어지나? 암살범들이 스스로를 해방자라고 부른다는군. 키케로 말로는 그들 모두 넋이 나가 있대." 안토니우스가 말했다. "그러니 그들을 거칠게 다루어선 곤란해. 우리가 그들을 기소하려 들면 데키무스 브루투스 같은 자들이 앙심을 품을 걸세. 데키무스는 군대를 지휘할 능력이 있는 사람이야. 살살, 최대한 살살 가세, 돌라벨라."

"당분간은 그렇게 하지요." 돌라벨라가 최대한 양보해서 말했다. "하지만 조금이라도 기회가 생기면, 안토니우스, 나는 반드시 그들의 죄를 묻겠습니다!"

키케로는 해방자들이 펼친 형편없는 웅변술만 제외하면 모든 것에 만족하고 있었다. 그날 브루투스는 키케로의 설득에 못 이겨 두 차례 연설대에 섰다. 첫번째 연설은 로스트라 연단, 두번째는 유피테르 신전 계단에서였다. 어찌나 한심하고 우울하며 무익하고 어이없는 연설이었는지! '사유지를 퇴역병들에게 나눠준 것은 부당하다, 하지만 나는 퇴역병들을 사랑한다'는 말을 무한정 되풀이하거나 '해방자들은 카이사르를 보호하기로 한 서약을 깨뜨린 것이 아니다, 왜냐하면 그 서약은 무효이기 때문이다'라는 주장을 끝없이 내세울 뿐이었다. 오, 브루투스, 브루투스! 키케로는 직접 나서고 싶어 혀가 근질댔지만 스스로에 대한 보호 본능이 더 강하게 작용한 탓에 침묵을 지켰다. 그들이 이 일을 자신에게 미리 알려주지 않았다는 점을 생각하면 그는 더더욱 입을 다물 수밖에 없었다. 만일 그가 미리 알았다면 작금의 충격적인 사건은 벌어지지 않았을 테고, 1계급 사람들 대부분이 반란과 살인에의 두려움으로 벌벌 떨며 팔라티누스 저택의 대문을 걸어 잠근 채 두문불출할 이유도 없을 테니까.

따라서 키케로가 한 일은 안토니우스, 돌라벨라, 레피두스와 장시간 이야기를 나누며 어쨌거나 독재관 카이사르 암살이 역사상 최악의 범죄는 아니라고 그들을 살살 설득하는 것이었다.

카이사르가 죽은 지 이틀째 되는 날 새벽 카리나이 지구의 텔루스 신전에서 원로원 회의가 열렸다. 해방자들은 참석하지 않았다. 그들은 여전히 유피테르 옵티무스 막시무스 신전에서 지내며 밖으로 나오기를 거부했다. 다른 원로원 의원은 대부분 참석했다. 하지만 루키우스 카이사르, 칼비누스, 필리푸스는 없었다. 티베리우스 클라우디우스 네로가 폭군으로부터 로마를 자유롭게 해준 해방자들에게 특별한 영예를 내리자는 제안으로 회의를 개시하자 평의원석에서 분노의 외침이 쏟아졌다.

"앉으시오, 네로. 아무도 당신에게 의견을 구하지 않았습니다." 안토니우스는 이렇게 말하고, 매우 합리적이며 듣기 좋은 어구들을 동원해 지금 고관석에서 어떤 의견이 형성되고 있는지 그리고 이로 말미암아 로마에 장차 어떤 바람이 불어오게 될지 원로원 의원들의 머릿속에 서서히 주입시켰다. 물은 이미 엎질러졌다. 엎질러진 물을 주워 담을 수는 없다. 그렇다, 그것은 그릇된 행동이었다. 하지만 카이사르를 살해한 자들이 명예로운 사람들이며 애국자라는 데에는 의심의 여지가 없다. 안토니우스는 다음의 말을 반복해 강조했다. 지금 우리에게 가장 중요한 것은 안토니우스 그 자신이 '수석' 집정관이 되어 국정 운영을 이어가는 것이다. 이 말에 깜짝 놀라 돌라벨라를 쳐다본 사람도 있었을지 모르지만, 돌라벨라는 수긍하는 얼굴로 고개를 주억거리고 있었다.

"이것이 저의 바람이자 저의 간절한 요구입니다." 안토니우스가 진지한 어조로 말했다. "하지만 무엇보다도 중요한 것은 카이사르의 법과 지시를 원로원이 명확하게 승인하는 것입니다. 여기에는 그가 법제화하려고 했지만 아직 통과되지 않은 법안까지 포함됩니다."

많은 이들이 이 발언의 저의를 알아챘다. 안토니우스는 차후에 무엇이든 필요한 법이 있으면 카이사르가 이걸 법제화하려고 했는데 별안간 죽어버려서 못했던 거라고 우기려는 속셈이었다. 오, 키케로는 이 말에 반박하고 싶어서 죽을 지경이었다! 하지만 그는 반박하지 않았다. 키케로는 자신의 연설 기회를 해방자들을 위해 청원하는 데 써야 했다. 해방자들의 의도는 선했고 그들은 명예로운 사람들이다. 카이사르의 죽음을 초래한 그들의 열의를 이해해야 한다. 사면만이 답이다! 카이사르가 아직 공포하지 않은 법과 지시에 관한 언급은 연설 말미에 살짝 등장했다. 키케로는 카이사르가 아직 법안으로 내지 않은 것까지 고려 대상으로 삼는 것은 현명하지 않다는 견해를 밝혔다.

원로원은 마르쿠스 안토니우스와 푸블리우스 코르넬리우스 돌라벨라와 법무관들의 지도하에 국정 운영이 계속되어야 한다고 뜻을 모았고, 애국심 강한 해방자들을 처벌해선 안 된다는 원로원 결의를 통과시킨 뒤 회의를 해산했다.

아울루스 히르티우스와 키케로를 비롯한 서른 명 가량의 고위 정무관들이 텔루스 신전에서 나와 유피테르 옵티무스 막시무스 신전으로 갔다. 안토니우스는 면도도 하지 않은 지저분한 얼굴의 해방자들에게 원로원은 그들 전부를 사면하기로 결의했으며 그들은 향후 어떠한 보복도 당하지 않을 것이라고 알렸다. 아, 안심이다! 그들은 다 같이 로스트라 연단에 올라가 수많은 군중이 침울한 눈빛을 띠고 말없이 지켜보는 가운데 공개적으로 악수를 나누었다. 군중은 그들의 행동에 수긍도 반대도 하지 않았다. 그저 잠자코 지켜볼 뿐이었다.

"우리의 약속을 공고히 다지는 의미에서," 안토니우스가 로스트라 연단에서 내려가며 말했다. "오늘 우리 모두가 해방자들을 한 명씩 집으로 초대해 정찬을 들면 어떨까 합니다. 카시우스, 자네가 내 손님이 되어주겠나?"

해방자 전원이 각기 다른 집에 초대되었다. 레피두스는 브루투스를, 아울루스 히르티우스는 데키무스 브루투스를, 키케로는 트레보니우스를 초대했다.

“아, 믿기지 않아!” 베스타 계단을 오르며 카시우스가 브루투스에게 흥분해 말했다. “자유의 몸으로 집에 돌아가다니!”

“그래.” 브루투스가 멍하게 대꾸했다. 포르키아가 죽었을지도 모른다는 생각이 막 떠오른 참이었다. 그의 집 노예에게서 등을 돌리고 폼페이우스 회의소에 들어간 순간부터 지금까지 그는 포르키아의 이름을 한 번도 떠올리지 않았다. 하지만 죽었을 리 없다. 만일 그랬다면 가장 먼저 키케로가 그에게 알려주었을 테니까.

브루투스는 문지기 숙소를 지나치자마자 세르빌리아와 마주쳤다. 마치 아가멤논을 막 죽이고 나온 클리타임네스트라를 보는 것 같았다. 한 가지 차이점은 손에 도끼가 없다는 것뿐이었다. 클리타임네스트라! 어머니에게 가장 잘 어울리는 이름이다.

“네 아내는 방에 가뒀다.” 세르빌리아가 아들을 맞으며 말했다.

브루투스가 힘없이 푸념했다. “엄마한텐 그럴 권한이 없어요! 이 집은 제집이에요.”

“이 집은 내 집이야, 브루투스. 내가 죽는 날까지 계속 그럴 거야. 그 악마 같은 괴물이나 법 같은 건 내 알 바 아니야. 넌 그년 때문에 카이사르를 죽였어.”

“저는 로마를 압제자로부터 해방시켰어요.” 브루투스가 말했다. 제발 단 한 번만이라도 어머니에게 칭찬을 듣고 싶은 마음이 간절했다. 계속 그렇게 빌어봐, 브루투스, 결코 그런 일은 없을 테니. “원로원이 해방자들을 사면하기로 결의했어요. 그러니 저는 앞으로도 계속 수도 담당 법무관이에요. 돈과 부동산도 그대로 제 것이고요.”

세르빌리아가 웃음을 터트렸다. “너 진심으로 그렇게 믿니?”

“그게 사실이니까요, 엄마.”

"아들아, 사실은 카이사르가 살해되었다는 거야. 원로원 결의 같은 건 그게 적혀 있는 종이만큼의 가치도 없어."

데키무스 브루투스는 생각이 정리되지 않았다. 머릿속이 너무 엉망이어서 자신이 과연 제정신이긴 한지 의심스러웠다. 내가 공황상태에 빠지다니! 그 사실 하나만으로도 자신의 사고가 흐트러져 있다는 증거는 충분했다. 공황상태! 나, 데키무스 유니우스 브루투스가 공황상태에 빠져? 베테랑 군인으로서 숱한 전투를 치렀고 죽을 고비를 무수히 넘긴 내가 카이사르의 시신을 보고 공황증세를 일으켰다. 나, 데키무스 유니우스 브루투스가 도망을 쳤다.

데키무스는 이제 갈리아 전쟁의 또다른 베테랑 군인과 정찬을 들러 가는 길이었다. 검뿐만 아니라 펜을 다루는 솜씨 역시 뛰어난 학자형 군인 아울루스 히르티우스. 논쟁의 여지가 없는 카이사르의 충성스러운 지지자였다. 카이사르가 내린 지시들이 그대로 이행된다면 히르티우스는 내년에 비비우스 판사와 함께 집정관이 될 터다. 하지만 히르티우스는 별 볼 일 없는 지방 가문 출신이었다. 나는 유니우스 브루투스 가문과 셈프로니우스 투디타누스 가문의 후손이야. 내가 가장 충성해야 할 대상은 무엇보다도 나 자신이지. 물론 로마도 빠뜨릴 수 없어. 그건 자명한 사실이야. 내가 카이사르를 살해한 이유는 내 조상들이 세운 로마를 그가 망가뜨리고 있었기 때문이야. 카이사르는 우리가 원치 않는 방식으로 로마를 바꾸려 했으니까. 아니, 데키무스, 자기기만은 관둬! 넌 미쳐가고 있어! 네가 카이사르를 죽인 건 그가 너보다 찬란하게 빛났기 때문이잖아. 그래서 사람들이 네 이름을 기억하게 할 유일한 방법은 그를 죽이는 것뿐이었기 때문이지. 그것이 진실이야. 너는 역사책에 이름을 올릴 거야. 그 누구도 아닌 카이사르 덕분에.

데키무스는 히르티우스의 눈을 마주보기가 어려웠다. 회색과 청색과 녹색이 이렇다 할 특징 없이 뒤섞인 히르티우스의 눈동자는 평온하면서도 단호한 빛을 띠고 있었다. 그중에서 단호함이 더 크게 다가오긴 했지만, 히르티우스는 다정하게 손을 내밀며 데키무스를 자신의 근사한 저택으로 안내했다. 데키무스와 마찬가지로 장발의 갈리아 전쟁에서 받은 전리품을 팔아 산 집이었다. 그들은 둘이서만 식사를 들었다. 다른 사람들을 만나고 싶지 않았던 데키무스는 크게 안도했다.

이윽고 마지막 요리까지 치워지고 하인들이 물러갔다. 식탁에는 포도주와 물만 남아 있었다. 히르티우스는 긴 의자에서 몸을 돌려 데키무스와 좀더 편안하게 마주볼 수 있는 자세를 취했다.

"자네는 스스로를 무섭도록 지독한 현실로 몰아넣었어." 히르티우스가 희석하지 않은 포도주를 잔에 따르며 말했다.

"어째서 그런 말을 하죠, 히르티우스? 해방자들은 모두 사면되었어요. 모든 게 예전으로 돌아갈 겁니다."

"유감스럽지만 난 그렇게 생각하지 않네. 예전과는 다른 것들이 시작되고 있어. 이제까지는 없었던 완전히 새로운 것들이."

데키무스는 깜짝 놀라 술을 약간 흘렸다. "무슨 얘기를 하는 건지 모르겠습니다."

"따라와보게. 내가 직접 보여줄 테니." 히르티우스가 두 발을 긴 의자에서 내려 뒤축 없는 슬리퍼를 꿰었다.

데키무스는 당혹감을 느끼며 히르티우스를 따라 슬리퍼를 신고 아트리움을 지나서 포룸 로마눔의 낮은 구역이 잘 보이는 로지아로 나갔다. 아직 해가 하늘 높이 걸려 있어 인산인해를 이룬 사람들이 또렷하게 보였다. 저멀리 눈으로 최대한 볼 수 있는 곳까지 대규모 군중이 모여 있었다. 그들은 그저 그렇게 서 있었다. 움직이거나 말하는 사람은 좀처럼 찾아보기 힘들었다.

"이게 어쨌다는 거죠?" 데키무스가 물었다.

"여자들이 참 많지. 하지만 사내들을 보게. 저들을 제대로 봐! 무엇이 보이나?"

"사내들이지요." 데키무스가 말했다. 당혹감이 갈수록 더 커졌다.

"데키무스, 그게 그렇게 오래전 일인가? 저들을 봐! 저들 중 절반이 과거에 군인이었던 자들이네. 과거에 카이사르의 병사였던 자들이라고. 말이 과거의 군인이지 나이는 그리 많지 않아. 스물다섯, 서른, 서른다섯, 대개 그 이하야. 아직 젊지. 카이사르가 죽었다, 살해되었다는 말이 이탈리아 전역에 퍼지고 있어. 장례식에 참석하려는 사람들이 로마로 몰려들고 있네. 수천 명이야. 원로원이 아직 장례식 날짜를 의논하기도 전에 벌써 저렇게 많은 사람들이 모였단 말일세. 카이사르의 시신을 화장할 즈음이면 레피두스의 군대보다도 훨씬 더 많은 사람들이 모여 있을 거야." 히르티우스가 몸을 떨며 돌아섰다. "날이 차군. 다시 들어가서 얘기하세."

긴 의자에 다시 기대어 누운 데키무스가 포도주 반잔을 들이켜고 매우 차분한 눈길로 히르티우스를 바라보았다. "내 피를 원하나요, 아울루스?"

"나는 카이사르의 죽음을 가슴 깊이 슬퍼하네." 히르티우스가 대답했다. "카이사르는 나의 후원자이자 벗이었잖아. 하지만 시간을 되돌릴 수는 없지. 남아 있는 우리들이 하나로 뭉치지 않으면 또다시 내전이 발발할 수 있네. 그리고 로마는 또 한번의 내전을 감당할 여력이 없어.

여하튼," 히르티우스가 한숨을 내쉬고 말을 이었다. "학식과 재산과 특권이 있는 우리는 이 사태를 객관적으로 냉정하게 바라볼 여유가 있어. 데키무스, 자네가 걱정해야 할 상대는 퇴역병들이지 나나 판사 같은 사람들이 아닐세. 물론 우리는 카이사르를 사랑했어. 하지만 자네의 피를 원하진 않아. 그러나 퇴역병들은 달라. 그리고 그들이 자네의 피를 원하면 권력자들은 그들의 요구를 따를 수밖에 없어. 퇴역병들이 자네의 피를 강력히 요구한다면 마르쿠스 안토니우스는 입장을 바꿀 걸세."

데키무스가 식은땀을 흘렸다. "상황을 지나치게 부풀려 생각하는군요."

"아니, 그렇지 않아. 자네는 카이사르 밑에서 복무해봤잖아. 카이사르를 향한 병사들의 감정이 어떤지 잘 알 거야. 그건 아주 순수하고 꾸밈없는 사랑의 감정일세. 심지어 항명을 일으킬 때조차도 그랬지. 장례식이 끝나면 그들은 무섭게 변할 걸세. 안토니우스도 그럴 거고. 안토니우스가 아니라도 권력을 쥔 누군가는 그렇게 될 거야. 돌라벨라가 될 수도 있고, 교활한 미꾸라지 레피두스가 될 수도 있지. 아니면 우리가 미처 고려하지 못했지만 조용히 자기 차례를 기다리고 있는 다른 누군가가 될 수도 있고."

포도주를 더 들이켜자 데키무스의 기분이 나아졌다. "나는 끝까지 로마에 있을 겁니다." 데키무스가 혼잣말하듯 나직이 내뱉었다.

"자네가 끝까지 로마에 있도록 사람들이 내버려둘까? 퇴역병과 군중은 사면을 취소하라고 요구할 테고, 원로원은 어쩔 수 없이 그렇게 할 걸. 평범한 시민들 역시 카이사르를 사랑했어. 카이사르는 그들에게 속해 있었으니까. 카이사르는 높은 자리에 올라서도 결코 그들을 잊지 않았어. 그들에게 항상 기분좋게 인사했고, 가던 길을 멈추고 그들의 하소연에 귀를 기울였지. 수부라 사람들에게 정치적 해방이라는 추상적인 구호가 무슨 울림이 있겠나? 수부라 사람들의 표는 어차피 백인조회에서도 트리부스회에서도 평민회에서도 아무 의미가 없는데. 카이사르는 그들의 사람이었어. 우리는 죽었다 깨어나도 그렇게 못 되지."

"내가 로마를 떠나면 잘못을 스스로 인정하는 꼴이 돼요."

"그렇겠지."

"안토니우스는 강합니다. 그리고 그는 우리를 존중하는 태도를 보였어요."

"데키무스, 마르쿠스 안토니우스를 신뢰하지 말게!"

"내게는 그를 신뢰할 이유가 있어요." 데키무스가 말했다. 그는 히르티우스가 모르는 사실을 알고 있었다. 마르쿠스 안토니우스는 이번 카이사르 살해 사건의 공모자였다.

"그래, 나도 안토니우스가 자네를 보호하고 싶어한다고 생각해. 하지만 퇴역병과 시민 들이 그를 가만두지 않을 걸세. 게다가 안토니우스는 카이사르가 가졌던 권력을 손에 넣고 싶어해. 하지만 그런 야망을 품는 자는 결국 카이사르와 같은 운명을 맞을 수밖에 없을 거야. 이번 암살 사건은 로마에 하나의 전례를 세웠네. 안토니우스는 다음에는 자기가 난도질되리라는 공포에 휩싸이게 될 거야."

"그러니까 당신 말은," 데키무스가 찬찬히 말했다. "해방자들이 로마를 떠날 명예롭고 정당한 핑계를 찾아야 한다는 것이로군요. 내 경우는 쉬워요. 내 속주로 가면 되겠죠."

"갈 수야 있겠지. 하지만 이탈리아 갈리아 속주를 오래 유지하진 못할 거야."

"헛소리! 원로원은 카이사르의 법과 지시를 그대로 지키기로 정했어요. 카이사르는 죽기 전에 나한테 직접 이탈리아 갈리아 속주 관할권을 줬다고요."

"내 말 믿게, 데키무스. 자네가 자네 속주를 유지하는 것은 그게 안토니우스와 돌라벨라의 이익에 부합할 때까지만이야."

데키무스 브루투스는 집으로 돌아가자마자 서둘러 브루투스와 카시우스에게 편지를 써서 히르티우스가 한 말을 그들에게도 전했다. 다시 공황상태에 빠진 데키무스는 로마와 이탈리아를 떠나 자기 속주로 가겠다고 선언했다.

편지를 쓰는 와중에도 이런저런 생각이 뒤엉킨 그는 급기야 해방자들이 다 같이 키프로스나 히스파니아 칸타브리아의 머나먼 땅으로 이주하자는 터무니없는 이야기까지 늘어놓았다. 그들이 할 수 있는 일이 도망치는 것말고 뭐가 있겠는가? 그들 중에는 폼페이우스 마그누스 같은 장군이 없고, 군단을 동원하거나 외국의 통치자를 자기네 편으로 끌어들일 만큼 권력을 가진 자도 없었다. 머지않아 그들은 공공의 적으로 선포되어 시민권과 목숨을 잃거나, 설사 살아남더라도 돈 한푼 없이 영원히 추방될 것이었다. 데키무스는 안토니우스를 그들 편에 두기 위해 열심히 노력해야 하며, 해방자들 중 그 누구도 집정관들을 살해할 계획이나 의도가 없다는 확신을 안토니우스에게 주어야 한다고 간곡히 설득했다.

데키무스는 밤의 다섯번째 시각에 브루투스와 카시우스가 택한 장소에서 만나자는 말로 편지를 끝맺었다.

그리하여 그들은 카시우스의 집에 모였다. 쓸데없이 호기심을 갖는 하인들이 있을 경우를 대비해 덧창을 내린 채 낮은 목소리로 대화를 나눴다. 브루투스와 카시우스는 데키무스의 망상이 생각보다 훨씬 더 심각한 것에 놀랐다. 그들은 데키무스가 하는 말을 좀처럼 믿을 수 없었다. 카시우스는 히르티우스가 혹시 자기 나름의 이유가 있어서 그들을 겁주어 달아나게 하려는 것이 아닐지 의구심을 드러냈다. 그들은 로마를 떠나는 순간 스스로가 죄인임을 인정하게 되는 것이다. 브루투스와 카시우스는 로마를 떠나지 않겠다고, 그들의 유동자산을 한데 모으지도 않겠다고 했다.

"당신들 마음대로 하시오." 데키무스가 일어서며 말했다. "당신들이 떠나든 말든 이제 상관하지 않겠소. 나는 준비되는 대로 곧장 내 속주로 갈 거요. 이탈리아 갈리아에서 자리를 잘 잡기만 하면 안토니우스와 돌라벨라가 나 하나쯤은 모른 척 내버려둘지도 모르지. 하지만 나 스스로를 지키기 위해 그곳의 퇴역병들로 비밀리에 군대를 소집해두겠소. 대비책으로 말이오."

"아, 정말 끔찍해!" 망상에 붙들린 데키무스가 떠나자 브루투스가 카시우스에게 말했다. "어머니는 내게 저주를 퍼붓고 포르키아는 헛소리만 늘어놓고 있군. 카시우스, 우리의 행운은 끝났어!"

"데키무스가 오판하는 거야." 카시우스가 자신만만하게 말했다. "나는 안토니우스와 정찬을 들었잖아. 데키무스의 판단은 틀렸어. 안토니우스는 카이사르가 죽어서 아주 신이 난 것 같던데." 카시우스가 활짝 웃자 치아가 반짝 빛났다. "카이사르의 유언장 내용은 전혀 신나지 않았겠지만."

"내일 원로원 회의에 참석할 텐가?" 브루투스가 물었다.

"당연하지. 우리 모두 가야 해. 선택의 여지가 없는 문제일세. 데키무스도 참석할 테니 걱정 말게. 내가 장담해."

루키우스 피소는 카이사르의 장례식을 의논하는 원로원 회의를 소집했다. 텔루스 신전의 초라한 방에 들어선 해방자들에게 노골적인 적대감을 드러내는 의원들은 없었다. 하지만 평의원들은 어쩌다 행여 그들과 옷깃이라도 닿을까 싶어 가까이 오지 않았다. 카이사르의 장례식은 이틀 뒤인 3월의 스무번째 날로 정해졌다.

“그러면 그렇게 정하겠습니다.” 피소는 이렇게 말하고 레피두스를 쳐다봤다. “마르쿠스 레피두스, 로마 시내는 안전합니까?” 피소가 물었다.

“네, 안전합니다, 루키우스 피소.”

“그렇다면 이제 카이사르의 유언장을 공개적으로 발표할 때가 되지 않았습니까, 피소?” 돌라벨라가 물었다. “공공재산으로 유증한 것이 있다고 알고 있습니다.”

“지금 다 같이 로스트라 연단으로 갑시다.” 피소가 말했다.

원로원 의원들은 동시에 자리에서 일어나 인산인해를 이룬 군중을 헤치며 로스트라 연단으로 걸어갔다. 데키무스는 잔뜩 웅크린 채 두려움에 벌벌 떨었다. 아울루스 히르티우스의 말이 옳았다. 군중은 상당수가 퇴역병이었으며 분명 어제보다 많았다. 평소 포룸 로마눔을 자주 드나드는 사람들도 숱하게 나와 있었다. 웬만한 1계급 사람들의 얼굴을 다 아는 이들이었다. 안토니우스와 돌라벨라와 함께 브루투스와 카시우스가 연단에 오르자 포룸 로마눔의 단골들이 주변 사람에게 수군거렸다. 누군가가 성난 소리를 내자 또다른 사람이 동참했고 소리가 점점 높아졌다. 돌라벨라, 안토니우스, 레피두스가 과장된 표정과 몸짓으로 브루투스, 카시우스, 데키무스 브루투스에게 친근함을 드러내보이자 분노의 으르렁거림은 차츰 잦아들었다.

루키우스 칼푸르니우스 피소가 카이사르 유언장 전문을 낭독했다. 카이사르는 유언장을 통해 가이우스 옥타비우스를 상속자로 지목하는 데 그치지 않고 그를 아들로서 정식 입양했다. 가이우스 옥타비우스는 이제부터 가이우스 율리우스 카이사르로 알려지게 되었다. 사람들이 놀라서 수런대는 소리가 들렸다. 아무도 이 가이우스 옥타비우스란 자가 누구인지 알지 못했다. 포룸 로마눔의 단골들도 그의 출신 가문은 알지만 얼굴은 몰랐다. 데키무스 브루투스가 부분 상속자로 언급되면서 으르렁 소리가 다시 한번 높아지자 피소는 군중이 훨씬 더 관심 있어할 부분으로 재빨리 건너뛰었다. 로마 시민 모두에게 300세스테르티우스씩 나누어줄 것이며 티베리스 강 건너편에 위치한 카이사르의 유람 정원을 공공재산으로 내놓는다는 유언이었다. 사람들은 놀랍게도 이 소식에 침묵으로 답했다. 환호를 올리는 사람도, 무언가를 공중에 날리는 사람도, 박수치는 사람도 없었다. 피소가 장례식 날짜를 밝히고 발표를 끝맺자 원로원 의원들은 각각 레피두스 수하의 군인 여섯 명에게 경호를 받으며 로스트라 연단 주변을 아주 신속히 떠났다.

온 세상이 카이사르의 장례식을 기다려온 듯했다. 로마의 모든 남녀가 카이사르의 마지막 의식이 끝날 때까지 정의에 대한 판단을 미루는 듯했다. 다음날 안토니우스가 유피테르 스타토르 신전에서 독재관이라는 관직 자체를 법률에서 영구히 삭제해버리겠다고 말했을 때도 오로지 돌라벨라만이 열띤 반응을 보였다. 무관심, 어디에나 무관심이 팽배했다! 군중은 갈수록 빽빽이 모여들었다. 어스름이 내린 뒤에도 포룸 로마눔과 그 주변 거리는 등불과 모닥불로 환히 밝혀져 있었고, 인근 인술라의 근심 많은 주민들은 혹시 불이 날까봐 밤잠을 이루지 못했다.

이윽고 카이사르의 장례식 날이 밝아오자 주민들은 안도의 한숨을 내쉬었다.

포룸 로마눔에서 살짝 아래쪽으로 관저와 작고 둥근 베스타 신전 옆에 자리한 공터에 특별 제단이 세워져 있었다. 포룸 율리움의 베누스 게네트릭스 신전을 그대로 축소한 복제품이었다. 나무 재질이었지만 대리석처럼 보이게 색을 칠했다. 제단에는 단상이 놓여 있었다. 옆에 달린 계단을 통해 오를 수 있었고 단상을 받치는 지지대 역시 신전의 대리석 기둥처럼 채색되어 있었다.

장례식 준비를 주관한 루키우스 카이사르와 루키우스 피소는 원로원과의 긴 논의 끝에 카이사르의 시신을 로스트라 연단에서 공개하고 거기서 추도 연설까지 하는 것은 지나치게 위험하다고 결론 내렸다. 포룸 로마눔 중앙에 위치한 이곳이 더 안전했다. 여기서는 장례행렬이 군중을 뚫을 필요가 없었다. 옆으로 방향을 틀어 곧장 투스쿠스 구와 벨라브룸 구역으로 가면 그만이었다. 행렬은 플라미니우스 경기장을 관통할 예정이었다. 플라미니우스 경기장이 관람석에 수용할 수 있는 인원은 5만여 명이었으므로, 로마 시민들은 로마가 가장 사랑한 아들의 죽음을 애도할 기회를 충분히 누릴 수 있을 터였다. 플라미니우스 경기장을 빠져나와 마르스 평원에 도착하면 카이사르의 시신은 국비로 준비한 향료가 담긴 가마 수백 대와 함께 장작더미 안에서 태워질 예정이었다.

장례행렬은 케롤리아이 늪지 가장자리에서 시작되었다. 참석자들이 모두 모일 수 있을 정도로 넓은 공간이었다. 카이사르의 상여는 행렬이 관저에 도착하면 합류할 예정이었다. 레피두스의 군인 2천 명은 군중이 사크라 가도 안으로 진입하지 못하도록 저지하는 동시에 고인에의 인사와 추도 연설이 이루어질 장소 가까이 거대한 장례행렬이 들어설 충분한 공간이 확보되도록 그 주변을 지키고 있었다.

검은 말 두 필이 이끄는 금박 장식의 검은 마차 50대가 카이사르의 조상들—베누스, 아이네아스, 마르스에서 율루스, 로물루스를 비롯해 고모부 가이우스 마리우스와 루키우스 코르넬리우스 술라까지—의 이마고를 쓴 배우들을 태우고 벨리아 구역을 가로질러 신전 모양 제단 앞으로 가서 세 부분으로 분할된 반원형 공간에 섰다. 가마 수백 대 중 100대에는 유향과 몰약과 감송을 비롯해 값비싼 화장용 향료가 담겨 있었다. 이들 가마가 마차 맨 뒷줄과 군중 사이에 쌓여 방호벽 역할을 했고, 군인들은 서로 어깨를 맞대고 늘어서 있었다. 장례행렬이 벨리아 구역을 가로질러 내려오는 동안 마차와 가마 사이에 서 있는 검은 옷차림의 대곡꾼들이 가슴팍과 머리카락을 쥐어뜯고 섬뜩한 통곡 소리를 토하며 장송곡을 불렀다.

군중의 규모는 엄청났다. 저 유명한 사투르니누스 사건 이래로 최대 규모였다. 카이사르가 상여에 앉은 채 왕들의 대기실을 지나서 문밖으로 모습을 드러내자 마치 100만 장의 낙엽이 부스럭대는 듯한 신음과 한숨 소리가 울려퍼졌다. 상여꾼은 루키우스 카이사르, 루키우스 피소, 안토니우스, 돌라벨라, 칼비누스, 레피두스였다. 모두 검은 튜닉과 토가를 입고 있었다. 그들 뒤로 군중이 바짝 다가섰다. 가마 방호벽을 등지고 서 있는 군인들은 몸이 밀리자 서로 불안한 눈길로 마주보았다. 가마 뒤쪽에 선 군중이 가차없이 군인들 쪽으로 밀려들자 가마 벽이 흔들리며 삐걱 소리를 냈다. 군인들이 느끼는 불안감은 어느새 마차의 말들에게까지 전해져 말들이 동요했고, 이어 배우들까지 겁내며 몸을 떨었다.

카이사르는 화려한 신관 예복을 입고 상여의 검은색 방석에 아주 반듯이 앉아 있었다. 머리에는 시민관이 씌워져 있었고 표정은 평온했으며 눈은 감은 채였다. 상여꾼 여섯 명 모두 키가 훤칠하게 컸고 귀족다운 풍모를 갖추고 있어 저 높은 자리에 앉은 카이사르는 마치 강력한 왕처럼 보였다.

상여꾼들이 유연하게 계단을 올랐다. 경사를 오를 때도 카이사르는 조금도 흔들리지 않았다. 상여가 높은 단상 위에 놓여 있어서 사람들은 카이사르의 전신을 볼 수 있었다.

단상 앞에 도착한 마르쿠스 안토니우스가 인파를 내려다보았다. 곱슬머리와 턱수염이 눈에 띄는 유대인을 비롯해 외국인의 수가 많은 것에 내심 놀랐다. 검은색 토가에 어린 월계수 가지를 달고 나타난 퇴역병 또한 많았다. 로마인이 공공행사에서 입는 의복은 토가였기에 보통 군중은 하얀 물결로 보였지만 이날은 검은 물결이었다. 딱 좋군, 하고 안토니우스는 생각했다. 오늘 그는 사투르니누스에게 귀를 기울였던 관중보다 더 큰 규모의 관중을 상대로 자신의 경력을 통틀어 가장 훌륭한 연설을 하려 벼르고 있었다.

하지만 안토니우스는 연설을 하지 못했다. 안토니우스가 할 수 있었던 말은 카이사르를 위해 울어달라는 개시 발언이 다였다. 그 자리에 모인 헤아릴 수 없이 많은 사람들이 크나큰 슬픔으로 비명을 토하며 마치 다 같이 경련을 일으키듯 격렬하게 몸을 떨었다. 맨 앞에 서 있던 사람들이 향료가 담긴 가마 위로 손을 뻗자 마차의 말들이 요동치며 앞발을 쳐들었다. 배우들은 죽을까봐 겁이 나서 허둥지둥 달아났다. 나무토막과 나무껍질, 송진 덩어리가 공중에 날아오르더니 단상과 제단과 그 주변으로 비 오듯 쏟아져 뭉텅이로 쌓였다. 안토니우스를 비롯한 상여꾼들은 황급히 단상에서 내려와 관저로 달음질쳤다.

누군가가 횃불을 던지자 그 주변 전체가 화염으로 불타올랐다. 앞서 카이사르의 딸이 그랬듯이 카이사르 역시 원로원 결의가 아닌 민중의 소망에 따라 화장되었다.

그리고 침묵 속에 며칠을 지내온 군중은 이제 해방자들의 피를 요구하며 목소리를 높였다.

"그들을 죽여라! 그들을 죽여라! 그들을 죽여라!" 하는 구호가 끝없이 울려퍼졌다.

하지만 폭동은 없었다. 사람들은 소리 높여 해방자들의 피를 요구하며 단상과 상여와 제단이 불타는 모습을 지켜보았다. 그들은 움직이지 않았다. 이윽고 불길이 사그라지며 현기증을 불러일으킬 듯 짙고 향긋한 향료 냄새가 온 로마를 가득 채웠다.

마침내 분노가 폭력으로 분출되었다. 군중은 레피두스의 군인들 따위는 무시하고 사냥감을 찾아 사방으로 달려나갔다. 해방자들! 해방자들은 어디 있는가? 해방자들에게 죽음을! 많은 사람들이 팔라티누스 언덕으로 몰려갔다. 하지만 좁은 골목에 겹겹이 늘어선 수십 채의 저택 대문에는 빗장이 굳게 잠겨 있었고, 어느 대문 뒤에 해방자가 사는지 아는 사람은 아무도 없었다. 그러다가 평소 포룸 로마눔의 단골이자 슬픔으로 정신이 나간 누군가가 시인이자 원로원 의원인 가이우스 헬비우스 킨나가 미친듯이 달음박질치는 모습을 발견했다. 그는 헬비우스 킨나를 해방자라고 소문난 카이사르의 전 처남 루키우스 코르넬리우스 킨나로 착각했다. 무고한 헬비우스 킨나는 그 자리에서 사람들에게 붙들려 말 그대로 몸이 갈기갈기 찢겼다.

밤이 되자 다른 사냥감을 찾지 못한 군중은 슬픔과 분노 속에 흩어졌다.

포룸 로마눔은 향기로운 연기의 장막에 휩싸인 채 방치되었다.

다음날 장의사들이 카이사르의 유골을 찾아다니며 새까맣게 탄 작은 뼛조각을 보석 박힌 황금 단지에 담았다.

다음날 동이 트자 제단과 단상이 있던 자리는 이른 봄꽃을 엮어 만든 작은 꽃다발, 작은 양모로 만든 인형과 공으로 뒤덮여 있었다. 꽃다발과 인형과 공은 금세 30센티미터 높이로 쌓였다. 꽃다발을 두고 간 사람들은 여자들이었다. 인형을 놓고 간 사람들은 로마의 남성 시민들이었다. 공을 두고 간 사람들은 노예들이었다. 선물은 특정한 종교적 의미를 띠고 있었으며, 카이사르를 향한 애정이 로마의 모든 계층에 깊숙이 스며들어 있음을 보여주는 증거였다. 총 다섯 계급 중에 카이사르를 사랑하지 않는 계급은 오로지 1계급뿐이었다. 그리고 신분이 너무 비천해 계급에 포함되지도 못하는 최하층민들이 가장 카이사르를 사랑했다. 최하층민조차 되지 못하는 노예들은 공을 바쳤다. 하지만 작은 양모 공은 작은 양모 인형만큼이나 많았다.

어째서 어떤 이들은 사랑을 받고 다른 이들은 못 그럴까? 그 이유를 누가 알까? 잔뜩 화가 난 안토니우스에게 이는 도무지 답을 알 수 없는 질문이었다. 안토니우스는 아울루스 히르티우스에게 물어보아야 했다. 그랬다면 히르티우스는 카이사르를 한 번이라도 본 사람은 누구나 그를 기억하게 된다고, 카이사르는 뭐라 규정할 수 없는 강력한 매력을 발산했다고, 어쩌면 카이사르는 그저 돌아온 전설 속의 영웅일지 모른다고 답해주었을 것이다.

화가 난 안토니우스가 꽃과 인형과 공을 모두 치우라고 명령했지만 허사였다. 선물을 치우면 다시 두 배로 쌓였다. 안토니우스는 당혹감에 휩싸였고 결국 포기할 수밖에 없었다. 카이사르가 태워진 장소에 수백 명이 나타나 카이사르에게 기도와 선물을 바치는 것을 그는 못 본 척 눈감았다.

장례식 사흘 후 새벽, 카이사르를 태운 자리에 웅장한 대리석 제단이 나타났다. 그리고 포룸 로마눔에서 저멀리 로스트라 연단까지 길게 꽃과 인형과 공이 놓여 있었다.

장례식이 끝난 여드레 후, 제단 주변에 높이 6미터의 새하얀 프로콘네소스산 대리석 기둥이 세워졌다. 모두 밤새 이루어진 작업이었다. 레피두스의 군인들은 아무것도 보지 못했다고 항변했다. 그들 역시 카이사르를 사랑했던 것이다. 로마의 거의 모든 사람들로부터 신으로 추앙되고 있는 카이사르를.

루키우스 카이사르는 로마에 없었으므로 이 모든 일을 보지 못했다. 그는 사지가 아파서 겨우겨우 가마에 올라 네아폴리스 근처 빌라로 떠났고, 가는 길에 클레오파트라를 방문했다.

궁에는 차가운 돌과 나무로 만든 상자들만 군데군데 휑뎅그렁하게 놓여 있었다. 벌써 바지선이 이삿짐을 오스티아로 실어나르고 있었다.

"많이 편찮으세요, 루키우스?" 클레오파트라가 걱정스런 얼굴로 물었다.

"영혼이 아픈 거요, 클레오파트라. 두 뻔뻔한 살인자가 자주색 단을 댄 토가를 입고 법무관 일을 본다며 활보하는 도시에 도저히 남아 있을 수가 없어요."

"브루투스와 카시우스 말이군요. 벌써 법무관 업무를 한답시고 돌아다닐 배짱이 있을 것 같지 않지만요."

"퇴역병들이 로마를 떠나기 전까지는 감히 못 그러겠지요. 헬비우스 킨나가 불쌍하게 살해된 얘기를 들었소? 피소가 상심이 커요."

"다른 킨나로 오인받아 죽은 일 말씀이지요? 네, 들었어요. 그런데 정말 다른 킨나가 암살범이었나요?"

"그 배은망덕한 놈 말이오? 아니, 그렇진 않소. 자기를 추방지에서 로마로 다시 불러준 카이사르에게 고마워하기는커녕 그가 준 직위는 필요 없다며 사람들 앞에서 공개적으로 법무관 직에서 물러났을 뿐이오. 그 덕분에 그날 군중의 관심을 한몸에 받았지요."

"이제 모든 게 끝났군요, 그렇죠?" 클레오파트라가 물었다.

"끝일 수도, 시작일 수도 있겠지요."

"카이사르가 가이우스 옥타비우스를 입양했다지요." 클레오파트라의 몸이 떨렸다. "아주 영리한 수예요, 루키우스. 가이우스 옥타비우스는 무척 위험한 인물이니까요."

루키우스가 웃었다. "열여덟 살짜리 소년이 말이오? 난 그렇게 생각하지 않아요."

"위험한 인물은 여덟 살이라 해도 위험하고, 여든 살이 되어도 그렇답니다."

그녀는 아파 보이면서도 온전해 보인다고 루키우스는 생각했다. 그래, 이 여자는 힘든 환경에서 자랐지. 이번 일도 이겨내리라.

"카이사리온은 어디 있소?" 루키우스가 물었다.

"유모와 합데파네와 먼저 갔어요. 프톨레마이오스의 후손들이 한배에 타는 건 현명치 않으니까요. 심지어 같은 선단에도 타지 않죠. 우리는 따로 가요. 나는 두 주일 더 기다릴 거예요. 카르미온과 이라스는 남아 있고 세르빌리아도 종종 방문해요. 오, 루키우스, 세르빌리아가 어찌나 괴로워하는지 몰라요! 브루투스가 그 일에 가담한 걸 포르키아 탓으로 돌리는데 아예 틀린 말은 아닐 거예요. 하지만 그녀가 괴로운 건 카이사르가 죽었기 때문이에요. 세르빌리아는 어느 누구보다도 그를 사랑했으니까요."

"당신이 그를 사랑했던 것보다 더?"

"지난 일처럼 말씀하시는군요. 아뇨, 내 사랑은 언제까지나 현재형이에요. 하지만 내가 카이사르를 사랑하는 방식은 세르빌리아와 달라요. 내겐 돌봐야 할 나라와 카이사르의 피를 이어받은 아들이 있으니까요."

"또다시 결혼할 거요?"

"그래야 하겠죠, 루키우스. 나는 파라오예요. 나일 강과 백성들을 풍요롭게 하려면 후손을 생산해야 해요."

그리하여 루키우스 율리우스 카이사르는 네아폴리스로 가는 여정에 나섰다. 카이사르를 떠나보낸 슬픔은 갈수록 커져갔다. 마티우스가 옳다. 카이사르 같은 천재도 찾지 못한 방법을 남은 사람들 중 누가 찾을까? 열여덟 살짜리 소년이? 못하리라. 로마 1계급의 늑대들은 최하층민들이 헬비우스 킨나에게 했던 것보다 더 잔혹하게 가이우스 옥타비우스를 갈가리 찢어놓을 테니까. 우리 자신의 가장 위험한 적은 바로 우리 1계급이다.

9장
카이사르의 상속자

기원전 44년 4월부터
12월까지

가이우스 옥타비우스

1

보좌관과 참모군관과 계급을 불문한 모든 지휘관, 심지어 수습군관도 유력한 가문에서 태어났거나 스스로 공훈을 세운 사람들이라는 이유로 일반 사병이나 백인대장은 반드시 지켜야 하는 규정이나 질서를 따를 의무를 면제받았다. 예를 들어 그들은 원할 때 언제든 군복무를 중단할 권리가 있었다.

따라서 3월 초 아폴로니아에 도착한 가이우스 옥타비우스, 마르쿠스 아그리파, 퀸투스 살비디에누스는 막사 야영지에서 생활해야 할 의무가 없었다. 거대한 가죽 막사 야영지는 아폴로니아에서 저 북쪽 디라키온까지 죽 늘어서 있었다. 카이사르가 이번 원정을 위해 소집한 15개 군단은 야영지 일로 분주했고 상류층 사람들에게 조금도 관심을 보이지 않았다. 이후 전투에 참여할 때는 상류층 사람들이 그들 15개 군단의—가끔은 유명무실한—통솔권을 쥐겠지만, 이 두 부류는 전투 때를 제외하면 마주칠 기회가 매우 적었다.

옥타비우스와 아그리파에게 숙박은 문제될 게 없었다. 두 사람은 카이사르의 숙소로 할당된 아폴로니아의 한 주택을 찾아가 작고 불편한 방 하나에 짐을 풀었다. 그들보다 여덟 살 많은 살비디에누스는 카이사르가 오기 전까지 앞으로 무슨 보직을 맡을지, 심지어 군 계급이 무엇일지조차 확실하지 않았다. 가난한 살비디에누스는 총 병참 책임자 푸블리우스 벤티디우스를 찾아가 군무관 선거 출마 가능 연령에 도달하지 않은 하급 군관들을 위한 임대 주택의 다인실을 할당받았다. 문제는 그 방에 이미 기거중이던 가이우스 마이케나스라는 다른 하급 군관이 벤티디우스를 찾아와 다른 사람과, 더군다나 피케눔 출신과는 한방을 쓸 수 없다고 항의하면서 시작되었다.

올해 쉰 살의 벤티디우스는 역시 피케눔 출신으로 살비디에누스보다 훨씬 불행한 개인사를 간직한 사람이었다. 어릴 적에는 폼페이우스 마그누스의 아버지가 이탈리아 전쟁에서 이탈리아인들을 상대로 거둔 승리를 기념한 개선식에서 포로로서 걷기도 했다. 그뒤로 줄곧 부모 없이 고생스럽게 자라다가 로세아 루라 출신의 부유한 과부와 결혼하면서 처음으로 신분 상승 기회를 얻었다. 로세아 루라의 노새는 세계에서 가장 품질이 뛰어난 것으로 알려져 있었으므로, 벤티디우스는 폼페이우스 마그누스 같은 장군들에게 직접 키운 군용 노새를 공급하는 사업에 뛰어들었다. 경멸의 뜻이 담긴 '물리오(노새몰이꾼)'라는 별명도 그렇게 해서 얻은 것이었다. 교육 수준이 낮고 제대로 된 배경도 없었던 벤티디우스는 군 지휘관이 되려는 열망을 품고 있었지만, 마음속 깊은 곳에서는 자신이 결코 지휘관이 될 수 없으리라는 사실을 알았다. 카이사르가 루비콘 강을 건널 즈음 벤티디우스는 그와 잘 알고 지냈으며 카이사르의 대의에 충성하면서 기회가 오기만을 기다렸다. 안타깝게도 카이사르는 그에게 군단 지휘관이 아닌 병참 책임자 자리를 주었지만, 벤티디우스는 언제나처럼 아주 효율적으로 조직 관리를 해나갔다. 그는 하급 군관들의 생활을 통제하는 일에도, 각 군단에 군량과 장비와 무기를 배급하는 일에도 능했다. 그는 마음속으로 여전히 지휘관이 될 날을 꿈꾸었으며 이제 그 꿈은 점점 현실로 다가오고 있었다. 카이사르는 내년에 그에게 법무관 자리를 주겠다고 약속한 터였으니까. 법무관은 군대를 지휘하지, 병참 책임 같은 건 맡지 않는다.

상황이 이러했으니 부유한 특권층 출신의 가이우스 마이케나스가 천한 피케눔 사람과 한방을 쓰게 됐다며 불평하는 소리가 벤티디우스의 귀에 곱게 들릴 리 없었다.

"해결책은 간단해, 마이케나스." 벤티디우스가 말했다. "다른 사람들처럼 자네도 자비로 주택을 임대하게."

"빌릴 집이 있어야 빌리지요!" 마이케나스가 기막혀하며 말했다. "심지어 제 하인들은 헛간에서 지내고 있다고요!"

"운이 나쁘군." 벤티디우스가 냉담하게 대꾸했다.

이렇듯 군으로부터 공식적인 배려를 못 받은 부유한 특권층 젊은이가 보일 행태는 뻔했다. 같은 방을 써야 한다고 해서 상대에 대한 태도까지 바꿀 수는 없었다.

"그래서 그 방의 5분의 1 정도 되는 공간에서 지내고 있어. 뭐, 그렇다 해도 일반 군관 두 명이 지낼 수 있을 만큼 넓은 공간이지만." 살비디에누스가 옥타비우스와 아그리파에게 넌더리를 치며 말했다.

"나라면 놈이 불편해하든 말든 그놈 물건을 방 절반에 몰아붙였을 텐데. 왜 그렇게 하지 않는 거야?" 아그리파가 말했다.

"만일 그런다면 녀석은 보좌관급 조사 위원회로 직행해 내가 소란을 일으킨다고 고발할걸. 요주의 인물로 찍히는 건 내게 치명적인 일이야. 자네들 그 마이케나스라는 놈을 아직 못 봤지? 높으신 분들과 연줄이 많다고 어찌나 재수없게 구는지."

"마이케나스라." 옥타비우스가 생각에 잠기며 말했다. "이름이 특이하네. 에트루리아 시대 사람 같은 느낌이야. 궁금해. 그 가이우스 마이케나스라는 자를 한번 만나보고 싶군."

"끝내주게 좋은 생각이야." 아그리파가 말했다. "지금 가보세."

"아니." 옥타비우스가 말했다. "내가 따로 만나보는 게 낫겠어. 두 사람은 소풍을 나가거나 실컷 산책하며 쉬도록 해."

그리하여 가이우스 옥타비우스는 혼자서 하급 군관 숙소 건물로 갔다. 방에 들어서니 고개를 숙이고 글을 쓰던 가이우스 마이케나스가 의아한 눈빛으로 인상을 찡그리며 옥타비우스를 올려다보았다.

방의 5분의 4에 해당하는 공간이 마이케나스의 물건으로 꽉 차 있었다. 깃털을 채운 매트리스가 놓인 제대로 된 침대, 두루마리와 서류가 담긴 휴대용 편지함, 쪽매붙임 방식으로 정교하게 상감 세공된 호두나무 책상과 의자, 만찬에 적합한 긴 의자와 낮은 식탁, 포도주와 물과 다과를 올려둔 탁자, 몸종이 쓰는 간이침대, 나무와 강철 소재의 큼지막한 여행용 가방 여남은 개.

하나같이 군인에게 어울리지 않는 물건들이었다. 단신에 통통하고 못생긴 얼굴의 마이케나스는 무늬가 있는 값비싼 양모 튜닉을 입고 펠트 슬리퍼를 신고 있었다. 어두운색 머리칼은 세련되게 다듬어져 있었고 눈동자도 어두운색이었으며, 촉촉하고 붉은 입술은 삐죽 튀어나와 있었다.

"안녕." 옥타비우스가 여행용 가방 하나에 걸터앉아 말했다.

한눈에도 그를 자신과 사회적 지위가 동등한 자로 파악했는지 마이케나스가 환영하는 미소를 띠며 자리에서 일어났다. "반갑네, 나는 가이우스 마이케나스라고 해."

"나는 가이우스 옥타비우스일세."

"집정관을 배출한 옥타비우스 가문인가?"

"그래, 그렇긴 하지만 다른 분가 출신일세. 아버지께서는 내가 네 살 때 법무관으로 재직하다 돌아가셨어."

"포도주 들 텐가?" 마이케나스가 물었다.

"고맙지만 사양하겠어. 술을 마시지 않아서."

"의자가 없어서 미안하네, 옥타비우스. 피케눔에서 온 어느 얼간이 때문에 공간이 부족해서 손님용 의자를 치울 수밖에 없었어."

"퀸투스 살비디에누스 말인가?"

"그래, 그자. 하!" 마이케나스가 불쾌한 기색을 드러내며 얼굴을 찡그렸다. "돈 한푼 없이 달랑 하인 하나만 데려왔더군. 괜찮은 만찬 자리를 열어도 돈이 없어서 못 낄걸."

"카이사르가 그를 매우 총애한대." 옥타비우스가 무심히 내뱉었다.

"피케눔 출신의 별 볼 일 없는 그자를? 그럴 리가!"

"사람은 겉모습만으로 알 수 없다네. 살비디에누스는 문다 전투에서 기병대 공격을 이끌고 금 팔레라이 아홉 개를 받았어. 원정이 시작되면 카이사르의 개인 참모진에 소속될 걸세." 사령부에 관해 상대보다 우월한 지식을 갖고 있다는 게 얼마나 근사한 기분인지! 하고 옥타비우스는 생각했다. 그는 다리를 꼬고 한쪽 무릎에 깍지 낀 두 손을 얹었다. "군대 경험이 조금이라도 있나?" 옥타비우스가 상냥하게 물었다.

마이케나스의 얼굴이 붉게 달아올랐다. "시리아에서 마르쿠스 비불루스의 수습군관이었네."

"아, 공화파였군!"

"아닐세. 비불루스가 아버지의 친구분이라서 그랬네. 우리 집안은,"

마이케나스가 경직된 표정으로 말했다. "내전에 개입하지 않기로 결정했었어. 그래서 나는 시리아를 떠나 아레티움의 집으로 돌아갔네. 하지만 이제 로마가 좀더 안정되었으니 공직 생활을 시작하려고 해. 아버지는 내가 외국 전쟁에서 군 경험을 더 쌓는 게, 음, 현명한 처사라고 생각하셨지. 그래서 이렇게 여기 온 거야." 마이케나스가 대수롭지 않다는 듯 덧붙였다. "군대에."

"하지만 대단히 잘못된 판단을 했군." 옥타비우스가 말했다.

"잘못된 판단이라니?"

"카이사르는 비불루스와 달라. 카이사르의 군대에서 계급은 특권을 보장하지 않지. 카이사르의 조카인 선임 보좌관 퀸투스 페디우스도 이렇게 사치스럽게 생활하지 않는다네. 분명 자네는 말도 여러 필 끌고 왔을 거야. 하지만 카이사르는 직접 두 발로 걷기 때문에 모두가, 심지어 선임 보좌관들조차도 걸어야 해. 전투에 참가할 때 말 한 필은 필수적으로 있어야 하지만 그 이상을 갖고 있다간 견책을 받게 될 걸세. 개인 물품을 커다란 수레 가득 채워서 끌고 다니는 것도 마찬가지고."

이 범상치 않은 젊은이를 바라보는 마이케나스의 맑은 눈에 당황하는 기색이 역력했다. 얼굴의 붉은 기운이 점점 더 짙어졌다. "하지만 나는 아레티움의 마이케나스 집안사람이야! 내 조상들에게 누가 되지 않도록 지위에 걸맞은 격식을 갖춰야 해!"

"카이사르의 군대에선 그렇지 않아. 카이사르의 조상들을 생각해보게."

"자네가 뭐라고 내 행실에 흠을 잡나?"

"친구로서." 옥타비우스가 말했다. "자네가 잘못된 판단을 버리고 상황에 적합한 태도를 갖길 바라는 한 친구로서. 벤티디우스가 자네와 살비디에누스가 한방을 써야 한다고 결정 내렸다면 앞으로 몇 달은 그렇게 지내야 할 걸세. 살비디에누스가 자네를 흠씬 두들겨 패주지 않은 이유는 단 하나, 원정이 시작되기 전부터 요주의 인물로 찍히고 싶지 않았기 때문이라는 점을 명심하게, 마이케나스." 옥타비우스가 설득력 있는 목소리로 말했다. "일단 몇 차례 전투를 치르고 나면 살비디에누스는 카이사르에게 지금보다도 더 높은 평가를 받게 될 걸세. 일단 그렇게 되면 그는 자네를 흠씬 두들겨 패주겠지. 자네의 부드러운 외양 뒤에 사자가 숨겨져 있는지는 모르겠지만, 솔직히 그럴 것 같진 않군."

"어떻게 아나? 자네야말로 아직 어린애 같은데!"

"사실일세. 하지만 나는 최소한 카이사르가 어떤 장군인지—또는 어떤 사람인지—모르진 않아. 히스파니아에서 그와 함께 지냈거든."

"그래봐야 수습군관으로서였겠지!"

"정확해. 하지만 한 가지 덧붙이자면 자기 위치를 잘 아는 수습군관으로서였네. 나는 카이사르가 이끄는 원정군의 이 작은 한구석에서 평화를 보고 싶어. 자네와 살비디에누스는 서로 잘 지낼 방법을 터득해야 한단 말일세. 살비디에누스는 우리 군에 중요해. 자네는 그저 오만방자한 속물이고." 옥타비우스의 어조가 다정해졌다. "하지만 어쩐지 나는 자네가 마음에 들어." 그는 두루마리 수백 개가 꽂힌 편지함을 손으로 가리켰다. "내가 보기에 자네는 문필가 성향이지 군인 쪽이 아니야. 자네가 내 충고를 받아들이겠다면 카이사르가 도착했을 때 비서 업무를 맡는 개인 보좌역 자리에 지원해보게. 가이우스 트레보니우스가 그분 곁에 없으니 카이사르의 도움을 받아 문필가로 공직 경력을 쌓을 기회가 있을 걸세."

"자네 정체가 뭔가?" 마이케나스가 어이없다는 표정으로 물었다.

"친구." 옥타비우스는 빙긋 미소를 짓고 일어섰다. "내가 한 말을 잘 생각해보게, 유용한 충고니까. 자네가 재산이 있고 교육을 많이 받았다고 해서 살비디에누스 같은 사람들을 편견 섞인 시선으로 바라보지 말게. 로마에는 온갖 종류의 사람들이 필요해. 그리고 다양한 사람들이 서로의 기질과 성향을 용인하는 것이 로마에는 이익이 되네. 자네가 쓴 글을 제외한 나머지 물건은 전부 아레티움으로 돌려보내고 살비디에누스에게 이 방의 절반을 줘. 카이사르의 군대에서 시바리스인처럼 살지 말게. 가이우스 마리우스만큼은 아니지만, 카이사르도 꽤 엄격한 장군이야."

옥타비우스가 고개를 까딱하고 방에서 나갔다.

마이케나스는 호흡을 가다듬고 물기 어린 눈으로 방안의 가구를 둘러보았다. 크고 안락한 침대에 시선이 닿았을 때 눈물이 몇 방울 떨어졌지만, 가이우스 마이케나스는 바보가 아니었다. 그 예쁘장한 청년은 뭔가 이상한 권위를 내뿜고 있었다. 건방지지도 오만하지도 차갑지도 않았다. 가이우스 마이케나스는 여자 못지않게 남자도 좋아한다는 사실을 분명하게 비치는 행동을 했고 옥타비우스는 상대의 그런 취향을 어느 정도 알아챘다. 하지만 그에게서는 유혹의 암시가 전혀 없었다. 말이나 표정으로 드러내지는 않았지만 마이케나스가 살비디에누스를 방에서 쫓아내려고 한 주된 이유는 단순한 문학적 추구를 넘어서는 사적인 공간의 필요 때문이었음을 간파한 것이다. 하지만 어쨌든 이번 원정에서는 여자, 오로지 여자여야 할 터다.

따라서 몇 시간 후 살비디에누스가 왔을 때는 방을 채웠던 물건들이 사라지고 없었다. 가이우스 마이케나스는 평범한 접는 탁자에 앉아 있었고 그의 펑퍼짐한 엉덩이는 접의자에 얹혀 있었다.

손톱이 잘 손질된 손이 앞으로 뻗어나왔다. "사과하겠네, 친애하는 퀸투스 살비디에누스." 마이케나스가 말했다. "우리가 앞으로 수개월간 더불어 지내야 한다면 잘 지내는 방법을 터득하는 편이 좋겠어. 난 무른 사람이긴 해도 바보는 아닐세. 내가 자넬 거슬리게 하는 행동을 하면 즉각 말해주게. 나도 자네한테 그렇게 할 테니."

"사과를 받아들이지." 살비디에누스가 말했다. 그 역시 마이케나스의 행동에 관해 몇 가지 이해한 바가 있었다. "옥타비우스가 왔었군, 그렇지?"

"그자는 정체가 뭔가?" 마이케나스가 물었다.

"카이사르의 조카일세. 자네 카이사르한테 명령장을 받았나?"

"오, 아닐세." 마이케나스가 말했다. "카이사르는 그런 식으로 일을 하지 않잖아."

카이사르는 3월 말이 되어가도록 아폴로니아에 도착하지 않았지만, 사람들은 이즈음 한창 변덕스럽게 부는 춘분 전후의 돌풍 탓으로 여겼다. 브룬디시움에 꼼짝없이 갇혀 있으리라는 것이 대부분의 생각이었다.

4월 칼렌다이에 벤티디우스가 가이우스 옥타비우스를 불렀다.

"이게 특별 전령을 통해 자네한테 왔네." 벤티디우스가 못마땅한 어조로 말했다. 그가 생각하는 우선순위 목록에서 일개 수습군관은 특별 전령의 편지를 받지 않았다.

필리푸스의 인장이 박힌 두루마리를 받아든 순간 옥타비우스는 강렬한 불안감을 느꼈다. 어머니나 누이와는 상관없는 느낌이었다. 하얗게 질린 얼굴로, 그는 허락도 없이 벤티디우스의 책상 옆에 놓인 의자에 털썩 주저앉아 믿음직한 노새몰이꾼을 멍하게 응시했다. 옥타비우스의 눈에 주체할 수 없는 고통이 어려 있어 벤티디우스는 입을 다물 수밖에 없었다.

"죄송합니다. 갑자기 다리에 힘이 풀려서요." 옥타비우스가 이렇게 말하고 입술을 적셨다. "지금 편지를 열어봐도 될까요, 푸블리우스 벤티디우스?"

"그리하게. 별일 아니겠지." 벤티디우스가 무뚝뚝하게 대꾸했다.

"아니요, 이건 카이사르에 관한 나쁜 소식이에요." 옥타비우스는 인장을 뜯고 편지를 펼쳐 열심히 읽었다. 끝까지 읽은 그는 고개를 들지 않고 편지를 펼쳐진 채 책상 위로 밀어보냈다. "카이사르가 죽었습니다. 암살당했어요."

편지를 펴보기도 전에 알았던 거야! 벤티디우스가 편지를 낚아채며 생각했다. 믿기지 않는 얼굴로 입을 우물거리며 겨우겨우 끝까지 읽은 그는 공포로 얼어붙은 채 편지의 수신인을 빤히 바라보았다. "하지만 이런 소식이 어째서 자네한테? 그리고 자네는 어떻게 미리 알았나? 자네, 예지 능력이 있나?"

"저도 이런 경험은 처음이에요, 푸블리우스 벤티디우스. 어떻게 알았는지 저도 모르겠습니다."

"아, 유피테르시여! 이제 우린 어떻게 될까? 그리고 어째서 이 소식이 나나 라비리우스 포스투무스에게는 전달되지 않았지?" 노새몰이꾼의 눈에 눈물이 맺혔다. 그는 양팔에 얼굴을 파묻고 비통하게 울었다.

옥타비우스가 일어섰다. 갑자기 쌕쌕대는 숨소리가 났다. "이탈리아로 돌아가야겠습니다. 의붓아버지께서 브룬디시움에서 저를 기다리겠다고 하십니다. 제가 먼저 이 소식을 받아 송구스럽습니다만, 아마 일이 생겨 공식 통지가 미뤄진 것 같습니다."

"카이사르가 죽다니!" 벤티디우스가 울먹였다. "카이사르가 죽다니! 세상이 끝났어."

옥타비우스는 사무소 건물에서 나와 부속선을 빌리러 부두로 내려갔다. 지난 수개월 동안 괜찮던 호흡이 갑자기 곤란해져 짧은 거리인데도 힘겹게 걸어가야 했다. 아, 옥타비우스, 지금 천식이 오면 안 돼! 카이사르가 죽었어. 세상이 끝나가고 있다고. 최대한 빨리 모든 상황을 파악해야 해. 여기 아폴로니아에서 쌕쌕대며 누워 있을 시간이 없어.

"오늘 브룬디시움으로 가야겠네." 한 시간 후 옥타비우스가 아그리파, 살비디에누스, 마이케나스에게 말했다. "카이사르가 암살당했어. 큰 부속선을 빌렸으니 같이 가려는 사람은 누구든 환영이야. 이제 시리아 원정은 없을 걸세."

"내가 같이 갈게." 아그리파가 냉큼 대답했다. 그는 휴게실에서 나가 하나뿐인 하인을 불러서 하나뿐인 여행 가방을 쌌다.

"마이케나스와 나는 바로 떠날 수 없네." 살비디에누스가 말했다. "군대가 해산될 경우 우리가 해야 할 일이 있을 테니까. 나중에 로마에서 다시 만나세."

살비디에누스와 마이케나스에게 옥타비우스는 완전히 낯선 사람같이 보였다. 그는 방에 들어올 때부터 입가가 시퍼렜고 숨을 쌕쌕거렸다. 하지만 행동만큼은 완벽하리만치 차분했다.

"에피디우스나 다른 교사들을 만나서 얘기할 시간이 없겠어." 옥타비우스가 묵직한 돈주머니를 내밀며 말했다. "마이케나스, 자네가 이 돈을 에피디우스에게 주고 빠짐없이 짐을 챙겨서 다른 사람들과 로마로 오라고 전해주게."

"곧 돌풍이 몰아칠 텐데." 마이케나스가 걱정스럽게 말했다.

"돌풍은 카이사르가 가는 길을 한 번도 막지 못했어. 나라고 왜 못 가겠어?"

"건강이 좋지 않잖아." 마이케나스가 용기 내서 말했다. "그러니까 그렇지."

"아드리아 해안에서든 아폴로니아에서든 건강은 똑같이 안 좋겠지. 하지만 카이사르라면 아프다고 해서 가야 할 길을 포기하지 않을 거야. 그건 나도 마찬가지일세."

옥타비우스가 여행 짐을 확인하러 나가자 살비디에누스와 마이케나스는 서로를 마주보았다.

"지나치게 침착한걸." 마이케나스가 말했다.

"아무래도," 살비디에누스가 사색에 잠긴 얼굴로 말했다. "돌아가신 자기 아저씨와 닮은 게 눈동자만은 아닌 것 같군."

"그거야 옥타비우스를 처음 만난 순간부터 알고 있었네. 하지만 옥타비우스는 지금 불안한 줄타기를 하고 있어. 그 어떤 역사책도 카이사르가 불안한 줄타기를 했다고 하지 않아. 아, 역사책이라니! 이 얼마나 끔찍한 일인가, 퀸투스, 카이사르가 이제는 역사 속 인물에 지나지 않다니."

"자네 몸 상태가 안 좋아." 불어오는 바람을 정면으로 맞으며 부두로 걸어 내려가던 중 아그리파가 말했다.

"앞으로 그 말은 꺼내지 말게. 자네가 곁에 있는 것만으로 충분해."

"누가 감히 카이사르를 살해할 마음을 품었을까?"

"비불루스, 카토, 그리고 보니파의 후계자들이겠지. 그들은 죗값을 치르게 될 거야." 옥타비우스의 목소리가 갑자기 작아져서 아그리파에게는 끝부분이 들리지 않았다. "솔 인디게스, 텔루스, 리베르 파테르께 맹세하건대 내가 반드시 복수하겠어!"

출렁이는 바닷가에 갑판 없는 배가 매여 있었다. 옥타비우스가 데려온 몸종 스킬락스가 주인보다 더 심하게 뱃멀미를 해대는 통에 아그리파가 옥타비우스의 보모 노릇을 해야 했다. 아그리파로서는 스킬락스가 죽더라도 어쩔 수 없었지만 옥타비우스는 그리되게 내버려둘 수 없었다. 아그리파가 걱정스런 눈빛으로 지켜보는 가운데 옥타비우스는 덜덜 떨며 토악질을 해댔고 얼굴은 천식으로 잿빛을 띤 자주색이 되었다. 걱정에 찬 아그리파의 눈에는 친구가 아무래도 죽을 것 같아 보였지만, 혹여 그렇더라도 이탈리아를 향해 계속 서쪽으로 가는 것말고는 아무 대안이 없었다. 바람과 바다가 그들을 그 방향으로 이끌고 있었다. 옥타비우스가 말썽을 피우거나 요구가 많은 환자인 것은 아니었다. 그는 그저 나무판자 위에 얌전히 누워 있었다. 배 안으로 넘쳐들어오는 더러운 물이 그의 몸에 닿지 않게 바닥에 미리 깔아둔 것이었다. 아그리파가 그를 위해 할 수 있는 일이라고는 고개를 옆으로 돌려주고 턱을 위로 올려주어 그 자신이 토한 맑은 액체에 사레가 들리지 않게 하는 것뿐이었다.

그 순간 아그리파는 그때까지 자기가 갖고 있는 줄 몰랐던 확신이 가슴속에 샘솟는 것을 느꼈다. 자신보다 겨우 몇 달 늦게 태어난 이 병약한 친구는, 모든 권력을 손에 쥐었던 친척 어르신이 더는 그를 밀어주지 못하더라도 죽거나 이름 없이 사라지지 않을 것이다. 먼 훗날 언젠가 어른으로 성장해 자기 가문의 다른 조상들처럼 원로원에 들어갔을 때 옥타비우스는 분명 로마에 중요한 인물이 될 것이다. 그러려면 그는 살비디에누스나 나 같은 군인이 필요하고 마이케나스 같은 문필가도 필요할 터다. 그러니 앞으로 수년간 가이우스 옥타비우스가 진가를 인정받게 될 그날까지 우리는 무슨 일이 있어도 그의 곁을 지켜야 한다. 신분이 높은 마이케나스는 피호민이 되지 않겠지만, 나는 옥타비우스가 높은 지위에 오르는 즉시 그에게 첫번째 피호민이 되게 해달라고 부탁하고 살비디에누스에게도 그의 두번째 피호민이 되라고 조언할 것이다.

옥타비우스가 힘겹게 일어나 앉으려 하자 아그리파가 그를 두 팔로 안았다. 옥타비우스가 가녀린 몸짓으로 숨쉬기 편한 자세를 알려주었다. 비와 파도의 포말은 사굼이 가려주었다. 이제 얼마 남지 않았을 거야, 하고 아그리파는 생각했다. 어느새 이탈리아에 도착할 테고, 육지에 내리면 옥타비우스는 천식까지는 몰라도 뱃멀미 증상이 가라앉겠지. 천식이라는 병명을 아는 사람이 세상에 몇이나 있을까?

하지만 막상 뭍에 내린 아그리파는 크게 실망했다. 폭풍우 때문에 브룬디시움으로부터 100여 킬로미터 떨어진 바리움에 도착한 것이다.

옥타비우스의 돈주머니를 맡고 있던 아그리파는—어차피 그에겐 돈이 없었다—부속선 주인에게 뱃삯을 치르고 친구를 바닷가로 데리고 갔다. 스킬락스가 아그리파의 하인 포르미온의 부축을 받으며 그뒤로 종종거리며 따라왔다. 포르미온은 아그리파가 절대적 극빈자가 아닌 상류층일 수 있게 해주는 존재였다.

"이륜마차 두 대를 빌려서 당장 브룬디시움으로 가야 해." 바다를 벗어나자 얼굴빛이 한결 나아진 옥타비우스가 말했다.

"내일 출발하세." 아그리파가 단호히 말했다.

"이제 방금 동이 텄어. 오늘이야, 아그리파, 다른 말 말게."

이동중에 천식은 아주 조금밖에 나아지지 않았다. 미누키우스 가도는 포장도로였지만 마차를 모는 두 노새가 털갈이가 한창이었기 때문이다. 하지만 옥타비우스는 노새를 바꿀 때 말고는 절대 마차를 멈추지 못하게 했다. 그들은 해질녘에 아울루스 플라우티우스의 집에 도착했다.

"필리푸스는 못 왔네. 로마를 멀리 벗어날 수 없어서 말일세." 플라우티우스가 옥타비우스를 눕힐 곳으로 안내하며 아그리파에게 말했다. "하지만 급하게 편지를 보내왔어. 아티아에게서도 한 통 왔고."

옥타비우스는 호흡이 빠르게 호전되는 것을 느끼며 편안한 긴 의자에 베개를 여러 개 받치고 기대어 누웠다. 그가 걱정스러운 표정의 아그리파를 손으로 가리켰다.

"아시겠죠?" 옥타비우스가 카이사르의 미소만큼이나 아름다운 미소를 지으며 말했다. "마르쿠스 아그리파와 함께라면 무사할 거라고 믿었습니다. 고맙네, 아그리파."

"자네들 대체 언제부터 굶었나?" 플라우티우스가 물었다.

"아폴로니아에서 먹은 게 마지막입니다." 허기진 아그리파가 말했다.

"제 편지들은 어디 있습니까?" 먹는 것보다 읽는 게 우선인 옥타비우스가 물었다.

"시끄러워지지 않게 편지부터 주십시오." 옥타비우스에게 익숙해진 아그리파가 말했다. "읽으면서 먹는 게 가능한 사람이니까요."

필리푸스의 편지는 앞서 아폴로니아에서 받았던 쪽지보다 길었다. 이 편지에는 해방자들의 전체 명단과, 카이사르가 가이우스 옥타비우스를 상속자로 지명했으며 유언장을 통해 그를 아들로 입양했다는 소식이 담겨 있었다.

안토니우스가 그 가증스러운 인간들을 용인하는 것은 물론이고 그들의 행위가 정당했다고 인정하는 듯한 행태를 보이는 걸 도저히 이해할 수 없구나. 그들 전부 사면을 받았어. 브루투스와 카시우스는 법무관 업무를 재개한답시고 재판소에 나타나진 않았지만 들리는 말로는 조만간 그럴 거라고 하는구나. 솔직히 그들이 아직 그러지 않은 건 순전히 카이사르의 시신이 화장된 현장에 사흘 전 나타난 사내 때문일 게다. 그자는 자기가 가이우스 아마티우스라는 사람이고 가이우스 마리우스의 손자라고 주장하고 있어. 순수한 소농 출신이라는 게 믿기지 않을 정도로 웅변술이 상당하더구나.

우선 그는 군중에게—요즘 포룸 로마눔에 날이면 날마다 모인단다—해방자들이 순전히 악인들이며 반드시 죽임을 당해야 한다고 말했어. 특히 브루투스, 카시우스, 데키무스 브루투스에게 집중해 분노를 쏟아내고 있지. 하지만 나는 개인적으로 가이우스 트레보니우스가 가장 악질이라고 생각해. 그는 살해 현장에 없었지만 이 일의 주동자였어. 그 첫번째 날 아마티우스는 군중 마음속의 분노를 밖으로 끌어냈어. 사람들은 장례식 날에 그랬던 것처럼 소리 높여 해방자들의 피를 요구했지. 두번째로 등장했을 때 그의 연설은 한층 더 효과적이었고, 군중은 정말이지 무섭게 변했단다.

그런데 어제의 세번째 연설은 훨씬 더했단다. 그는 마르쿠스 안토니우스가 이 일의 공모자라고 주장한 거야! 안토니우스가 해방자들의 편의를 봐준 것은(그래, 이상하게도 안토니우스 본인이 그들의 '편의'를 봐주자는 표현을 썼어) 처음부터 의도된 행동이었다는 거야. 안토니우스는 공개적으로 해방자들의 등을 두드리며 그들을 두둔하고 있다, 해방자들은 카이사르를 살해하고도 새처럼 자유롭게 돌아다니고 있다, 안토니우스는 브루투스와 카시우스와 짝짜꿍이 되었는데 어째서 사람들은 그것을 모르는가 하고 외쳐댔지. 상황이 이 지경이란다. 당연히 군중은 갈수록 폭력적이 되었지.

나는 곧 네아폴리스의 빌라로 떠날 예정이니 거기서 만나자꾸나. 그런데 가이우스 아마티우스가 나타난 이후로 일부 해방자들이 이탈리아를 뜨기로 결정했다는 말이 들리는구나. 킴베르가 황급히 자기 속주로 갔고 스타이우스 무르쿠스, 트레보니우스, 데키무스 브루투스도 떠났어.

속주를 배정하는 원로원 회의가 열렸고, 브루투스와 카시우스는 내년에 자기들이 어디로 갈지 들으려고 회의에 참석했어. 그런데 안토니우스가 자기 속주는 마케도니아고 돌라벨라의 속주는 시리아라는 말만 하고 회의를 끝내버렸어. 카이사르가 준비해왔던 파르티아 원정에 대해서는 입도 뻥긋하지 않았지. 안토니우스는 마케도니아 서부에 주둔해 있는 6개 정예 군단이 자기 군단이라고 주장했단다. 비레비스타스와 다키아인들을 상대로 싸우기 위해? 아니, 그런 말은 없었어. 혹시라도 내전이 다시 일어날 경우를 대비해 제 살길을 도모하는 것이겠지. 아직 이탈리아로 불러들이지 않은 다른 9개 군단에 관해서는 아무런 결정도 내려지지 않았단다.

원로원은 키케로의—카이사르가 살해된 직후 그는 해방자들을 하늘 높이 추앙하며 원로원에 복귀했단다—사주와 조력하에 카이사르의 법률들을 무너뜨리느라 바빠. 비극적인 일이지. 정말이지 아무 생각 없는 짓이 아니냐. 어머니가 소매를 완성하기도 전에 바느

질감에 손대는 어린애와 다를 바가 없어.

편지를 끝맺기 전에 꼭 말해두어야 할 게 있다. 네가 상속받은 유산 말이다. 옥타비우스, 제발 유산을 물려받지 마라! 재산을 똑같이 나눠서 8분의 1만 받겠다고 하고 입양되는 것은 거부하렴. 이대로 유산을 받는 것은 죽음을 부르는 짓이야. 너는 안토니우스와 해방자들과 돌라벨라의 등쌀에 올해를 넘기기 힘들 거야. 그들은 열여덟 살 어린애인 너를 박살내고 말 거라고. 안토니우스는 고작 어린애한테 밀려서 유산을 상속받지 못했다고 화가 나서 제정신이 아니야. 나는 그가 카이사르의 암살자들과 공모했다고까지 말하진 않겠다. 그랬다는 증거가 없으니까. 하지만 그자가 도덕이나 윤리 따윈 없는 인간이라는 건 분명해. 그러니 널 만났을 때 카이사르의 유산을 거부하기로 결심했다는 말을 듣길 기대하마. 오래오래, 늙은이가 될 때까지 살아라, 옥타비우스.

옥타비우스는 닭다리를 게걸스레 뜯어먹으며 편지를 내려놓았다. 세상의 모든 신들께 감사하게도 드디어 천식 증세가 사라져가고 있었다. 그는 이상한 힘이 솟는 것을 느꼈다. 무슨 일이든 다 할 수 있을 것만 같았다.

"나는 카이사르의 상속자예요." 옥타비우스가 플라우티우스와 아그리파에게 말했다.

마치 최후의 식사라도 되는 양 어마어마한 양을 먹어치우고 있던 아그리파가 순간 멈칫했다. 튀어나온 이마와 짙은 눈썹 아래 자리한 눈동자가 반짝 빛났다. 플라우티우스는 이미 이 사실을 알고 있었는지 심각한 표정을 짓고 있었다.

"카이사르의 상속자?" 아그리파가 말했다. "그게 정확히 무슨 뜻인가?"

"그 말은," 플라우티우스가 대답했다. "가이우스 옥타비우스가 카이사르의 재물과 땅을 전부 물려받아 상상을 초월하는 부자가 된다는 뜻이지. 하지만 자기가 상속자일 줄 알았던 마르쿠스 안토니우스는 지금 전혀 기쁘지 않다네."

"그리고 카이사르는 나를 아들로 입양했어. 나는 이제부터 가이우스 옥타비우스가 아니라 가이우스 율리우스 카이사르 필리우스야." 이 사실을 선언하는 옥타비우스의 가슴이 크게 부풀었고 두 눈은 미소만큼이나 찬란하게 빛났다. "플라우티우스가 한 가지 빠뜨린 것이 있어. 나는 카이사르의 아들로서 그의 엄청난 영향력과 피호민들을 물려받는다는 사실이지. 나는 이탈리아인의 최소한 4분의 1을 내 피호민으로, 그러니까 내 명령을 따르는 합법적인 추종자들로 두게 될 걸세. 게다가 이탈리아 갈리아의 모든 주민도 내 피호민이 되네. 카이사르는 이탈리아 갈리아에서 자기 피호민들에 더해 폼페이우스 마그누스의 피호민들까지 모조리 흡수했으니까."

"바로 그래서 자네 의붓아버지가 이 끔찍한 유산을 받지 말라는 거야!" 플라우티우스가 외쳤다.

"하지만 자넨 받겠지." 아그리파가 싱긋 웃으며 말했다.

"당연하지. 카이사르는 날 믿어주었어, 아그리파! 카이사르는 자신의 이름을 물려줌으로써 로마를 바로 세우려던 그의 노력을 계승할 힘과 정신이 나에게 있다고 말해준 거야. 카이사르는 내게 군사적 역량이 없다는 것을 알고 있었네. 하지만 그런 것은 로마에도 그에게도 그리 중요치 않다고 판단했어."

"이건 사형선고야." 플라우티우스가 신음했다.

"카이사르라는 이름은 절대 죽지 않아요. 제가 그것을 증명하겠습니다."

"그러지 말게, 옥타비우스!" 플라우티우스가 간청했다. "제발 그러지 말게!"

"카이사르는 저를 믿었어요." 옥타비우스가 재차 말했다. "어떻게 제가 그 신의를 저버리겠습니까? 만약 카이사르가 제 나이에 이런 상황에 맞닥뜨렸다면 상속을 포기했겠습니까? 절대 그랬을 리 없어요! 저도 그러지 않을 겁니다."

카이사르의 상속자는 어머니의 편지를 봉한 인장을 뜯고 쓱 훑더니 화로에 집어던졌다. "어리석은 말뿐이야." 그가 한숨을 내쉬었다. "그럴 수밖에. 어머닌 항상 그대로니까."

"어머니도 유산을 상속받지 말라고 간청하시나보지?" 아그리파가 다시 음식을 들며 물었다.

"아들이 살길 바라신대. 하! 나는 죽으려는 게 아니야, 아그리파. 안토니우스가 나를 죽이려고 아무리 안달해도 상관없어. 하지만 그가 어째서 나를 죽이려 든다는 건지 모르겠군. 유산이 어떤 식으로 쪼개지든 그는 어차피 상속자가 아닌걸. 어쩌면," 옥타비우스가 말을 이었다. "우리가 안토니우스를 오해하고 있는지도 몰라. 안토니우스가 가장 원하는 것은 어쩌면 카이사르의 돈이 아니라 카이사르의 영향력과 피호민일 수 있어."

"죽으려는 생각이 아니라면 일단 좀 먹게." 아그리파가 말했다. "어서, 카이사르, 먹어! 자네는 그 이름처럼 강인하지도 않고 힘줄이 툭툭 불거진 늙은 새도 아니야. 뱃속이 텅텅 비어 있다고. 어서 먹어!"

"이 친구를 카이사르라고 부르지 말게!" 플라우티우스가 염소울음 소리를 냈다. "이 친구가 입양이 된대도 카이사르 옥타비아누스지 그냥 카이사르가 아니야!"

"저는 카이사르로 부르겠어요." 아그리파가 말했다.

"그렇다면 나를 카이사르로 불러준 첫번째 사람이 마르쿠스 아그리파라는 사실을 절대로, 절대로 잊지 않겠네." 논란 많은 이름의 상속자가 부드러운 눈빛으로 손을 내밀며 말했다. "앞으로 어떤 고난이 닥치더라도 항상 내 곁을 지켜주겠나?"

아그리파가 손을 맞잡았다. "그러지, 카이사르."

"그렇다면 자네는 나와 함께 높이 오를 걸세. 내가 보증해. 자네는 유명하고 강력해질 것이며 로마의 딸들을 선택할 권리를 얻을 거야."

"그 말의 진정한 뜻을 이해하기엔 자네들 둘 다 너무 어려!" 플라우티우스가 양손을 쥐어짜며 신음했다.

"그렇지 않습니다." 아그리파가 말했다. "분명 카이사르도 그분 선택의 의미를 분명히 이해했을 겁니다. 참으로 현명한 결정이에요."

아그리파의 말이 옳았기 때문에 옥타비아누스*는 음식을 들었다. 그는 자신의 특별한 운명 생각은 잠시 접어두고 그보다 다급하고 절박한 걱정거리인 천식에 관해 고민했다. 이 문제에 있어서도 카이사르는 합

---

* 독자의 혼란을 초래할 수 있으므로, 대화가 아닌 서술에서 가이우스 옥타비우스를 '카이사르'로 칭할 수는 없다. 그는 당대 역사책에 주로 '옥타비아누스'로 기록돼 있고 이는 종종 영어식으로 옥타비안(Octavian)으로 표기된다. 나는 더 간단한 '옥타비안'을 사용하겠다(본 한국어판에서는 라틴어식 명칭인 옥타비아누스를 사용했다—옮긴이). 이름 끝에 붙는 라틴어 접미사 '-아누스'는 해당 이름의 주인이 입양 전에 속했던 가문을 알려준다. 따라서 가이우스 옥타비우스는 엄밀히 말해 '가이우스 율리우스 카이사르 옥타비아누스'가 된 것이다. 옥타비아누스가 초창기에 자신을 칭할 때 카이사르라는 이름 뒤에 습관적으로 '필리우스'를 덧붙인 것은 단순히 카이사르의 '아들'이라는 뜻에서였다.

데파네를 소개해줌으로써 그에게 도움을 주었다. 합데파네는 옥타비아누스의 병을 간단하지만 낙관적이랄 수는 없는 용어로 설명했다. 이전엔 어떠한 의사도 그렇게 말하지 않았다. 옥타비아누스는 살고 싶다면 합데파네의 조언에 따라 꿀이나 딸기 같은 음식을 피하고 항상 긍정적인 기분을 유지하도록 노력해야 했다. 먼지, 꽃가루, 왕겨, 짐승의 털은 늘 위험요소이니 피하는 수밖에 별다른 도리가 없었다. 하지만 그것이 항상 가능할 수는 없었다. 게다가 눅눅한 공기와 뱃멀미에 취약하기 때문에 배를 타기도 힘들었다. 옥타비아누스는 자기 안의 두려움을 쫓아내야 했지만, 자식에게 늘 두려움을 주입하는 어머니를 둔 그에게 이것은 쉬운 일이 아니었다. 카이사르가 두려움을 몰랐듯 카이사르의 상속자 역시 두려움을 몰라야 했다. 대중 앞에서 풀무처럼 숨을 쌕쌕대고 얼굴이 시퍼레져서야 어떻게 카이사르의 명성과 어마어마한 존엄을 물려받을 수 있겠는가? 난 이 약점을 극복해낼 거야, 무조건. 합데파네가 그랬었지. 운동하십시오, 몸에 좋은 음식을 섭취하세요, 그리고 마음을 차분하게 유지하십시오. 하지만 카이사르라는 이름을 가진 자가 어찌 마음을 차분하게 유지할 수 있을까?

몹시 피곤했던 옥타비아누스는 늦은 저녁을 들자마자 바로 잠들어 동트기 두 시간 전까지 꿈조차 꾸지 않고 내리 잤다. 플라우티우스의 저택이 넓은 덕분에 아그리파와 방을 따로 쓸 수 있었다. 잠에서 깨어나자 몸도 가뿐하고 호흡도 편안했다. 창문을 두드리는 소리에 밖을 내다보니 브룬디시움에 세찬 비가 내리치고 있었다. 그는 구름의 희미한 윤곽선을 올려다보았다. 구름들 모양이 들쭉날쭉하고 몹시 요동치는 걸 보니 강풍이 다가올 게 분명했다. 이런 날씨에 거리로 나올 사람은 없겠지. 오늘은 길에 사람들이 하나도 없을 거야…….

별 뜻 없이 떠올린 생각이었다. 하지만 그의 머릿속을 덧없이 맴돌던 이 상념은 문득 그가 그때까지 떠올리지 못한 한 가지 사실과 맞부딪혔다. 엊저녁에 플라우티우스가 한 말로 미루어보아 브룬디시움 사람들은 이탈리아 나머지 지역 사람들과 마찬가지로 그가 카이사르의 상속자임을 알고 있었다. 카이사르가 죽었다는 소식은 들불처럼 빠르게 번져나갔고, 카이사르의 상속자가 된 열여덟 살 조카(그는 스스로를 굳이 '생질손'으로 생각하고 싶지 않았다)에 대한 소식도 똑같은 속도로 퍼져나갔다. 사람들은 그의 얼굴을 볼 때마다 그에게 경의를 표하리라. 그가 스스로를 가이우스 율리우스 카이사르라고 선언한다면 더더욱. 흠, 그는 실제로 가이우스 율리우스 카이사르였다! 앞으로 다시는 자신을 다른 이름으로 부르지 않을 터였다. 가끔 뒤에 '필리우스'를 붙일 때도 있겠지만. 그를 '옥타비아누스'로 부르는 자가 있다면 그자는 그의 특별한 지위를 인정하지 않는 자일 것이다.

그는 바람에 밀려 비스듬히 떨어지는 굵은 빗방울을 응시하며 창가에 그대로 서 있었다. 그의 얼굴은, 심지어 눈빛조차도 평온한 가면에 가려진 채 머릿속 생각을 조금도 밖으로 드러내지 않았다. 구근같이 둥근, 그리고 카이사르나 키케로가 그랬듯 아주 커다란 두개골 안에서 그의 생각들은 아주 바쁘지만 질서정연하게 움직이고 있었다. 마르쿠스 안토니우스는 돈이 몹시 급하지만 카이사르로부터 한푼도 물려받지 못할 것이다. 국고에 보관된 돈은 안전하겠지만, 문제는 바로 옆집에 사는 가이우스 오피우스의 금고에 보관된 상당 액수의 돈이었다. 브룬디시움의 제일가는 은행가이자 카이사르의 충성스러운 지지자인 가이우스 오피우스의 금고에는 카이사르의 군자금이 보관되어 있었다. 카이사르가 했던 말—원정을 출발할 때 군자금은 몽땅 들고 가야 한다. 행여 이후에 돈이 더 필요해서 로마에 사람을 보내면 원로원은 늘 까다롭게 군다—로 미루어보건대 그 액수는 은 3만 탈렌툼에 이를 터였다. 7억 5천만 세스테르티우스에 달하는 돈이었다.

히스파니아에서 본 것처럼 커다란 수레 한 대를 황소 열 마리가 끈다면 과연 몇 탈렌툼이나 실을 수 있을까? 이곳의 수레 역시 카이사르가 으레 쓰던 수레처럼 차축에 바르는 기름부터 튼튼하게 쇠를 씌운 갈리아산 바퀴까지 최상급 품질일 터였다. 수레 한 대에 실을 수 있는 무게가 300탈렌툼? 400탈렌툼? 500탈렌툼? 카이사르라면 단박에 알 텐데. 짐을 가득 실은 수레는 얼마나 빨리 이동할 수 있을까?

일단 금고에서 군자금을 꺼내와야 해. 어떻게? 태연하게. 그냥 걸어가서 달라고 하는 거야. 어쨌거나 나는 가이우스 율리우스 카이사르야! 이건 내가 해야 할 일이야. 그래, 나는 반드시 이 일을 해야 해! 하지만 어찌어찌 그 돈을 빼내온들 어디에 숨기지? 간단해. 숲모 너머 내 사유지에 숨기자. 이탈리아 전쟁 때 조부가 전리품으로 받은 땅. 거기서 벌목해 앙코나로 수출하는 목재말고는 별 쓸모가 없는 곳. 은화를 나무판자 밑에 숨기는 거야. 내가 해야 해. 기필코 해야 해!

옥타비아누스는 등불을 들고 아그리파가 자는 방으로 가 그를 깨웠다. 진정한 전사답게, 아그리파는 시체처럼 자고 있다가도 나직한 말 한마디에 번뜩 정신을 차렸다.

"일어나게. 자네 도움이 필요해."

아그리파는 재빠르게 튜닉을 입었다. 머리를 빗고 허리를 구부려 장화 끈을 매면서 창밖의 빗소리에 끄응 신음 소리를 냈다.

"무거운 군용 수레 한 대에 몇 탈렌툼을 실을 수 있을까? 그리고 수레를 끌 황소는 대당 몇 마리가 필요하지?" 옥타비아누스가 물었다.

"카이사르의 수레라면 적어도 100탈렌툼을 실을 수 있고 황소는 열 마리가 필요해. 하지만 짐을 어떻게 싣느냐에 따라 크게 달라지지. 구성물 크기가 작고 형태가 균일할수록 짐이 훨씬 더 무거워져. 도로와 지형도 고려해야 하고. 질문의 목적을 알려주면 더 자세히 설명해줄 수 있네, 카이사르."

"브룬디시움에 수레와 수레꾼들이 있을까?"

"그렇겠지. 군수 물자가 여전히 운송되고 있으니까."

"맞아!" 옥타비아누스는 아둔한 자신에게 화가 나서 허벅지를 내리쳤다. "카이사르는 로마에서 군자금을 직접 옮기려고 했어. 그가 직접 옮기려고 했으니 당연히 수레와 황소가 아직 여기 있겠지. 내 대신 그것들을 찾아봐주게, 아그리파."

"무엇을 왜 찾으라는 건지 물어봐도 되겠나?"

"안토니우스가 군자금에 손대기 전에 미리 빼돌릴 계획이야. 그건 로마의 돈인데 안토니우스는 자기 빚을 갚고 재산을 증식하는 데 쓰려고 할 테니까. 수레꾼과 수레를 구하면 한 줄로 세워서 브룬디시움으로 데려오고 황소몰이꾼들은 해산시키게. 수레에 돈을 실은 다음에는 다른 몰이꾼들을 고용할 테니까. 맨 앞에서 갈 수레를 바로 옆집의 오피우스의 은행 밖에 세워두게. 짐 신는 일은 내가 알아서 할게." 옥타비아누스가 기운차게 말했다. "자네는 카이사르의 재무관인 척 행세하게."

아그리파는 방수 재질의 둥근 망토로 몸을 감싸고 떠났고 옥타비아누스는 아울루스 플라우티우스와 아침을 들러 갔다.

"마르쿠스 아그리파는 외출했습니다." 옥타비아누스가 아픈 얼굴로 말했다.

“이런 날씨에?” 플라우티우스가 이렇게 묻고 코를 훌쩍였다. “보나마나 매음굴을 찾으러 나갔겠지. 자네는 그보다 지각이 있길 바라네!”

“천식도 모자라 두통까지 찾아왔습니다, 아울루스 플라우티우스. 조용히 침대에 누워 있어야겠어요. 날씨도 궂은데 말벗이 되어드리지 못해 죄송합니다.”

“아, 나는 서재의 긴 의자에 웅크리고 앉아 책을 읽어야겠어. 안 그래도 독서를 하며 조용히 시간을 보낼 요량으로 아내와 아이들을 별장에 보냈지. 루키우스 피소를 능가하는 독서가가 될 거라네. 저런, 자네 음식을 전혀 들지 않았군!” 플라우티우스가 탄식하며 혀를 찼다. “가서 쉬게, 옥타비우스.”

젊은이는 자리에서 물러나 빗속으로 들어갔다. 거실에 뒷길로 연결되는 문이 있었다. 주요 도로에서 수레가 오가는 소음이 나지 않도록 따로 낸 길이었다. 독서에 열중해 있다면 플라우티우스는 아무 소리도 듣지 못할 터다. 이 일에서 포르투나 여신은 나의 동반자야, 하고 옥타비아누스는 생각했다. 오늘은 이 일을 진행하기에 완벽한 날씨이고, 나를 사랑하는 행운의 여신은 나를 끝까지 지켜주리라. 길게 줄 선 수레들과 이동중인 군대의 모습은 브룬디시움에서 낯익은 장면이었다.

브룬디시움 외곽의 들판에 2개 보병대대가 야영중이었다. 전부 너무 늦게 입대했거나 또는 카푸아에 너무 늦게 도착한 탓에 로마 군단이 출발할 때 합류하지 못한 퇴역병이었다. 이 퇴역병들을 맡은 군관은 그들이 무엇으로 소일하든 상관하지 않았다. 이런 날씨에 그들은 지골(指骨) 구슬치기나 주사위 놀이, 말판 놀이를 하거나 잡담을 나눴다. 10군단과 12군단이 항명을 일으킨 뒤로 음주는 금지되었다. 과거 13군단에 속했던 이들 퇴역병들은 항명과는 거리가 멀었고, 오로지 카이사르에 대한 애정과 파르티아를 상대로 긴 원정을 나가고 싶은 소망에 재입대를 결심한 것이었다. 그들은 카이사르의 끔찍한 죽음을 전해 듣고 슬픔에 빠져 앞으로 어찌해야 할지 갈피를 잡지 못하고 있었다.

군영 배치에 지식이 부족한, 체구가 작고 두건 달린 망토를 입은 방문객이 보초병들에게 최고참 백인대장의 거처를 물었다. 그는 늘어선 목조 주택 사이로 터벅터벅 걸어가 주변 건물보다 좀더 큰 주택의 문을 똑똑 두드렸다. 안에서 들리던 말소리가 일순 조용해지더니 문이 열렸다. 옥타비아누스는 방에 들어선 뒤 솜을 덧댄 붉은색 튜닉을 입은 건장한 장신의 사내를 올려다보았다. 같은 옷차림의 다른 사내 열한 명이 탁자 주변에 둘러앉아 있었다. 2개 보병대대의 백인대장 전원이 그 방에 모여 있었던 것이다.

"오늘 날씨가 아주 궂군요." 문을 연 사내가 말했다. "마르쿠스 코포니우스라고 합니다."

옥타비아누스는 사굼을 다 벗을 때까지 아무 말도 하지 않았다. 마침내 그는 가죽 판갑과 킬트 차림으로 그들 앞에 섰다. 금발머리는 축축했지만 빗물이 뚝뚝 떨어질 정도는 아니었다. 그에게서 뿜어져나오는 알 수 없는 기운에 백인대장 열한 명은 자기도 모르게 자리에서 일어섰다.

"나는 카이사르의 상속자입니다. 따라서 내 이름은 가이우스 율리우스 카이사르입니다." 옥타비아누스가 말했다. 그의 커다란 회색 눈이 백전노장들의 얼굴을 다정히 반겼고, 입가에 그들이 쉽사리 잊을 수 없는 친숙한 미소가 떠올랐다. 백인대장들은 다 같이 헉 소리를 내고는 꼿꼿이 몸을 세우며 정신을 집중했다.

"유피테르시여! 당신은 그분과 꼭 닮았군요!" 코포니우스가 나직이 말했다.

"체구는 작지요." 옥타비아누스가 애석하게 말했다. "하지만 앞으로 더 클 겁니다."

"아, 정말이지 끔찍한 일이에요!" 탁자 곁의 한 사람이 눈물이 그렁그렁 맺힌 눈으로 말했다. "그분 없이 우리가 무엇을 해야 할까요?"

"로마에 대한 우리의 의무를 다해야지요." 옥타비아누스가 당연하다는 듯이 말했다. "내가 온 이유가 바로 그것입니다. 여러분에게 로마에 대한 의무를 이행해달라고요."

"뭐든지 말씀만 하십시오, 젊은 카이사르, 뭐든지요." 코포니우스가 말했다.

"나는 가능한 한 빨리 브룬디시움에서 군자금을 빼내야 합니다. 여러분도 알다시피 앞으로 시리아 원정은 없을 겁니다. 한데 집정관들은 바다 건너 마케도니아에 주둔한 군단들을 어떻게 할 건지 아직까지도 밝히지 않고 있어요. 여러분같이 승선 대기중이던 군인들에 관해서도 마찬가지입니다. 내가 할 일은 로마를 위해 군자금을 지키는 것입니다. 나를 보좌하는 마르쿠스 아그리파가 지금 군자금을 이동시킬 수레와 황소를 모으고 있는데, 짐을 수레에 실어줄 추가 노동력이 필요해요. 민간인들은 믿을 수 없습니다. 여러분의 병사들이 나를 도와 수레에 돈을 실어줄 수 있을까요?"

"오, 기꺼이 그리하겠습니다, 젊은 카이사르, 기꺼이요! 비 오는 날 할 일 없이 시간을 뭉개는 짓보다 지겨운 것도 없죠."

"참으로 고맙소." 카이사르를 연상시키는 미소를 입가에 머금고 옥타비아누스가 말했다. "지금으로서는 내가 브룬디시움에서 가장 최고 사령관에 준하는 사람이긴 하지만, 여러분은 부디 내게 임페리움이 있다고 생각하진 말았으면 합니다. 그건 사실이 아니니까요. 따라서 나는 여러분에게 명령이 아닌 부탁을 드리겠습니다."

"카이사르가 당신을 상속자로 삼고 자신의 이름을 물려주었다면 지휘권 따윈 필요 없습니다, 젊은 카이사르." 마르쿠스 코포니우스가 말했다.

옥타비아누스의 지시에 따라 군인 1천 명이 수레 60대에 짐을 실었다. 카이사르는 돈—은괴가 아니라 주조된 은화였다—을 옮길 영리한 방법을 고안해둔 터였다. 손잡이 두 개가 달린 캔버스 천 주머니에 1탈렌툼씩 총 6천250데나리우스 형태로 담겨 있어서, 1탈렌툼짜리 주머니 하나를 군인 두 명이 손쉽게 옮길 수 있었다. 비가 세차게 쏟아지는 와중에도 짐 싣는 작업은 중단 없이 신속하게 완료되었다. 브룬디시움 주민들이 모두 집 안에만 머물러 있어서, 평소엔 늘 붐비던 이 도로에조차 사람이 하나도 없었다. 수레는 꾸준히 이동해 야적장에 도착했고, 수레로 나른 짐이 나무판자뿐인 것처럼 보이도록 돈 주머니 위에 나무판자들을 신경써서 올려두었다.

"다른 물건인 것처럼 잘 위장해두는 게 현명합니다." 옥타비아누스가 코포니우스에게 거침없이 말했다. "내게는 군대의 호위를 명령할 임페리움이 없으니까요. 내 조력자가 황소몰이꾼들을 모으고 있지만, 우리가 나르는 짐이 무엇인지는 그들에게도 밝히지 않을 생각입니다. 몰이꾼들은 군대가 떠나기 전까지는 이리로 오지 않을 거예요." 옥타비아누스는 작은 아마천 주머니가 여러 개 실린 손수레를 가리켰다. "감사의 뜻으로 당신과 당신의 병사들을 위해 준비했습니다, 코포니우스. 혹시라도 포도주를 사는 데 쓸 생각이면 조심하도록 하고요. 훗날 이 카이사르가 도울 수 있는 일이 생기면 주저하지 말고 도움을 청하세요."

그리하여 1천 군사는 손수레를 끌고 군영으로 돌아갔다. 도착해서 주머니를 열어보니 카이사르의 상속자가 선물로 준 돈은 사병 한 명당 250데나리우스, 백인대장 한 명당 1천 데나리우스였다. 마르쿠스 코포니우스에게 돌아갈 돈은 2천 데나리우스였다. 4세스테르티우스는 1데나리우스로, 회계 단위는 세스테르티우스이지만 화폐로 주조하기에는 데나리우스가 훨씬 더 편리했다.

"자네 이 모든 걸 진짜라고 믿나, 코포니우스?" 만족감에 들뜬 백인대장들 중 하나가 물었다.

코포니우스가 경멸하듯 그를 노려보았다. "날 뭐로 보는 건가? 아풀리아 출신 시골뜨기 취급하는 거야? 젊은 카이사르가 무슨 목적으로 그랬는지는 알 수 없지만 그가 자기 아버지의 아들인 것만은 분명해. 다른 가능성은 절대로 없다고. 그리고 그의 목적이 뭔지는 우리가 알 바가 아니야. 우리는 카이사르의 노련병들이야. 적어도 내게 있어서만큼은 젊은 카이사르가 하는 건 무엇이든 옳다고." 코포니우스는 오른손 집게손가락을 콧등 옆에 세우고 한쪽 눈을 찡긋했다. "오늘 일을 아무한테도 발설하면 안 돼. 혹시 누가 와서 캐물어도 우리는 오늘 비를 맞은 적이 없고 아무것도 모르는 거야."

열한 명이 열렬한 찬성의 뜻으로 고개를 주억거렸다.

그리하여 수레 60대는 쏟아지는 빗속에 인적 없는 미누키우스 가도를 굴러 바리움 가까이 갔다가 거기서 단단한 돌투성이 땅을 가로질러 라리눔으로 갔다. 이 귀한 나무판자 짐이 실린 수레를 이끄는 사람은 민간인 복장의 마르쿠스 아그리파였다. 몰이꾼들은 고삐를 쥐고 황소에 앉는 대신 그 옆에서 걸었다. 보수는 꽤 후했지만, 호기심이 동할 정도로 과한 액수는 아니었다. 그들은 그저 이렇게 돈벌이하기 힘든 날씨에 일이 생긴 것이 기쁠 따름이었다. 이탈리아 전역에서 가장 붐비는 항구도시 브룬디시움에는 화물과 군대가 끊임없이 드나들고 있었다.

옥타비아누스는 꼬박 일주일을 기다렸다가 브룬디시움을 떠났다. 미누키우스 가도를 이용해 바리움에 도착한 그는 거기서 곧바로 수레 행렬과 합류하러 출발했다. 수레들은 아직 라리눔을 향해 북진하는 중이었다. 바리움 근처에 도착한 이후 도로를 한 번도 이용하지 않았다는 점을 고려한다면 이동 속도가 깜짝 놀랄 만큼 빨랐다. 마침내 그들과 만난 옥타비아누스는 그동안 아그리파가 낮에는 물론이고 달빛만 있다면 밤에도 쉬지 않고 달려왔다는 사실을 알게 되었다.

"아직까지는 위험 요소가 없는 평평한 지형이니까. 나중에 산에 들어서면 쉽지 않을 걸세." 아그리파가 말했다.

"그러면 방향을 내륙 쪽으로 틀지 말고, 술모로 이어지는 도로에서 남쪽으로 15킬로미터 정도 떨어진 곳에 비포장도로가 나올 때까지 해안선을 따라서 가게. 그 도로는 안전할 거야. 절대 다른 도로는 이용하지 말고. 나는 내 땅에 먼저 가서 수다스러운 지역민들이 어슬렁대지 않게 조치하고 은밀하면서도 접근성 좋은 은닉처를 찾아놓겠네."

다행히 옥타비아누스의 사유지는 숲 지대에 자리해 있어서 수다스러운 지역민들은 없다시피 했고 있다고 해도 서로 멀찍이 떨어져 있었다. 옥타비아누스는 과거에 부친 밑에서 일하던 관리인 퀸투스 노니우스가 아직 일꾼 숙소에서 지내고 있는 것을 발견했다. 아티아가 아픈 아들에게 산 공기를 쐬어주려고 여름마다 데려오던 안락한 빌라에 딸린 곳이었다. 수레를 들이기에는 빌라 뒤쪽으로 몇 킬로미터 떨어진 공터가 안전해 보였다. 노니우스는 벌목이 다른 데서 이루어지고 있어서 곰이나 늑대가 자주 출몰하는 이곳엔 사람들이 어슬렁대지 않을 거라고 했다.

옥타비아누스로서는 놀랍게도, 심지어 이곳 사람들조차도 카이사르가 죽었고 가이우스 옥타비우스가 상속자가 되었다는 소식을 벌써 알고 있었다. 말수 적고 아픈 소년과 그의 근심 많은 어머니를 무척 좋아했던 퀸투스 노니우스는 이 소식에 매우 기뻐했다. 하지만 숲 지대에 자리한 이 사유지의 주인이 누구인지 아는 몇 안 되는 사람들마저도 이곳을 여전히 '파피우스의 땅'으로 불렀다. 이 땅의 원래 주인이던 이탈리아인의 이름이 파피우스였기 때문이다.

"이 수레들은 카이사르의 것이오. 하지만 이 일에 동원되지 않은 사람들은 사방으로 이 수레들을 찾아다닐 거요. 그러니 이 수레들이 이곳 파피우스의 땅에 있다는 사실을 아무도 알아선 안 되오." 옥타비아누스가 노니우스에게 설명했다. "이따금씩 수레 한두 대를 가지러 마르쿠스 아그리파가—수레가 도착하면 만나게 될 겁니다—올 거요. 황소들 중 제일 좋아 보이는 놈들은 처분하되 스무 마리는 항상 데리고 있으시오. 다행히 앙코나로 통나무를 끌어갈 때도 황소를 이용하니까 여기에 황소가 있다고 이상하게 여길 사람은 없을 거요. 이건 아주 중요한 일이오, 노니우스. 당신과 당신 가족이 입단속을 얼마나 잘하느냐에 내 목숨이 달려 있소."

"걱정 마세요, 가이우스." 늙은 관리인이 말했다. "내가 다 알아서 하겠습니다."

옥타비우스는 노니우스를 굳게 믿고 베네벤툼의 미누키우스 가도와

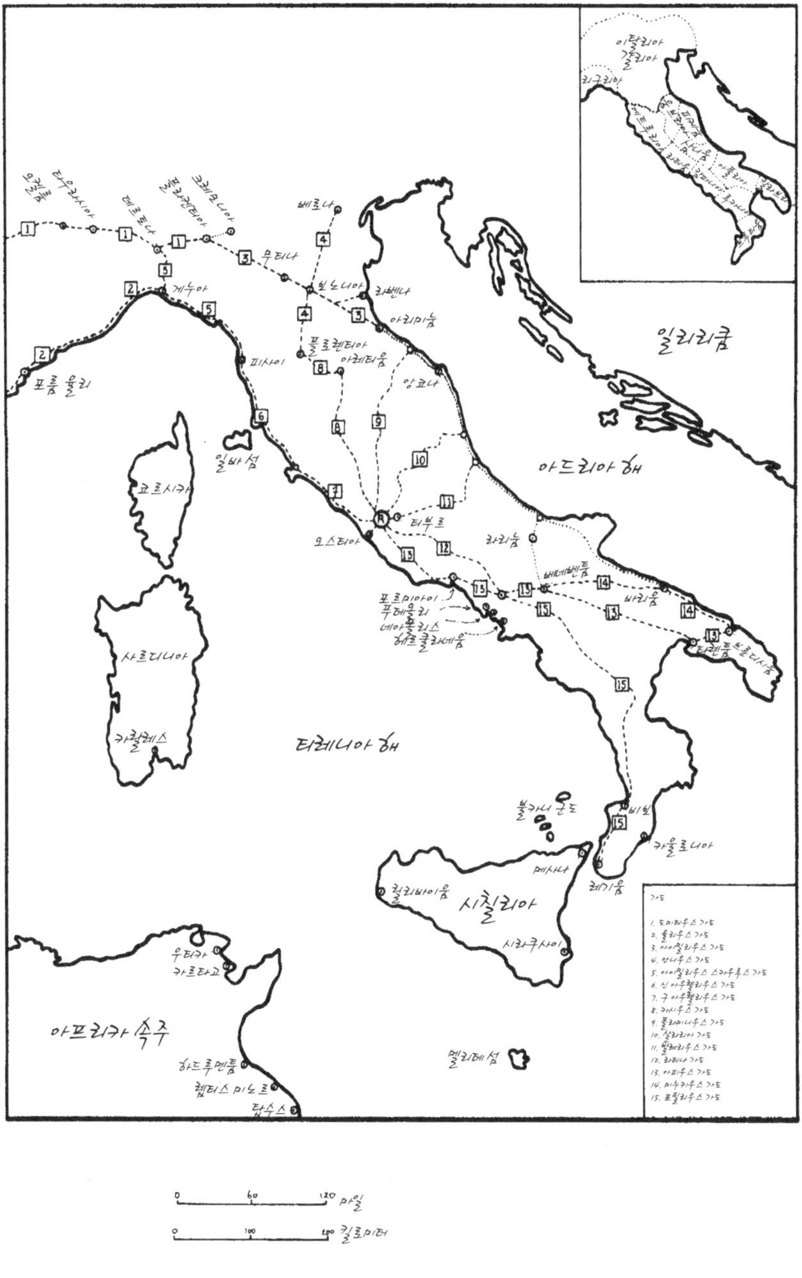

이탈리아 갈리아
리구리아
일리리쿰
아드리아 해
티레니아 해
베로나
무티나
보노니아
라벤나
아리미눔
게누아
피사이
플로렌티아
아레티움
앙코나
포룸 율리
일바 섬
코르시카
사르디니아
카랄레스
티부르
오스티아
라리눔
베네벤툼
바리움
브룬디시움
타렌툼
포르미아이
푸테올리
네아폴리스
헤르쿨라네움
불카니 군도
비보
칼라브리아
레기움
메사나
릴리바이움
시칠리아
시라쿠사이
우티카
카르타고
아프리카 속주
하드루멘툼
렙티스 미노르
탑수스
멜리테 섬
가도
1. 도미티우스 가도
2. 율리우스 가도
3. 아이밀리우스 가도
4. 안니우스 가도
5. 아이밀리우스 스카우루스 가도
6. 신 아우렐리우스 가도
7. 구 아우렐리우스 가도
8. 카시우스 가도
9. 플라미니우스 가도
10. 살라리아 가도
11. 발레리우스 가도
12. 라티나 가도
13. 아피우스 가도
14. 미누키우스 가도
15. 포필리우스 가도
0 60 120 마일
0 100 200 킬로미터

이탈리아 전역의 가도

아피우스 가도가 만나는 지점으로 돌아가서 아피우스 가도를 타고 네아폴리스로의 여정을 재개했다. 4월 말 네아폴리스에 도착하니 필리푸스와 어머니는 걱정으로 안절부절못하고 있었다.

"그동안 어디에 있었니?" 아티아가 소리치며 아들을 얼싸안고 그의 튜닉을 눈물로 적셨다.

"천식이 악화되어서 미누키우스 가도 주변의 열악한 여관에 줄곧 누워 있었어요." 옥타비아누스가 설명했다. 그는 치밀어오르는 짜증을 숨기며 어머니의 품에서 빠져나왔다. "아니요, 아니요, 그러실 것 없어요. 전 이제 괜찮아요. 필리푸스, 그동안 있었던 일들을 말씀해주세요. 브룬디시움에서 편지를 받은 이래 아무런 소식도 듣지 못했어요."

필리푸스가 옥타비아누스를 서재로 데려갔다. 혈색이 좋고 잘생긴 필리푸스였지만, 이날 의붓아들의 눈에 비친 그는 지난 두 달 새 폭삭 늙어버린 것 같았다. 카이사르의 죽음은 필리푸스에게도 큰 충격이었다. 특히나 그는 루키우스 피소, 세르비우스 술피키우스 등 얼마 되지 않는 전직 집정관들 중의 몇몇 인사처럼 어떠한 상황에서도 살아남을 수 있도록 늘 중도적인 입장을 고수해온 터였다.

"자칭 가이우스 마리우스의 손자인 아마티우스는 어떻게 되었습니까?" 옥타비아누스가 물었다.

"죽었어." 필리푸스가 인상을 쓰며 말했다. "그가 포룸 로마눔에 네번째로 나타난 날 안토니우스와 레피두스 수하의 백인대 병사들이 그의 연설을 들으러 왔어. 아마티우스가 안토니우스를 손으로 가리키며 카이사르를 죽인 진짜 살인자가 저기 있다고 비명을 지르자 병사들이 아마티우스를 체포해 툴리아눔 감옥으로 데려갔단다." 필리푸스가 어깨를 으쓱했다. "아마티우스가 밖으로 나오지 않으니 결국 사람들은 흩어져서 집으로 갔어. 안토니우스는 곧장 카스토르 신전으로 가서 원로원 회의를 열었지. 돌라벨라가 아마티우스는 어떻게 되었냐고 안토니우스에게 물었어. 안토니우스는 '내가 처형시켰습니다'라고 했지. 돌라벨라가 아마티우스는 로마 시민이니 재판을 받았어야 한다고 항의했지만, 안토니우스는 아마티우스는 로마인이 아니라 도망친 그리스인 노예로 본명은 히에로필로스라고 했어. 그리고 그 이야기는 거기서 끝났다."

"지금 어떤 종류의 정부가 로마를 이끌고 있는지 여실히 보여주는군요." 옥타비아누스가 사색하듯 말했다. "친애하는 마르쿠스 안토니우스께서 무슨 짓을 저지르든 간에 그를 비난해선 안 되겠네요."

"그래, 그런 것 같구나." 필리푸스가 무거운 표정으로 옥타비아누스의 말에 동의했다. "카시우스는 법무관들의 속주 문제를 다시 안건으로 내놓으려다가 안토니우스한테 입다물라는 소리를 들었어. 카시우스와 브루투스는 재판소에 출근하려고 몇 차례 시도했지만 결국 단념했단다. 그들은 법적으로는 사면되었지만, 아마티우스가 처형된 뒤에도 군중은 그들을 반기지 않았거든. 아, 그리고 마르쿠스 레피두스가 신임 최고신관이 되었단다."

"선거가 있었나요?" 옥타비아누스가 놀라서 물었다.

"아니. 다른 대신관들이 선출했다."

"그건 불법이에요."

"이제 합법의 정의가 모호해졌단다, 옥타비우스."

"제 이름은 옥타비우스가 아닌 카이사르예요."

"그건 아직 결정되지 않은 문제야." 필리푸스는 자리에서 일어나 책상으로 가서 서랍에서 작은 물건을 꺼냈다. "받아라. 이건 네가 갖고 있어야 해. 나로선 부디 당분간만이길 바란다만."

옥타비아누스는 경외심에 사로잡혀 손을 떨며 건네받은 물건을 맞은편 손에 뒤집어 얹었다. 굉장히 아름다운 인장 반지였다. 분홍빛 도는 금반지에 왕실의 기품이 넘치는 티 없이 맑은 자수정이 박혀 있었다. 섬세하게 세공된 스핑크스의 사람 머리 위에 CAESAR(카이사르)라는 문자가 거울상처럼 좌우가 바뀌어 새겨져 있었다. 옥타비아누스는 약지에 반지를 끼웠다. 반지는 완벽하게 꼭 맞았다. 카이사르는 체구가 컸음에도 손가락이 길고 가늘었던 반면 옥타비아누스의 손가락은 주걱처럼 뭉툭하고 짧은 편이었다. 옥타비아누스는 묘한 기분을 느꼈다. 마치 이 반지의 무게와 그것이 빨아들였던 카이사르의 정수가 자신의 몸속에 퍼져나가는 듯했다.

"길조예요! 마치 저를 위해 만들어진 반지 같아요."

"카이사르를 위해 만들어졌던 반지야. 클레오파트라가 해줬겠지."

"이젠 제가 카이사르예요."

"서둘러 결정하지 마라, 옥타비우스!" 필리푸스가 딱딱댔다. "얼마 전엔 암살자 중 한 명인 호민관 가이우스 카스카와 평민 조영관 크리토니우스가 포룸 율리움의 조각상들을 대좌와 받침대에서 끌어내려서는 벨라브룸 구역으로 가져가 망가뜨리려고 했어. 군중이 이 일을 알고 작업장으로 가서 조각상들을 구해냈지. 이미 나무망치로 깨뜨린 조각상 두 개까지 가져왔어. 군중은 작업장에 불을 질렀고 그 불길이 투스쿠스 구까지 번졌다. 끔찍한 화재였지! 벨라브룸 구역 절반이 불탔어. 그렇다고 군중이 눈 하나 깜짝한 줄 아니? 천만에. 그들은 망가지지 않은 조각상들을 제자리에 돌려놓고 망가진 두 개는 다른 조각가에게 복원해달라고 요청했어. 이어 군중은 포효하며 집정관들에게 아마티우스를 다시 내놓으라고 요구했지. 당연히 그건 실현 불가능한 일이었고, 끔찍한 폭동이 일어났다. 내가 기억하는 최악의 폭동이었어. 시민 수백 명과 레피두스의 군인 쉰 명이 죽고서야 폭도들이 흩어졌지. 폭도 100명이 시민권자와 비시민권자로 나뉘어 수감된 다음, 시민권자들은 타르페이아 바위에서 떨어뜨려지고 비시민권자들은 채찍질당한 뒤 참수되었어."

"그러니까 카이사르를 위한 정의를 요구하는 건 반역 행위로군요." 옥타비아누스가 숨을 들이쉬며 말했다. "우리의 안토니우스가 본색을 드러내고 있어요."

"오, 옥타비우스, 놈은 그냥 짐승이야! 자신의 그런 행동을 누군가는 반(反)카이사르 행위로 해석하리라는 생각을 과연 그놈이 했겠니. 돌라벨라가 거리에 깡패들을 배치했을 때 그가 포룸 로마눔에서 한 짓을 생각해봐라. 대중의 폭력에 대한 안토니우스의 해답은 학살이야. 그에게 학살이란 아주 자연스러운 일이란 말이다."

"그는 카이사르의 자리를 차지하려는 거예요."

"나는 그렇게 생각하지 않는다. 그는 독재관 제도를 폐지했어."

"'렉스'가 실체 없는 말에 지나지 않는다면 '독재관'도 다를 바 없지요. 그러니까 한마디로 아무도, 심지어 군중조차도 카이사르를 칭송할 엄두를 못 낸다는 말씀인가요?"

필리푸스가 기분 나쁜 웃음소리를 냈다. "그거야 안토니우스와 돌라벨라의 희망사항이겠지! 아니, 평범한 사람들을 막을 수 있는 것은 아무것도 없어. 돌라벨라는 사람들이 대놓고 카이사르를 '율리우스 신'으로 부른다는 말에 카이사르가 태워졌던 자리에서 제단과 기둥을 치워버렸어. 상상이 가니, 옥타비우스? 사람들은 카이사르가 태워진 자리의 돌이 채 식기도 전에 그를 신으로 숭배하기 시작한 거야!"

"율리우스 신이라고요." 옥타비아누스가 미소를 지으며 말했다.

"잠깐의 유행일 게야." 의붓아들의 미소가 거슬렸던 필리푸스가 대답했다.

"그럴지도 모르죠. 하지만 이게 얼마나 의미심장한 일인지 모르시겠어요, 필리푸스? 민중이 카이사르를 신으로 숭배하기 시작했어요. 민중이요! 정부에 속한 그 누구도 아닌 민중이. 사실 정부에 속한 사람들은 하나같이 얼른 이 흐름을 막으려고 안달하죠. 그러나 민중은 카이사르를 너무나 사랑했기 때문에 도저히 떠나보낼 수 없는 거예요. 그래서 카이사르를 신으로, 기도할 수 있고 위안을 구할 수 있는 신으로 부활시켰어요. 정말 모르시겠어요? 그들은 안토니우스, 돌라벨라, 해방자들에게—하! 입에 담기조차 싫은 말이에요!—그리고 로마라는 나무의 맨 꼭대기에 있는 다른 모든 사람들에게 카이사르를 떠나보내길 거부한다고 선언하는 중이라고요."

"그런 생각일랑 빨리 머릿속에서 떨쳐내라, 옥타비우스."

"제 이름은 카이사르예요."

"나는 절대로 너를 그렇게 부르지 않아!"

"언젠간 그러실 수밖에 없는 날이 올 거예요. 이제 다른 소식도 말씀해주세요."

"그리 중요한 소식은 아니지만, 안토니우스가 전처 안토니아 히브리다에게서 얻은 딸을 레피두스의 장남과 약혼시켰단다. 둘 다 혼기가 차지 않았으니 그 약속은 아버지들이 서로 뜻이 맞을 때까지만 유지되겠지. 레피두스는 두 주 전에 가까운 히스파니아와 나르보 갈리아를 통치하러 갔어. 현재 섹스투스 폼페이우스가 6개 군단을 거느리고 있으니 레피두스가 히스파니아 속주를 지키고 있는 게 좋겠다고 집정관들이 판단한 거지. 들리는 소식으로는 폴리오가 아직 먼 히스파니아를 잘 다스리고 있다는구나. 들리는 소문을 다 믿어도 되는지 모르겠지만 말이다."

"그 대단한 한 쌍 브루투스와 카시우스는요?"

"로마를 떠났어. 브루투스는 자기가—흠, 그러니까—극심한 정서적 스트레스에서 회복될 때까지 가이우스 안토니우스에게 수도 담당 법무관 업무를 맡기겠다고 했지. 반면 카시우스는 이탈리아를 뜨기 전까진 자기가 여전히 외인 담당 법무관 업무를 맡아보는 척했단다. 브루투스는 포르키아와 세르빌리아 둘 다 데리고 갔어. 듣자 하니 두 여자들의 싸움이 가히 호메로스의 서사시에 등장할 법하다더구나. 이로 물어뜯고 발로 차고 손톱으로 긁고 난리가 아니라지. 카시우스는 안티움에 있는 임신한 아내 테르툴라 가까이에 있어야 한다더니만 정작 테르툴라가 로마에 돌아오니 바로 로마를 떠났어. 부부 사이의 진실을 누가 알겠니?"

옥타비아누스는 보는 이가 불안할 정도로 냉철한 눈빛을 의붓아버지에게 쏘아 보냈다. "곳곳에서 말썽이 들끓는데 집정관이라는 자들이 상황을 능숙하게 다루지 못하고 있군요, 그렇지요?"

필리푸스가 한숨을 내쉬었다. "그래, 네 말이 맞다. 자기들끼리는 말도 못하게 사이가 좋지만 말이야."

"군단들은 어떤가요? 안토니우스가 어떻게 하고 있죠?"

"점진적으로 마케도니아에서 철수해서 이리로 오고 있다고 들었다. 하지만 안토니우스는 자기가 마케도니아 총독으로 갈 때를 대비해 최정예 6개 군단은 거기에 그대로 두기로 했단다. 아직도 캄파니아에서 토지를 받기를 기다리는 퇴역병들의 움직임이 심상치 않아. 왜냐하면 카이사르가 숨진 직후—"

"살해된 직후겠죠." 옥타비아누스가 중간에 말을 가로막았다.

"카이사르가 숨진 직후 토지 판무관이 토지 분배 작업을 중단하고 사무소 문을 닫았거든. 안토니우스가 캄파니아로 가서 토지 판무관들이 작업을 재개하도록 했다. 그는 아직 거기에 있어. 로마는 돌라벨라가 맡고 있고."

"그러면 카이사르의 제단은요? 카이사르의 기둥은요?"

"말했잖니. 치워졌어. 무슨 생각을 하는 거냐, 옥타비우스?"

"제 이름은 카이사르예요."

"지금까지의 네 말을 종합해볼 때, 너는 여전히 네가 상속자가 되고도 여전히 살아남으리라고 생각하는구나?"

"그럼요. 제게는 카이사르의 행운이 있으니까요." 옥타비아누스가 아주 비밀스럽게 웃으며 말했다. 수수께끼가 깃든 미소였다. 인장 반지에 스핑크스가 있는 사람이라면 응당 수수께끼의 인물이어야 하리라.

옥타비우스는 예전에 쓰던 방으로 갔다가 이제 특실이 자기 방이 되었다는 사실을 알게 되었다. 옥타비아누스가 상속을 거부하도록 설득하려는 필리푸스의 마음은 진심이었지만, 늘 신중한 중도노선을 취해온 그답게 집주인의 의붓아들에게나 어울릴 방에 카이사르의 상속자를 재우는 실수는 범하지 않았던 것이다.

옥타비아누스의 머릿속은 흥분해 있었지만 그럼에도 절제된 상태였다. 필리푸스는 주로 옥타비아누스가 앞으로 취해야 할 태도에 관해 말했고, 그의 이야기는 대체로 흥미로웠다. 하지만 옥타비아누스의 마음을 사로잡은 것은 무엇보다도 율리우스 신 이야기였다. 로마의 민중에 의해, 민중을 위해 새로이 모셔진 신. 로마의 민중은 집정관 안토니우스와 돌라벨라의 완강한 반대에 당당히 맞서, 심지어 수많은 사람들이 목숨을 잃는 상황에서도 율리우스 신을 모시겠다고 주장했다. 그 이야기는 마치 옥타비아누스를 향해 유혹적인 손짓을 보내는 불빛과 같았다. 가이우스 율리우스 카이사르 필리우스가 되는 것은 멋진 일이다. 하지만 가이우스 율리우스 카이사르 디비 필리우스—'신'의 아들—가 되는 것은 가히 기적이리라.

하지만 그건 나중의 일이다. 일단 나는 카이사르의 아들로 널리 알려져야 한다. 백인대장 코포니우스는 내가 카이사르를 꼭 빼닮았다고 했다. 그 말은 사실이 아니라는 걸 나는 잘 알고 있다. 하지만 코포니우스는 나를 순수한 감정의 눈을 통해 보았다. 코포니우스가 과거에 모셨던 강인하고 노련한 장군은—아마도 그는 카이사르를 가까이서 본 적은 한 번도 없을 터다—금발의 미남에 눈동자 색이 옅고 도도했다. 내가 해야 할 일은 로마 군인을 포함해 모든 사람들로 하여금 카이사르가 내 나이였을 때 나와 꼭 닮은 모습이었다고 믿게 만드는 것이다. 귀 모양이 카이사르와 딴판이라 머리를 짧게 칠 수는 없지만 다행히 내 두상은 카이사르와 비슷하다. 카이사르처럼 미소 짓고, 카이사르처럼 걷고, 카이사르처럼 손을 흔들고, 카이사르처럼 친근한 매력을 발산하며 자신의 높은 신분을 의식하지 않는 듯한 모습을 보여야 한다. 마르스와 베누스의 이코르가 내 몸속에도 흐르고 있다.

하지만 카이사르는 아주 장신이었고 나는 솔직히 키가 더 자랄 가능성이 거의 없다. 2, 3센티미터 정도는 더 클 수도 있겠지만 카이사르의 키에는 훨씬 못 미칠 터다. 나는 10센티미터 두께로 밑창이 깔린 장화를 신을 것이다. 그리고 이 눈속임이 들키지 않으려면 앞코가 전부 덮인 장화를 신어야 한다. 멀리서 보면—군인들은 으레 나를 그렇게 멀찍이 떨어져서 볼 것이다—나는 카이사르처럼 커 보이리라. 물론 카이사르만큼은 아니겠지만 거뜬히 180센티미터 정도는 되겠지. 주변에는 늘 키가 작은 사내들을 세워둬야지. 내가 속한 계급이 비웃는대도 상관없다. 합데파네가 뼈를 자라게 한다고 한 음식인 육류, 치즈, 달걀을 먹고 스트레칭을 해야지. 높은 장화를 신으면 걷기가 불편할 테지만 스스로를 훈련하는 과정에서 나는 운동선수 같은 걸음걸이를 갖게 될 것이다. 튜닉과 판갑 어깨에는 두툼한 천을 덧대야지. 카이사르가 안토니우스 같은 거구가 아니었던 것은 내게 크나큰 행운이다. 나는 그저 배우 노릇을 하면 되는 것이다.

안토니우스는 내가 상속받는 것을 방해하려고 할 터다. 입양과 관련한 쿠리아법이 통과되는 것은 쉽지 않을 테고 시간도 오래 걸리겠지만, 법은 그다지 중요하지 않다. 내가 카이사르의 상속자처럼 행동하는 것이 중요하다. 마치 내가 카이사르인 것처럼 행동해야 해. 안토니우스는 유언장 공증까지 방해하려 들 테니 상속받은 재산을 빨리 손에 넣기는 힘들 거야. 지금도 내 재산이 적지는 않지만 분명 그보다 훨씬 더 많은 돈이 필요할 테지. 군자금을 빼돌려서 어찌나 다행인지! 멍청이 안토니우스는 과연 언제쯤 군자금의 존재를 떠올리고 사람을 보낼까? 늙은 플라우티우스는 다행히 아무것도 모르고, 오피우스의 관리인은 카이사르의 상속자가 돈을 찾아갔다고 말하겠지. 그리고 나는 그 사실을 부정할 것이다. 아주 영리한 누군가가 나를 사칭했다고 반박해야지. 그 돈이 빼돌려진 것은 내가 마케도니아에 도착한 바로 다음날 벌어진 일이다. 내가 무슨 수로 그리도 신속하게 돈을 빼돌린단 말인가? 불가능한 일이다! 겨우 열여덟 살짜리가 그처럼 대담한, 그처럼 어마어마한 일을 생각해낸다고? 하하, 소가 웃을 일이지! 나는 천식에 시달리는데다 그날 두통까지 있었단 말이다.

그래, 나는 내 앞길을 조심조심 더듬어 가며 아무에게도 속내를 보이지 않을 것이다. 아그리파는 내 목숨을 걸고 믿을 수 있는 사람이야. 살비디에누스와 마이케나스는 그 정도까진 아니더라도, 그들 역시 내가 두꺼운 밑창이 깔린 장화를 신고 위태로운 길을 걸을 때 좋은 조력자가 되어줄 테지. 가장 먼저 해야 할 일은 내가 카이사르와 닮았다는 점을 강조하는 것이다. 다른 무엇보다도 그것에 가장 집중해야 해. 그리고 포르투나 여신이 내게 다음 기회를 던져주기를 기다리는 거야. 포르투나는 반드시 그렇게 하리라.

필리푸스는 쿠마이의 빌라로 숙소를 옮겼다. 카이사르의 상속자를 만나려는 방문객의 행렬이 쿠마이에 끝없이 이어졌다.

첫번째 방문객은 큰 루키우스 코르넬리우스 발부스였다. 필리푸스의 빌라에 들어설 때까지만 해도 이 젊은이는 카이사르가 맡긴 과제를 완수할 그릇이 못 되리라고 확신했던 발부스는 떠나갈 땐 아주 다른 생각을 갖게 되었다. 이 청년은 페니키아의 은행가만큼이나 교묘했고, 카이사르와 이목구비나 키가 현격히 다르면서도 깜짝 놀랄 만큼 닮은 데가 있었다. 금발 눈썹은 생전의 카이사르와 똑같이 움직였고 입매 역시 카이사르처럼 장난스러운 구석이 있었으며, 얼굴 표정이나 손을 흔드는 모습까지 카이사르와 똑같았다. 한때 가늘었던 것으로 기억하는 목소리는 이제 제법 묵직했다. 이날의 만남에서 발부스가 얻어낸 유일하게 확실한 정보는 옥타비아누스가 기필코 카이사르의 상속자가 되려고 한다는 것뿐이었다.

"그에게 매료되었어." 큰 발부스는 조카이자 동업자인 작은 발부스에게 말했다. "분명한 자기만의 방식이 있어. 그러면서도 카이사르처럼 강철 같은 심지를 갖고 있더구나, 단연코 그랬어. 난 그를 지지할 생각이다."

그다음으로 찾아온 방문객은 가이우스 비비우스 판사와 아울루스 히르티우스였다. 다음해 집정관으로 예정된 사람들이었지만 그것은 안토니우스와 돌라벨라가 카이사르가 약속한 사항들을 뒤집지 않는다는 조건하에서였다. 그 사실을 잘 알았기에 그들은 당연히 걱정에 싸여 있었다. 두 사람 모두 과거에 옥타비아누스를 만난 적이 있었다. 히르티우스는 나르보에서, 판사는 플라켄티아에서였다. 두 사람 모두 그때는 옥타비아누스에 관해 깊이 생각하지 않았다. 하지만 이제 그들은 그를 경이로운 눈길로 바라보고 있었다. 그때도 이 청년이 이렇듯 카이사르와 닮아 보였나? 아무튼 지금은 분명히 그랬다. 무서운 사실은, 생전의 카이사르는 주변의 모든 사람들을 작아지게 만들었던 반면 이 수습군관은 스스로를 내세우지 않는다는 점이었다. 히르티우스는 옥타비아누스를 무척 좋아하게 되었다. 플라켄티아에서의 만찬을 기억하는 판사는 판단을 유보했다. 이 소년의 야망을 안토니우스가 갈가리 찢어놓으리라는 생각에서였다. 하지만 두 사람 모두 옥타비아누스가 겁을 내고 있다고는 생각하지 않았다. 그가 앞으로 일어날 일을 몰라서 겁이 없는 것이라고도 생각하지 않았다. 옥타비아누스는 카이사르가 그랬듯 자신이 하고자 하는 일을 흔들림 없이 끝까지 밀고 나가는 결단력, 그리고 젊은이로서는 드물게 자신에게 닥칠 수 있는 운명을 차분히 관조하는 능력을 지니고 있었다.

판사와 히르티우스가 머무르고 있는 키케로의 빌라는 바로 옆집이었다. 옥타비아누스는 키케로가 먼저 자기를 방문하게 하는 실수를 범하지 않았다. 그가 먼저 키케로를 방문했다.

키케로는 옥타비아누스를 무표정하게 흘곳 바라보았지만, 옥타비아누스의 미소에는—오, 카이사르의 미소와 너무도 닮았군!—마음을 빼앗기고 말았다. 카이사르는 도저히 거부할 수 없는 미소를 지니고 있었기에 키케로는 그 미소에 빠져들지 않으려고 무던히 애를 먹곤 했다. 하지만 지금 똑같은 미소를 짓고 있는 가이우스 옥타비우스는 악의가 없고 정감이 가는 소년이었기에, 키케로는 그 미소에 너무도 쉽게 빠져들고 말았다.

"요즘 어떠십니까, 마르쿠스 키케로?" 옥타비아누스가 걱정하는 얼굴로 물었다.

"좋기도 하고 나쁘기도 하다네, 가이우스 옥타비우스." 키케로가 한숨을 푹 내쉬며 말했다. 제멋대로 구는 혀를 잠자코 있게 만들기란 도저히 불가능했다. 천성적으로 말하기 좋아하는 사람은 말뚝에 대고도 말을 하는 법이다. 하물며 카이사르의 상속자를 말뚝에 비하랴. "자네가 나를 찾아온 이 시점은 국가적으로 대격랑의 시기이지. 하지만 나는 개인적으로도 큰 격랑의 시기를 겪고 있어. 내 아우 퀸투스가 긴 세월을 함께해온 아내 폼포니아와 이혼했다네."

"아! 티투스 아티쿠스의 여동생이지요?"

"그렇지." 키케로가 못마땅한 얼굴로 대답했다.

"한바탕 격렬한 싸움이 있었겠습니다." 옥타비아누스가 위로조로 말했다.

"말도 못했어. 퀸투스가 지참금을 돌려줄 수 없거든."

“따님을 잃으신 데 대해 심심한 위로의 말씀을 드립니다.”

키케로의 갈색 눈동자가 촉촉해지더니 그가 눈을 깜빡였다. “위로해 주어서 진심으로 고맙네.” 그의 숨소리가 떨렸다. “벌써 오래전 일처럼 아득하구먼.”

“많은 일들이 있었습니다.”

“그래, 그랬지.” 키케로가 옥타비아누스를 경계하는 눈길로 바라보았다. “카이사르가 세상을 떠난 일에 대해 나 역시 자네에게 심심한 위로를 건네야겠네.”

“감사합니다.”

“자네도 알겠지만, 나는 그를 좋아할 수 없었어.”

“충분히 이해합니다.” 옥타비아누스가 온화한 목소리로 말했다.

“그의 죽음을 슬퍼할 수 없었어. 내겐 너무 반가운 일이었으니까.”

“어르신으로선 그렇게 느끼시는 게 당연하지요.”

그리하여 옥타비아누스가 짧은 방문을 마치고 자리에서 일어나자 키케로는 그가 매력적인, 아주 매력적인 청년이라고 결론지었다. 예상과는 아주 딴판이었다. 청년의 아름다운 회색 눈동자에는 차가움이나 오만함이 없었다. 상대를 어루만지는 눈빛이었다. 그래, 아주 다정하고 점잖고 겸손한 젊은이야.

옥타비아누스는 그뒤로도 몇 차례 더 방문했고, 키케로는 그때마다 그를 따뜻하게 맞이하며 앉을 자리를 내주고 위대한 변호인답게 이야기를 들려주었다.

렌툴루스 스핀테르 2세가 찾아왔을 때 키케로는 이렇게 말했다. “그 청년이 나를 아주 많이 좋아하는 것 같아.” 그는 우쭐한 표정을 지었다. “로마에 돌아가면 옥타비우스를 키워줘야겠어. 내가 넌지시 그런 뜻을 내비치니까 아주 기뻐서 어쩔 줄 모르더라고. 카이사르와는 완전히 달라! 카이사르와 닮은 건 미소뿐인데, 사람들은 그가 생전의 카이사르를 빼다박았다고들 하더군. 뭐, 사람들이 다 나처럼 통찰력이 있는 건 아니니까."

"만나는 사람마다 그가 정말로 카이사르의 상속자가 될 작정이라고들 하더군요." 스핀테르가 말했다.

"아, 물론 그는 상속자가 되려 하겠지. 당연히 그럴 거야. 하지만 나는 조금도 걱정하지 않아. 그게 어째서 걱정할 일인가?" 키케로가 설탕에 절인 무화과를 베어물며 말했다. "카이사르의 막대한 재물과 땅을 누가 물려받을지는," 그는 손에 든 단것을 흔들어 보이며 말했다. "요 무화과만큼도 중요하지 않아. 중요한 건 누가 카이사르의 수많은 피호민들을 물려받느냐지. 자네는 정말로 카이사르의 피호민들이, 갓 잡은 고기처럼 생짜에 들판의 잔디만큼 새파랗고 아풀리아의 염소치기처럼 순진한 열여덟 살 청년을 마냥 믿고 따르리라 생각하나? 오, 젊은 옥타비우스에게 잠재력이 없다곤 할 수 없지. 하지만 누구나 인정하는 영재였던 나조차도 완전히 무르익기까지 수년의 세월이 필요했다네."

'누구나 인정하는 영재'는 큰 발부스, 히르티우스, 판사와 함께 필리푸스의 빌라에서 열리는 만찬에 초대되었다.

"이 자리에 함께해주신 네 분께서 아티아와 저를 거들어 가이우스 옥타비우스가 상속을 포기하도록 설득해주시기를 부탁드립니다." 식사가 시작되자 필리푸스가 말했다.

자기 이름은 옥타비우스가 아닌 카이사르라고 의붓아버지의 말을 고쳐주고 싶어 입이 근질댔지만, 옥타비아누스는 꾹 참았다. 그 대신 왼쪽 긴 의자의 가장 낮은 자리에 앉아 조용히 생선과 육류와 달걀과 치즈를 먹었다. 누가 물어보는 말에만 대답할 뿐 아무 말도 하지 않았다. 당연히 그는 많은 질문을 받았다. 카이사르의 상속자였으니까.

"당연히 포기해야지요." 발부스가 말했다. "너무 위험해요."

"맞는 말이에요." 판사가 말했다.

"내 생각도 같습니다." 히르티우스가 말했다.

"높으신 분들의 말씀을 들어, 가이우스." 유일하게 의자에 앉은 아티아가 간청했다. "부디 저분들 말씀을 들어!"

"어림없는 말씀이오, 아티아." 키케로가 빙그레 웃었다. "우리는 무슨 말이든 할 자유가 있지만, 우리가 뭐라 해도 가이우스 옥타비우스는 결심을 바꾸지 않을 거요. 자네는 상속을 받아들이기로 마음을 굳혔어, 그렇지?"

"맞습니다." 옥타비아누스가 차분히 답했다.

아티아는 자리에서 일어나 울음을 터트릴 것 같은 얼굴로 방에서 나갔다.

"안토니우스는 카이사르의 어마어마한 피호민층을 자기가 물려받을 거라고 생각합니다." 발부스가 혀 짧은 라틴어 발음으로 말했다. "그가 카이사르의 상속자로 지목되었다면 자동으로 그리되었겠지만 이 자리의 옥타비우스 때문에 구도가, 음, 복잡해졌어요. 안토니우스는 카이사르가 데키무스 브루투스를 지명하지 않은 것을 감사하며 포르투나 여신께 제물을 바치고 있을 걸요."

"맞는 말씀입니다." 판사가 말했다. "친애하는 옥타비우스, 자네가 안토니우스에게 도전할 수 있을 정도로 나이들었을 때면 그는 이미 한창 때가 지나 있을 거야."

"안토니우스가 어린 친척 옥타비우스에게 축하인사를 전하러 오지 않았다는 것이 솔직히 놀랍소." 키케로가 이날 새벽까지만 해도 바이아이의 뜨뜻한 바닷물에서 살고 있던 굴을 쌓아놓은 접시에 손을 뻗으며 말했다.

"안토니우스는 지금 퇴역병 토지 분배 문제로 바쁘니까요." 히르티우스가 말했다. "로마에 있는 그의 동생 가이우스 안토니우스가 새 농지법을 제정하느라 바쁜 것도 그래서이지요. 우리의 안토니우스를 다들 잘 아시지 않습니까. 성격이 조급해 뭐든 기다리질 못하니 결국 토지를 좀처럼 내놓지 않으려는 지주들이 팔 수밖에 없게 강요하는 법을 만들기로 한 거죠. 금전적 보상도 거의 또는 아예 하지 않고요."

"카이사르의 방식과는 맞지 않아요." 판사가 언짢은 얼굴로 말했다.

"하, 카이사르라니!" 키케로가 무시하듯 손을 내저었다. "판사, 세상이 바뀌었네. 그리고 세상의 모든 신들께 감사하게도 바뀐 세상에는 더 이상 카이사르가 없어. 국고에 있던 은은 대부분 카이사르의 군자금으로 들어갔다고 하고, 안토니우스는 당연히 금에는 손을 댈 수 없네. 카이사르가 세운 보상 체계에서는 돈을 사용하지 않으니, 안토니우스로서는 더더욱 강제적인 조치를 쓸 수밖에 없지."

"그렇다면 어째서 안토니우스는 군자금을 차지하지 않는 거죠?" 옥타비아누스가 물었다.

발부스가 킬킬댔다. "군자금이 있다는 것 자체를 잊어버렸겠지."

"그렇다면 누군가가 그에게 말을 해주어야지요." 옥타비아누스가 말했다.

"조만간 속주에서 공세가 들어올 걸세." 히르티우스가 언급했다. "내가 알기로 카이사르는 그 돈을 토지를 계속 사들이는 데 쓰려고 생각하고 있었어. 카이사르가 공화파를 지지했던 도시들에 무거운 벌금을 부과했다는 사실을 잊지 말게. 지금쯤이면 브룬디시움에 다음 회차 벌금이 들어와 있을 거야."

"안토니우스는 반드시 브룬디시움을 방문해야겠네요." 옥타비아누스가 말했다.

"안토니우스가 어디서 돈을 구할지 따위의 문제로 머릿속을 어지럽히지 말게." 키케로가 훈계했다. "그 시간에 수사학을 공부하게, 옥타비우스. 그래야 앞으로 집정관이 될 수 있어!"

옥타비아누스는 그를 향해 미소를 짓고 다시 음식을 들기 시작했다.

"그래도 이 자리에 모인 우리 여섯 명은 테아눔과 볼투르누스 강 사이에 가진 땅이 없다는 사실을 위안으로 삼을 수 있을 겁니다." 감탄스러울 정도로 세상만사에 아는 것이 많은 히르티우스가 말했다. "듣자하니 안토니우스가 그쪽 토지를 압류한다는군요. 포도밭은 빼고 라티푼디움만이랍니다." 그는 이어 놀라운 소식을 전했다. "하지만 토지는 안토니우스의 주된 관심사가 아닙니다. 6월 칼렌다이에 열릴 원로원 회의에서 자신의 마케도니아 속주를 갈리아의 속주들, 그러니까 이탈리아 갈리아 및 먼 갈리아 속주와 바꾸고 싶다는 의향을 밝힐 거라고 합니다. 레피두스가 내년에도 맡게 될 나르보 갈리아 속주는 제외하고요. 보아하니 폴리오도 내년에 먼 히스파니아를 계속 맡을 것 같아요. 플랑쿠스와 데키무스 브루투스는 총독 자리에서 물러나야 할 겁니다." 히르티우스는 자신을 바라보는 청중의 눈동자가 하나같이 두려움으로 가득차 있는 것을 발견했다. 그는 심지어 더 끔찍한 소식을 또 하나 알렸다. "그리고 그날 원로원 회의에서 마케도니아의 6개 정예 군단을 계속 유지하게 해달라는 요청도 할 거랍니다. 그들을 6월에 이탈리아로 데려올 계획으로요."

"안토니우스가 브루투스와 카시우스를 전혀 신뢰하지 않는다는 뜻이군." 필리푸스가 느릿하게 말했다. "그래, 두 사람은 자기들이 카이사르를 죽임으로써 로마와 이탈리아에 훌륭하게 봉사했다고 선언하는 칙령을 선포하고 이탈리아 도시들에 자기들을 지지해달라고 요청했지. 하지만 나라면 이탈리아 갈리아에 있는 데키무스 브루투스를 더 걱정할 거야."

"안토니우스는," 판사가 말했다. "모든 사람을 두려워하지요."

"오, 맙소사!" 키케로가 하얗게 질린 얼굴로 말했다. "어리석은 소리들 그만두게! 데키무스 브루투스에 관해서는 내가 확실하게 말할 수 없지만, 브루투스와 카시우스에 관해서만큼은 단언할 수 있네! 그들은 로마 원로원과 인민을 상대로 반란을 일으킬 생각이 손톱만큼도 없어! 일단 나만 하더라도 원로원에 즉각 복귀함으로써 현 정부를 지지하고 있음을 공개적으로 표명하지 않았는가! 브루투스와 카시우스는 뼛속까지 애국자야! 절대, 절대, 절대로 이탈리아에서 반란을 일으킬 리 없어!"

"동의합니다." 옥타비아누스가 뜻밖의 반응을 보였다.

"그렇다면 바티니우스가 비레비스타스와 다키아인들을 상대로 준비해온 원정은 어떻게 되는 건가?" 필리푸스가 물었다.

"아, 그거야 카이사르가 죽었으니 당연히 무산되겠지요." 발부스가 냉소적으로 대꾸했다.

"그렇다면 시리아 전쟁에 대비하고 있던 최정예 군단들은 원칙적으로 돌라벨라가 갖게 되겠군요. 지금 그곳에 필요한 건 사실이지만요." 판사가 말했다.

"안토니우스는 최정예 6개 군단을 여기 이탈리아 땅에 데려오기로 이미 작정했어요." 히르티우스가 말했다.

"무슨 목적으로?" 키케로가 식은땀을 흘리며 사색이 되어 따졌다.

"자기를 끌어내리려고 시도하는 누군가로부터 스스로를 보호하기 위해서겠죠." 히르티우스가 말했다. "필리푸스의 말이 맞을 거예요. 모든 말썽은 이탈리아 갈리아의 데키무스 브루투스에게서 비롯될 겁니다. 데키무스가 군단 몇 개만 손에 넣으면 되는 일이니까요."

"오, 우리는 영원히 내전에서 벗어날 수 없는 건가?" 키케로가 외쳤다.

"카이사르가 살해되기 전에는 내전의 위협이 없었습니다." 옥타비아누스가 무미건조하게 말했다. "그것은 논쟁의 여지가 없는 사실입니다. 하지만 이제 카이사르가 죽었으니 너도나도 우두머리가 되겠다고 아귀다툼을 벌이겠죠."

키케로는 미간을 찌푸렸다. 소년이 분명히 '살해'라는 표현을 쓴 것이다.

"하지만 적어도," 옥타비아누스가 덧붙였다. "외국인 여왕과 그녀의 아들은 로마에서 떠났습니다."

"속이 다 시원하군!" 키케로가 성을 내며 딱딱댔다. "바로 그 여자가 카이사르의 머릿속에 왕이 되겠다는 망상을 불어넣은 게야! 이상한 약도 먹였을 거야. 카이사르는 어딘가 수상쩍은 이집트인 의사가 제조했다는 약을 수시로 홀짝거렸거든."

"하지만," 옥타비아누스가 말했다. "평범한 사람들이 카이사르를 신으로 숭배할 생각을 하게 된 건 그 여자 때문이 아닙니다. 그건 자발적인 움직임이었죠."

다른 사람들이 불편해하며 몸을 들썩였다.

"돌라벨라가 재빠르게 대응했죠." 히르티우스가 말했다. "제단과 기둥을 치워버렸잖습니까." 그는 웃음을 터트렸다. "하지만 용기가 부족했어요! 그것들을 부숴버리지는 못하고 창고에 보관해두었답니다. 정말이에요!"

"이 세상에 당신이 모르는 것도 있습니까, 아울루스 히르티우스?" 옥타비아누스가 따라 웃으며 말했다.

"나는 작가일세, 옥타비우스. 그리고 작가들은 소문에서 예언까지 모든 것에 귀를 열어두지. 집정관들은 정세에 관해 골똘히 생각하고." 히르티우스는 이어 또다른 충격적인 소식을 발표했다. "안토니우스가 시칠리아의 모든 주민들에게 완전한 시민권을 부여하는 법안을 준비하고 있다는 말도 들었습니다."

"거액의 뇌물을 받은 게로군!" 키케로가 으르렁댔다. "오, 정말이지 나는 이, 이, 괴물이 갈수록 더 싫어져!"

"정말로 시칠리아에서 뇌물을 받았는지는 확실하지 않습니다." 히르티우스가 싱긋 웃으며 말했다. "하지만 데이오타로스 왕이 갈라티아의 영토를 카이사르 이전 상태로 되돌려달라며 집정관들에게 뇌물을 제안한 것은 분명한 사실입니다. 집정관들은 아직까지 확답을 주지 않았고요."

"안토니우스가 시칠리아에 완전한 시민권을 부여한다면 전 시칠리아 주민을 피호민으로 얻겠군요." 옥타비아누스가 사색하듯 말했다. "아직 어린 저로서는 안토니우스의 계획이 무엇인지 알 길이 없지만, 그가 자기 스스로에게 필요한 선물을 주고 있다는 것만은 확실해 보여요. 바로 로마에서 가장 가까운 곡창지대에 속한 유권자들의 표 말입니다."

옥타비아누스의 하인 스킬락스가 들어오더니 만찬을 들고 있는 사람들에게 허리를 숙여 공손히 인사하고 주인 옆으로 다가갔다. "카이사르," 스킬락스가 말했다. "어머님께서 급히 찾으십니다."

"카이사르라뇨?" 옥타비아누스가 식당에서 나감과 동시에 발부스가 벌떡 일어나 앉으며 물었다.

"아, 그애의 하인들은 모두 그애를 카이사르로 부른답니다." 필리푸스가 불만스러운 얼굴로 말했다. "아티아와 내가 목이 쉬도록 말해봤자 그애는 고집을 꺾지 않아요. 오늘도 보셨지요? 조용히 경청하고 고개를 끄덕이며 공손히 웃지만 결국엔 다 자기 뜻대로 하지요."

"나는 그저 감사할 따름이오." 키케로는 옥타비아누스에 관해 이런 이야기를 듣는 것이 퍽 불편했지만 그런 마음을 애써 억눌렀다. "그 청년을 이끌어줄 당신이 있어서 얼마나 다행이오, 필리푸스. 고백하건대 카이사르가 죽고 옥타비우스가 아주 빨리 이탈리아에 돌아왔다는 말을 들었을 때는 국가를 전복할 마음을 품고 있던 자라면 지금이야말로 세력을 결집시킬 적기이겠구나 싶었다오. 하지만 직접 옥타비우스를 만나보니 그런 두려움은 눈 녹듯 사라졌소. 마음에 쏙 드는 겸손한 청년이오. 그러면서도 남의 끄나풀 노릇이나 할 정도로 어리석어 보이지도 않고요."

"그보다는," 필리푸스가 침울하게 말했다. "가이우스 옥타비우스가 남을 자기 끄나풀로 이용하지 않을까 더 두렵지요."

2

데키무스 브루투스, 가이우스 트레보니우스, 틸리우스 킴베르, 스타이우스 무르쿠스가 각자의 속주로 떠나자 로마의 관심은 온통 두 고위 법무관 브루투스와 카시우스에 집중되었다. 그들은 재판소에 나가도 될지 분위기를 가늠해보려고 포룸 로마눔에 몇 차례 잠행을 다녀온 후 로마에서 아예 자취를 감추는 편이 더 현명하겠다고 확신했다. 원로원은 두 사람에게 각각 파스케스를 지니지 않은 릭토르 50명을 경호대로 내주었지만 릭토르들은 오히려 사람들의 시선만 끌 뿐이었다.

"분위기가 가라앉을 때까지 로마를 떠나 있어." 세르빌리아의 조언이었다. "얼굴이 안 보이면 잊힐 테니까." 세르빌리아가 냉소적으로 말했다. "2년 후면 네가 집정관 선거에 출마해도 사람들은 네가 카이사르를 죽인 살인자라는 사실을 떠올리지 않을걸."

"그건 살인이 아니라 올바른 행동이었어요!" 포르키아가 큰 소리로 말했다.

"넌 조용히 해." 세르빌리아가 차분한 목소리로 말했다. 몸도 마음도 건강한 세르빌리아는 이 전쟁의 진정한 승자였으며 따라서 얼마든지 관대함을 발휘할 여유가 있었다. 포르키아는 갈수록 미쳐감으로써 자진하여 세르빌리아에게 승리를 갖다 바친 셈이었다.

"로마를 떠나는 건 죄를 인정하는 꼴이야." 카시우스가 말했다. "떠나지 말고 끝까지 버텨야 해."

브루투스의 마음은 양 갈래로 나뉘어 있었다. 공적인 자아는 카시우스와 의견이 같았지만, 사적인 자아는 어머니가 없는 생활을 갈망했다. 어머니는 폰티우스 아퀼라에게 결별을 선언한 이후 조금도 기분이 나아질 기미를 보이지 않았다. "좀더 생각해보겠네." 브루투스가 말했다.

브루투스가 이 문제를 생각해보기 위해 택한 방법은 마르쿠스 안토니우스와 면담을 갖는 것이었다. 안토니우스는 모든 반대를 제압할 능력이 있는 것처럼 보였다. 그것은 분명 카이사르의 하수인들로 가득차 있던 원로원이 이제는 안토니우스를 차세대 주자로 보기 시작했기 때문이리라고 브루투스는 판단했다. 그러니 안토니우스가 모든 면에서 해방자들의 편의를 봐준 것은 얼마나 큰 위안이 되었던가. 안토니우스는 해방자들 편이었다.

"어떻게 생각하시오, 안토니우스?" 브루투스가 물었다. 그의 큰 갈색 눈은 그 어느 때보다도 슬퍼 보였다. "우리는 당신에게, 그리고 지금의 적법하고 도덕적인 공화정 정부에 맞설 의도가 전혀 없소. 개인적으로는 당신이 독재관 제도를 폐지한 것을 굉장히 고무적으로 생각해요. 우리가 로마에 없는 편이 국정 운영에 도움이 되겠다 느낀다면 그렇게 말해주시오. 내가 카시우스더러 로마에서 나가 있자고 하겠소."

"어쨌거나 카시우스는 나가야 하오." 안토니우스가 인상을 쓰며 말했다. "외인 담당 법무관 직 임기의 3분의 1이 지났는데 로마에 있을 때를 제외하고 재판을 단 한 건도 처리하지 않았으니까."

"그래요, 이해합니다." 브루투스가 말했다. "하지만 나는 경우가 달라요. 수도 담당 법무관인 나는 로마를 한 번에 열흘 이상 떠나 있을 수 없소."

"아, 찾으면 방법은 다 있소." 안토니우스가 느긋한 얼굴로 말했다. "내 아우 가이우스가 3월 이두스 이래로 줄곧 수도 담당 법무관 권한대행을 맡아왔소. 당신이 발표한 칙령 때문에—아우 말로 칙령이 아주 훌륭하다고 하더군요—어렵지 않았지요. 가이우스가 계속 권한대행을 맡으면 될 거요."

"얼마나 떠나 있으면 되겠소?" 문득 저항할 수 없이 거대한 물결에 휩쓸려가는 기분을 느끼며 브루투스가 물었다.

"다른 사람에겐 얘기하지 않을 거요?"

"그렇소."

"최소 넉 달 정도."

"하지만," 브루투스가 사색이 되어 반발했다. "그러면 퀸틸리스 달에 로마에서 열리는 아폴로 경기대회를 내가 주관할 수 없잖소!"

"퀸틸리스 달이 아니오." 안토니우스가 부드럽게 말했다. "율리우스 달이지."

"율리우스 달이라는 명칭을 그대로 유지한다는 말이오?"

안토니우스의 작고 하얀 치아가 반짝 빛났다. "당연히."

"내 이름으로 치러지는 아폴로 경기대회를 가이우스 안토니우스가 주관하려고 하겠소? 경기대회에 드는 자금은 당연히 내가 댈 텐데 말이오."

"물론, 물론이오!"

"상연될 연극은 내가 직접 지정하는 거요? 전부터 생각해오던 것들이 있어서 말이오."

"물론이오, 친구."

브루투스는 마음을 굳혔다. "그렇다면 내가 직위에서 불특정 기간 물러나 있을 수 있도록 당신이 원로원측에 직접 요청해주겠소?"

"내일 첫번째 안건으로 다루겠소." 안토니우스가 말했다. "분명 이편이 나을 거요." 안토니우스는 브루투스를 문간으로 안내하며 이렇게 덧붙였다. "눈에 거치적거리는 사람들 없이 군중이 마음껏 카이사르를 애도하게 해줍시다."

"브루투스가 얼마나 오래 버틸지 궁금했지." 같은 날 안토니우스가 돌라벨라에게 말했다. "로마에서 해방자들의 수가 점점 줄고 있어."

"데키무스 브루투스와 가이우스 트레보니우스를 제외하면 하나같이 별 볼 일 없는 인간들이잖아요." 돌라벨라가 경멸조로 말했다.

"그래, 인정해. 하지만 아시아 속주로 황급히 내뺀 트레보니우스는 별문제가 안 돼. 내가 가장 걱정하는 건 데키무스일세. 신분이나 능력에 있어 단연 나머지 사람들을 능가하지. 그리고 카이사르의 지시대로 간다면 데키무스는 다다음해에 플랑쿠스와 함께 집정관이 돼." 안토니우스가 미간을 찌푸렸다. "아주 위험해질 수 있어. 카이사르의 상속자 명단에 있었으니 카이사르의 피호민 일부를 가져갈 잠재력도 있고. 데키무스가 이탈리아 갈리아에 계속 있으면 피호민을 잔뜩 거느리게 될 거야."

"더러운 놈!" 돌라벨라가 소리쳤다.

"카이사르가 파두스 강 이북 주민들에게 완전한 시민권을 부여했고 이제 폼페이우스 마그누스는 피호민 문제에서 논외의 인물이니, 카이사르의 상속자는 파두스 강 이남에 사는 사람들을 전부 자기 피호민으로 흡수하게 될 걸세. 데키무스가 그들을 자기 피호민으로 포섭하지 않을 것에 자네라면 판돈을 걸겠나?"

"천만에요." 돌라벨라가 진지한 표정으로 말했다. "단 1세스테르티우스도 걸지 않겠어요. 유피테르시여! 이제껏 이탈리아 갈리아는 군사가 없는 속주로 여겨졌지만, 생각해보면 그곳엔 카이사르의 퇴역병들이 득시글해요! 게다가 이탈리아 갈리아에서 토지를 할당받아 가정을 꾸렸다면 최정예 군인인 겁니다. 이탈리아 갈리아는 카이사르 세력이 군대를 모으기 가장 쉬운 곳이에요."

"정확히 그거야. 더구나 들리는 말에 따르면 파르티아 원정에 참여하겠다고 카이사르의 독수리 깃발 아래 모였던 군인들이 벌써 고향으로 돌아오고 있다는군. 내가 맡은 최정예 군단들은 그대로 있지만, 다른 9개 군단은 이탈리아 갈리아 쪽으로 보병대대들을 빼앗기고 있다고 해. 게다가 그들은 브룬디시움을 통해 고향으로 가고 있지 않대. 일리리쿰을 가로질러 조금씩 행군하고 있어."

"데키무스가 벌써 군대를 모으고 있다는 말입니까?"

"솔직히 잘 모르겠네. 지금으로서는 이탈리아 갈리아를 면밀히 주시해야 한다는 말밖에 할 수 없어."

브루투스는 4월의 아홉째 날에 로마를 떠났다. 하지만 혼자가 아니었다. 포르키아와 세르빌리아가 같이 가겠다고 고집한 것이다. 보빌라이—로마의 세르빌리우스 성벽에서 아피우스 가도를 타고 겨우 20킬로미터 남짓 내려온 위치였다—의 대형 여관에서 극도로 괴로운 하룻밤을 보낸 브루투스는 도저히 더는 못 견딜 것 같았다.

"한순간도 더 같이 못 있겠어요." 브루투스가 세르빌리아에게 말했다. "내일 제가 빌린 가마를 타고 테르툴라가 있는 안티움으로 가든지, 로마로 돌아가든지 양자택일하세요. 포르키아는 저와 함께 갈 거예요. 어머니는 안 돼요."

세르빌리아는 입술을 삐죽거리며 웃었다. "안티움으로 가겠다. 네 녀석이 나 없이는 도저히 제대로 된 판단을 내리지 못하겠다고 인정할 날을 기다리고 있으마. 내가 없으면 브루투스 너는 백치야. 네놈이 어미가 아닌 카토 딸년의 말을 듣고부터 일이 어찌되었는지 잘 생각해봐."

그리하여 세르빌리아는 테르툴라가 있는 안티움으로 갔고, 브루투스와 포르키아는 보빌라이에서 조금 떨어진 라티움의 작은 도시 라누비움의 빌라로 향했다. 그들은 창밖으로 산이 보이는 방에 머무르려고 했지만, 그들 눈에 들어온 것은 육중한 기둥 위에 대담한 형태로 지어진 카이사르의 으리으리한 빌라였다.

"카이사르가 열여덟 살짜리를 상속자로 고른 건 아주 영리한 선택이었어." 단둘이 저녁을 들던 중 브루투스가 포르키아에게 말했다.

"영리하다고요? 내가 보기엔 말도 못하게 어리석은 짓 같아요." 포르키아가 말했다. "안토니우스는 마음만 먹으면 아주 쉽게 가이우스 옥타비우스를 갈아 없애버릴 거예요."

"바로 그 점이야. 안토니우스로선 그럴 필요가 없지." 브루투스가 참을성 있게 설명했다. "물론 나는 카이사르를 싫어했지만 솔직히 카이사르가 생전에 저지른 실수는 자기 릭토르들을 해산시킨 것뿐이야. 포르키아, 정말 모르겠어? 카이사르가 고른 상속자는 너무도 어리고 미숙해. 아무리 피해망상에 사로잡힌 사람이라도 그앨 경쟁자로 여기지 않을 거라고. 하지만 그 청년은 카이사르의 재물과 땅을 소유하고 있어. 아마도 앞으로 스무 해 남짓한 기간 동안 가이우스 옥타비우스는 그 누구에게도 위험한 인물로 보이지 않겠지. 그동안 그는 서서히 성장할 거야. 카이사르는 숲에서 가장 큰 나무를 고르는 대신 미래를 위한 씨앗을 심었어. 그 씨앗이 싹을 틔우고 조용히 자랄 수 있게 카이사르의 재물과 땅이 물과 거름을 주겠지. 누가 굳이 싹을 잘라버리려고도 하지 않을 거고. 카이사르가 실질적으로 로마와 그의 상속자에게 주는 메시지는, 훗날 때가 되면 로마에 제2의 카이사르가 나타나리라는 거야." 브루투스는 몸을 떨었다. "그 청년은 틀림없이 카이사르와 비슷한 자질을 지니고 있을 거야. 카이사르는 그 청년에게서 마음에 드는 특징을 발견했을 거라고. 그러니 지금으로부터 20년 후 그늘진 숲속에서 제2의 카이사르가 등장할 거야. 그래, 그건 아주 영리한 수였어."

"사람들 말로는 가이우스 옥타비우스가 여자 같은 약골이래요." 포르키아가 남편의 찡그려진 눈썹에 입을 맞추며 말했다.

"난 그 말을 믿지 않아. 나는 호메로스 못지않게 카이사르에 관해서도 많이 알고 있거든."

"그런데 당신 정말 이렇게 순순히 유배길을 떠날 거예요?" 포르키아는 평소에 자주 들먹이던 주제로 되돌아갔다.

"아니." 브루투스가 차분하게 대답했다. "카시우스에게 전갈을 보냈어. 이탈리아의 모든 도시 주민들에게 우리 입장을 밝히는 성명서를 쓸 생각이라고 말이야. 성명서를 통해 우리는 이탈리아 주민들을 위해 행동했고 그들의 지지를 구한다고 밝힐 거야. 우리가 한발 물러나 로마를 떠났다고 해서 우리에게 지지 세력이 전혀 없다고 생각한다면 안토니우스가 단단히 착각하는 거야."

"좋은 생각이에요!" 포르키아가 기뻐하며 말했다.

이탈리아의 모든 지역이 카이사르를 사랑한 것은 아니었다. 어떤 지역에서는 공화파 편을 들다가 공유지를 대거 잃었고, 어떤 지역에서는 로마인 자체를 좋아하거나 신뢰하지 않았다. 따라서 몇몇 이탈리아 지역은 두 해방자가 발표한 성명서에 호의적인 반응을 보였다. 심지어 두 사람이 로마와 로마가 상징하는 모든 것에 맞서겠다면 자기네 젊은이들을 모아 군대를 만들어주겠다고 제안했다.

안토니우스로서는 몹시 거북한 상황일 수밖에 없었다. 더군다나 그는 캄파니아의 퇴역병 토지 분배 문제를 직접 해결하기 위해 로마를 떠나 있었다. 삼니움의 일부 산림지역에서는 브루투스와 카시우스의 주도하에 새로운 이탈리아 전쟁을 일으키자는 말까지 돌았다. 안토니우스는 브루투스에게 강경한 어조로 편지를 써 보냈다. 브루투스와 카시우스는 지금 스스로 의도했든 아니든 반란을 선동하고 있다, 반역죄 명목으로 재판에 불려갈 상황을 자초하고 있다는 내용이었다. 브루투스와 카시우스는 또다시 성명서를 내어 이탈리아의 도시들은 혹여 불만이 있더라도 군대를 모으지 말고 그대로 있어달라고 탄원했다.

이것은 비단 로마를 향한 삼니움족의 증오심 문제만은 아니었다. 이탈리아에는 여전히 열렬한 공화파 세력이 잔존해 있었고 그들은 이 두 사람을 구원자로 여겼다. 반란을 선동할 마음이 전혀 없는 브루투스와 카시우스로서는 아주 곤혹스러운 일이었다. 공화파 잔존 세력 중에는 폼페이우스 마그누스의 친구로 과거에 공병대장을 지낸 은행가 가이우스 플라비우스 헤미킬루스가 있었다. 그는 노련한 재력가 아티쿠스를 찾아가 해방자들에게 기꺼이 자금을 대출해주겠다는 금융의 마법사들이 있으니 그들을 모아 재단을 설립하자고 제안했다. 하지만 헤미킬루스는 재단의 목적을 분명하게 밝히지 않았다. 아티쿠스는 정중히 거절했다.

"개인적으로는 세르빌리아와 브루투스를 위해 뭐든지 할 수 있습니다." 아티쿠스가 헤미킬루스에게 말했다. "하지만 이건 대중의 증오심과 관련된 문제입니다."

아티쿠스는 헤미킬루스가 접근해왔다는 사실을 집정관들에게 알렸다.

"이로써 분명해졌소." 안토니우스가 돌라벨라와 아울루스 히르티우스에게 말했다. "나는 내년에 마케도니아 총독을 맡지 않겠소. 바로 여기 이탈리아에 있겠소. 내 6개 군단을 데리고."

히르티우스가 양 눈썹을 치켜세웠다. "당신이 이탈리아 갈리아 속주를 맡겠다는 거요?"

"그렇소. 6월 칼렌다이에 나르보 갈리아를 제외하고 이탈리아 갈리아와 먼 갈리아의 속주 관할권을 달라고 요청할 겁니다. 카푸아 주변에 진을 치고 있는 6개 정예 군단이 브루투스와 카시우스를 견제할 거요. 그러면 데키무스 브루투스도 좀더 신중해지겠지. 그리고 폴리오, 레피두스, 플랑쿠스에게 편지를 써서 만일 데키무스가 이탈리아 갈리아에서 반란을 기도할 경우 그들 수하의 군단을 내가 쓸 수 있게 해달라고 말해뒀소. 그들 중 데키무스를 지지할 사람은 없소. 이것만은 확실하오."

히르티우스는 미소만 지을 뿐 속마음은 내비치지 않았다. 그자들은 가만히 사태를 관망하다가 자기들에게 유리한 쪽에 붙겠지. "일리리쿰의 바티니우스는?"

"바티니우스도 나를 지지할 거요." 안토니우스가 자신 있게 말했다.

"그러면 호르텐시우스에게 마케도니아를 맡겨두겠단 말입니까? 호르텐시우스는 오래전부터 해방자들과 가깝게 지내왔어요." 돌라벨라가 말했다.

"호르텐시우스가 할 줄 아는 게 뭐가 있어? 우리의 최고신관 레피두스보다 쪼금 더 큰 피라미에 불과해." 안토니우스가 자만한 얼굴로 거들먹거렸다. "반란 따윈 없을 거야. 브루투스나 카시우스가 로마로 진군하는 모습을 자네는 상상할 수 있나? 그 문제에 관해서라면 데키무스도 마찬가지야. 지금 살아 있는 사람들 중에서 감히 로마에 진군할 배짱을 지닌 사람은 나말곤 없어. 하지만 나는 애초에 그럴 필요가 없잖아, 안 그래?"

키케로가 보기에 카이사르가 죽은 이후 세상은 점점 더 미쳐가고 있었다. 이유는 알 수 없었다. 하지만 한 가지는 확실했다. 해방자들이 정부를 장악하는 데 실패한 이유는 그들이 처음부터 키케로에게 터놓고 상의하지 않았기 때문이라는 것. 이토록 현명하고 경험이 풍부하며 법에 식견이 높은 그, 마르쿠스 툴리우스 키케로에게 조언을 구한 사람이 그들 중 단 한 명도 없었던 것이다.

아우도 예외가 아니었다. 폼포니아에게서 풀려났지만 지참금을 돌려줄 수 없던 퀸투스는 키케로가 제시한 해결책에 따라 묘령의 상속녀 아퀼리아와 재혼했다. 그렇게 해서 첫번째 아내에게 지참금을 돌려주고도 약간의 돈을 남겼다. 하지만 퀸투스의 아들은 이 일로 단단히 화가 났다. 아들 퀸투스는 마르쿠스 백부에게 달려와 도움을 청했다. 하지만 그는 어리석게도 자기는 여전히 카이사르를 사랑하고 앞으로도 언제까지나 카이사르를 사랑할 것이며, 암살자들이 겁없이 자기 주변에 나타나기만 하면 누구든 죽여버리겠다고 키케로 앞에서 으름장을 놓았다. 그러자 이번에는 키케로가 단단히 화가 나서 조카에게 당장 짐을 싸서 나가라고 소리를 질렀다. 갈 곳이 없었던 젊은이는 결국 마르쿠스 안토니우스를 찾아갔으니, 키케로로서는 이보다 더한 망신이 있을 수 없었다.

이 일이 있고 난 후 키케로는 아티쿠스(로마에 있었다)와 카시우스(이동중이었다)와 브루투스(아직 라누비움에 있었다)에게 거듭 편지를 써서, 마르쿠스 안토니우스가 카이사르보다 더 심각한 폭군임을 사람들은 왜 모르는 거냐고 물었다. 안토니우스의 법은 하나같이 추악한 눈가림이었다.

"브루투스 자네는 무슨 일이 있어도," 키케로는 썼다. "반드시 로마로 돌아와 6월 칼렌다이에 열리는 원로원 회의에 참석해야 해. 그 자리에 참석하지 않는다면 자네의 공직 경력은 끝장날 것이며 그뒤로 더 큰 재앙이 줄줄이 닥칠 걸세."

하지만 키케로를 기쁨에 들뜨게 한 재앙도 있었다. 클레오파트라와 그녀의 남동생 프톨레마이오스와 카이사리온이 탄 배가 이집트로 돌아가는 길에 난파되어 모두 익사했다는 소문이 들려온 것이다.

"그리고 그 소문 들었소?" 키케로가 폼페이의 빌라에 머무르고 있을 때—그는 끊임없이 빌라를 옮겨다녔다—찾아온 발부스에게 그는 이렇게 물었다. "세르빌리아가 무슨 짓을 하고 있는지 아시오?" 키케로는 공포에 찬 표정을 지으며 배우처럼 과장되게 숨을 들이쉬었다.

"아니요, 무슨 일인데요?" 발부스가 입술을 씰룩거리며 물었다.

"폰티우스 아퀼라의 빌라에서 그와 단둘이 머무르고 있다고 하오! 한 침대를 쓰면서!"

"저런, 저런. 아퀼라가 해방자들 중 한 명이었다는 사실을 알고 결별했다고 들었는데요." 발부스가 온화한 어조로 말했다.

"그랬소. 하지만 브루투스에게 내쫓기고 나서 아들 내외에게 앙갚음하려고 생각해낸 방법이 그거였다는군. 예순 넘은 여자가 말이오. 아퀼라는 자기 아들 브루투스보다도 젊잖소!"

"그보다 훨씬 더 암울한 소식은, 이탈리아에 평화가 정착할 가능성이 점점 줄어들고 있다는 겁니다." 발부스가 말했다. "심히 절망스러워요, 키케로."

"어째서 당신까지 그런 소릴 하시오! 정말이지 브루투스도 카시우스도 내전을 일으킬 생각은 전혀 없단 말이오."

"안토니우스의 생각은 달라요."

키케로는 어깨를 축 늘어뜨리며 한숨을 푹 내쉬었다. 갑자기 여든 살은 되어 보였다. "그렇소, 사방에 전운이 감돌고 있지요." 그가 애처로운 목소리로 인정했다. "데키무스 브루투스가 가장 위협적인 인물이오. 아, 대체 그들은 어째서 나한테 조언을 구하지 않는 건지!"

"누구 말입니까?"

"해방자들 말이오! 그들은 남자다운 용기를 발휘했지만 신중함에 있어서는 네 살배기들만도 못해요. 마치 헝겊인형을 칼로 찔러 죽인 어린애들처럼 굴고 있단 말이오."

"그들에게 도움을 줄 만한 사람은 히르티우스뿐이에요."

키케로의 표정이 밝아졌다. "그러면 우리가 가서 히르티우스를 만나봅시다."

3

옥타비아누스는 5월 노나이에 하인들만 이끌고 로마에 입성했다. 그의 어머니와 의붓아버지는 이 광기 어린 모험에 일체 연루되지 않으려 했다. 그는 그날 낮의 네번째 시각에 카페나 성문을 통과해 포룸 로마눔으로 걸어갔다. 티끌 하나 없이 새하얀 토가를 걸쳤고, 밖으로 드러난 튜닉의 오른쪽 어깨 부분에는 기사계급을 상징하는 좁은 자주색 세로띠가 있었다. 밑창이 두꺼운 장화를 신고 걷는 연습을 많이 한 덕분에, 그는 사람들이 돌아보며 감탄하는 눈길을 보낼 만큼 충분히 깊은 인상을 심어줄 수 있었다. 그는 키가 커 보이고 품위 있었으며 허리를 꼿꼿이 세운 자세를 유지했다. 흐느적거리거나 잰걸음으로 걷는 것은 그에게 실패나 다름없는 일이었다. 그는 고개를 들고 반짝이는 금빛 머리칼을 휘날리며 입가에 희미한 미소를 머금은 채, 카이사르 특유의 서글서글하고 친근한 태도로 사크라 가도를 걸었다.

"저분이 카이사르의 상속자요!" 그의 하인 중 한 명이 구경꾼들에게 속삭였다.

"카이사르의 상속자께서 로마에 도착하셨소!" 다른 하인이 말했다.

하늘은 맑고 구름이 없었지만 습도는 숨막힐 정도로 높았다. 공기중에 수증기가 너무 자욱해 하늘의 푸른빛도 희미해진 듯했다. 사람들은 태양 주위를 에워싼 눈부신 띠를 가리키며 이것이 대체 어떤 전조인지 웅성거렸다. 보름달을 두른 띠는 가끔 볼 수 있지만 태양을 두른 띠라니? 이런 건 처음이었다! 참으로 범상치 않은 전조였다.

카이사르가 화장된 장소를 찾는 것은 어렵지 않았다. 아직도 꽃과 인형과 공으로 덮여 있었기 때문이다. 옥타비아누스는 사케르 언덕길에서 방향을 틀어 불탄 자리의 가장자리로 갔다. 군중이 계속 모여드는 가운데 그는 그곳에서 토가를 머리에 뒤집어쓰고 조용히 기도를 올렸다.

근처의 카스토르 · 폴룩스 신전 지하에는 호민관단 사무실이 있었다. 이제 호민관이 된 루키우스 안토니우스는 옥타비아누스가 머리에 뒤집어쓴 토가를 내리는 순간 카스토르 신전 지하의 문을 열고 나왔다.

안토니우스 가문의 삼 형제 중 막내인 그는 셋 중에 가장 똑똑하다고 알려져 있었다. 하지만 그는 대중에게 무척 사랑받는 그의 큰형에겐 없는 단점을 갖고 있었다. 그는 쉽게 살이 붙었고 대머리에 가까웠으며, 별난 유머 감각 때문에 마르쿠스 큰형과 종종 충돌하곤 했다.

루키우스는 기도를 올리는 애송이를 가만히 지켜보며 폭소를 터뜨리고 싶은 욕구를 억눌렀다. 볼만하군! 저게 그 유명한 카이사르의 상속자란 말이지! 안토니우스 삼 형제 중에 외삼촌 루키우스와 교류하는 사람은 없었으므로, 그는 가이우스 옥타비우스를 한 번도 본 적이 없었다. 하지만 저자는 가이우스 옥타비우스가 틀림없었다. 다른 사람일 리 없었다. 현재 수도 담당 법무관을 맡고 있는 작은형 가이우스가 옥타비우스에게서 5월 노나이에 로마에 도착하면 로스트라 연단에서 공개 연설을 할 수 있게 해달라고 요청받았다는 걸 그는 알고 있었다.

그렇다, 저애가 카이사르의 상속자다. 얼마나 웃긴 모습인가! 저 장화는 또 어떻고! 저애는 지금 누굴 속이려 드는 거지? 변변한 이발사도 없나? 머리카락은 브루투스보다도 길군. 멋부리기나 좋아하는 녀석, 저 토가 매무시를 다듬는 모습 좀 보라지. 당신의 최선이 겨우 이건가, 카이사르? 우리 큰형보다 저 계집애 같은 애송이가 더 낫다고 생각했나? 그렇다면 당신은 유언을 쓸 당시 머리가 어떻게 됐던 게 분명해, 카이사르.

"안녕하신가." 그는 옥타비아누스에게 다가가 손을 내밀며 말했다.

"루키우스 안토니우스 아니십니까?" 옥타비아누스는 사람을 동요시키는 카이사르의 미소를 지으며 물었고, 손뼈가 으스러질 듯 강한 악수를 아무런 표정 변화도 없이 견뎌냈다.

"루키우스 안토니우스 맞네, 옥타비우스." 루키우스는 활기차게 말했다. "우린 친척지간이지. 루키우스 외삼촌은 만나뵈었나?"

"네, 몇 주 전 네아폴리스에서 찾아뵈었습니다. 몸이 편치 않으셨지만 저를 반겨주셨죠." 옥타비아누스는 말을 멈추더니 물었다. "당신의 작은형 가이우스는 재판소에 나와 계십니까?"

"오늘은 안 나왔네. 하루 쉬기로 했거든."

"오, 아쉽게 됐군요." 젊은이가 말했다. 그는 탄성을 금치 못하는 군중에게 여전히 미소로 화답하고 있었다. "그분께 오늘 로스트라 연단에서의 공개 연설을 허락해달라고 요청했는데 답변을 안 주셨습니다."

"그건 됐어, 내가 허락하겠네." 루키우스는 갈색 눈을 반짝이며 말했다. 안토니우스 집안사람답게, 그는 왠지 이 독특한 허세꾼의 뻔뻔스러움이 마음에 들었다. 하지만 그를 마주보는 긴 속눈썹 아래의 큰 눈은 아무것도 드러내지 않았다. 카이사르의 상속자는 자신의 생각을 숨기고 있었다.

"사창가에서나 신을 그런 걸 신고 날 따라올 수 있겠나?" 루키우스는 장화를 가리키며 물었다.

"물론이죠." 옥타비아누스는 루키우스 옆으로 성큼 걸어가며 말했다. "제 오른쪽 다리가 왼쪽 다리보다 짧아서 이런 신발을 고안해냈습니다."

루키우스가 깔깔거렸다. "가장 중요한 건 세번째 다리가 충분히 훌륭한지 아닌지야!"

"그건 아직 모르겠군요." 옥타비아누스는 태연히 말했다. "전 아직 동정이거든요."

루키우스는 눈을 껌뻑이며 비틀거렸다. "그런 비밀을 무심코 발설하는 건 멍청한 짓일세."

"무심코 발설한 게 아니에요. 그리고 왜 그게 비밀이어야 하죠?"

"총각 딱지를 떼고 싶다는 뜻인가? 그렇다면 기쁜 마음으로 자넬 좋은 곳에 데려가주지."

"고맙지만 사양하겠습니다. 저는 아주 깐깐하고 이것저것 많이 따지는 사람이거든요."

"그렇다면 자넨 카이사르 과가 아니군. 그였다면 절대 이런 기회를 마다하지 않았을 거야."

"그렇습니다. 그런 면에 있어서 저는 카이사르 과가 아니에요."

"그런 정보를 누설하다니 사람들에게 비웃음당하고 싶은 건가, 옥타비우스?"

"아뇨, 하지만 비웃어도 상관없어요. 얼마 지나지 않아 그들은 감히 웃지 못하게 될 테니까요. 어쩌면 울게 될 수도 있고요."

"오, 아주 깔끔하게 정리하는군!" 루키우스는 자신을 조롱하듯 소리쳤다. "자넨 나를 바로 이겨먹었어."

"시간만이 답을 알려주겠죠, 루키우스 안토니우스."

"계단을 올라가게, 절름발이 애송이. 적선의 충각으로 만들어진 두 기둥 사이에 서게."

옥타비아누스는 그 말에 따랐다. 그는 자신의 첫번째 포룸 로마눔 관중과 마주섰다. 참 애석한 일이구나, 하고 그는 생각했다. 로스트라 연단의 방향 탓에 연설자가 태양을 등지고 설 수가 없단 말이지. 내 머리 뒤로 후광이 비치는 곳에 서 있을 수 있다면 참 좋을 텐데.

"저는 가이우스 율리우스 카이사르 필리우스입니다!" 그는 놀랍도록 크고 전달력 좋은 목소리로 외쳤다. "네, 그게 제 이름입니다! 저는 카이사르의 유언에 따라 그에게 정식 입양된 상속자입니다." 그는 한 손을 들어 거의 중천에 떠 있는 태양을 가리켰다. "카이사르는 저에게, 자신의 아들에게 전조를 보냈습니다!"

하지만 그는 이 전조에 심오한 의미를 부여하지 않고 곧바로 카이사르가 로마인들에게 유증한 재산 이야기로 자연스럽게 넘어갔다. 그는 이 문제에 관해 길게 이야기했고, 유언장 공증이 끝나는 즉시 카이사르의 선물을 카이사르의 이름으로 분배해주겠다고 약속했다. 이제 그가 카이사르였기 때문이다.

군중은 그의 말에 집중했고, 루키우스 안토니우스는 불안하게 지켜봤다. 포룸 로마눔의 그 누구도 밑창이 두꺼운 오른쪽 장화에 주목하지 않았고(왼쪽 장화는 땅바닥에 닿을락말락하는 토가 자락에 가려져 있었다), 그 누구도 그를 비웃지 않았다. 그들은 그의 아름다움에, 남자다운 태도에, 근사한 머리칼에, 웃음부터 몸짓과 표정까지 카이사르를 꼭 닮은 그의 모습에 감탄하느라 바빴다. 카이사르의 충직하고 오랜 친구들—유대인, 외국인, 최하층민—이 대거 몰려든 것을 보면 소문이 급속도로 퍼지고 있음이 분명했다.

가이우스 옥타비우스를 도운 것은 그의 외모뿐만이 아니었다. 그는 말을 아주 잘했고, 훗날 로마의 위대한 연설가 반열에 오를 가능성이 보였다. 연설이 끝나자 오랫동안 환호가 이어졌다. 그는 계단을 내려오더니 겁도 없이 군중 속으로 들어가 한결같은 미소를 지으며 오른손을 내밀었다. 여자들은 거의 졸도 직전의 눈빛으로 그의 토가 자락을 만졌다. 동정이란 말이 사실이라면—아무래도 저 녀석이 그냥 날 놀리려고 지어낸 말 같다는 생각이 들긴 하지만—이 군중 속의 여자 아무라도 골라 당장 총각 딱지를 떼버릴 수도 있겠군. 루키우스 안토니우스는 속으로 생각했다. 저 작고 교활한 잡놈이 아주 보기 좋게 날 속였구나.

"이제 필리푸스의 저택으로 갈 건가?" 루키우스 안토니우스는 팔라티누스 언덕의 베스타 계단 쪽으로 걷기 시작하면서 옥타비아누스에게 물었다.

"아뇨, 제집으로 갈 겁니다."

"자네 아버지 집?"

옅은 눈썹이 위로 올라갔고, 그 모습은 카이사르와 꼭 닮아 보였다.

"제 아버지는 관저에 사셨고 다른 집이 없으셨습니다. 저는 집을 한 채 샀어요."

"대저택이 아니고?"

"저의 욕구는 아주 단순합니다, 루키우스 안토니우스. 제가 아끼는 예술품이 있다면 로마의 신전에 기부할 겁니다. 전 소박한 음식을 즐기고 포도주도 안 마시며 나쁜 습관도 없습니다. 이만 가보겠습니다." 옥타비아누스는 이 말을 남기고 유연한 동작으로 베스타 계단을 오르기 시작했다. 그의 가슴이 조여들었다. 시련은 끝났고 그는 자기 몫을 잘 해냈다. 이제 천식이 그를 호되게 괴롭힐 차례였다.

루키우스 안토니우스는 그를 따라가지 않고 찡그린 얼굴로 서 있었다.

"그 작고 교활한 여우가 아주 보기 좋게 날 속였소." 루키우스는 잠시 후 풀비아를 만나 말했다.

그녀는 또다시 임신중이었고 안토니우스에 대한 그리움이 너무 커서 예민해져 있었다. "그에게 연설할 기회를 줘서는 안 되는 거였어요." 그녀는 보기 싫은 얼굴 주름이 몇 개 드러날 정도로 심각한 표정을 지었다. "당신은 가끔 머저리 같아요, 루키우스. 당신이 그의 말을 정확히 전달한 거라면, 그가 태양 주변의 띠를 가리키며 한 말은 카이사르가 신이고 자기는 신의 아들이라는 거잖아요."

"그렇게 생각하시오? 난 그냥 앙큼하다고 생각했는데 말이지." 루키우스가 여전히 낄낄거리며 말했다. "당신은 거기 없었지만 난 거기 있었소, 풀비아. 그는 타고난 배우일 뿐이오."

"술라도 마찬가지였죠. 게다가 왜 자신이 동정이란 걸 당신에게 알린 거죠? 젊은 사람들은 보통 안 그러잖아요. 그런 사실을 인정하느니 차라리 죽음을 택하겠죠."

"자신이 동성애자가 아니란 걸 내게 알리고 싶었던 게 아닐까 싶소. 그는 너무 예쁘장해서 어떤 남자라도 매력을 느낄 테지만, 그는 자신에게 그 어떤 나쁜 습관도 없다고 했소. 그의 욕구는 단순하다고 말하더군요. 물론 그는 훌륭한 연설가였소. 실은 나도 깊은 감명을 받았소."

"그가 위험한 존재라는 말처럼 들리네요, 루키우스."

"위험하다고? 풀비아, 그는 겨우 열여덟 살이오!"

"여든 살 같은 열여덟 살에 가까운 것 같은데요. 그는 동료 귀족들이 아니라 카이사르의 피호민과 지지자 들을 만나러 다니고 있어요." 그녀는 자리에서 일어났다. "마르쿠스에게 편지를 써야겠어요. 그도 이 사실을 알아야 할 것 같아요."

마르쿠스 안토니우스는 카이사르의 상속자에 관한 풀비아의 편지를 받은 2주 후, 크리토니우스로부터 이번에는 카이사르의 상속자가 카이사르의 황금 대좌와 보석 박힌 황금 화환을 케레스 경기대회에서 공개하려 한다는 편지를 받았다. 그는 이제 로마로 돌아갈 때라고 판단했다. 그 애송이 잡놈은 원하는 바를 이루지 못하리라. 케레스 경기대회를 관장하는 크리토니우스는 그런 물품들의 공개를 금지했기 때문이다. 그러자 젊은 옥타비우스는 카이사르가 거절했던 디아데마를 행진 때 선보이게 해달라고 요청했다! 크리토니우스가 또다시 거절하자 그는 낙심했지만 뉘우치는 기색은 없었다. 주눅이 들지도 않았다. 게다가 크리토니우스에 따르면 그는 자신을 '카이사르'라고 불러줄 것을 요구한다고 했다! 로마 전역을 돌아다니며 평범한 사람들을 만나 이야기를 나누고 스스로 '카이사르'라고 칭한다고! '옥타비우스'라고 불리는 것도 원치 않고, 심지어 '옥타비아누스'라고 불리는 것도 원치 않는다고 했다!

3월의 스물한번째 날, 안토니우스는 노련병 출신 경호원 수백 명과 함께 잔뜩 지친 말을 타고 로마로 들어왔다. 그는 엉덩이가 쓰렸고, 녹초가 되도록 서두르느라 성질은 날이 서 있었다. 게다가 아주 중요한 일까지 잠시 중단해야 했다. 그가 노련병들을 자기편에 묶어두지 못한다면 해방자들이 어떤 태도로 나오겠는가?

또다른 사건 하나가 안토니우스의 분노에 기름을 퍼부었다. 그는 브룬디시움으로 사람을 보내 속주의 공세와 카이사르의 군자금을 챙기도록 했다. 속주 공세는 그의 작전 기지인 테아눔에 안전하게 도착했다. 그 돈으로 땅을 사고 빚을 갚을 수 있으니 참으로 다행이었다. 안토니우스는 로마의 공적 자금을 개인 용도로 사용하는 데 거리낌이 없었다. 집정관인 그는 국고를 담당하는 마르쿠스 쿠스피우스에게 국고에서 2천만 세스테르티우스를 빌려 쓰겠다고 간단한 편지를 보냈을 뿐이다. 하지만 카이사르의 군자금은 브룬디시움에 없었으므로 테아눔으로 가져갈 수 없었다. 당황한 금고 관리인은 안토니우스의 보좌관이자 전직 백인대장인 카포에게 카이사르의 상속자가 카이사르의 이름으로 돈을 가져갔다고 전했다. 카포는 이런 정보만 가지고 캄파니아로 돌아갈 수 없음을 깨닫고 브룬디시움과 인근 지역, 심지어 주변 시골까지 탐문 수사를 벌였다. 하지만 그가 알아낸 것은 거의 없었다. 돈이 사라진 날은 비가 억수같이 쏟아져 아무도 밖에 나다니지 않았던 것이다. 진지에 있던 2개 대대의 병사들은 제정신인 사람이라면 그런 날씨에는 바깥을 돌아다니지 않았을 거라 말했고, 예순 대의 짐수레를 목격했다는 사람은 아무도 없었다. 아울루스 플라우티우스를 찾아가서 물어보자 그는 망연자실한 표정을 지으며, 가이우스 옥타비우스가 바로 옆 금고에서 벌어진 절도 사건과 전혀 무관하다는 데 자기 가족들의 머리를 걸 수도 있다고 맹세했다. 옥타비우스는 바로 전날 마케도니아에서 도착한데다 건강이 너무 나빠 얼굴이 파랗게 질린 상태였다고 했다. 그래서 카포는 테아눔으로 돌아가기 전에 북쪽의 바리움, 서쪽의 타렌툼, 남쪽의 히드룬툼으로 부하들을 보내 실종된 짐수레들의 행방을 추적하도록 했다. 한편 다른 부하들은 강풍이 잦아든 직후 짐이 잔뜩 실린 배가 항구를 떠나는 장면을 목격한 사람이 없는지 찾아다녔다.

안토니우스가 로마로 돌아올 때까지 이 모든 수사는 아무런 성과도 거두지 못했다. 그 어디에서도 짐수레나 수송선이 목격되지 않았다. 군자금은 지구상에서 갑자기 사라졌다. 적어도 겉으로는 그렇게 보였다.

가이우스 옥타비우스를 불러들이기엔 너무 늦은 시각이었으므로 안토니우스는 먼저 쓰린 엉덩이를 광천수에 담갔다. 그런 다음 풀비아와 함께 욕정에 불타는 목욕을 하고, 잠든 안틸루스를 지켜보고, 많은 양의 음식과 포도주를 먹고 마신 뒤 잠자리에 들었다.

그는 돌라벨라가 며칠 동안 로마를 비운다는 소식을 새벽에 접했다. 안토니우스가 아침식사를 하는 사이 아울루스 히르티우스가 도착했는데 그 역시 기분좋은 표정은 아니었다.

"완전 무장한 병사들을 로마로 데려오다니 무슨 의도요, 안토니우스?" 히르티우스는 추궁하듯 물었다. "지금은 민간인 소요 사태도 없고, 당신에겐 기병대장의 특권도 없소. 당신이 여기 남아 있는 해방자들을 체포할 작정이란 소문이 로마 내에 파다하오. 오늘 벌써 그들 중 일곱 명이 날 찾아왔었소! 그들은 당신이 전쟁을 선동하는 중이라고 브루투스와 카시우스에게 편지를 쓰고 있소!"

"경호원 없이는 안전하다고 느껴지지 않아서 말입니다." 안토니우스는 으르렁거렸다.

"누구로부터 말이오?" 히르티우스는 멍한 얼굴로 물었다.

"수풀 속의 뱀 같은 가이우스 옥타비우스로부터요!"

히르티우스는 의자에 털썩 주저앉았다. "가이우스 옥타비우스?" 그는 터지는 웃음을 참을 수 없었다. "오, 세상에, 안토니우스, 맙소사!"

"그 애송이 잡놈이 브룬디시움에서 카이사르의 군자금을 훔쳤습니다."

"말도 안 되는 소리!" 히르티우스는 더 크게 웃어대며 말했다.

하인이 나타났다. "가이우스 옥타비우스가 왔습니다, 주인님."

"그렇다면 직접 그에게 물어봅시다." 안토니우스는 찡그린 얼굴로 말했다. 그는 대놓고 자기 말을 못 믿겠다고 나오는 히르티우스 탓에 심히 언짢았다. 문제는 그가 감히 히르티우스를 적으로 돌릴 수 없다는 사실이었다. 히르티우스는 로마 내의 카이사르 지지자들 중 가장 충직하고 영향력 있는 자였다. 원로원에서의 영향력도 대단했고 다음해 집정관이 될 인물이었다.

밑창이 두꺼운 장화는 히르티우스와 안토니우스 모두를 놀라게 했다. 수풀 속의 뱀이라는 비유와는 전혀 들어맞지 않았다. 특이한 신발을 신고 있는 이 얌전한 토가 차림의 젊은이가 위험한 존재라고? 수백 명의 무장 경호원을 거느려야 할 이유라고? 히르티우스는 안토니우스에게 유쾌하면서도 의미심장한 눈길을 보내더니, 의자에 기대앉으며 두 거인의 충돌을 관전할 자세를 잡았다.

안토니우스는 자리에서 일어나거나 손을 내밀지 않았다. "옥타비우스."

"카이사르입니다." 옥타비아누스는 부드럽게 자신의 이름을 바로잡았다.

"자넨 카이사르가 아니야!" 안토니우스는 버럭 소리쳤다.

"저는 카이사르입니다."

"자네가 그 이름을 쓰는 걸 금지하겠네!"

"합법적인 입양을 통해 그건 이제 제 이름입니다, 마르쿠스 안토니우스."

"입양에 관한 쿠리아법이 통과되기 전까진 아니지. 그 법은 통과되지 않을 거야. 나는 수석 집정관이고 서둘러 쿠리아회를 열어 그 법을 통과시킬 마음이 없으니까. 실은 말이지, 가이우스 옥타비우스, 내가 손을 쓰면 그 쿠리아법은 절대 통과되지 못할 거네!"

"진정하시오, 안토니우스." 히르티우스는 부드럽게 말했다.

"아니, 진정 못 합니다! 이 계집애 같은 애송이 녀석, 네가 감히 누구라고 내 말을 거역하는 거야?" 안토니우스는 으르렁거렸다.

옥타비아누스는 아무런 반응 없이 서 있었다. 크게 뜬 눈은 그야말로 아무 표정도 없었고, 자세에서도 두려움이나 긴장감이 전혀 엿보이지 않았다. 토가 자락을 잡은 왼손과 옆구리에 붙은 오른손 모두 느긋한 곡선을 그리고 있었고 피부에 땀도 맺혀 있지 않았다.

"저는 카이사르입니다." 그가 말했다. "그러므로 카이사르로서 카이사르가 그의 재산 중 로마 인민들에게 유증한 부분을 가져가고 싶습니다."

"그 유언은 아직 검인되지 않았으니 자넨 그걸 가져갈 수 없어. 로마 인민들에게 줄 돈은 카이사르의 군자금에서 꺼내 쓰게, 옥타비우스." 안토니우스는 비웃으며 말했다.

"뭐라고요?" 옥타비아누스는 놀란 표정으로 물었다.

"자네가 브룬디시움에 있는 오피우스의 금고에서 그걸 훔쳐갔잖아."

히르티우스는 눈을 반짝이며 허리를 세우고 똑바로 앉았다.

"제가 한 짓이 아니라고 분명히 말할 수 있습니다."

"오피우스의 관리인은 자네 짓이라고 증언할 걸세."

"그럴 수 없을 겁니다. 왜냐하면 제가 한 짓이 아니니까요."

"자네가 오피우스의 관리인을 찾아가서 자신을 카이사르의 상속자라고 소개하고 카이사르의 군자금 3만 탈렌툼을 요구했다는 혐의를 부인하는 건가?"

옥타비아누스는 입가에 흐뭇한 미소를 지었다. "맙소사! 참 똑똑한 도둑이군요!" 그가 깔깔거렸다. "아마 그자는 아무런 증거도 제시하지 못했을 겁니다. 왜냐하면 브룬디시움에는 제가 남긴 증거가 하나도 없을 테니까요. 어쩌면 오피우스의 관리인이 그걸 훔쳤을지도 모르겠네요. 이런 세상에, 이 나라를 생각하면 얼마나 안타까운 일인지! 그걸 꼭 찾아냈으면 좋겠군요, 마르쿠스 안토니우스."

"자네 노예들을 고문할 수도 있네, 옥타비우스."

"브룬디시움에서 제 곁에 있었던 노예는 딱 한 명뿐이니 당신의 작업이 수월해지겠군요. 만약 절 고소하신다면 말이죠. 이 극악무도한 범죄는 언제 벌어진 거죠?" 옥타비아누스는 침착하게 물었다.

"끔찍한 폭우가 쏟아지던 날."

"오, 그렇다면 전 결백해요! 그때 제 노예는 뱃멀미 때문에, 저는 천식과 편두통 때문에 기진맥진해 있었으니까요. 제게 바람이 있다면," 옥타비아누스가 말했다. "당신이 제 정당한 권리를 인정하고 절 카이사르라고 불러주는 겁니다."

"내가 자넬 카이사르라고 부를 일은 절대 없을 걸세!"

"수석 집정관인 당신에게 반드시 알려드릴 일이 있습니다, 마르쿠스 안토니우스. 저는 아폴로 경기대회가 끝난 다음, 하지만 율리우스 달이 다 가기 전에 카이사르 승전 경기대회를 치를 생각입니다. 오늘 아침 당신을 찾아온 건 이 일 때문입니다."

"금지하겠네." 안토니우스는 매몰차게 말했다.

"아니, 그걸 금지할 순 없소!" 히르티우스는 분개하며 말했다. "나는 카이사르 승전 경기대회에 자금을 댈 마음이 있는 카이사르의 친구 중 한 사람이오. 그리고 당신도 자금을 댔으면 좋겠소, 안토니우스! 이 친구 말이 맞소. 그는 카이사르의 상속자고 카이사르 승전 경기대회를 치러야만 하오."

"오, 내 눈앞에서 꺼지게, 옥타비우스!" 안토니우스는 쏘아붙이듯 말했다.

"제 이름은 카이사르입니다." 옥타비아누스는 떠나면서 말했다.

"당신은 눈뜨고 보기 힘들 정도로 무례했소." 히르티우스가 말했다. "대체 무슨 생각으로 그에게 고함치고 악을 쓴 거요? 자리에 앉으라는 말조차 하지 않았잖소."

"제가 그에게 앉으라고 권하고 싶은 자리는 대못이 박힌 자리뿐일 겁니다."

"게다가, 당신은 그의 쿠리아법 통과를 막을 수 없소."

"쿠리아법 통과를 원한다면 훔쳐간 군자금을 내놔야만 할 겁니다."

이 말을 듣고 히르티우스는 다시 웃음을 터뜨렸다. "헛소리, 헛소리, 헛소리! 안토니우스 당신도 알겠지만, 누군가 정말로 군자금을 훔쳐갔다면 그런 일을 계획하고 실행하는 데 최소 일주일은 걸렸을 거요. 그런데 옥타비아누스는 그때 막 마케도니아에서 도착한 상태였고 많이 아팠었다는 걸 당신도 듣지 않았소."

"옥타비아누스?" 안토니우스는 여전히 찡그린 얼굴로 물었다.

"그렇소, 옥타비아누스. 당신 심정이 어쨌든 간에 그의 이름은 가이우스 율리우스 카이사르 옥타비아누스요. 난 그를 옥타비아누스라고 부를 거요. 카이사르라고 불러줄 마음까진 없소. 하지만 옥타비아누스 정도면 카이사르의 상속자로서 권리를 나름 인정해주는 셈이오." 히르티우스가 말했다. "그는 놀랍도록 침착하고 똑똑하더군, 안 그렇소?"

히르티우스가 카리나이 지구에 위치한 대저택의 주랑정원으로 나갔을 때, 그는 안토니우스의 노련병 경호원들이 모여 있는 것을 발견했다. 그들은 언뜻 수석 집정관의 명령을 기다리고 있는 듯했다. 그리고 바로 그들 한가운데 옥타비아누스가 카이사르의 웃음을 짓고 카이사르처럼 양손을 움직이며 서 있었다. 그는 카이사르의 재치도 갖춘 듯했다. 히르티우스에게는 들으면 들을수록 카이사르를 닮은 듯한 낮은 목소리로 그가 뭐라고 말할 때마다 주변 사람들이 웃음을 터뜨렸기 때문이다.

히르티우스가 그 무리가 있는 곳에 도착하기도 전에, 옥타비아누스는 카이사르처럼 작별의 손짓을 하며 떠났다.

"오, 어쩌면 저렇게 사랑스러운지!" 산전수전 다 겪은 병사가 눈물을 훔치며 말했다.

"그를 보셨습니까, 아울루스 히르티우스?" 다른 병사가 역시 마찬가지로 촉촉해진 눈으로 물었다. "카이사르를 꼭 닮았어요, 젊은 카이사르죠!"

저 아이는 지금 무슨 수작을 부리고 있는 걸까? 가슴이 덜컹 내려앉은 히르티우스는 궁금해졌다. 옥타비아누스는 훗날 반드시 높은 자리에 오르겠지만, 그 무렵이면 이 병사들 중 누구도 현역으로 활약하지 못할 것이다. 그가 원하는 것은 분명 이들의 아들들이리라. 그는 거기까지 미리 계획할 만한 능력을 지녔단 말인가?

카이사르의 군자금이 사라진 것은 안토니우스의 계획에 엄청난 영향을 끼쳤다. 그는 아울루스 히르티우스 같은 사람들에게 그 계획을 전부 털어놓을 준비가 돼 있지 않았다. 퇴역병들에게 땅을 마련해주는 것은 아주 힘든 일도 아니었다. 언제든 사유지를 빼앗아 공유지로 바꾸는 법을 제정할 수 있었기 때문이다. 이런 법의 희생양이 될 18개 백인대의 가장 강력한 기사들은(또한 많은 원로원 의원들은) 카이사르가 죽은 이후 불평을 털어놓는 일을 자제하고 납작 엎드려 있었다. 또한 안토니우스가 가장 걱정하는 문제는 자신의 빚도 아니었다.

카이사르가 루비콘 강을 건넌 이후 새로운 변화가 생겨났는데, 이제 모든 군단의 병사들이 전투의 대가로 두둑한 상여금을 기대하는 지경에 이르렀다. 벤티디우스는 캄파니아에서 신규 2개 군단을 모집중이었고, 모든 입대병들은 단순히 입대하는 조건만으로 현금 1천 세스테르티우스를 지급받고자 했다. 국가에서는 신병의 장비 마련을 위해 엄청난 돈을 써야 했고 동시에 1천만 세스테르티우스를 현장에서 지급해야 했다. 6개 정예 군단은 아직 마케도니아에 남아 있었지만, 그 대표자들은 테아눔에서 미묘한 암시를 보내고 있었다. 파르티아의 보물이 사라졌는데 더이상 군인으로 활동하는 게 의미 있는 일일까? 다키아에 파르티아에 필적할 보물이 있기나 할까? 안토니우스가 어떻게 그들에게 이제 다키아의 보물도 물건너갔다고, 그들은 집정관에게 힘을 실어주기 위해 이탈리아로 귀환해야 한다고 전할 수 있을까? 안토니우스는 그 소식을 전하기에 앞서 그들이 브룬디시움에 상륙하자마자 현장에서 일인당 1만 세스테르티우스씩 지급할 금액을 마련해야 했다. 게다가 백인대장들에게는 추가 상여금을 제공해야 했는데, 그 액수는 3억 세스테르티우스에 달했다.

하지만 그에게는 그런 돈이 없었고 돈을 구할 방법도 없었다. 속주의 공세는 군단병의 급여가 아닌 온갖 일상적인 정부 지출에 사용되어야 했다. 카이사르가 죽고 나니 살아 있는 사람 중에 현금 상여금 없이 군단병의 충성심을 잡아둘 수 있는 이는 아무도 없었다. 안토니우스는 캄파니아에서 고군분투하는 동안 다른 건 몰라도 그것 하나는 절실히 깨달았다.

"옵스 신전에 보관된 비상금을 이용하는 건 어때요?" 안토니우스가 모든 문제를 의논하는 상대인 풀비아가 말했다.

"거기엔 비상금이 없소." 안토니우스는 침울하게 말했다. "킨나와 카르보부터 술라에 이르기까지 모든 사람들에게 약탈당했소."

"클로디우스는 그 돈이 다시 채워졌다고 그랬어요. 무료 곡물 배급 비용을 마련하기 위해 키프로스 섬을 합병하는 법을 통과시키지 못하면 옵스 신전의 비상금을 꺼내 쓸 계획이었죠. 어쨌든 옵스는 풍요의 여신이자 대지의 과실이니 무료 곡물 마련을 위한 합법적이고 적절한 원천이라 생각했거든요. 그런데 그의 법이 통과되는 바람에 옵스 신전을 약탈할 필요가 없었던 거죠."

안토니우스는 그녀를 덥석 끌어안더니 진한 입맞춤을 했다. "나의 옵스 여신이나 다름없는 당신이 없었다면 어쩔 뻔했소?"

카피톨리누스 언덕에 위치한 옵스 신전은 그리 낡은 건물이 아니었다. 옵스 여신은 누멘이라 얼굴이나 육신이 없고 로마 초창기부터 존재했다. 하지만 옵스가 모셔진 원래 신전은 화재로 소실되었고, 이 신전은 카이킬리우스 메텔루스 가문 사람에 의해 150년 전 새로 세워진 곳이었다. 규모는 크지 않았지만, 카이킬리우스 메텔루스 집안사람들은 신전에 칠을 하고 깨끗하게 관리해왔다. 하나뿐인 신상 안치실에는 신상이 없었고, 그곳에서 옵스에게 제물을 바치지도 않았다. 로마 종교계에서 더 중요한 건물인 레기아에 옵스를 위한 제단이 있었던 것이다. 로마의 다른 모든 신전들처럼 카피톨리누스 언덕의 옵스 신전도 높은 기단 위에 세워져 있었다. 신전 지하는 신성불가침의 공간이었는데, 그 위에 모셔진 신에게 보호를 받기 때문이었다. 그래서 그곳에는 돈이나 금괴 등 중요한 물건들이 보관되곤 했다.

마르쿠스 안토니우스는 날이 어두워진 뒤 부하들만 이끌고 옵스 신전의 지하실로 쳐들어갔다. 그는 숨을 죽이며 변색된 은괴가 잔뜩 쌓여 있는 곳을 등불로 비추어 보았다. 옵스는 이자까지 쳐서 돈을 다 돌려받은 것이 분명했다! 그는 마침내 돈을 구한 것이다.

안토니우스는 은괴를 환한 대낮에 옮겼다. 한꺼번에 다 옮기거나 아주 멀리 옮기지도 않았다. 은괴는 아실룸을 지나 카피톨리누스 언덕 반대편의 유노 모네타 신전으로 갔다. 거기에 위치한 조폐국에서 은괴는 데나리우스 은화로 변신했다. 그는 앞으로 오랫동안 자신의 군단에 급여를 지불할 수 있었고 자신의 빚도 갚을 수 있게 됐다. 옵스 신전에는 은이 2만 8천 탈렌툼, 즉 7억 세스테르티우스나 보관돼 있었던 것이다.

6월 칼렌다이를 위해 모든 상황이 착착 맞아떨어졌다. 그때가 되면 안토니우스는 자신의 속주들을 바꿔달라고 원로원에 요청할 계획이었다. 그런 다음 동생 루키우스를 이용해 평민회가 데키무스 브루투스로부터 이탈리아 갈리아 총독 직을 박탈하게 만들 생각이었다.

브루투스와 카시우스에게서 온 편지는 그를 열받게 했다.

우리가 6월 칼렌다이에 원로원 회의에 참석할 수 있다면 더없이 기쁠 거요, 마르쿠스 안토니우스. 하지만 우리 신변의 안전을 반드시 당신에게 확인받아야겠소. 우리 둘 다 고위급 법무관인데도 불구하고, 당신이나 다른 정무관들이 로마에서 무슨 일이 벌어지는지 알려주지 않는 것을 애석하게 생각하고 있소. 당신이 우리의 안위를 신경쓴다는 것은 알고, 3월 이두스 이후 당신이 보여준 수많은 배려에 다시 한번 감사의 뜻을 전하오. 하지만 지금 로마는 카이사르의 옛 병사들로 가득하고, 그들은 집정관 돌라벨라가 치워버린 카이사르의 제단과 기둥을 재건할 작정이라는 소식을 들었소.

우리의 질문은 이거요. 우리가 로마로 돌아간다면 안전할 것인가? 겸허히 부탁하건대, 우리의 사면이 여전하며 우리가 로마에서 환영받을 것이라는 확신을 주시오.

재정 문제가 잘 해결되자 기분이 한결 나아진 안토니우스는, 비굴하게까지 느껴지는 이 간청에 답변을 띄우면서 해방자들의 심정을 전혀 고려하지 않았다.

마르쿠스 브루투스, 가이우스 카시우스, 내가 당신들 신변의 안전까지 보장해줄 순 없소. 로마가 카이사르의 옛 병사들로 가득하다는 건 사실이오. 그들은 토지 지급을 기다리며, 혹은 내가 캄파니아에서 모집중인 군단에 재입대할지를 논의하며 휴가를 즐기고 있소. '카이사르 숭배'에 가까운 그들의 행동에 관해서라면, 내가 그 카이사르 숭배를 장려하지 않으리라는 것만 알아주시오.

6월 칼렌다이에 있을 원로원 회의 참석을 위해 로마로 와도 좋고, 안 와도 좋소. 선택은 온전히 당신들 몫이오.

됐다! 이로써 그들은 안토니우스의 계획에서 자기네의 위치를 알게 되리라! 또한 그들이 삼니움족의 불만을 이용하려 할 경우, 근처에 반란을 진압할 군단들이 기다리고 있으리라는 것도 알게 되겠지. 그래, 옵스 신께 맹세코 정말 기막힌 답장이다!

6월 칼렌다이에 그의 기분은 바닥으로 곤두박질쳤다. 원로원 의사당에 들어가보니 참석 인원이 너무 적어 정족수 미달이었던 것이다. 브루투스, 카시우스, 키케로가 있었다면 가까스로 정족수를 채울 수도 있었겠지만, 그들은 거기 없었다.

"좋아." 그는 이를 악물고 돌라벨라에게 말했다. "나는 바로 평민회로 가겠어. 루키우스!" 그는 가이우스 안토니우스와 나란히 팔짱을 끼고 나가던 막냇동생을 불렀다. "오늘로부터 이틀 후에 평민회를 소집해!"

평민회도 똑같이 출석률이 저조했지만 거기는 정족수 규정이 없었다. 각 트리부스별로 한 명씩이라도 참석하면 회의가 진행될 수 있었다. 총 서른다섯 개 트리부스의 200명 남짓한 사람들이 모였다. 회의 진행은 빨랐고 안토니우스의 분노는 대단했다. 따라서 그 어떤 호민관도 루키우스 안토니우스에게 반대할 수 없었고 그 어떤 호민관도 감히 거부권을 행사할 수 없었다. 얼마 지나지 않아 평민회는 마르쿠스 안토니우스에게 이탈리아 갈리아와 나르보 지역을 제외한 먼 갈리아를 5년간 통치할 수 있는 무제한의 임페리움을, 돌라벨라에게는 시리아를 5

년간 통치할 수 있는 무제한의 임페리움을 안겨주었다. 이 안토니우스 속주 교환법은 즉각 효력을 발휘했으며, 이로써 데키무스 브루투스는 자신의 속주를 잃었다.

평민회의 역할은 그걸로 끝이 아니었다. 안토니우스가 군단들과 맺은 거래의 첫번째 열매가 분명히 드러난 것은 루키우스 안토니우스가 새로운 법안을 상정했을 때였다. 그 법안은 세번째 부류의 사람들을 배심원으로 법정에 앉힌다는 내용을 담고 있었다. 그 세번째 부류란 전직 고위급 백인대장들을 의미했고, 그들은 배심원 자격을 얻기 위해 기사 수준의 재산을 보유할 필요가 없었다. 안토니우스의 막냇동생은 이 법안에 이어 또다른 토지 법안을 내놓았다. 마르쿠스 안토니우스, 루키우스 자신, 돌라벨라, 거기다 안토니우스에게 아첨하기 바쁜 해방자 카이센니우스 렌토를 비롯한 잔챙이 네 명, 이렇게 총 일곱 명으로 구성된 위원회가 퇴역병들에게 공유지를 분배하는 역할을 맡는다는 내용이었다.

갈라티아의 데이오타로스 왕이 안토니우스에게 뇌물을 쓰는 중이라는 소문을 히르티우스가 들었다면, 그는 소아르메니아가 카파도키아에서 떨어져 갈라티아로 편입되었을 때 그 소문이 과연 사실임을 눈치챘을 것이다.

두 집정관은 입지를 다졌고 그들의 통치 방식을 확립했다. 그것은 부정부패와 아전인수였다. 6월의 칼렌다이부터 각종 세금 감면과 특혜 제공이 이루어졌고, 파베리우스의 시민권 판매가 발각된 후 카이사르에게 시민권 취득을 영구 금지당했던 사람들은 이제 다시 시민권을 살 수 있게 되었다. 동시에 조폐국에서는 계속 옵스 신전의 은괴로 주화를 찍어냈다.

"권력을 자기 이익에 맞게 이용하지 않는다면," 돌라벨라는 안토니우스에게 말했다. "그게 다 무슨 소용이겠습니까?"

원로원은 6월 다섯째 날 다시 모였고 이번엔 정족수를 채웠다. 루키우스 피소, 필리푸스 등 앞줄에 앉은 의원들이 놀랄 일이 있었으니, 푸블리우스 세르빌리우스 바티아 이사우리쿠스가 그들 사이에 앉아 있었던 것이다. 술라의 절친한 친구이자 정치적 동지였던 바티아는 오래전 은퇴해 대부분의 사람들은 그의 존재조차 잊은 지 오래였다. 로마에 있는 그의 저택은 카이사르의 친구이자 현재 아시아 속주 통치를 마치고 귀환중인 아들의 거처로 쓰이고 있었다. 아버지 바티아는 쿠마이에 위치한 빌라에서 자연, 예술, 문학의 아름다움을 음미하며 지냈다.

기도와 조점의식이 끝난 후 바티아는 할말이 있다는 듯 자리에서 일어났다. 그는 전직 집정관 중 최고 연장자에다 가장 위엄 있는 인물이었으므로 제일 먼저 발언할 자격이 있었다.

"나중에 발언하십시오." 안토니우스가 퉁명스럽게 말했고, 다들 헉 소리를 냈다.

돌라벨라는 고개를 돌려 안토니우스를 사납게 노려봤다. "6월의 파스케스를 쥐고 있는 사람은 바로 접니다, 마르쿠스 안토니우스. 그러므로 이건 제가 주관하는 회의입니다! 푸블리우스 바티아, 원로원으로 돌아온 당신을 환영할 수 있어 영광입니다. 발언하십시오."

"고맙소, 푸블리우스 돌라벨라." 바티아가 살짝 떨리지만 꽤 잘 들리는 목소리로 말했다. "여러분은 언제쯤 법무관들의 속주 분배 문제를 논의할 생각입니까?"

"오늘은 안 됩니다." 안토니우스는 돌라벨라가 입을 열기 전에 먼저 대답했다.

"이 자리에서 그 문제를 논의하는 게 좋겠습니다, 마르쿠스 안토니우스." 돌라벨라는 완고하게 말했다. 그는 자신의 권위가 짓밟히도록 놔두지 않을 작정이었다.

"내가 오늘은 안 된다고 했소! 그 논의는 연기됐소." 안토니우스가 으르렁거렸다.

"그렇다면 저는 두 법무관에게 특별히 신경써줄 것을 요청하고 싶습니다." 바티아가 말했다. "바로 마르쿠스 유니우스 브루투스와 가이우스 카시우스 롱기누스입니다. 독재관 카이사르를 직접 처단한 그들의 행위는 용납할 수 없지만, 저는 그들의 안위가 걱정됩니다. 그들이 이탈리아에 남아 있는 한 생명의 위협에서 벗어날 수 없습니다. 그러므로 투표를 통해 마르쿠스 브루투스와 가이우스 카시우스에게 당장 속주 통치권을 부여할 것을 제안합니다. 다른 법무관들이 오랫동안 자기 차례를 기다리는 한이 있더라도 말이죠. 또한 마르쿠스 안토니우스가 마케도니아를 포기했으니 그곳을 마르쿠스 브루투스에게 맡길 것을 제안합니다. 그리고 가이우스 카시우스에게는 키프로스, 크레타, 키레나이카와 함께 킬리키아 속주를 맡길 것을 제안합니다."

바티아는 발언을 멈췄지만 자리에 앉지는 않았다. 불완전한 침묵이 내렸고, 제일 윗줄에서는 불길한 웅성거림이 들렸다. 카이사르 덕분에 임명된 사람들은 카이사르의 암살자들에게 앙심을 품고 있었던 것이다.

법무관 가이우스 안토니우스는 성난 얼굴로 자리에서 일어났다. "존경하는 집정관님, 그리고 기타 등등 여러분," 그는 분별없이 소리쳤다. "우리가 브루투스와 카시우스의 뒤를 봐줘야 한다는 전직 집정관 바티아의 말씀에 저도 동의합니다! 그들이 이탈리아에 남아 있는 한 정부를 위협하는 존재가 되겠죠. 원로원은 그들의 사면을 표결했으니 그들은 반역 혐의로 재판받을 수 없습니다. 하지만 저는 그들이 먼저 속주 통치권을 승인받고 저처럼 무고한 사람들은 더 오래 기다려야 하는 상황을 용납할 수 없습니다! 그러니 그냥 그들에게 재무관 직을 맡깁시다! 로마와 이탈리아를 위해 곡물을 구매하는 임무를 맡기는 겁니다. 브루투스는 소아시아로, 카시우스는 시칠리아로 보냅시다. 그들은 재무관 직만으로 충분할 겁니다!"

뒤이은 논의를 통해 바티아의 제안이 얼마나 인기가 없는지 드러났다. 그에게 증거가 더 필요했다면, 원로원이 기어코 브루투스와 카시우스에게 각각 소아시아와 시칠리아에서의 곡물 구입 임무를 맡기자고 표결했을 때 확실히 깨닫게 되었으리라. 설상가상으로 안토니우스와 똘마니들은 그를 비웃고 그의 늙음과 고루한 사고방식을 조롱했다. 그는 회의가 끝나자마자 캄파니아의 빌라로 돌아갔다.

그는 집에 도착해서 하인들에게 목욕물을 받으라고 했다. 그런 다음 푸블리우스 세르빌리우스 바티아 이사우리쿠스는 안도의 한숨을 내쉬며 물속으로 들어가 칼로 양쪽 손목의 정맥을 끊고, 따뜻하며 한없이 포근한 죽음의 품속으로 흘러들어갔다.

"나더러 이런 귀향을 어떻게 견디란 말인가?" 아들 바티아가 아울루스 히르티우스에게 물었다. "카이사르는 살해당하고, 우리 아버지는 자살하시고……." 그는 또다시 울음을 터뜨리며 서럽게 울었다.

"게다가 로마는 마르쿠스 안토니우스의 손아귀에 들어 있죠." 히르티우스는 침울하게 말했다. "저도 출구가 보이면 좋겠지만, 바티아, 도

무지 보이질 않습니다. 안토니우스에게 맞설 사람은 아무도 없어요. 그는 명백한 불법행위부터 재판 없는 즉결처형까지 뭐든 원하는 대로 할 수 있어요. 또한 군대를 자기편으로 두고 있죠."

"그는 군대를 매수한 거예요." 유니아가 말했다. 그녀는 남편이 집으로 돌아와 아주 기뻤다. "나로선 이 모든 일의 시발점인 브루투스 오빠를 죽이고 싶지만, 사실 그를 조종하고 있는 건 포르키아예요."

바티아는 눈물을 훔치고 코를 풀었다. "안토니우스와 그의 고분고분한 원로원이 자네에게 내년 집정관 직을 허락할 것 같나, 히르티우스?" 그가 물었다.

"안토니우스는 그렇게 말했어요. 전 그에게 너무 자주 얼굴을 비치지 않으려고 조심하고 있답니다. 아예 눈에 안 띄는 게 현명해요. 판사도 똑같은 생각이죠. 그래서 우리가 회의에 자주 불참하는 거랍니다."

"그렇다면 그에게 맞설 힘을 가진 사람은 없는 건가?"

"아무도 없어요. 안토니우스는 제멋대로 활개치고 있죠."

4

3월 이두스 이후의 그 끔찍한 봄여름 동안 로마와 이탈리아의 상업계와 정치계 지도자들도 같은 생각을 하고 있었다.

브루투스와 카시우스는 캄파니아 연안을 이리저리 떠돌았고, 포르키아는 대갈못으로 박아놓은 것처럼 브루투스 곁에 꼭 붙어다녔다. 한번은 그들이 세르빌리아와 테르툴라와 한 빌라에 모이게 됐는데, 다섯 사람은 틈만 나면 옥신각신했다. 곡물 구입 임무에 관한 소식이 전해졌고, 그것은 그들에게 참을 수 없는 모욕이었다. 어떻게 안토니우스는 그들에게 한낱 재무관에게나 어울릴 임무를 떠맡긴단 말인가?

마침 그들을 방문한 키케로는 세르빌리아가 아직도 자신에게 원로원의 결정을 뒤집을 힘이 있다고 확신한다는 것과, 카시우스가 전쟁도 불사할 태세라는 것과, 브루투스가 완전히 낙담해 있다는 것과, 포르키아가 늘 그렇듯 투덜대며 성가시게 군다는 것과, 테르툴라가 아기를 잃고 절망의 늪에 빠져 있다는 것을 알게 됐다.

그는 큰 충격에 빠진 채 그 빌라를 떠났다. 이건 난파선이나 다름없다. 그들은 무엇을 해야 할지 갈피를 잡지 못하고, 탈출구가 어딘지 모르며, 목에 도끼든 뭐든 떨어지기를 기다리며 허송세월하고 있다. 이탈리아가 침몰중인 이유는 못된 아이들의 통치를 받고 있기 때문이다. 하지만 덜 못된 아이들에 해당하는 우리는 이런 혼란 상황에 대처할 줄 모른다. 우리는 직업군인들과 그들을 통제하는 남자의 무자비한 흉포함 앞에 도구로 전락했다. 해방자들은 카이사르를 제거할 음모를 꾸미면서 이런 상황을 예상했을까? 아니, 물론 아니겠지. 그들은 카이사르를 제거해야 한다는 것 외엔 아무 생각도 할 수 없었으리라. 카이사르만 사라지면 모든 것이 원래 자리를 찾아가리라 믿었으리라. 그들은 자기네가 직접 국가라는 배의 방향키를 잡아야 한다는 것을 전혀 이해하지 못했다. 그리고 그 방향키를 잡지 않음으로써, 그들은 배가 암초에 부딪히도록 했다. 난파선. 로마는 이제 끝장났다.

새롭게 이름이 붙은 율리우스 달에는 두 종류의 경기대회가 열려 관객들을 즐겁게 하고 혼을 빼놓았다. 첫번째는 아폴로 경기대회, 그다음은 카이사르 승전 경기대회였다. 장화를 닮은 이탈리아 반도의 발가락 부분에 해당하는 브루티움, 다리 위쪽의 엉덩이에 해당하는 이탈리아 갈리아 등 아주 먼 곳에 사는 사람들이 로마로 몰려들었다. 한여름이라

날씨가 아주 건조하고 더웠다. 바야흐로 휴가의 달이었다. 로마 인구는 거의 두 배로 불어났다.

아폴로 경기대회의 주최자였지만 직접 참석하지 못한 브루투스는 〈테레우스〉 공연에 자신의 모든 것을 걸었다. 그것은 라티움 작가 아키우스가 쓴 희곡이었다. 물론 평범한 사람들은 7일 일정의 경기대회 첫날과 마지막날 진행되는 전차 경기라든지, 그 중간에 대형 극장에서 상연되는 아텔라식 익살극이나 음악적 요소가 풍부한 플라우투스와 테렌티우스의 광대극을 선호했다. 하지만 브루투스는 〈테레우스〉 공연이 카이사르 암살에 관한 일반인들의 생각을 알아볼 수 있는 잣대라고 확신했다. 연극은 폭군 살해와 그 배경에 관한 이야기로 방대한 규모의 비극이었다. 그러므로 일반인들은 전혀 흥미를 느끼지 못했고 연극을 보러 가지도 않았다. 일반인들에 대한 브루투스의 무지함은 정확한 상황 판단을 불가능하게 했다. 관객은 엘리트 계층으로 바로나 루키우스 피소 같은 지식인이 많았고, 연극은 열광에 가까운 찬사를 받았다. 이 소식이 브루투스에게 전해지자 그는 이제 자신의 정당성을 인정받았다고, 일반인들이 카이사르 살해를 묵인했다고, 조만간 해방자들 모두가 제자리로 완벽히 복귀하게 될 것이라고 확신했다. 하지만 진실을 살펴보면 〈테레우스〉가 워낙 훌륭한 희곡이었고 배우들의 연기도 탁월했으며 자주 상연되는 연극이 아니었기에 흔한 공연에 물린 엘리트 계층의 입맛에 맞았던 것뿐이었다.

카이사르 승전 경기대회 준비를 맡은 옥타비아누스는 대중의 반응을 점검할 장치를 따로 심어두지 않았다. 하지만 포르투나 여신이 그것을 그 대신 마련해줬다. 그의 경기대회는 11일간 이어졌고, 여름철 동안 로마에서 꾸준히 진행되는 여타 경기대회와는 짜임새가 사뭇 달랐다. 처음 7일 동안은 야외극과 영웅적 일화의 재현이 이어졌다. 첫날 야외극은 알레시아 전투를 주제로 하여 대경기장에서 펼쳐졌다. 수천 명이 공연에 동원되었고, 수많은 모의 전투가 이어졌으며, 이런 방면에 남다른 재능을 보였던 마이케나스가 조직하고 감독한 참신하고 흥미진진한 공연이 펼쳐졌다.

경기대회에 가장 많은 자금을 댄 사람에게는 개회 선언의 영광이 돌아갔다. 귀빈석에서 일어난 옥타비아누스는 수많은 관중의 눈에 카이사르의 환생으로 비쳤다. 안토니우스로서는 언짢게도 옥타비아누스는 무려 15분 동안 박수갈채를 받았다. 지극히 만족스러운 경험이었지만, 옥타비아누스는 그것이 로마가 자신에게 속해 있음을 의미한다고 착각하진 않았다. 그것은 로마가 카이사르에게 속해 있음을 의미했다. 그리고 바로 그 점이 안토니우스를 열받게 했다.

개회 당일 해가 지기 약 한 시간 전 '베르킹게토릭스'가 '카이사르'의 발 아래 책상다리를 하고 앉은 순간, 카피톨리누스 언덕 위의 북쪽 하늘에 거대한 혜성이 나타났다. 처음에는 아무도 알아차리지 못했지만 몇몇 사람들이 손가락으로 혜성을 가리켰고, 이내 대경기장을 꽉 채운 20만 관중이 전원 함성을 지르며 자리에서 일어났다.

"카이사르! 저 별은 카이사르야! 카이사르는 신이야!"

다음날의 야외극과 일화 재현, 그리고 이후로 5일간의 공연은 로마 인근의 더 작은 공연장에서 이어졌다. 하지만 매일같이 해 지기 한 시간 전이면 혜성이 나타났고, 거의 밤새 기이할 정도로 환하게 하늘을 밝혔다. 혜성의 머리는 달처럼 거대했고, 그 뒤에 달린 꼬리는 북쪽 하늘에 반짝이는 두 갈래 흔적을 남겼다. 경기대회의 마지막 나흘간 대경기장에서 야수 사냥, 경마, 전차 경주 등 화려한 볼거리가 펼쳐지는 동안에도, 카이사르를 상징하는 꼬리가 긴 혜성은 계속해서 빛났다. 그리고 경기대회가 끝나는 바로 그 순간 하늘에서 사라졌다.

옥타비아누스는 재빠르게 대응했다. 경기대회 둘째 날, 로마 곳곳에 위치한 카이사르 조각상의 이마에는 도금한 별이 붙어 있었다.

카이사르의 별 덕분에 옥타비아누스는 원래 잃었던 것보다 더 많은 것을 얻었다. 안토니우스는 카이사르의 황금 대좌와 보석 박힌 황금 화환을 가장행렬에 포함하는 것을 금지한 터였고, 카이사르의 상아 조각상은 신들의 행렬에 포함되지 못했다. 경기대회 둘째 날, 안토니우스는 폼페이우스 극장의 관중 앞에서 해방자들을 열심히 옹호하고 카이사르의 업적을 깎아내리는 자극적인 연설을 했다. 하지만 기묘한 혜성이 하늘을 밝히고 있었던 탓에 안토니우스의 대응책은 모두 무효로 돌아갔다.

다른 사람들이 의견을 묻거나 질문을 할 때마다, 옥타비아누스는 그 별이 카이사르의 신성(神性)을 상징하는 게 분명하다고 답했다. 그렇지 않다면 왜 카이사르 승전 경기대회 첫날에 처음 나타나 경기대회가 끝나자마자 사라졌단 말인가? 다른 식으로는 설명될 수 없었다. 논란의 여지가 없었다. 안토니우스조차 그처럼 분명한 증거에 대해 반박할 수 없었고, 돌라벨라는 생살이 드러나도록 손톱을 물어뜯으며 카이사르의 제단과 기둥을 망가뜨리지 않은 자신의 천부적인 감각에 감사했다. 물론 그는 제단과 기둥을 복구시키지도 않았지만.

옥타비아누스는 내심 카이사르의 별을 다른 시각에서 바라보고 있었다. 그 별은 당연히 카이사르의 상속자에게도 카이사르의 수수께끼 같은 신성을 어느 정도 나눠줬다. 카이사르가 신이라면 그의 아들은 신의 아들인 셈이었다. 옥타비아누스는 로마 빈민가를 돌아다니며 많은 사람들이 그렇게 생각하고 있음을 직접 확인했다. 배타적인 팔라티누스 언덕에서 자란 이 젊은이는 배타성을 고집하면 일반인들에게서 사랑받을 수 없음을 진작에 깨달았다. 또한 미묘한 공포와 거창한 대화로 가득한 연극 공연 따위로 로마 빈민가 주민들의 생각을 알 수 있다고도 생각지 않았다. 그 대신 길을 걸으며 대화를 나누고, 만나는 사람들에게 자신의 아버지 카이사르에 관해 더 알고 싶다며 당신의 경험담을 들려달라고 했다! 그와 마주치는 사람 중에는 두 차례의 경기대회를 구경하러 로마에 들른 카이사르의 퇴역병들이 많았다. 그들은 그를 진심으로 좋아했고, 그가 착하고 겸손하며 그들의 모든 말에 귀기울일 준비가 되어 있다고 생각했다. 게다가 옥타비아누스는 경기대회 동안 공개적인 자리에서 안토니우스가 자신에게 보인 무례한 태도를 그들도 눈치채고 강하게 비판한다는 것을 알게 되었다.

옥타비아누스의 내면에서 절대 훼손되지 않을 안도감이 자라나기 시작했다. 그는 카이사르의 별이 의미하는 바를 정확히 알고 있었기 때문이다. 그것은 그가 세상을 지배할 운명임을 알려주는 카이사르의 메시지였다. 그는 마음속에 늘 세계 통치에 대한 열망을 품고 있었지만, 그것이 너무 허황되고 현실적으로 불가능한 일이었기에 공상이나 환상쯤으로 여겨왔다. 하지만 꼬리가 긴 혜성이 나타난 후로 생각이 달라졌다. 운명에 대한 예감은 어느새 확신으로 바뀌었다. 카이사르는 그가 세상을 통치하기를 원한다. 카이사르는 그에게 로마를 치유하고, 제국을 확장하고, 상상을 초월하는 힘을 로마에 안겨줄 임무를 넘겨주었다. 그의 보살핌 아래, 그의 보호하에서. 내가 바로 그 사람이다. 난 세계를 통치할 것이다. 내게는 진득하게 기다리며 배우고, 불가피하게 저지를 실수들을 바로잡고, 적들을 지치게 만들고, 해방자들부터 마르쿠스 안토니우스까지 모든 사람들을 상대할 시간이 충분하다. 카이사르는 내게 돈과 재산만 물려준 것이 아니라 그의 권력과 운명과 신성까지 물려주었다. 솔 인디게스, 텔루스, 리베르 파테르께 맹세코 나는 그를 실망시키지 않을 것이다. 나는 남부끄럽지 않은 아들이 될 것이다. 나는 카이사르가 될 것이다.

다시 대경기장으로 무대를 옮긴 경기대회 여덟째 날이 끝날 무렵, 백인대장으로 구성된 대표단이 대경기장을 떠나는 안토니우스를 구석으로 몰아넣었다. 안토니우스가 관중 앞에서 카이사르의 상속자를 향한 자신의 증오를 명백히 드러내기 위해 온갖 노력을 다 기울인 뒤였다.

"이제 그만두셔야 합니다, 마르쿠스 안토니우스." 대표단의 대변인이 말했다. 그는 옥타비아누스가 군자금을 옮기기 위해 도움이 필요했을 당시 브룬디시움에 있었던 2개 대대의 최고참 백인대장이었다. 그 2개 대대는 이제 4군단에 흡수될 예정이었다.

"뭘 그만둬야 한다는 건가?" 안토니우스가 으르렁거렸다.

"친애하는 젊은 카이사르를 대하시는 지금의 태도 말입니다. 그건 옳지 않습니다."

"군법회의라도 열어야 한다는 건가, 백인대장?"

"아닙니다, 그런 건 절대 아닙니다. 제가 하고 싶은 말은 '카이사르'라 불리는 꼬리가 긴 혜성이 하늘에 나타났다는 겁니다. 신들의 세계로 떠났던 그는 이제 자기 아들인 젊은 카이사르의 머리를 밝혀주고 있습니다. 이토록 훌륭한 경기대회를 준비한 데 대한 감사의 뜻으로 말이죠. 저 혼자의 생각으로 항의하러 온 게 아닙니다, 마르쿠스 안토니우스. 우리 모두 같은 생각입니다. 저는 오늘 쉰 명의 동료와 함께 왔습니다. 이들 모두 카이사르 군단 소속의 전현직 백인대장들이죠. 저처럼 재입대한 사람도 있고, 카이사르에게서 땅을 받은 사람도 있습니다. 저도 지난번에 퇴역할 때 카이사르로부터 땅을 받았습니다. 우리는 당신이 그 친애하는 젊은이를 대하는 태도를 눈여겨봤습니다. 그를 티끌처럼 취급하시더군요. 하지만 그는 티끌이 아닙니다. 젊은 카이사르입니다. 그러니 우리는 그런 태도를 바꿔야 한다고 말하는 겁니다. 당신은 젊은 카이사르에게 친절하게 대해주셔야 합니다."

안타깝게도 안토니우스는 군복이 아닌 토가 차림이라 백인대장들의 눈에 덜 위압적으로 비쳤다. 그의 못생긴 듯 잘생긴 얼굴에 온갖 감정들이 폭풍처럼 스치고 지나갔고, 대표단은 그 표정을 못 본 척했다. 그는 좌절감에 사로잡혔다. 성급한 그는 부지불식간에 자신에게 꼭 필요한 사람들에게 불쾌감을 안겨줄 행동을 하고 말았다. 문제는 그가 당연히 자기 자신을 카이사르의 상속자로 여겼고 카이사르의 병사들도 그에 동의할 거라고 믿었다는 점이다. 그건 착각이었다. 그들은 본질적으로 어린아이였다. 용감하고 강인하고 뛰어난 군인이긴 했지만 어쨌든 어린아이였다. 그들은 자신들이 사랑하는 마르쿠스 안토니우스가 굽 높은 신발을 신은 동성애자마냥 예쁘장한 녀석에게 알랑거리고 그를 포용해주기를 원했다. 그 계집애 같은 녀석이 카이사르에게 입양된 아들이라는 이유만으로. 그의 눈에 보이는 것을 그들은 보지 못했다. 그들 눈에 보이는 것은 느낌상 카이사르의 열여덟 살 시절을 빼닮은 것만 같은 누군가였다.

나는 카이사르의 열여덟 살 시절을 전혀 모르지만 어쩌면 그도 계집애마냥 예쁘장했을지도 모른다. 아니, 니코메데스 왕과의 소문이 조금이라도 사실이라면 진짜 동성애자였을지도 모르지. 하지만 나는 가이우스 옥타비우스가 카이사르의 기질을 타고났다고 생각지 않는다! 아무도 그렇게까지 달라질 순 없다. 옥타비우스에겐 카이사르 특유의 거만함이나 화려함이나 기발함이 없다. 그 대신 그는 속임수, 꿀처럼 달콤한 말, 동정심과 미소로 원하는 바를 얻어낸다. 그는 제 입으로 자신에겐 군대를 이끌 능력이 없다고 말했다. 그는 별것 아닌 인물이다. 하지만 이 멍청이들은 그 망할 혜성을 이유로 나더러 그에게 친절하게 굴라고 한다.

"가이우스 옥타비우스에게 친절하게 대하라는 게 구체적으로 어떤 의미인가?" 그는 화가 나기보단 진짜 궁금하다는 표정을 억지로 지으며 물었다.

"네, 무엇보다도 당신이 공개적인 자리에서 두 사람이 친구임을 선언해야 한다고 생각합니다." 코포니우스가 말했다.

"그렇다면 이 일에 관심 있는 사람들은 경기대회가 끝난 다음날 낮의 두번째 시각에 카피톨리누스 언덕의 유피테르 옵티무스 막시무스 신전 계단으로 모이도록 하게." 안토니우스는 최대한 품위를 유지하려고 안간힘을 쓰며 말했다. "이리 오시오, 풀비아." 그는 겁먹은 표정으로 그의 뒤에 서 있던 아내에게 말했다.

"그 작은 벌레놈을 다룰 때 좀더 조심하는 게 좋겠어요." 그녀는 카쿠스 계단을 힘겹게 오르면서 말했다. 이제 뱃속의 아이가 너무 커져서 움직이기가 불편했다. "그자는 위험해요."

안토니우스는 아내의 허리 뒤쪽을 손으로 받쳐 위로 밀어주었다. 그것은 그의 장점 중 하나였다. 여느 남편이라면 아내를 돕는 일을 하인에게 맡겼을 테지만, 그는 직접 나서는 것을 체면 깎이는 일로 여기지 않았다.

"경기대회 현장에선 경호원이 필요하지 않을 거라고 내가 착각했소. 릭토르들은 쓸모없는데 말이지." 그는 큰 소리로 이렇게 말했지만, 다음 말을 할 때는 목소리를 죽였다. "나는 이 문제에 있어서 군단병들이 내 편이라 생각했소. 그들은 내게 속해 있다고 말이오."

"그들은 어느 누구보다도 카이사르에게 속해 있어요." 풀비아가 헉헉대며 말했다.

그리하여 카이사르 승리 경기대회가 끝난 다음날, 1천 명 이상의 노련병들이 카피톨리누스 언덕의 유피테르 옵티무스 막시무스 신전 계단이 보이는 장소로 모여들었다. 호전적인 갑옷 차림의 안토니우스가 먼저 도착했다. 그가 일찍 나온 이유는 모여든 사내들 사이를 거닐며 대화와 농담을 나누기 위해서였다. 뒤이어 도착한 옥타비아누스는 토가 차림에 평범한 신을 신고 있었다. 그는 카이사르를 닮은 웃음을 지으며 재빨리 군중 사이를 지나 안토니우스 앞에 섰다.

오, 교활한 녀석! 안토니우스는 그 예쁜 얼굴을 묵사발로 만들어버리고 싶은 충동을 억누르며 생각했다. 이놈은 오늘 이 자리에서 자신이 얼마나 '작은지', 얼마나 무해하고 연약한 존재인지 모두에게 보여줄 작정이다. 내가 약자를 괴롭히는 막돼먹은 인간처럼 보이게 만들 작정이다.

"가이우스 율리우스 카이사르 옥타비아누스." 그 가증스러운 이름의 한 글자 한 글자에 엄청난 혐오감을 느끼며 안토니우스가 먼저 입을 열었다. "내가 이 훌륭한 친구들을 통해 한 가지 깨달은 바가 있네. 그러니까, 내가 늘 적절한 수준의 존중을 담아서 자네를 대하진 않았다는 걸세. 그 점을 진심으로 사과하겠네. 의도적으로 그랬던 건 아닐세. 다른 일 때문에 너무 정신이 없었던 걸세. 날 용서해주겠나?"

"물론입니다, 마르쿠스 안토니우스!" 옥타비아누스는 크게 외쳤다. 그리고 어느 때보다도 환한 웃음을 지으며 한 손을 내밀었다.

안토니우스는 그 손이 유리로 만들어진 것처럼 조심스럽게 악수했다. 그의 충혈된 두 눈은 그를 처음 찾아왔던 코포니우스와 쉰 명의 백인대장들을 훑으며 이 역겨운 공연이 어떻게 받아들여지고 있는지 점검했다. 그 얼굴들은 '나쁘진 않지만 이걸로는 부족하다'고 말하고 있었다. 안토니우스는 숨을 딱 참고 양손으로 옥타비아누스의 어깨를 잡아 끌어안더니 그의 양쪽 볼에 쪽 소리가 나게 입맞춤했다. 그건 통했다. 만족스러운 한숨 소리가 들렸고 모든 군중이 박수를 보냈다.

"내가 이 짓을 하는 건 저들을 기쁘게 하기 위해서야." 안토니우스는 옥타비아누스의 오른쪽 귓가에 속삭였다.

"저도 마찬가집니다." 옥타비아누스가 속삭였다.

두 사람은 사내들 사이를 통과해 카피톨리누스 언덕을 떠났다. 안토니우스의 한쪽 팔에 안긴 옥타비아누스의 어깨는 안토니우스의 어깨 한참 아래 있었기 때문에, 그 '작은 벌레놈'은 순진하고 귀여운 어린아이처럼 보였다.

"너무 잘됐어!" 코포니우스는 부끄러운 줄도 모르고 엉엉 울며 말했다.

커다란 회색 눈이 그의 눈과 마주쳤다. 깊고 초롱초롱한 눈 속에 언뜻 다른 종류의 웃음이 스치고 지나갔다.

8월에는 안토니우스에게 또다시 불쾌한 충격을 안겨준 새 소식이 전해졌다. 브루투스와 카시우스는 이탈리아의 모든 마을과 지역사회에 법무관의 칙령을 발표했는데, 그들이 지난 4월에 공개한 칙령과는 확연히 다른 내용이었다. 키케로가 침을 흘리며 좋아할 표현으로 가득한 이 칙령에 따르면, 그들은 로마를 떠나 속주 총독으로 일하고 싶으며 곡물 구매 같은 재무관급 임무를 떠맡을 마음이 없다고 했다. 이미 속주 통치 경험이 있는데다 아주 성공적으로 통치했던 두 사람에게 곡물 구매 임무를 맡기는 것은 아주 모욕적인 처사라고 했다. 카시우스는 불과 서른 살에 시리아를 통치했을 뿐 아니라 파르티아의 대군을 물리쳤다. 또한 브루투스는 법무관 경력도 없던 시절에 카이사르로부터 직접 집정관급 임페리움을 부여받아 이탈리아 갈리아 통치를 맡은 인물이었다. 이 칙령은 또한 마르쿠스 안토니우스가 이탈리아로 돌아가는 마케도니아 군단을 선동한 혐의로 그들을 비난한다는 소문이 들린다고 했다. 그들은 그것이 거짓 비방이며, 안토니우스는 당장 그 발언을 철회해야 한다고 주장했다. 그들은 항상 평화와 자유의 편에 있었으며 그 어떤 순간에도 내전을 조장한 적이 없다고 했다.

이에 대한 응답으로 안토니우스는 그들에게 무지막지한 편지를 띄웠다.

> 브루티움과 칼라브리아부터 움브리아와 에트루리아의 모든 마을에 그런 칙령을 내걸다니, 당신들이 뭐라도 되는 줄 아시오? 브루티움과 칼라브리아부터 움브리아와 에트루리아에 내걸린 당신들의 칙령은 뜯겨나갈 테고, 그 자리에 내가 발표한 집정관의 칙령이 내걸릴 거요. 그 칙령은 당신들 두 사람이 사적인 이익을 위해 움직이고 있으며 당신들의 칙령에는 법무관의 권위가 결여되어 있음을 이탈리아 주민들에게 알려줄 것이오. 또한 그것을 읽는 사람들에게, 당신

들의 이름으로 또다시 비공식적인 글이 발표된다면 잠재적인 반역의 증거로 진지하게 고려될 것이며 그 글의 작성자는 공공의 적으로 선포되리라고 경고해줄 것이오.

내가 대중 앞에 내걸 칙령의 내용은 그렇소. 하지만 이 편지에선 한마디 더 하고 싶소. 지금 당신들의 행동은 반역이나 다름없고, 당신들에겐 로마 원로원과 인민으로부터 그 무엇도 요구할 권리가 없소. 곡물 구매 임무에 대해 푸념하고 불평할 게 아니라 어떤 공무라도 맡겨줘서 고맙다며 원로원의 발밑에서 아양을 떨어야 할 판이오. 이러니저러니해도 당신들은 로마의 합법적인 우두머리를 고의로 살해했으니 말이오. 반역을 저지르고서 진심으로 황금 대좌와 보석 박힌 황금 화환을 기대했소? 철 좀 드시오, 이 멍청하고 오만방자한 애송이 같은 양반들!

어떻게 감히 날 공개적으로 비난할 수 있소? 당신들이 내 마케도니아 군단에 손대려 한다는 말을 내가 했다고? 어째서 내가 그런 헛소문을 퍼뜨려야 한단 말이오? 입 닥치고 가만있으시오. 아니면 지금보다 더 큰 곤경에 빠지게 될 테니까.

8월 넷째 날 안토니우스는 브루투스와 카시우스의 답장을 받았다. 그에게만 전달된 개인적 편지였다. 그는 장황한 사과의 말을 기대했지만 기대는 빗나갔다. 브루투스와 카시우스는 그들이 합법적인 법무관이며 원하는 칙령을 발표할 법적 권한을 가졌고, 그들에겐 지속적으로 평화와 조화와 자유를 위해 싸워온 죄밖에 없다고 고집스럽게 주장했다. 그들은 안토니우스의 협박이 전혀 두렵지 않다고 했다. 그들의 행동을 통해, 그들에겐 안토니우스와의 친분보다도 자유가 더 소중하다는 것이 이미 증명되지 않았던가?

그들은 마지막 일격으로 편지를 마무리했다. “당신에게 상기시켜주고 싶소. 카이사르의 생이 얼마나 길었는지가 아니라, 그의 치세가 얼마나 짧았는지.”

내 행운은 다 어디로 달아난 걸까? 안토니우스는 상황이 점점 자신에게 불리해지는 것을 감지하며 생각했다. 그는 옥타비아누스에 의해 공개적인 자리에서 막다른 골목으로 내몰렸고, 그로 인해 군단에 대한 자신의 장악력이 생각만큼 막강하지 않다는 것을 알게 되었다. 게다가 두 법무관은 그들이 마음만 먹으면 카이사르에게 그랬던 것처럼 안토니우스의 경력도 끝장낼 수 있다고 말하고 있었다. 이 반항적인 편지가 전하는 메시지는 그런 내용이나 다름없다고, 안토니우스는 입술을 잘근거리고 씩씩대며 생각했다. 짧은 치세라고? 이탈리아 갈리아의 데키무스는 어떻게든 처리할 수 있겠지만, 북쪽 저멀리 있는 데키무스와 삼니움족이 득실대는 남부 이탈리아의 브루투스와 카시우스를 동시에 상대할 수는 없었다. 삼니움족은 언제든 다시 한번 로마를 칠 준비가 되어 있었다.

옥타비아누스라면 안토니우스의 행운이 달아난 이유를 알려줄 수 있을 터였다. 하지만 안토니우스는 그 각다귀 같은 적에게 조언을 구할 생각이 전혀 없었다. 그래서 그는 편지를 받은 다음날 원로원 회의를 열고 원로원을 통해 그들에게 속주를 하나씩 맡겼다. 브루투스는 크레타 섬을, 카시우스는 키레나이카를 통치하게 되었다. 두 곳에는 단 1개 군단의 병력도 없었다. 속주를 원하신다고? 그래, 이제 그들은 속주를 얻게 됐다. 잘 가시오, 브루투스와 카시우스.

5

키케로는 절망했고 나날이 더 우울해졌다. 물론 그와 아티쿠스는 카이사르가 부트로톤에 세운 거류지에서 도시 빈민들을 몰아내는 데 마침내 성공하긴 했다. 그들은 돌라벨라를 찾아갔고, 그는 키케로와의 오랜 대화 끝에 아티쿠스가 제공한 거액의 뇌물을 아주 기꺼이 받아들였다. 덕분에 에페이로스의 가축, 수지(獸脂), 비료 사업은 생존을 보장받을 수 있었다. 아티쿠스의 아내는 여름철에 흔한 마비 증상으로 쓰러져 병세가 위중했으므로, 그에게는 좋은 소식이 필요했다. 어린 아티카는 아픈 어머니를 만나게 해주는 사람이 아무도 없어서 애통해했다. 아티카의 어머니는 로마에 머물러야만 했고, 아티쿠스는 딸과 하인들을 폼페이우스의 빌라로 보내버렸던 것이다.

키케로는 또다시 돈 때문에 골치가 아프게 되었다. 무엇보다 아들 마르쿠스가 호화 유람을 하며 추가 자금이 필요하다고 끊임없이 편지를 써댔기 때문이다. 퀸투스 키케로 부자는 그와 말도 섞지 않았고, 푸블릴리아와의 짧은 결혼은 그녀의 끔찍한 오라버니와 어머니 탓에 기대했던 만큼의 수익을 낳지 못했으며, 로마에서 클레오파트라의 대리인을 맡고 있는 이집트인 암모니오스는 여왕의 약속어음 지급을 거부하고 있었다. 그가 자신의 모든 연설과 논문을 최고의 종이에 힘들게 옮기고 여백의 삽화와 정교한 설명까지 덧붙여놓았는데! 여왕의 약속어음에는 기꺼이 자금을 제공하겠다고 분명히 명시되어 있었으므로, 그는 엄청난 돈을 쏟아부은 터였다. 암모니오스가 약속어음 지급을 거절하면서 내놓은 이유는, 카이사르의 죽음으로 인해 키케로 작품집이 배달되기 전에 여왕이 달아나야 했다는 것이었다. 키케로의 대답은 "그렇다면 작품집이 여기 있으니 그녀에게 보내시오!"였다. 암모니오스는 눈썹을 치켜세우더니, 이집트로 안전하게 돌아간 여왕에게는(소문으로 떠돌던 난파 사고는 발생하지 않았다) 수천 장의 라틴어 글을 읽는 것보다 더 중요한 일이 많다고 반박했다. 그의 모든 작품이 실려 있는 가장 훌륭한 책이 완성되었는데 이걸 사려는 사람이 아무도 없다니!

그는 이탈리아를 떠나 그리스로 가기로 결심했다. 아들 마르쿠스에게 한바탕 잔소리를 퍼붓고, 아테네 문화에 흠뻑 젖어볼 생각이었다. 그가 아끼는 해방노예 티로가 끈기 있게 이 일을 추진하는 중이었지만, 돈은 어디서 구한단 말인가? 예전 어느 때보다 성질이 사나워진 테렌티아는 돈을 긁어모으느라 바빴다. 하지만 키케로가 도움을 요청하자 그녀는 키케로에게 에트루리아부터 캄파니아까지 멋진 빌라가 열 채나 있지 않느냐고, 그 빌라들은 모든 사람이 노리는 예술품으로 채워져 있지 않느냐고 반박했다. 그러니까 돈이 쪼들리면 빌라 몇 채와 조각상 몇 점을 팔 것이지, 같잖은 짓거리에 쓸 돈을 자기한테 요구하진 말라고 했다!

키케로와 브루투스의 만남은 딱히 결실을 이룰 가능성이 안 보이는 가운데 계속되었다. 브루투스도 그리스로 떠나는 것을 고려하고 있었다. 곡물 구매 임무를 받아들이는 것만은 절대 싫다고 했다! 그러더니 그 실없는 친구는 포르키아와 함께 배를 타고 캄파니아 연안에서 멀지 않은 작은 섬 네시스로 떠나버렸다. 한편 카시우스는 시칠리아에서 곡물 구매 임무를 맡기로 결심했고 선단을 마련하느라 한창 바빴다. 추수가 다가오고 있었던 것이다.

아티쿠스의 신속한 뇌물 제공에 기분이 좋아진 돌라벨라는 키케로가 이탈리아를 떠날 수 있도록 허가해주는 데 동의했다. 키케로 같은 위치의 전직 집정관이 해외로 떠나기 위해 허가를 받아야 하다니 얼마나 망신스러운 일인가! 하지만 그건 카이사르의 지시였고, 집정관들은 그 지시를 폐지하지 않았다. 키케로는 노여움을 삼키며 사놓고 한 번도 가본 적 없는 에트루리아의 빌라를 팔았다. 이제 그에겐 허가도 떨어졌고 돈도 생겼다.

그의 등을 확실하게 떠밀어준 사건은 7월의 명칭이 퀸틸리스에서 율리우스로 바뀐 것이었다. 율리우스로 날짜가 표기된 편지를 받는 것이 견딜 수 없이 힘들어질 무렵, 키케로는 카시우스가 곡물 선단을 모집중인 푸테올리에서 배를 빌려 출항했다. 하지만 무엇 하나 순조로운 것이 없었다! 키케로의 배는 겨우 브루티움 연안의 비보까지 갔고, 거기서부터는 거센 역풍 탓에 조금도 앞으로 나아갈 수 없었다. 키케로는 이번 일을 이탈리아를 떠나선 안 된다는 신의 계시로 받아들이고, 냄새가 지독하고 끔찍한 어촌 마을 레우콥테라에 배를 세웠다. 늘 이런 식이었다. 막상 이탈리아를 떠날 기회가 찾아오면 그는 도저히 떠날 수 없었다. 그의 뿌리는 이탈리아 땅에 너무 깊이 박혀 있었던 것이다.

피곤에 지쳐 진정한 환대가 필요했던 키케로는 루카니아에 위치한 카토의 오래된 땅으로 방향을 돌렸다. 그곳에서 누군가를 만나리라 예상하지는 않았다. 그 땅은 관을 수여받은 카이사르의 전직 백인대장 세 명 중 하나에게 넘어갔고, 그는 자신의 고향인 움브리아에서 너무 멀다는 이유로 그 땅을 익명의 구매자에게 팔아넘겼다. 키케로의 가마가 그 땅의 정문으로 들어선 것은 8월의 열일곱째 날이었다. 그 끔찍한 여름이 마침내 끝나가고 있었다. 정문 안에 들어선 그는 정원에 설치된 등잔이 밝혀져 있는 것을 발견했다. 누군가 집에 있었다! 대화를 나눌 상대! 그리고 훌륭한 음식!

현관에서 그를 맞아준 것은 마르쿠스 브루투스였다. 키케로는 갑자기 눈물이 그렁그렁해져서 브루투스의 목에 얼굴을 묻고 그를 뜨겁게 끌어안았다. 브루투스는 책을 읽던 중이라 아직 손에 두루마리를 든 채였고, 지나치게 자신을 반기는 키케로의 행동에 무척 당황스러워했다. 키케로로부터 이번 여정이 얼마나 험난했는지 제대로 듣기 전까지는. 포르키아도 남편과 함께 있었지만 두 남자의 식사 자리에 합류하진 않았다. 키케로에게는 다행스러운 일이었다. 포르키아의 작은 입김만으로도 상황이 완전히 변하기 때문이었다.

"원로원이 저와 카시우스에게 속주 총독 직을 맡겼다는 사실을 모르시겠군요." 브루투스가 말했다. "저는 크레타 섬을, 카시우스는 키레나이카를 통치하게 되었습니다. 카시우스가 막 배를 타고 떠나려던 찰나에 소식이 도착했죠. 그래서 그는 곡물 구매 임무를 맡는 대신 곡물 담당관에게 선단을 인계했어요. 지금은 어머니와 테르툴라와 함께 네아폴리스에 있답니다."

"자네는 기쁜가?" 키케로는 따뜻하고 만족스러운 어조로 물었다.

"아주 기쁘다곤 할 수 없지만, 적어도 저희는 속주를 얻게 됐어요." 브루투스는 한숨을 쉬었다. "저와 카시우스는 최근 잘 지내지 못했습니다. 그는 〈테레우스〉 공연 당시 관객 반응에 대한 제 해석을 비웃었고 입만 열었다 하면 젊은 옥타비아누스 얘기뿐입니다. 옥타비아누스는 카이사르에게 바쳐진 승전 경기대회 당시 안토니우스의 성질을 있는 대로 긁어놓았죠. 게다가 카피톨리누스 언덕 위로 혜성이 나타나는 바람에 이제 모든 로마인들은 카이사르를 신이라 부르고, 옥타비아누스는 그들을 부추기고 있습니다."

"마지막으로 젊은 옥타비아누스를 봤을 때 그의 변화를 보고 깜짝 놀랐네." 키케로는 긴 의자에 편안히 몸을 묻으며 말을 보탰다. 보기 드물게 교양 넘치는 로마인과 느긋한 식사를 즐기는 건 얼마나 기쁜 일인지! "아주 활기 넘치고……. 아주 재치 있고……. 아주 확신에 차 있더군. 필리푸스는 전혀 기쁜 기색이 아니었지만. 그 젊은 멍청이가 점점 오만해지고 있다고 내게 털어놓더군."

"카시우스는 그를 위험인물로 여기고 있습니다." 브루투스가 말했다. "그는 카이사르의 황금 대좌와 보석 박힌 황금 화환을 공개하려 했고, 안토니우스가 허락하지 않자 자신이 안토니우스와 동급이라도 되는 것마냥 수석 집정관에게 대들었습니다! 겁도 없고 지독히 저돌적이었죠."

"옥타비아누스는 결코 오래가지 못할 걸세, 오래 버틸 능력이 없을 테니." 키케로는 살짝 헛기침을 했다. "해방자들은 어떻게 됐나?"

"저희가 속주 지휘권을 받긴 했지만, 제 생각엔 전망이 암울합니다." 브루투스가 말했다. "바티아 이사우리쿠스는 아시아에서 돌아왔지만 카이사르의 죽음과 자기 아버지의 자결 때문에 제정신이 아니고……. 옥타비아누스는 해방자들을 반드시 처벌해야 한다고 주장하고……. 돌라벨라는 모든 사람들의 적이자 자기 자신에게 가장 큰 적이 되었죠."

"그렇다면 나는 새벽에 당장 로마로 가야겠군." 키케로가 말했다.

그는 자기 말대로 동이 트자마자 떠날 준비를 마쳤다. 그를 배웅하는 자리에 포르키아도 나와 있어 기분이 언짢았다. 그는 포르키아가 자신을 경멸한다는 것, 허풍쟁이에 허세꾼에 허수아비쯤으로 여긴다는 것을 익히 알고 있었다. 그는 그녀를 여자답지 못한 괴짜라 생각했으며, 여느 여자들과 마찬가지로 그녀의 의견 중 주변 남자에게서—포르키아의 경우 그녀의 아버지에게서—영향받지 않은 것은 단 하나도 없다고 믿었다.

카토의 빌라는 허세와는 거리가 멀었지만, 대단히 웅장한 벽화가 하나 있었다. 그들이 아트리움에 서 있는 동안, 아킬레우스와 싸우러 떠나는 헥토르가 안드로마케와 작별하는 장면이 담긴 커다란 벽화에 점점 더 많은 햇살이 비쳤다. 화가는 헥토르가 자신의 아들 아스티아낙스를 아이 어머니에게 넘겨주는 장면을 포착했다. 하지만 안드로마케의 시선은 아이가 아니라 헥토르에게 애처롭게 고정되어 있었다.

"아주 훌륭해!" 키케로는 넋을 잃고 벽화를 쳐다보며 외쳤다.

"그런가요?" 브루투스가 물었다. 그는 그때까지 벽화가 거기 있었는지도 몰랐던 것처럼 그것을 새삼 쳐다봤다.

키케로는 시구를 읊기 시작했다.

초조한 영혼이여, 내 생각을 하며
괴로워 마시오! 때아닌 시기에
날 저승으로 보낼 사람은 없을 테니
하지만 겁쟁이든 영웅이든
사나이는 운명을 피할 수 없는 법
집으로 돌아가 당신 일을 하시오
베를 짜고 물레를 돌리고, 하인들도
그렇게 하도록 시키시오. 전쟁은
남자의 일이고, 트로이아의 남자는
특히 나는, 그 일을 해야만 하오.

브루투스는 소리내어 웃었다. "세상에, 키케로, 저더러 카토의 딸에게 그런 말을 하라는 건 아니겠지요? 포르키아는 용기와 목적의식에 있어선 여느 남자에게 뒤지지 않는답니다."

포르키아는 환해진 얼굴로 브루투스를 돌아보며 그의 손을 당겨 자신의 뺨으로 가져갔다. 브루투스는 키케로가 바로 앞에 있어서 부끄러워했지만 손을 빼려고 하지는 않았다.

포르키아는 어떤 광기로 눈빛을 이글거리며 말했다.

"이제 내겐 아버지도 어머니도 없어요. 하지만 나의 브루투스, 당신은 내게 아버지이자 어머니인 동시에 내가 가장 사랑하는 남편이에요."

브루투스는 아내에게서 손을 빼고 키케로에게 한발 다가가더니, 얼굴을 찡그려 그가 지을 수 있는 한 가장 미소에 가까운 표정을 지었다. "제 아내가 얼마나 박식한지 아시겠죠? 돌려 말하는 것으로 만족하는 법이 없어요. 눈 없는 호메로스의 눈알도 뽑아버릴 사람이에요. 쉬운 일이 아닐 텐데 말이죠."

키케로는 웃음을 터뜨리며 벽화 속의 안드로마케에게 키스를 날렸다. "자네 아내가 늙은 맹인 호메로스의 눈알을 뽑을 수 있는 사람이라면, 자네와 자네 아내는 천생연분일세. 잘 있게, 나의 두 요약본 작성가들. 더 나은 시절에 다시 만나길 바라겠네."

두 사람 중 누구도 문 앞에 서서 키케로가 가마에 타는 것까지 지켜보진 않았다.

8월 말경 브루투스는 타렌툼에서 그리스의 파트라이로 향하는 배에 올랐다. 그는 포르키아를 세르빌리아 곁에 남겨두고 떠났다.

마르쿠스 안토니우스는 로마에 도착한 키케로에게 매달 1일 열리는 원로원 정기 회의에 참석하라는 메시지를 전달했다. 키케로가 나타나지 않자, 화가 난 안토니우스는 일단 급한 볼일부터 처리하기 위해 티

부르로 떠났다.

안토니우스가 로마에 없다는 것을 확인한 키케로는 바로 다음날 원로원으로 갔다. 원로원은 9월 초반의 안건 논의를 마치기 위해 전날의 회의를 일시 중단하고 다음날로 미뤘던 터였다. 바로 그곳에서 우유부단하고 허영심 강한 전직 집정관 마르쿠스 툴리우스 키케로는 마침내 용기를 짜내 자기 평생의 업적이 될 작업에 착수했다. 바로 마르쿠스 안토니우스에게 맞서는 일련의 연설이었다.

이 첫번째 연설을 예상했던 사람은 아무도 없었다. 모두 하나같이 충격에 휘청거렸고, 정신을 못 차리고 겁에 질린 사람도 많았다. 일련의 연설 중 가장 말랑말랑하고 은근했던 첫번째 연설이 가장 효과적이었는데, 어느 정도는 그것이 마른하늘에 날벼락처럼 시작되었기 때문이다.

그는 충분히 온화한 어조로 시작했다. 3월 이두스 이후 안토니우스의 행동은 온건했고 타협적이었습니다, 하고 키케로는 말했다. 그는 자신이 가진 카이사르의 증서들을 함부로 이용하지 않았고, 망명자의 지위를 돌려놓지 않았습니다. 독재관 직을 영원히 폐지했으며, 인민들 사이의 무질서를 억눌렀습니다. 하지만 5월 이후로 안토니우스는 변하기 시작했고, 6월 칼렌다이 무렵에는 완전히 다른 사람이 되었습니다. 원로원을 통해 진행되는 일은 아무것도 없었고, 모든 일이 트리부스회와 평민회를 통해 진행되었으며, 때로는 인민의 뜻마저도 무시되었습니다. 집정관 당선인 히르티우스와 판사는 원로원에 나타날 엄두도 내지 못하고, 해방자들은 사실상 로마에서 추방당한 상태이며, 참전병들은 새로운 상여금과 특권을 요구하고 있습니다. 키케로는 카이사르를 기념하여 바쳐지는 온갖 찬사에 항의했고, 루키우스 피소가 8월 칼렌다이에 했던 연설에 감사를 표했다. 루키우스 피소는 이탈리아 갈리아를 정식으로 이탈리아 땅에 포함시키자는 자신의 제안이 지지받지 못하는 것에 개탄하는 연설을 했던 것이다. 키케로는 카이사르의 조치를 비준한 것은 인정했지만, 단순한 약속이나 가벼운 제안서를 법제화한 것은 규탄했다. 뒤이어 그는 안토니우스가 위반한 카이사르의 법을 열거하더니, 안토니우스가 카이사르의 좋은 법은 다 어기면서 나쁜 법은 잘 지키는 경향이 있다고 지적했다. 연설의 마지막 부분에서, 그는 안토니우스와 돌라벨라에게 공포정치로 동료 시민들을 억압할 게 아니라 진정한 영광을 추구하는 모습을 보여달라고 촉구했다.

바티아 이사우리쿠스도 키케로의 뒤를 이어 비슷한 내용의 연설을 했다. 다만 키케로에 비할 만한 명연설은 아니었다. 옛 거장이 돌아왔고, 옛 거장과 어깨를 나란히 할 수 있는 사람은 아무도 없었다. 놀랍게도 원로원은 두려움을 이기고 박수를 보냈다.

그 결과, 티부르에서 돌아온 안토니우스는 원로원에 생겨난 새로운 분위기와 포룸 로마눔을 떠도는 온갖 소문들을 감지했다. 포룸 로마눔을 드나드는 사람들은 키케로의 기발하고 시의적절하며 대단히 용감하고 환영받을 만한 연설에 관해 떠들어댔다.

안토니우스는 무시무시한 분노를 터뜨리며 키케로에게 9월 열아홉째 날 원로원에 출석해 자신의 답변을 들을 것을 요구했다. 하지만 안토니우스의 분노에는 뚜렷한 두려움이 섞여 있었고, 이전엔 그 누구도 보거나 들은 적 없는 일말의 허세가 깃들어 있었다. 키케로와 바티아 이사우리쿠스처럼 저명한 전직 집정관 두 사람이 원로원에서 공개적으로 안토니우스를 규탄했다는 것은 그의 권위가 약해지고 있음을 의미한다는 걸 알았기 때문이다. 그러한 결론은 9월 중순 무렵, 그가 이마에 별이 새겨진 카이사르의 새로운 조각상을 포룸 로마눔에 세우려 했을 때 다시 한번 사실로 확인되었다. 카이사르는 그 어떤 종류의 신도 아니라는 명문이 들어간 조각상이었다. 호민관 티베리우스 칸누티우스는 대중 앞에서 이 글을 비판했다. 안토니우스는 불현듯 쥐에게도 송곳니가 자란다는 것을 깨닫게 되었다.

그가 이러한 분위기 변화에 대해 한 사람을 비난해야 한다면, 그 대상은 키케로가 아니라 옥타비아누스였다. 그 다정하고 얌전하고 매력적인 어린놈은 모든 방법을 동원해 그를 괴롭히고 있었다. 백인대장들의 강요로 옥타비아누스에게 공개 사과를 했던 그날부터, 안토니우스는 자신의 상대가 그저 예쁘장한 계집애가 아님을 알게 되었다. 그의 상대는 코브라였다.

그리하여 9월 열아흡째 날 원로원 회의가 열렸을 때 그는 키케로, 바티아, 티베리우스 칸누티우스를 비롯해 갑자기 자신을 공격하기 시작한 다른 의원들에게 장광설을 늘어놓았다. 옥타비아누스에 관해 언급하지는 않았지만—그랬다면 오히려 자기만 바보처럼 보였을 터였다—해방자들에 관해서는 짚고 넘어갔다. 그는 위대한 로마인을 공격했다는 이유, 위헌적으로 행동했다는 이유, 명백한 살인을 저질렀다는 이유를 들어 처음으로 해방자들을 비난했다. 이와 같은 입장 전환을 눈치채지 못한 사람은 없었다. 심지어 마르쿠스 안토니우스까지도 해방자들을 비난하는 발언을 해야 할 상황이었으니, 균형은 이제 해방자들에게 불리한 쪽으로 무너진 셈이었다.

안토니우스는 상황을 이렇게 만든 장본인이 옥타비아누스라고 생각했다. 카이사르의 상속자는 들을 자세가 된 모든 사람들에게, 해방자들이 처벌받지 않는 이상 카이사르의 넋을 달래주긴 힘들 것이라고 주야

장천 떠들었다. 천둥소리처럼 충격적으로 나타난 혜성이 카이사르가 신이라는 사실을 보여주지 않았습니까? 로마의 신입니다! 거대한 힘을 지닌 로마 신의 넋이 위로받지 못하고 있습니다! 옥타비아누스는 그 단정적인 연설의 청취자를 하층민으로 제한하지도 않았다. 그는 상류층에게도 같은 말을 했다. 안토니우스와 돌라벨라는 해방자들을 어떻게 처리할까요? 이 명백한 반역이 조용히 묻히거나 심지어 칭찬받게 될까요? 3월 이두스 이후로 몇 달 내내 수동적이고 관대한 처우밖에 확인할 수 없었다고, 옥타비아누스는 모든 사람들 앞에서 외쳤다. 해방자들은 로마의 신을 죽였음에도 불구하고 자유롭게 거리를 활보했다. 그 로마의 신은 공식적인 제물이 바쳐지지 않은, 위로받지 못한 신이었다.

10월 첫째 주가 끝나갈 무렵, 안토니우스는 커져가는 피해망상 때문에 노련병으로 구성된 자신의 경호대를 해산했다. 자신을 암살하려 했다는 혐의로 경호원 일부를 체포했고, 심지어 그들이 옥타비아누스에게 돈을 받고 암살을 계획했다는 혐의까지 제기했다. 몹시 화가 난 옥타비아누스는 이상하리만치 많은 관중이 모인 로스트라 연단에 올라가더니 열정적으로 혐의를 부인했다. 그의 연설은 아주 훌륭했으며, 듣고 있던 사람들은 그의 말을 전적으로 믿었다. 안토니우스는 상황이 어떤지 알아채고 자신이 기소했던 사람들을 풀어줄 수밖에 없었다. 감히 그들을 처형할 순 없었다. 그랬다가는 민간인이나 병사들의 눈에 비친 자신의 이미지가 되돌릴 수 없을 정도로 나빠질 터였다. 옥타비아누스의 연설 다음날, 각 군단 대변인과 노련병으로 구성된 새 대표단이 안토니우스를 찾아와 옥타비아누스의 사랑스러운 금발 한 가닥이라도 건드렸다간 가만히 있지 않겠다는 의사를 전달했다. 안토니우스로서는 영문을 알 수 없었지만, 카이사르의 상속자는 군대에 행운을 가져다 주는 부적이 되어 있었다. 그는 독수리와 더불어 군단병들에게 숭배받는 존재가 되었다.

"믿을 수가 없소!" 그는 우리에 갇힌 짐승처럼 방안을 왔다갔다하며 풀비아에게 외쳤다. "그는 그저…… 그저 어린아이란 말이오! 그의 귓가에 울릭세스가 이래라저래라 속삭여주는 것도 아닐 텐데, 어떻게 이럴 수 있는 거지!"

"필리푸스 아닐까요?" 그녀가 제안했다.

안토니우스는 비웃는 듯한 소리를 냈다. "그럴 리 없소! 그는 아주 조심스러운 사람이고, 그런 성향은 그 집안의 여러 세대에 이어져 내려오는 전통이오. 아무도 없소, 풀비아, 아무도! 그 교활함, 그 음험함은 전부 옥타비아누스의 천성이오! 카이사르가 어떻게 그의 천성을 간파했는지 나로선 이해할 수 없소!"

"당신은 스스로를 구석으로 몰아넣고 있어요, 내 사랑." 풀비아는 단호한 어조로 말했다. "로마에 남아 있으면 당신은 키케로부터 옥타비아누스까지 모든 사람을 죽여버릴 테고, 그로 인해 몰락하게 될 거예요. 당신이 할 수 있는 최선의 선택은 이탈리아 갈리아로 가서 데키무스 브루투스와 싸우는 거예요. 주모자를 상대로 한두 번쯤 승리를 거두면 당신의 지위를 되찾을 수 있겠죠. 군대 지휘권을 유지하는 게 중요하니 거기에 모든 힘을 쏟으세요. 당신이 타고난 정치인이 아니라는 사실을 받아들여요. 타고난 정치인은 옥타비아누스예요. 잠시 로마와 원로원과 거리를 둠으로써 그의 송곳니를 뽑아버리세요."

10월 이두스 6일 전, 마르쿠스 안토니우스와 배가 커다랗게 부푼 풀비아는 로마를 떠나 브룬디시움으로 갔다. 마케도니아의 6개 정예 군단 중 4개 군단이 그리 도착할 예정이었다.

안토니우스에게는 적어도 전쟁을 시작할 부분적인 근거가 있었다. 데키무스 브루투스는 자신이 이탈리아 갈리아의 합법적인 총독이라는 입장을 고수하며 병사 모집을 강행함으로써 원로원과 평민회 양쪽의 명령을 모두 어겼기 때문이다. 안토니우스는 로마를 떠나 브룬디시움으로 가기 전, 데키무스 브루투스에게 후임 총독인 자신이 가고 있으니 이탈리아 갈리아를 떠나라는 퉁명스러운 명령을 전달했다. 데키무스가 명령에 불복한다면 안토니우스는 전쟁을 시작할 완벽한 근거를 얻게 될 터였다. 물론 안토니우스는 데키무스가 명령을 따를 마음이 전혀 없음을 알고 있었다. 그 명령에 복종했다가는 데키무스의 공적인 삶은 끝나고 반역 혐의로 기소될 수밖에 없었다.

옥타비아누스는 상대에게 허를 찔리고 싶지 않아 안토니우스와 풀비아가 떠난 바로 다음날 로마를 떠났다. 그는 캄파니아에 있는 군단병 야영지로 향했다. 마케도니아에서 배를 타고 돌아온 여러 군단들은 물론, 벤티디우스가 모병을 시작했을 때 재입대한 퇴역병과 이제 막 입대 연령이 되어 처음 입대한 젊은이들 수천 명이 그곳에서 야영중이었다.

옥타비아누스는 마이케나스, 살비디에누스, 아펜니누스 산맥을 넘어온 마르쿠스 아그리파를 데려갔다. 아그리파는 최근 나무판자로 가득한 수레 두 대를 이끌고 돌아온 터였다. 은행가 가이우스 라비리우스 포스투무스도 따라갔고, 라티움의 벨리트라이에서 가장 명망 높은 시민이자 옥타비아누스의 돈 많은 친척인 마르쿠스 민디우스 마르켈루스도 함께였다.

그들은 북부 캄파니아의 라티나 가도에 위치한 작은 두 마을 카실리눔과 칼라티아에서부터 시작했다. 그 지역의 입대 지원자들은 노련병이든 신규병이든 간에 현장에서 2천 세스테르티우스를 받았고, 그들이 카이사르의 상속자에게 충성을 맹세할 경우 추후 2만 세스테르티우스를 추가로 지급하겠다는 약속을 받았다. 단 나흘 만에 옥타비아누스는 어디든 그를 따르겠다는 병사 5천 명을 얻게 되었다. 군자금의 힘이란 얼마나 대단한지!

"내 생각에는," 그는 아그리파에게 말했다. "대규모 군대를 모집할 필요는 없을 것 같아. 내겐 마르쿠스 안토니우스와 전쟁을 벌일 만한 경험이나 재능이 없으니까. 지금 내가 이러는 건 나머지 군단들의 눈에 안토니우스로부터 나 자신을 보호하려고 1개 군단을 모집중인 것처럼 비치게 하기 위해서야. 마이케나스와 그의 하수인들도 그렇게 할 거야. 그들은 카이사르의 상속자가 싸움을 원하지 않고 단지 목숨을 부지하길 원할 뿐이라는 말을 퍼뜨리고 있지."

브룬디시움에서 안토니우스는 좀처럼 일이 잘 풀리지 않았다. 그가 배에서 내린 4개 정예 군단의 병사들에게 일인당 400세스테르티우스의 상여금을 제시하자, 그들은 비웃으며 젊은 카이사르에게 가면 더 많은 돈을 받을 수 있다고 했다. 이것은 안토니우스에게 엄청난 충격이었다. 그는 백인대장 마르쿠스 코포니우스의 지휘를 받으며 브룬디시움 외곽에 주둔중인 2개 대대가 이제 막 도착한 병사들과 정보를 공유하고 카이사르의 상속자가 제시한 큰돈에 관해 얘기하고 있을 줄은 꿈에도 몰랐다.

"건방진 놈!" 그는 풀비아에게 사납게 말했다. "내가 등을 돌리자마자 그놈은 내 병사들을 매수하고 있소! 그들에게 떡하니 현금을 주다니 믿을 수 있겠소? 그 돈을 어디서 구했겠소? 분명히 말하건대 그는 카이사르의 군자금을 훔친 거요!"

"반드시 그렇다는 보장은 없죠." 풀비아가 이성적으로 말했다. "전령에 따르면 그는 라비리우스 포스투무스와 함께 있다고 했어요. 그건 카이사르의 유언이 아직 검인되지 않았다 해도 그가 카이사르의 돈을 이용하고 있단 뜻이죠."

"뭐, 반란에 대처하는 방법쯤은 나도 다 알고 있소." 안토니우스는 으르렁거렸다. "그리고 난 카이사르처럼 말랑말랑하게 대처하지 않을 거요!"

"마르쿠스, 무모한 짓은 하지 마요!" 그녀는 애원했다.

안토니우스는 그녀의 말을 무시했다. 그는 마르스 군단을 소집해 열 명 중 한 명의 직위를 해제했고 그중에서 다섯 명 중 한 명을 불복종 혐의로 처형했다. 결코 십분형에 미치지는 못했지만, 스물다섯 명의 군단병이 죽었다. 너무도 무작위로 집행된 처형이었기에 사망자들은 모두 반란과 무관한 사람들이었다. 마르스 군단과 다른 3개 정예 군단은 조용해졌지만, 마르쿠스 안토니우스는 이제 미움받는 몸이 되었다.

마케도니아에서 또다른 정예 군단이 도착하자 안토니우스는 마르스 군단을 포함한 3개 군단에 아드리아 해 연안을 따라 이탈리아 갈리아로 진군할 것을 명령했다. 안토니우스는 카이사르의 오래된 종달새5군단을 포함한 나머지 2개 군단을 이끌고 아피우스 가도를 따라 캄파니아 방면으로 진군했다. 그는 옥타비아누스가 집정관의 군단을 매수하는 현장을 적발할 수 있기를 기대했다.

하지만 그 2개 군단은 젊은 카이사르와 그의 대담함, 그리고 남다른 너그러움에 관한 이야기로 떠들썩했다. 그들은 젊은 카이사르의 활동에 관해 마르쿠스 안토니우스보다 더 많이 알고 있었다. 그들은 젊은 카이사르가 집정관의 군단을 매수하는 것이 아니며 자기 자신을 방어하기 위해 1개 군단을 새로 모집하는 데 만족하리라는 것을 알았다. 안토니우스가 마르스 군단을 처벌한 이래 이 2개 군단은 젊은 카이사르에게 동정적인 태도를 보였다. 그리하여 아피우스 가도를 따라 출발한 지 얼마 지나지 않아 새로운 반란이 발생했다. 안토니우스는 이번에도 주모자가 아니라 무작위로 걸린 불운한 사람들을 처형하는 방식으로 대응했다. 하지만 이제 말을 타고 군대를 이끄는 그를 쳐다보는 얼굴들은 험악해졌고, 이 때문에 그는 캄파니아로 들어가지 않는 편이 현명하겠다고 판단했다. 그는 방향을 틀어 아드리아 해 연안을 따라 위쪽으로 행군했다.

키케로는 이것이 악몽이라고 생각했다. 10월과 11월 동안 너무 많은 일이 벌어져 그의 머리가 핑핑 돌 지경이었다. 옥타비아누스는 참으로 놀라웠다! 고작 그 나이에, 아무 경험도 없는 주제에 그는 마르쿠스 안토니우스를 상대로 전쟁을 벌일 작정이었다! 로마는 다가오는 전쟁, 2개 군단을 이끌고 로마로 진군중인 안토니우스와 별다른 목적도 없이 캄파니아 북부를 어슬렁대는 옥타비아누스의 아직 체계가 잡히지 않은 1개 군단에 관한 소문으로 어수선했다. 옥타비아누스는 정말 캄파니아에서 안토니우스를 상대하려는 걸까, 아니면 로마로 진군할 작정일까? 키케로는 남몰래 그 소년이 로마로 진군하기를 바랐다. 그러는 것이 현명한 처사였다. 키케로는 어떻게 이렇게 많은 것을 알고 있었던 걸까? 옥타비아누스가 그에게 계속 편지를 보냈기 때문이다.

"오, 브루투스, 자넨 어디에 있나?" 키케로는 한탄했다. "자네가 얼마나 좋은 기회를 놓치고 있는지 몰라!"

시리아에서도 불안한 소식이 로마로 전해졌다. 아직까지 아파메이아에 갇혀 있는 반역자 카이킬리우스 바수스의 노예를 통해서였다. 그 노예는 브루투스의 관리인인 스캅티우스와 함께 이동해 세르빌리아를 만났고, 세르빌리아는 돌라벨라를 만나러 갔다. 그녀는 로마를 지키는 집정관에게 현재 시리아에 6개 군단이 있으며 모두 아파메이아 인근에 주둔중이라고 전했다. 그녀는 돌라벨라에게 이렇게 말했다. 첫째, 그 6개 군단은 이집트의 알렉산드리아를 수비하는 4개 군단과 마찬가지로 불만을 품고 있다. 그리고 두번째 사실은 더 놀라웠는데, 이 모든 군단들은 카시우스가 신임 총독으로 오기를 원한다고 했다! 세르빌리아의 말에 따르면, 바수스의 노예가 한 말이 사실이라 가정할 때 이 10개 군단 병사들은 카시우스가 시리아 총독 자리에 오르기를 간절히 바라고 있었다.

돌라벨라는 겁에 질렸다. 그는 로마를 수도 담당 법무관 가이우스 안토니우스에게 맡긴 채 하루 만에 짐을 싸서 시리아로 떠났다. 로마를 떠난다고 안토니우스에게 편지를 쓰거나 원로원에 알릴 겨를조차 없었다. 돌라벨라가 생각하기에 카시우스는 시리아와 알렉산드리아 군단들에 비밀스럽게 접촉하고 있는 것이 분명했다. 그러므로 자신의 속주에 카시우스보다 먼저 도착하는 것이 무엇보다 중요했다. 세르빌리아는 그건 돌라벨라의 착각이라고, 카시우스는 불법적으로 시리아 총독 직을 빼앗을 의사를 드러낸 적이 없다고 강조했다. 하지만 돌라벨라는 그녀의 말을 듣지 않았다. 그는 보좌관 아울루스 알리에누스를 배편으로 알렉산드리아에 보내 4개 군단을 데려오도록 한 뒤 앙코나에서 서부 마케도니아로 가는 배를 탔다. 바다 항해에 적합한 계절이 아니었으므로, 그곳에서부터는 말을 타고 이동할 계획이었다.

키케로는 카시우스가 시리아로 가는 중이 아님을 세르빌리아만큼 잘 알고 있었다. 하지만 10월이 11월로 바뀌면서 캄파니아에서 훨씬 더 걱정스러운 조짐이 보였다. 옥타비아누스가 편지로 키케로에게 로마에 남아달라고 간청하는 걸 보면 로마로 진군할 마음을 단단히 먹은 모양이었다. 그는 키케로가 원로원에 있어주기를 바랐고 원로원을 통해 합법적으로 안토니우스를 탄핵하고 싶다고 했다. 자신이 세르비우스 성벽 바깥에 도착하는 순간 원로원 회의가 열리게 하여 안토니우스에 반대하는 연설을 할 수 있도록 해달라고 간곡히 부탁했다!

"난 그의 나이를 도저히 못 믿겠고, 솔직히 그가 어떤 기질의 인물인지도 모르겠소." 키케로는 세르빌리아에게 말했다. 요즘 걱정으로 제정신이 아니다보니 그녀보다 딱히 나은 대화 상대를 찾을 수 없었다. "브루투스는 최악의 타이밍에 그리스로 떠났소. 지금은 이곳에서 그 자신과 나머지 해방자들을 변호하고 있어야 하는데 말이오. 솔직히 그가 여기 있다면 우리는 원로원과 인민을 안토니우스와 옥타비아누스 둘 다로부터 멀어지게 하고 공화정을 회복시킬 수 있을 거요."

세르빌리아는 그에게 살짝 냉소적인 눈빛을 보냈다. 그녀는 그 암퇘지 포르키아가 어느 때보다 더 정신 나간 상태로 집에 돌아와 있어서 기분이 언짢았다. "친애하는 키케로," 그녀는 권태로운 어조로 말했다. "브루투스는 자기 자신이나 로마에 속해 있지 않아요. 죽은 지 2년도 더 넘은 카토에게 속해 있죠. 그냥 안토니우스의 행동이 도를 넘어섰고 로마가 이제 그에게 완전히 질렸다는 사실로 만족하도록 해요. 그자에겐 카이사르와 같은 지성이나 카리스마가 없어요. 맹목적으로 달려드는 황소죠. 옥타비아누스로 말하자면, 그는 아무것도 아니에요. 교활한 쥐 같은 녀석이지만 카이사르의 신발끈에도 미치지 못하죠. 나는 그가 허황한 생각으로 가득했던 젊은 시절의 폼페이우스 마그누스를 닮았다고 생각해요."

"젊은 폼페이우스 마그누스는," 키케로가 무미건조하게 말했다. "술라를 위협해 공동 지휘권을 얻어냈고 반박의 여지가 없는 로마의 일인자 자리에 올랐소. 생각해보면 카이사르는 늦게 꽃을 피운 편이오. 장발의 갈리아로 가기 전까지는 눈에 띄는 업적이 전혀 없었으니."

"카이사르는," 세르빌리아는 쏘듯이 말했다. "법을 준수하는 사람이었어요! 정해진 연령에 모든 관직에 올랐고 모든 것을 적법하게 처리했어요. 그가 법을 어기게 된 건, 법을 따르다가는 자기 인생이 끝날 위기에 내몰렸기 때문이죠. 그걸 감수할 정도로 대단한 애국자는 아니었으니까요."

"저런, 저런, 죽은 사람을 두고 다투지 맙시다, 세르빌리아. 반면 그의 상속자는 쌩쌩하게 살아 있고 내겐 수수께끼 같은 존재요. 모든 사람들에게, 심지어 필리푸스에게도 그런 존재일 거라 생각하오."

"그 수수께끼의 소년은 캄파니아에서 자기 병사들을 대대로 편성하느라 바쁘다고 들었는데요." 세르빌리아가 말했다.

"그의 도우미로 활동하는 다른 어린애들과 함께 말이오. 가이우스 마이케나스나 마르쿠스 아그리파 같은 이름을 누가 들어봤겠소?" 키케로는 낄낄거렸다. "그 세 사람을 보고 있으면 여러 면에서 시골 촌뜨기가 떠오르더군요. 옥타비아누스는 자신이 로마로 진군하기만 하면 자기 명령에 따라 원로원이 소집될 거라 굳게 믿고 있소. 두 집정관이 모두 로마를 비워서 회의를 열 수 없다고 내가 편지로 몇 번씩 일러줬는데도 말이오."

"카이사르의 상속자를 빨리 만나고 싶어 못 견디겠군요."

"말이 나와서 말인데, 그 소문 들었소? 당신 딸이 신임 최고신관의 아내이니 분명 들었을 거요! 칼푸르니아는 퀴리날리스 언덕 외곽에 작은 집을 마련해 다름 아닌 죽은 카토의 아내와 함께 산다고 했소."

"당연한 일이죠." 세르빌리아가 아름다운 손으로 머릿결을 쓸어내리며 말했다. 칠흑같이 검은 머리와 백설같이 흰 머리의 조화가 매력적이었다. "카이사르는 그녀에게 넉넉한 재산을 남겼고 피소는 그녀를 재혼시키는 데 실패해 아예 손을 떼버렸으니까요. 아니, 피소의 아내가 손을 뗐다는 표현이 더 정확하겠죠. 마르키아의 경우는 죽은 남편에게 충실한 과부의 전형이고요. 그라쿠스 형제의 어머니 코르넬리아 같은 부류죠."

"게다가 당신은 포르키아와 함께 살게 됐지요."

"그것도 오래가진 않을 거예요." 세르빌리아는 아리송하게 말했다.

안토니우스가 캄파니아를 통과해 로마로 진군하지 않고 앞서 떠난 3개 군단처럼 아드리아 해 연안을 따라 이탈리아 갈리아의 데키무스 브루투스에게 갔다는 소식이 전해지자, 옥타비아누스는 로마 진군을 결정했다. 의붓아버지 필리푸스부터 편지로 조언을 제공하는 키케로까지 모든 사람들이 그를 현실 파악을 못하는 무책임한 어린애로 취급했다. 하지만 옥타비아누스도 이 대안이 얼마나 위험한지 아주 잘 알고 있었다. 그는 어떤 환상을 품고 이런 결정을 내린 것이 아니었다. 그렇다고 해서 로마 진군으로 인해 빚어질 결과를 정확히 예측할 수도 없었다. 하지만 오랜 시간 고민한 끝에, 아무 조치도 취하지 않는 것이야말로 가장 치명적인 실수가 되리라고 확신하게 되었다. 마르쿠스 안토니우스가 북쪽의 아펜니누스 산맥 반대편으로 넘어가는 동안 그가 캄파니아에 계속 머무른다면, 병사들과 로마는 모두 카이사르의 상속자를 행동가가 아니라 말만 번지르르한 사람으로 여길 터였다. 그의 기준은 늘 카이사르였고, 카이사르는 모든 일에 과감하게 도전했다. 옥타비아누스는 자신에게 안토니우스처럼 산전수전 다 겪은 장수를 물리칠 병력이나 재능이 없음을 알고 있었으므로 결코 전투를 원하진 않았다. 하지만 그가 로마로 진군한다면, 그는 자신이 아직 이 싸움에서 달아나지 않았으며 무시할 수 없는 세력임을 안토니우스에게 보여줄 수 있었다.

그를 막아설 군대는 없었으므로, 그는 라티나 가도로 진군해 세르비우스 성벽 가장자리에 놓인 외곽 순환도로를 지나서 마르스 평원으로 갔다. 그곳에 진지를 설치해 5천 병력을 머물게 한 뒤 2개 대대만 이끌고 로마로 들어가서 평화롭게 포룸 로마눔을 장악했다.

포룸 로마눔에서 호민관 티베리우스 칸누티우스가 반갑게 그를 맞았다. 칸누티우스는 평민회를 대표해 이 새로운 파트리키 귀족을 환영했으며, 그가 대중 앞에서 연설할 수 있도록 로스트라 연단으로 이끌었다. 관중의 수는 아주 적었다.

"원로원은 소집되지 않았습니까?" 그는 칸누티우스에게 물었다.

칸누티우스는 코웃음을 쳤다. "다 달아났네, 카이사르. 전직 집정관과 고위 정무관을 비롯해 한 명도 빠짐없이."

"그렇다면 안토니우스를 합법적으로 몰아낼 수 없겠군요."

"그러기엔 그들이 그를 너무 무서워하지."

옥타비아누스는 마이케나스에게 하수인들을 풀어 더 많은 관중을 모으도록 지시한 다음 집으로 가서 토가로 갈아입고 밑창이 두꺼운 장화를 신었다. 포룸 로마눔으로 돌아왔더니 대략 천여 명의 경험 많은 포룸 로마눔 관중이 모여 있었다. 그는 로스트라 연단으로 올라가 연설을 통해 관중에게 유쾌한 충격을 안겨줬다. 연설은 시적이고 적확하고 구조가 탄탄한데다 몸짓이나 기교마저 완벽했으며 아주 흥미진진했다. 그는 카이사르를 칭찬하고 그의 업적을 찬양하는 말로 시작했다. 로마의 더 큰 영광을 위해, 언제나 그랬듯 로마의 더 큰 영광을 위해 그가 쌓은 업적이었다.

"자기 자신이 로마의 영광이 되지 못한다면, 로마에서 가장 위대한 남자가 된들 무슨 소용이겠습니까? 그는 살해되는 그날까지 로마의 가장 충실한 종복이었습니다. 로마를 부유하게 만들고 로마 제국의 세력을 확장하는 사람이자, 살아 있는 로마의 화신이었습니다!"

발작적인 환호가 잦아들자, 옥타비아누스는 해방자들에 대한 이야기로 넘어가 카이사르의 죽음에 대한 정의 실현을 촉구했다. 그는 카이사르가 로마의 더 큰 영광이 아니라 사사로운 혜택과 1계급의 특권에 집착하는 좀스러운 소인배들에게 살해되었다고 했다. 그는 키케로만큼이나 연기와 성대모사에 탁월한 재주를 뽐내며 모든 관련자들을 건드리고 넘어갔다. 브루투스가 파르살로스에서 보인 겁쟁이 같은 모습을 흉내내고, 카이사르에게 모든 것을 빚진 데키무스 브루투스와 가이우스 트레보니우스의 배은망덕을 논하고, 노예를 고문하는 미누키우스 바실루스를 흉내내고, 카이센니우스 렌토의 손에 잘려나간 나이우스 폼페이우스의 머리를 봤던 기억을 털어놓았다. 스물세 명의 암살자 중 그 누구도 그의 무자비한 조롱과 면도날처럼 날카로운 재치로부터 자유로울 수 없었다.

이후 그는 군중에게 질문을 던졌다. 카이사르의 가까운 친척인 마르쿠스 안토니우스는 어떻게 해방자들에게 그토록 동정적이고 관용적일 수 있었을까? 암살 계획이 시작되었던 나르보에서 마르쿠스 안토니우스가 가이우스 트레보니우스와 데키무스 브루투스와 밀담을 나누는 걸 카이사르 필리우스 자신이 목격하지 않았던가? 또한 마르쿠스 안토니우스는 나머지 사람들이 폼페이우스 회의소 안으로 들어가 단검으로 카이사르를 찌르는 동안 바깥에서 가이우스 트레보니우스와 밀담을 나누지 않았던가? 안토니우스는 포룸 로마눔에서 비무장 상태의 로마 시민 수백 명을 죽이지 않았던가? 아무 증거도 없이 카이사르 필리우스 자신에게 살인미수 혐의를 뒤집어씌우지 않았던가? 재판 과정도 생략하고 로마 시민들을 타르페이아 바위에서 떨어뜨리지 않았던가? 로마 시민권부터 면세 혜택까지 모든 것을 판매하는 방식으로 직권을 남용하지 않았던가?

"하지만 이쯤 되면 여러분도 지겨우리라 생각됩니다." 그는 결론을 내렸다. "마지막으로 하고 싶은 말은, 제가 카이사르라는 것입니다! 사랑하는 아버지께서 얻었던 사회적 지위와 관직들을 저 역시 얻을 작정입니다! 제 사랑하는 아버지는 이제 신이 되셨습니다! 제 말을 못 믿겠다면 카이사르가 불에 탄 장소를 보시고, 푸블리우스 돌라벨라가 카이사르의 제단과 기둥을 복구함으로써 그의 신성을 인정한 모습을 보십시오! 하늘에 나타난 카이사르의 별이 모든 것을 말해줬습니다! 카이사르는 디부스 율리우스이고 저는 그의 아들입니다! 저는 디비 필리우스, 신의 아들이고, 카이사르라는 이름이 의미하는 모든 것에 부끄럽지 않은 삶을 살 것입니다!"

그는 숨을 깊이 들이쉬고 환호 속에 몸을 돌렸다. 로스트라 연단에서 카이사르의 제단과 기둥이 있는 곳으로 걸어가더니, 머리에 토가를 둘러쓰고 아버지에게 기도를 올렸다.

그것은 인상적인 공연이었고, 그가 도시 안으로 데려온 병사들로서는 잊을 수 없는 장면이었다. 그들은 나중에 만나게 된 병사들에게 부지런히 이 이야기를 퍼뜨렸다.

때는 11월 열째 날이었다. 이틀 뒤, 마르쿠스 안토니우스가 종달새5군단과 함께 발레리우스 가도를 따라 빠른 속도로 로마를 향해 이동중이라는 소문이 들려왔다. 그는 로마에서 그리 멀지 않은 티부르의 진지에 병사들을 머물게 했다. 옥타비아누스의 병사들은 안토니우스에게 1개 군단밖에 없다는 소식을 듣고 전투가 벌어지기를 바랐다.

하지만 전투는 벌어지지 않았다. 옥타비아누스는 마르스 평원으로 가서 자신은 로마 동포들과 싸울 수 없다고 설명했다. 그는 말뚝을 뽑고 자신의 군대를 이끌고서 카시우스 가도를 따라 북쪽으로 갔다. 옥타비아누스는 가이우스 마이케나스의 고향이자 그의 가문이 가장 큰 영향력을 행사하고 있는 아레티움에 잠적하여 마르쿠스 안토니우스의 행보를 주시했다.

안토니우스의 첫번째 대응은 원로원을 소집해 옥타비아누스를 공공의 적으로 선포하는 것이었다. 공공의 적으로 선포되면 시민권과 재판권을 박탈당하고 목격 즉시 살해될 수 있었다. 하지만 회의는 열리지 않았다. 그는 끔찍한 소식을 접하고 당장 로마를 떠날 수밖에 없었다. 마르스 군단이 옥타비아누스에 대한 지지를 표명하고 아드리아 해의 도로를 벗어나 발레리우스 가도를 따라서 로마로 오고 있다는 소식이었다. 그들은 옥타비아누스가 아직 로마에 있는 줄로 알고 있었다.

안토니우스는 너무 다급히 대응하느라 병사를 한 명도 데려가지 못했다. 그리하여 알바 푸켄티아에서 마르스 군단을 만났을 때 그는 브룬디시움에서처럼 그들을 처벌할 수 있는 입장이 아니었다. 뛰어난 연설가인 그는 군단병들이 이성을 되찾고 반란을 중단하도록 말로 설득해야 했다. 하지만 소용없었다. 군단병들은 안토니우스를 잔인하고 쩨쩨한 인간 취급했고 자기들은 다른 누구도 아닌 옥타비아누스를 위해서 싸울 것이라고 선언했다. 안토니우스가 일인당 2천 세스테르티우스의 상여금을 제안했지만 그들은 이 제안마저 거절했다. 그리하여 그는 그들에게 군단병이 될 자격이 없는 인간들이라 말하고 좌절한 채 로마로 돌아올 수밖에 없었다. 한편 마르스 군단은 옥타비아누스가 있는 아레티움으로 떠났다. 안토니우스는 마르스 군단 사건을 통해, 그가 전투 개시를 선포했을 때 그의 군대든 옥타비아누스의 군대든 간에 서로 싸우려들지 않을 것임을 깨달았다. 이제 아주 대놓고 자신을 신의 아들이라 칭하는 그 작은 뱀은 아레티움에 가만히 앉아서 누구보다 안전하게 지낼 수 있게 됐다.

로마로 돌아온 안토니우스는 또다시 불법적인 일을 시도했다. 그는 카피톨리누스 언덕의 유피테르 옵티무스 막시무스 신전에서 야간에 원로원 회의를 열었다. 일몰 이후에 원로원 회의를 진행하는 것은 금지되어 있었지만, 회의는 강행되었다. 안토니우스는 티베리우스 칸누티우스, 루키우스 카시우스, 데키무스 카르풀레누스 등 세 호민관의 참석을 금지했고 다시 한번 옥타비아누스를 공공의 적으로 선포할 것을 제안했다. 하지만 그가 채결 절차를 밟기도 전에 또 끔찍한 소식이 도착했다. 4군단 역시 옥타비아누스에 대한 지지를 표명했고 안토니우스의 재무관 루키우스 에그나툴레이우스도 그쪽으로 넘어갔다는 소식이었다. 카이사르의 상속자를 공공의 적으로 만들려는 두번째 시도 역시 무산되었다. 설상가상으로 티베리우스 칸누티우스는, 옥타비아누스에 대한 사권(私權) 박탈법이 평민회 승인을 위해 넘어올 경우 자신이 아주 기쁜 마음으로 거부권을 행사하겠다는 메시지를 보내왔다.

그리하여 4군단이 아레티움의 옥타비아누스에게 가는 동안, 안토니우스가 개최한 원로원 회의는 사소한 문제만 논의하고 말았다. 안토니우스는 가까운 히스파니아의 섹스투스 폼페이우스와 합의에 도달한 레피두스를 칭찬했고, 그런 다음 브루투스와 카시우스에게서 각각 크레타 섬과 키레나이카를 박탈했다. 안토니우스 자신의 예전 속주였던 마케도니아는(이제 그곳의 15개 군단은 거의 사라진 뒤였다) 그의 동생이자 법무관인 가이우스 안토니우스에게 넘겼다.

무엇보다 끔찍한 것은 풀비아가 그의 곁에서 조언을 해줄 수 없다는 사실이었다. 그가 원로원에서 연설을 하는 동안 그녀는 출산중이었다. 감탄할 만큼 출산 경험이 풍부한 그녀였지만 이번만큼은 고통이 대단했다. 안토니우스와 그녀 사이에서 잉태된 두번째 아들은 마침내 세상에 태어났고, 그녀는 심한 후유증을 겪었다. 안토니우스는 아들에게 율루스라는 이름을 붙이기로 했다. 그것은 안토니우스 가문이 가진 율리우스 혈통을 강조하는 이름이었으므로 옥타비아누스에게는 대놓고 뺨을 때리는 격이었다. 율루스는 아이네아스의 아들이자 알바롱가의 설립자이며 로마 민족의 시조이자 율리우스 가문의 시조였다.

자기 잇속만 차릴 줄 아는 안토니우스의 친척들은 모두 몸을 숨긴 뒤라 그의 곁에는 별 도움도 위안도 안 되는 친동생들뿐이었다. 그는 이처럼 복잡하고 불안해진 상황을 도저히 통제할 수 없었다. 더더군다나 그 개자식 돌라벨라는 자기 자리를 비워두고 서둘러 시리아로 떠난 터였다. 결국 안토니우스는 자신이 할 수 있는 일은 이탈리아 갈리아로 가서 데키무스 브루투스를 몰아내는 것뿐이라고 결론지었다. 데키무스 브루투스는 속주를 떠나라는 안토니우스의 명령에 통명스럽게 거절하는 답변을 보내온 터였다. 그것은 풀비아가 항상 제안했던 일이기도 했는데, 풀비아는 늘 옳은 말을 하는 경향이 있었다. 옥타비아누스는 그저 그가 데키무스를 물리칠 때까지 기다려야 하리라. 데키무스가 패배하는 순간 안토니우스 자신이 데키무스의 군단들을, 카이사르의 상속자에겐 어떤 충성심도 없는 그 군단들을 가질 수 있을 터였다. 그렇다면 움직여야 했다!

옥타비아누스가 처음 등장할 당시 안토니우스에겐 적절히 대처할 만한 지혜나 인내심이 없었다. 그는 옥타비아누스를 반기며 그를 서서히 알아갔어야 했다. 하지만 그는 9월 스물셋째 날로 열아홉 살이 된 그 소년에게 퉁명스럽게 대했다. 그리하여 이제 그는 자질이 증명되지 않은 예측불허의 적과 마주하게 되었다. 그가 이탈리아 갈리아로 떠나기 전 취할 수 있던 최선의 조치는 옥타비아누스의 군대가 사병(私兵)이며 고로 반역적이라는 내용의 칙령을 여럿 발표하는 것뿐이었다. 그는 옥타비아누스의 군대가 카틸리나의 군대보다는 스파르타쿠스의 군대에 가깝다고 했는데, 이는 온전히 로마인으로만 구성된 옥타비아누스의 군대를 노예 집단 취급하며 조롱하는 말이었다. 칙령에는 옥타비아누스의 동성애 성향, 그 의붓아버지의 역겨운 식탐, 어머니의 부정한 행실, 매춘부라 알려진 누나의 나쁜 평판, 생부의 유치함과 무능함에 관한 자극적인 유언비어도 포함돼 있었다. 로마인들은 그 글을 읽으며 믿을 수 없다는 듯 웃어댔다. 하지만 안토니우스는 로마인들의 반응을 직접 확인할 수 없었다. 그는 북쪽으로 이동중이었다.

안토니우스가 사라지자 키케로는 안토니우스에게 두번째 공격을 개시했다. 이번에는 연설 형태가 아니었는데, 그가 직접 낭독하지 않았기 때문이다. 그 대신 그는 출판물을 발행했다. 그 글은 옥타비아누스에게 제기된 모든 혐의에 관한 답을 제공했고, 열렬한 독자들에게 수석 집정관에 관해 수많은 의혹을 제기했다. 그에게 정보를 제공한 사람은 무스텔라와 티로 같은 스타 검투사, 포르미오와 나토 같은 해방노예, 키테리스 같은 여배우 겸 매춘부, 히피아스 같은 배우, 세르기우스 같은 익살극 배우, 리키니우스 덴티쿨루스 같은 도박꾼이었다. 그는 안토니우스가 카이사르 암살 음모에 가담했다는 아주 심각한 혐의를 제기했고, 바로 그 때문에 이후 암살자들을 기소하는 일을 꺼릴 수밖에 없었던 것이라고 했다. 그는 안토니우스가 카이사르의 군자금은 물론 옵스 신전에 있던 7억 세스테르티우스도 훔쳤으며 그 돈을 모두 자신의 사적인 빚을 갚는 데 사용했다고 주장했다. 그런 다음 안토니우스에게 모든 것을 남긴 사람들의 유언을 자세하게 언급했고, 안토니우스가 옥타비아누스를 동성애자라고 놀린 것의 대가를 톡톡히 치르도록 했다. 안토니우스와 그의 아내 풀비아의 두번째 남편이었던 가이우스 쿠리오가 보여준 수년간의 애정 행각을 낱낱이 묘사해놓았던 것이다. 그의 흥청망청 술 마시는 습관이 친절하게 설명되어 있었고 차고 넘치는 정부들, 사자가 끄는 전차, 로스트라 연단을 비롯한 여러 공공장소에서의 구토까지 언급되었다. 로마인들은 그 글을 읽으며 즐거운 한때를 보냈다.

안토니우스는 부재했고—데키무스 브루투스가 방어하고 있는 무티나를 포위중이었다—옥타비아누스는 여전히 아레티움에 있었으므로,

로마는 마침내 키케로의 차지였다. 키케로는 점점 더 과감하고 잔인하게 안토니우스에 대한 공격을 이어나갔다. 또한 옥타비아누스에 대한 경탄이 그의 말과 글에서 조금씩 흘러나오기 시작했다. 옥타비아누스가 로마로 진군하지 않았더라면 안토니우스는 남아 있던 모든 전직 집정관을 학살하고 절대 통치자 자리를 꿰찼을 테니 로마는 옥타비아누스에게 큰 빚을 진 셈이라고 했다. 언제나 그렇듯 키케로의 모든 글과 말에서는 그의 목적에 따라 사실이 부정확해졌고 진실은 적당히 왜곡되었다.

카토 지지세력과 해방자들의 영향력은 원로원에서 거의 사라지다시피 했다. 원로원은 이제 안토니우스파와 옥타비아누스파라는 두 개의 새로운 파벌로 양분되었다. 한 명은 수석 집정관이고 다른 한 명은 아직 하급 원로원 의원조차 아닌데도 그러했다. 루키우스 피소와 필리푸스는 중립을 지키는 일이 너무 힘들다는 것을 알아가고 있었다. 당연한 일이겠지만 로마의 관심은 상당 부분 이탈리아 갈리아에 집중되어 있었다. 다만 이제 한겨울이 다가오고 있으니 그곳에서의 군사 활동은 봄이 오기 전까진 당분간 느려지고 뜸해질 터였다.

12월 말 옥타비아누스는 3개 군단을 아레티움 인근의 진지에 머물게 한 뒤 로마로 돌아왔다. 가족들은 다소 불편한 기색으로 그를 반겼다. 필리푸스는 공석에서 옥타비아누스에 대한 지지를 한결같이 거부했지만 사석에서는 그렇게 소홀하지 않았다. 그는 고집스러운 아들을 앉혀놓고서 더 조심해야 한다고, 안토니우스를 상대로 내전을 벌여서는 절대 안 된다고, 자신을 카이사르로 부르라고 요구해서도 안 되며—섬뜩해라!—신의 아들로 불러줄 것을 요구해선 더더욱 안 된다고 몇 시간씩 설교했다. 옥타비아의 남편 작은 마르켈루스는 젊은 카이사르가 성년이 되기 전에 이미 높은 관직에 올라 주요 정치세력이 될 것이라고 판단해서 그와 부지런히 친해졌다. 카이사르의 두 조카 퀸투스 페디우스와 루키우스 피나리우스는 확고한 옥타비아누스파임을 드러냈다. 옥타비아누스 주변에는 남자 친척이 세 명 더 있었는데, 그의 생부가 아티아와 결혼하기 앞서 다른 여자와 결혼하고 역시 옥타비아라는 이름의 딸을 뒀기 때문이었다. 이 나이 많은 옥타비아는 섹스투스 아풀레이우스라는 남자와 결혼해 청소년기에 접어든 두 아들 섹스투스 2세와 마르쿠스를 두고 있었다. 이 아풀레이우스 가문의 삼부자도 집안의 우두머리 자리에 오른 열아홉 소년에 대해 캐고 다니기 시작했다.

큰 루키우스 코르넬리우스 발부스와 가이우스 라비리우스 포스투무스는 카이사르의 은행가들 중 처음으로 옥타비아누스 세력에 합류한 사람들이었다. 하지만 그해가 끝날 무렵 나머지 사람들인 작은 발부스와 가이우스 오피우스(그는 옥타비아누스가 군자금을 훔쳤다고 확신했다), 카이사르의 오랜 친구이자 금권가인 가이우스 마티우스도 옥타비아누스 쪽으로 흡수되었다. 옥타비아누스 생부의 친척인 마르쿠스 민디우스 마르켈루스도 마찬가지였다. 신중하기로 유명한 티투스 아티쿠스마저 옥타비아누스를 아주 진지하게 받아들였고 동료들더러 카이사르의 상속자에게 잘 대해주라고 경고할 정도였다.

"내가 제일 먼저 해야 할 일은 원로원 의원이 되는 거야." 옥타비아누스는 아그리파, 마이케나스, 살비디에누스에게 말했다. "원로원 의원이 되기 전까지는 일개 시민으로 활동해야만 할 테니까."

"그게 가능할까?" 아그리파는 미심쩍다는 듯 말했다. 그는 살비디에누스와 군사 임무를 분담하고 있었는데, 자신에게 연장자인 살비디에누스에 뒤지지 않는 군사적 역량이 있음을 깨닫고 아주 즐거워하고 있었다. 4군단과 마르스 군단은 그를 무척 믿고 따르게 되었다.

"오, 당연히 가능하지." 마이케나스가 말했다. "티베리우스 칸누티우스의 호민관 임기가 끝나긴 했지만 우리는 그를 통해 물밑 작업을 할 거야. 신임 호민관도 몇 명 매수해야겠지. 거기에 덧붙여, 신년 첫날 신임 집정관들이 취임하면 카이사르 자네는 그들에게도 손을 써야 할 걸세. 안토니우스의 집정관 임기가 끝나면 신임 집정관들은 더 용기를 낼 수 있을 거야. 원로원은 신임 집정관 취임에 이의가 없음을 분명히 했고 가이우스 안토니우스에게서 마케도니아 속주를 박탈했네. 자네에겐 모두 좋은 소식일세, 카이사르."

"그렇다면," 옥타비아누스는 카이사르를 닮은 미소를 지으며 말했다. "우리는 신년에 어떤 일이 펼쳐질지 가만히 앉아 기다리면 되겠군. 내겐 카이사르의 행운이 따르니 아래로 추락하진 않을 거야. 나는 오로지 위로, 위로, 위로 올라가게 될 거야."

6

8월 말 아테네에 도착한 브루투스는 카이사르 암살 이후 기대했던 찬사를 마침내 그곳에서 받을 수 있었다. 그리스인들은 폭군 살해를 아주 낭만적으로 받아들였고 그래서인지 브루투스를 높이 평가했다. 민망하게도 그는 자신과 카시우스의 조각상이 제작되는 중이란 사실을 알게 됐다. 그 조각상들은 광장의 으리으리한 대좌 위에, 그것도 위대한 그리스인 폭군 살해자 아리스토게이톤과 하르모디오스 조각상 바로 옆에 세워질 예정이었다.

브루투스는 자신의 고분고분한 세 철학자를 데려갔다. 에페이로스의 스트라톤, 스타틸로스, 글은 거의 안 쓰고 술만 흥청망청 마시는 라티움 학자 푸블리우스 볼룸니우스였다. 네 사람은 열의와 기쁨에 휩싸여 아테네의 지적인 환경에 빠져들었다. 이런저런 토론회를 찾아다니고 테옴네스토스와 크라티포스 같은 철학계 거물들의 발치에 앉아 시간을 보냈다.

이는 아테네인들을 아주 혼란스럽게 했다. 폭군 살해자들이 지적 허영심으로 가득한 여느 로마인처럼 극장과 도서관과 강연만 쫓아다니고 있다니. 아테네인들은 브루투스가 당장이라도 동방에서 군사를 모아 로마군을 몰아내리라 예상했었다. 그런데 아무 일도 없었다!

얼마 지나지 않아 카시우스도 아테네에 도착했고, 두 사람은 함께 넓은 집으로 거처를 옮겼다. 브루투스의 어마어마한 재산 중 로마나 이탈리아에 남아 있는 것은 거의 없었다. 브루투스는 모든 재산을 동쪽으로 가져왔고, 스캅티우스는 모든 면에서 마티니우스만큼 훌륭한 관리인이었다. 사실 스캅티우스는 마티니우스보다 더 뛰어난 관리인이 되기로 작정한 터였다. 그러므로 돈은 전혀 부족하지 않았고, 고분고분한 세 철학자들은 아주 호화로운 생활을 즐겼다. 카토에게 길들어 있던 스타틸로스에게는 아주 반가운 변화였다.

"먼저 광장으로 가서 우리의 조각상부터 보는 게 좋겠네." 브루투스는 카시우스를 현관문 밖으로 밀어내다시피 하며 재촉했다. "오, 난 정말 충격받았어! 아주 대단한 작품이라네, 카시우스! 난 마치 신처럼 보인다니까. 아니, 아니, 카이사르와 달리 난 그런 게 불만스럽진 않아! 훌륭한 그리스 조각상은 벨라브룸 작업실에서 생산되는 그 어떤 조각상보다 더 뛰어나단 말이지."

카시우스는 그 조각상들을 눈으로 확인하자마자 포복절도했고, 조각상들이 안 보이는 곳으로 자리를 옮긴 뒤에야 비로소 평정을 되찾을 수 있었다. 두 조각상은 모두 전신상이었고 완벽한 나체였다. 어깨가 굽고 가녀리고 탄탄한 몸매와 거리가 먼 브루투스는 근육이 울퉁불퉁한 프락시텔레스의 권투 선수처럼 묘사되어 있었다. 게다가 거기에 어울리는 인상적인 음경과 통통하고 축 늘어진 음낭이 달려 있었다. 그가 이 조각상에 감탄하는 건 놀랄 일도 아니었다! 카시우스의 경우—그는 본래 조각상만큼 타고난 물건과 몸매가 훌륭했다—동성애가 흔한 아테네의 시민들이 자신의 조각상을 보며 군침 흘릴 생각을 하니 그저 너무, 엄청나게 웃겼다. 브루투스는 홱 토라지더니 집으로 돌아가는 길 내내 한마디 말이 없었다.

하루는 브루투스의 지인이 카시우스에게 그의 처남이 이 세상의 문화 수도에서 부유한 로마인으로 살아가는 것에 아주 만족해한다고 전했다. 하지만 카시우스는 뭔가 더 대단한 일을 하고 싶어 몸이 근질거렸다. 시리아인들은 카시우스가 시리아 총독으로 오기를 원한다는 내용의 편지를 세르빌리아가 보낸 덕분에, 그에게 좋은 생각이 떠올랐다. 그는 시리아로 가서 그곳을 통치하기로 결심했다.

"자네에게 타고난 감각 같은 게 있다면," 카시우스는 브루투스에게 말했다. "안토니우스가 모든 군단을 빼가기 전에 당장 마케도니아로 가서 그곳을 통치해야 할 걸세. 거기 남아 있는 군단들만 손에 넣어도 아무도 자넬 건드릴 수 없을 거야. 테살로니카의 퀸투스 호르텐시우스에게 편지를 보내 거기서 무슨 일이 벌어지고 있는지 물어보게."

하지만 브루투스가 움직이기도 전에 호르텐시우스가 먼저 편지를 보내왔다. 퀸투스 호르텐시우스는 마르쿠스 브루투스가 마케도니아로 와서 그곳을 통치하는 것은 언제든 환영이라고 했다. 안토니우스와 돌라벨라는 진정한 집정관이 아니며 무법자나 다름없다고 했다. 카시우스의 재촉에 힘입어 브루투스는 호르텐시우스에게 그렇게 하겠노라는 답장을 보냈다. 그는 보좌관으로 부릴 수 있는 젊은이 몇 명—키케로의 아들 마르쿠스, 비불루스의 어린 아들 루키우스—과 다른 사람들을 데리고 테살로니카로 가기로 했다.

한 주도 채 지나지 않아 카시우스는 에게 해를 건너 아시아 속주로 가는 배에 올라탔다. 홀로 남은 브루투스는 마케도니아로 가야만 하는 자신의 의무와 아테네에 머무르고 싶은 본심 사이에서 갈팡질팡했다. 그래서 서둘러 북쪽으로 떠나지 않았는데, 사실 그는 서둘렀어야 했다. 특히 돌라벨라가 마케도니아 속주를 급히 통과해 시리아로 가고 있다는 소문을 들은 뒤에는 더더욱 서둘렀어야 했다.

물론 그는 떠나기 전에 먼저 아테네에서 편지를 써야 했다. 세르빌리아와 포르키아가 한집에서 지내는 것이 너무 걱정스러웠다. 그래서 그는 세르빌리아에게 편지를 보내 이제부터 직접 연락을 취하기가 어려워질 것이라 경고했고, 그래도 가능할 때면 스캅티우스를 보내 소식을 전하겠다고 했다. 포르키아에게 보내는 편지는 훨씬 더 쓰기가 힘들었다. 그는 그녀에게 시어머니와 잘 지내도록 노력해달라고 애원했고, 그의 불꽃 기둥인 그녀를 사랑하고 그리워한다는 말을 전했다.

그리하여 브루투스는 11월 말이 되어서야 마케도니아의 수도 테살로니카에 도착했다. 호르텐시우스는 그를 뜨겁게 반겼고 마케도니아 속주가 그의 편에 설 것이라 약속했다. 하지만 브루투스는 트집을 잡았다. 신년이 되기 전에 호르텐시우스의 자리를 물려받는 것이 옳은 일일까? 호르텐시우스는 어차피 그때 퇴임할 예정이지만, 브루투스 자신이 너무 빨리 총독 직을 물려받으면 원로원에서 자격미달의 총독을 처단하기 위해 군대를 보내는 건 아닐까? 호르텐시우스에 따르면 안토니우스의 4개 정예 군단은 떠났지만 나머지 2개 정예 군단은 한동안 디라키온에 머물 것으로 예상된다고 했다. 그럼에도 불구하고 브루투스는 늑장을 부렸고, 결국 다섯번째 정예 군단도 마케도니아를 떠났다.

로마에서 도착한 소식 중 흥미로웠던 것은 옥타비아누스의 로마 진군이었다. 그 소식은 브루투스를 아주 어리둥절하게 만들었다. 이 새파랗게 젊은 청년은 누구인가? 어떻게 마르쿠스 안토니우스 같은 멧돼지를 거역하고도 무사할 수 있다고 믿는 것일까? 카이사르라는 이름의 사람들은 동일한 옷감에서 잘라낸 듯 하나같이 똑같은 걸까? 그는 마침내 옥타비아누스가 별 볼 일 없는 인간이며 신년이 오기 전에 제거될 것이라고 결론 내렸다.

일리리쿰 총독 푸블리우스 바티니우스는 상황이 어떻게 돌아가는지도 모르는 채 2개 군단과 함께 살로나에 눌러앉아 있었다. 마르쿠스 안토니우스로부터 다누비우스 강 인근 땅으로의 진군이 시작될 것이라는 소식이 전해지기만 기다리면서다. 마침내 11월 말에 그는 병사들을 이끌고 남쪽으로 진군해 서부 마케도니아를 지휘하는 가이우스 안토니우스를 도우라는 안토니우스의 편지를 받았다. 바티니우스는 안토니우스의 인기가 얼마나 떨어졌는지 몰랐으므로 그저 시키는 대로 했다. 브루투스가 마케도니아를 가로챌 심산이며 카시우스는 돌라벨라로부터 시리아를 가로채기 위해 그쪽으로 가는 중이라는 안토니우스의 주장을 듣고 그는 더럭 겁이 났다.

그리하여 바티니우스는 12월 말 디라키온을 점령하기 위해 남쪽으로 진군했다. 가는 길은 눈과 얼음의 연속이었다. 겨울은 빨리 찾아왔고 몹시 혹독했다. 도착해보니 다 사라지고 2개 군단만 남아 있었는데, 하나는 정예 군단이고 다른 하나는 정예 군단까지는 아니었다. 하지만 적어도 디라키온은 편안한 진지였다. 그는 그곳에서 자신이 아는 한 마케도니아의 합법적인 총독인 가이우스 안토니우스를 기다렸다.

브루투스는 여전히 로마로부터의 소식을 기다렸고, 스캅티우스가 12월 중순에 소식을 가져왔다. 옥타비아누스는 아레티움에서 잠적했고 상황은 이상하게 돌아가고 있었다. 안토니우스의 병력 중 2개 군단이 반란을 일으켜 옥타비아누스에 대한 지지를 선언했고, 그럼에도 불구하고 싸움은 벌어지지 않았다. 옥타비아누스의 군대가 안토니우스를 공격하지도, 안토니우스의 군대가 옥타비아누스를 공격하지도 않았던 것이다. 스캅티우스에 따르면 카이사르의 상속자는 이제 거의 모든 사람들에게 그냥 카이사르라는 이름으로 불리며 언뜻 보면 카이사르를 닮은 모습이라고 했다. 옥타비아누스를 공공의 적으로 선포하려는 시도가 두 번이나 무산되자, 안토니우스는 이탈리아 갈리아로 가서 데키무스 브루투스가 방어하고 있는 무티나를 포위했다고 한다. 이 얼마나 이상한 일인가!

더 중요한 소식이 있었으니, 브루투스는 원로원이 자신과 카시우스에게서 각각 크레타 섬과 키레나이카의 속주 총독 직을 박탈했음을 알게 되었다. 그들은 아직 공공의 적으로 선포되지는 않았지만, 마케도니아 총독 직은 가이우스 안토니우스에게 넘어갔고 바티니우스는 그를 도우라는 명령을 받은 터였다.

세르빌리아와 바티아 이사우리쿠스에 따르면 안토니우스의 계획은 아주 거창했다. 그는 5년 기한의 임페리움 마이우스로 무장한 채 데키무스 브루투스를 박살낸 다음 로마의 최정예 군단들과 함께 이탈리아 경계선 북쪽에 눌러앉아 있을 작정이었다. 게다가 서쪽 변방은 플랑쿠스와 레피두스, 폴리오에게, 동쪽 변방은 바티니우스와 가이우스 안토니우스에게 지키게 할 생각이었다. 물론 그에게는 로마를 통치하려는 야망이 있었지만, 옥타비아누스의 존재 때문에 아마도 향후 5년 동안은 힘들 듯했다.

마침내 브루투스는 행동에 나섰다. 그는 테살로니카의 호르텐시우스를 떠나서 에그나티우스 가도를 따라 서쪽으로 갔다. 그리고 호르텐시우스의 1개 군단과, 수도 인근 시골 지역에 정착한 폼페이우스 마그누스의 퇴역병들로 구성된 대대 몇 개를 데려갔다. 젊은 마르쿠스 키케로와 루키우스 비불루스는 물론 브루투스의 고분고분한 철학자들도 함께 떠났다.

하지만 겨울 날씨는 혹독했고 브루투스의 진군은 고통스러울 정도로 느렸다. 그는 달팽이 같은 속도로 힘겹게 전진했고, 카이사르가 죽은 해가 끝날 무렵에도 여전히 칸다비아 산맥의 고지대에 있었다.

11월 초 카시우스가 아시아 속주의 스미르나에 도착해보니 가이우스 트레보니우스는 총독으로서 아주 편안하게 자리를 잡고 있었다. 트레보니우스 곁에는 암살범 중 한 명인 카시우스 파르멘시스가 있었다. 그는 트레보니우스의 보좌관으로 일하고 있었다.

"솔직히 말하겠습니다." 카시우스는 두 사람에게 말했다. "저는 돌라벨라보다 빨리 시리아로 가서 그 속주를 먼저 차지할 겁니다."

"잘 생각했네." 트레보니우스는 흔쾌히 찬성하는 표정으로 말했다. "가진 돈은 있나?"

"1세스테르티우스도 없습니다." 카시우스는 솔직히 말했다.

"그렇다면 군자금 마련을 시작할 수 있도록 돈을 조금 주겠네." 트레보니우스가 말했다. "거기에다가 갤리선으로 구성된 소규모 함대를 마련해주고 유능한 보좌관 두 명도 떼어주겠네. 섹스틸리우스 루푸스와 파티스쿠스 둘 다 훌륭한 제독일세."

"저도 훌륭한 제독입니다." 카시우스 파르멘시스가 말했다. "저를 써주신다면 저도 당신을 따라가겠습니다."

"제게 훌륭한 부하를 세 명이나 떼어주셔도 정말 괜찮겠습니까?" 카시우스는 트레보니우스에게 물었다.

"오, 물론이네. 아시아 속주는 아주 평화로워. 내 부하들도 뭔가 사건이 벌어지는 곳으로 가게 되어 기뻐할 걸세."

"그리 유쾌하지 않은 소식이 있습니다, 트레보니우스. 돌라벨라는 육로를 이용해 시리아로 가고 있으니 당신도 그와 마주치게 될 겁니다."

트레보니우스는 어깨를 으쓱했다. "오라고 하게. 내 속주에선 그에게 어떤 권한도 없어."

"저는 한시바삐 떠나야 하니 그 전투용 갤리선들을 최대한 빨리 모아주시면 감사하겠습니다." 카시우스가 말했다.

전투용 갤리선들은 11월 말에 모습을 드러냈다. 카시우스는 세 제독과 함께 항해를 시작했고 시리아로 가는 동안 더 많은 함선을 모으리라 작정했다. 그의 곁에는 사촌이자 수많은 루키우스 카시우스들 중 한 명이 있었고, 파비우스라는 이름의 백인대장이 있었다. 가이우스 카시우스 곁에는 고분고분한 철학자들 따윈 없었다!

로도스 섬에서는 그에게 전혀 행운이 따르지 않았다. 예상대로 로도스 섬은 로마 내부에서 벌어지는 다툼에 관여하고 싶지 않다며 함선이

나 돈을 내놓지 않았다.

"언젠가," 그는 로도스의 행정장관과 항만 담당관에게 유쾌하게 말했다. "당신들은 반드시 이 일의 대가를 치르게 될 거요. 가이우스 카시우스는 무서운 적이고 모욕을 절대 잊지 않소."

그는 타르소스에서도 똑같은 답변을 들었고, 똑같은 경고를 남겼다. 이후 그는 배를 타고 북부 시리아로 향했다. 그는 자신의 함대가 돌라벨라의 함대와 마주칠 만한 곳에 배를 정박시키지 않을 만큼 영리했다.

카이킬리우스 바수스가 아파메이아를 장악하고 있었다. 하지만 안티오케이아는 암살범 루키우스 스타이우스 무르쿠스가 점령한 채 불만을 품고 들썩이는 6개 군단을 거느리고 있었다. 카시우스가 도착하자 무르쿠스는 기꺼이 지휘권을 넘겨주었고, 병사들을 집합시켜 이제 그들이 원하던 가이우스 카시우스가 총독으로 왔음을 보여주었다.

"이제야 고향에 돌아온 기분입니다." 그는 세르빌리아에게 편지로 말했다. 그녀는 항상 그에게 가장 가까운 편지 친구였다. "시리아는 제 심장이 있는 곳입니다."

이처럼 뒤죽박죽인 속주와 총독을 사칭하는 인물들로부터 내전이 시작될 수 있을지 의문이었지만, 이 모든 사건들은 내전으로 이어지는 미묘한 출발점이었다. 로마에 있는 사람들이 어떻게 상황에 대처하느냐에 모든 것이 달려 있었다. 현재 상태로는 브루투스도, 카시우스도, 심지어 데키무스 브루투스도 로마 원로원과 인민들에게 중대한 위협이라 할 수 없었다. 두 훌륭한 집정관과 강력한 원로원만 있다면 임페리움을 두고 다투는 모든 세력을 억누를 수 있었고, 자국의 중앙 정부에 직접적으로 도전하는 세력 따윈 없었다.

하지만 가이우스 비비우스 판사와 아울루스 히르티우스에게 과연 원로원을, 혹은 마르쿠스 안토니우스를, 혹은 동서쪽에 배치된 그의 군사적 동맹세력을, 혹은 브루투스를, 혹은 카시우스를 통제할 영향력이 있을까?

그 끔찍한 3월 이두스의 해가 마침내 저물어갈 무렵, 앞으로 무슨 일이 벌어질지 답을 아는 사람은 아무도 없었다.

〈3권에 계속〉

시월의 말 2

초판 인쇄 2017년 12월 5일
초판 발행 2017년 12월 15일

지은이 콜린 매컬로 | 옮긴이 강선재 신봉아 이은주 홍정인 | 펴낸이 염현숙
편집인 신정민

편집 신정민 신소희 | 디자인 고은이 이주영
마케팅 방미연 최향모 오혜림 | 홍보 김희숙 김상만 이천희
저작권 한문숙 김지영 | 모니터링 서승일 이희연 전혜진
제작 강신은 김동욱 임현식 | 제작처 한영문화사

펴낸곳 (주)문학동네
출판등록 1993년 10월 22일 제406-2003-000045호
임프린트 교유서가

주소 10881 경기도 파주시 회동길 210
문의전화 031) 955-1935(마케팅), 031) 955-3583(편집)
팩스 031) 955-8855
전자우편 gyoyuseoga@naver.com

ISBN 978-89-546-4938-4 04840
978-89-546-4936-0 (세트)

이 도서의 국립중앙도서관 출판예정도서목록(CIP)은 서지정보유통지원시스템 홈페이지 (http://seoji.nl.go.kr)와 국가자료공동목록시스템(http://www.nl.go.kr/kolisnet)에서 이용하실 수 있습니다. (CIP제어번호: CIP2017031391)

www.munhak.com